KB121274

순수하지 않은 감각

·요안나
지음

순수하지 않은 감각

2019년 10월 6일 초판 1쇄 발행
2020년 6월 10일 초판 2쇄 발행

지은이 요안나
발행인 이종주

기획 편집 정시연 이은정 주수지
경영 지원 배진경
마케팅 김정수

발행처 (주)로크미디어
출판 등록 2003년 3월 24일
주소 서울시 마포구 성암로 330 DMC첨단산업센터 318호
편집 문의 (02)6365-5156 **구입 문의** (02)3273-5135
홈페이지 rokmedia.blog.me
E-mail romance@rokmedia.com

ⓒ 요안나, 2019

값 12,500원

ISBN 979-11-354-4570-5 03810

순수하지 않은 감각

·요안나
지음

ROCODO

Contents

"도시 재생 사업의 일환입니다. 꼭 함께해 주셨으면 합니다."

태욱의 강건한 목소리가 간절함을 담아 조용히 울렸다.

건축계 노벨상이라 불리는 프리츠커상을 한국인 최초로 수상한 건축가, 유준홍과의 첫 대면식이었다. 한국을 포함한 동아시아뿐 아니라, 북미, 서유럽 대도시, 서아시아 사막 위에까지 그의 아름다운 건축물이 존재했다.

소문만큼이나 까다로운 그는 천편일률적인 아파트만을 짓는 국내 건설사와의 업무 진행은 되도록 피하고 싶다고 했다. 런던 도시 재생 사업이라고 했는데도, 그는 긍정의 뜻을 내비치지 않았다.

오늘 이 자리도 태욱이 6개월 넘게 공을 들여 겨우 잡은 약속이다. 그에게 호감을 사기 위해 여러 전략을 세워 왔지만, 소용없는 짓이었다. 쉰한 살의 나이까지 독신을 고수하고 있는 건축가 유준홍은 파고들 틈 없이 견고한 사람이었다.

첫 만남에서는 그저 안면을 튼 것으로 만족해야겠다고 생각하며 태욱은 콘퍼런스 룸을 나섰다. 머리가 핑 울릴 정도로 차가운 맥주 한 잔이 간절했다.

호텔 지하에 늘어선 아케이드 몰로 향한 태욱은 비교적 한산해 보이는 마라탕 식당 안으로 들어섰다. 입구에서 주문을 마친 후 번호표가 꽂힌 홀더를 들고 테이블로 향했다.

사람 소리가 들리지 않는 한적한 곳에 앉고 싶어서 구석으로 발걸음을 옮겼을 때였다. 국자 같은 숟가락으로 국물을 들이켜고 있는 여자와 눈이 마주쳤다. 여자가 눈을 동그랗게 뜨며 마치 태욱을 알고 있는 것 같은 표정을 지었다.

"혹시 부명그룹 전략실 강태욱 수석님? 맞죠?"

태욱은 자신의 이름뿐 아니라 직함까지 정확히 말하는 여자의 얼굴을 바라보며 눈을 가늘게 떴다.

아는 사람인가, 몰라봐서 실례를 범했나, 생각하며 열심히 머리를 굴려 보았지만 허사였다. 여자에 대한 그 어떤 정보도 머릿속에 떠오르는 것이 없었다.

태욱은 빠르게 여자의 모습을 훑었다.

머리 꼭대기에 동그랗게 말아 올린 머리, 20대 중반쯤 되어 보이는 앳된 얼굴, 매운 마라탕 국물을 들이켠 탓인지 오동통한 입술이 새빨갛게 달아올라 있었다.

붉은 입술에 시선이 머문 순간, 난데없이 숨이 턱 막히는 기분이 들었다. 먼저 알은체를 해 오는 정체 모를 여자를 향해 불온한 생각이 불쑥 들어서 당황스러웠다.

태욱은 괜히 차오르는 숨을 가다듬으려 길게 호흡을 내뱉었다. 여자는 태욱이 당황한 모습을 보고 자신이 실수했다고 생각했는지 먼저 사과를 해 왔다.

"죄송합니다. 제가 반가운 마음에 그만."

미안하다는 표정을 짓는 그녀의 동그란 눈이 초승달 모양으로 휘어졌다. 화장기가 없는 단정한 눈가에 머무는 희미한 눈웃음이 인상적이다.

그녀는 캐주얼 브랜드 로고가 크게 새겨진 연노란색 후드 집업에 허벅지와 정강이가 찢어지고 밑단이 풀린 부츠컷 청바지를 입고 있었다. 테이블 아래로 빼꼼히 나와 있는 그녀의 운동화는 스포츠 브랜드의 로고가 크게 박힌 런닝화였다.

나이대를 짐작해 보건대 대학원생 혹은…… 취업준비생?

기억에 없는 걸 보니, 부명에 입사 지원을 했다가 면접에서 떨어진 지원자는 아닐까 하는 생각이 들었다. 태욱이 입사 면접을 본 지원자 중의 한 명일지도 모르겠다.

하지만 그렇다고 여기기에 여자는 지나치게 여유로운 모습이다.

만약 부명에 입사했다면 입사 선배인 태욱을 저렇게 도발적인 눈빛으로 바라볼 리 없을 테고, 입사에 실패했다면 자신을 떨어뜨린 면접관을 굳이 알은체하고 싶지 않을 것이다.

여유로움을 넘어선 우아한 기개. 격식 없는 복장에 앳된 얼굴을 하고도 특유의 고아한 분위기를 풍기는 여자를 태욱은 지그시 응시했다.

"임정은입니다."

태욱의 입이 놀라움으로 슬쩍 벌어졌다.

"KJ 임정은이요. 이메일로는 자주 인사했죠, 우리? 이런 데서 뵐 줄은 몰랐네요."

그녀는 콧잔등에 오른 안경이 들썩이도록 코를 찡긋거리며 웃었다. 반가운 마음에 인사를 건넸다는 그녀의 말은 거짓이 아닌 듯했다.

신기주 대표가 이끄는 글로벌 마케팅 회사인 KJ는 태욱의 상사인 윤선진 이사와 긴밀히 업무 협약을 맺은 곳이었다. 또 윤 이사와 신 대표는 결혼을 앞둔 사이이기도 했다.

그리고 임정은, 그녀는 이메일로만 인사했던 신 대표의 비서였다.

그녀는 진심으로 반갑다는 듯이 즐겁게 웃고 있었다. 그 모습이 묘하게 시선을 끌어서 태욱은 잠시 넋을 놓고 바라보았다.

동그란 얼굴에 동그란 눈, 빨갛게 달아오른 입술, 연한 핑크빛으로 빛나는 두 뺨, 화장기 없는 말간 얼굴에 시선이 머물렀다.

"제가 괜히 알은체를 했나 보네요."

태욱이 아무 말도 없자, 그녀가 머쓱해하며 윗니로 아랫입술을 지그시 깨물었다. 통통한 입술이 짓눌리는 모습이 신경에 거슬려서 태욱은 얼른 시선을 내리며 인사를 건넸다.

"처음 뵙네요. 강태욱입니다."

"KJ에 보내 주셨던 PT 자료에 있는 사진보다 훨씬 잘생기셨네요. 하마터면 못 알아볼 뻔했어요."

말치레인 줄 알면서도 이상하게 기분이 들뜨는 것처럼 목덜미에 열기가 고여 버렸다. 그녀는 짧은 순간에 사람을 집중시키는 재주가 있었다. 그렇다고 여자의 태도가 무례하다거나 불손하지는 않아서 태욱은 저도 모르게 옅은 미소를 머금었다.

"식사하러 오셨어요?"

태욱은 긍정의 의미로 고개를 끄덕거렸다.

"앉으세요. 이렇게 만난 것도 인연인데. 저도 이제 막 숟가락 들었어요."

그녀는 맞은편 자리를 눈짓으로 가리키며 웃었다. 태욱은 2인용 테이블 위에 홀더를 내려놓으며 의자를 빼고 앉았다. 그 모습을 그녀가 동그란 눈으로 가만히 지켜보았다.

다른 이의 시선을 받으며 이렇게 신경 쓰였던 적이 있었던가?

이상하게 신경에 거슬리는 여자의 얼굴을 마주하자, 그녀가 눈가를 곱게 접으며 싱긋 웃었다. 원래 웃음이 많은 건지, 아니면 호감의 표현인지 모르겠다.

태욱은 이상하게 자신을 자극해 오는 여자를 경계 어린 눈빛으로 바라보았다.

"어? 태욱 씨 거 나오나 보다."

그녀가 태욱의 뒤쪽을 바라보며 유쾌한 목소리로 말했다.

그녀는 처음 보는 태욱에게 자연스럽게 태욱 씨라고 이름을 불렀다. 일로 만난 사이에는 성과 직함을 붙여 부르는 게 보통 아닌가 싶었다. 살가운 그녀의 태도는 성격에서 비롯된 것인가.

종업원이 '맛있게 드세요!'라고 말하며 태욱의 앞에 매운 기가 확 도는 마라탕 그릇을 내려놓고 갔다.

"와! 제일 매운 단계로 시켰나 보네요."

그녀는 두 그릇을 번갈아 보며 눈을 크게 떴다. 눈알이 쏟아질 만큼 휘둥그렇게 뜨며 종알거리는 모습이 어린애 같았다.

"오늘 좀 스트레스가 많았습니다."

태욱은 조용히 먹었으면 하는 마음에 딱딱하게 대꾸했다. 그녀는 그러냐며 고개를 끄덕거릴 뿐이었다. 눈치가 없는 편은 아닌가 보다고 태욱은 생각했다.

그녀보다 늦게 수저를 들었지만, 먼저 식사를 마친 태욱은 국물을 호로록거리는 그녀를 무심한 시선으로 바라보았다. 숟가락에 입술을 대고 오물거리는 모습을 바라보는데, 가슴속에서 깃털이 나부끼는 것처럼 간지러웠다.

생경한 기분이 자꾸만 들어서, 태욱은 얕은 호흡을 내뱉으며 고개를 돌렸다. 가게 안은 아까보단 사람이 많이 들어차 있었다.

"혼자 밥 먹기 정말 싫었거든요."

조용히 속삭이는 목소리가 바람처럼 들려와서 태욱은 이끌리듯 시선을 옮겼다. 그녀가 티슈로 입가를 닦으며 또다시 웃었다.

"감사합니다. 덕분에 맛있게 먹었어요."

진심이 느껴지는 인사를 건네는 그녀에게 괜스레 미안한 마음이 들었다. 식사를 시작하기 전 그녀에게 딱딱하게 대꾸했던 게 마음에 덜컥 걸리는 듯했다. 평소 칼같이 매너를 지키는 태욱이었는데, 아까 그녀에게 왜 그렇게 딱딱하게 대했는지 모를 일이다.

묘하게 시선을 끌고, 신경에 거슬리는 여자의 존재감 때문에?

태욱의 성격은 유연하고 여유로운 편에 속했다. 그런데 앞에 앉은 여자를 마주한 순간부터 뜻 모를 조바심이 났다. 안 그래도 스트레스가 많은 상황, 이런 종류의 긴장감은 피하고 싶었던 마음에서 그녀에게 딱딱하게 굴었을지도.

그렇다고 여자에게 대놓고 무례하게 굴 만큼 막돼먹지는 않았기에 그저 딱딱하게 한마디 했을 뿐인데, 사르르 녹을 듯한 눈웃음을 짓는 여자의 감사하다는 인사를 받은 순간 말도 안 되는 죄의식이 일었다.

"한국에 온 이후로 저녁을 거의 혼자 먹었거든요. 그래서 너무 반가운 마음에 제대로 알지도 못하는 분한테 알은체를 해 버렸네요."

그녀는 자신이 저지른 행동이 부끄럽다는 듯이 얼굴을 붉혔다. 태욱은 흠 하고 헛기침을 하며 시선을 돌렸다. 붉게 물든 얼굴이 잘 익은 복숭아처럼 부드럽고, 말랑말랑하고, 심지어 먹음직스러워 보인다는 생각이 들어서였다.

불순한 필터가 끼워진 것처럼 그녀가 색스럽게 보였다.

미쳤구나, 강태욱. 드디어 미쳤어.

보수적인 가풍 아래 자란 태욱은 연애 감정에서도 지극히 보수적인 남자였다. 감정을 섞지 않은 상태에서 육감적인 행위를 하는 것은 야만적이라 여겼다. 잘 알지 못하는 여자를 앞에 두고 불온한 상상을 하는 것조차 무례하다는 생각이 들어서, 태욱은 고개를 틀어 버렸다.

"이제 그만 일어나시죠."

본의 아니게 또 딱딱한 소리가 흘러나왔다. 배꼽 아래에서 이상한 열기가 피어오르는 느낌은 꼭 짐승 같았다. 이성을 무시한 채로 제멋대로 움직이는 야만적인 본성이 불편하다.

먼저 자리에서 일어나 여자의 곁을 지나치는데, 은은한 오렌지 향이 비강을 훑고 폐부 깊숙이 찔러 들어왔다. 복숭아라고 생각했는데, 그녀에게선 뜨거운 태양 볕 아래서 자란 오렌지 향이 났다.

가게 밖으로 나온 태욱은 인사를 건네기 위해 돌아섰다. 앞으로 아예 안 볼 사이는 아니기에 작별 인사는 제대로 해야 했다.

"아이코."

태욱이 갑자기 돌아선 탓인지, 뒤따르던 그녀의 머리가 태욱의 가슴에 콩 하고 부딪혔다.

심장이 쿵 울려 버렸다.

그녀가 한 걸음 뒤로 물러나며 생긋 웃었다.

"아, 죄송해요."

가슴 언저리에 은은한 오렌지 향이 맴돌았다.

"태욱 씨가 갑자기 멈춰 설 줄은 몰랐거든요."

악의가 없는 말투인데, 태욱의 미간에 세로 주름이 깊게 팼다.

"임정은 씨."

"네?"

"원래 그렇게 아무한테나 살갑게 굽니까?"

그녀는 미간을 찌푸린 태욱을 말간 눈빛으로 올려다보며 물었다.

"키가 몇이에요?"

"188cm요."

태욱은 입술 안쪽 살을 짓씹었다. 여자는 태욱이 던진 질문에는 대답조차 하지 않고 종알거렸다.

"지금 태욱 씨 뒤에 있는 사람들이 보면, 제가 안 보일 것 같지 않아요?"

헐렁한 후드 집업을 입고 있지만, 그녀는 마른 편에 속했고 키가 태욱의 어깨에 미치지 않는 것으로 보아 165cm가 될까 말까였다. 그녀의 말마따나 태욱의 딱 벌어진 덩치에 가려져 뒤쪽에 있는 사람들은 그녀가 보이지 않을 듯했다.

"그리고 비서로 일하다 보면 일종의 직업병이 생겨요. 만인에게 친절한 병. 비서의 비뚤어진 태도가 상사의 평판으로 이어지면 곤란하거든요. 기분 나쁘셨다면 죄송해요."

"죄송할 것까지는 없습니다."

빤히 올려다보는 그녀를 향해 또다시 딱딱한 목소리가 이어졌다.

"그런 의미에서 제가 맥주 한 잔 살까요? 우리 친해져야 하는 사이 맞잖아요. 부명 윤선진 이사님이랑, 내 상사인 신기주 대표랑 결혼한다는데."

고개를 옆으로 갸우뚱 기울이며 웃는 여자에게서 희미한 오렌지 향이 넘어왔다. 여자의 말마따나 신기주 대표의 비서인 그녀와 긍정적 관계를 맺어 두는 게 장차 시너지 효과를 발휘할 수도 있을 것이다.

일종의 전략적 업무 제휴 관계라고 볼 수 있다. 두 사람의 결혼으로 인해 부명은 앞으로 KJ의 도움을 받을 일이 빈번해질 것이다. 그녀와 친분을 쌓아 둬서 나쁠 건 없었다.

그녀는 긍정적인 대답을 내놓으라는 듯이 간절한 눈빛으로 태욱을 올려다보았다. 지나치게 딱딱한 성격도 별로지만, 이렇게 아무한테나 살갑게 구는 자유로운 영혼은 또 당황스럽다.

거절할 수 없는 분위기, 태욱은 가볍게 고개를 끄덕이며 대꾸했다.

"그러시죠."

태욱에게도 맥주 한 잔이 간절한 하루였다. 맥주 한잔 하는 거, 그게 뭐 대수일까 싶었다.

"그럼, 제 방으로 가시죠!"

호쾌하게 내뱉은 여자가 앞장서 걷기 시작했다.

방으로 가자던 그녀는 아케이드 몰에 있는 프리미엄 마트에 들러서 카트를 가득 채우기 시작했다. 태욱은 홀린 듯 그녀를 따라와 카트를 밀고 있었다.

"호텔 미니바에 있는 맥주 한 캔이 얼만지 알아요? 무려 2만 원."

그녀는 손가락 두 개를 펼쳐 보이며 혀를 내둘렀다.

"여기서 1만 원에 네 캔인데. 너무 비싸지 않아요?"

"신 대표가 술값은 안 내 주나 보네요."

그녀는 당연한 것 아니냐는 듯이 눈을 휘둥그렇게 뜨며 물었다.

"와, 부명은 출장자 호텔 술값도 내 줘요?"

"아뇨."

"그럼, 왜 우리 대표님은 내 줄 거라고 생각했어요?"

그녀는 카트를 멈추고 서서 가슴 앞에서 팔짱을 끼고는 태욱을 올려다보았다. 가늘게 뜬 눈이 예사롭지 않게 빛났다.

"신 대표님 비서니까 특혜를 받고 있을 거다. 이렇게 생각했어요? 술로 몸도 데우고, 침대도 데우는 그런 여자 취급받은 거예요, 나?"

태욱은 말문이 턱 막혀 버렸다. 그런 오해를 할 만한 질문이었나, 되짚으며 미간을 찌푸린 순간이었다.

"농담이에요."

그녀가 치아 예닐곱 개를 드러내며 활짝 웃었다. 순간 놀란 가슴을 쓸어내리며 태욱은 그녀를 따라 웃고 말았다.

"신기주 대표가 있는 곳에는 항상 임정은 씨가 보좌한다는 이야기를 들었고, 그림자처럼 붙어 다니는 보좌진이니까. 그 정도 편의는 봐줄 수도 있지 않나, 하는 생각에 한 말이었습니다."

그래도 찝찝한 오해를 받는 건 싫어서 태욱이 진지한 어투로 대꾸했다.

"와, 강태욱 씨 보이는 그대로네요."

그녀가 감탄스럽다는 목소리를 내뱉었다.

"칭찬입니까, 욕입니까?"

"칭찬이요. 정직하고, 믿음직스럽고, 모범적으로 보였거든요. 방금 태욱 씨 말 듣다 보니까, 보이는 그대로라는 생각이 들어서요."

"많이 들어 본 말이네요."

익숙하다는 듯이 고개를 끄덕거리자, 그녀가 풋 하고 웃음을 터뜨렸다.

"일면 뻔뻔하기도 하고요. 누구처럼 소심하지 않아서 보기 좋네요."

"누가 그렇게 소심한데요?"

계산을 마친 물건들이 종이봉투에 담겼다. 무거운 봉투를 손수 들려는 그녀를 저지하고, 태욱이 손을 뻗으며 물었다.

"누구겠어요?"

그녀는 장난스럽게 웃으며 한숨을 한번 내쉬었다.

"아마 내 이야기를 다 듣고 나면 나를 긍휼히 여기게 될걸요."

"얼마나 거룩한 이야기를 듣게 될지 기대되네요."

처음에는 이상하게 시선을 끄는 신경 쓰이는 여자라고 생각했는데, 잠시 대화를 나눠 보니 코드가 제법 잘 맞았다. 분위기를 능수능란하게 맞추는 솜씨가 훌륭했고, 사람의 감정을 읽고 텐션을 유지하며 장난을 걸어오는 여자의 모습이 유쾌했다.

그녀가 머물고 있다는 객실 안으로 들어서자, 괜한 긴장감에 마른침이 넘어갔다. 여자의 분위기로 보아 육감적인 행위를 고려하고 태욱을 꾀어낸 것은 아닐 거라는 생각이 들면서도, 밀폐된 공간에 낯선여자와 함께 있다는 사실에 묘한 고양감이 일었다.

"여기서 마실까요?"

그녀는 3인용 소파라고 하기엔 작고, 2인용 소파라고 하기엔 조금 큰 소파를 가리키며 말했다. 콘솔 앞에 놓인 의자와 한 쌍의 의자가 마주 보고 있는 테이블 위는 모두 어마어마한 양의 서류가 점령하고 있었다.

아직 KJ가 한국에서 사무소를 개소하지 않은 탓에 그녀는 호텔 방을 사무실처럼 이용하는 듯 보였다.

그녀는 소파 테이블에 놓여 있던 노트북을 협탁 위로 옮겨 놓고는 재빠르게 맥주와 안주를 세팅했다.

"앉으세요."

그 모습을 멀거니 바라보며 서 있는 태욱에게 그녀가 가볍게 손짓하며 웃었다. 태욱은 그녀의 옆자리에 앉으며 슈트 재킷 단추를 슬쩍 풀었다.

"방이 좀 지저분하죠? 회의실 못 잡을 때는 여기서 간단한 회의도하고 그러거든요. 그래서 들락거리는 사람들이 좀 많아요. 가끔 이렇게 맥주 한잔 할 때도 있고."

방에서 맥주를 마시며 이야기를 나누는 것에 특별한 의미는 없다는 것처럼 들렸다.

맥주 캔을 한 손으로 잡고 고리에 손가락을 걸려는 그녀를 바라보았다. 그녀의 손가락은 간지러운 느낌이 든다 싶을 만큼 가냘팠다.

손톱은 단정하게 손질되어 있었고, 투명한 매니큐어를 발랐는지 반짝반짝 빛이 났다.

맥주 캔 고리 뒤집다가, 저 가느다란 손가락이 부러지지는 않을까 하는 생각을 하며 태욱이 손을 뻗었다. 그러자 그녀가 몸을 옆으로 휙 비틀었다. 손끝에 닿을 뻔했던 차가운 맥주 캔이 멀어졌다.

"이런 건 제가 할 수 있답니다."

캔을 따 주려고 했던 손을 거두며 태욱은 옅게 웃었다.

오랫동안 까다로운 신기주의 곁을 보좌했다는 게 신기했는데, 이제 그 비밀을 조금은 알 것 같았다. 그녀는 사람을 기분 좋게 하는 신묘한 능력이 있는 듯했다.

보좌 능력을 보통 수준이라고 가정해 보더라도, 분위기를 기가 막히게 알아채고 눈치 빠르게 움직이는 보좌진이 곁에 있으면 업무 능률이 오르기 마련이다.

태욱은 조용히 캔을 따서 맥주를 들이켰다. 흘끗 시선을 옮기자 그녀 역시 턱을 들어 올린 채로 맥주를 넘기고 있었다. 훤히 드러난 그녀의 목덜미 역시 희고 가느다란 인상을 주었다. 저렇게 목을 꺾다가 부러지는 것은 아닌가 싶은 생각마저 들 정도다.

"나한테 뭐 할 말 있어요?"

흘끗거리던 시선과 마주친 순간, 그녀가 물었다. 몰래 훔쳐보다가 걸린 것처럼 기분이 썩 좋지만은 않았다. 유쾌한 그녀와 불쾌한 감정이 공존하는 이상한 상황이다.

태욱은 맥주 캔을 테이블 위에 내려놓으며 입을 열었다. 무슨 말이라도 해야겠다는 생각이 들었다.

"임정은 씨도 스탠포드 출신입니까?"

KJ는 스탠포드 학생들이 만든 스타트업 기업이었다. KJ의 시작부터 그녀가 함께했다고 했으니, 당연히 출신이 같을 거라 여겼다.

"아니요."

그녀는 고개를 가로저으며 웃었다.

"그럼 입사 시험 보고, 면접 보고. 그런 건가요?"

흐음, 하는 소리가 나도록 호흡을 길게 내뱉은 그녀가 맥주 한 캔을 전부 비워 냈다. 빈 맥주 캔을 우그러뜨리며 그녀가 조용히 속삭였다.

"제가 좋아서 한다고 했어요."

다소 중의적인 표현이었다. 태욱은 미간을 슬쩍 찌푸린 채로 허공에 멍하니 시선을 던지고 있는 그녀의 옆모습을 바라보았다. 그리 넓지 않은 밀폐된 공간에 있는데도 마치 딴 세상에 있는 것처럼 그녀가 멀게 느껴졌다.

조금 전까지만 해도 유쾌하고, 재미있고, 매력적인 분위기를 풍기며 생기발랄했던 그녀는 순간 생명력이 모조리 빠져나간 것처럼 허허로워 보였다.

그녀는 무엇인가를 말하려다가 말고 입을 꾹 다물기를 여러 번 반복하다가, 조용히 속삭이듯 물었다.

"윤선진 이사님, 어떤 분이세요?"

조심스러운 질문에 어떤 답을 내놓아야 할지 태욱은 잠시 망설이다 입을 열었다.

"능력 있고, 아름답고, 매력적인 사람이죠."

골똘히 생각하던 그녀는 또다시 조심스러운 목소리로 물었다.

"착해요?"

"착하죠. 안쓰러울 정도로."

하아, 하고 한숨을 내쉰 그녀는 혼잣말인 듯 '다행이네.' 하고 속삭였다. 지나가는 바람처럼 속삭이는 목소리를 듣는데, 가슴근육이 뒤틀리는 듯했다.

"이거 비밀인데요. 아무한테도 말한 적 없는데……."

그녀의 목소리는 웃음기를 머금고 있었지만, 커다란 눈망울에는 눈물이 그렁그렁 맺혀 있었다. 그녀의 등 뒤로 보이는 창문 유리를 타고 빗줄기가 흘러내리기 시작했다. 대기를 습하게 적시는 빗줄기처럼 그녀의 눈물방울이 똑 하고 떨어지자, 숨이 턱 막혀 왔다.

"제가 오랫동안 좋아했어요. 고1 때부터 좋아했으니까, 무려 13년……. 그런데 알아차리질 못하더라고요. 용기가 없어서 제대로 된 고백을 해 본 적도 없기는 하지만……. 그래서 궁금했어요. 윤선진 이사님이 어떤 분이신지."

"윤선진 이사에 관한 이야기가 듣고 싶어서 날 여기로 데리고 온 겁니까?"

태욱의 목소리가 잠길 듯 낮게 흘러나왔다.

추측컨대 그녀는 윤선진 이사의 측근인 태욱에게 윤 이사에 관한 이야기를 듣고 싶었나 보다.

세상이 주목하게 될 결혼인 만큼 신 대표의 비서인 그녀는 행동거지를 조심하고 있을 것이다. 또 윤 이사의 측근인 태욱이 신 대표의 비서가 눈물짓는 것을 달래는 모습을 다른 사람들이 본다면 당연히 이상하게 여길 터였다.

"죄송해요. 마땅한 장소가 떠오르질 않더라고요. 누가 어디서 무슨 이야기를 듣고, 뭘 보고 있을지 모르는 세상이니까요."

정보를 다루는 기업 대표의 비서직을 수행하고 있는 사람다운 말이었다. 또 그녀의 말에 태욱도 적극적으로 동의하는 바였다. 말 한마디가 기업의 흥망성쇠를 결정할 뿐 아니라, 세계 경제를 뒤흔드는 예도 있었으니 말이다.

이야기를 종합해 보면 그녀의 나이 서른, 태욱보다 한 살 어릴 뿐인데 동그란 눈매 탓인지 앳돼 보였다. 용기가 없었다고 말하는 그녀의 말간 얼굴이 울음을 참는 듯 미세하게 일그러졌다.

태욱이 주머니에서 손수건을 꺼내서 건네자, 그녀가 손사래를 치며 협탁 위에 있는 갑티슈로 손을 뻗었다. 몸에 밴 사소한 습관은 그녀가 얼마나 독립적인 성격인지를 보여 주었다.

"윤선진 이사님, 저도 몇 번 뵙지는 못했지만…… 멋진 분 같아요. 남의 남자 됐으니 이제 잊어야겠죠? 끝!"

그녀는 눈물이 아롱아롱 매달린 눈을 접으며 빙그레 웃었다.

선진의 말에 따르면 결혼식 준비는 전부 신 대표의 비서가 맡고 있다고 했다.

10대 후반부터 20대 전부를 짝사랑하며 따랐던 남자의 결혼식을 제 손으로 준비하는 여자라…….

한 달이 넘도록 저녁을 혼자 먹었다는 그녀의 말을 비추어 볼 때, 지독하게 외롭고 힘든 시간을 혼자 감내하는 듯했다. 차가운 설원 위를 구르는 눈덩이처럼 시린 심장의 부피가 점점 그 몸집을 부풀려 갔다.

태욱은 한숨을 집어삼키며 안쓰러운 얼굴을 한 그녀를 물끄러미 바라보았다. 감정이 깊게 얽힌 적 없다고 할지라도, 누군가를 마음에 품었던 일을 정리하는 것은 쉬운 일이 아니었다. 윤선진 이사가 결혼을 입에 올린 이후, 태욱 역시도 보이지 않게 흔들리고 있었다.

이루어진 적 없었기에 더 애틋한 감정이고, 그래서 더 아쉽고, 더 아픈 것인지도 모른다. 좁은 호텔 방 안에서 신 대표를 위한 일을 하며, 마음속으로는 그 남자를 정리하고 있는 그녀가 안타까웠다.

비슷한 처지, 비슷한 감정 소모.

눈물짓는 그녀를 바라보는데 불분명한 감정이 걷잡을 수 없이 일어나기 시작했다.

"이거 절대 비밀이에요. 알겠죠?"

눈썹을 찡긋거리며 맥주 캔을 집어 드는 그녀의 손을 태욱이 붙잡았다. 잡힌 손을 물끄러미 바라보던 그녀의 시선이 느릿하게 태욱을 향했다.

"비밀 생긴 김에 하나 더 만들까요?"

충동적인 언행이라는 것을 알지만 멈출 수가 없다. 울음을 참느라 연신 깨물어서 빨개진 입술을 집어삼켜 버리고 싶었다.

정의 내릴 수 없는 감정이 무섭게 일어나서 심장이 쿵쿵 뛰었다. 아까부터 계속 신경에 거슬리는 입술을 한 번 머금고 나면 해소되지 않을까 하는 막연한 생각도 들기 시작했다. 감정을 뒤섞기도 전에 누군가를 탐해 보고 싶다는 생각은 처음이다.

그녀가 한쪽 입꼬리만 끌어 올리며 웃었다. 비웃음이 아니라, 신기한 상황을 마주했다는 듯한 눈빛이었다.

"날 위로해 주겠다는 건가요?"

가느다란 목소리는 얇은 유리로 만들어진 공이 부딪히는 것처럼 아슬아슬했다.

"내가 그쪽한테 그래 달라고 꼬신 것처럼 보였어요?"

"아니요. 그렇게 안 보였어요."

그녀는 눈을 치뜨며 재차 물었다.

"그럼?"

태욱은 대답 대신 그녀의 뺨을 손바닥으로 조심스럽게 감쌌다. 손 안에 닿은 그녀의 피부는 놀랍도록 부드러웠다. 태욱은 물기에 젖은 검은 눈동자를 지그시 바라보았다.

"어설픈 위로는 사양인데요."

희미한 미소를 머금은 말간 얼굴은 위험하리만큼 자극적이다.

"어설프게 할 생각 없습니다."

얼굴이 점점 가까워졌다. 태욱의 숨결이 그녀의 콧등에 닿았다가 다시 돌아올 때까지 다가간 순간, 그녀가 느리게 눈을 감았다.

매끈한 코끝이 먼저 닿았다. 입술 위로 부서지는 그녀의 숨결은 따뜻하고 부드러웠다. 태욱은 그녀의 보드라운 뺨을 감싸고, 코끝을 마주 댄 채로 가만히 있었다.

마치 깊이를 모르는 험한 낭떠러지 앞에 서 있는 기분이다. 발아래가 얼마나 깊을지 알아보기 위해 안전장비도 하지 않고 뛰어들려는 무모한 짓을 앞둔 것처럼 심장이 펄떡거렸다.

본래 무모하고 위험한 일이 더욱 매혹적인 법이다.

여자는 순식간에 시선을 끌고, 본능을 들끓게 만들었다. 부명에 입사하고 나서 수년 동안 호감을 느끼고 지냈던 선진에게조차 단 한 번도 가지지 않았던 욕구, 정제되지 않은 험한 본능이 무섭도록 일어났다.

더는 억누를 수 없는 충동에 깊게 숨을 들이마신 순간, 그녀의 보드라운 입술이 다가와 태욱의 입술 위에 가볍게 닿았다가 떨어졌다. 찰나의 순간이었지만, 보드라운 입술 끝이 파르르 떨리는 게 느껴졌다.

태욱은 본능에 젖어 굳은 얼굴로 그녀를 가만히 응시했다.

"뭐가 두려워서 망설여요?"

입술이 닿을락 말락 한 거리에서 그녀가 속삭였다. 짐승처럼 일어난 충동의 생경함 앞에서 태욱이 주저하고 있음을 그녀가 알아차린 것처럼 물었다. 당돌한 문장이었지만, 작은 목소리는 불안정하게 흘러나왔다.

"그러니까 어설픈 위로는 사양한다고 했잖아요."

그녀가 고개를 비스듬히 기울이며 멀어져 갔다. 태욱은 자신이 느끼기에도 뜨거워진 손으로 그녀의 목덜미를 잡아채 끌어당겼다.

방금 그녀가 자신의 입술에 부드럽게 닿았던 것과는 비교도 되지

않을 정도로 거칠고 뜨겁게 통통하고 붉은 그녀의 입술을 집어삼켰
다.

말랑말랑한 입술을 가르고 들어가 허둥지둥하는 혀를 낚아채 휘감
았다. 자잘한 돌기를 거칠게 비비며 있는 힘껏 빨아들였다.

"으음."

여린 신음이 태욱의 입안으로 쏟아졌다. 어쩔 줄을 모르는 그녀의
손이 태욱의 재킷 라펠을 움켜쥐는 게 느껴졌다. 태욱은 가녀린 손을
잡아다 자신의 어깨 위에 올려 주고는 그녀의 등허리를 당겨 안았다.

낭창한 몸이 맥없이 끌려왔다. 부드러운 그녀를 품에 안은 순간,
상큼하고 달콤한 오렌지 향이 아찔하게 풍겨 왔다.

태욱은 폐부를 전부 그녀의 향으로 채우고 싶은 욕구에 깊게 숨을
들이마시며, 그녀의 입안을 혀로 깊게 훑었다.

혀끝에 닿는 그녀의 입안 점막은 놀랍도록 부드럽고 매끄러웠다.
혀끝에 닿으면 사르르 녹아 버리는 설탕처럼 지독히 달기까지 했다.
더욱 깊이 파고들고 싶어졌다. 오감을 자극하는 그녀를 힘껏 끌어안
고, 마음껏 맛보고 싶었다.

태욱은 그녀의 허리를 받쳐 안아서 자신의 단단한 허벅지 위에 앉
혔다. 놀란 그녀가 몸을 움츠리자, 허리 아래에서 잔뜩 발기한 남성
이 꿈틀거렸다. 그녀의 왼쪽 허벅지 바깥쪽에 딱딱한 물건이 닿아 있
었다.

그녀는 보드라운 손으로 태욱의 단단한 목덜미를 부자연스럽게 감
싼 채로 키스를 받아 냈다. 어설픈 위로는 사양하겠다는 말로 남자를
자극한 그녀였지만, 움직임은 서툴기만 했다.

익숙하지 않은 듯 움직이는 그녀의 행동이 태욱을 더욱 자극했다.

태욱은 단단한 가슴에 그녀를 밀착시키며 후드 집업 밑단을 들어
올렸다. 매끄러운 살결을 따라 옆구리를 훑고 올라가자 그녀가 가늘

게 떨며 고개를 비틀어 입술을 떼어 냈다.

"하아."

그녀가 어깨를 들썩거리며 더운 숨을 연신 내뱉었다. 여기서 돌아가라고 하면 물러날 수 있을까, 하는 생각이 들었다. 제발 물러나지 말아 달라고 애원이라도 하고 싶을 정도로 그녀의 모든 것이 매혹적이었다.

멀리 앞을 내다볼 겨를조차 없었다. 품 안에 있는 여자가 거래처 대표의 비서라는 타이틀도 중요하지 않았다.

그저 그녀와 닿고 싶다는 생각뿐. 평생 이토록 본능적인 순간은 없었다.

태욱은 붉게 달아오른 그녀의 눈가와 땀이 송골송골 맺힌 콧잔등, 보드랍게 부풀어 오른 입술을 집요하게 바라보았다.

태욱의 어깨에 올려져 있던 그녀의 손이 떨어졌다. 여기까지인가, 생각하며 아쉬움 가득한 한숨을 내쉰 순간, 목 뒤로 손을 뻗은 그녀가 머리를 풀어 내렸다.

오렌지 향의 근원은 그녀가 쓰는 샴푸 향이었는지, 물결처럼 흘러내린 흑단 같은 머리카락에서 먹음직스러운 과일 향이 풍겼다.

그녀는 아랫입술을 천천히 말아 물며 후드 집업의 지퍼를 스스로 내리기 시작했다. 금속 재질의 지퍼가 마찰하며 내려가는 소리에 이성이 날아가 버릴 것만 같았다.

툭 하고 지퍼가 끝까지 내려간 소리와 함께 태욱은 그녀의 새하얀 목덜미에 입술을 묻었다.

"하아."

그녀가 더운 숨을 내뱉으며 고개를 비틀어 올렸다. 하얗게 드러난 목덜미에 이를 박고 잘근잘근 씹어 대며 깊숙이 빨아들이자, 그녀가 말랑말랑한 엉덩이를 들썩거리며 신음했다.

"흐으읏."

태욱은 왼팔로 그녀의 등허리를 당겨 안은 채로, 앞섶이 벌어진 후드 집업 안으로 손을 집어넣었다. 놀랍도록 부드러운 감촉의 젖무덤이 손끝에 닿았다. 그녀의 살갗과 함께 손에 닿은 레이스 브래지어가 까슬까슬하다고 느껴질 정도였다.

손끝으로 레이스 브래지어 컵을 젖히며 말랑말랑한 가슴을 감싸 쥐어 보았다. 어릴 적 갖고 놀았던 물풍선처럼 흘러내린 모양은 탱글탱글했지만, 감촉은 비교도 되지 않을 만큼 황홀했다.

물풍선처럼 주물러 터뜨릴 듯 세게 쥐자, 그녀가 허리를 비틀며 신음했다.

"으음."

태욱은 그녀의 허리를 살짝 들어 올리며 목덜미를 빨아 대던 입술을 아래로 움직였다. 가슴을 손으로 모아 쥐어 올리며 단단하게 부풀어 오른 유두를 집어삼켰다. 살갗에서 단내가 났다. 지독히도 달아서 머릿속이 아찔해지고 현기증이 이는 것 같은 착각이 일 정도다.

뽀얀 가슴 곳곳에 붉은 키스 마크가 새겨졌다. 그녀는 연신 작게 신음을 내뱉으며 몸을 뒤틀어 댔다. 심장이 터질 것처럼 뛰어 댔다. 여리게 울리는 그녀의 신음에 감질이 날 만큼 몸이 뜨겁게 달아올랐다.

목덜미를 따라 깃털처럼 부드럽게 입을 맞춰 올라간 태욱은 그녀의 입술을 길게 한 번 머금었다. 그녀는 발갛게 상기된 얼굴로 눈을 꼭 감은 채였다. 기다란 속눈썹이 가늘게 떨렸다. 태욱은 그녀의 동그란 이마에 반듯한 이마를 맞댄 채로 속삭였다.

"10분만, 기다려 줄래요?"

달아오른 열기 탓에 매캐한 연기라도 들이마신 것처럼 낮게 쉰 목소리가 흘러나왔다. 천천히 눈을 뜬 그녀는 대답 없이 고개만 끄덕거렸다.

붉게 상기된 뺨, 발갛게 달아오른 눈가가 마음에 들었다.

태욱은 조심스러운 손길로 그녀를 소파 위에 내려놓은 뒤 욕실로 향했다. 본능을 앞세워 움직이고 있지만, 섹스 매너는 지키고 싶었다.

빠르게 샤워를 마친 태욱은 잔뜩 성이 난 성기를 내려다보았다. 이대로 그녀를 안는다면, 쉽게 끝맺을 수 없을 것 같았다. 서툴러 보이는 그녀를 위해서라도 열기를 한 번 빼내야만 했다.

태욱은 손끝과 입안에 남아 있는 보드라운 감촉을 떠올리며 잔뜩 발기한 물건을 손에 쥐고 흔들어 댔다. 그녀에게서 느꼈던 오렌지 향 샴푸의 잔향이 가득한 욕실에서 태욱은 빠르게 사정했다. 진득한 정액이 손안을 끈적끈적하게 적셨다.

이제껏 살면서 특정한 여자와의 정사를 떠올리며 자위했던 적은 단 한 번도 없었다. 그런데 무섭도록 머릿속을 잠식해 오는 그녀의 잔상은 사정한 게 무색할 정도였다.

끈적한 진액을 뱉어 낸 후에도 빳빳하게 고개를 쳐든 물건 때문에 치골까지 통증이 느껴지는 듯했다. 어서 빨리 뜨거운 늪 안에 담가 달라고 아우성을 치는 듯 꺼덕거리며 성난 핏줄을 드러냈다.

그녀의 부드러운 입안을 헤집었을 때의 감촉을 떠올리자, 아래는 얼마나 부드럽고 매끄러울지 상상조차 할 수 없었다.

샤워를 마치고 나오자, 그녀가 긴장한 모습 그대로 침대에 걸터앉아 있었다. 태욱은 성큼성큼 그녀에게 다가가서 물었다.

"혹시 피임약 먹습니까?"

단도직입적인 질문이 툭 튀어나왔다. 서툰 그녀의 움직임으로 보아 낯선 남자와의 하룻밤을 즐기기 위해 피임약을 복용할 것 같지는 않았다. 하지만 방심해서는 안 되는 게 피임이다. 섹스 전에 피임에 관한 협의는 필수 불가결이다.

그녀가 후드 집업 주머니에서 정사각형 모양의 콘돔 상자를 꺼내 보였다.

"이거면 되지 않을까요?"

긴장한 모습을 내비치고 싶지 않은 건지, 그녀는 옅은 미소를 머금으며 물었다.

안타깝게도 태욱의 눈에는 잡아먹히기 일보 직전인 피식자의 두려움이 그녀의 눈빛에서 읽히는 듯했다. 인간의 욕구 중에 극상의 희열감과 충족감을 안겨 주는 게 정복욕 아닐까.

태욱은 욕심이 많은 성격이었다. 갖고 싶었던 것을 손안에 쥐어 보지 못했던 적이 없었다. 아마도 선진을 두고 이런 행위를 하지 않은 것은 진심으로 원하지 않았기 때문인지도 모른다.

이토록 누군가를 원했던 적은 없었다. 그것도 얼굴을 마주한 지 채 3시간도 되지 않은 여자를 향해 깊이를 알 수 없는 컴컴한 욕구를 느꼈던 적은 더더욱 없었다. 여자를 향한 본능적 욕구는 무섭도록 빠르게 크기를 부풀려 갔다.

"그럼, 저도."

욕실로 발걸음을 옮기려는 그녀를 당겨 안았다. 그녀의 떨리는 등이 가슴팍에 닿았다. 가느다란 허리를 매만진 태욱은 그녀의 보드라운 목덜미에 입술을 묻으며 속삭였다.

"이대로 집어삼킬 수 있게 해 줄래요?"

욕실에서 맡았던 샴푸의 오렌지 향은 그녀에게서 나는 것과 미묘하게 달랐다. 아니, 확연히 달랐다. 그녀의 체취가 빠진 샴푸 향은 매혹적인 생명력을 잃은 화학제품에 불과했다.

달콤한 그녀의 체취가 씻겨 내려가는 것을 용납할 수 없었다. 원하는 만큼 들이마시고, 핥아 먹고, 빨아들이고 싶었다.

"그래도."

작게 흘러나온 목소리가 파르르 떨렸다. 태욱은 그녀의 어깨 위에 걸린 후드 집업 자락을 천천히 끌어 내렸다. 가녀린 몸이었지만, 운동을 즐기는지 등에는 잔근육이 아름답게 자리 잡고 있었다.

태욱은 그녀의 고혹적인 등허리 가운데 놓인 브래지어 호크를 풀어냈다. 가냘픈 어깨가 들썩이도록 그녀가 커다랗게 숨을 내쉬었다.

대범하게 굴면서 서툴고, 남자를 극한으로 내몰면서 본인이 당황하고 마는 그녀의 얼굴이 보이지 않아서 답답했다.

동그랗게 눈을 뜨고, 오동통한 입술을 짓씹으며 발갛게 달아올라 있겠지.

태욱은 그녀의 어깨를 잡고 홱 돌려세웠다.

그녀는 커다란 눈을 지그시 감은 채로 더운 숨을 조심스럽게 내뱉고 있었다. 바르르 떨리는 속눈썹의 떨림이 상상했던 것보다 훨씬 자극적이었다.

마른 듯하지만, 보기 좋게 자리 잡힌 잔근육, 적당한 크기의 가슴의 균형과 조화는 아름답다고 느낄 정도였다.

태욱은 그녀의 매혹적인 상체에 헐렁하게 걸려 있는 브래지어를 끌어 내렸다.

그녀가 어깨를 움츠리며 팔을 빼내고는 팔뚝으로 맨가슴을 슬쩍 가렸다. 매끈한 팔에 짓눌려 볼록하게 솟아오르는 젖무덤에 태욱은 바로 입술을 가져다 댔다. 쭉 빨아들이면 살결이 녹아서 입안으로 흘러 들어올 것처럼 부드러웠다.

"흐웃."

낭창한 몸을 품 안 가득 끌어안고는 곧장 침대로 향했다.

태욱은 그녀와 미묘한 탐색전을 벌이느라 느릿하게 끌었던 템포를 빠르게 당겼다. 그녀의 청바지 버클을 푼 뒤, 팬티와 바지를 한꺼번에 벗겨 내렸다.

연신 한쪽 가슴만 물고 빤 탓에 유두가 한쪽만 빨갛게 부풀어 올라 있었다. 그녀에게도 이 상황이 꽤 자극적인지, 매끈한 애액이 엉덩이를 타고 내려와 침구 위에 끈적끈적하게 고였다.

태욱은 아직 빨지 않은 가슴 끝을 바라보며, 그녀의 뒷무릎을 잡고는 밀어 올렸다.

"하아. 지금 뭘."

그녀의 질문이 채 끝나기도 전에 흠뻑 젖은 입구에 입술을 가져다 댔다.

"흐읏."

가볍게 입술이 닿았을 뿐인데, 잘록한 허리가 비틀렸다. 태욱은 그녀가 움직이지 못하도록 뒷무릎과 허벅지 뒤쪽을 내리누르며 길게 갈라진 틈으로 혀를 집어넣었다.

"아앗. 왜 거길. 흐읏."

그녀가 날카롭게 신음하며 버둥거렸다. 말랑말랑한 클리토리스를 혀로 한번 핥아 올리고는 있는 힘껏 빨아들였다. 그녀에게서 났던 오렌지 향이 뒤섞인 체취하고는 비교도 되지 않는 매혹적인 향이 비강을 자극했다.

"으응."

그녀는 공중에서 다리를 버둥거리며 연신 달뜬 신음을 내뱉었다. 혀를 길게 밀어 넣어 안을 훑고 다시 거세게 빨아들이기를 여러 번 반복하자, 질구가 아물아물 태욱의 혀를 빨아들였다.

"흐으읏!"

울음과 같은 신음을 내뱉은 그녀의 허벅지 안쪽이 바르르 떨렸다. 태욱은 애액이 묻은 입술을 손등으로 닦아 내며 상체를 들어 올렸다. 더운 숨을 훅 내쉬며 배스 가운을 벗어서 침대 밑으로 떨어뜨리자,

그녀의 젖은 시선이 잔뜩 발기한 남성을 향했다.

멍하니 입을 벌린 채로 달뜬 숨을 헐떡이며 젖은 눈으로 남성을 탐하는 그녀의 얼굴은 지나치게 자극적이었다.

"원하면 나도 해 줄게요."

그녀가 팔꿈치로 매트리스를 짚으며 상체를 일으키려고 했다.

"임정은 씨, 보기와 달리 겁이 없어도 너무 없네요. 이걸 다 삼킬 수 있다고 생각해요?"

말간 얼굴이 눈에 띄게 긴장한다.

"삼킨다 칩시다. 감당할 수 있겠어요?"

태욱은 애액을 왈칵 내뿜는 그녀의 질구를 손가락으로 비비며 매끈하고 부드러운 여체 위에 단단한 몸을 겹쳤다.

본능적으로 오므린 가느다란 다리를 허벅지로 가르자, 그녀가 달뜬 신음을 내뱉었다.

"겨우 이 정도로 울 것 같은 얼굴을 하면서."

애액이 흥건한 손으로 콘돔 포장을 벗겨서 씌운 뒤 그녀의 입구에 가져다 댔다. 묵직한 감촉에 그녀의 입술이 슬쩍 벌어졌다. 태욱의 혀가 빨갛게 열린 입안을 매끄럽게 파고들며 천천히 허리를 쳐올렸다.

"으음."

그녀가 흘린 신음을 집어삼키며 태욱은 잠시 숨을 멈추었다. 귓속에서 심장이 구르고 있는 것처럼 거친 박동 소리가 들렸다. 비좁고 뜨거운 그녀의 안에서도 세찬 맥박이 느껴졌다.

그저 섹스일 뿐인데, 깊이를 알 수 없는 좁고 위험한 골짜기 안으로 빨려 들어가는 듯한 착각이 일었다. 절체절명의 순간도 아닌데, 숨 쉬는 법을 잊어버린 사람처럼 태욱은 그녀의 입안을 거칠게 휘저을 뿐이었다.

작은 손이 태욱의 어깨를 그러쥐었다. 태욱은 귀두가 드러날 때까지 몸을 빼내었다가 다시금 깊이 박아 넣었다. 어깨를 잡은 손에 바짝 힘이 들어갔다. 그녀가 보이는 반응 하나하나에 신경이 곤두섰다.

이제 제법 태욱의 키스에 익숙해졌는지, 그녀가 먼저 혀를 얽고 열심히 빨기 시작했다.

태욱은 허릿짓에 힘을 싣고 속도를 올렸다. 그녀는 절박한 손길로 태욱의 어깨에 매달리는가 싶더니, 열심히 빨아 대던 입술을 떼어 내고는 헐떡거렸다.

"하아웃. 아앗."

이미 깊숙이 몸을 박아 넣고 있는데도 부족했다. 태욱은 몸을 일으켜 무릎을 꿇고 앉았다. 그녀의 골반을 잡고 끌어당겨 말랑말랑한 엉덩이를 허벅지 위에 올렸다. 새하얀 허벅지에 빨갛게 손자국이 날 만큼 결박한 채로 안을 들쑤셨다.

검붉게 달아오른 물건이 안을 헤집고 들어갔다가 나올 때마다 선홍빛 살결이 달라붙었다. 다시 푹 찔러 넣으면 넘칠 듯 애액을 뿜어 대는 모습에서 눈을 뗄 수가 없었다.

"아아앗."

그녀가 목을 뒤로 젖히며 아무런 힘이 없는 침대 시트를 움켜잡았다. 새하얗게 도드라진 손이 안타까워서 태욱은 그녀의 허리를 받쳐 안아 올렸다.

순식간에 그녀가 태욱의 위에 올라탄 자세가 되어 버렸다. 아래로 쏠린 그녀의 살결 덕에 남성을 감싸는 압박감이 더욱 거세졌다.

"으응, 응. 아아!"

그녀는 태욱의 목을 와락 끌어안은 채로 울음 섞인 신음을 내뱉었고, 태욱은 그녀의 등허리를 바짝 끌어안은 채로 거세게 박아 올렸다.

"으읍."

목덜미가 아릿했다. 그녀의 입술이 목에 닿아 있었다. 살기 위해 본능적으로 어미젖을 빠는 갓 태어난 짐승처럼 그녀는 태욱의 목덜미를 빨아 댔다. 깊게 한 번 쳐올린 순간, 신음도 내지르지 못하겠는지 그녀가 숨을 멈추었다.

어깨에 박힌 손톱에서 바르르한 떨림이 느껴지는가 싶더니, 그녀의 안에 들어가 더욱 성이 난 물건을 뜨겁게 달궈진 내벽이 콱콱 조여 댔다.

"으음."

태욱의 입에서 낮은 신음이 흘러나왔다. 콘돔 안으로 뜨끈한 사정의 기운이 퍼졌다.

땀에 젖은 작은 몸을 안은 채로 가만히 있었다. 가쁜 숨을 고르는 소리가 거칠었다. 그녀와 숨을 섞고 있는데도, 모든 것이 허상처럼 느껴질 만큼 비현실적으로 느껴졌다.

갑자기 가슴속이 텅 빈 것처럼 허허롭다. 태욱은 매끈한 그녀의 등허리를 가만히 어루만졌다. 그녀를 위로하겠다고 했다. 그런데 거짓말처럼 그녀의 외로움이 태욱의 가슴속으로 스며든 기분이었다.

뭐가 이렇게 불안하고, 조바심이 날까. 거칠었던 그녀의 숨소리가 잦아들수록 형체를 알 수 없는 불안감은 몸집을 비대하게 부풀렸다. 인간은 섹스 후에 대개 우울해진다는 학설이 있다. 그 학설을 몸소 증명하겠다고 가슴이 헛헛한 것은 아닐 것이다.

모처럼 만의 폭우가 내리고 있는지, 유리창에 부딪히는 빗방울 소리도 거셌다. 미세먼지로 답답했던 서울 하늘이 내일 아침에는 화창했으면 좋겠다는 생각을 하며 태욱은 그녀를 품 안에 더욱 당겨 안았다.

33

내일부터는 확연히 다른 하루가 될 것 같은 예감이 들었다.

✖ ✖ ✖

시끄럽게 울리는 휴대전화 벨소리에 어렴풋이 정신이 들었을 때, 그녀는 보드랍고 작은 손으로 태욱의 입을 막으며 전화를 받았다.

"네, 선배."

선배라고 부르는 걸 보니 신 대표인가 보다. 협탁 위에 놓인 시계를 보니 이제 새벽 6시밖에 되지 않았다.

"아뇨. 금방 갈게요. 네, 죄송합니다."

탄성 좋은 스프링이 튀어 오르듯 침대를 벗어난 그녀는 태욱의 시선에도 아랑곳하지 않고 나신으로 호텔 방을 돌아다녔다.

"미안한데, 나 지금 나가 봐야 해요. 일어나 줬으면 좋겠어요."

검은색 트레이닝복을 찾아 입는 그녀를 물끄러미 바라보기만 하자, 날카로운 음성이 날아들었다.

"못 들었어요? 나 나가 봐야 한다고요. 일어나요."

태욱은 느른하게 기지개를 켜며 낮게 쉰 목소리로 물었다.

"이 시간에 어딜 갑니까?"

그녀의 얼굴에 미묘한 경계의 빛이 어렸다. 조금 전까지 품 안에서 잠들어 있던 여자가 내비치는 기색에 태욱은 심기가 불편해지기 시작했다.

"업무상 외출이요."

"신기주 대표랑 섹스하러 가는 거냐고 물은 거 아닌데요."

그녀가 고무줄로 머리를 올려 묶다 말고 태욱을 노려보았다. 태욱은 한쪽 입꼬리를 비스듬히 올리며 덧붙였다.

"누가 업무상 외출인 거 모르고 물은 것 같아요? 시간이 너무 이르니까, 어딜 가냐고 물은 거지."

유치하게 가슴속이 뒤틀리며 이상한 감정이 불쑥 솟았다.

감히 내 옆에 누워서 다른 놈 전화를 받아?

지난밤 절박하게 매달렸던 여자가 다른 남자의 전화를 받고 침대에서 튀어 오르는 모습을 보는 건 썩 유쾌하지 않았다. 그게 이미 임자가 있는 남자의, 그것도 마주한 여자의 직속상관에게서 온 전화라고 할지라도.

촌각을 다투는 업무가 있을 수도 있다는 것을 모르는 바가 아니다. 그리고 그녀의 위치상 업무 시간의 범주가 상식적이지 않다는 것도 잘 알고 있다. 그런데도 시비를 걸어 보고 싶은 심술궂은 심보는 뭘까.

여자를 자극하고 싶은가? 자극해서 관심이라도 얻으려고? 무엇을 위해?

머리는 기가 막힌 상황에 유치한 행동 하지 말라며 다그쳤지만, 가슴은 불쾌하게 쿵쿵거렸다.

"급한 일이기는 하지만, 복장 보니까 금방 방으로 올 것 같네요. 기다리죠."

토요일 아침을 느긋하게 보낼 생각이어서 그런 말을 한 게 아니었다. 다그치는 머리가 아닌, 불쾌하게 쿵쿵거리는 가슴에 귀를 기울인 발언이었다.

그녀가 단호한 표정을 지으며 말했다.

"나는 5분 후에 여기서 나갈 거고, 강태욱 씨도 여기서 나가야 해요."

"이유는?"

"저 위에 널린 서류는 뭐라고 생각해요?"

"뭐, KJ 기밀?"

망설임 없이 대꾸하자, 그녀가 알 만한 사람이 그러느냐며 다그치는 눈빛을 보내왔다.

"임정은 씨, 오늘 새벽부터 일정이 있는 사람이었으면 어젯밤에 남자를 방에 불러들이지 말았어야지. 안 그래요?"

그녀가 당황한 듯 입술을 짓씹었다. 눈동자를 데구루루 굴리는 게 당황한 듯했다.

태욱은 집요한 시선으로 그녀를 바라보았다. 그녀가 이제 어떤 말을 내놓을지 궁금했다.

짓씹었던 입술을 슬며시 푼 그녀가 한숨을 폭 내쉬며 어깨를 한 번 으쓱하고는 대꾸했다.

"그 남자가 나한테 미쳐서 밤새 여기 있을 거라고는 예상 못 했거든요."

태욱은 '하' 하고 헛웃음을 흘렸다. 그러자 그녀가 손목에 있는 시계를 확인하고는 덧붙였다.

"이제 3분. 3분 후에는 내가 신기주 대표 침대 옆에 서 있어야 하거든요? 그러니까 제발 좀 일어나 줄래요?"

태욱의 매끈한 이마에 핏대가 섰다. 관자놀이에 피가 확 몰린 듯 거칠게 뛰는 맥박이 느껴졌다.

지난밤에는 아랫도리에 피가 몰리게 하더니, 지금은 머리에 피가 몰리게 하는 이상한 여자다. 아니, 정정해야겠다. 머리와 아랫도리에 동시에 피가 몰리게 하는 신기한 여자다.

3분 후에 신기주 대표의 침대 옆에 서야 한다는 말은 아마도 그의 방으로 가서 긴급히 보고해야 할 업무가 있다는 의미일 것이다. 그런데 그녀는 기특하게도 태욱을 완벽하게 자극하는 법을 아는 것처럼 말했다.

또 그녀의 말은 신 대표 방에 섹스하러 가는 건 아니지 않느냐는 불온한 발언에 대한 일종의 적개심을 드러낸 것이기도 했다.

"지나치게 기민하네."

"칭찬으로 받아들일게요."

그녀가 입꼬리를 쓱 올리며 전형적인 미소를 지어 보였다.

"그런데."

태욱이 의미심장하게 말을 끊어 내고는 잠시 침묵했다. 그녀가 오른손 검지로 손목시계를 톡톡 두드리며 재촉했다. 태욱은 하체를 덮고 있는 이불을 걷어 내며 일어섰다. 그녀의 시선이 잔뜩 발기한 물건에 닿는 것이 보였다.

"똑똑한 사람이 남자 다루는 법은 잘 모르나 봅니다?"

태욱은 그녀의 시선을 한껏 받으며 호텔 방을 가로질러서 욕실 안으로 향했다. 욕실 문을 닫기 전, 그녀가 눈동자를 똑바로 응시했다. 약간의 당혹과 일말의 분노가 얽힌 눈동자는 집어삼켜서 입안에서 굴리고 싶을 정도로 탐스럽다.

"천천히 씻고 나와서, 문단속 잘 하고 갈 테니까. 걱정 말고 다녀와요."

자신이 가진 강점을 능수능란하게 이용할 줄 아는 태욱이었다. 태욱은 최대한 다정하고 상냥한 어조로 그녀를 달래듯 말했다.

"나는 지금도 10분 정도 필요해서."

어제처럼.

뒷말은 붙이지 않고 그녀를 바라보았다. 눈치 빠른 그녀가 무언가를 알아차린 듯 눈빛에 이채가 어렸다.

"그래, 내가 어제 욕실에서 힘 안 빼고 나갔으면, 어쩔 뻔했어요? 아마 조금 전에 온 신 대표 전화도 못 받았을걸? 임정은 씨한테 무슨 일 있는 줄 알고 신 대표가 이 방으로 쫓아왔을지도 모르겠네요. 그랬으면 볼만했을 텐데. 내가 이러고 문 열어 줬으면, 신 대표 표정이 어땠을까요?"

그녀의 얼굴이 점점 붉게 물들어 갔다. 따질 게 많은데, 시간이 촉박해서 무엇부터 따져 물어야 할지 고민하는 얼굴이다.

연신 오동통한 붉은 입술을 오물거리던 그녀가 마침내 입을 열었다.

"자신감이 흘러넘치시네요. 어제 되게 별로였는데, 혼자서만 달아올라서 흔들어 대는 꼴이 안쓰럽던데요? 신기주 대표가 이 방으로 왔으면, 그냥 한번 잤나 보다 했겠지 뭐. 내가 윤선진 이사도 아니고, 강태욱 씨랑 같이 뒹굴었다고 해서 자극이 되겠어요?"

그녀가 가슴 앞에서 팔짱을 끼며 의기양양한 미소를 띤 채로 덧붙였다.

"윤선진 이사 좋아했었죠? 어제 내 모습이 본인 같았어요?"

질문을 던지는 나른한 목소리에는 확신이 차 있었다.

"들켰네."

태욱이 낮게 읊조리자, 그녀가 그럴 줄 알았다는 듯이 한쪽 입꼬리만 비스듬히 올리며 웃었다.

"내가 사람을 잘못 봤네요."

그녀는 자조 섞인 말투로 속삭였다. 태욱은 기름한 오른손 검지를 들어 관자놀이 부분을 가리키며 눈을 치떴다. 나를 잘못 봤다고 말하는 거냐고 묻는 거였다.

"섹스 매너 좋은 깔끔한 사람인 줄 알았죠. 겨우 한 번 잤다고 신 대표랑 섹스를 하러 가네 마네 하면서 저열하게 굴 줄은 몰랐네요."

그녀가 눈치 빠르고 기민하다는 데는 이의가 없다. 태욱이 발작하는 부분이 어딘지 명확히 집어내며 공격하는 솜씨 역시 탁월하다.

태욱은 이제껏 점잖고, 교양 있고, 예의 바른 사람으로 살기 위해 노력해 왔다. 마음에 품고 있던 선진에게 선불리 마음을 고백하고 나서지 않은 데에는 태욱의 기질이 한껏 발휘되었기 때문이다.

그런데 31년 동안 쌓아 올린 모범적인 삶을 눈앞에 있는 발칙한 여자가 깡그리 무너뜨리려고 하고 있다.

심장이 기분 나쁜 박자로 쿵쿵거렸다. 눈치가 빠르고 기민한 것은 태욱도 마찬가지였다.

신기주 대표를 짝사랑했으면서도, 그녀는 신 대표와 얽히는 애먼 오해에는 치를 떨었다. 그녀는 삶의 영역을 정해 놓고 그것을 벗어나는 일은 해 본 적이 별로 없는 성격처럼 보였다.

모범생 대 모범생의 하룻밤이었다고 해야 하나?

문제는 삶의 영역이 분명한 그녀가 지난밤의 일을 잠깐의 노선 이탈로 보고 바로잡으려고 한다는 거였고, 태욱은 그럴 생각이 없다는 거였다.

둘의 괴리감에서 오는 생경한 욕구불만으로 인해 속이 뒤틀린 나머지 상황이 이렇게 되어 버렸다.

그녀의 말대로 순순히 옷을 꿰입고 호텔 방을 나섰을 수도 있었다. 잊지 못할 하룻밤이라도 보낸 것처럼 애틋하고 아련한 눈빛으로 그녀를 바라보며 닫히는 엘리베이터 문을 사이에 두고 미련 그득한 눈인사를 나누는 진부한 영화 같은 장면을 연출했을지도 모른다.

그런데 본능은 그러지 말라고 태욱을 다그쳤다. 여기서 물러나면 아마 영영 눈앞의 여자와는 사적으로 엮일 일이 없을 거라고, 차가운 업무용 응대만 돌아올 거라는 예감이 지배적이었다.

사실 지금 이렇게 물고 늘어진다고 해서 그녀가 자신을 차갑게 대하지 않으리란 법은 없지만.

그녀는 팔짱을 낀 채 기민한 눈빛으로 태욱을 노려보았고, 태욱은 여유만만한 눈빛으로 그녀를 내려다보았다.

뜨거운 밤을 보낸 남녀의 이상적인 아침은 아니지만, 눈치 빠르고 재치 있는 그녀와 재미있게 얽히는 듯해서 심장이 뛰었다.

관자놀이에서 어지럽게 뛰어 대던 맥박도 스르륵 가라앉았다.

"3분 지난 것 같은데?"

말이 떨어지기가 무섭게 그녀의 휴대전화가 시끄럽게 울려 댔다.

"얼른 가 봐요. KJ 기밀 팔아서 먹고살 만큼 궁핍하지는 않아요, 나. 근데 얘는 좀 어떻게 해야겠네요."

태욱이 시선을 내려 잔뜩 발기한 남성을 바라보자, 그녀가 한쪽 눈썹을 찡그리며 재우쳐 물었다.

"지금 내가 없는 내 방에서……?"

태욱은 그녀의 말을 탁 끊어 내며 대꾸했다.

"임정은 씨 없는 임정은 씨 방에서, 임정은 씨가 나한테 매달려서 야하게 울던 얼굴 떠올리면서."

다정하고 상냥한 목소리를 내뱉는 순간, 호텔 방 문을 두드리는 소리가 들려왔다. 그녀가 뜨악한 표정을 지으며 문가로 다가섰다. 도어 스코프로 상대를 확인한 그녀의 얼굴이 하얗게 질렸다.

"신 대표?"

태욱은 그녀의 뒤에 바짝 붙어 서서 손톱만 한 도어 스코프를 나눠 보는 시늉을 하며 붉게 달아오른 귓가에 속삭이듯 물었다.

그녀는 태욱의 가슴에 손을 얹고는 욕실 안으로 밀어 넣었다. 밖에서 '임 비서, 안에 있어?' 하고 묻는 신 대표의 목소리가 들려왔다.

"자기 위로를 하든, 기밀을 훔치든. 10분 후에 나와요. 알겠어요?"

다급하게 내뱉는 입가에 쪽 소리가 나도록 입을 맞췄다. 그녀는 더는 대거리를 하고 싶지 않다는 듯이 느리게 눈을 한 번 감았다가 뜨고는 고개를 절레절레 내저으며 욕실 밖으로 나가 버렸다.

쾅 하고 욕실 문이 닫히는가 싶더니, 호텔 방 문이 열리는 소리가 들려왔다.

"뭘 하는데 전화도 안 받아?"

신 대표의 목소리가 방 안으로 이어졌다.

"나가서 말씀하시죠."

딱딱하게 긴장한 그녀의 대꾸가 흘러나왔다.

"시간 없어. 여기서 해."

그녀는 목소리를 낮춘 채로 무언가를 열심히 브리핑하기 시작했다. 언뜻 듣기에 중국의 5G 통신사와의 미팅을 앞두고 사전 교류 중이라는 것 같았다. 신 대표가 그쪽은 일본 쪽이 더 우세할지도 모른다는 답을 하는데, 괜히 속이 또 뒤틀렸다.

저놈은 뭔데 갑자기 나타나서 짝사랑하던 여자도 뺏어 가고, 하룻밤을 달군 여자도 낚아채는지. 태욱은 물을 확 틀어서 샤워 소리를 내며 존재감을 드러낼까, 하는 충동에 사로잡혔다.

그러다 세면대 앞에 놓인 매직글라스의 리모컨이 눈에 들어왔다. 리모컨 버튼을 누르면 방과 욕실을 가르는 벽의 한쪽을 차지한 불투명한 유리가 투명하게 변하며 제 모습이 드러날 것이다.

마침 어젯밤 샤워를 마치고 슈트를 배스 가운 옷걸이에 걸어 두고 나갔던 게 생각났다. 태욱은 여전히 아무것도 걸치지 않은 채로 욕실 문 옆에 자리한 유리장 문을 열었다. 재킷 안주머니에서 휴대전화를 꺼낸 그는 문자메시지를 입력하기 시작했다.

[이거 리모컨 누르면 내가 스트립쇼도 가능하겠는데요?]

정은은 손목에 찬 스마트 워치 속에 나타난 문자메시지를 확인한 뒤, 잠시 머릿속이 멍해지는 것을 느꼈다.

"왜 그래?"

이상한 낌새를 눈치챈 신 대표가 수상하다는 듯이 물었다.

"새로 나온 블러셔 예약해 뒀는데, 들어왔다고 찾아가라고요."

신 대표가 눈썹을 치떴다.

"이 시간에?"

"백화점 문 열자마자 오라는 소리죠."

신 대표는 화장품 이야기가 나오면 화제를 금방 넘겨 버리곤 했었다. 신 대표가 정은의 휴대전화 메시지에 관심을 끄길 바라며 입에서 나오는 대로 지껄였다. 심장이 불안하게 쿵쿵거렸다.

1시간 후, 신 대표는 중국 5G 통신 업체와의 화상 미팅을 앞두고 있었다. 정은이 참석하는 수준의 미팅은 아니었기에, 오늘 새벽 대략적인 브리핑을 하는 것이 업무의 전부였다.

"미국의 제재가 계속되는 이상, 한국 시장에 매달릴 거예요. 아마 미국 대선이 마지노선이 될 것 같고, 이미 중국 업체 쪽에서는 부품 수급을 늦추지 말아 달라는 요청이 한국을 비롯한 각 업체에 전달한 상태입니다. 일본보다 지금 기회에 중국 쪽을 구워삶는 것도 괜찮아 보여요."

"중국이 얼굴 바꾸는 게 한두 번이어야지. 자국 내에서 한국 유통 업체 내몬 게 어제 일이야."

신 대표가 고심하듯 미간을 찌푸렸다. 딩동, 하고 문자 수신음이 울린 것도 동시였다.

[나 씻어, 말아? 물 틀어도 돼요? 욕실에 헐벗고 가만히 있으니까 춥네요.]

정은은 아랫입술을 지그시 깨물었다. 대꾸 없이 휴대전화를 내리는데, 신 대표의 의미심장한 시선이 정은에게 닿았다. 눈을 가늘게 뜨고 정은을 응시하는 모습에 마른침이 꿀꺽 넘어갔다.

엊그제까지만 해도 이 남자 때문에 애태우며 밤을 지새웠었다. 그런데 지금은 다른 의미로 속이 타들어 간다.

정은은 예사로운 목소리를 내기 위해 노력하며 입을 열었다.

"지난 4월에 열린 하노버 메세(Hannover Messe: 매해 4월 독일 하노버에서 열리는 산업 기술 전시회)에서 외신이 가장 주목한 부분이 중국의 빠른 5G 기술 성장세였어요."

빠르게 내뱉은 정은의 목소리가 저도 모르게 잦아들었다. 욕실에 있는 남자에게 업무상 대화가 들리지 않았으면 하는 바람에서 나온 본능적인 방어기제였다.

"정치적인 상황에 따라서 뒤통수치는 기술도 빠르게 발전하는 중국이지."

"그건 일본도 크게 다르지 않잖아요."

정은이 속삭이듯 읊조리자, 신 대표가 눈을 가늘게 뜨며 정은을 응시했다. 오늘따라 신 대표의 눈동자가 유난히 검게 보였다. 농도 짙은 묵색 눈빛에 매료되어 가슴 떨렸던 날들이 주마등처럼 스치고 지나갔다.

물론 정은의 가슴은 지금도 떨리고 있다. 떨림의 이유는 욕실 안에 가둬 둔 모범적인 엘리트를 가장한 재수 없도록 섹시한 남자 때문이다.

본인을 재수 없는 남자라고 평한 것을 알게 된다면 남자는 어떤 반응을 보일까?

피식 터져 나오려는 웃음을 삼키려 입술 안쪽 살을 짓씹었을 때였다.

"임정은."

신 대표가 서슬 퍼런 목소리로 정은을 불렀다. 엊그제까지만 해도 그가 자신의 이름을 부를 때마다 심장이 내려앉았던 정은이었다. 윤선진 이사를 대면한 이후로, 완벽하게 마음을 접었음에도 파블로프의 개처럼 심장은 그의 목소리에 미련하게 반응하곤 했었다.

그런데 이상하지.

오늘 아침은 천지가 개벽이라도 한 것처럼 그의 눈빛이나, 말투가 자극이 되지 않는다.

"네, 선배."

정은은 평소와 같은 목소리로 대꾸했지만, 볼륨은 여전히 낮았다.

"여기 너랑 나 말고 누구 엿듣는 사람이라도 있어?"

싱긋 미소를 머금은 정은은 무슨 이야기를 하는지 못 알아듣겠다는 듯이 눈썹을 치켜떴다. 등줄기를 타고 식은땀이 길게 흘러내렸다.

"크게 좀 말해. 안 들려. 복화술이라도 해?"

그제야 자신의 목소리가 잔뜩 오그라들어 있다는 것을 깨달은 정은이 일부러 기침을 해 댔다. 눈물이 쏙 빠질 만큼 억지로 기침을 토해 낸 정은은 힘겹다는 듯이 입을 열었다.

"감기 기운이 좀 있나 봐요. 목이 계속 마르고, 잠기네요."

오른손으로 목 앞부분을 문지르며 미간을 찌푸리자, 신 대표가 걱정스럽다는 듯이 정은을 바라보았다.

천성이 다정한 사람이다. 아프다는 사람을 붙들고 몰아세울 만큼 야박하지도 않다. 특히 오랜 세월을 함께한 정은에게는 더더욱 각별했다. 그래서 그의 감정도 자신과 같을지도 모른다고 착각했던 날들이 있었다.

계속 그 자리에 있을 거라고 생각했다. 신기주는 승승장구하면서 세계를 떠돌고, 자신은 그의 곁을 지키며 함께 늙어 갈 거라고 여겼었다.

그런데 신 대표가 등한시하던 한국에서 둥지를 틀었다. 그것도 자신이 아닌 다른 아름다운 여자와 함께.

연애 감정에는 영 무딘 남자는 자신이 오랫동안 짝사랑했었다는 사실도 모를 것이다. 정은의 짝사랑은 모두의 안녕을 위해 무덤까지 갖고 가야 할 비밀이 되었다.

그런데…… 내가 미쳤지…….

강태욱 수석은 부명의 소문난 브레인이었다. 모범적인 엘리트라는 소문이 자자했고, 누구의 도움도 받지 않고 순전히 본인의 능력으로 핵심 TF팀 리더를 차지한 인물이기도 했다.

부명과의 회의 세팅을 위해 이메일과 몇 번의 전화 통화가 있었을 뿐이지만, 칼로 자른 듯 명확하게 업무를 처리하면서도 변화무쌍한 환경에 무섭도록 빠르게 적응하는 유연성과 개방성을 동시에 지녔다는 생각이 들었다.

사진으로만 얼굴을 봤을 뿐인데, 느낌상 믿음이 가는 캐릭터였다고나 할까.

물에 빠진 사람이 지푸라기를 잡아도 유분수지.

홀로 이별하는 짝사랑에서 지독히도 깊은 외로움에 빠진 나머지, 정은은 믿음직해 보이는 허우대 멀쩡한 지푸라기, 강태욱을 붙잡고 말았다.

피임에 관해 물을 때는 보이는 성격만큼이나 침대 매너도 좋은 남자라고 생각했다.

그리고 지난밤의 일은…….

살을 부딪쳤던 순간을 떠올리자 숨이 턱 막히며 순식간에 열이 올라 버렸다.

그에게는 영 별로였다고 시비를 걸어 댔지만, 왜 사람들이 섹스에 미쳐 사는지 깨우친 밤이었다.

신 대표가 얼굴이 발갛게 달아오른 정은을 바라보며 걱정스럽게 읊조렸다.

"열도 나나 보네. 병원 가 봐야겠다. 혼자 갈 수 있겠어?"

"일단 좀 쉬고요."

정은이 피곤하다는 듯이 미간을 찌푸리자, 신 대표가 알겠다며 콘솔에 기대앉아 있던 몸을 바로 세웠다.

"그래, 주말은 푹 쉬고."

신 대표는 다정한 인사를 건네고는 호텔 방을 나섰다. 방문이 둔중한 소리를 내며 닫히자 안도의 한숨이 터져 나왔다. 정은은 손바닥으로 마른 이마를 한번 쓸고는 돌아섰다.

그제야 방 안 풍경이 눈에 들어왔다. 소파 테이블 위에는 누가 보기에도 두 사람이 마신 듯한 맥주 캔이 나뒹굴었고, 카펫 위에는 어젯밤 그가 벗어 던진 배스 가운과 정은의 옷이 뒤섞여 있었다.

이 방에 누구 엿들을 사람 있느냐고 물었던 신 대표의 물음은 증거물에 기인한 것이었구나, 새삼 깨달으며 정은은 가슴이 갑갑해지는 것을 느꼈다.

누구를 탓하겠는가.

비로 젖은 외로운 밤, 바람직해 보이는 수컷의 짙은 페로몬에 취해 자신이 저지른 일인 것을.

이제 수습을 해야 했다.

정은은 남자가 몸을 숨긴 욕실을 향해 걸음을 옮겼다.

호기롭게 걸음을 옮겼지만, 욕실 문 앞에 선 정은은 잠시 망설였다. 그가 색스럽게 혼자만의 시간을 열심히 보내고 있는데, 자신이 문을 열어젖히는 불상사는 없어야 했다.

순간 머릿속에 불순한 장면이 제멋대로 쏟아졌다. 잔뜩 성이 난 물건을 손에 쥔 채로 힘줄이 돋아난 팔뚝의 잔근육을 꿈틀거리며 더운 숨을 내뱉는 남자의 모습, 상상만으로도 지나치게 낯이 뜨거워졌다.

이제껏 논리적이고, 개념적인 좌뇌형 인간이라고 생각하며 살아왔는데, 하룻밤 만에 상상력이 뛰어난 우뇌형 인간이 되어 버렸나 보다. 정은은 한숨을 한 번 몰아쉬었다.

망설이는 사이 타일 바닥을 때리는 물소리가 들려왔다. 그가 샤워를 시작한 듯했다.

쿵쿵 울리는 가슴을 두드리는 듯한 물소리를 들으며, 정은은 복잡한 머릿속을 명료하게 정리하려 애썼다.

그러다 의문이 들었다.

서로의 비밀을 알게 된 상황, 윤선진 이사를 마음에 품고 있었다는 남자는 기가 막히게 태연한데, 왜 신 대표를 짝사랑한 자신만 전전긍긍해야 하는 건지.

정은은 충동적으로 욕실 문을 열고 들어갔다. 그는 전면이 유리로 된 샤워 부스 안에 들어가 샤워 중이었다.

샤워 부스 맞은편에 있는 욕조 턱에 걸터앉아서 그를 노려보았다. 그는 비스듬히 고개를 기울인 채 눈을 감고 천장에서 떨어지는 물을 맞고 있었다.

헤아릴 수 없는 물줄기가 잘 짜인 근육을 타고 아래로 흘러내렸다. 숙련된 석공의 조각도로 깎아내린 대리석처럼 단단하게 서 있는 모습에 매료되어 멍하니 바라보고 있는데, 눈이 마주쳤다. 놀란 탓에 심장이 의지를 배반하고 쿵 내려앉았다.

그가 언제 들어왔느냐고 묻는 듯한 눈빛으로 정은을 바라보는가 싶더니, 샤워 부스 문을 열었다. 거대한 상체를 부스 밖으로 내미는 바람에 물방울이 바깥으로 튕겨 나왔다.

"같이 씻을까요?"

태연하게 내뱉는 질문에 정은은 헛웃음을 흘렸다.

"같이 씻을 것도 아니면 왜 들어왔어요? 뭘 훔쳐보려고?"

그가 의미심장한 미소를 지으며 검은 눈빛을 빛냈다.

"혼자 얼마나 잘……!"

하나 구경이나 하려고 들어왔다, 는 말로 받아치려고 했다. 머리 위에서 물이 쏟아져 내렸다. 적당한 온도의 온수가 순식간에 정은을 적셔 버렸다. 그가 수압을 조절했는지, 쏟아지는 물의 양이 점점 줄어들었다.

"백견百見이 불여일색不如一色."

알아듣지 못하는 소리를 하는 그를 정은이 가늘게 뜬 눈으로 올려다보았다. 그가 정은의 동그란 이마에 반듯한 제 이마를 가져다 댔다. 물줄기가 서로의 얼굴을 탐하듯 미려하게 흘러내렸다.

"백 번 보는 것보다, 한 번 하는 게 낫다는 뜻이죠."

물기에 젖은 그의 입술이 붉게 달아오른 정은의 입술에 깊숙이 맞닿았다.

어젯밤 서울 하늘을 적시던 빗방울이 머리 위에서 떨어지는 것 같은 착각이 일었다. 습기를 머금은 대기에서는 향내도 잘 퍼지는 법이다.

쏟아지는 물줄기에 씻겨 나가지도 않고, 위험한 페로몬이 또다시 풍겨 왔다.

어제 내린 비로 미세먼지가 씻긴 대기는 청명했지만, 정은의 머릿속은 더욱 복잡해져만 갔다.

분명한 건, 우산 없이 비를 맞으면 젖어 버리듯 흠뻑 젖어 버렸다는 거였다.

2화
정의할 수 없는 사이

　벌써 2주일째, 그녀는 태욱의 연락을 피하고 있었다. 아니 정확히 말하자면 무시하고 있었다.
　업무적으로 오가는 이메일에는 칼같이 답변을 해 오면서, 태욱이 보낸 사적인 메시지에는 묵묵부답이었다.
　휴대전화로 전화를 걸면 회의 중이라는 문자메시지와 함께 전화가 끊겼다. 사무실이 없으니 찾아갈 수도 없고, 호텔 방으로 무작정 쫓아가자니 그림이 이상해 보였다.
　여기서 더 이상해질 게 있나?
　태욱은 조소하며 답이 없는 휴대전화를 데스크 위에 내려놓았다.
　그날 욕실에서 질펀한 정사를 마친 뒤, 그녀는 배스 가운을 걸친 채로 물이 뚝뚝 떨어지는 머리카락을 털어 내며 생각을 정리할 시간이 필요하다고 했다. 생각을 정리할 시간이 필요한 것은 태욱도 마찬가지였다.

자신이 갑작스러웠던 하룻밤으로 사랑에 빠질 만큼 낭만적인 인간은 절대 아니라는 것을 태욱은 잘 알았다. 단지 끊임없이 치솟는 열기에 대한 고찰은 필요해 보였다. 열기의 정체가 순간적인 욕정의 발현인지, 자극적인 여자에 관한 정복욕 때문인지는 두고 볼 일이었다.

그런데 문제는 생각을 정리할 시간이 필요하다던 그녀가 지난 2주일간 태욱을 철저히 무시하고 있다는 사실이었다. 그동안 호기심이 이상한 조바심이 되고, 조바심은 독기를 품은 오기가 되어 버렸다.

어디를 가든 환영받았고, 오욕으로 얼룩진 거부를 당해 본 적은 더더욱 없었다. 수년을 짝사랑한 윤선진 이사가 다른 남자와의 결혼을 입에 올렸을 때도 이렇게 속이 들끓지는 않았다.

"강 수석, 이제 가죠."

퇴근 무렵, 태욱의 방을 찾은 사람은 윤선진 이사였다. 오늘 저녁 부명건설 대표와의 미팅을 위한 전략 회의를 신기주 대표와 함께 진행할 예정이다.

그리고 신기주 대표가 오는 자리에 그림자처럼 움직이는 비서인 그녀가 빠질 리가 없었다.

회의 장소는 신기주 대표와 윤선진 이사가 결혼식을 올리기로 예정된 호텔 I였다.

윤 이사를 적대시하는 세력인 윤선웅 상무는 윤 이사가 세력을 구축해 가면서 그녀의 움직임을 주시하기 시작했다.

호텔 I에서의 회동은 그저 결혼식 준비 작업의 일환으로 보일 터였다. 부명건설 사장단을 포섭하기 위한 밑그림을 그리기 위해 모인 것이라고는 꿈에도 생각지 못할 것이다.

윤 이사의 사촌인 윤선웅 상무는 적대 세력으로 상대해 주기엔 힘이 빠질 정도로 1차원적인 인물이었다. 그렇다고 아무런 대비책 없이 무시할 수만은 없었다. 원래 뻔하고 무식해 보이는 악행을 막는 게 더 어려운 법이다. 설마 그런 짓을 저지를까, 하고 의심하는 찰나에 일이 터지고 마니까.

우매한 윤 상무는 혼자서 윤선진 이사를 상대할 수 없다고 생각했는지, CH그룹의 최지훈 상무와 손을 잡았다.

최 상무는 재계에서 교활하기로는 둘째가라면 서러울 인물, 윤선진 이사의 런던 도시 재생 프로젝트를 막기 위해 CH그룹과의 빅딜을 예고했다.

부명의 프로젝트를 대신할 CH의 카드는 연료전지 사업이었다. 원천 기술을 포함한 연구소 전체를 넘기겠다는 조건이었지만, 허울뿐인 사업체를 팔아먹고 건실한 프로젝트를 집어삼키는 최지훈 상무의 수법은 악명이 높았다.

문제는 그런 뻔한 수법에 넘어갈 정도로 윤선웅 상무가 생각이 없다는 거였다. 아니, 어쩌면 생각 없는 척을 하는 것인지도 모른다. 윤 상무의 목적은 사업적 성공이 아닌, 눈엣가시 같은 윤선진 상무를 그룹에서 몰아내는 것일 테니까.

호텔 로비에 도착하자, 미리 대기하고 있던 호텔 지배인이 따라붙었다.

"신기주 대표님 일행은 10분 전에 도착했습니다."

앞장서는 호텔 지배인의 뒤를 따라 콘퍼런스 룸으로 향했다. 회의용 테이블이 ㄷ자로 배치된 이곳은 최대 10인이 회의를 진행할 수 있는 소규모 콘퍼런스 룸이었다.

먼저 도착한 신기주 대표 일행은 회의 세팅을 마친 상태였다. 신기주 대표 일행이라고 해 봤자 신 대표와 그의 비서인 정은뿐이었다.

"일찍 왔네요."

윤 이사가 해사한 미소를 머금으며 신 대표에게 인사를 건넸다. 예전 같았으면 다른 남자에게 다정한 인사를 건네는 윤 이사를 바라보며 속이 좀 쓰렸을지도 모른다.

하지만 태욱의 온 신경은 지금 신 대표의 뒤에 서서 전형적인 업무용 미소를 짓고 있는 여자에게 쏠려 있었다. 콘택트렌즈를 꼈는지 얼굴 절반을 가리고 있던 안경은 보이지 않았다.

"우리도 방금 올라왔어요. 오는 데 불편한 건 없었고?"

신 대표가 미소를 활짝 머금으며 상냥한 목소리를 냈다. 같은 남자가 보기에도 신 대표는 요즘 나사 하나가 빠진 사람처럼 보였다. 업무 수행 면에서는 여전히 탁월한 능력을 보이는 사람이었지만, 윤 이사와 함께 있는 모습을 볼 때면 같은 남자인 게 부끄러울 정도였다.

골든리트리버 같다는 윤 이사의 친구 후지사와 아사미의 말이 딱 어울렸다. 사업에 뛰어들 때는 도베르만처럼 사나워 보이는 남자가, 윤 이사의 앞에만 서면 털이 북슬북슬한 커다란 꼬리를 흔들며 주인의 명령을 기다리는 대형견처럼 굴었다.

"정은 씨도 잘 지냈죠? 오랜만이네요."

한심스러운 감정을 숨기고 신 대표를 바라보던 태욱의 시선이 다시 여자에게로 옮겨 간 것은 윤 이사가 그녀에게 건넨 인사 때문이었다. 무려 13년 동안 짝사랑했던 남자를 한순간에 채 간 여자가 건네는 인사를 그녀는 흔들림 없는 미소로 받아 냈다.

"덕분에 잘 지냈습니다, 윤 이사님."

그녀가 내뱉은 말에 어이가 없어진 태욱은 저도 모르게 픽 하고 헛웃음을 흘리고 말았다. 불과 2주 전까지만 해도, 눈물이 그렁그렁한 눈으로 윤 이사가 어떤 사람이냐고 물어 놓고선.

한 발짝 앞에 서 있던 윤 이사의 시선이 태욱을 향했다. 신 대표도 의문 어린 눈빛으로 태욱을 바라보고 있었다.

태욱은 고개를 비스듬히 돌려 헛기침을 한번 하고는 입을 열었다.

"갑자기 재채기가 나오려고 해서요."

태욱을 향해 있던 두 사람의 시선이 의심 없이 물러갔다.

"두 사람, 얼굴 보는 건 처음이죠? 이쪽은 강태욱 수석."

윤 이사의 소개에 태욱은 만면에 미소를 머금으며 인사를 건넸다. 신 대표나 윤 이사도 기민한 편에 속했다. 그녀를 곤란하게 만들겠다고 그들 앞에서 섣불리 감정을 드러내는 어설픈 짓을 저지를 생각은 추호도 없었다.

"강태욱입니다."

흔들림 없는 그녀의 눈을 똑바로 바라보았다. 동그란 눈이 반짝반짝 빛을 발했다. 캐주얼한 복장을 하고 있을 때는 마냥 학생처럼 보였는데, 진회색 오피스 슈트를 입고 머리를 틀어 올린 그녀의 모습은 완벽한 커리어 우먼이다.

"안녕하세요? 신기주 대표님을 보좌하는 임정은입니다."

차분한 그녀의 목소리가 흘러나오자 심장이 조금씩 빠르게 박동하기 시작했다. 뜨겁게 몸을 섞었던 여자가 안면박대하는 모습이 제법 신선하다.

"앞으로 자주 보겠네요. 잘 부탁드립니다."

태욱은 오른손을 내밀어 그녀에게 악수를 청했다. 그녀는 옅은 미소를 머금은 채로 태연히 손을 내밀었다. 맞잡은 손에서 축축한 습기가 느껴졌다. 여유를 가장한 그녀였지만, 긴장했는지 진땀을 흘리고 있었다. 가녀린 손끝이 슬쩍 떨리는 것도 같았다.

설마 이깟 사전 미팅 때문에 이렇게 긴장했을까.

태욱의 얼굴에 걸린 미소가 짙어졌다. 태욱은 그녀가 긴장한 이유를 어렵지 않게 짐작할 수 있었다. 충동적인 하룻밤을 보낸, 자신이 피하고 있는 남자를 향한 조심스러운 경계심일 것이다.

그녀는 아마 태욱의 사회적 지위나 정도를 고려했을 때, 공공의 장소에서 낯 뜨거운 짓을 할 것 같지는 않다고 여길 것이다. 그러면서 그날 호텔 방에서 짓궂게 그녀를 탐했던 태욱을 떠올리며 자신이 어느 정도까지 위험을 감수할 수 있을지 고민 중인지도 모른다.

2주 동안 연락을 매몰차게 씹어 대던 여자에게 뜻 모를 분노가 일었던 것도 잠시, 그녀를 마주한 순간부터 태욱의 심장은 기분 좋은 박자로 뛰어 댔다.

벗어날 수 없는 우리에 갇혔음에도 호시탐탐 도망갈 때를 노리는 가련한 짐승을 보는 사냥꾼의 심정이 이러할까.

윤 이사와 신 대표가 결혼을 약속한 이상, 그리고 자신과 그녀가 일을 그만두지 않는 가정하에, 두 사람의 만남은 불가피한 것이었다. 그 사실을 그녀도 직시하고 있었다. 그렇기에 하룻밤의 실수로 치부하고 태욱을 피하고 있는 것처럼 보였다.

내가 마냥 정의로운 놈으로 보였나?

태욱은 보이지 않게 초조했다. 이제껏 대외적으로 쌓아 온 이미지를 고려한다면, 그녀에게 태욱은 이성적 설득이 통하는 상대이거나, 혹은 대놓고 사적인 연락을 무시한다면 자존심이 상해서 물러날 상대로 여겨졌을 것이다.

보통의 경우라면 자신이 그리했을 거라고 태욱도 동의하는 바였다. 그런데 이상하게 이 여자에 한해서는 보통의 범주를 넘어서고 있었다.

바람직하게 사회화된 에고 안에서 오랜 시간 잠재되어 있던 다소 짓궂고 과격한 자아가 그녀로 인해 발현되려는 듯 꿈틀거리기 시작했다.

전형적인 비서의 얼굴을 하고 있는 그녀의 옅은 미소에 금이 가는 모습을 보고 싶었다.

당황해서 얼굴을 붉히고, 어이가 없다며 화를 내고, 쾌락에 젖어 신음을 내뱉으며 매달리는 모습을.

머릿속으로는 이미 셀 수 없이 그녀를 탐했지만, 태욱의 낯빛과 눈빛은 평온하기 그지없었다. 자신에게 이런 가학적인 성향이 있었나, 싶을 정도로 여자의 존재는 위험하리만큼 자극적이었다.

이 자극이 무엇에 기인하는 것인지는 계속 두고 봐야 할 것 같았다. 그녀를 마주하고 분명해진 것은 단 하나였다. 정직한 욕망이 그녀를 향해 성실하게 반응한다는 것.

쌀쌀한 날씨 탓에 슈트 재킷 위에 긴 코트를 입은 걸 다행이라고 여겨야 할 정도였다. 바지 앞섶이 슬쩍 들려 있는 것을 만천하에 보이는 것은 곤란한 일이다.

"이제 시작합시다."

가학적인 상념에서 벗어난 것은 신 대표의 발언 이후였다. 이제 신 대표가 회의를 주도하면 그에게로 이목이 집중될 터였다. 그런데 뜻밖에도 회의 진행은 그녀가 맡았다.

"최지훈 상무는 그간 그럴듯한 사업체를 구성하고 팔아먹는 형식으로 적당한 이득을 취하며 그룹 내에서 자리를 잡았습니다. 사업체에 문제가 있다고 할지라도 상대방 측에서 문제를 발견하는 데는 시일이 꽤 걸렸고, 이는 상대가 무능을 드러내는 것이나 다름없어서 이의를 제기했던 업체가 없습니다."

"한두 푼 피해 본 것도 아니고, 상대 업체 측에서 가만히 있었다는 게 말이 안 되는데요."

태욱의 발언에 그녀는 서슴없이 대답했다.

"최지훈 상무와 사업 거래를 했던 이들의 위치와 성향은 모두 윤선웅 상무와 일치합니다. 창업자의 직계 비속으로 임원직을 수행하고 있으나, 이렇다 할 업적은 지니지 못한 인물들로, 자신이 사들인 업체에서 비위가 발생한 경우, 사안을 덮는 데만 급급했습니다. 최 상무에게 두 번 넘게 속은 이들도 있고요."

그녀는 일목요연하게 정리한 구체적인 자료를 프로젝터에 띄웠다.

KJ와 손을 잡은 것은 근래의 일이다. 짧은 시간이 주어졌음에도 그녀는 윤선웅 상무와 최지훈 이사에 관한 깊이 있는 정보를 다루고 있었다.

일을 진행하면서 진취적인 성향을 띠는 그녀의 업무 스타일이 마음에 들었었다. 그런데 지금은 마음에 드는 정도가 아니라, 그녀를 비서로 두고 있는 신 대표가 부러울 지경이다.

짝사랑한 여자를 채 가서 결혼을 하지 않나, 저런 능력자를 비서로 데리고 있질 않나.

뭐가 더 부럽지? 전자인가, 후자인가.

어두워진 실내, 프로젝터에서 발하는 빛에 어른거리는 그녀의 실루엣을 태욱은 어루만지듯 바라보았다.

"대부분 국내에서는 아직 시장이 형성되지 않은 산업 기술 분야를 보기 좋게 포장해 최 상무가 팔아넘기는 식입니다. 아시다시피 시장 형성 이전에 뛰어드는 사업은 실패 가능성이 높은 편에 속합니다. 사업이 실패한다고 하더라도 최 상무는 발을 빼기 편했을 겁니다. 시장 상황을 핑계로 대면 되니까요. 다음 화면 보시겠습니다."

업무를 논하는 그녀의 목소리는 딱딱하기만 했다. 하지만 그 딱딱한 목소리로 인해 태욱은 열기가 치솟아서 죽을 맛이었다. 테이블 위에 있는 차가운 물을 들이켰는데도 속에서 들끓는 온도를 가라앉히기가 어려웠다.

게다가 그녀는 아까부터 선홍빛 혀로 제 입술을 이따금 핥아 댔다. 그 작은 동작이 앞에 앉은 남자의 혼을 쏙 빼놓고 있다는 사실을 그녀는 모르는 것 같았다.

태욱이 티 나지 않도록 긴 한숨을 내뱉었을 때였다.

"강 수석, 어디 불편합니까?"

그녀를 향해 있던 신 대표와 윤 이사의 시선이 대번에 태욱에게로 건너왔다. 연단에 오른 그녀의 시선도 태욱을 향해 있기는 마찬가지였다. 태욱은 깊게 숨을 들이마시며 눈썹을 치켜올렸다.

"감기 기운이 좀 있는지, 열이 오르네요."

태욱이 시선이 그녀를 지나쳐 질문을 던진 신 대표에게로 옮겨 갔다. 신 대표는 별다른 대꾸를 하지는 않았지만, 오묘한 표정으로 태욱을 바라보고 있었다.

마치 열기의 원인이 감기는 아니지 않느냐고 묻는 듯한 표정이었다. 뭘 안다고 저러실까.

태욱은 마뜩잖은 얼굴을 한 신 대표에게서 고개를 돌려 버렸다. 회의실에 들어선 순간부터 신 대표는 희미한 적대감이 묻어나는 시선으로 태욱을 바라보았다.

"약은 먹었어? 요즘 독감 유행이라던데."

윤 이사가 걱정 어린 목소리를 내자, 신 대표가 떨떠름한 목소리로 투덜거렸다.

"지금 내 앞에서 다른 남자 걱정해요?"

"아니요. 배 속에 있는 아기 걱정해요. 강 수석 매일 나랑 같이 일하는데, 나한테 감기 옮기면 곤란하잖아요."

하마터면 '잘들 논다'라는 말이 입 밖으로 튀어나올 뻔했다.

신 대표는 자신이 선진에게 마음을 품었다는 것을 알고 있었다. KJ와 처음 접촉했을 때, 지켜 주고 싶은 사람이 있노라며 신 대표에게 윤 이사를 향한 마음을 절절하게 고백했더랬다. 당시엔 KJ의 도움을 받아 윤 이사 곁을 지킬 수 있을 거라고 여겼다.

'배 속에 있는 아이 아버지, 내가 해 줄게.'

혼자 아이를 낳아 키우겠다는 윤 이사에게는 아이 아버지가 되어
줄 수도 있다는 말까지 했었다.

자신이 얼마나 어처구니없는 고백을 했는지 알게 된 것은 윤 이사
가 쓰러진 날이었다. 아이의 아버지가 신 대표라는 말에 태욱은 뒤통
수를 세게 얻어맞은 기분이었다. 첫 만남부터 애틋한 눈빛을 숨기고
쇼를 했던 두 사람에게 훌륭한 연기였다며 손뼉이라도 쳐 주고 싶은
심정이었다.

이후 속이 조금 쓰리기는 했지만, 신 대표가 믿음직한 사람이라는
데는 의심할 여지가 없기에 깨끗이 물러났다.

또 깨끗이 물러나지 않을 거면 어쩌겠는가. 둘이 죽고 못 살 것 같
은 얼굴인데.

그때 고백했던 걸 마음에 두고 있나? 윤 이사를 차지한 것도 모자
라, 한배를 탄 마당에 은밀하게 적대감을 내비치는 건 뭐란 말인가?

업무를 마무리 짓고 나면, 업무 평가를 받기 마련이다. 태욱은 요
며칠 윤 이사에게 품었던 마음을 평가해 보았다.

부명그룹 창업주의 똑똑한 손녀, 차기 그룹 오너로 손색없는 인물
이다. 계산이 빠르고, 사회적 성취욕과 명예욕이 높은 태욱에게 윤
이사는 욕구 충족에 명확하게 부합하는 조건이 아니었을까, 하는 생
각이 들었다.

가슴으로 하는 절절한 애정이 아닌, 머리로 하는 짝사랑, 그렇기
에 태욱은 윤 이사를 향해 들끓는 감정을 가져 본 적이 없었을 것이
다.

믿음직해 보이는 신 대표의 존재감 때문만 아니라, 윤 이사를 뼈저리게 원한 적 없고, 가슴 뜨겁게 품었던 적 없기에 물러서기 쉬웠는지도 모른다. 아무리 자신이 철저히 계산적인 인물이라고 한들, 감정의 재고가 이렇게 쉬울 줄은 몰랐다.

태욱은 연단에 서서 무표정한 얼굴로 태블릿 PC를 들여다보고 있는 여자를 흔들림 없는 시선으로 응시했다. 자료를 재검토 중인지 빠르게 시선을 옮기는 그녀를 바라보는데, 학부 시절 사용했던 텍사스 인스트루먼츠TI 사의 재무용 계산기가 떠올랐다.

TI 사의 재무용 계산기는 CFA 시험 공식 계산기 중 하나로 재무 회계 시험을 수월하게 보려면 필수적인 물건이었다. 다른 계산기로는 할 수 없는 복잡한 재무 문제도 재무 계산기로는 계산할 수 있었다.

마치 그 계산기 같은 여자다. 눈앞에 있는 여자의 존재가 아니었더라면, 감정의 재고가 이토록 쉬웠을까?

내내 태블릿 PC 화면을 들여다보는 여자의 눈꺼풀이 천천히 움직이는가 싶더니, 새까만 눈동자가 태욱을 똑바로 응시했다.

이제껏 기분 좋은 박자로 두근거리던 심장이 쿵 하고 내려앉는 듯했다. 태욱은 그녀의 시선을 피하지 않고 받아 냈다. 감기는 핑계였을 뿐인데, 독한 감기약을 먹고 취한 것처럼 머릿속이 몽롱해졌다.

그리고 감정의 재고에 쉬운 답을 내 주었던 여자의 존재가 또 다른 질문을 내던지고 있는 듯했다.

멀미가 일도록 지나치게 뜨겁게 일어나는 욕구는 대체 뭐냐고.

쉽게 풀릴 문제가 아니라는 생각에 골치가 아파 오는 것만 같았다.

정은은 자신을 뚫어져라 응시하는 남자 때문에 진작 입안이 버석하게 말라 버렸다. 입술 표피도 타들어 가는 듯해서 연신 혀로 입술을 축일 때마다 그의 시선은 집요하게 그것을 바라보았다.

지난 2주간 그의 사적인 연락은 철저히 무시했다. 자존심이 대단한 남자라는 것은 그를 만나기 전부터 느끼고 있었다. 그는 상대에게 인정받기 위해 움직이는 인물이 아니었다.

그동안 한국의 어느 기업 혹은 개인과 업무 협약을 맺은 적 없는 KJ에 그가 보낸 업무 협약 제안서는 꽤 인상적이었다.

부명그룹이 지닌 장단점뿐 아니라, 프로젝트의 리더 격인 윤선진 이사와 강태욱 수석 자신의 약점까지도 명시되어 있었다.

윤선진 이사는 창업주의 손녀지만 끈 떨어진 연이나 다름없다는 식의 서술이었고…… 강태욱 그는 윤선진 이사의 심복 격으로 반대편에 서 있는 이들에 관한 정보에 대해서는 취약하다고 설명하고 있었다.

좋은 것만 어필해도 모자랄 판에 정보의 비대칭 속에서 어려움을 겪고 있다는 것을 그는 솔직히 털어놨다.

마치 그것은 그가 약점으로 들지 않은 모든 것에는 자신 있다고 주장하는 것처럼 보였다.

그리고 정은의 가설을 입증하기라도 하듯 그는 모든 면에서 기대 이상의 수행 능력을 보여 주었다. 그가 이른 나이에 수석으로 승진하고, 그룹 내에서 TF팀의 리더로 활약하고 있다는 점 역시 근거가 되었다.

또 그의 설명만큼 그가 윤선진 이사의 반대 세력에 관해 문외한인 것도 아니었다. 오히려 누군가 심어 둔 첩자는 아닐까 싶을 정도로 윤선웅 상무에 관한 자세하고도 은밀한 정보를 쥐고 있었다.

업무 절차가 하나씩 진행되면서 그의 성격을 파악할 수 있었다.

그는 자신이 인정하는 수준에 이르지 않으면 절대 만족하지 않는 인물로 보였다. 타인이 그의 성취와 가치를 인정한다고 하더라도, 그게 자신의 기대에 미치지 않으면 인정하지 않는 성격.

게다가 그의 성취 욕구와 인정 욕구는 거의 완벽에 가까웠다. 그가 보내오는 자료, 업무 수행 능력, 상대를 대하는 태도, 무엇 하나 흠잡을 곳이 없었다.

그렇다면…….

그는 아마도 완벽에 가까운 이성 관계를 원할 것이라 여겼다. 마라탕 식당에서 사진으로만 봐 왔던 남자와 마주쳤을 때, 충동적으로 말을 걸었다. 그리고 그를 유혹해 보고자 시도했던 것도 맞았다.

단지 어설픈 유혹이 단번에 먹혀들어 갈 줄은 몰랐다.

그가 진하게 입을 맞춰 왔을 때, 심장이 심하게 떨렸다. 한 번도 돌아봐 주지 않았던 신 대표를 바라보며, 정은의 자존감은 바닥을 쳤다. 그동안 다른 이와의 만남을 꿈꿔 본 적도 없기에 지독히도 외로운 감정에 휩싸여 있었다.

치부를 숨긴 채로 진정한 감정을 교류하는 게 가능할까?

마음을 빼앗긴 이에게 추악한 비밀을 털어놓을 수 있을까?

정은의 성격상 불가능에 가까웠다.

갈등 속에서 유년기와 청소년기를 보냈다. 어른이 된 정은은 내면 깊숙이 뿌리박힌 두려움에서 도망치듯 했고, 갈등을 피하고 평화를 중재하는 태도를 고수하며 살아왔다.

그런 정은의 성격이 불도저 같은 신 대표를 보좌하는 데 빛을 발한 것은 당연했다. 신 대표는 정은을 신뢰했고, 모든 것을 알고 포용해 주는 신 대표의 그늘 안에서 갈등은 존재하지 않았다.

태어날 때부터 정은을 따라다니던 갈등의 원인이 고개를 들 때면, 정은은 업무의 연장인 것처럼 일을 해결했다. 신 대표에게 받은 고액 연봉으로. 돈을 쓰면 한동안 평화가 깃들었다.

사람은 서로 다른 이에게 끌린다고 했던가?

강태욱, 약점을 당당하게 드러내는 그의 태도에 호기심이 일었던 것도 사실이다. 자신이 만약 강태욱과 같은 성격이었다면, 다른 삶을 꾸려 나가고 있었을까? 누군가를 서슴없이 사랑하는 것도 가능했을까?

한 번도 용기 내어 사랑을 고백해 본 적 없는 자신에 비해, 그는 임신한 윤 이사에게 아이의 아버지가 되어 주겠다는 말까지 했다고 들었다.

나와는 완전히 다른 사람. 그리고 욕구 충족 기준이 완벽에 가까운 사람.

본능에 이끌려 하룻밤은 허락할 테지만, 그저 하룻밤 정사로 끝날 것이라고 생각했다. 자신은 그의 높은 기준에 부합하지 않을 테니까.

그런데 심장이 뜨겁게 두근거릴 만큼 인상적이었던 밤을 함께 보낸 남자는 이튿날 아침부터 정은을 당혹스럽게 하더니, 지금은 그때와 버금가는 눈빛으로 정은을 바라보고 있었다.

정은이 흔들리는 것을 눈치챘다는 듯이 꿰뚫어 보는 시선은 날카롭고 자극적이었다.

가슴이 뻐근할 정도로 심장이 두근거렸다. 입술을 한 번 더 축이자, 그들만의 세계에서 핑크빛 대화를 나누던 신 대표가 입을 열었다.

"속개하죠."

정은은 고개를 한 번 끄덕이고는 설명을 이어 나갔다.

머릿속은 그에 대한 생각으로 가득 차 있는데, 입은 쉴 새 없이 건조한 음성을 내뱉고 있다는 게 신기할 따름이다.

회의는 밤 10시가 가까운 시각에 끝이 났다. 네 사람은 나란히 엘리베이터에 올랐다. 윤 이사와 신 대표가 문 앞에 섰고, 정은과 그가 그들의 뒤에 섰다. 밀폐된 사각의 공간에 그와 단둘이 있는 것도 아닌데 열기가 훅 치솟았다.

그리고 그날 이후로 시도 때도 없이 리플레이 되는 장면들이 머릿속에 불쑥 떠올랐다. 갑작스레 떠오른 잔상에 아랫배가 조여 와서 당황스럽기까지 했다.

이 남자도 그날 밤을 곱씹고 있는 걸까? 나와 같은 열기에 빠져 당황스러울까?

정은은 엘리베이터 바닥을 바라보고 있던 시선을 옮겨 그를 흘긋 보았다. 언제부터 보고 있었는지, 그의 검은 눈동자가 정은을 응시하고 있었다. 눈이 마주친 순간, 그의 커다란 손이 기민하게 움직이는가 싶더니, 정은의 손을 소리 나지 않게 잡아챘다.

심장은 호텔 I의 지하 주차장까지 단숨에 내려앉아 버린 듯했다. 그는 정은의 손을 조용히 끌어다 코트 안으로 집어넣었다. 정은의 눈이 커다랗게 뜨였다. 그만하라는 말을 내뱉을 수도, 요란하게 손을 빼낼 수도 없었다.

손등이 그의 바지 앞섶에 닿았다. 촉감 좋은 천 아래로 딱딱하게 발기한 그의 물건이 느껴졌다. 카멜색 코트 자락을 향해 있던 정은의 시선이 곧바로 흔들림 없는 단단한 눈동자를 향했다.

두 사람의 시선은 서로를 노려보듯이 뒤엉켰다. 밀폐된 좁은 공간, 시간은 느릿하게 흘러갔다. 그의 얼굴에는 성난 본능과는 대비되는 선하고 옅은 미소가 걸려 있었다.

그 극명한 차이에 정은은 호흡을 멈추고 그의 얼굴을 응시했다. 누군가 목을 죄고 있는 것처럼 숨이 막혀 왔다.

그에게 잡힌 손에서 발화된 뜨거운 불꽃이 단번에 심장을 거쳐 목구멍까지 치고 올라왔다.

마치 두 사람만 갇힌 새장이 펄펄 끓는 시뻘건 용암 속으로 빨려 들어가는 것만 같았다. 감당할 수 없는 열기가 갑자기 치솟아서 당황스러웠다.

그가 손을 움직여 정은의 손등이 느릿하게 물건을 쓸도록 만들었다. 손등에서 우둘투둘하게 일어선 핏줄이 느껴졌다. 2주 전 흐트러진 침대 위에서 봤던 성난 본능이 손으로 그려지는 듯했다.

더운 숨이 절로 흘러나올 것만 같아서 정은은 아랫입술을 말아 물었다.

"안 피곤해?"

신 대표의 다정한 목소리가 조용히 울린 순간, 정은의 눈동자가 사정없이 흔들렸다. 엘리베이터 안에 신 대표와 윤 이사가 함께 타고 있다는 것을 잠시 망각하고 있었다.

정은이 슬쩍 손을 빼내려 힘을 주자, 그가 악력을 더했다. 25층에서 출발한 엘리베이터는 이제 6층을 지나치고 있었다. 흔들리는 눈동자로 그를 올려다보았다. 그의 얼굴에는 여전히 천연덕스러운 미소가 걸려 있었다.

그의 곧은 시선이 정은의 눈동자, 곧은 콧잔등, 붉게 달아오른 뺨, 선이 분명한 인중을 지나, 바싹 마른 입술에 닿았다.

정은은 소리를 내지 않고 입 모양으로만 말했다.

'변태.'

그 역시 소리 없이 웃었다. 활짝 웃는 그의 얼굴은 지나칠 만큼 매혹적이다. 조도가 낮은 엘리베이터 조명 탓에 적당한 음영이 짙게 드리운 얼굴은 위험해 보이기도 했다.

직관적 본능은 이미 그와 침대 위를 구르고 있었지만, 이성적 사고는 똑같은 실수를 두 번 저지르지 말라고 다그쳤다.

본능과 이성 사이의 괴리감에 등줄기를 타고 땀이 길게 흘러내렸다.

엘리베이터가 2층을 지나칠 무렵 그는 아무 일도 없었다는 듯이 정은의 손을 놓아주었다. 이윽고 엘리베이터 문이 열리고 결이 다른 공기가 훅 끼쳐 들어왔다. 정은은 긴 잠영을 끝내고 수면 위에 떠오른 것처럼 크게 숨을 들이마셨다.

윤 이사와 신 대표는 짧은 작별 인사를 건네곤 눈앞에서 사라졌다. 물론 그 남자, 강태욱도 마찬가지였다. 질척거리며 달라붙을 줄 알았는데, 그는 두 사람과 함께 메인 로비로 향했다.

그의 모습이 사라졌는데도 달아오른 열기는 쉽게 가실 줄을 몰랐다.

정은은 땀에 젖은 손을 허벅지에 한 번 문질렀다. 작은 손을 꽉 거머쥐었던 악력, 손등에 닿았던 색스러운 촉감은 여전히 남아 있었다.

하마터면 엘리베이터 안에서 그녀를 당겨 안을 뻔했다. 발갛게 달아오르던 얼굴이 떠오르자, 태욱은 또다시 감당할 수 없는 열기가 치솟아서 운전대를 거세게 그러쥐었다. 손가락 마디가 하얗게 불거졌다.

태욱은 미련 없이 호텔을 빠져나왔다. 잔뜩 긴장한 그녀의 눈빛에서 태욱은 가능성을 엿보았기 때문이다.

머릿속으로는 열심히 생각을 정리하려는 듯 보였지만, 태욱을 보자마자 그간의 노력이 헛수고였다는 것을 깨달았는지 낭패감 어린 눈빛을 하는 것을 보니 단전 아래로 뭉근한 열기가 올랐다.

본능을 따르는 것이 두려운 눈빛이었다.

그녀가 마음껏 흔들렸으면 좋겠다. 흔들림 없이 쉽게 잡혀 버리는 것은 재미가 없다. 쉽게 얻으면 쉽게 싫증 나기 마련이다. 최대한 어렵게 잡혀 주기를 바랐다.

태욱은 자신뿐만 아니라, 그녀 역시 열감이 오르는 이 상황을 즐기기를 바랐다. 또 서로로 인해 치솟는 열기가 어디까지 뻗어 나갈 수 있을지 궁금하기도 했다.

그렇지만 열기의 정체를 남녀 간의 사랑이라는 궁극의 가치로 정의할 수 있는지는 의문이었다.

보통 회의를 마치고 나오면, 태욱은 머릿속으로 회의 내용을 복기하기 바빴다. 그런데 오늘은 잔뜩 달아오른 얼굴로 '변태'라고 속삭이던 그녀의 모습이 눈앞에 아른거렸다. 붉게 달아오른 오동통한 입술이 상스러운 단어를 내뱉는 모습은 지나치게 자극적이었다.

1차로에서 신호 대기 중이던 태욱은 초록색 좌회전 신호에 반짝 불이 들어오는 것을 보고는 충동적으로 운전대를 돌렸다. 그녀와 관계된 모든 일은 계획한 대로 움직이기가 어려웠다. 태욱의 차는 다시 호텔로 향하고 있었다.

도어 어텐던트에게 차 키를 맡기고 곧장 로비를 가로질러 들어갔다.

엘리베이터 안에 오른 태욱은 대책 없이 무작정 호텔로 향했다는 생각에 기가 막혀 왔다. 룸 키가 없으니, 그녀가 머무는 층으로의 접근조차 불가했다.

태욱은 바보가 된 것 같은 기분으로 엘리베이터에서 내렸다. 그리고 또다시 이렇다 할 계획도 없으면서 발걸음을 옮기기 시작했다. 성큼성큼 내딛는 걸음에서 성급함이 묻어났다. 관자놀이를 타고 땀이 주르륵 흘러내렸다.

지금 당장 그녀의 얼굴을 보지 않으면 정신이 나가 버릴 것만 같은 기묘한 절박감에 사로잡혀서 홀린 듯 걸었다. 지난 2주 동안 그녀의 연락을 기다렸던 시간보다 대책 없이 그녀를 찾아 헤매는 지금 이 시간이 더 처절하게 느껴졌다.

정신을 차렸을 때, 태욱은 그녀를 처음 만났던 마라탕 식당 앞에서 있었다. 10시 반에 가까운 늦은 시각, 마라탕 식당은 영업 종료 안내문을 걸고 가게 안을 정리 중이었다.

내가 지금 대체 무슨 짓을 하는 거지?

태욱은 벅차오른 숨을 고르며 잠깐 무릎을 짚고 섰다. 가슴이 뻐근할 정도로 심장이 뛰었다. 귀가 멍하고, 바닥이 빙글빙글 도는 것처럼 현기증이 일었다. 제 발로 걷고 있는데도 멀미가 이는 것처럼 속이 메스껍기까지 했다.

그녀를 만난 이후로 연신 태욱을 덮쳐 오는 멀미의 정체를 파악할 수 없어서 혼란스러웠다. 태욱은 상체를 곧추세우며 긴 한숨을 내뱉었다.

스스로를 진정시키기 위해 노력했지만 허사였다. 심장은 더욱 세차게 뛰어 댔고, 누군가 목을 조르고 있는 것처럼 숨이 막혀 왔다.

태욱은 그녀와 함께 장을 보았던 프리미엄 마트로 향했다. 맥주를 고르고 유쾌한 대화를 나누었던 그곳 역시도 파장 분위기였다. 손님이 거의 없는 마트를 허탈한 심정으로 지켜보던 태욱은 바닥에 붙박인 듯한 발걸음을 겨우 떼어 냈다.

그녀와 함께했던 장소를 되밟는다고 해서 그날 밤과 같은 일이 다시 일어나리라는 법은 없었다. 대체 무슨 생각으로 사람이 다 빠져나간 아케이드 몰을 헤매고 있는 것인지 혼란스러웠다.

마트 입구를 빠져나와 허탈한 걸음을 터덜터덜 옮길 때였다. 멀리 호텔 로비로 연결되는 엘리베이터를 향해 걸어가는 낯익은 여자의 뒷모습이 눈에 들어왔다. 심장이 쿵 하고 빠르게 뛰며 뜨거운 피를 한꺼번에 토해 냈다.

태욱은 뛰듯이 걸음을 옮겼다. 그녀가 엘리베이터에 오르기 전에 붙잡아야 했다. 사적인 연락은 무시하면서, 사람을 홀릴 듯한 눈빛을 하는 이유는 대체 뭐냐고 따져 묻기라도 하고 싶었다. 입안이 버석하게 말라서 목구멍까지 달라붙을 것만 같았다.

마침내 그녀의 등 뒤까지 바짝 다가섰을 때, 태욱은 벅차오른 숨을 자잘하게 내뱉으며 손을 뻗었다.

도저히 호텔 방에 앉아 있을 수가 없었다. 편한 옷으로 갈아입자마자, 정은은 지하 아케이드 몰로 걸음을 옮겼다. 의지가 약해졌을 때, 술의 힘을 빌리는 것만큼 어리석은 일은 없었다. 하지만 오늘은 술에 취하지라도 않으면 잠자리에 들 수 없을 것만 같았다.

그동안 그의 연락을 피하면서 아무렇지 않다고 스스로를 속여 왔다는 것이 들통나고야 말았다. 방 안 곳곳에서 그와 뒹굴었던 날의 기억이 생생하게 되살아났다.

흐트러졌던 침대, 미끄러웠던 샤워 부스 안, 뜨거웠던 체온과 은밀하고 좁은 몸속을 쑤셔 대던 순수하지 않은 감각까지 모조리 되살아났다.

방을 옮길까 생각도 해 보았지만, 획일화된 인테리어가 적용된 호텔에서 방을 바꾼다고 무슨 소용이 있을까 싶었다.

그와 함께 장을 봤던 마트에서 독한 술을 잔뜩 집어 담았다. 평소 맥주 두 캔이면 기분 좋게 취하곤 했지만, 오늘은 정신을 잃을 만큼 독한 취기가 오르기를 바랐다.

묵직한 무게감이 느껴지는 종이봉투를 손에 들고 터덜터덜 걸음을 옮기고 있을 때였다.

손등에 부드러운 손길이 스치는가 싶더니, 종이봉투 손잡이가 뒤쪽으로 당겨졌다. 갑작스러운 접촉에 놀란 정은은 얼른 뒤를 돌아보았다.

어깨가 들썩이도록 벅차오른 숨을 고르며 연한 미소를 짓고 있는 남자와 눈이 마주쳤다.

"방에서 파티라도 합니까? 무슨 술을 이렇게 많이 샀어요?"

가슴속에서 이상한 안도감과 함께 자기 기만적인 거부감이 동시에 피어올랐다.

정은은 뾰로통해진 시선으로 그를 올려다보았다. 하지만 본능적으로 눈 주위에 열감이 오르는 것을 막을 수는 없었다.

코끝이 시큰거렸다. 이유를 알 수 없이 눈물이 고일 것만 같아서 당혹스러웠다.

정은은 그의 곧은 시선을 피하지 않기 위해 노력했다. 여기서 시선을 피하고 약한 모습을 보이면 그가 원하는 대로 시간이 흘러가 버릴 것만 같았다.

두려운가? 두렵다. 누군가 자신의 영역을 걷잡을 수 없이 침범할 것만 같아서 무섭다.

"오늘은 누굴 방으로 끌어들이려고 그런 야한 얼굴을 하고 있습니까?"

정은은 눈을 질끈 감으며 억눌린 음성을 내뱉었다.

"이봐요, 강태욱 씨."

이 남자는 사람의 감정을 극단으로 내모는 데 각별한 재능이 있었다.

"생긴 건 모범적인 엘리트인데, 속에는 변태가 들어차 있는 거 숨기고 사느라 꽤 힘들었겠어요."

최대한 빈정거리려 노력했지만, 목소리 끝이 미세하게 떨렸다. 그가 한쪽 입꼬리를 끌어 올리며 진한 미소를 머금었다. 그의 얼굴이 코앞까지 다가오는가 싶더니, 각도를 틀고 귓가에 속삭였다.

"둘 다 마음에 드는 말이네요. 모범적인 엘리트, 변태. 잘 숨기고 살았는데, 임정은 씨가 유일하게 내 진가를 알아봤네요. 모범적인 변태."

상스러운 말을 내뱉는 그의 목소리가 아이러니하게도 귓가에 녹아드는 듯했다.

그와 함께 있으면 초월을 경험하는 기분이다. 평생 홀로 보듬었던 상처의 흔적, 외로움을 절감할 때마다 짙어지는 상흔, 그 모든 것을 겪어 낸 과정에서 견고하게 쌓아 올린 가치관과 인생관을 그는 무용지물로 만들어 버린다.

과거, 현재, 미래, 존재하는 공간 등 모든 것을 초월하고 본능에만 이끌리고 싶은 충동을 불러일으키는 남자.

정은은 거친 숨을 몰아쉬는 그의 위험한 눈빛을 가만히 응시했다.

"가죠."

그는 정은의 손에서 종이봉투를 빼앗아 든 채로 엘리베이터에 올라탔다. 함께 엘리베이터에 올라탄 사람들이 짜증 어린 시선으로 머뭇거리는 정은을 흘끗거렸다. 그와 공공장소에서 낯 뜨거운 승강이를 벌일 수는 없어서 일단 엘리베이터에 올라탔다.

엘리베이터는 호텔 로비인 1층까지만 운행했고, 객실로 향하기 위해서는 로비에서 다른 엘리베이터로 갈아타야만 했다. 로비에 도착하자, 그는 태연하게 엘리베이터에서 내려 정은의 곁에서 나란히 걸었다.

"그쪽 초대한 적 없는데요."

파티라도 벌이느냐는 물음에 대한 유치한 대답이었다. 그러자 그가 장난기 어린 눈빛을 빛내며 대꾸했다.

"불청객이 있어야 흥미진진해지는 법이죠."

태연하게 대꾸하는 그의 목소리에 배경이 하나둘씩 지워졌다. 오로지 그의 나직한 음성과 깊게 빛나는 시선만이 존재하는 듯했다.

정은은 잠시 홀린 듯이 그의 얼굴을 바라보았다. 곱상하게 생긴 얼굴은 절대 아닌데, 살짝 올라간 입꼬리와 지나치게 높다 싶은 콧대가 우아해서 계속 시선이 머물렀다.

두 번째 엘리베이터에는 정은과 그, 두 사람뿐이었다. 중력에 대항하는 힘이 엘리베이터를 끌어 올리자, 미약한 현기증과 함께 멀미가 느껴졌다. 그 느낌은 쉽게 가시질 않고 가슴을 두드려 댔다.

물리적 운동을 하는 것은 엘리베이터인데, 가파른 언덕을 향해 전력을 다해 달려가는 것처럼 숨이 찼다.

청량한 도착 알림음과 함께 엘리베이터가 멈춰 서는 순간 심장은 터질 것처럼 뛰었다.

정은은 먼저 엘리베이터에서 내려서 천천히 걷기 시작했다. 부드러운 카펫 바닥은 구둣발 소음을 모조리 흡수해 버려서 그가 뒤따르고 있는지조차 가늠할 수 없었다. 온 신경이 뒤통수에 몰려서 목덜미가 뻣뻣해졌다.

룸 앞에 다다랐을 때, 정은은 후회할 짓을 저지르지 말자고 다짐하며 돌아섰다. 담백한 묵빛 시선이 정은을 내려다보았다.

"여기서."

"여기까지."

한 박자 빨리 입을 연 것은 정은이었다. 여기서 그만 가라는 말을 하려고 했다. 그와 목소리가 맞물린 순간, 정은은 저도 모르게 미간을 살짝 구겼다.

그는 정은에게서 가져간 묵직한 종이봉투를 건네며 속삭였다.

"여기까지 하자고요, 오늘은. 내가 일이 좀 많네."

여전히 옅은 웃음기를 머금은 얼굴이었지만, 목소리는 담백하기 그지없었다. 그동안 그를 마주할 때마다 숨통을 조일 듯 풍겨 대던 페로몬 역시 쥐도 새도 모르게 자취를 감추어 버렸다.

문 앞에서 들어가느니 마느니 승강이를 하게 될 줄 알았다. 예상치 못한 상황 변화에 정은은 맥이 탁 풀려 버리고 말았다.

멍한 표정으로 그를 올려다보았다.

"잘 자요. 술은 적당히 마시고."

그는 말을 덧붙이기 무섭게 돌아섰다. 그러고는 아무런 미련도, 아쉬움도 없다는 듯이 엘리베이터를 향해 성큼성큼 걸었다.

길게 이어진 복도 중간쯤, 그의 모습이 엘리베이터 방향 모퉁이를 돌아 사라졌을 때, 정은은 긴 한숨을 토해 냈다.

살아 있음을 증명해 보이기라도 하겠다는 듯이 절박하게 뛰어 대던 심장은 물먹은 이불솜처럼 무겁게 가라앉았다. 머리통에 찬물을 확 끼얹은 듯 뜨거워졌던 뒷덜미도 차갑게 식어 미지근한 땀줄기가 길게 흘러내렸다.

대체 뭘 기대한 걸까?

정은은 은은한 오렌지빛 조명 아래 서서 바닥에 시선을 고정한 채로 가만히 숨을 골랐다. 아까는 심장이 세차게 뛰어 대서 호흡이 버거웠는데, 지금은 심장이 너무 느리게 뛰어서 숨을 내뱉는 게 힘들었다.

머릿속으로는 다시 후회할 짓은 저지르지 말자고 해 놓고, 가슴속에서는 뭉근한 기대감을 피우고 있었나 보다.

정은은 식은땀이 배어나는 이마를 오른손바닥으로 한번 쓸었다. 아까 엘리베이터에서 시작된 현기증이 계속되고 있었다.

머리와 가슴 사이의 괴리감.

감정적 멀미라도 하는 것처럼 어질어질해서 눈을 질끈 감았다. 컴컴한 어둠을 마주한 채로 숨을 골랐다. 문을 열고 들어갈 용기가 나질 않았다.

무엇을 바라고, 누구와 함께하길 원한 건지.

밀폐된 공간에 홀로 발을 들여놓으면 감당할 수 없는 외로움이 응축되어 온 밤을 뒤덮을 것 같았다.

정은은 가만히 호흡을 골랐다. 대수롭지 않은 상황에 갈팡질팡하고 있는 스스로를 달래려 애를 썼다.

대수롭지 않은 상황이기는 한 건가?

하룻밤을 함께 보낸 남자와의 또 다른 밤을 기대했던 경험은 평생 겪어 본 적 없는 것이었다.

그런데 이런 상황을 대수롭지 않게 여기려고 하고 있으니, 멀미가 나지.

심호흡을 세 번쯤 이어 가고 있을 때였다. 들이마시는 공기의 결이 미묘하게 달랐다.

정은은 본능적인 이끌림에 천천히 눈꺼풀을 들어 올렸다. 카펫 때문에 이번에도 걸음 소리를 듣지 못했다.

자취를 감추었던 수컷의 내음을 잔뜩 풍기며, 그가 다가오고 있었다. 매혹적인 형태로 굳어 있는 그의 얼굴을 마주한 순간, 심장이 쿵 달음질치기 시작했다.

발치까지 다가온 그가 커다란 손으로 옆머리를 감쌌다. 손바닥에서 느껴지는 열기는 뜨거운 피를 내뿜는 심장과 다를 바 없었다. 입술이 가볍게 닿았다가 떨어졌다. 종이봉투가 툭 소리를 내며 바닥으로 떨어졌다.

긴장감으로 잔뜩 굳어졌던 몸에서 힘이 쭉 빠져나갔다. 그는 정은의 허리를 감싸 안으며 입술을 집어삼키기 시작했다. 윗입술과 아랫입술이 한꺼번에 빨려 들어갔다. 몸을 지탱하고 서 있는 게 버거워서, 정은은 그의 팔뚝과 재킷 라펠을 절박하게 움켜잡았다.

진득하게 달라붙었던 입술 사이가 슬쩍 벌어지자 뜨거운 혀가 왈칵 넘어왔다. 그가 매끄러운 입안 점막을 혀로 훑을 때마다 열기가 치솟았고, 거칠게 혀가 비벼질 때는 혓바닥이 얼얼한 만큼 짜릿했다.

저녁이 되어 까끌까끌하게 자란 그의 턱수염이 정은의 매끄러운 피부에 닿아 따끔거렸다. 수컷 향을 온전히 풍기며 다가오는 모습에 심장이 덜컹거렸다.

매달리는 정은의 힘보다 밀어붙이는 그의 힘이 더 강해서 뒷걸음질 친 정은의 등이 문에 닿았다.

주머니에 있는 카드키를 꺼내서 등 뒤에 갖다 대기만 하면 문이 열릴 터였다. 본능적으로 손이 재킷 주머니로 향했다. 온몸이 심장이 되어 뛰는 것처럼 둥둥 울려 댔다.

가까스로 주머니에 떨리는 손을 넣어 카드키를 움켜잡았는데, 입술이 떨어졌다. 뜨겁게 젖어 있던 입술에서 느껴지는 공기가 차갑다. 심장이 저밀 만큼 아쉬운 기분이다.

그는 반듯한 이마를 정은의 동그란 이마에 댄 채로 거친 숨을 골랐다. 눈을 지그시 내리감고 어깨를 들썩이며 열기를 억누르는 모습은 지나치게 외설적이다.

그는 마주 댔던 이마를 살짝 떼어 내며, 오른손 엄지로 정은의 아랫입술을 가볍게 쓸었다. 부어오른 입술 끝이 따끔따끔했다. 그가 한쪽 입꼬리만 올려 웃으며 나지막이 속삭였다.

"아쉬워도, 오늘은, 여기까지."

아직 채 가시지 않은 열기가 그의 목소리에서 느껴졌다. 한 발짝 물러선 그는 바닥에 떨어진 종이봉투를 집어서 다시 정은의 손에 들려 주었다. 그러고는 단숨에 돌아서서 걷기 시작했다. 정은은 또다시 멀어지는 그의 뒷모습을 멍하니 바라보았다.

뭉근하게 피어오른 열기가 아랫배를 알싸하게 조였다.

이러고 가 버리면 대체 어떡하라고.

억울한 기분이 들 만큼 취하게 해 놓고 그는 자취를 감춰 버렸다.

오늘 있었던 모든 일이 꿈처럼 느껴질 만큼 정신이 몽롱했다. 그를 일부러 피했지만, 어쩔 수 없이 만났고, 엘리베이터에서 다른 이들이 있는데도 짓궂은 장난을 치는 그를 보고 심장이 뛰어 댔다.

그리고 방금 이곳이 어디인지, 자신이 누구인지 잊을 만큼, 본능을 이끌었던 키스 때문에 혼란스럽다.

복도를 비추는 오렌지색 불빛이 몽환적으로 느껴졌다. 마치 꿈속을 거닐고 있는 것처럼 발아래가 둥둥 떠다니는 듯했다.

정은은 가만히 서서 그가 걸어 나간 어두운 복도를 오래도록 바라보았다.

✖ ✖ ✖

하루가 멀다고 연락을 해 오던 남자가 그날 이후로 연락을 딱 끊어 버린 지 일주일째다.

부명에서 오는 업무적인 연락도 이제는 그가 아닌 윤선진 이사의 비서가 대신하고 있었다.

출장이라도 갔나.

정은은 애꿎은 휴대전화를 만지작거리기만 했다.

지금 자신이 먼저 연락을 한다면 관계의 진척을 바라는 거나 다름없다는 뜻으로 여겨질 것이다. 누군가를 자신의 일상 속에 깊이 들여놓는 것을 생각해 본 적 없었다.

어둡고 깊은 내면의 일까지 공유하며 인생을 함께할 존재의 후보로 봤던 사람은 신기주 대표가 유일했다. 자신의 과거사를 다 알고 있는 인물이기에, '내 이야기를 들으면 이 사람이 나를 어떻게 생각할까?' 따위의 고민은 할 필요가 없었기 때문이다.

하지만 완전히 새로운 인물이라면 이야기가 달라진다.

정은은 작게 한숨을 몰아쉬며 손에 들고 있던 휴대전화를 브리프케이스 앞주머니에 넣어 버렸다.

"……임 비서."

신 대표의 목소리에 상념에서 벗어난 정은은 얼른 고개를 돌려 옆에 앉은 신 대표를 바라보았다.

"무슨 생각을 그렇게 하는데, 몇 번을 불러도 몰라?"

"스케줄 정리하느라 잠깐."

신 대표는 오묘한 표정으로 고개를 한 번 주억거리고는 차 문을 열었다. 차 밖에 내려선 그가 문을 연 채로 말했다.

"윤 이사랑 같이 있을 거니까, 급한 일 있으면 연락하고. 오늘 동창 모임 간다고?"

"네."

"조심히 다녀오고."

정은이 고개를 끄덕이자, 차 문이 닫혔다. 부명그룹 사옥 주 출입구를 향해 걸어 들어가는 신 대표의 뒷모습을 바라보며 기사에게 동창 모임 장소를 말하려던 순간이었다.

그 남자, 강태욱이 예닐곱은 되어 보이는 무리와 함께 차 옆을 스치고 지나갔다. 그의 곁에는 어떤 여자가 나란히 걷고 있었다. 진회색 스커트 슈트 위에 검은색 코트를 입은 여자는 그와 그림처럼 어울렸다.

여자가 그를 향해 무언가를 열심히 설명하는 듯하다가, 두 사람이 동시에 환한 웃음을 터뜨렸다. 여자를 바라보는 그의 눈빛에는 호의가 가득했다. 약간의 거리를 둔 친밀감도 느껴지는 듯했다.

정은은 자조했다. 그와 몸을 섞었을지언정, 호의나 친밀감 따위가 어린 눈빛은 받아 본 적이 없었다. 옆에 선 여자가 뭐라고 말을 하자,

그는 또다시 환한 웃음을 터뜨렸다. 그가 다른 여자와 서 있는 모습을 마주하는 것만으로 가슴이 죄이는 것처럼 답답했다.

미쳤구나, 임정은.

정은은 브리프 케이스 앞주머니에 있는 휴대전화를 꺼내 들었다.

특별한 일이 있는 것도 아닌데, 그에게 전화를 거는 것은 이번이 처음이다. 하물며 요 며칠 부명과 관련한 일은 전부 윤 이사의 비서와 연락하는 중이었기에 그와 연락을 나눌 일이 없었다.

무슨 말을 꺼내야 할지 대응책도 없는 상황에서 정은은 충동적으로 그의 번호를 누르고 말았다.

통화 연결음이 들리기 시작하자, 심장이 속절없이 뛰어 댔다. 룸미러를 통해 기사님과 눈이 마주쳤다. 출발 신호를 달라는 눈빛이었다.

"급하게 연락해야 할 곳이 있어서요. 잠시만요."

정은은 기사님께 양해를 구하고 아슬아슬하게 통화 연결음이 울려 대는 휴대전화에 귀를 기울였다. 그는 연신 웃음기를 머금은 특유의 다정한 얼굴로 옆에 선 여자와 대화를 나누고 있었다.

그와 나란히 선 여자는 회사 동료일까? 아니면…….

그리고 그와 자신은…….

겨우 하룻밤을 보내고, 그 이후 단 한 번 키스한 전적이 있는, 정의할 수 없는 긴장감만 가득한 사이일 뿐.

통화 연결음이 끝나고 음성사서함으로 연결된다는 안내음이 들려오자 정은은 휴대전화 연결을 끊어 버렸다.

전화가 오는지도 모를 만큼 곁에 선 여자와의 대화가 즐거운 걸까?

차창 너머로 멀어지는 그의 뒷모습을 바라보며, 정은은 한숨을 집어삼켰다. 그의 모습이 완전히 사라지고 나자, 조금 전에 있었던 일이 비현실적으로 느껴졌다. 갑자기 뜻 모를 수치심이 밀려와서 정은은 눈을 질끈 감았다.

차라리 전화 연결이 되지 않은 게 다행이지 싶었다. 그의 목소리를 들었다면, 무슨 엉뚱한 말을 꺼냈을지 모른다. 지극한 안정을 추구하며 살아온 정은이었다. 문제 있는 삶의 단면을 덮으려 애쓰며 살아왔다.

굳이 골치 아픈 인간관계는 사절. 그런데 이 남자와 관계된 일에는 마치 제동장치가 고장 난 것처럼 본능이 움직였다.

"어디로 가십니까?"

내내 기다리던 기사님이 조심스러운 목소리를 냈다. 그와 전화가 연결되어 의미도 없고 쓸데도 없는 말을 내뱉지 않은 것을 다행이라고 여기자며 자조했다.

"이태원역으로 가 주세요. 3번 출구 앞에서 내려 주시면 됩니다."

정은이 건조한 목소리로 대꾸하자, 기사님이 고개를 끄덕이며 차를 출발했다.

한순간의 불장난, 짝사랑에 덴 자신을 위로하는 몸짓이었다고 여기기엔 지나치게 뜨거웠던 남자.

차가 진행하는 방향과 반대쪽으로 걷는 그와 물리적인 거리가 점점 멀어졌다. 아득해진 거리만큼 아스라해질 수 있기를 바랄 뿐이다.

부명그룹 본사 사옥이 있는 테헤란로를 떠나 이태원역에 도착할 때까지 정은은 평정심을 되찾기 위해 애썼다. 오랜만의 초등학교 동창 모임이었다. 정기적으로 한국에 들어오기는 했지만, 때마다 시기가 맞지 않아서 모임에 참석할 수가 없었다.

정은이 모임을 피해 왔던 것도 사실이었다. 누구든 옛 친구 중에 마주치고 싶지 않은 이가 있기 마련이다. 정은에게는 초등학교 동창

중에 그런 사람이 한 명 있었다.

"어? 임정은! 이게 얼마 만이야!"

초등학교 시절부터 정은의 곁을 지키고 있는 유일한 친구인 윤경의 목소리가 등 뒤에서 들려왔다. 윤경은 동창 모임에 정은을 불러낸 장본인이기도 했다.

"안 올 줄 알았는데, 왔네?"

윤경이 양쪽 볼에 쏙 들어가는 보조개를 드러내며 환히 웃었다. 바라보기만 해도 기분이 좋아지는 친구다. 아픈 구석을 들쑤시는 고약한 취미도 없고, 그저 다 안다는 눈빛으로 정은을 무한히 감싸 주는 친구.

한동안 잊고 살았던 감정이 되살아나는 듯 가슴 한쪽이 뭉근하게 달아올랐다.

"꼭 오라며."

정은은 옅은 미소를 지으며 덤덤하게 대꾸했다.

"얼른 들어가자. 애들 다 왔대. 주인공인 내가 제일 늦었네."

윤경은 대학 때 만난 남자와 결혼을 앞두고 있었고, 오늘은 따끈따끈한 청첩장을 돌리겠다고 했다. 모임에서 결혼을 발표할 때 네가 없으면 쓰겠냐며, 윤경은 정은에게 모임 참석을 강권했다.

때마침 보기 싫은 얼굴도 참석하지 않을 거라는 말에 정은은 오랜만에 모임에 참석하기로 마음먹은 것이었다.

"여기 되게 좋다? 지난달에 오빠랑 와 봤는데, 분위기가 너무 좋은 거야."

윤경은 1학년 때 복학한 과 선배와 만나고 헤어지기를 반복하다가 연애 시작 10년 만에 프러포즈를 받았다. 우여곡절을 겪을 때마다 윤경은 Skype 등의 메신저 음성 통화를 통해 시시콜콜한 이야기들을 늘어놓곤 했었다.

하지만 좀처럼 속내를 털어놓지 않는 정은의 성격을 잘 아는 윤경은 정은에 대해서는 굳이 파고들며 묻지 않았다.

지금도 그 사실이 뼛속까지 고마운데, 뜬금없이 고맙다는 말을 내놓기는 어려워서 정은은 미소를 머금은 얼굴로 친구의 환한 얼굴을 바라볼 뿐이다.

"여어? 이게 누구야? 임정은이네?"

건물 꼭대기 층에 자리한 루프톱 바에 도착하자 익숙한 얼굴들이 정은과 윤경을 반겼다.

"우리 윤경이 시집간다더니, 주사 좀 맞았나 봐? 눈가에 주름 확 폈는데?"

"죽는다? 나 원래 눈가 주름 없었거든?"

어릴 때부터 티격태격했던 남자 동창의 장난에 윤경이 주먹을 불끈 쥐어 보였다. 정은이 윤경의 옆자리에 앉으려고 할 때, 구석진 곳에 있는 여자와 눈이 마주쳤다.

성형을 했는지 얼굴이 좀 변하기는 했지만, 새빨갛다 못해 검은빛이 도는 립스틱을 바른 여자가 누군지 정은은 단번에 알아보았다.

마주치고 싶지 않았던 얼굴, 여자는 고개를 살짝 기울이며 정은에게 눈인사를 건넸다. 정은은 태연하게 고개를 까딱이는 것으로 아무렇지 않은 척 인사했지만, 가슴이 갑갑해지는 것을 막을 수는 없었다.

"너 한국 아예 들어온 거야?"

마주 앉은 남자 동창 근태가 정은의 앞에 놓인 빈 잔에 맥주병을 기울이며 물었다. 정은은 맥주잔을 들어 올리며 대꾸했다.

"아니, 아예 들어온 건 아니고. 잠깐."

"그래도 이번엔 좀 오래 있는 것 같다고 그러던데?"

정은은 '누가?' 하고 묻는 눈빛을 했다가 이내 표정을 감췄다. 누구인지 묻지 않아도 알 수 있었다. 새빨간 립스틱을 바르고 있는 여자, 정민주에게서 흘러나온 말일 것이다.

"이번엔 내 결혼식 보려고 오래 있는 거라고 했거든요? 너 왜 그렇게 우리 정은이 일정을 꼬치꼬치 캐물어? 너 정은이한테 관심 있어?"

윤경이 앞에 앉은 근태를 놀려 대며 말을 돌려주었다. 정은이 불편해하는 것을 기가 막히게 알아차린 눈치다.

"아니거든! 관심은 무슨."

"아니기는! 귀는 왜 빨개졌냐?"

윤경이 까르륵 웃으며 근태를 놀려 댔다.

그렇게 술잔이 비워지고, 다시 채워지기를 여러 번. 분위기가 무르익으며 얼큰하게 취한 이들이 생겨났다.

스물다섯 남짓한 인원, 처음에는 윤경의 결혼을 주제로 다 같이 떠들어 댔지만, 시간이 지나면서 각자의 관심사와 친분도에 따라 삼삼오오 무리가 갈라졌다.

윤경이 청첩장을 돌리며 축하주를 마시느라 여기저기 불려 다니는 사이, 정은은 홀로 술잔을 기울였다.

"아, 김윤경. 요즘 누가 촌스럽게 청첩장을 돌리냐? 그냥 메신저로 보내지."

장난스러운 대거리가 오고 가는 소리가 등 뒤에서 들려왔다.

"보고 싶어서 그랬다, 이놈아."

"날 잡은 애가 외간 남자한테 못 하는 소리가 없네."

와하하하 웃음이 터졌고, 정은도 피식 웃음을 머금으며 맥주잔을 집어 들었을 때였다. 누군가 비어 있는 윤경의 자리에 털썩 앉는 기척이 느껴졌다. 독한 향수 냄새가 코를 찔렀다.

"가족하고는 연 끊고 살면서, 동창 모임에는 나오시네?"

윤경이 앉아 있었던 자리를 차지하고 앉은 이는 민주였다. 민주는 긴 다리를 꼬며 가슴 앞에 팔짱을 꼈다. V자로 푹 파인 디자인의 검은색 랩 원피스를 입은 탓에 가슴골과 허벅지 바깥쪽이 훤히 드러났다.

"하나밖에 없는 조카가 어떻게 생겼는지는 안 궁금하니?"

정은은 민주의 표독스러운 눈빛을 가만히 받아 냈다.

"네 불쌍한 오빠가 어떻게 사는지는 알고 싶지 않아?"

불쌍하다?

정은은 한국을 오래 떠나 있던 동안 자신이 알고 있는 '불쌍하다'의 의미가 바뀌었나 생각했다.

"본인은 명품으로 휘감고 다니면서, 넌 어쩜 그렇게 애가 못돼 처먹었니? 순진한 척하면서 몸 팔아먹고 사는 주제에."

사위가 조용해졌다. 민주가 정은의 곁에 앉으면서부터 하나둘씩 호기심 어린 눈빛을 보내던 동창들이 지금은 대놓고 두 사람을 주시하고 있었다.

"야, 정민주. 너 미쳤냐?"

윤경이 새빨개진 얼굴로 씩씩거리며 끼어들었다. 정은은 옆에 선 윤경을 올려다보며 미소 지었다.

"윤경아, 나 괜찮아. 잠깐 민주랑 얘기 좀 할게."

"민주? 호칭은 똑바로 해. 오빠 안사람인데 새언니라고 불러야지. 하여간 근본 없이 태어난 것들은 예의를 모른다니까. 안 그래요, 아가씨?"

민주가 날카로운 목소리로 빈정거렸다. 윤경도 모르는 이야기를 민주가 꺼내 들었다. 오빠 안사람, 그리고 근본 없이 태어난 것들, 그 안에 정은이 속하는 것을 아는 이는 가족과 신 대표뿐이었다. 가슴이 갑갑해졌다.

"그래요, 새언니. 동창 모임 왔으면, 곱게 놀다 가시죠. 그 입 좀 닥치시고요."

정은이 대차게 내뱉자, 몇몇이 무슨 상황인지 잘 모르면서도 통쾌하다는 표정을 지으며 정은을 바라보았다.

"돈 많은 놈이 뒤 봐준다고, 눈에 뵈는 게 없나 보네."

민주가 고개를 절레절레 내저으며 비웃었다. 지나친 관심이 정은을 향해 있는 게 느껴졌다. 손끝이 바르르 떨려서 얼른 주먹을 움켜쥐었다.

인생의 절반 이상을 살얼음 위에서 살아왔다. 그러다 신 대표를 따라 한국을 떠나 있는 동안, 몸은 고될지언정 마음은 편했다.

"함부로 떠들지 마."

정은이 감응 없는 목소리로 대꾸하자, 민주는 그게 자극이 되었는지 더 큰 소리로 떠들기 시작했다.

"신 대표인지 뭔지, 다른 여자랑 결혼한다고 기사 났더라? 그럼, 넌 뭐야? 가십 속 숨겨진 여자?"

사람들은 확증에 의한 정보보다 자극적인 거짓 뉴스에 선동되기 쉬운 법이다. 대꾸할 가치조차 없는 질문이었지만, 어디서부터 수습해야 할지 막막했다.

근본 없이 태어난 자신의 출생부터 꺼내 들어야 하는지, 자신을 벌레 취급했던 가족을 피해 외국으로 향했던 일부터 말해야 하는지, 돈이 필요할 때마다 협박조로 연락해 오는 오빠의 부인이 민주라는 것부터 밝혀야 하는지.

입을 열려는 순간, 테이블 위에 올려 둔 휴대전화가 울렸다.

발신인 강태욱.

정은은 홀린 듯 전화를 집어 들었다.

- 왜 그렇게 지루한 얼굴을 하고 앉아 있어요?

수화기 너머에서 들려오는 목소리에 심장이 쿵 내려앉았다.

또다시 주변 풍경이 멀어지는 기이한 감각이 되살아났다. 민주가 앵앵거리며 발악하는 소리도, 호기심을 넘어 타인의 사생활에 대한 관음이 녹아 있는 시선들도, 아무것도 아닌 것처럼 느껴졌다.

그가 이곳에 있었다. 게다가 자신을 지켜보고 있는 듯했다.

사위를 살피기 위해 고개를 돌린 순간, 바 안을 장식해 놓은 야자 수 뒤쪽에서 듬직하고 익숙한 인영이 눈에 들어왔다.

남국의 휴양지를 모티브로 꾸며 놓은 듯 보이는 인테리어가 이제 껏 눈에 들어오지 않았는데, 그의 존재감으로 인해 빛을 발하는 듯했 다. 그가 성큼성큼 다가올 때마다 따뜻하고 나른한 바람결이 뺨을 스 치는 것 같은 착각이 일 정도였다.

"전화를 왜 이렇게 안 받아요. 걱정했잖아."

그는 정은의 어깨에 가볍게 손을 올리며 주변을 둘러보았다. 불편 하도록 정은을 옥죄던 시선들이 단번에 그에게 몰렸다.

그는 모르는 이의 호기심 어린 눈빛을 능숙하게 받아 냈다. 하긴 그의 외모라면 살아오는 동안 모르는 이의 시선을 질리도록 받아 왔 을 것이다.

자연스레 흘러내린 머리카락에 가려진 이마는 반듯했고, 촘촘하지 만 결이 고운 눈썹은 짙고 가지런했다. 속 쌍꺼풀이 진 깊고 기다란 눈매와 흑맥주빛 눈동자는 아름답다는 생각이 들 정도다.

우뚝한 콧날 아래 그림자 진 깊은 인중, 그리고 선이 분명한 선홍 빛 입술은 핥아 보고 싶단 충동이 일 만큼 달콤한 색을 띠고 있었 다.

남자의 입술을 보고 미각적 감각을 떠올렸던 적은 살면서 단 한 번 도 없었다.

그런데 눈앞에 있는 이 남자는 전혀 어울리지 않는 상황에서도 불온한 상상이 머릿속에서 불쑥 생겨나게 할 만큼 지나치게 자극적이다.

대체 이 남자의 무엇이 자신을 이토록 강렬하게 뒤흔들고 있는 것인지 모르겠다.

정은은 고개를 비스듬히 들어 올려 그를 바라보았다. 그는 다정하지만 담백한 시선으로 정은을 내려다보았다. 다른 이들이 보기엔 오랜 인연을 나눈 연인처럼 보일 것 같은 눈빛이었다.

단지 그게 진실한 감정이 아니라는 것이 문제였다. 위선적인 연극에서 그는 백마 탄 왕자가, 정은은 위기에 빠진 공주가 된 기분이다.

또 단지 문제라면 그는 왕자처럼 멋진 모습이지만, 자신이 공주인지는 다분히 의심스럽다는 것.

그리고 왕자가 공주를 구하는 서사는 별로 좋아하지 않는다.

그런데 이상하게 가슴이 알싸하게 조여 와서 시선을 내린 순간, 그의 다정한 목소리가 들려왔다.

"내 전화는 안 받더니, 친구들 만나고 있었던 거예요?"

장난기 어린 목소리에 정은은 저도 모르게 웃고 말았다. 불과 2, 3분 전까지만 해도 태연히 웃을 수 있는 상황이 아니었다. 이 남자가 주는 초월적 감각은 정은의 가슴속 깊은 곳에 내재한 무의식적인 피해의식과 방어기제조차도 허물어 버린다.

"오랜만에 하는 동창 모임이에요. 전화 오는 줄 몰랐어요."

그는 딱 한 번 전화했을 뿐이고, 정은은 놓치지 않고 그의 전화를 받았다. 하지만 그의 장단에 맞춘 거짓말이 술술 흘러나왔다.

"누구……?"

호기심 어린 목소리로 조심스럽게 끼어든 이는 윤경이었다. 그가 등장한 이후로 민주는 나쁜 머리를 못되게 굴리느라 정신없는 얼굴이었다.

"제 소개를 못 했네요. 강태욱입니다."

그는 재킷 주머니에서 명함 지갑을 꺼내어 주변에 있는 친구들에게 나눠 주었다.

부명그룹 경영전략팀 수석, 그의 휘황한 외모와 듬직한 피지컬만으로 놀란 눈을 하던 친구들이 명함을 받아 보고는 아까와는 결이 다른 시선으로 그를 바라보았다.

"모임 끝나면 전화해요. 데리러 올게."

그가 다정한 목소리를 내자, 명함을 한 손에 쥔 윤경이 호의적인 어조로 물었다.

"여긴 어떻게 오셨어요?"

"팀원들하고 회식이 있었습니다. 우연히 지나다가 정은 씨 봤고요."

커다랗고 따뜻한 손은 여전히 정은의 어깨에 올라 있었다.

"끝나면 꼭 연락해요. 위험한데 혼자 들어가지 말고."

정은은 가만히 고개를 끄덕거렸다.

"그럼."

그는 즐거운 시간 보내라며 정은의 친구들에게 인사를 건네고는 돌아섰다. 사람이 뜬 자리에 잠시 정적이 맴돌았다. 어색한 정적을 어떻게 깨야 하나 망설이던 순간이었다.

"아, 그리고."

그가 무언가 생각났다는 듯이 돌아왔다. 그러고는 정은의 곁에 서서 민주를 똑바로 내려다보며 말했다.

"부명그룹 윤선진 이사와 KJ 신기주 대표는 오래전 맺은 인연으로 결혼합니다. 윤선진 이사는 제 상사이기도 하지만, 제가 아끼는 고등학교 후배이기도 하고요. 지라시에서도 보기 힘든 저속한 말을 한 번 더 떠들면, 그땐 부명 법무팀과 KJ 법무팀에서 나설 겁니다."

민주의 얼굴이 붉으락푸르락 변해 갔다.

"물론 저도 가만히 있지는 않겠죠?"

그의 손이 정은의 어깨를 다정하게 어루만졌고, 민주의 시선이 그의 커다란 손에 머물렀다. 보태어 말하지는 않았지만, 마치 이 여자를 건드리면 가만히 있지 않겠다고 경고하는 것처럼 들렸다. 심장이 사정없이 뛰어 댔다.

그는 주변의 반응은 살필 필요 없다는 듯이 정은을 내려다보았다. 정은은 이만하면 충분하다는 눈빛을 보냈다. 그러자 그는 반듯한 미소를 지어 보이고는 친구들에게 이만 실례하겠다는 인사를 남기고 자리를 떴다.

"와, 대박."

내내 조용했던 남자 동창 한 명이 무리를 헤치고 정은의 곁으로 다가와 앉았다.

"내가 귀인을 몰라봤네. 마셔, 마셔. 야, 윤경아. 우리 정은이 뭐 좋아하냐? 안주 더 시키자."

이름도 가물가물한 동창이었다. 친구라고 하기에도 어려울 정도로 학교 다닐 때는 교류가 없던 이의 이름은 김주성이라고 했다.

대학교 1학년 때 학사 경고를 맞은 탓에 학점을 복구하고, 본래 5년제인 건축학과에서 설계를 전공한 뒤, 취업전선에서 여러 번 고배를 마신 끝에 얼마 전 부명건설에 입사했다고.

주성이 취업 성공기를 장황하게 늘어놓는 통에 정은에게 향해 있던 관심이 조금씩 흩어졌다.

"강 수석님한테 내 얘기 좀 잘해 주라."

"신 대표도 저 남자 알아?"

민주가 끼어들려고 하자, 주성이 나서서 막아섰다.

"야, 정민주. 너 입 좀 닥쳐. 얘는 어릴 때부터 입으로 사고 치더니. 서른이 돼서도 정신을 못 차리네. 나 정은이랑 얘기 좀 하게 가만히 있어."

"김주성, 네가 뭘 안다고 떠들어?"

"넌 딱 봐도 모르겠냐? 난 알겠는데? 신 대표는 우리 회사 윤 이사랑 연애결혼 하는 거고, 정은이는 아까 우리 수석님이랑 연애하는 거잖아. 너 좀 닥쳐. 왜 멀쩡하게 결혼하는 사람들 소문을 만들어? 그 사람들이 어떤 사람들인 줄 알고. 그리고 오랜만에 본 친구한테 그런 개소리 지껄이고 싶냐?"

급기야 민주가 못 참겠는지 자리를 박차고 일어섰다.

"임정은, 너 두고 보자."

이를 바드득 갈며 돌아서는 민주를 정은은 쳐다보지도 않았다.

지겨웠다. 저런 부류의 인간은 이제 다시는 상대하고 싶지 않았다. 저마다 나쁜 놈을 겪어야 하는 시간의 총량이 정해져 있는 거라면, 정은은 유년시절과 청소년기에 그 시간을 다 소비했을 터였다.

"신경 쓰지 마, 정은아. 쟤 저러는 게 뭐 하루 이틀이야? 애가 이상한 데 꽂혀서 시비를 턴다니까."

윤경이 혀를 차며 말을 보탰다.

지난번 모임에서는 결혼을 앞둔 다른 친구에게 전 남자 친구 아이를 뱄던 거 아니냐며 시비를 걸었다가 자리를 엉망으로 만들었다고도 했다. 그래서 이번 모임에는 부르지 않았는데도, 누군가의 연락을 받고 나온 것 같다는 말도 덧붙였다.

자연스레 민주가 떠들어 댔던 조카니, 아가씨니 하는 말은 묻혀 버렸다. 정은은 속으로 한숨을 집어삼켰다. 유유상종이라고, 모난 성격의 민주는 정은의 오빠 아이를 덜컥 가져 버렸고, 1년 전 출산과 함께 살림을 합쳤다고 들었다.

"근데 우리 정은이는 언제 강 수석님 같은 남자를 만났지?"

"야, 윤경아. 그 얘긴 나중에 들어. 내가 급하거든. 지금? 오빠한테 한 번만 정은이 양보해라."

주성이 쉴 새 없이 떠들어 댔다.

"지금 우리 회사에서 런던 도시 재생 프로젝트 들어가려고 준비 중이거든."

"알아."

정은이 조용히 대꾸하자, 주성의 얼굴에 화색이 돌았다.

"그치? 알지? 안 그래도 KJ에서 손댔다는 소문 들어서 긴가민가했거든. 너한테 부탁해 볼까, 하다가 괜히 네가 곤란해질까 봐."

"뭘 부탁하려고 했는데?"

"나 진짜 저 프로젝트 들어가고 싶거든? 강 수석님한테 내 얘기 좀 잘 해 주라. 응?"

정은이 고심하는 표정을 짓자, 주성은 너무 부담 갖지는 말라며 너스레를 떨었다.

"그렇게 대단한 사람이야?"

누군가의 질문에 주성이 혀를 내둘렀다. 창업주와 혈연적 관계가 없음에도 빠른 승진을 거쳐 젊은 나이에 TF팀 리더 자리를 꿰찬 능력 있는 사람이라며 찬양 아닌 찬양을 해 댔다.

정은은 괜히 낯이 부끄러워서 고개를 숙였다. 손에 쥔 휴대전화가 부르르 진동한 것도 동시였다.

[뭐 해요? 난 되게 지루하게 기다리고 있는데, 욕실에 숨어 있을 때보다 더 심심하네. 스릴도 없고.]

장난기 어린 그의 눈빛이 떠올라서 한쪽 입꼬리가 저도 모르게 올라갔다.

[김주성이라는 친구가 잘 부탁한다고 말해 달래요.]

회신을 입력하는지 말줄임표 세 개가 한참 동안 깜빡거렸다.

[내가 아무리 속이 좋아도 그렇지. 내 옆에 누워서 다른 남자 전화 받고 튀어 나가는 것도 모자라서, 이제는 다른 남자 잘 봐 달라고 하는 겁니까?]

심장이 두근, 뛰었다. 갑자기 취기가 오르는 것처럼 얼굴이 화끈거리고 어지러웠다.
정은은 아랫입술을 잘근잘근 씹으며 메시지를 입력하다가 지우고, 다시 입력하다가 지우기를 반복했다. 또다시 휴대전화가 짧게 진동했다.

[그 친구 다음 주부터 우리 팀에 합류합니다. 물론 임정은 씨 덕은 아니지만, 수습하는 데 필요하면 마음껏 써먹으라고. 어차피 공고도 내일 날 거고.]

정은은 고개를 들어 올려 주성의 얼굴을 흘끗 보았다. 직장 생활에 찌들어 안쓰러운 얼굴이 텁텁하게 굳어 있었다.
"주성아."
정은은 다른 친구들에게는 들리지 않을 목소리로 주성을 불렀다. 정은이 문자메시지를 주고받는 동안 관심사는 또 다른 곳으로 옮겨

가 있었고, 이쪽에 시선을 두고 있는 곳은 없었다.

"내일 아마 공고 뜰 거래. 기다려 봐."

검지를 입술에 가져다 대며 조용히 하라고 눈치를 주자, 주성이 감격스럽다는 듯 두 손으로 입을 막으며 놀란 눈을 했다.

"나 지금 조용히 나갈게."

정은이 덧붙인 말에 주성은 알겠다며 고개를 끄덕이고는 싱긋 웃었다.

루프톱 바를 빠져나오자마자, 그에게 전화를 걸었다. 통화 연결음이 이어지는 동안 괜히 초조해져서 아랫입술을 연신 깨물어 댔다.

"생각보다 빨리 나왔네요."

등 뒤에 있는 비상계단에서 들려온 나직한 목소리에 심장이 빠르게 뛰기 시작했다.

비상계단 조명을 등지고 있는 탓에 그의 얼굴에 옅은 그늘이 졌다. 아스라한 음영은 그의 얼굴선을 더욱 도드라지게 만들었다.

정은은 천천히 다가오는 그를 가만히 응시했다.

"내가 기다린다고 해서 빨리 나왔어요?"

그의 목소리는 아까처럼 다정하고, 담백했다. 정은은 그의 질문에 긍정도, 부정도 하지 않았다. 그저 검게 빛나는 그의 눈동자를 올려다볼 뿐이었다.

그가 한 발짝 더 가까이 다가오자, 숨결이 섞일 수도 있겠다 싶을 만큼 거리가 가까워졌다.

그가 정은을 응시하며 짙은 미소를 한번 머금고는 손가락 등으로 붉게 달아오른 뺨을 쓸어내렸다. 그저 손길 한 번 스쳤을 뿐인데 아랫배가 조일 정도로 성적 긴장감이 고조되었다. 더운 숨을 집어삼키는데, 그가 얼굴을 비스듬히 내렸다.

설마 여기서 입을 맞추려나 싶은 생각이 들었던 것도 잠시, 그의 숨결이 귓가에 닿았다.

"아까부터 친구 한 명이 계속 이쪽을 보고 있어서요. 그 친구 청첩 장 나눠 주는 것 같던데."

"아, 윤경이요."

정은은 조용조용한 목소리로 친구의 이름을 읊조렸다. 그는 다정 한 몸짓으로 한 발짝 뒤로 물러서서는 정은의 어깨를 부드럽게 감 쌌다.

"내가 이렇게 해야 친구한테 쇼한 거 안 걸리겠죠?"

그러고는 비상계단 쪽으로 정은을 이끌었다. 어두운 공간은 두 사 람이 발을 내디딜 때마다 센서 등이 켜지며 빛을 환히 비추었다. 갑 자기 들어오는 불빛을 마주할 때마다 현기증이 이는 것처럼 눈앞이 아찔하고, 심장이 쿵쿵 울렸다.

어둠과 빛의 극명한 대비 때문인지, 아니면 어깨를 끌어안듯이 감 싸고 있는 남자의 온기와 체취 때문인지.

계단을 다 내려와 건물 공동 현관에 도착했을 때, 정은은 그의 품 에서 벗어나듯 팔을 풀었다.

그는 감정을 지워 버린 듯한 얼굴로 웃고 있었다. 마치 당장 정은 에게 보여 줄 수 있는 감정은 호의를 가장한 다정함뿐이라는 듯이 반 듯하고 전형적인 미소를 장착한 얼굴이다.

충동적이었던 하룻밤과 진한 아쉬움을 남겼던 키스.

큰 의미를 부여하지 않은 육감적인 행위, 그는 그게 전부였다고 말하는 것처럼 보였다.

정은은 그를 가만히 올려다보았다. 갑자기 반듯하게 생긴 미소를 구겨 버리고 싶은 생각이 들었다. 어쩌면 처음부터 그런 심보였는지 도 모른다. 못 먹는 감 찔러나 보자는 무의식이 그를 건드린 걸 수도 있다.

나라고 이런 남자 못 가져 보겠느냐는 바닥난 자존감의 발현이었을 것이다. 그런데 그게 뜻하지 않게 통해 버렸고, 이번에도 정은은 이상한 자존심이 발동해 버리고 말았다.

"그동안 나한테 연락 왜 안 했어요?"

2주 동안 그의 연락을 피한 장본인이 내뱉기에는 어울리지 않는 말이었다. 하지만 다음을 기약하는 것처럼 키스를 나눈 남자가 연락을 딱 끊어 버린 이유는 알고 싶었다.

그는 정은을 가만히 내려다보기만 했다. 정은의 물음에 당황은커녕 반듯하게 웃는 얼굴에 미동조차 없었다. 오히려 미소가 더 진해진 것 같아서 속이 뒤틀렸다. 정은은 대답을 재촉하듯 눈썹을 치떴다.

"임정은 씨 열 받으라고요."

그는 그린 듯한 미소를 머금은 얼굴로 감미롭게 속삭였다. 정은은 똑똑히 들어 놓고도 혹시 잘못 들었나 싶어서 되묻고 싶었다. 황망한 눈빛으로 그를 바라보고 있는데, 매혹적인 미소를 머금은 입술이 천천히 움직였다.

"키스하고 연락 안 하는 거랑 섹스하고 연락 피하는 거. 둘 중에 뭐가 더 열 받을 것 같아요?"

그의 물음에 할 말을 잃어버렸다. 굳이 경중을 따지자면 후자가 더 나빠 보였다.

정은은 속절없이 웃음을 터뜨리고 말았다. 비뚤게 발현되었던 자존심도 한순간에 허물어지는 것 같은 이상한 감정이었다.

그는 뭐가 그렇게 우습냐는 듯한 표정을 머금은 채로 정은을 내려다보았다.

"섹스로 2주, 키스로 1주 연락 안 했으니까, 그냥 둘 다 열 받았다고 치고. 퉁치죠."

정은이 어깨를 으쓱 올리며 진한 미소를 머금자, 그의 눈빛에 순간 이채가 어렸다.

"임정은 씨, 사람 그렇게 안 봤는데…… . 계산 되게 무르네요?"

말을 섞을수록 기분이 상하는 사람이 있는 반면, 말씨름할수록 유쾌해지는 사람이 있다. 지금 그는 의심할 여지 없이 후자에 속했다.

"저처럼 치밀하고 엄정한 사람 또 없을걸요?"

신 대표의 비서로 일해 오면서 업무적 영역에서는 치밀하고 엄정한 정은이었다. 하지만 이성과의 아슬아슬한 감정을 두고도 그럴 수 있는지는 의문이다.

"2주씩이나 내 연락 안 받을 만큼 별로였어요? 나는 일주일 동안 연락 안 하느라 죽는 줄 알았는데."

컴컴한 속을 드러내 놓기로 작정했는지 그가 매혹적인 미소를 머금으며 물었다.

밤늦은 시각이었지만, 거리는 여전히 시끄러웠다. 가로등에서 새어 나온 불빛, 휘황한 간판, 빨갛게 줄을 잇고 있는 후미등, 도심의 빛은 어지럽기까지 했다.

그런데도 그가 끌어내는 집중력은 대단했다. 마치 복잡한 세상이 멈춰 서서 두 사람의 대화를 숨죽여 엿듣고 있는 것 같은 착각이 일 정도였다. 시끄럽고, 혼란스러운 시공간에서 그의 목소리와 깊은 눈빛만은 또렷했다.

"아쉬워도 그만큼만 하자고 돌아선 사람이 누구더라? 별로 안 아쉬운 줄 알았죠, 나는."

정은이 마른침을 한 번 삼키며 바짝 마른 아랫입술 표피를 가볍게 핥았다. 회의 시간에도 정은의 입술만 탐하듯 바라보던 남자였다. 지금도 그의 시선은 당연하다는 듯이 정은의 입술 위에 머물렀다.

"그래서 임정은 씨는 어땠습니까?"

그의 목소리는 어둠을 집어삼킨 것처럼 잠기기 시작했다. 조용조용 내뱉는 음성이었지만, 정은을 자극하기엔 충분했다.

정은은 대꾸 없이 한쪽 입꼬리만 올려 웃으며 그를 올려다보았다. 숨결이 섞일 만큼 가까운 거리, 그는 정은의 두 눈동자를 번갈아 들여다보며 대답을 재촉했다. 그의 시선에 감기는 초조함이 마음에 들었다.

치밀한 계산, 엄정한 잣대, 막중한 책임감, 자본주의에 지배당한 열패감 따위 모두 던져 버리고, 서로를 향한 온전한 감각에만 집중하는 순간.

그 감각이 절대 순수하지 않다고 할지라도, 순수하지 않은 감각이기에 끌리는 것이라 할지라도.

살면서 이토록 조건 없는 미혹에 이끌렸던 적이 있을까?

살면서 단 한 번도 이런 경험을 하지 못하는 이들은 얼마나 서글픈 삶을 사는 것인가?

정은은 발꿈치를 슬쩍 들어 올려 그의 입술에 가볍게 입을 맞추었다. 그가 눈에 보일 정도로 당황하며 숨을 훕 들이마셨다.

"어때요, 강태욱 씨? 지금 내가 여기까지 하자고 하면, 얼마나 아쉬울 것 같아요?"

그의 시선이 시시각각 깊어져 가는 게 눈에 들어왔다.

호텔 방문이 열리자마자, 그는 정은을 벽으로 밀어붙였다. 그는 정은의 눈동자를 깊이 들여다보고 있었다. 눈동자에 흔들림이 없는데도 그가 자신을 샅샅이 꿰뚫어 보는 듯한 착각이 일었다.

그리고 묘한 갈증에 목이 타기 시작했다.

정은은 혀를 살짝 내밀어 아랫입술을 한 번 핥았다. 정은의 눈동자를 미동도 없이 바라보던 그의 깊은 시선이 아래로 내려갔다. 정은은 입술을 할짝거릴 때마다 그가 참을 수 없다는 듯한 표정으로 애써 감정을 억누르며 입술을 탐하듯 바라본다는 것을 알았다.

시선이 입술에 닿는 것을 느낀 순간 정전기가 인 것처럼 입술이 따끔했다. 부드러운 압박감을 느끼고 싶은 충동에 휩싸인 정은은 발꿈치를 들어 올렸다.

고개를 비스듬히 기울여서 더운 숨이 새어 나오는 그의 선홍빛 입술을 한번 가볍게 머금었다. 조금 전까지 입술을 자극했던 정전기가 순식간에 배꼽 아래로 내려가 다리 사이를 헤집는 듯했다.

그리고 닿은 입술은 지독히도 부드러워서 입안에 머금으면 달콤하게 녹아 버릴 것만 같았다.

정은은 낭창한 팔을 들어 올려 그의 목을 휘감아 안았다. 얇은 실크 블라우스에 그의 머리카락과 뜨겁게 달아오른 목덜미, 단단히 각이 잡힌 드레스셔츠 깃이 쓸리며 야릇한 소음이 되었다.

커다란 손이 잘록한 허리를 잡는가 싶더니 옆구리를 쓸어 올라가며 등허리를 끌어안았다. 블라우스 안으로 그의 손이 스며드는 것처럼 예민하고 섬세한 감각이었다. 입안으로 뜨거운 혀가 울컥 밀려 들어온 것도 동시였다.

등을 쓸어 올렸다가 내리는 농밀한 손짓과 입천장의 여린 살을 태연히 건드리는 그의 혀 때문에 머릿속이 아찔해졌다.

온건한 심적 관계를 맺지 않은 남자와의 섹스는 터부시해 왔었다. 13년간의 짝사랑에 종지부를 찍은 지 얼마 되지 않았기에 육감적인 본능으로 시작한 관계는 어떠한 행태로든 이 남자가 처음이다.

그런데 이 남자에게 미혹되어 터부를 깨 버린 순간, 태초에 신이 인간을 만들 때부터 존재했던 성적 본능은 자연스럽게 발현되었다. 순수하지 않은 감각을 알아 버린 인간이 얼마나 유혹에 약한지를 새삼 깨달았다.

정은은 그의 강인한 목덜미를 쓸어 내려온 손으로 드레스셔츠 단추를 풀기 시작했다. 여기서 조금만 더 대범한 성격이었다면, 아마 그의 벨트와 바지 버클로 먼저 손이 내려갔을 것이다.

그는 정은의 등허리를 어루만지며 잠시 머뭇거리는 듯싶더니 오목하게 들어간 허리를 더듬어 스커트 지퍼를 찾았다. 모든 감각이 생생하게 살아 있는 것처럼 지퍼 내려가는 소리가 똑똑히 들려왔다.

"흐음."

하복부를 꽉 조이고 있던 스커트가 바닥으로 떨어지는 순간 신음이 흘러나왔다. 생경한 소리가 어색하기는커녕 묘한 해방감이 느껴져 머리끝이 간질간질했다. 성마른 손길이 블라우스 밑단을 헤집고 들어왔다.

"하아."

달라붙어 있던 입술이 잠시 멀어졌다. 서로의 뺨 위에서 요연하게 부서지던 숨이 폭발하듯 터져 나왔다.

그는 정은의 옆구리를 쥔 채로 내려다보고 있었다. 그의 눈빛은 더 나아가도 되는지를 묻고 있는 것처럼 보였다.

이제 와서 왜?

처음은 충동적이었지만, 두 번째는 의미를 부여해 달라고 조를까 봐 두려운 것인가?

아니면 의미를 부여하고 싶지만, 정의 내릴 수 없는 감정에 망설이는 것일까?

감정을 정의할 수 없는 것은 정은도 마찬가지였다. 그저 본능에 이끌릴 뿐.

드레스셔츠 단추를 모조리 풀어 버린 정은은 셔츠 자락을 그의 단단한 어깨 너머로 젖혀 버렸다.

이 정도면 대답이 된 거 아니냐는 듯이 그를 올려다보았다. 그의 눈빛에 이채가 어렸다. 정은은 천천히 시선을 비껴 내렸다.

탄탄하고 치밀하게 엮어 놓은 것 같은 흉근과 복근을 따라 내려간 시선이 허리선까지 닿은 순간 팬츠 앞섶이 도도록한 게 눈에 들어왔다.

다리 사이에 뿌리를 내리고 있을 물건이 왼쪽으로 길고 굵게 뻗어 있는 형상이었다. 그 끝은 골반 끝까지 닿아 있는 것처럼 보였다. 이미 한번 경험한 것임에도 순간적인 두려움이 일 만한 크기에 미간을 설핏 찡그리며 숨을 가볍게 들이마셨다.

"조만간 시간 되면 나랑 백화점부터 갑시다."

뜬금없는 백화점 타령에 정은은 재빨리 그의 얼굴로 시선을 들어 올렸다. 그가 동의를 구하듯 눈썹을 한번 추켜세웠다.

이번엔 대체 뭘 망설이고 있는 거냐고 물으려는 순간, 커다란 손이 블라우스 앞섶을 움켜잡고는 양쪽으로 힘껏 잡아당겼다.

우두둑하는 소리와 함께 단추가 사방으로 튕겨 나갔다. 가쁘게 오르내리는 젖무덤에 그의 시선이 머물렀다. 그의 눈빛만으로 살갗이 붉게 달아오르는 듯했다.

"블라우스값 내가 결제해도 되죠?"

정은은 실소하고 말았다. 달아오른 살갗이 맞닿은 순간에도 계산 하나는 확실한 남자다.

정은은 알아서 하라는 듯이 어깨를 한번 으쓱거렸다. 그의 단단한 가슴에 맞닿은 가슴이 위로 올라갔다가 부드럽게 흘러내렸다. 심장도 빠른 속도로 오르락내리락했다.

그의 집요한 시선이 부드러운 흐름을 놓치지 않고 바라보았다. 잠깐의 지체가 억겁처럼 느껴져서 초조했다. 이태원에서 강남 한복판에 있는 호텔까지 쫓아와 놓고선 느릿하게 움직이는 그의 몸짓에 속이 탔다.

"부명 강태욱 수석님 추진력 좋다는 소리 많이 들었는데, 이제 한 물가셨나?"

정은은 초조함을 숨긴 채로 의아하다는 듯이 물었다. 도발적인 미소를 드리운 순간, 그가 눈을 가늘게 뜨며 브래지어 컵을 들어 올리고는 가슴을 세게 움켜잡았다.

억센 악력에 휘감긴 가슴 끝이 딱딱하게 부풀어 올랐다. 그는 엄지와 검지로 유두를 잡아 비틀며 정은의 입안을 휘젓고 들어왔다. 아찔한 감각에 눈이 질끈 감겼다.

"흐음."

또다시 목울대를 울리고 나온 신음에 묘한 기분이 들었다. 심장이 터질 듯 뛰어서 가슴이 답답할 정도인데, 켜켜이 쌓인 불안감은 해소되는 듯한 희열이 느껴졌다. 기묘한 해방감은 정은의 몸을 본능적으로 움직이게 했다.

정은은 팔로 그의 목을 꽉 끌어안으며 발끝을 들어 올렸다. 눈치 빠른 그는 정은의 탐스러운 엉덩이를 양손으로 받쳐 들었고, 정은은 곧게 뻗은 가느다란 두 다리를 그의 허리에 휘감았다.

그가 침대를 향해 성큼성큼 걸음을 옮겼다. 입술은 여전히 빈틈없이 달라붙어 있었고, 여린 점막을 헤집는 그의 혀는 기민하게 움직였다.

"하아."

등허리에 푹신한 침대가 닿는 순간, 입술이 떨어졌다. 그는 격앙된 얼굴로 한숨을 몰아쉬며 바지 버클을 풀어냈다. 벨트 버클을 신경질적으로 풀어내며 팬츠와 브리프를 한꺼번에 벗어 버리는 모습에 정은은 저도 모르게 피식 웃고 말았다.

웃음소리가 작게 울리자마자, 그의 시선이 단번에 정은을 향해 왔다. 미간을 찌푸린 채로 한쪽 눈썹만 치켜올리는 모습이 왜 웃느냐고 묻는 듯했다.

"성격이 급한것 같기도 하고, 아닌 것 같기도 하고. 모범적인 것 같기도 하고, 아닌 것 같기도 하고."

정은은 블라우스와 브래지어를 벗어 던지며 말했다. 그는 정은이 웃었던 것과 비슷한 종류의 웃음을 흘리며 말했다.

"임정은 씨가 할 말은 아닌 것 같은데?"

나신이 된 그의 모습이 비현실적으로 느껴졌다. 그리고 그의 강렬한 시선 아래서 스타킹과 팬티만 입고 있는 자신도 현실성이 없기는 마찬가지였다.

그가 홀릴 듯한 미소를 머금은 채로 상체를 숙였다. 당연히 키스가 이어질 거로 생각했는데, 그의 입술이 닿은 곳은 딱딱하게 부풀어서 따끔거리기까지 하는 가슴 끝이었다.

그는 부드럽게 흘러내린 가슴을 커다란 손으로 모아 쥐며 뾰족하게 솟아오른 유두를 입에 물고 희롱했다.

"으음."

정은은 얕은 신음을 흘리며 잘 정돈된 그의 머리카락을 흐트러뜨리듯 어루만졌다. 손가락 사이사이 연한 살갗에 쓸리는 그의 머리카락 한 올조차도 유혹적으로 느껴졌다.

살면서 이토록 본능만을 좇았던 적이 있었던가?

앞뒤 재지 않고 원초적인 갈망에 휩싸여 움직였던 적은 지금껏 단 한 번도 없었다.

정은이 계획하고, 실천하고, 마음을 쏟는 일에는 항상 방어기제가 뒤따랐다. 조금이라도 상처받을 것 같으면 계획을 뒤틀고, 실천을 바꾸고, 마음을 덜 쏟았다.

그런데 지금은 눈앞에 있는 남자 때문에 그동안 꾹꾹 눌러두었던 본능이 한꺼번에 폭발하는 것처럼 기이한 기분이 들 정도다.

그는 앞니로 유두를 물었다가, 혀로 휘감으며 빨아 댔다.

"흐으으."

정은의 입에서는 연신 앓는 소리가 흘러나왔다. 앙가슴 쪽으로 입술을 찍어 간 그는 가쁜 숨을 흘리면서 옴폭 들어간 명치에 입을 맞추며, 기다란 손가락을 스타킹 밴드에 걸었다.

숨이 헉 차오르고, 심장이 터질 것처럼 쿵쿵 뛰어 댔다. 그의 입술은 배꼽 근처를 배회하며 부드럽게 지분거리고 있었다.

골반 선을 따라서 스타킹의 압박감이 서서히 끌려 내려갔다. 그와 함께 그의 손끝이 골반, 허벅지 바깥쪽, 무릎, 정강이를 쓸었다.

마침내 그의 손이 발끝에 닿았을 때, 그는 상체를 일으켜 무릎을 꿇어앉은 채로 나신이 된 정은을 내려다보고 있었다. 짙은 그의 눈동자가 붉게 보이는 듯한 착각이 일었다.

가쁜 숨을 내쉬는 것은 그도 마찬가지였다. 반듯한 이마 위에 머리카락이 부드럽게 헝클어져 있었다.

잘 짜인 근육을 타고 시선을 내리자, 그의 중심에 불뚝 솟아 있는 페니스가 눈에 들어왔다. 핏줄이 우둘투둘하게 돋아 있는 험악하게 생긴 물건은 그의 배꼽까지 올라붙은 채였다. 그가 끝까지 몰아붙였던 열기 어린 감각이 떠올라 걷잡을 수 없는 기대감이 솟구쳤다.

그는 정은의 발가락 끝 동그란 살점을 간질이 나도록 조심스럽게 어루만지고 있었다.

간지럼을 잘 타는 정은은 발끝을 오므리며 미간을 찌푸렸다. 그를 채근하고 싶었지만, 어떻게 도발해야 할지 몰라서 망설이던 정은은 '하아.' 하고 더운 숨을 내쉬며 고개를 뒤로 젖혔다.

그러자 그의 손끝이 매끄럽게 뻗은 정은의 하얗고 가느다란 다리를 타고 올라왔다. 스타킹을 벗길 때 손가락 끝이 닿았던 것과는 선연히 다른 감각이었다. 손 전체로 다리를 감싸며 올라온 그는 허벅지 안쪽에 손을 넣어 부드럽게 벌렸다.

다리 사이 깊은 곳에서 물기에 딱 붙어 있던 살점이 벌어지지 못하고 아슬아슬하게 나부꼈다. 그는 뽀얀 허벅지 뒤쪽을 커다란 손으로 내리누르며 상체를 숙였다.

"흐읏."

그가 소프트아이스크림을 핥듯 벌어진 틈을 길게 핥아 올렸다. 놀라서 눈을 동그랗게 떴던 것도 잠시, 말캉한 접촉에 꼬리뼈를 타고 미세한 전기가 흐르는 듯 간지러웠다.

키스할 때보다 더 질척이는 소음이 아래에서 울렸다.

"하앗."

그가 갑자기 있는 힘껏 아래를 빨아들이는 바람에 정은은 놀라서 비명을 지르듯 신음했다. 비부가 빨려 들어가는 느낌은 겪을 때마다 생경했다.

그는 고개를 비스듬히 들어 올려 정은을 바라보았다. 정은의 격한 반응을 의아하게 생각하는 눈치였다.

"왜, 왜요?"

얼굴이 빨갛게 달아오르는 게 느껴졌다. 욕정에 의한 열기가 아닌, 서투름을 들킨 것 같은 묘한 수치심이었다.

"그렇게 계속 비명 지를 겁니까?"

그는 웃음을 참는 듯 한쪽 입꼬리만 미세하게 올린 채였다. 정은은 뭐 그런 걸 다 묻느냐는 듯이 눈을 부릅떴다.

"반응이 너무 격해서……."

그는 말끝을 흐리며 정은의 몸을 타고 올라왔다. 말랑말랑한 여체를 짓누르듯 차지한 그의 몸은 단단하고 뜨거웠다.

허벅지 안쪽에서 묵직하게 달아오른 그의 페니스가 느껴졌다. 가슴에서만 뛰던 심장이 이제는 입 밖으로 튀어나올 것처럼 날뛰었다.

"그래서 어떻다고요?"

긴장한 나머지 묻지 않아도 되는 말을 묻고 말았다. 섹스 전에 남자의 감응을 먼저 살핀 자신이 못마땅해서 미간이 절로 찌푸려졌다.

"미칠 것 같다고."

나지막이 쉰 목소리가 귓가에 울렸다. 간지럽게 속삭인 그는 정은의 귓불을 입에 넣고 빨아 댔다. 작은 귀걸이가 그의 치아에 부딪혀 달각거리는 소리가 이명처럼 울렸다.

"흐읏."

누가 귓속말만 해도 어깨를 움츠리며 귀를 긁적거렸었는데, 하물며 혀로 할짝거리고 입으로 빨아 대고 있으니. 간지러움이라고만 치부할 수는 없는 감각에 눈을 질끈 감은 순간, 그의 손이 허벅지 안쪽을 어루만지기 시작했다.

매끈한 살결을 부드럽게 애무하던 그는 끈적끈적한 애액이 흘러내려 푹 젖은 살점을 손끝으로 조심스럽게 갈랐다.

"흐음."

톤이 높은 신음이 흘러나왔다. 몸 안으로 그의 손가락이 빨려 들어왔다. 중지로 질 내벽을 부드럽게 어루만지며, 엄지로는 질구 주변을 간지럽게 비벼 댔다.

꼬리뼈를 간질이던 감각이 척추를 타고 올라왔다. 전율이 머리끝까지 오른 순간, 정은은 허벅지 안쪽을 오므리고 싶은 충동에 휩싸이며 아랫입술을 잘근 깨물었다. 얕은 절정이 그의 손끝에서 스치고 지나갔다.

섹스가 별것 아니라는, 평생 오르가슴을 못 느끼는 사람도 있다는 말을 들은 적 있다.

그와 보냈던 밤, 이튿날 욕실에서의 정사, 그리고 지금.

정은은 감당할 수 없는 감각에 몸이 깨어나는 듯했다.

가쁜 숨을 몰아쉬며 자신을 내려다보고 있는 남자를 올려다보았다. 그는 정은을 똑바로 내려다보며 질 안쪽을 가득 채우고 있던 손가락을 빼냈다.

그가 손을 뻗어 침대 옆 협탁 위에 놓인 콘돔 상자를 집어 들었다.

"이건 계속 여기 있었습니까?"

미끈한 애액에 젖은 손으로 콘돔 상자를 들고 있는 그의 모습은 지독히 외설적이었다. 그런 그를 더욱 자극하고 싶어서 정은은 아랫입술을 슬쩍 깨물었다.

얕은 절정의 여운이 채 가시기도 전에 장난기 어린 눈빛을 빛내는 그를 놀려 주고 싶었다.

"안타깝게도 다른 남자 불러들일 시간은 없었거든요. 내가 일이 좀 많아서."

그가 복도에서 키스를 나눈 후에 내뱉었던 말을 그대로 따라 하며 그를 올려다보았다.

그가 어이가 없다는 듯이 헛웃음을 내뱉었다. 입꼬리는 평상시 그의 미소와 다를 바 없이 위를 향해 있었지만, 형형한 눈빛은 깊이를 가늠할 수 없을 만큼 어두워졌다.

"어릴 때 대책 없이 까분다는 소리 들어 본 적 없어요?"

그의 목소리가 낮게 쉬어 있었다. 정은은 그의 어깨 위에 팔을 걸치며 낮은 소리로 대꾸했다.

"나는 지극히 얌전한 아이였어요. 있는 듯 없는 듯 살았지."

장난처럼 본심이 흘러나왔다. 목소리 끝이 서글프게 접어드는 것 같아서 정은은 얼른 입꼬리를 올려 웃었다.

"거짓말은 아닌 것 같네요."

"난 거짓말 못해요."

정은은 덤덤한 목소리로 대꾸하려 노력했다. 속속들이 알지 못하는 사이라도 믿음이 가는 사람이 있다. 치부까지 알지 못하기에 겉돌 듯 가볍게 진심을 털어놓을 수도 있는 법이다.

부명그룹 핵심 TF팀의 리더이자, 정은의 상사 KJ 신기주 대표의 아내 윤선진 이사의 오른팔, 강태욱 수석.

조직의 리더답게 치밀하도록 계산적이고, 치고 빠지는 타이밍을 기가 막히게 잘 아는 남자다. 말 한마디로 사업체가 유명을 달리할 수도 있다는 사실도 모를 리 없는 입이 무거운 남자.

어쩌면 섹스만을 위한 상대로 적합한 인물이 아닐까?

3화
품 안에 잠긴 듯

엄마에게서 전화가 걸려온 건 모처럼 회의가 없는 토요일 아침이었다. 신 대표는 윤 이사와 함께 지내고 있었고, 정은에게는 귀한 휴일이나 다름없었다.

– 신 대표 결혼한다고 기사 났더라? 그러니까 내가 진작 선보고 시집가라고 했잖아.

잠이 덜 깬 상태로 엄마의 왕왕거리는 목소리를 듣자니 머리가 어질어질했다.

"엄마, 나 회의 들어가야 해."

있지도 않은 회의 핑계를 댔지만, 엄마는 전화를 끊을 생각이 없어 보였다.

– 요즘 핸드폰 들고 인터넷만 두드려도 기주 스케줄 대강 나오더라? 어제는 뭐 했네, 오늘은 뭐 할 거네, 내일은 누구를 만나네. 무슨 토요일 아침부터 회의야?

정은은 한숨을 집어삼키며 엄마가 내뱉는 말을 건성으로 들었다. 어떤 모녀건 크기와 형태가 다를 뿐 애증이 존재할 것이다. 정은과 엄마 사이에는 서로 드러내지 않고 꼭꼭 숨겨 둔 애증이 존재했다.

─ 오늘 저녁에 아버지가 저녁 먹자신다.

결론을 꺼내 든 엄마의 목소리가 잦아들었다. 아침부터 전화를 걸어서 장황하게 이야기를 늘어놓은 것은 엄마 나름대로 겸연쩍기 때문일 거라 정은은 생각했다.

정은과는 피 한 방울 섞이지 않은 아버지, 안타깝게도 그는 여전히 정은이 자신을 친부로 여기고 있다고 생각한다.

"알겠어요."

─ 어디 좋은 데 없니? 너 기주랑 좋은 데 많이 가 봤지? 우리 그런 데 좀 가자, 오늘.

엄마는 언제나처럼 당연하다는 듯이 요구했다.

"알아서 해 놓을게."

─ 그래, 신경 좀 써. 지난번에 갔던 데는 고기는 맛있는데 밑반찬이 별로더라. 그리고 어디든 예약하면 네 아버지한테 깍듯이 대하라고 말해 놓고. 기주한테 하는 것처럼.

정은은 뭐라고 대꾸하려다가 이내 입을 다물었다.

─ 그때, 종업원도 영 별로였어. 아버지 심기 거스르지 않게, 알겠지?

엄마는 정은에게 모든 업보를 뒤집어씌우고, 면죄부를 얻으려는 것일지도 모른다는 생각이 종종 들었다.

마치 정은만 태어나지 않았다면, 엄마의 삶이 티 없이 완벽했을 거라는 듯이.

"알았어요. 예약하고 문자 줄게."

─ 응, 그래라. 집으로 기사도 좀 보내 주고. 아버지 택시 싫어해. 모범도 보내지 마. 꼭 기사 보내.

엄마는 용건을 모두 마치고는 급히 전화를 끊었다. 한숨도 나오지 않을 정도로 속이 꽉 막힌 듯했다. 오늘 저녁은 그 어떤 기업의 까다롭고 대단한 중역을 만나는 것보다 힘든 시간이 될 터였다.

휴대전화를 침대 위로 집어 던지려는데, 문자 수신음이 울렸다.

[오늘 저녁에 뭐 합니까?]

며칠 전 두 번째 밤을 보낸 이후, 그는 시시때때로 정은에게 연락을 해 왔다. 정은도 이제는 그의 연락을 피하지 않고 받았다.

그렇다고 해도 연인 간의 다정한 의무와 마땅한 책임감은 배제된 지극히 보편적인 연락 정도일 뿐, 크게 의미를 부여할 만한 속성의 것은 아니었다.

[약속 있어요.]
[늦습니까?]
[글쎄요.]
[그럼, 10시쯤 어때요?]

다만 만나자는 연락은 오늘이 처음이다.

왜 하필 오늘일까?

평범한 사람들이 약속을 많이 잡는 토요일 저녁이지만, 정은에게는 힘든 저녁 식사를 감내한 뒤, 고단함이 묻어 있을 시간일 터였다.

정은은 한숨을 한 번 몰아쉬었다. 그러다 문득 자신도 모르게 미소 짓고 있다는 것을 깨달았다.

언제나 엄마와 이런 종류의 통화를 하고 나면 머리가 아플 정도로 미간을 찡그리곤 했었다. 그런데 지금은 다른 때와 달리, 또 조금 전 엄마와 통화를 막 끝냈을 때와는 확연히 다르게 차분한 감정이 밀려들었다.

아니, 차분하다 못해 심장이 편안하게 일렁일렁했다.

한숨도 내쉬지 못할 만큼 가슴이 답답했었는데…….

정은은 그가 보낸 문자메시지를 물끄러미 내려다보았다.

꼭 블랙홀 같은 남자다. 우울한 감정과 기분 나쁜 상황은 모두 흡수해 버리고, 시공간을 초월하게 하는 남자. 그가 일으키는 현실 초월 감각은 묘한 해방감까지 안겨 주었다.

[이따 연락할게요.]

메시지를 입력하며 정은은 또다시 한숨을 내쉬었다.

오늘 저녁 식사를 하면서 몇 번이나 이 남자를 떠올리게 될까?

이 남자를 얼마나 많이 생각하며 현실에서 도망치고 싶어질까?

정은은 지긋지긋하게 자신을 옭아매는 현실 앞에서 그동안 물질적, 정신적, 감정적으로 속수무책이었다.

같이 사는 아버지가 친부가 아니라는 것을 알게 된 것은 중학교 2학년이 되던 해였다. 정신적 발달이 신체적 발달을 따라가지 못하는 괴리감, 사춘기가 올 듯 말 듯 한 시기.

엄마에게 투덜거리며 말대꾸를 시작했고, 말없이 외출해서 친구들과 놀다가 저녁 늦게 귀가하는 일도 있었다.

정은은 유별난 사춘기를 보내고 있는 친오빠의 전철을 나름대로 성실하게 밟아 가는 중이었다. 엄마는 오빠의 사춘기 방황에 관대했고, 당연히 자신의 사춘기도 그렇게 지나가리라 생각했는지도 모른다.

그런데 세상에 당연한 것은 없다는 것을 깨닫고 만 것은 어느 늦은 오후였다.

책가방만 놓고 친구 집에 가서 인터넷 채팅을 할 생각에 들떠 있었다. 친구의 언니가 만들어 놓은 아이디를 마음껏 써도 된다는 말에 심장이 두근두근했다.

모르는 이와의 비밀스러운 대화. 이제 막 이성에 눈을 뜨기 시작한 정은은 속이 울렁거릴 정도로 매혹적인 호기심에 속절없이 빠져들고 있었다.

책가방을 방에 던지고 현관을 나서려는데, 오빠 방에서 요란한 말소리가 들려왔다.

'그렇다니까. 시발. 더러워서 진짜. 어떤 새끼 피가 섞였는지, 어떻게 아냐?'

정은은 고개를 절레절레 내저었다. 아무리 사춘기라고 해도 오빠는 정도가 심한 편에 속했다. 성적이 되지 않아서 겨우 들어간 공고를 밥 먹듯이 빠지는 건 예사였다. 오빠의 방은 늘 뿌연 담배 연기로 가득했지만, 엄마는 그런 오빠를 늘 웃는 얼굴로 대했다.

'엄마가 창녀 짓 하고 다닌 걸 내가 어떻게 알아, 이 씨발 놈이!'
'그래서 너는 이 집 새끼 맞고?'

심장이 벌렁거리기 시작했다. 엄마에게 험한 표현을 쓰는 것뿐 아니라, 오빠 친구가 되받아친 질문이 기가 막혔다.

'맞다니까, 새끼야. 엄마가 울며불며 유전자 검사까지 시켰어.'

'그럼, 정은이 걔는 아니래?'

정은은 저도 모르게 오빠 방문을 박차고 들어갔다. 오빠와 대화를 나누던 친구 두 명이 문가에 선 정은을 삐딱하게 쳐다보았다.

'뭐? 시발아?'

오빠가 정은에게 상스러운 욕을 던지는 건 약과였다. 언제나 무시하는 편에 속했으니, 알은체를 해 오는 게 신기할 정도다.
그리고 거친 욕설을 내뱉고 있었지만, 자신이 통제하지 못할 상황이 불어닥쳐 올 것 같은 불안한 예감 때문인지, 오빠의 얼굴에는 당혹감이 어려 있었다.

'무슨 소리야? 그럼 나는 이 집 딸 아냐?'

정은은 저도 모르게 소리를 빽 질렀다. 오빠는 짜증이 난다는 듯이 침대에 벌러덩 눕더니 담배를 입에 물었다. 옆에서 낄낄거리던 오빠 친구가 정은에게 빈정거렸다.

'니네 엄마가 다른 놈들한테 다리 벌려서 태어난 게 우리 정은이라네. 엄마 많이 닮은 우리 정은이 오빠랑 놀까?'

오빠 친구 중에서도 가장 질이 나쁜 편에 속하는 인물이었다. 정은은 아무런 대꾸도 하지 못하고 입을 벌린 채 서 있었다. 오빠가 상스러운 말을 지껄이는 친구를 향해 베개를 집어 던지며 욕설을 내뱉었다.

'아, 이. 시발 새끼가.'

오빠는 담뱃재를 바닥에 무심히 털어 버리고는 몸을 일으켜 정은이 서 있는 문가로 다가왔다.

'이제 나한테 말 시키지 말라고, 더러운 년아.'

어깨가 거칠게 밀쳐졌다. 눈앞에서 문이 '쿵' 하고 닫혔다. 눈물이 주르륵 흘러내렸다.

그날 이후 정은은 며칠을 끙끙 앓았다.

사춘기를 겪는 오빠의 객기 어린 거짓말일까? 아니면 사실일까?

오빠 때문에 마음고생을 하는 엄마에게 쉽게 꺼낼 수 있는 말도 아니었다. 만약 오빠의 거짓말이라면 엄마가 얼마나 상처받을지 가늠할 수조차 없었다.

그런데 만약 사실이라면······. 내가 아빠 딸이 아니라면······?

오빠의 말에 따르면 유전자 검사를 했었다고 했다. 그렇다면 안방 어딘가에 결과지가 있지 않을까 하는 막연한 생각이 들었다. 정은은 엄마가 외출한 틈을 타 안방 장롱 안쪽에 패물을 모아 둔 서랍과 화장대 서랍 등을 뒤지기 시작했다.

서랍을 전부 뒤졌는데도 그와 비슷한 종이 쪼가리 한 장 나오지 않았다. 허탈하게 주저앉아 있는데, TV 뒤에 노란색 종이봉투가 놓여 있는 게 눈에 들어왔다.

저렇게 허술하게 놓았으려고.

정은은 이제 오빠의 거짓말일 거라는 가정에 무게를 실어 놓은 상태였다. 천천히 자리에서 일어나 먼지가 뽀얗게 쌓인 종이봉투를 집어 들었다.

말도 안 돼.

심장이 바닥 깊은 줄 모르고 떨어지는 것처럼 느껴졌다. 흐느낌과 함께 울음이 터져 나왔다.

'우리 정은이 왜 울어?'

시장에 다녀온 엄마가 울고 있는 정은을 발견하고는 놀라 물었다. 정은은 손에 든 종이를 엄마에게 가만히 내밀었다.

'정은아. 아빠는 아직 모르셔. 앞으로도 모르실 거고. 정은이가 아빠 딸인 건 변하지 않아. 이런 거 신경 쓰지 마.'

엄마는 정은이 보는 앞에서 유전자 검사 결과지를 박박 찢어 버렸다.

그날 이후, 정은의 사춘기는 쥐도 새도 모르게 잠잠해졌다. 엄청난 오점을 안고 있는 삶에서 더는 누군가에게 미움을 사고 싶지 않아서 모범적으로 생활하려 애썼다.

그리고…… 마치 정은의 사춘기가 엄마에게 옮겨 간 것처럼 엄마는 변해 갔다.

너만 안 태어났어도…….

엄마는 가끔 원망 섞인 눈빛으로 정은을 바라보곤 했었다.

그럼 지워 버렸으면 됐잖아! 지긋지긋한 세상에 태어나지 않게 했으면 됐잖아!

그날 이후, 흠잡힌 인생에 대한 보상이라도 받으려는 듯 엄마는 정은에게 얼토당토않은 일을 당연하게 요구하기 시작했다. 집안일을 도맡아 하는 것이 당연해졌고, 가끔 있었던 오빠의 손찌검에도 대거리할 수조차 없었다.

그러다 궁금해졌다. 이토록 비참한 삶을 살게 만든 다른 책임자는 대체 누구인지.

'내 아빠는 어떤 사람이야?'

엄마는 펄쩍 뛰며, 다시는 그런 소리 하지 말라고 화를 냈다.

친부의 존재에 대해 알게 된 것은 그로부터 몇 년이 흐른 뒤, 정은이 미국으로 떠나기 직전이었다.

당시 지금의 아버지는 사우디아라비아에 돈을 벌러 갔었다고 했다. 그래서 엄마는 혼자 어린 오빠를 돌보며 분식집을 운영하는 게 힘겨웠다고.

정은의 친부는 엄마의 분식집에 자주 오던 군인이었다고 했다. 엄마보다 나이가 어렸고, 이름 외에는 아는 것이 없다고도 했다.

이름만 아는 남자랑 잤어? 그게 말이 돼?

스무 살의 정은은 그렇게 생각했었다.

그런데 서른이 된 지금, 나는 제대로 아는 남자와 잤나? 이건 말이 되는 관계인가?

잘 모르는 남자와 섹스를 하는 사이가 됐다고 해서 엄마와 동류라고 볼 수는 없다. 최소한 무책임한 일을 저지르지는 않았으니까.

주말 아침 날씨는 마냥 흐렸다. 미세먼지로 인해 대기가 뿌예서 호텔 창밖에 있는 건물들이 모조리 흐리멍덩하게 보일 정도다. 쾌적한 공기 질이 유지되는 객실 안에 머물고 있는데도, 숨이 턱 막힌다.

맑은 하늘이 그립다. 뭉게구름이 떠다니는 푸른 하늘빛을 보고 싶다. 우중충한 기분, 화창한 날씨가 주는 위로라도 얻고 싶다.

하지만 한국에 들어온 이후로 야속하게도 딱 하루, 날이 맑았을

115

뿐이다.

그와 첫 밤을 보낸 다음 날이었지, 아마?

정은은 쓴웃음을 머금었다.

어찌 된 일인지 모든 생각의 끝에는 그 남자가 기다리고 있었다.

❈ ❈ ❈

가족과의 식사 장소는 서초동에 자리한 한식당이었다. 부모님만 나오실 거라고 생각했는데, 예상은 보기 좋게 빗나갔다.

"애는, 당연히 오빠랑 새언니 자리도 예약했어야지."

인원이 늘어나는 바람에 원래 예약을 해 두었던 자리에는 앉을 수 없었다. 정은과 안면이 있는 한식당 지배인의 배려로 겨우 단독 방을 잡을 수 있었지만, 자리가 정리되기까지 10분을 기다려야 했다.

엄마는 아무 말이 없는 아버지의 눈치를 보며 정은을 못마땅하다는 듯이 바라보았다.

"아유, 어머님. 아가씨가 깜빡했을 수도 있죠. 저희가 제대로 된 식도 못 올리고 했으니⋯⋯. 이렇게 가족으로는 처음 모이는 자린데, 제가 예약할 걸 그랬나 봐요."

민주가 아양을 떨며 엄마에게 살살거렸다. 엄마는 정은을 바라보던 눈빛과는 확연히 다른 결로 민주를 대했다.

"아이고. 우리 새아기는 어쩜 이렇게 마음씨가 고울까."

엄마는 감격했다는 듯이 민주의 손을 잡고 진한 미소를 머금었다.

"아가씨 많이 바쁜 것 같더라고요. 오늘 저녁 식사 자리도 겨우 시간 내서 온 것일지도 몰라요. 그렇죠, 아가씨?"

갑작스레 말을 걸어오는 민주 때문에 정은은 짐짓 당황했다. 더는 기가 막힐 것도 없는 상황, 마치 촌극의 바보 등장인물이 된 기분이다.

"미안해요, 새언니. 같이 나오실 줄은 몰랐어요. 다음부터는 신경 쓸게요."

정은은 깍듯이 예의를 차린 겸손한 태도지만, 비굴하지는 않은 목소리로 대꾸했다.

"아유, 아가씨도 참. 요즘 연애하느라 바쁠 텐데, 우리까지 어떻게 신경 써요."

정은의 미간이 미세하게 일그러졌다.

"어머."

민주는 일부러 그래 놓고 말실수라도 한 것처럼 두 손으로 입가를 가리며 눈을 동그랗게 떴다. 가증스러운 위선을 떨고 있는 꼴이 가관이다.

"연애?"

이제껏 묵묵히 침묵을 고수하던 아버지가 입을 뗐다. 엄마가 먼저 호들갑을 떨 줄 알았는데, 아버지의 물음에 순간 정적이 흘렀다.

"임정은 고객님, 식사실로 모시겠습니다."

때마침 지배인이 다가와 정은을 찾았다. 정은은 지배인을 향해 전형적인 미소를 지어 보인 뒤, 가족을 향해 입을 열었다.

"일단 식사부터 하시죠."

긴장감에 목 안이 타들어 가는 듯했지만, 목소리는 평소와 다를 바 없이 흘러나왔다. 아버지는 별다른 기색 없이 고개를 끄덕거렸고, 엄마는 아버지의 눈치만 보았으며, 민주는 호시탐탐 먹잇감을 노리는 얍삽한 눈빛을 하고 있었다.

그리고 또 한 명, 오빠는 품에 안은 아이에게 정신이 팔려서 정은의 이야기에는 귀를 기울이지 않는 것처럼 보였다. 망나니 같았던 인간이 자기 새끼 귀한 줄은 알고 살뜰히 보살피는 걸 다행으로 여겨야 하는지.

가족 모두가 자리를 잡고 앉았고, 오빠는 잠이 든 아이를 품에 안은 채로 조심스럽게 어르고 있었다.

"있잖아요, 아버님. 아가씨가 만나는 사람이요."

"정은아."

아버지는 민주의 이야기가 들리지 않는다는 듯이 정은을 불렀다.

"네, 아버지."

"네가 얘기해 봐라."

아까 민주가 입에 올렸던 연애에 관해 털어놓으라는 의미였다. 엄마의 눈동자가 불안하게 떨렸다. 정은이 죄를 지은 상황도 아닌데, 나무라는 눈빛이었다. 엄마는 늘 그랬다. 아버지가 정은에게 말을 걸면 늘 안절부절못했다.

만약 친아빠였다면, 뭘 그런 걸 묻느냐고 장난스럽게 웃으면서 넘어갔을까?

정은은 침잠된 목소리가 흘러나오지 않도록 노력하며 입을 열었다.

"일하면서 만난 사람이에요. 부모님께 말씀드릴 만큼 가까운 사이도 아니고요."

민주의 입에서 흘러나온 연애에 관한 언급을 부드럽게 부정하며 넘겼다. 이 자리에서 그와 관련한 복잡한 이야기가 시작되는 것은 사절이다.

아버지는 여전히 미심쩍은 표정을 짓고 있었지만, 테이블 어딘가에 시선을 고정한 채로 고개를 두어 번 끄덕거렸다.

"그럼…… 기주는?"

나직한 목소리가 조용히 울렸다. 아버지의 입에서 저 이름이 나올 거라고는 생각지도 못했다. 늘 신 대표와 엮으려고 하는 것은 엄마였고, 아버지는 정은과 신 대표의 관계에 대해서는 별 관심이 없어 보였었다.

"네?"

알아들을 수 없는 말을 들었다는 듯이 정은은 짧게 되물었다. 정색한 정은을 마주한 아버지의 표정이 당혹스럽다는 듯이 일그러졌다.

정은은 아버지의 옆에 앉아서 얼굴을 구기지도, 펴지도 못하는 엄마를 흘끗 보았다. 엄마가 무슨 말을 하려고 입을 열려는 순간, 아버지가 더 빨랐다.

"아니다. 그냥 해 본 소리다. 먹자, 우선."

어릴 때 같은 동네에 살았던 신 대표에 대해서는 아버지도 잘 알고 있었다.

그를 오래도록 짝사랑했던 것도 아버지가 알고 있나? 아니면 엄마가 뭐라고 말했나?

일전에 신 대표와 함께 이 식당에 왔을 때는, 음식 맛이 기가 막히게 맛있다고 생각했었다. 그런데 지금은 식도가 꽉 막힌 듯 목구멍으로 음식을 넘기는 게 힘겨울 정도다.

"정훈이 가게는 잘되고?"

오빠는 얼마 전 수입차 전용 윈도 틴팅 가게를 열었다고 했다. 늘 사고만 치고, 수습하기 바빴는데 그래도 모아 놓은 돈은 있었나 보다.

"뭐, 그럭저럭."

아버지는 시원찮은 대답을 내놓는 오빠를 못마땅하다는 듯이 바라보다가 이내 시선을 거두었다.

모든 가족의 식사 자리가 이렇게 불편할까?

다른 가족의 일원이 되어 본 적은 없으니, 모를 일이다. 정은은 이런 생각이 들 때마다 친부를 떠올리곤 했었다. 그런데 서른쯤 되고 나니, 그게 무슨 의미가 있나 싶다. 그는 정은의 친부가 아니라, 엄마의 스쳐 지나가는 바람 상대에 불과했다는 생각도 들었다.

그래, 친부가 아니라, 불륜 상대.

그리고 나는 불륜으로 태어난 존재니까……. 차라리 태어나지 않았으면 좋았을까?

평소엔 아무렇지 않다가도, 가족을 대면할 때면 중증의 우울증 환자라도 된 것처럼 정은은 자신의 존재를 종종 부정하곤 했다. 인정받을 수 없는 존재들의 눈에 들기 위해 발악하며, 나락에 버려지는 것 같은 기분.

그러면서도 묘하게 지금의 상황을 정당화해 가며 기운을 차렸다.

그렇게 태어났어도, 이만큼이나 잘살고 있잖아. 잘하고 있어, 임정은.

정은을 독려할 수 있는 사람은 오직 정은 자신뿐이었다.

어쩌면 정은은 자신의 필요 가치를 인정해 주는 기주의 존재감을 이성적이고 낭만적인 감정, 즉 사랑이라고 착각했을지도 모를 일이다.

식사 자리를 마친 뒤, 엄마는 조만간 둘이 한번 보자는 의미심장한 말을 하고 돌아섰다. 정은이 부른 기사가 모는 차를 타고 가족이 다 떠난 뒤에야, 정은은 한식당을 나섰다.

한식당 입구에서 조금 걸어 나온 정은은 손에 쥔 휴대전화를 만지작거렸다. 그와 10시쯤 만나기로 했는데, 이제 8시 반이 조금 넘은 시각이었다. 10시에 호텔 앞으로 오겠다고 했으니, 호텔로 돌아가서 조금 쉬다가 나와도 될 일이었다.

연락을 한번 해 볼까?

조금 일찍 만날 수 있겠냐고 물으면, 그가 어떻게 받아들일까?

처음은 쉬웠다. 그에 대한 일말의 감정도 없었기에, 드러날 게 없는 상황이었으니 그랬을 것이다. 그런데 지금은 아직 정의 내릴 수 없는 감정, 관계, 상황 등 모든 게 정은을 움츠러들게 했다.

두려운 거다. 피와 살을 나눠 준 부모에게마저 존재를 부정당하며 살아왔다. 하물며 타인은 얼마나 쉽게 저버릴 수 있을까.

그래서 정은은 오랜 짝사랑을 하면서도 용기 내 고백 한 번 해 보지 못했다.

애꿎은 휴대전화만 연신 만지작거리다, 이내 코트 주머니에 넣어 버렸다. 입가가 자조로 얼룩졌다.

뭐가 이렇게 어려워졌지? 그새 어려워질 만큼 뭐라도 됐니?

주머니에 넣어 둔 휴대전화가 대답이라도 하듯 길게 한 번 울렸다. 정은은 버릇처럼 스마트 워치 화면을 두드렸다.

[나 호텔 지하 아케이드 몰 카페에 있어요. 어디 있는지 모르겠지만, 10시 전에 나올 수 있으면, 여기로 오라고 메시지 남겨요.]

반듯한 인상을 주는 그의 모습만큼이나 명쾌한 문자메시지였다.

나는 왜 이렇게 말할 생각을 못 했을까?

심장이 조심스럽게 콩콩 뛰기 시작했다. 되도록 빨리 호텔로 향하고 싶었다. 토요일 저녁, 서울 시내는 막힐 게 뻔했다.

정은은 오랜만에 서울 지하철에 올라탔다. 서초동에서 호텔이 있는 삼성동까지는 지하철로 15분이면 닿을 수 있는 거리였다. 조바심이 났다. 그가 자신을 기다리고 있다는 상황에 입안이 바짝 말랐다.

빠르게 걷다가, 결국 뛰다시피 했다. 호텔 지하에 있는 아케이드 몰에 도착했을 때, 정은은 숨이 차서 받은 숨을 연신 내뱉어야만 했다.

"번개 보고 놀란 강아지처럼 뛰어왔어요?"

카페에 있어야 하는 남자의 목소리가 등 뒤에서 들려왔다. 정은은 어깻숨을 몰아쉬며 천천히 돌아섰다.

카멜색 파일럿 코트를 입은 그의 모습은 격의 없이 편안해 보였다. 평소와 다른 향수를 뿌렸는지, 그에게서 시원하고 달콤한 향기가 풍겼다. 뛰어온 탓에 빠르게 뛰는 심장이 더 가쁘게 달음질쳤다.

"왜 이렇게 뛰어왔어요? 세상에 땀 좀 봐."

커다란 손이 정은의 동그란 이마를 부드럽게 쓸어 넘겼다. 다정한 손길에 그만 눈물이 핑 돌고 말았다.

갑작스럽게 눈 안 가득 차오르는 물기 때문에 그의 반듯한 얼굴이 흐릿하게 보였다. 정은은 눈물이 자신을 닮아 미련스럽다고 생각했다. 끈적끈적한 눈물은 뭐가 그리 아쉬운지 흘러내리지도 못하고 시야를 어지럽혔다.

"무슨 일 있어요?"

그가 나직하게 물어 왔다. 진지하고 다정하고 자상한 목소리에 가슴이 저몄다.

솔직히 이 정도는 아니잖아, 임정은.

정은은 복받치는 감정을 가라앉히기 위해 한숨을 한번 몰아쉬었다. 가족과 만난 뒤에는 늘 아무렇지 않은 척, 더욱 강건한 척을 하곤 했었다.

나는 이만하면 잘 살고 있다고.

그런데 오늘은 감상이 확연히 달랐다. 다정하고, 자상한 그의 음성이 심장을 무자비하게 툭 건드렸다.

"카페에 안 있고, 왜 여기 있어요?"

상대방의 질문에 대꾸 없이 말을 돌려 버리는 짓은 좋아하지 않았다. 그런데 이 남자가 던지는 곤란한 질문에 답이 곤궁해진 정은은 질문으로 대답을 대신했다. 기본적인 예의도 지키지 못하는 못돼 먹은 사람이 된 것 같아서 심리적으로 위축되고 말았다.

심정을 대변하듯 정은의 목소리는 아주 작게 흘러나왔다.

"잠깐 화장실 다녀왔어요. 저녁은 먹었어요?"

그는 '무슨 일'에 관해 정은이 대답하고 싶지 않다는 것을 눈치챘다는 듯이 자연스럽게 말을 돌려 주었다. 그의 배려에 가슴은 속절없이 아려 왔다.

배 아파서 낳은 엄마도 나를 잘 모르는데, 무슨 사이도 아닌 당신은 왜 나를 이렇게 빨리 알아 가는 거지?

정은은 검지 등으로 양쪽 눈을 번갈아 한 번씩 찍어 냈다. 울음과 한숨을 한꺼번에 집어삼키며 마른 입술을 혀로 축였다. 그의 시선이 정은의 입술에 닿았지만, 번들거리는 정욕은 느껴지지 않는 담백한 시선이었다.

"먹었어요. 태욱 씨는요?"

"나도 먹었어요."

그는 옅은 미소를 머금으며 고개를 끄덕거렸다. 딱 떨어지는 슈트를 입고 있을 때는 엄격하고 바른 인상이었다면, 캐주얼한 복장을 한 그는 자상하고 다정해 보였다.

기대고 싶을 만큼.

정은은 불쑥 튀어나온 생각이 당황스러워서 빠르게 눈을 깜빡거렸다. 불현듯 머릿속에 떠오른 그에 대한 감상을 들킬세라 얼른 말을 뱉어 냈다.

"좀 걷고 싶은데, 어때요?"

호텔 방으로 올라가고 싶지 않았다. 기대고 싶은 욕구는 지워 버렸지만, 자상하고 다정한 그의 모습은 더 보고 싶었다. 본능에 따라 움직이는 욕망에 찬 모습이 아닌, 마음을 어루만져 주는 듯한 눈빛을 마주하고 싶었다.

이게 기대고 싶은 마음을 지워 버린 사람의 생각이 맞기는 하니?

정은은 모순된 감정 앞에서 갈팡질팡했다. 그는 혼란스러워하는 정은에게서 이상한 낌새를 눈치채지 못했는지 변함없는 눈빛과 목소리로 대꾸했다.

"그러죠, 뭐."

아니면 눈치채지 못한 척하는 것일까?

그가 예전에 정은에게 '지나치게 기민하다'고 한 적 있었다. 그 감상은 그에게도 적용되는 것이었다.

지나치게 기민하고, 지나치게 자상하고, 지나치게 다정해서 곤란한 남자.

그는 정은의 손을 가볍게 움켜잡았다. 떨리는 심장의 박동이 말초 신경까지 단박에 전해져서 주먹을 꼭 움켜쥐고 있었는데, 그의 부드러운 손길이 닿자마자 손가락에서 힘이 쭉 빠져나갔다.

진땀이 난 손에 그가 조심스럽게 손깍지를 꼈다. 손가락 안쪽 깊은 곳에 닿은 예민한 살갗이 간질거렸다. 그는 손에 왜 이렇게 땀이 났냐고, 짓궂게 묻지도 않았다.

오늘따라 평소와 다른 태도를 보이는 그 때문에, 심장은 더욱 세차게 뛰었다.

차라리 이제껏 그래 왔던 것처럼 장난을 치고, 색스럽게 굴고, 욕망에 번뜩이는 눈빛을 보였다면 좀 덜 떨렸을까.

정은은 그의 손에 깍지를 낀 채로 조용히 걷기 시작했다.

아케이드 몰을 빠져나와 인도를 걸었다. 아까는 대기가 텁텁했는데, 그와 함께 걷고 있으니 공기마저 산뜻한 것처럼 느껴졌다.

언제 이렇게 커져 버렸지?

그의 존재감 하나에 대기 질마저 좌지우지되는 기분이 생경했다.

블랙홀 같았던 남자가 이제는 식당에 가면 주는 압축 티슈 같다. 물을 조금만 부으면 몸집을 크게 부풀리는 건티슈. 그가 조그맣게 보여 준 호의가 티슈처럼 존재감을 키웠는지도 모른다.

물이 마르면, 흉측하게 굳어 버리겠지?

그가 호감과 호의를 거둬 가면, 정은의 심장도 그것처럼 말라비틀어질 것만 같았다.

아플 것 같아. 그러면 정말 아플 것 같아.

정은은 아직 일어나지도 않은 일을 떠올리며 미간을 찌푸렸다. 본격적으로 마음을 나눈 것도 아니고, 그가 사랑 고백 비슷한 것을 해 오거나, 자신이 미숙한 감정을 전한 것도 아니다.

또 시작도 전에 부정당하고, 상처 입을 것을 고민하고 만다. 새까맣게 물든 하늘만큼이나 어둡게 기분이 침잠해 버렸다.

"태어나서 해 본 제일 못된 짓이 뭡니까?"

그는 심각한 목소리로 다소 재미있는 질문을 해 왔다. 그의 목소리가 정은을 순식간에 상념에서 현실로 끌어왔다.

"못된 짓이라……. 그쪽이랑 한 원나잇이요."

정은은 보도블록 무늬를 내려다보며 대꾸했다. 그가 진회색 보도블럭 위에서 우뚝 멈춰 섰다.

"섹스가 못된 짓이에요?"

정색하고 묻는 말에 올려다보자, 반듯한 미간에 실금이 그어져 있었다.

"잘 알지 못하는 사람하고 충동적으로 한 건 좀."

의도한 것은 아니었지만, 그를 놀리는 투로 말끝을 흐리고 말았다. 그는 표정 하나 바꾸지 않고 대꾸했다.

"나는 지금 임정은 씨랑 못된 짓 하러 가려고 하거든요."

순간 뒷덜미에 열기가 확 모이며 귓불이 뜨거워졌다. 그의 목소리가 너무도 평이해서 섹스를 도발하는 것처럼 느껴지지는 않았다.

"어떤 못된 짓이요?"

"따라와 보면 알아요."

"혹시 법을 어기거나, 체포될 가능성이 있다거나, 사회적 윤리를 배반하는 일이라면."

정은이 속사포로 내뱉는 말을 뚝 끊듯이 그가 멈춰 섰다. 정은은 멈춰 선 그를 향해 말을 이었다.

"난 안 할래요."

그는 반 발자국 돌아서서 정은을 내려다보았다. 고개를 비스듬히 내리며 눈높이를 맞추고는 매혹적인 미소를 머금은 채로 속삭인다.

"섹스보다 위험한 짓은 아니니까, 걱정하지 말아요."

하마터면 차라리 섹스를 하는 게 어떻겠냐는 질문이 튀어나올 뻔했다. 가로등 불빛 아래서 어둡게 빛나는 그의 눈동자는 지나치게 뇌쇄적이었다.

그는 정은의 당혹스러운 얼굴이 마음에 든다는 듯이 흡족한 미소를 지은 채로 이내 걸음을 옮겼다.

10분쯤 더 걸었을까, 그의 손에 이끌려 도착한 곳은 부명그룹 사옥 앞이었다.

"여긴 왜?"

정은은 맞잡고 있던 손을 슬쩍 놓으며 말했다. 토요일 늦은 밤, 부명그룹 사옥에서 정은을 알아볼 이가 많지는 않겠지만 그는 달랐다.

"좋은 거 보여 줄게요."

그는 비밀스러운 표정을 지으며 눈을 한번 찡긋하고는 앞장섰다. 손을 다시 잡으면 어떡하나 걱정했는데, 정은의 뜻을 알아들었다는 듯이 그는 몇 걸음 떨어져서 걸었다. 주 출입구에는 셔터가 내려져 있기에, 두 사람은 비상 통로를 이용해 건물 안으로 들어갔다.

보안팀에 업무적 방문이라는 메시지를 남긴 그는 정은을 데리고 엘리베이터에 올랐다.

"나중에 걸려도 수습할 수 있는 정도의 나쁜 짓인 거죠?"

"걱정 마요. 구속되면 사식 넣어 줄게."

정은은 눈을 부릅뜨며 그를 노려보았다.

"아, 나도 같이 잡혀가면 사식은 어렵겠네."

어이가 없어서 헛웃음이 나오려는 순간, 엘리베이터가 멈춰 섰다. 지상 89층에서 엘리베이터 문이 열리자, 컴컴한 복도가 눈에 들어왔다. 그는 머뭇거리는 정은의 손을 다시 잡아 쥐며 엘리베이터에서 내렸다.

불이 켜지지 않아 컴컴한 복도를 그를 따라 천천히 걸었다.

"이제 계단이에요."

나선형 철제 계단이 끝도 없이 이어지는 듯한 착각이 일었다. 마치 중세 수도원 첨탑을 오르는 듯했다.

5층 높이쯤 되는 계단을 올랐을 무렵, 그가 멈춰 서서 둔중한 소리를 내는 철문을 밀어 열었다.

갑자기 맑고 차가운 공기가 얼굴에 훅 끼쳤다. 그는 먼저 문밖에 나가서 정은이 수월하게 걸음을 옮길 수 있도록 도와주었다.

"와."

휘황한 서울의 야경이 한눈에 들어왔다. 겨울바람은 차가웠지만, 정신이 번쩍 드는 게 나쁘지 않았다. 지상 94층 언저리에 자리한 작은 전망대 비슷한 공간이었다. 안전을 위해 펜스가 둘러져 있었지만, 야경을 감상하는 데는 문제가 없었다.

"여기 올라올 수 있도록 허가된 사람, 많지 않아요."

그의 얼굴에 사춘기 소년과 같은 천진한 미소가 어렸다.

"물론 평사원은 꿈도 못 꾸는 곳이기도 하고."

거드름을 피우는 그의 모습이 밉지 않다.

"좋네요, 여기."

꽉 막혀 있었던 가슴이 뻥 뚫리는 기분이다. 그는 비교적 덜 추운 곳이라며 정은을 안테나가 즐비한 계단참 아래로 이끌었다. 마치 동화 속에 나오는 오두막처럼 숨은 공간, 그는 숨겨 두었던 꿀단지를 내어 주는 곰돌이 푸처럼 주머니에서 따뜻한 레몬차가 담긴 유리병을 내밀었다.

"이건 또 언제 샀어요?"

그는 대답 대신 어깨를 한번 으쓱하고는 웃었다.

정은은 따뜻한 유리병을 양 손바닥으로 비비며 반짝반짝 빛나는 도심을 내려다보았다. 도로에는 여전히 지나다니는 차들이 많았다. 가까운 곳에 내려다보이는 건물들 꼭대기에는 전부 빨간불이 깜빡거리고 있었다.

비행 물체가 저공비행 할 때 건물이 있다는 것을 알리기 위해 달아 놓은 경고등을 바라보는데, 기분이 이상해졌다.

그만두려면 여기서 이야기를 하는 게 어떻겠냐고, 마음이 말을 걸어왔다. 또 여기서 더 나아갈 수 있는 용기는 있느냐고, 물어 왔다.

정은은 고개를 돌려 옆에 선 남자를 물끄러미 바라보았다. 가만히 야경을 내려다보던 그는 문득 시선을 느꼈는지 천천히 고개를 돌렸다.

"여기 자주 올라왔나 봐요?"

그는 순순히 고개를 끄덕거리며 대꾸했다.

"속이 좀 답답할 때, 올라왔었죠."

"윤 이사님 때문에 올라온 건 몇 번이에요?"

그가 바람 빠지는 소리를 내며 픽 웃고는 고개를 비스듬히 기울이며 물었다.

"이 분위기에 되게 적절치 못한 질문을 던졌다는 거, 알아요?"

"그럼 이 분위기에 적절한 질문은 뭔데요?"

그의 눈빛이 한층 가라앉는 게 어둠 속에서도 보였다.

"키스해도 됩니까?"

나란히 서 있던 그가 걸음을 옮겨 정은의 앞에 마주 섰다. 그는 검게 빛나는 눈동자로 정은을 가만히 내려다보았다. 시시각각 깊어져 가는 그의 시선에 정은은 멋쩍어졌다.

지나치게 낭만적인 분위기.

"좀 춥네요."

정은은 고개를 떨어뜨리며 따뜻한 음료수 병을 손바닥으로 비벼 댔다.

"금방 따뜻해지는 방법 아는데."

그가 검지와 엄지로 정은의 턱 끝을 가볍게 쥐었다. 마른침을 힘겹게 넘기자, 시선 끝에 그의 목울대가 크게 일렁이는 모습이 눈에 들어왔다.

심장이 타들어 가는 것만 같았다. 열기 어린 몸짓으로 침대 위를 구르며 섹스 중인 것도 아닌데, 몸이 자연발화라도 할 것처럼 열이 올라 버렸다.

단지 그가 턱 끝에 손을 가져다 댔을 뿐인데. 그가 얼마나 뜨거워질 수 있는 남자인지 알기에 그런 건지도 모르겠다.

정은은 달아오르는 심장을 그의 탓으로 돌렸다.

"대꾸 좀 하죠?"

그의 어조에 조바심이 묻어났다. 설레는 마음으로 첫 키스에 대한 허락을 구하는 연인처럼.

그는 집요하게 대답을 바라는 눈빛으로 정은을 내려다보았다.

"해요, 키스."

대답이 떨어지기가 무섭게 그의 입술이 정은의 입술에 조심스럽게 닿았다. 부드럽게 어루만지는 듯한 감촉에 가슴속까지 나부꼈다.

파일럿 코트 자락을 펼친 그가 품 안으로 정은을 당겨 안았다. 코트 안쪽에 트리밍 된 부드러운 양털이 뺨을 간질였다.

은근하게 달아오른 숨결이 서로의 뺨 위에서 비밀스럽게 부서졌다. 마치 사랑하는 사람과 첫 키스를 나누기라도 하는 듯 가슴이 떨렸다. 그는 이전과는 다르게 따뜻하고 부드럽게 키스를 이어 나갔다.

새가 모이를 쪼듯 부드럽게 입술을 탐하던 그가 다정하게 입안을 가르고 들어오며, 잘록한 허리를 더욱 당겨 안았다.

온전히 한 남자의 품 안에 잠긴 듯한 기분.

마치 첫사랑에 빠진 사춘기 소녀처럼 발아래가 둥둥 떠올랐다. 반짝이는 서울 야경이 하늘 위로 떠오르고, 머릿속에선 수많은 별이 쏟아져 내렸다.

눈물이 핑 돌 정도로 아름답게 산란하는 빛의 정체가 무엇인지, 까만 어둠 속에서만 살았던 정은은 궁금해졌다.

※ ※ ※

[오늘 뭐 합니까?]

일요일 아침 일찍 그에게서 온 문자메시지였다. 연락하기에 적정한 때 중 가장 이른 시간이었다. 그저 뭐 하느냐고 묻는 그의 문자메시지에 가슴이 뻐끈할 정도로 심장이 솟아오르는 게 느껴졌다.

[뭐 할까, 생각 중이에요.]

별다른 일정이 없다는 말을 정은은 둘러말했다. 그가 답신을 입력하기까지의 짧은 시간이 억겁처럼 느껴졌다. 불쑥 솟아나는 미숙한 감정에 동화되지 말자고 한숨을 내쉬어 보았지만, 소용이 없었다.

심장은 그의 다정한 눈빛을 떠올리며 세차게 뛰어 댔다.

[나는 오늘 등산 가요. 즐거운 하루 보내요.]

이윽고 도착한 문자메시지를 확인한 정은의 가슴이 언제 그렇게 뛰어 댔느냐는 듯이 무겁게 가라앉았다. 설레었던 게 억울해서 얼굴이 홧홧했다.

정은은 충동적으로 그에게 전화를 걸었다. 그는 '여보세요?'도 아니고, '네' 하고 짧게 응대했다. 전화 응대마저 성의 없어 보여서 괜히 화딱지가 났다.

"아침 일찍부터 뭐 할 거냐고 왜 물어봤어요?"

저도 모르게 그에게 쏘아붙이는 음성이 흘러나왔다. 수화기 너머에서는 아무런 반응도 없다.

"이봐요. 강태욱 씨."

그가 정은의 화를 일부러 돋우기 위해 일요일 아침 일찍부터 연락한 것은 아닐 것이다. 그런데 비딱해진 나머지 그의 의도를 부정적으로 정의 내리고 싶어졌다. 이름을 불렀는데도 그는 묵묵부답이었다.

"아침 일찍부터 메시지 보내서, 사람 깨워 놓고."

사실 아침잠이 없는 정은은 그 전부터 깨어 있었다.

"오늘 일요일인데, 뭐 할 거냐고 물어봐 놓고."

말을 이어 갈수록 구차해지는 게 느껴졌지만, 멈출 수가 없었다. 어젯밤 애틋한 연인처럼 키스를 나눈 뒤, 그는 정은을 호텔에 데려다 주었다.

시작하는 연인들처럼, 그렇게.

그래 놓고 아침부터 연락해서 사람 마음을 들쑤시더니 아무 일도 없었다는 듯이 '좋은 하루 보내요' 하면, 좋은 하루가 보내진대?

"등산 간다고요? 잘 다녀와요. 건강 되게 챙기나 보네. 일요일 아침부터 등산도 다니시고."

머릿속에서는 그 입 좀 그만 나불거리라고 아우성이었지만, 이성을 배반한 비뚤어진 감성이 한껏 발휘되어 수선을 떨어 댔다.

– 나 보고 싶어요?

내내 아무 말도 없던 그가 나지막한 목소리로 던진 질문에 정은은 굳어 버렸다. 이제껏 쉴 새 없이 잘만 떠들어 놓고 말문이 턱 막혀 버렸다. 심장이 둥둥 울리고 있었다.

– 보고 싶으면, 보고 싶다고 말을 해요. 투정 부리지 말고.

그의 목소리에서 엷은 웃음기가 배어났다. 투정? 고달팠던 정은의 삶과는 지극히 어울리지 않는 단어다.

"누가 투정을 부렸다고 그래요? 내가 애도 아니고."

부정하려 노력했지만, 스스로 느끼기에도 궁색한 변명이었다. 보고 싶나? 이 남자가?

정은은 아랫입술을 잘근 깨물었다.

– 아랫입술 깨물지 말고.

흠칫 놀란 정은이 호텔 방 안을 둘러보았다. 그는 마치 정은을 지켜보고 있는 것처럼 말했다. 그럴 리가 없는데도, 심장이 쿵쿵 뛰어 댔다.

"안 깨물었거든요?"

그가 작게 소리 내 웃었다. 수화기 너머에서 기분 좋게 울리는 소리에 귀를 기울이며 정은은 눈을 지그시 감았다.

– 나 보고 싶다고 하면, 등산 안 가요.

"됐어요. 피곤해요. 더 잘 거예요. 잘 다녀와요."

더 통화했다가는 그의 수에 완전히 말릴 것만 같았다. 그가 가진 패가 무엇이든 쉽게 휘말리고 싶지 않은 생각이 들어서 정은은 서둘러 전화를 끊었다.

통화 종료 문구가 깜빡이는 휴대전화를 내려다보는데 한숨이 흘러나왔다. 마치 어려운 시험을 끝내고 나온 것처럼 기분이 묘하다.

그 문제 다시 풀어 볼걸, 하는 생각이 들 만큼 아쉽고.

아! 틀린 것 같아, 하는 생각이 들 만큼 답답하고.

휴대전화를 내려놓으려는데, 짧은 수신음이 울렸다.

[호텔 옆에 있는 백화점 10시 반에 열거든요? 주 출입구에서 만나죠. 백화점 문 열자마자, 제일 예쁜 블라우스 사 줄게요.]

어이가 없어서 헛웃음이 나오는데, 기분이 나쁘지가 않아서 큰일이다. 며칠 전 박력 있게 블라우스를 뜯어 발기던 남자의 모습이 떠올라서 얼굴이 달아올랐다.

[잘 거라니까요.]

하지만 두근거리는 마음과는 다르게 삐딱한 답신을 입력해서 보냈다.

[알았어요. 블라우스랑 같이 입을 바지나 스커트도 사 줄게요.]

입가에 걸린 미소가 더욱 진해졌다. 아침 댓바람부터 사람을 들었다, 났다 하고 있는데 기분이 나쁘지 않다.

창밖으로 초겨울 시린 하늘이 눈에 들어왔다. 날은 추운데, 정은을 에워싼 곳은 따뜻했다.

이 남자가 없었다면, 나는 지금 어떤 계절을 보내고 있을까?

미련맞게 아픈 계절에 머물러 있었겠지.

결국, 정은은 못 이기는 척 약속 장소로 향했다. 그는 약속 시각에 딱 맞춰 나온 정은을 바라보며 함박웃음을 머금었다. 그는 어제 입었던 것과 비슷한 카멜 톤의 캐시미어 코트를 입고 있었다.

"이 색 좋아하나 봐요?"

정은이 그의 코트를 가리키며 묻자, 그는 고개를 가만히 내저었다.

"주말 분위기 내는 색이에요. 주중에는 늘 무채색 옷만 입으니까. 오늘은 쉬는 날이다! 하고 옷으로 티 내는 거죠."

"그렇게 보기엔 너무 얌전한 색 아닌가?"

그는 파스텔 톤의 노란색 코트를 입은 정은을 바라보며 웃었다. 피차일반 아니냐고 묻는 듯한 얼굴이었다.

비서인 정은 역시도 주중에는 무채색의 옷을 즐겨 입었다. 어딜 가든 비서는 튀지 않는 존재여야만 했다. 어디에든 있지만, 어디에도 없어야 하는 사람이 비서였다.

그러다 보니 정은은 늘 검은색 오피스 슈트를 착용했고, 색감이 조금이라도 들어간 옷은 입기가 버거웠다.

오늘 이 코트를 집어 입으며 얼마나 많은 생각을 했는지, 이 남자는 알까? 나는 왜 이 남자와의 만남에 병아리처럼 앙증맞은 코트를 입고 나왔을까?

"그럼, 우리 얌전하지 않은 옷 사러 갈까요?"

그는 빙그레 웃으며 손깍지를 꼈다. 봄날 아지랑이가 피어오르듯 가슴이 일렁거렸다. 겨울이 오기도 전에 봄이 먼저 온 듯 따뜻했다.

이제껏 일에 파묻혀 살면서, 신 대표의 곁을 지킬 수 있는 걸 낙으로 알며 살아왔다. 연애는커녕 비슷한 감정을 나눠 본 적도 없었고, 남자와 단둘이 백화점을 돌아다니며 쇼핑을 해 보는 것도 처음이었다.

모든 게 어색한데, 나쁘지 않다.

그는 약속한 대로 정은을 데리고 여성복 판매장으로 향했다. 그는 짙은 와인색 랩 원피스를 턱짓으로 가리키며 물었다.

"저거 어때요?"

가슴이 브이라인으로 깊게 팬 디자인, 정은이 혼자 쇼핑을 나왔다면 절대 사지 않았을 물건이다.

"괜찮네요."

그런데 긍정의 대답이 잘도 튀어나왔다. 휘황하게 꾸민 매장은 명품 브랜드 편집숍이었다. 점원은 전형적인 영업용 미소를 띤 채로 두 사람을 대했다.

"아내분 피부가 흰 편이어서 잘 어울리실 것 같아요. 입어 보시겠어요?"

애인도 아니고 아내라는 말을 입에 올린 종업원의 말에 그는 활짝 웃으며 입을 열었다.

"그래, 입어 보고 사자."

보기완 다르게 장난기가 심한 남자다. 그는 종업원의 말에 남편 행세를 하며 정은을 독려했다. 피팅 룸에서 옷을 갈아입고 나오자, 그가 아내의 아름다움에 감탄이라도 한 것처럼 바람직한 남편의 리액션을 보여 준다.

오른손으로 왼쪽 가슴을 움켜쥐며, 고개를 비스듬히 기울이고는 태연하게 말한다.

"너무 예쁘다. 심장 멎을 뻔했어."

매장 조명을 받아 검게 빛나는 그의 눈동자를 마주하는데, 심장이 두근거렸다. 장난인 줄 알면서도 그의 말 한마디에 가슴은 속절없이 떨렸다.

어쩌려고 이래, 임정은.

정은은 어색한 미소를 머금고는, 거울 속에 비친 모습을 바라보았다. 연분홍빛으로 상기된 뺨, 몸에 딱 맞는 와인색 랩 원피스를 입은 자신의 모습이 오랜만에 마음에 들었다. 등 뒤에 서 있는 그에게 시선을 돌린 순간, 눈이 마주쳤다.

아름다운 아내에게 시선을 빼앗긴 남편을 연기하는 거라고 여기기에는 그의 눈빛이 지나치게 다정해서, 가슴이 저며 왔다.

거울 속에서 마주한 눈빛이 진득하다.

"오늘 이거 입고 좋은 데 가자."

그는 정은의 뒤에 서서, 손끝으로 팔뚝을 쓸어 내려갔다. 따뜻한 손바닥으로 매끄러운 손등을 감싼 그는 부드럽게 손깍지를 끼며 웃었다. 그의 손길이 닿았던 팔뚝이 제 몸처럼 느껴지지 않을 만큼 열기가 치솟았다.

괜스레 답답해져서 한숨을 내쉰 순간, 가슴이 들썩거렸다. 똑바로 마주했던 그의 시선이 정은의 가슴께로 내려갔다. 그저 시선이 닿았을 뿐인데, 그가 감각적으로 애무하는 것 같은 착각이 일었다.

"안 좋기만 해 봐라."

대차게 대꾸하고 싶었지만, 새된 목소리가 흘러나왔다. 그는 고개를 똑바로 내려 정은의 정수리에 가볍게 입을 맞추었다. 머리카락에 입술을 묻으며 지그시 두 눈을 감는 모습이 지나치게 색정적이다.

그저 침착하고 단정한 입맞춤일 뿐인데, 그것마저 야하게 보였다. 이 남자가 지나치게 왕성한 페로몬을 보유하고 있거나, 자신의 뇌가 갑자기 음란한 분야에 특화되었거나. 아니면 둘 다이거나.

그는 뺨을 붉게 물들인 채로 서 있는 정은의 손을 꼭 잡고는 계산대 앞으로 향했다. 아무렇지 않게 카드를 내밀고 결제하는 남자의 옆모습을 물끄러미 바라보았다. 순간 분에 넘치는 선물을 받은 것 같아서 마음이 불편해져 버렸다.

"이제 태욱 씨 거 사러 가자."

본의 아니게 부부 행세에 동참한 정은이 조용히 읊조렸다. 그는 의문스럽다는 듯이 눈을 가늘게 뜨고 정은을 내려다보았다.

"내 거?"

그는 정은이 입고 온 옷이 담긴 봉투를 점원에게 받아 들고는 돌아서며 물었다. 여전히 정은의 손은 그의 커다란 손에 쥐여 있었다. 손안에서 불편한 감정을 설명하듯 땀이 배어나기 시작했다.

편집숍을 나선 그가 나직이 물었다.

"내 걸 왜 사요?"

그는 다정하고 듬직했던 가짜 남편에서 오만해 보일 정도로 잘난 남자 강태욱으로 돌아왔다.

"그냥 받기엔 좀 과한 선물인 것 같아서요. 나도 태욱 씨 선물 하나 살게요."

이상하게 이 남자 앞에서는 있는 그대로의 감정을 드러내는 게 쉽다.

"받았으니까, 줘야 한다? 이겁니까?"

그의 미간에 어렴풋이 주름이 잡혔다. 그저 선물을 받았으니 답례를 하겠다는 것이었다. 그런데 그는 정은의 말을 이해하지 못하겠다는 듯한 표정이었다.

"답례해야 내 마음이 편할 것 같아서요."

그는 크게 숨을 한번 들이마시고는 잠시 입을 다물었다. 무언가를

137

골똘히 생각하는 얼굴이다. 5초쯤 침묵이 흘렀을까?

"누군가에게 선물을 받을 때마다, 답례해야 한다는 생각을 해요? 그럼, 산타클로스한테 크리스마스 선물 보낼 겁니까?"

"산타클로스한테 선물 받아 본 적은 없어서요."

정은은 그의 의도와 관계없는 답변을 내놓았을 뿐이다. 가슴이 무겁게 가라앉아 버렸다.

"아무런 조건 없이 받아야 선물인 거 아닌가? 그리고 이건 내가 찢은 블라우스에 대한 변제라고 봐도 되지 않아요? 그럼 답례할 필요 없겠네."

"그 블라우스 이렇게 비싼 옷 아니었어요."

정은의 대구에 그는 답답하다는 듯이 한숨을 내쉬었다. 어쩐지 그의 숨결에 안타까움이 묻어나는 것은 기분 탓일까.

"임정은 씨."

잠시 허공을 바라보던 그의 시선이 정은에게 향했다. 그는 정은의 눈동자를 깊이 들여다보았다. 마치 가슴속을 꿰뚫어 보는 듯한 착각이 일 만큼 깊고 날카로운 시선이었지만, 눈빛의 온도는 차갑지 않았다.

"선물은 선물로서 받아요. 아무런 조건 없이 받아. 굳이 답례해야 한다는 강박관념에 사로잡힐 필요도 없어요. 내가 답례든, 뭐든 다른 걸 원해서 주는 거라는 생각도 하지 말고."

그의 목소리는 아까 가짜 남편 행세를 했을 때처럼 다정했다.

"고맙다는 말 한마디면 충분해요."

그는 옅은 미소를 머금으며 덧붙였다. 무겁게 가라앉았던 가슴이 속절없이 뛰어 댔다. 관능적 감각, 이성적 끌림에 의한 두근거림이 아니었다.

그는 사람을 파악하는 데 있어 남다른 통찰력이 있는 듯했다. 스스로 미처 깨닫지 못했던 정은의 무의식적인 습관을 그는 짧은 순간에 간파해 버렸고, 누구에게도 보인 적 없는 실심을 들킨 것에 대한 일종의 수치심에 얼굴이 달아오르고, 심장이 뛰어 댔다.

사실 수치스러울 것도 없는 상황인데, 정은은 지나치게 상황을 심각하게 받아들이는 경향이 있기도 했다.

세상에 대가를 바라지 않는 선물은 없다고 여기며 살아왔으니까.

그리고 그런 선물을 받을 자격이 자신에게는 더더욱 없다고 생각했다. 누군가에게 무엇을 받으면 배로 돌려줘야 한다고 생각하며 살아왔다.

낳아 준 부모조차 정은에게 무언가를 요구하는 게 당연했다. 1을 받으면 100을 돌려줘야 하는 게, 정은에게는 당연한 계산법이었다.

자신에게 일할 기회를 주고, 집에서 벗어날 수 있게 도와준 신 대표에게 충성을 다한 것도 그런 계산이 작용한 것이라 볼 수도 있을 것이다.

'나'를 위한 오롯한 선물이 세상에는 존재하지 않았었다. 산타클로스조차 신경 쓰지 않는 아이가 임정은이었다. 그런데 그는 산타클로스에게도 보답을 할 거냐고 물었다.

짧은 시간 급속도로 가까워졌다고 생각했는데, 그가 너무 멀리 있는 것 같은 기분이 들었다. 그는 애정과 믿음이 충만한 환경에서 살아온 반듯한 사람인 것처럼 보였다.

자신과는 너무도 다른 사람.

그래서 선물에 반드시 답례하고 싶은 정은에게 그러지 않아도 된다고 말해 주는 다정한 눈빛을 가진 사람.

다름에서 오는 괴리감은 당연하다. 그런데 그와 자신이 너무 다르다는 사실에 가슴 한구석이 찌르르 아프다. 서로에 대해 잘 알지 못할 때는 아이러니하게도 더욱 대범해질 수 있다. 하지만 알아 갈수록, 깊어질수록 어려워지는 게 관계다.

정은은 타인과의 깊은 관계에 익숙하지 않았다. 자신을 꿰뚫어 보는 사람에게는 방어기제를 발동했고, 영역을 넘나들려는 사람은 아웃시켜 버렸다.

그런데 눈앞에 있는 남자는…… 어려워도 너무 어렵다. 깊이 파고드는데, 막을 방법 없이 속수무책으로 뚫리고 있는 기분이다.

지금 피하지 않으면……. 나중에 이 남자가 나에게 실망하게 된다면…….

많이 아플 것 같은데.

지금 생각해 봐야 하등 쓸모없는 생각이 땅굴을 깊이 파고 들어가 자존감을 묻어 버렸다. 불우한 환경에서 자랐지만, 성인이 되어서는 이렇게 극심한 열패감을 느낀 적이 없었다.

그는 정은에게 감정의 극단을 걷게 했다.

순식간에 미친 듯이 빠져들었다가.

빠져나오지 못할까 두려웠다가.

시공간을 초월하도록 무디게 만들었다가.

지나친 자극에 감각하여 몸을 떨게 한다.

"정은 씨가 그동안 살아온 삶의 가치관을 바꾸라는 건 아닙니다."

상념에서 벗어난 건 그의 다정한 목소리 덕분이었다.

"선물 받으면, 뭐라도 보답해야 하는 건, 정은 씨가 가진 가치관이니까 존중해요. 하지만 단지."

그는 한숨을 한번 몰아쉬고는 저버릴 수 없는 미소를 지으며 말을 이었다.

"최소한 나한테는 선물에 보답해야 한다는 생각 하면서 불편해하지 않았으면 좋겠어요."

코끝이 찡하고 눈가가 따끔거렸다.

이 남자와 이 정도의 관계조차 유지하지 못하는, 아무것도 아닌 관계로 돌아간다고 할지라도.

지금의 분위기와 기분과 따뜻한 미소와 깊은 눈빛만은 평생 잊지 못할 거라고.

정은은 눈물이 또르르 흘러내릴 것만 같아서 얼른 고개를 비스듬히 내리며 눈꺼풀을 빠르게 깜빡거렸다.

"고마워요."

다행히 그를 향한 인사가 담백하고 건조했다. 진득한 감정이 묻어나지 않아서 안도의 한숨이 흘러나올 정도다.

두 발짝쯤 떨어진 곳에 서 있던 그가 다가왔다. 구두코가 맞붙을 정도로 가까운 거리에서 그가 정은의 이마에 가볍게 입을 맞추었다.

"이모, 저거 태욱이 아냐?"

갑작스레 들려온 여자의 목소리에 그가 눈을 질끈 감으며 한숨을 내쉬었다. 정은의 시선이 말소리가 들려온 쪽으로 자연스레 옮겨 갔다.

50대 중후반쯤 되어 보이는 여인과 그녀에게 살갑게 팔짱을 낀 30대 중후반쯤 되어 보이는 여자가 이쪽에 시선을 고정한 채로 서 있었다.

눈칫밥 먹으며 살아온 세월이 안겨 준 감각으로 짐작해 보건대, 나이가 지긋한 여인은 그의 모친인 듯했고, 이모라 부른 여자는 사촌 누이쯤으로 보였다.

"아버지가 그렇게 등산 가자고 조르시는데, 안 간 이유가 있었네, 강태욱이."

사랑스러워 죽겠다는 눈빛으로 그를 응시하던 여인의 관심이 정은에게 쏠린 것은 당연했다.

정리하자면 그는 아버지와의 등산을 마다하고 아침 일찍부터 백화점에 나와서 여성복 매장 종이봉투를 들고, 야한 옷을 입은 여자에게 입을 맞추고 있는 모습을 어머니께 딱 들킨 상황이었다.

정은은 얼른 고개를 숙이며 인사를 건넸다.

"안녕하세요, 임정은입니다."

평소와 같은 단정하고 침착한 목소리가 흘러나왔다. 그의 사촌 누이로 보이는 여자는 놀랍다는 듯이 입을 '아' 하는 모양으로 벌리며 눈을 동그랗게 떴지만, 장난기가 가득한 눈빛이었다.

일단 자기소개를 하기는 했는데, 이 상황을 어떻게 수습해야 할지 번뜩이는 방법이 떠오르질 않았다. 이 남자가 곤란해하는 것은 원치 않는다.

"저는……."

정은이 일로 만난 사이라고 말을 덧붙이려는데, 그가 정은의 손을 낚아채듯 움켜잡았다. 조금 떨어진 곳에 서 있던 두 사람의 시선이 대번에 맞잡은 손에 꽂혔다.

"등산보다는 이쪽이 훨씬 더 매력적이죠. 그러는 어머니는 아버지가 등산 가자고 하실 때, 학교 폭력 대응 방안 세미나 준비해야 한다고 하시더니."

여인의 눈빛에 당황한 기색이 언뜻 비쳤다.

"무슨 세미난지 딱 어머니 취향이네요. 백화점에서 하는 걸 보니까."

그는 빙글빙글 웃으며 떠들어 댔고, 그의 어머니는 당해 낼 수 없다는 듯한 표정을 짓고 있었다.

"아유, 이모 쟤 말하는 것 좀 봐. 쟤는 한결같이 재수 없어."

"재수 없긴, 귀엽지."

애정이 뚝뚝 묻어나는 어조로 대꾸하는 그의 어머니의 시선은 여전히 정은에게 머물고 있었다.

"반가워요, 나 보다시피 태욱이 엄마. 점심이나 같이할까요?"

정은이 대답을 고민할 새도 없이 그가 헛웃음을 터뜨리며 끼어들었다.

"그건 어렵겠는데요."

그럴 줄 알았다는 듯이 그의 어머니는 실망한 기색도 내비치지 않았다.

"점심 한번 얻어먹나 했더니 글렀네. 가요, 이모. 여기 7층에 새로 생긴 국숫집 괜찮대."

사촌 누이의 말에 그의 어머니는 순순히 고개를 끄덕이고는 정은을 향해 미소 지었다.

"그럼, 즐거운 시간 보내요."

정은은 고개를 꾸벅 숙여 보이는 것으로 대답을 대신했다. 겸손하지만 비굴하지는 않은 태도로 인사를 건네자, 그의 어머니는 따뜻한 눈인사를 한번 건네고는 돌아섰다.

"우린 저 국숫집 가기는 글렀네. 딴 데로 가죠."

두 사람이 돌아서기 무섭게 그가 입을 열었다. 마뜩잖다는 표정을 짓고 있는 모습에 정은은 소리를 잔뜩 죽인 목소리로 물었다.

"사촌 누나?"

"맞아요. 사촌 누나. 저쪽도 외동, 나도 외동이라 남매처럼 자랐어요."

뜻하지 않게 그에 대한 정보가 술술 흘러 들어왔다.

"정은 씨는요?"

또 예상하지 못한 순간, 정은에 대한 개인적인 질문이 들어왔다. 깊숙이 몸을 섞은 사이지만, 서로에 대해 별로 아는 게 없었다.

"그때 그 친구가 새언니쯤 돼요?"

동창 모임이 있었던 날을 떠올리며 정은은 고개를 끄덕거렸다.

"맞아요. 나보다 두 살 많은 오빠가 있어요."

아빠가 다르다는 말은 꺼낼 필요가 없었다. 그는 오빠가 있을 거라고 예상했다는 듯한 표정을 지었다.

"나는 저 누나랑 앙숙이거든요. 친남매보다 더 치고받고 싸웠을 거예요, 아마."

그의 말에 정은은 그저 전형적인 미소를 머금을 뿐이었다.

'나도 그랬어요. 오빠랑 많이 싸웠지.' 따위의 말조차 꺼내고 싶지 않았다. 그건 싸움이 아닌, 일방적이며, 무자비하고, 비겁한 폭력이었다.

"뭐예요, 그 표정은? 불편한 데 있어요?"

처음부터 그랬나? 이 남자는 정은의 심기가 묘하게 변하는 순간을 기가 막히게 잡아냈다. 지금은 그냥 넘어가 줬으면 좋겠는데, 그는 그럴 생각이 없다는 듯이 물어 왔다. 그렇다고 그의 태도가 무례하거나 경솔해 보이지는 않았다.

그는 미묘하게 표정이 변한 정은을 걱정하는 눈치였다.

"아까 어머님이 점심 먹자고 하시는데, 왜 안 된다고 했어요?"

별로 궁금하지도 않은 질문이 튀어나왔다. 당황한 모습을 들키고 싶지 않아서 그가 곤란해할 만한 질문을 던진 거였다. 연애를 하는 것도 아니고, 고작 잠자리를 함께한 여자를 데리고 자신의 부모와 식사할 남자는 없을 것이다.

그는 '흐음' 하고 낮게 신음하고는 대꾸했다.

"일단 어디 좀 들어가죠. 배고프네."

점심을 먹기엔 이른 시간이었지만, 호텔에서 조식을 건너뛴 정은도 허기지긴 마찬가지였다. 정은은 대답 대신 고개만 끄덕거렸다.

백화점을 나선 두 사람은 봉은사가 있는 방향으로 천천히 걷기 시작했다. 그는 뭐 먹고 싶은 거 있느냐는 질문을 해 왔고, 정은은 없다며 고개를 내저었다.

아까 정은이 왜 어머님과 식사를 하지 않았느냐는 질문을 던진 이후로 분위기는 살얼음판이 되어 버렸다. 누군가 돌을 던지면 와장창 깨질 것 같은 기분, 괜한 불안감이 엄습했다.

"쌀국수 어때요?"

아까 국숫집 이야기를 꺼내며 아쉬워했던 건 진심이었나 보다.

"좋아요."

점심을 먹기엔 이른 시각, 두 사람이 베트남 쌀국수 가게의 첫 손님인 것 같았다. 대학생쯤 되어 보이는 종업원이 주문을 받은 뒤, 주문 확인증을 가져다줄 때까지, 그는 별다른 말이 없었고 정은 역시 묵묵부답이었다.

갑자기 반전된 분위기가 어색하다. 흔히 코드가 잘 통하는 사람이 만나기 좋다고 한다. 성향과 기질이 비슷한 이들은 별것도 아닌 일로 어색해지는 법이 없고, 어색해지더라도 쉽게 극복할 수 있다.

하지만 코드가 다른 이들은 괴리감을 극복하지 못하곤 한다. 그런 경우 '저 사람은 나랑 안 맞아' 하고 돌아서면 될 것이다.

어색한 분위기가 이어질수록 그와 자신은 코드가 맞지 않는다는 생각이 들었다. 적은 정보만을 가지고 서로를 공유했을 때는 느껴지지 않았던 거리감이 서로에게 조금씩 다가갈수록 더 절실하게 느껴졌다.

그와 자신은 완전히 다른 사람이라고, 정은은 생각했다.

"어머니는 평생을 교육자로 사셨어요. 제가 보기엔 남을 가르치려는 습관이 몸에 밴 분이죠."

내내 아무 말이 없던 그가 조심스럽게 입을 열었다.

"나는 지금 정은 씨한테 점수 좀 따고 싶은데, 갑자기 어머니가 나타나서 가르치려 든다고 생각해 봐요. 내가 얼마나 얼빠진 놈으로 보이겠는지. 이게 내가 어머니와의 식사를 거절한 이유예요."

그는 정은의 눈동자를 똑바로 바라보며 진심을 털어놓았다. 그의 나직한 목소리가 심장을 툭툭 건드렸다. 자신이 부족한 점을 나열하며 자존감을 바닥에 떨어뜨린 채로 걱정이 늘어지는 동안, 그도 나름대로 치열하게 고민하고 있었다고 생각하니 기분이 묘하게 나아지는 듯했다.

"난 또 내가 별 볼 일 없어서 그러는 줄 알았죠."

농담처럼 속말이 흘러나왔다. 정은은 옅은 미소를 머금었지만, 그의 얼굴은 표가 날 정도로 확연히 굳었다.

"진심으로 그렇게 생각해요?"

"농담 반, 진담 반."

그가 손을 뻗어 테이블 위에서 깍지를 끼고 있는 정은의 손을 움켜잡았다.

"그럼, 나는 별 볼 일 없는 여자한테 점수 따고 싶어서, 아버지랑 등산도 안 가고, 어머니가 점심 하자는 것도 거절한 게 되는 겁니까?"

정말이지 사람을 꼼짝 못 하게 하는 남자다. 정은은 졌다는 듯이 고개를 내저으며 웃었다. 그리고 자신이 오늘 내내 이 남자에게 고백 비슷한 것을 받고 있는 것은 아닌가, 하는 생각이 들었다.

"나한테 점수 따서 뭐 하게요?"

정은은 부질없는 짓을 하는 건 아니냐는 듯이 물었다.

"글쎄요. 그걸 알면서 묻는 저의는 뭘까요?"

그가 한쪽 입꼬리를 비스듬히 끌어 올리며 매력적으로 웃고는 말을 이었다.

"내 입으로 직접 말하는 게 듣고 싶어요? 직설적인 화법을 좋아하네. 빙빙 돌려 가면서 밀당 하는 걸 더 좋아할 줄 알았는데."

"이미 밀당은 물 건너간 거 아녜요? 나한테 점수를 따겠다는 둥, 선물은 선물로 받으라는 둥……."

"이것 봐요. 임정은 씨는 내가 왜 이러는지 다 알면서 묻고 있잖아. 안 그래요?"

그는 재미있어 죽겠다는 표정을 짓고 있었다. 정은도 그와 말씨름하는 상황을 즐기고 있는 건 마찬가지였다.

내가 이 남자와 코드가 맞지 않는다고 생각했던가?

섣부른 판단이었다고 생각하는 순간, 그가 대뜸 진지한 얼굴을 하고는 사무적인 목소리를 냈다.

"그러니까 임정은 씨, 부명을 위해 힘써 줬으면 합니다."

정은의 미간에 미세하게 주름이 잡혔다. 순간 뉴런의 활동이 폭발했는지 머리가 터질 것처럼 둥둥 울렸다.

정은은 아무런 대꾸도 하지 못하고 눈만 끔뻑거렸다. 밑밥은 잔뜩 깔아 놓고 회수는 엉뚱한 곳에서 하고 있는 남자를 그저 멍하니 바라보았다.

10초쯤 흘렀을까? 침묵이 괴로울 지경이 된 순간, 그가 참지 못하겠다는 듯이 웃음을 터뜨렸다.

웃어? 웃겨?

정은은 오른쪽 윗입술만 묘하게 구겨 올리며 헛웃음을 흘렸다. 내내 정은의 손을 잡고 있던 그가 정은의 달아오른 뺨을 가볍게 꼬집었다.

"귀여워."

뭐라고? 귀여워?

정은은 표 나게 인상을 찡그렸다.

"내가 설마 회사 좋은 일 시키자고, 패륜을 저질렀을까?"

"패륜."

그가 내뱉은 말이 어이가 없어서 저도 모르게 따라 해 버렸다. 그러는 사이 주문한 쌀국수가 서빙 되었고, 그는 어서 먹으라며 정은을 채근했다. 정은은 그가 쥐여 준 젓가락을 든 채로 지껄였다.

"고백을 하려면 제대로 해요."

아, 미쳤구나. 엎드려 절 받기도 아니고, 밀당 하자는 남자한테 질러 버리다니.

"고백하면 싫다고 할 거잖아요."

검은 눈동자가 정은을 꿰뚫어 보는 듯했다. 다정하지만 지나치게 날카로운 눈동자를 바라보며 정은은 입을 꾹 다물었다.

아까 코드가 맞지 않는다고 단정 지어 버린 것을 정은은 정정하기로 했다.

그는 일부러 정은을 초조하게 만들면서 자기가 하고 싶은 말은 다 하고 있었고, 분위기는 자연스레 그가 이끄는 대로 흘러갔다.

지금 그는 고백을 해도 거절하지 않을 거라는 답이 듣고 싶은 걸까?

"그래서 내가 거절할까 봐 무서워서 고백 못 하는 거예요?"

나름 그의 의중을 간파했다고 생각했다.

"무서워서? 아닌데요."

그는 미간을 찌푸리며 어이없다는 듯이 웃음 지었다. 세상에 두렵고, 무서울 게 하나도 없다는 듯이 자신만만한 얼굴을 한 그가 말을 이었다.

"받아 줄 때 하려고 안 하는 건데."

"평생 못 하게 될 수도 있겠네요."

심장은 콩닥콩닥 뛰어 댔지만, 정은은 퉁명스럽게 말했다. 그는 다정한 미소를 머금으며 정은의 두 눈을 진중하게 들여다보았다.

"그럼, 평생 이러고 살지. 뭐."

평생 고백을 못 하게 되는 일은 없을 거라는 뻔뻔한 대구를 할 줄 알았다.

"이것도 나쁘지 않잖아요. 안 그래요?"

정은은 저도 모르게 웃어 버렸다. 기분이 살랑거렸다. 마치 정은이 어떤 고민을 하고 있는지 그는 다 안다는 듯이 행동했다. 단지 고민하는 깊이와 너비가 다를 뿐, 그도 자신과 비슷한 고민을 하고 있을 거라는 생각이 들었다.

서로 다른 두 사람이 만나 합을 이루는 일 앞에서 누구든 설레고, 누구든 두렵고, 누구든 망설일 이유가 있을 테니까.

그래도 이 남자라면…….

정은은 단정하게 식사하는 그의 모습을 물끄러미 지켜보았다.

"임정은 씨."

"음?"

식사 예의가 바른 그의 모습이 보기 좋아서 넋을 놓고 바라보던 정은이 무의식적으로 대구했다.

"계속 전화 오는 거 같은데, 안 받아도 괜찮아요?"

정은은 흠칫 놀라서 테이블 위에 올려 두었던 휴대전화를 집어 들었다. 저장되어 있지 않은 모르는 번호였다. 혹시나 일과 관련된 사람일 수도 있으니, 정은은 전화를 받았다.

"네, 임정은입니다."

– 아이고, 정은아. 이를 어쩌냐.

수화기 너머에서 엄마의 목소리가 왕왕 울려 대기 시작했다.

4화
조심스럽고, 따뜻하게

일그러진 정은의 표정을 그는 걱정스러운 눈빛으로 바라보았다. 통화를 마친 정은은 한숨을 내뱉듯 읊조렸다.

"미안해요. 그만 일어나 봐야 할 것 같아요."

"누군 전환데요? 무슨 일 있습니까?"

진중하게 물어 오는 시선에 심장이 덜컹거렸다. 순간 깨닫고 말았다.

아직은 이 남자에게 모든 걸 털어놓을 만큼 간절한 감정은 아니라고.

어쩌면 서로가 상처 입기 전에 원만히 끝내는 게 좋을 거라고.

"일이 좀 생겼어요. 옷 잘 입을게요. 고마워요. 식사는 다 못 하고 갈 것 같아요."

정은은 어떤 일인지 묻지 말아 달라는 단호한 투로 대꾸했다. 그는 옆 의자에 걸쳐 두었던 코트와 종이봉투를 집어 들며 자리에서 일어나려고 했다.

"천천히 먹고 가요. 난 이만 가 봐야 할 것 같아요."

"내가 데려다줄게요. 백화점에 차 있어요."

"택시 타는 게 빨라요. 내가 지금 좀 급하거든요. 미안해요."

정은은 입고 온 옷이 들어 있는 종이봉투를 받아 드는 것도 잊고 서둘러 베트남 식당을 벗어났다.

맞은편, 외국인 전용 카지노 입구에 모범택시가 즐비한 모습이 눈에 들어왔다. 빨리 오라는 엄마의 목소리가 귓가를 어지럽게 울려 댔다.

가까이에 횡단보도가 있었지만, 신호가 바뀌는 것을 기다리는 시간조차 아껴야 했다. 정은이 8차선 대로의 교통 상황을 살피며 아슬아슬하게 도로 위를 질주하려 발걸음을 뗐을 때였다.

"미쳤어요? 무슨 일인데 이래?"

그가 정은의 허리를 잡아 안으며 인도 안쪽으로 끌어당겼다. 심장이 벌렁거렸다.

"내 차로 가기 싫으면, 택시를 타더라도 같이 가요. 이러다 큰일 나겠네."

그는 정은의 어깨를 휘감아 안은 채로 택시를 잡았다. 누군가 자기 일에, 그것도 집안일에 끼어드는 것이 정은은 익숙하지 않았다. 아직은 미완성인 감정을 이어 가는 상황에서는 더더욱 그에게 그런 모습을 보이고 싶지 않다.

무언가를 시작했다고 보기에는 어정쩡한 시점, 굳이 피곤한 배경을 가진 여자와 시작할 남자는 없을 것이다.

이렇게 해서 그와 멀어져야 하나?

머리는 좋은 방법일 수도 있다고 생각했지만, 가슴은 조여 왔다. 싫은 것이다. 그가 자신의 치부와 더러운 배경에 대해 알게 되는 것이, 그것에 접근하는 것조차 원치 않았다.

자신을 그저 매력적인 여자로만 생각해 주기를 바랄 뿐이었다.

누구의 자식으로 태어날지 고를 수 있는 건 아니지 않나? 난들 불륜 속에서 태어나고 싶어서 태어났을까?

치부를 드러내지 않은 채로 오롯이 서로만을 바라보고 만나는 것은 꿈같은 일일 것이다. 관계가 깊어지면 더 알고 싶어지는 게 사람 심리다. 하지만 정은은 아직 누군가와 내면 깊숙한 곳에 자리 잡은 어두운 모습까지 나눌 용기가 없었다.

두려운 거다. 누군가가 자신에 대해 알게 되면 떠날 것 같아서.

열 달을 품고 있다가 낳은 엄마도 필요할 때만 정은을 찾지, 종종 존재를 부정하곤 한다. 천륜을 끊어 내지 못하고, 정은은 엄마의 필요에 응했다. 그렇게라도 확인받고 싶은 건지도 모른다.

불륜을 저질러 낳아 놓은 딸일지언정, 제대로 된 자식 노릇은 내가 다 하고 있다고 인정받고 싶은 욕구에서 비롯된 비뚤어진 의무감일지도 모른다.

지금도 보이지 않는 족쇄 같은 의무감에 발이 묶인 채, 정은은 병원으로 향하는 중이다.

"누가 아픕니까?"

택시에 탄 이후로 내내 조용하던 그가 신중한 목소리로 물었다.

"좀 일이 생겨서요."

정은은 뜬구름 잡는 대답만 내놓았을 뿐이다.

"대답하기 곤란하면 안 해도 되는데⋯⋯. 혹시 내가 필요한 상황이 생기면 말해 줘요."

내내 운전석 헤드레스트를 멍하니 바라보던 정은의 시야가 맑아지는 듯했다. 정은은 천천히 고개를 돌려 옆에 앉은 남자를 바라보았다. 그는 사람 좋은 미소를 머금은 채로 정은을 바라보았지만, 더 말을 붙이지는 않았다.

무슨 일이든 도움이 되어 주겠다는 믿음직한 눈빛에 평생 한 번도 가져 본 적 없던 감정이 불쑥 떠올랐다.

가능성이라고 해야 할까.

심장이 쿵쿵 울렸다. 그는 윤 이사가 아이를 가졌을 때, 아이 아버지가 되어 주겠다는 말을 한 적도 있다고 했다.

절대 평범하지 않은 상황에서도 사랑을 논할 수 있는 남자라면, 이해해 주지 않을까?

"······진심이었어요?"

궁금함을 참지 못하고 정제되지 않은 질문이 그대로 흘러나왔다. 그는 뭐에 대한 진심을 묻는 거냐는 듯이 고개를 비스듬히 기울였다.

"윤 이사님이 낳은 아이의 아버지가 되어 주겠다던 말, 진심이었어요?"

뜻밖의 질문을 들었다는 듯이 그의 얼굴에 당혹스러운 기색이 어렸다. 하지만 이내 평정을 되찾은 그가 조용히 속삭였다.

"그때만큼은 진심이었어요."

심장이 쿵쿵 뛰었다.

다른 남자의 아이까지 품어 줄 아량이 있는 남자라면, 괜찮지 않을까?

생각은 한쪽으로만 흘러갔다. 이미 그에게 마음이 성마르게 기울고 있음이 느껴졌다.

"그런데 지금은 그때의 내가 의심스러워요."

그는 솔직하게 자신의 마음을 대변하기 시작했다. 온전한 고백으로 인한 완성된 관계가 아닐지라도 과거 다른 여자에게 느꼈던 감정을 논하는 것은 어리석은 짓인지도 모른다. 하지만 그는 비겁하게 대답을 피하거나, 듣기 좋게 포장하지 않았다.

"그때는 그게 가장 무거운 마음이라고 생각했는데, 돌이켜 보니 아닌 것 같다는 의심이 들어요."

정은은 그가 말을 이어 갈 수 있도록 대꾸 없이 잠자코 기다렸다.

"요즘 그 의심이 점점 확신이 되어 가고 있고."

그는 정은의 눈동자를 오롯이 응시하며 말했다.

"뭐가 강태욱 씨 생각을 바꾼 건데요?"

정은은 앞 좌석에는 들리지 않을 정도로 작게 이야기했다. 연식이 꽤 되어 보이는 택시 안에는 엔진 소음이 울리고 있었고, 정은의 목소리는 들릴 듯 말 듯 한 정도였다.

무슨 대답이 듣고 싶은 걸까?

그는 대꾸 없이 웃으며 정은의 옆머리를 귀 뒤로 넘겨 주었다. 그는 다감한 눈빛으로 정은을 바라보았다.

"그렇게 예쁜 눈으로 애절하게 봐도 안 넘어가요, 나."

심장이 쿵 울렸다. 정은이 듣고 싶은 대답을 해 주지 않겠다는 의미였다. 그의 시선이 이내 창밖으로 옮겨 갔다.

"나도 이번엔 제대로 하고 싶어요. 어리석게 놓치고 싶지도 않고, 섣부르게 망치고 싶지도 않고."

몸부터 먼저 섞었을지언정, 그는 섬세한 감정을 소중히 여기며 차근차근 다가오겠다고 말하고 있었다.

정은도 가만히 시선을 돌려 창밖을 바라보았다. 서울 도심의 배경이 눈앞에서 빠르게 지나갔지만, 눈에 들어오는 것은 하나도 없었다. 오직 옆에 앉아 단정한 마음을 내비치고 있는 남자만이 신경 쓰일 뿐이다.

병원에 도착하자, 그는 적당한 염려와 정은을 안심시키기 위한 신뢰가 뒤섞인 눈빛을 했다.

"들어가 봐요. 연락 줄 수 있을 때, 주고."

"태욱 씨도 얼른 가 봐요. 가는 거 보고 들어갈게요."

"먼저 들어가요."

그는 예의 바른 미소를 지어 보이며 다정하게 굴었다. 섹스로 관계를 시작했다는 것만 제외하고는 무척이나 바른 남자다.

정은은 그의 따뜻한 시선을 받으며 돌아섰다. 병원 주 출입구 자동 유리문을 들어서며 뒤돌아볼 때까지도 그는 정은을 바라보고 있었다. 자동문 안쪽에 있는 수동 유리문을 밀고 들어갔을 때, 정은을 기다리고 있는 것은 익숙한 상처였다.

"누구냐?"

오빠 정훈이 유리문 밖을 내다보며 물었다. 정은의 시선 역시 자연스레 밖으로 향했다. 눈치 빠른 그는 정은을 곤란하게 할 수도 있다고 판단했는지, 서둘러 택시에 올라타고 있었다.

"회의 마치고 나오는 길인데, 방향이 같아서 택시 한 대로 움직였어."

"그럴 여유도 있고, 팔자 좋다? 네 일 아니다, 이거야?"

정은이 한 말을 고깝게 받아들이는 데는 남다른 재주가 있는 정훈이었다.

"저 사람이 부른 택시가 먼저 와서 같이 타고 오는 길이야. 고깝게 굴지 좀 마."

평소 같았으면 변명할 마음도 들지 않아서 물러섰을 것이다. 그런데 정훈이 그 남자마저도 비난하려는 기색은 보고 싶지 않았다.

정훈은 의심스러운 눈초리로 정은을 훑어보았다.

"요즘은 그런 술집 년 같은 옷 입고 회의해?"

코트 앞섶이 벌어져서 그가 사 준 원피스의 실루엣이 슬쩍 드러났다.

"입 조심해. 지껄이면 다 말인 줄 알아?"

어렴풋한 분노를 드러내자, 정훈은 눈썹을 들썩이며 휘파람을 한 번 휘 불었다.

"아버지 어디 계셔? 이런 상황에도 휘파람이 나오니?"

정훈은 어깨를 으쓱하며 특유의 비겁한 미소를 머금었다.

"응급실. 아직 병실로는 못 올라가셨고. 수술 먼저 해야 한다는데, 수술실이 다 찼다나 봐. 신 대표한테는 연락했냐?"

"여기서 그 사람이 왜 나와?"

정은은 한숨을 몰아쉬며 응급실 쪽으로 걸음을 옮기기 시작했다. 정훈은 억센 손길로 정은의 팔뚝을 낚아채듯 잡았다.

"신 대표랑은 아직도 자?"

정은의 미간이 대번에 구겨졌다. 분노와 수치심이 가슴속에서 충돌했다.

"결혼하는 거 쇼하는 거 맞지?"

빈정거리는 얼굴에 침이라도 뱉어 주고 싶었다.

"아니야. 두 분 연애결혼 하시는 거야. 함부로 지껄이고 다니지 마. 민주한테 못 들었어? 헛소리하고 다니면 법무팀에서 나설 수도 있다는 거?"

"근본 없는 년은 이래서 안 된다니까. 새언니한테 꼬박꼬박 민주래. 그리고 신 대표가 설마 임정은 오빠를 고소하기라도 하겠어? 둘이 몸 섞은 세월이 있는데."

정은은 뭐라 대꾸하려고 입을 열었다가 이내 다물어 버렸다. 이런 식의 노골적인 공격은 또 처음이었다. 정은이 무언가 놓치고 있는 구석이 있는 것 같은데, 그게 뭔지 가늠이 되질 않는다.

"작작 해."

정은은 어금니를 꾹 다문 채로 일갈한 후 빠르게 걸어서 응급실로 향했다. 응급실 안에는 보호자 한 명만 동석할 수 있었고 이미 엄마가 들어가 있었지만, 응급 수술을 앞둔 상황이기에 정은이 들어가는 것까지는 허락해 주었다.

"아이고, 여보. 정은이 왔어요. 이제 됐네. 정은아, 신 대표한테는 연락했니?"

정훈이 던졌던 질문을 그대로 흘리는 엄마를, 정은은 의문 어린 시선으로 바라보았다.

전화 통화를 할 때마다 엄마는 신 대표의 안부를 물었다. 말로는 신 대표에게 목매지 말고 어서 좋은 사람 만나서 시집가는 게 어떻겠냐고 했지만, 엄마가 묻는 말의 저의는 분명했다. 신 대표가 제대로 된 연애 한 번 하지 않고, 정은을 곁에 두고 있으니 당연히 두 사람이 잘될 거라는 은근한 확신이 묻어났다.

얼마 전 신 대표가 부명그룹 창립자의 손녀와 결혼을 발표했고, 그로 인해 세간의 이목을 끌었음에도 엄마는 아직 미련을 버리지 못한 것처럼 보였다.

"아버지는?"

여기서 신 대표가 왜 나오냐고 승강이를 하고 싶지 않아서 말을 돌렸다.

"응, 이리 와."

응급실 입구에서 정은의 손을 꼭 잡은 엄마는 아버지가 누워 있는 환우용 침상 앞으로 걸어갔다.

엄마의 손은 차갑고 축축했다. 생경한 온도와 기분 나쁜 습도가 공존하는 손. 평생 엄마의 손을 애틋하게 잡아 본 적 있던가?

이제껏 무시하고 살았던 불합리한 감상이 툭툭 치고 올라왔다.

엄마는 늘 정은을 필요로 할 때만 살갑게 굴었다. 정확히는 정은이 보내 주는 돈이 필요할 때, 친구들에게 자랑할 잘난 자식의 표 나는 효도가 필요할 때, 그리고 집안에 일이 생겨서 수습해 줄 사람이 필요할 때.

장가를 가서 아이까지 낳고 살고 있지만, 정훈은 여전히 개차반이었다. 정훈이 집안일에 발 벗고 나서서 보탬이 될 거라는 헛된 희망은 버린 지 오래다. 자발적으로 일을 해결하기보다는 사고를 치는 데더 노련한 특질이 있는 인간이니까.

희생은 언제나 정은의 몫이다. 예전에도, 지금도…… 그리고 앞으로도 그렇겠지?

"아버지, 저 왔어요."

정은의 목소리에 얼굴이 누렇게 변한 아버지가 힘겹게 눈을 떴다. 정강이와 허벅지에는 임시방편인지 붕대와 부목이 칭칭 동여매 있었다.

"뭐 하러 왔어, 바쁜데."

아버지의 목소리는 다 타 버린 재처럼 쉬어 있었다. 완전연소 해버린 잿더미가 바람결에 날아가는 것처럼, 아빠는 금방이라도 생을 마감할 것 같은 목소리를 냈다.

"이이는. 아무리 바빠도 아버지가 사고를 당했는데, 와야지."

엄마는 아버지는 나무랐다. 혹여 정은이 바쁘다는 핑계로 당신들을 저버리면 어쩌나, 하는 염려가 묻어나는 목소리였다. 그리고 엄마의 어조에는 아버지를 나무라는 듯 희미한 짜증과 분노가 뒤섞여 있었다.

"내가 그렇게 오토바이 타고 돌아다니지 말랬는데 이게 뭐야. 다리가 어떻게 두 동강이 나. 이제 앞으로 몇 달은 제 발로 걷지도 못할 텐데."

아버지 앞에서는 늘 죄인처럼 살던 사람이었는데, 오늘따라 당당해 보이는 엄마의 태도가 이상했다. 아버지는 어디로 가는 길이었지, 황급히 오토바이를 타고 나갔다가 사고를 당했다고 했다.

"어쩌다가 그러셨어요?"

정은이 조용한 목소리로 물었다. 사실 집안에서 정은을 핍박한 것은 엄마와 정훈뿐이었다. 아버지는 심기를 잘 드러내지 않는 전형적이고, 묵묵한 아버지였다.

"누구 좀 만나러 가다가 그랬다."

아버지의 목소리가 아까보다 더 잦아들었다. 아버지의 마른 눈가에 어쩐지 물기가 어리는 듯했다.

정은은 피딱지가 덕지덕지 묻은 아버지의 손을 따뜻하게 잡았다. 정은의 손길이 닿자 아버지가 놀란 눈을 하더니, 이내 정은을 애틋하게 바라보았다.

정은은 아버지의 손을 잡지 않은 손으로 핸드백을 열고 휴대용 물티슈를 꺼내 들었다. 아버지의 손이 이 지경이 됐는데도, 불만 섞인 얼굴만 하는 엄마가 원망스러울 지경이다.

정은은 물티슈 조각으로 아버지의 손을 조심스럽게 닦았다.

"괜찮다, 괜찮아."

아버지는 겸연쩍다는 듯이 손을 쑥 빼 갔다. 핏물이 검붉게 번진 손이 안타까웠다. 정은은 한숨을 몰아쉬며 엄마를 향해 물었다.

"수술은 언제 들어간대요?"

정은의 질문이 떨어지기가 무섭게 병원 직원으로 보이는 검은 슈트를 입은 남자가 다가왔다.

"따님 오셨나 보네요?"

남자가 던진 말로 유추해 보건대, 정은이 오기를 기다리고 있었나 보다.

정은은 가타부타 묻지 않고 남자를 향해 돌아섰다. 남자의 왼쪽 가슴에는 원무과 직원임을 알리는 명찰이 붙어 있었다.

"따님 오시면 수납하시겠다고 해서 기다리고 있었거든요. 먼저 수납하셔야 하는 부분이 있어서요. 같이 가시겠어요?"

정은은 원무과 직원을 따라나섰다. 가슴이 무겁게 침잠했다. 수술실이 확보되지 않아 수술이 미뤄진 것도 있지만, 수납이 되지 않아서 그랬다는 원무과 직원의 설명에 갑갑해졌다.

"이건……."

납부해야 할 명세서를 받아 든 정은의 얼굴이 미세하게 일그러졌다.

"체납액이 좀 있습니다."

이제껏 엄마에게 부족하지 않을 만큼 돈을 보내고 있었는데, 당뇨와 고혈압으로 인해 약을 타 드시던 아버지의 병원비가 체납된 상태였다. 그마저도 1년 전의 일이고, 지난 1년 동안 약을 드시지 않았다는 말에 기가 막혔다.

"1년 전에 잠시 입원하셨던 거 아시죠?"

정은은 가만히 고개를 끄덕였다. 원무과 직원의 눈빛은 비난하는 기색 없이 정중했지만, 정은은 얼굴이 화끈한 게 느껴질 정도로 민망했다.

입원 당시 납부도 하지 않고 무단으로 퇴원했다는 게 원무과 직원의 설명이었다.

정은은 신용카드를 내민 뒤, 다음 병원비 수납에 대한 각서까지 쓴 후에야 원무과에서 벗어날 수 있었다.

응급실로 돌아가자, 아버지는 이미 수술실로 향하고 없었다. 엄마는 정은이 오기를 기다렸다며, 정은의 손을 다시금 꼭 잡고 수술실 앞 보호자 대기실로 향했다.

정은은 사람이 가득 차 있는 보호자 대기실로 들어서기 전, 엄마를 붙잡아 세웠다.

161

"어떻게 된 거야?"

정은의 목소리가 딱딱하게 흘러나왔다. 외국을 떠돌며 일을 했지만, 정은은 3개월에 한 번씩 한국에 들어왔다. 신 대표의 배려로 무슨 일이 있어도 정은은 꼬박꼬박 한국을 방문할 수 있었다.

그럴 때마다 엄마의 하소연을 돈으로 입막음했고, 오빠의 대형 사고를 미연에 방지하기 위해 자잘한 사고를 수습하고 돌아갔다. 어쩜 그렇게 사건·사고는 끊이질 않는지, 스스로도 놀라울 지경이었다.

1년 전쯤, 아버지가 병원에 계실 때도 정은은 한국에 들어왔었다. 퇴원하시는 모습을 보고 돌아가려고 했는데, 여의치 않아서 넉넉한 돈을 엄마에게 건네준 뒤 한국을 떠났었다.

당연히 아버지의 병원비로 쓰였어야 할 돈이 증발해 버린 것과 마찬가지였다. 어디로 증발해 버렸는지 짐작은 갔지만, 아버지의 병원비에까지 손을 댔다고 하니 가슴이 터질 것만 같았다.

"아니, 내가 그렇게 오토바이 타고 나가지 말라고 했는데, 대체 누굴 만나러 가려고 한 건지 기어코 오토바이를 끌고 나가는 거야."

"엄마."

정은이 사고 경위를 묻고자 말을 꺼낸 게 아님을 엄마도 알고 있을 것이다. 엄마는 늘 곤란한 질문에는 자기 편한 대로 해석해서 어물쩍 넘어가곤 했다. 정은은 엄마와 승강이를 하고 싶지 않아서 대부분은 그냥 넘어갔지만, 오늘은 다르다.

"너 학교 다닐 때, 깨미 슈퍼 지하에 있던 동백 다방이라고 알지? 거기 마담 보려고 뻔질나게 드나들더니. 거기 재개발되면서 싹 밀렸잖아. 그 여편네가 의왕에 무슨 라이브 카페를 냈대. 웃기지 않니? 다방 하다가 라이브 카페 내면 뭐 근본이 달라져?"

동백 다방 아줌마는 정은도 잘 아는 사람이었다. 티켓 다방이니 뭐니 불법적인 영업 행태가 유행할 때에도 아줌마는 차와 커피만을

162

팔며 얌전하게 다방을 운영했다. 말 그대로 다방茶房, 삼삼오오 모여서 차와 여유를 즐길 수 있는 공간이었다.

아줌마에게는 아들이 하나 있었는데, 정훈과 동갑인 아들은 어릴 때부터 영재 소리를 들으며 자랐다. 다방을 운영하며 아들을 키우는 아줌마를 엄마는 은연중에 무시했는데, 얼마 전 그 집 아들이 변호사가 되어 대형 로펌에 들어갔다는 소식을 들었다.

아버지는 가끔 동백 다방에 들러서 차 한 잔을 하시곤 했고, 엄마는 그것을 못마땅해했다. 아버지가 아줌마에게 관심을 둔다거나, 아줌마가 오는 손님에게 추파를 던지는 일도 없었다.

정은도 이따금 아버지와 함께 다방을 들르곤 했었다. 그럴 때마다 아버지는 은근히 정은의 자랑을 늘어놓았다.

신 대표와는 같은 동네에서 자랐기에 다방 아줌마도 신 대표를 알았지만, 마음이 따뜻해지는 안부 인사를 건네 올 뿐 사람을 불편하게 하지 않았다.

엄마는 그 모든 게 고까웠던 거다. 뭐 눈에는 뭐만 보인다고 했던가. 엄마는 아버지가 그 아줌마와 바람을 피우고 있다고 생각했다. 그러면서 정은이 아버지의 핏줄이 아니라는 사실을 알게 될까 봐 불안해했다.

"아휴. 나도 이제 속 편하게 살란다. 저 양반 눈치 안 보고 살 거야."

엄마는 눈을 부릅뜨며 다짐이라도 하듯이 여러 번 같은 말을 읊조렸다. 엄마의 분위기가 묘하게 다른 데는 이유가 있는 것 같았다.

"네 아버지가 오늘 왜 동백 마담 만나러 오토바이 타고 나선 줄 아니?"

엄마는 의기양양한 목소리로 물었다. 정은은 그저 피로감 가득한 얼굴로 고개를 내저었다.

"네 아버지가 알아 버렸다. 차라리 속이 다 시원하네. 내가 그랬으니까, 자기도 해 보겠다는 거였겠지. 나 참 우스워서. 말이 나왔으니까 말인데, 나나 되니까 저 양반이랑 이날 이때껏 살았지. 저 양반 데리고 살 여자가 어딨겠니? 어림없지, 암. 어림없어."

정은의 얼굴이 하얗게 질린 것도 모르고, 엄마는 쉴 새 없이 떠들어 대기만 했다.

"엄마."

정은은 나직한 목소리로 엄마를 불렀다.

"제 핏줄 섞인 자식새끼는 사고만 펑펑 치고 다니는데, 다른 놈 핏줄인 네가 자식 노릇을 하고 있으니……. 저 양반 자존심에 아마 지금쯤 속이…….'

"새까맣게 타셨겠죠."

정은의 목소리에 물기가 어렸다. 엄마가 상스러운 말을 내뱉다 말고 정은에게 시선을 옮겼다. 엄마는 어이가 없다는 듯이 정은을 노려보았다. 딸을 바라보는 엄마의 눈빛이 너무 표독스러워서 아프다.

순간 따뜻하고, 다정한 그의 시선이 떠올라서 가슴이 죄였다.

왜 늘 이런 식이냐고 묻고 싶었다. 책임은 엄마에게 있으면서, 엄마는 늘 다른 데서 원인을 찾았다. 그리고 분이 풀릴 때까지, 아니 풀리더라도 스스로 비뚤어진 희열을 얻기 위해 상스럽게 떠들었다.

엄마가 그렇게 위안을 얻을 때마다 정은은 무기력해졌다. 무력감은 정신을 좀먹었다. 엄마는 정은의 가슴속이 피폐해지고, 황폐해지는 것을 알아차리곤 했다. 그런 정은의 우울감을 느낄 때마다 엄마는 더욱 드세졌다.

한편으로는 안심하는 것처럼 보였다. 그런 정신 상태에서 정은이 모든 사실을 털어놓을 수는 없을 거라고 여겼을 것이다. 그럴 때마다 가족으로 인정받으려고 안간힘 쓰는 정은을 엄마는 마음껏 이용했다.

그리고 은연중에 드러냈다.

너만 태어나지 않았어도, 우리 가족이 이렇게 위태롭고 가식적인 화목함 속에서 살지는 않았을 거라고.

네가 없었다면, 오빠인 정훈도 방황을 사춘기 한 시절로 끝내고 무탈한 성인이 되었을 거라고.

너 때문에, 이 고생을 하는 거라고.

이번에도 엄마는 모든 탓을 아버지에게로 돌려 버렸다. 그러면서 고소해하기까지 했다.

"봐라. 정훈이가 언제 아들 노릇 제대로 한 적 있는지. 아직까지도 제 부모 생일에 빈손으로 오는 새끼야, 그 새끼가."

엄마가 어릴 때부터 그렇게 끼고돌았으니까 그렇다는 말을 할 수가 없었다. 그런 말을 내뱉으면 엄마와 싸움이 시작될 것이고, 그런 종류의 싸움을 견뎌 낼 힘이 지금 정은에게는 남아 있지 않았다.

"작년에도 미친놈이 전자화폐인지, 가상화폐인지 거기에 투자한답시고 사채를 써서 그거 갚느라 네 아버지 병원비도 못 냈어. 작년에 그 돈 갚아 주라고 하고 여기서 도망치듯이 퇴원했잖아. 짐 싸들고 몰래 비상계단으로 내려오는데, 어찌나 심장이 떨리던지."

숨이 턱 막혀 왔다. 엄마는 묻지도 않은 말을 술술 잘도 해 댔다.

"솔직히 네 아빠가 경제적으로는 영 능력이 없었잖니? 사우디 갔다 와서 생긴 돈도 전부 동생들 퍼 주고. 우리한테 남은 게 그때 얼마였더라? 아휴. 차라리 그 군인 놈이 백번 나았지. 나중에 우리 길바닥에 나앉게 생겼을 때, 월세 보증금도 대 줬잖니."

엄마가 미세하게 동요하는 게 느껴졌다. 말이 많아지면 실수를 하게 되는 법이다.

군인 놈이라 칭한 사람은 정은의 친부였다. 정은이 태어난 이후로

165

는 그 사람의 생사조차 모른다고 했었는데, 그조차 거짓이었나 보다.

"그래서?"

어떤 대답을 바라고 물은 말이 아니었다. 그저 지쳐서 습관처럼 나온 되물음이었다.

"그래서는 뭐가 그래서야. 엄마가 분식집이라도 하고 그랬으니까 너 먹여 살리고, 공부도 시키고 한 거지."

정은은 중3 겨울방학 때부터 패스트푸드점 아르바이트를 하면서 용돈을 벌었다. 고등학교 때도 당연히 온갖 아르바이트에 묻혀 살았고, 미국으로의 유학은 신 대표를 통해 알게 된 인사가 운영하는 장학 재단의 후원으로 갈 수 있었다.

낳아만 줬잖아. 나를 열과 성을 다해 키우기는 했어? 열과 성을 다하지는 않더라도, 사랑도 안 줬잖아. 그래서 내가 이렇게 되어 버렸잖아. 공부를 시켰다고? 어떤 공부? 인간이 가족 때문에 얼마나 무력해질 수 있는지에 대한 공부였나?

진심은 의심하고, 사랑도 마음 편히 받지 못하며, 마음을 털어놓지 못하는 어리숙한 인간이 되어 버렸다. 이 치부를 잘 아는 신 대표만이 유일하게 사랑할 가능성이 있는 남자라고 여기며 멍청하도록 긴 세월을 보냈다.

"솔직히 우리 사는 아파트도 신 대표가 구해 준 거지. 네 아빠 기여한 거 하나도 없다. 딸 하나 반듯하게 키워서 아파트도 얻고."

"엄마."

내내 자포자기한 심정으로 무력감에 빠져 있던 정은이 엄마의 말을 잘라 냈다.

"그게 지금 무슨 소리예요?"

정은이 묻는 말에 엄마는 뻔뻔한 얼굴을 했다. 엄마의 눈빛에 염치를 모르는 독기가 어릴 때마다 정은은 자신이 죄를 짓는 것 같은 기분이 들곤 했다.

"몰랐니? 우리 사는 아파트. 그거 신 대표가 사 준 거잖아. 얘, 말이 나왔으니까 말인데. 신 대표 사업 때문에 결혼한다고 발표한 거 맞지? 재벌가 정략혼 그런 거지?"

무슨 대답이든 해야 하는데 바윗덩어리에 가슴이 눌린 듯 숨이 터져 나오질 않았다. 비현실적인 사례를 충분히 겪어 왔다고 생각했는데, 이처럼 터무니없는 말을 들을 거라고는 생각도 못 했다.

"그렇잖아. 아무 사이도 아닌 여자 부모한테 집 사 주고 그러는 게 말이나 되니? 게다가 신 대표 한국에는 그동안 들어온 적도 없는데. 우리한테 집 사 주고, 갑자기 한국 들어오고 그러는 거 보면……. 이혼은 언제 한대? 너는 알지?"

정은은 감정을 지운 눈빛으로 엄마를 바라보았다.

"솔직히 기주 걔가 어릴 때는 별 볼 일 없었잖아. 걔 엄마는 맞고 살다가 도망가고, 아빠는 술독에 빠져 살고. 누나도 자살한 거 정말 아니라니?"

대답을 들을 생각 없이 엄마는 이미 그렇게 단정 지었을 것이다.

"그렇게 별 볼 일 없던 애가 미국 가서 잘나갈 줄 누가 알았겠어? 한국 재벌 중에 부명이 세 손가락 안에는 들지? 그 집 딸이랑 결혼해서 한국에 터 잡은 다음에 이혼하려는 거지? 신 대표가 너무 잘나가서 걱정이었는데, 차라리 잘됐다. 이혼하고 나면 네가 잡아."

정은은 마른 손으로 이마를 한번 쓸며 건조하게 대꾸했다.

"그런 거 아니야. 연애결혼이야. 한국에 정착한 것도 그 여자분 때문이고. 어디 가서 함부로 말씀하시지 마세요. 부명이 엄마가 말했다시피 대단한 회사인 거 맞아. 이상한 소문 돌면 어떻게 되는지 알아요?"

피로감 가득한 목소리로 중얼거리는 사이 정은의 얼굴에 저도 모르게 비난의 기색이 어렸다. 그리고 엄마의 표정은 믿을 수 없는 일을 맞닥뜨렸다는 듯이 절망감에 휩싸였다.

"너 지금 뭐라고 했니? 너 엄마 협박하니? 엄마가 그런 일 겪길 바란다고 고사라도 지내지, 왜? 그리고 설령 내가 그런 일 당해도 네가 막아야지!"

보호자들이 드나드는 조용한 복도에 엄마의 목소리가 쩌렁쩌렁하게 울렸다. 정은은 엄마를 대신해 이쪽을 고깝게 쳐다보는 이들에게 고개 숙여 사과했다.

"목소리 좀 낮춰, 엄마."

엄마는 씩씩거리며 분노를 표출했다.

"신기주, 그놈 그렇게 안 봤는데 아주 못돼 먹었네. 이놈이 남의 집 귀한 딸 갖고 놀 때는 언제고, 결혼은 재벌 집 딸이랑 해? 너 신기주랑 잤지? 언제부터 잤어? 고등학교 때부터 그놈이 너 갖고 논 거 아냐?"

"엄마, 제발 그만 좀."

정은은 두 눈을 질끈 감았다. 엄마는 자기 생각을 정당화하려는 듯 쉴 새 없이 독한 말을 내뱉었다.

"좀 기다려 봐. 아무리 기주가 잘났다고 해도 재벌 집에서 성에 차겠어? 금방 이혼할 거다. 비슷한 처지에서 만나야 잘 살지."

그러는 엄마는 아빠와 비슷한 처지에서 만난 게 아니라서 바람을 피운 거냐고 되묻고 싶었다. 하지만 정은은 입을 꾹 다물 뿐 목소리를 내지는 않았다. 엄마와의 대화는 늘 일방적이었다. 엄마는 찌르고, 정은은 막지도 못하고 상처를 입어서 피를 줄줄 흘렸다.

가끔 엄마는 미안해하며 인간적인 모습을 보이기도 했고, 애틋한 모성애를 드러내기도 했지만, 대부분 이렇게 부정不貞으로 태어난 딸이 의기소침하는 모습을 보며 흡족해했다.

원하지 않는 임신으로 태어났으니 피해를 본 가족에 대한 희생은 당연하고 감히 행복해질 권리조차 없는 거 아니냐는 듯이 엄마는 냉담했다.

세상에 완전한 인간은 없다지만, 엄마는 터무니없는 자가당착에 빠져서 허우적거렸다. 그에 대한 타격은 오롯이 정은의 몫이었다.

정은은 말없이 보호자 대기실로 들어가 빈 의자에 앉았다. 엄마는 사람들이 있을 때는 대개 교양 있는 중년 부인의 모습으로 돌아왔다. 정은이 앉아 있는 의자 뒤편에 자리를 잡고 앉은 엄마는 들릴 듯 말 듯한 목소리로 기도문을 읊조렸다.

누구를 위한 기도일까? 아버지의 수술이 무사히 끝나기를 바라는 것일까? 딸에게 독한 말을 퍼붓고 면죄부를 구하는 것일까? 아니면 엄마의 무사안일을 기원하는 기도일까?

한숨을 몰아쉬며 명단이 주르륵 늘어져 있고, 그 옆에 수술 중이라는 사인이 들어와 있는 LED 화면을 멍하니 바라보았다.

아무 생각도 하지 말자. 이 일도 결국 지나갈 테니까.

아버지는 수술실에 들어간 지 8시간 만에 회복실로 옮겨졌다.

수술은 다행히 무사히 끝났고, 회복실을 거쳐 중환자실로 들어간 아버지의 모습을 확인한 뒤 병원을 나섰다. 엄마는 병원 문을 나서기가 무섭게 정은에게 택시비를 달라고 하곤 모범택시에 올랐다.

지갑도, 마음도, 머리도 오늘은 여러모로 힘겨운 날이다. 엄마가 탄 택시가 떠나는 것을 본 정은은 습관처럼 택시 번호판을 외웠다. 직업병도 이 정도면 중증이다. 정은은 모범택시 뒷줄에 있는 일반 택시를 잡아탔다.

호텔 이름을 말하고 두 눈을 지그시 감았지만, 안구가 뻑뻑해서 눈을 감고 있는 것조차 힘겨웠다. 그리고 눈을 감은 순간부터, 아니

169

엄마가 독설을 퍼부을 때부터……. 혹은 그 전부터 눈앞에 아른거리던 남자의 얼굴이 떠올랐다.

전화를 한번 해 볼까, 하다가 이내 마음을 접었다. 잠깐의 무력감으로 그에게 기대기엔, 무력감의 깊이가 너무도 깊었다.

호텔에 도착하자 긴장이 풀린 듯 온몸이 욱신거렸다. 정은은 고개를 푹 숙인 채로 휘황한 로비를 초라하게 걸어 들어갔다. 바닥만 보며 걷고 있는데, 눈앞에 남자의 구둣발이 나타났다.

"죄송합니다."

앞을 제대로 보지 않고 걸은 것에 대한 사과의 말을 건네며 고개를 들었다.

"이제 와요?"

가슴이 먹먹해졌다.

내가 이 남자를 이토록 그리워했던가?

눈앞에 서 있는 남자의 존재감에 온몸이 무너져 내리는 듯한 착각이 일었다. 정은은 두 눈을 꼭 감고는 고개를 숙이며 물었다.

"여기 왜 왔어요? 약속이라도 있었어요?"

그는 잠시 뜸을 들이고는 낮게 읊조렸다.

"기다렸어요."

자상한 음성은 정은을 어루만지듯 부드러웠다.

"걱정돼서……. 전화는 못 하겠고. 언제 오나 했는데, 오래 걸렸네요. 피곤하죠? 저녁은 먹었어요?"

이 남자의 다정함에는 한계가 없는 것 같다.

생각해 보니 아까 쌀국숫집에서 먹는 둥 마는 둥 하고 나온 이후로 종일 아무것도 먹지 않았다. 그런데도 허기를 느끼지 못할 만큼 정은은 힘든 하루를 보냈다. 생리적 욕구는 쇠약해진 정신 앞에서 자취를 감추었다.

"종일 아무것도 못 먹은 얼굴이네."

"내 얼굴에 그렇게 쓰여 있어요?"

어떻게 그렇게 잘 알아요? 뒷말은 물을 수 없었다. 말이 길어지면 위태로운 감정이 뒤섞인 목소리가 흘러나올 것만 같아서 두렵다.

"바람 쐬러 나갈까요, 아니면 들어가서 쉴래요?"

그의 물음은 조심스러웠지만 그러면서도 단호했다. 바람 쐬러 나가도 함께할 것이고, 방으로 올라가서도 함께할 것이라고.

"고민되네요."

피곤하기는 한데, 상쾌한 바람을 쐬고는 싶어졌다. 정은은 마른 목소리로 덧붙였다.

"산책을 좀 하면 좋을 것 같은데……. 내가 지금 너무 힘들어서 쓰러질 것 같거든요."

"쓰러지면 내가 업고 올게요."

그는 망설임 없이 다정한 미소를 지으며 대꾸했다. 정은은 가만히 고개를 끄덕거렸다.

지금은 눈앞에 있는 남자의 호의를 있는 그대로 받고 싶을 만큼 절박했다. 만성적인 자조감이 자꾸만 고개를 쳐들려고 해서, 남자의 견실한 눈빛이 간절했다.

불행한 일은 일어나지 않을 거라는 신념이 가득한 눈동자, 설사 그런 일이 일어난다고 할지라도 충분히 풀어 나갈 수 있을 정도로 강하다고 자신감에 차서 말하는 사람.

"고마워요."

그는 순순히 고맙다고 말하는 정은을 향해 만족스럽다는 듯이 미소 지었다.

"갈까요?"

커다란 손이 정은의 작은 손을 부드럽게 잡았다. 아까 엄마의 손을 잡았을 때는 차갑고 축축한 양서류를 만지고 있는 것처럼 섬뜩했다. 그런데 남자의 손은 강아지 털에 손을 비비고 있는 것처럼 보드랍고 따뜻했다.

"꼭 강아지 같네."

속말이 툭 하고 튀어나왔다. 그는 호텔 주 출입구를 향해 걷다 말고 고개를 비스듬히 기울여 정은을 바라보았다. 무슨 뜻이냐고 묻는 듯 동그랗게 뜬 눈도 역시 강아지 같다.

이렇게 큰 강아지가 세상에 어디 있다고.

정은은 저도 모르게 피식 웃으며 입을 열었다.

"내가 언제 올 줄 알고 여기서 기다렸어요? 언제까지 기다릴 생각이었어요? 나 안 오면 어쩌려고 했어요? 길이라도 엇갈렸으면."

가벼운 마찰음과 함께 그의 입술이 정은의 입가에 닿았다가 떨어졌다. 그 바람에 정은은 나불거리던 입을 꾹 다물 수밖에 없었다.

"오늘 안에는 오겠다 생각했어요. 안 오면 밤새웠겠지, 뭐. 택시 타고 바로 여기로 왔어요. 엇갈릴 일은 없을 거라고."

정은은 그가 그랬던 것처럼 그의 입술에 가볍게 입을 맞췄다.

그가 진득한 시선으로 정은을 내려다보았다. 깊이 들여다보는 시선에 몸이 떨렸다. 눈동자도 바르르 떨리는 것처럼 느껴졌다. 어쩐지 부끄러워서, 그의 시선을 똑바로 올려다볼 수가 없어서 시선을 내려 버렸다.

"아직도 산책하고 싶어요?"

그의 목소리가 욕망에 무방비해진 듯 가라앉았다. 정은은 천천히 고개를 내저었다. 열기 앞에서 정은은 견딜 수 없다는 듯이 굴복했다.

그는 지체 없이 돌아서서 투숙객용 엘리베이터에 올라탔다. 심장이 쿵쿵 울렸다. 한계가 임박한 듯 손끝이 떨리고, 심장이 바들거렸다.

룸에 들어서자마자 그는 정은의 허리를 당겨 안으며 입술을 집어 삼켰다. 혀가 뜨겁게 뒤섞였다. 성마른 그의 손이 코트 깃을 젖혀 버린 뒤 허리께에 묶인 원피스 리본을 풀어 버렸다.

"하아."

입술이 떨어지기가 무섭게 달뜬 신음이 터져 나왔다. 그의 입술이 목선을 타고 내려가는 동안 코트와 원피스가 바닥으로 떨어져 내렸다.

"심장이 터질 것 같아."

정은은 산산이 조각날 것 같은 목소리로 속삭였다. 그는 브래지어 컵을 들어 올리며 정은의 왼쪽 가슴을 쭉 빨아들였다.

"흐으으."

신음과 함께 숨이 터져 나왔다. 마치 세상에 태어나 처음 내뱉는 숨결처럼 기이했다.

해방감. 그래, 해방감이었다. 엄마의 자궁 속에 갇혀 있다가 세상에 나와 첫울음을 터뜨리는 것처럼 정은은 울음을 터뜨렸다. 어깨를 짓누르고, 가슴을 압박하던 가족은 머릿속에서 사라져 갔다.

"흐윽."

그의 손이 스커트를 들어 올리고 엉덩이를 움켜잡았다. 기다란 손가락 끝이 비부를 건드렸고, 희미한 감각에도 정은은 온몸을 떨었다.

가족과의 불운한 관계마저 날려 버리는 순수하지 않은 감각에 정은은 서서히 중독되어 갔다. 지금은 아무래도 좋았다. 그가 안겨 주는 해방감으로 인해 정은은 숨을 내쉴 수 있으니까.

감각은 호흡이 되고, 간절한 호흡은 목숨을 살리며 생명력을 불어넣었다.

살아 있는 느낌.

누군가 자신을 온전히 바라고, 간절히 원한다는 것.

아무런 조건 없이, 끝 간 데 없는 시간 동안, 그를 감각할 수 있다면 얼마나 좋을까.

✖ ✖ ✖

할머니와 어머니께서 마당 한쪽에 쪼그리고 앉아 국화꽃이 피어 있던 자리를 정리하고 계셨다.

"왔니? 저기서 모종삽 좀 들고 올래? 이게 영 안 파지네."

어머니는 손으로 흙을 퍼내시며 말씀하셨다.

"모종삽보다는 호미가 나을 것 같은데요?"

태욱의 말에 어머니가 한심하다는 듯이 태욱을 바라보셨다.

"요즘 호미를 어디서 팔아?"

"아마존에서도 팔아요. 모르셨어요? 미국에서는 획기적인 가드닝 도구라고 난리 났는데."

"그래, 그럼. 아마존에서 사든지, 나일강에서 사든지. 네가 하나 주문해 줘 봐."

"아, 우리 어머니. 또 못된 직업병 나오시네. 직접 하세요."

어머니는 태욱을 휙 노려보셨다. 묵묵히 흙을 고르시던 할머니가 잔잔한 목소리로 폭탄을 터뜨린 것도 동시였다.

"태욱이 장가간다고?"

어머니의 표정이 대번에 바뀌는가 싶더니, 언제 그랬느냐는 듯이 웃는 얼굴로 할머니의 말에 응했다.

"아뇨, 어머님. 쟤가 어디 쉽게 갈 앤가요? 어머님이랑 제 기대에 부응하려면 아직 멀었죠."

할머니는 이마에 송골송골 맺힌 땀을 한 번 닦아 내시고는 물으셨다.

174

"선진이는 시집간다며?"

태욱은 '네' 하고 짧게 대답할 뿐이었다.

"나는 걔 진작부터 마음에 안 들었다. 삼대독자를 그 집에 장가보내면, 데릴사위 될 거 뻔한데. 내가 살아 있는 동안은 태욱이 그렇게 사는 꼴 못 본다."

할머니는 일어나지도 않은 일을 염려하시며 분개하셨다.

"아이고, 우리 할머니 왜 그러실까? 요즘 세상에 삼대독자니, 데릴사위니 그런 거 재미없어요."

태욱이 할머니의 어깨를 주무르며 살갑게 굴었다.

"노인네가 분위기 못 탔나, 또?"

할머니가 콧잔등에 걸린 안경 너머로 태욱을 바라보며 웃으셨다.

"여기 노인네가 어딨어요? 소녀 두 분만 계시는데?"

태욱의 과장된 어조에 두 여인은 웃음을 터뜨렸다.

"할미랑 어미 마음은 이렇게 잘 녹이면서, 어찌 이러고 있을꼬."

할머니가 혀를 끌끌 차면서 자리를 털고 일어나셨다. 태욱이 따라서 일어나려 하자, 더 앉아 있으라며 손사래를 치신 할머니는 연세와 어울리지 않는 강건한 걸음으로 별채로 향하셨다.

"사람 참 곱더라."

할머니의 뒷모습을 물끄러미 바라보고 있는데, 어머니의 목소리가 들려왔다. 태욱은 흙을 고르고 있는 어머니에게 시선을 옮겼다.

"얼마나 만났니?"

"오래 안 됐어요."

어머니는 고개를 가만히 끄덕이시고는 한참을 아무 말도 없으셨다. 무언가 하실 말씀이 있는데, 신중하게 말을 고르고 있는 것처럼 보였다.

"몇 살이니?"

"저보다 한 살 적어요."

또다시 어머니는 고개만 끄덕이셨다. 자잘한 꽃무늬가 새겨진 가드닝 전용 장갑을 벗어 던진 어머니는 손을 탈탈 털며 입을 여셨다.

"선진이 결혼한다고 해서 걱정했는데, 다행이구나. 사람은 사람으로 잊힌다는 말도 있잖니. 그런데……. 알아서 잘 하겠지만."

어머니는 괜한 소리를 꺼냈다 싶으셨는지 이내 입을 다무셨다.

"말씀 마저 하세요."

어머니께서 엉뚱한 오해를 하신 거라면 풀어 드려야 마땅했다.

"누구 잊으려고 일부러 만나는 거면, 그 아가씨한테 못할 짓이다. 그런 어리석은 짓은 하지 않았으면 좋겠구나."

어머니의 목소리에 진중함이 어려 있었다.

"그런 거 아니에요."

"애들 가르치면 말이다. 눈빛만 봐도 마음이 가는 애가 있어. 특별히 예쁜 구석도 없는데 자꾸만 눈에 밟히고 그런 애가 있더라. 열이면 열, 아픈 구석이 있는 애들이었지."

마치 그녀도 그 범주에 속한다고 말하는 것처럼 들렸다.

"뭐 하는 사람이니?"

"그냥 평범한 회사원이요."

어머니도 뉴스는 보고 사시는 분이셨다. 당연히 아들이 짝사랑했던 여자의 남편 될 사람이 누군지도 아실 것이다. 그 사람의 비서라는 말은 왠지 할 수가 없었다.

"그래."

어머니는 잠시 뜸을 들이고는 말을 이으셨다.

"또 볼 기회 있겠니?"

언제 보여 줄 거냐는 성급한 질문은 아니었다. 진지한 사이냐는 질문도 아니었지만, 경중을 묻는 것은 분명했다.

"그렇게 할게요."

어머니의 의중을 충분히 파악한 대답이 흘러나왔다. 어머니는 그제야 흡족한 미소를 희미하게 머금으셨다.

"그래, 기다리마."

흙먼지의 흔적이 조금 묻어나는 손길로 어머니는 태욱의 어깨를 가볍게 두드리셨다.

어머니, 어디가 아픈 사람인지 모르겠어요. 그 사람, 아직도 신 대표 때문에 아픈 건지, 아니면 다른 이유인지…… 어쨌든 따뜻하게 맞아 주실 거죠?

태욱은 자신의 간절함이 전해지길 바라며 어머니와 따뜻하게 눈을 맞추었다.

겨울바람은 차가웠고, 어쩐지 가슴이 뭉클했다. 점심까지 호텔 방에 같이 있다가 나왔는데도, 그녀가 그리웠다.

상상도 못 한 곳에서 나타난 그녀는 태욱을 단숨에 사로잡아 버렸다. 타오르는 게 두려울 만큼 뜨거웠고, 이러다 식어 버리면 어쩌나 초조해졌다.

어떻게 하면 더 따뜻하게 데울 수 있을까, 안을수록 차갑게 굳어가는 것만 같은 그녀의 눈동자를 볼 때마다 가슴 한구석이 시렸다.

어제 병원에서는 무슨 일이 있었던 거냐고 차마 물을 수도 없었다. 호텔로 들어오는 그녀의 처참한 모습을 보았을 때, 태욱은 심장이 바닥으로 떨어져 내리는 것 같은 그녀의 좌절감이 절절히 느껴지는 듯했다.

무엇 때문에 그렇게 초라한 걸음을 하고 있느냐고.

왜 슬픔마저 지워 버린 얼굴을 하고 있느냐고.

차라리 애처럼 엉엉 울면서 힘든 일을 털어놓을 수는 없는 거냐고.

묻고 싶었지만 물을 수 없었다. 산산이 조각날 것 같은 그녀의 모습이 사라질까 봐 두려웠다. 깊은 내면의 어둠까지는 다가오지 말아 달라는 그녀의 경고는 분명했다.

다가가면 멀어지겠지.

아직 알아 가야 할 서로의 세상이 많았다. 그러기 전에 멀어지는 것은 원치 않았다. 태욱은 그녀에게 조심스럽게 마음을 전하며 다가설 거라고 말했었다.

'나도 이번엔 제대로 하고 싶어요. 어리석게 놓치고 싶지도 않고, 섣부르게 망치고 싶지도 않고.'

택시 안에서 그렇게 진심을 전했을 때, 그녀의 얼굴에 묘한 긴장감이 배어났다. 몸을 섞을 때는 적극적이면서, 그녀는 감정을 섞는 것에는 서툴렀다. 표면적으로는 말씨름에 능한 듯 보였지만, 진심을 드러내는 것은 꺼렸다.

천천히 기다리며, 서서히 스며들 생각이다.

그녀가 결코 밀어낼 수 없는 지경이 될 때까지 은근하게.

태욱이 한숨을 내쉬자 하얀 입김이 대기를 적시며 흩어졌다. 숨결에 그녀의 이름을 부르고 싶은 갈망이 묻어났다.

정은아.

언제쯤 살갑게 너의 이름을 부를 수 있을까.

겨울 하늘은 시리도록 파랬고, 봄은 아직도 멀리 있었다.

※※※

점심을 먹은 뒤, 그가 호텔 방을 나섰다. 그의 모습이 사라진 순간, 잊고 있던 현실이 정은의 목을 조르기 시작했다. 엄마는 아침 면회에 정은이 나타나지 않았다며 문자메시지로 폭언을 퍼부었다.

병원으로 향하기 전에 먼저 신 대표를 만나야 했다. 지금쯤 윤 이사와 함께 있을 그를 방해하고 싶지 않았지만, 어제 엄마가 했던 말을 확인하기 위해서라도 그를 먼저 대면해야 할 것 같았다.

정은은 긴 고민 없이 신 대표에게 전화를 걸었다.

– 무슨 일이야?

다짜고짜 묻는 말이었지만, 목소리에는 웃음이 묻어났다. 사랑하는 여자와 함께 주말 아침을 평온하게 보내고 있을 신 대표에게 미안했지만, 어쩔 수 없었다.

"선배, 방해해서 미안한데 잠깐 나 좀 볼 수 있어요?"

오랜 시간을 함께한 사람이었다. 남녀 간의 이성적 감정으로 이루어진 사이는 아닐지라도, 업무적 영역을 공유하면서 서로에 대해 잘 아는 사이기는 했다. 정은의 목소리에서 심각함을 감지했는지, 신 대표에게서 곧장 긍정의 대답이 흘러나왔다.

– 오래는 못 비우고. 이쪽으로 올 수 있겠어?

"당연히 제가 가야죠. 윤 이사님도 계신데. 일단 근처에 가서 연락드릴게요. 30분 정도 걸리겠네요."

– 별게 다 당연하네.

신 대표가 겸연쩍다는 듯이 대꾸했다. 미안한 목소리를 내는 신 대표 때문에 속이 답답해졌다.

지금 미안해야 할 사람이 누군데…….

정은은 통화를 마치자마자 호텔 방을 나섰다. 어떤 말에도 상처 입지 않을 거라고 다짐했지만, 가슴은 그가 시야에서 사라진 순간부터 쓰라렸다.

신 대표는 아파트 상가에 있는 카페에 먼저 나와 있었다. 개인적인 일로 상사를 불러낸 것도 모자라, 그를 기다리게 한 것 같은 마음에 미안해져서 심장이 무겁게 뛰었다.

"오래 기다리셨어요?"

고개를 내젓는 신 대표의 얼굴에 뜻 모를 염려가 묻어났다.

"너 무슨 일 있지?"

오래도록 마음에 품고 있었던 짝사랑은 눈치채지 못했으면서, 이런 건 또 빠르게 잡아내는 신 대표다.

"어제 아버지가 오토바이 사고를 당하셨어요."

"알고 있어."

선선히 말하는 신 대표를 바라보며 정은은 잠시 말문이 막혔다. 그는 정은이 물어 주기를 바라는 것처럼 가만히 있었다.

"어떻게 아셨어요?"

"정훈이가 전화했더라. 아버지 수술 들어가셨다고."

신 대표에게 전화해서 얼마나 위선을 떨었을까. 오빠 정훈을 떠올리자, 내재한 야만성까지 발현되는 듯 분노가 치밀었다. 정은은 떨리는 숨결을 가라앉히려 노력하며 입을 열었다.

"저희 부모님이 살고 계신 집, 대표님 소유인가요?"

신 대표는 눈을 지그시 감았다가 뜨며 고개를 내저었다.

"그럼요?"

"너희 아버지 소유지."

"엄마 말로는 선배가 사 줬다고 하던데, 사실인가요?"

정은은 어렵게 본론을 꺼내 들었다.

"그리고 또 내가 모르는 건 뭐가 있어요? 엄마랑 오빠가 뭘 더 받아 갔어요? 무슨 말을 했는데요."

정은의 목소리는 속삭이는 듯 작았지만 격앙된 감정은 절절히 묻어났다.

"너희 오빠 내외가 살고 있는 집, 오빠가 시작한 틴팅 사업, 매달 들어가는 두 집 생활비."

신 대표는 숨길 것도 없다는 듯이 대꾸했다. 그동안 자신의 돈을 털어 간 것도 모자라 신 대표에게 손을 벌려 생활해 왔다고 생각하니 기가 막혔다. 어쩐지 아무리 정신을 차렸다고 해도 강남 한복판에서 정훈이 틴팅 사업을 시작한 게 이상하기는 했다.

또 재개발로 이득을 봤다고는 했지만, 엄마와 아빠가 사는 집은 그들이 매매하기엔 비싼 수준이었다.

왜 의심하지 못했을까?

개안이라도 한 것처럼 그동안 눈에 들어오지 않던 모든 것들이 보이기 시작했다.

정훈의 수입차, 명품으로 휘감은 민주의 옷차림, 엄마의 지나친 허영심까지.

이래서 신 대표와 잤느냐고, 부명그룹 윤 이사와는 정략혼이 아니냐고 물었나 보다.

정은은 분노에 찬 목소리를 내지 않기 위해 노력하며 입을 뗐다.

"왜 저한테 말씀 안 하셨어요?"

하지만 안타깝게도 목소리는 바르르 떨렸다. 신 대표는 이제껏 볼 수 없었던 표정을 짓고 있었다. 그 어떤 대답을 하더라도 정은의 기대에 부응하지 못할 거라는 것을 안다는 듯이 낭패감이 어린 얼굴이었다.

"죄송해요."

정은은 먼저 사과했다. 자신의 가족이 저지른 일이다. 마땅히 사과해야 할 일이었다.

"임정은."

181

신 대표는 미간을 찌푸리며 못마땅하다는 듯이 정은의 이름을 불렀다.

"네가 미안할 일 아니야. 너 모르게 처리한 건 내가 미안해. 근데 너는 나한테 미안해하지 않았으면 좋겠어."

그는 단호한 어조로 말을 이어 갔다.

"내가 할 수 있는 일 중에 가장 쉬운 일이 뭔지 알아?"

정은은 고개를 내저었다.

"돈으로 해결하는 일이야. 너희 집에 들어간 돈, 나한테 전혀 부담 되는 돈 아니었어. 비서가 불안정하면, 일이 제대로 되겠어? 임정은 편의를 위해서라면 얼마든지 투자할 수 있는 돈이었고. 내 멋대로 처리한 건, 미안하게 생각해."

신 대표의 뜻은 확고했다. 하지만 이제는 결정을 내릴 때였다.

"선배는 몇 푼 안 되는 돈을 준 것뿐이겠지만, 받는 사람은 그 돈의 의도를 다르게 받아들일 수도 있어요."

"어떻게?"

역시 이런 쪽으로는 무딘 사람이 맞다.

"엄마랑 오빠가 오해하고 있어요. 제가 신 대표님이랑 각별한 사이여서 돈을 준 거라고요. 그런 오해, 윤 이사님이 들으시면 기분 나쁘실 거예요. 그러니까 이제는 저희 집에 1원도 주지 마세요."

신 대표가 뒤통수가 얼얼하다는 표정을 짓고 있었다.

"그래 주실 수 있죠?"

믿을 수 없다는 듯이 그는 헛웃음을 내지었다.

"그런 오해를 할 줄은 몰랐네. 미안하다."

그는 진심으로 미안한 얼굴을 했다.

"아니에요. 제가 죄송하죠. 엄마랑 오빠가 그러고 있는 줄은 몰랐어요."

"아버지는 괜찮으시니?"

"수술은 무사히 끝났대요. 젊은 사람이어도 혼자 걷기까지 6개월 걸린다는데, 재활하는 데 시간이 좀 걸릴 것 같아요."

신 대표는 미간을 찌푸리며 물었다.

"어쩔 수 없이 물어야겠다. 병원비는 네가 다 내?"

정은은 한숨을 집어삼켰다.

"아니요. 사지 멀쩡한 엄마랑 오빠도 있는데, 나눠서 내야죠. 걱정하지 마세요."

정은이 애써 웃음을 머금자, 신 대표는 염려 섞인 눈빛으로 정은을 바라보았다.

"갑자기 돈을 끊어 버렸다고, 너한테 해코지하면?"

엄마와 오빠의 성향을 정확히 파악하고 있는 것처럼 보였다.

"그럴 일 없게 할게요. 이제 제가 해결해야 할 문제예요. 저희 집에 해 주신 돈 갚겠다는 말은 못 하겠어요. 저한테도 너무 큰돈이라."

"받을 생각도 없어. 집이나 정훈이 가게 처분해서라도 나한테 갚을 생각 하지 말고 그냥 둬. 그것마저 들쑤시면, 궁지에 몰린 사람들이 너만 고달프게 할 거야."

"감사합니다. 그리고 죄송해요."

정은의 목소리가 점점 잦아들었다.

"죄송하면."

신 대표가 잠시 뜸을 들이고 말을 이었다.

"KJ 떠나지 말고."

정은은 저도 모르게 웃음과 울음을 동시에 터뜨리며 고개를 끄덕거렸다.

"그리고."

"네."

"너도 이제 좋은 사람 만났으면 좋겠다."

진심이 깃든 말에 정은은 당황했다. 순간 태욱의 얼굴이 눈앞을 스쳤다. 얼굴이 화끈했다.

"좋은 사람은 무슨. 아직은 좀……."

정은이 말끝을 흐리자, 신 대표는 전부 이해한다는 듯이 고개를 주억거렸다.

"이해해 줄 사람 있을 거야, 분명히."

운명 같은 사랑에 빠진 이에게 연애에 관한 조언을 듣는 것은 어리석은 일일지도 모른다. 사랑을 불멸이라 믿는 사람은 그 어떤 관계도 가능해 보일 것이다.

"감사합니다."

가타부타 말을 덧붙이지 않고, 덕담에 대한 전형적인 감사 인사를 건넸다. 신 대표는 도움이 필요하면 언제든지 말하라는 말을 남기고 자리를 떴다.

정은은 신 대표가 떠난 뒤에도 한동안 자리를 벗어나지 못했다. 이제 제멋대로인 사람들과 맞닥뜨려야만 했다. 정당한 노동 없이 쉽게 금전적 이득을 취하는 것에 익숙해져 버린 사람들, 그들에게 앞으로는 그럴 일이 없을 거라는 사실을 알려야 했다.

어떤 반발이 있을지 감히 상상조차 할 수 없었다.

가족과 대면할 생각에 머리가 지끈거렸다.

왜 나는 엄마와 오빠의 얼굴을 보는데도 이토록 힘들어야 하는 걸까?

한심한 삶을 사는 그들이 가엽게 느껴졌다. 인간으로 태어나 금수보다 못한 삶을 사는 그들이 안타까웠다.

내가 태어나지 않았더라면, 정말 엄마와 오빠는 행복했을까?

부질없는 생각은 한겨울 칼바람처럼 정은의 가슴을 길게 베고 지나갔다.

대학병원 입구에 늘어선 약국 중 한 곳에 들어가 드링크제로 판매하는 청심환을 사 마셨다. 수백억이 왔다 갔다 하는 미팅을 앞두고도 이렇게 떨리지는 않았었다.

정은은 단순한 비서가 아닌 XO(executive officer)에 가까웠다.

중요한 미팅에서 신 대표의 목소리를 대신해 발표자로 서기도 했고, 언론사의 인터뷰 자료 작성부터 시작해서 중요한 마케팅 권한도 일부는 정은이 가지고 있었다. 위급 시 신 대표가 부재중일 경우, 의사 결정 권한이 정은에게 위임되기도 했다.

KJ에서 정은의 입지는 그만큼 확고했다. 미국 유수의 명문대 박사 학위를 가진 사람들을 겨우 커뮤니티 컬리지를 마친 정은이 진두지휘하는 셈이었다.

학벌은 달릴지언정, 그들은 정은을 믿고 따랐다. 정은이 보여 주는 업무적 신뢰는 높은 편에 속했고, 그들은 정은의 능력을 의심하지 않았다.

그래서 좋았다. 인정받고 있다는 느낌이 충만한 것은 행복한 일이었다.

욕심이 과했던 것일까?

정은은 그 행복감을 가족에게서도 느끼고 싶었다. 가족의 일원으로 인정받고 있다는 기분, 그걸 느끼고 싶었던 거다. 이용당하는 줄 알면서도 휘둘린 이유였다.

그런데 이제는 끊어 낼 때가 되었음을 깨달았다. 신 대표가 자신에게는 쉬운 일이었다고 말했지만, 정은은 사람으로서 못 할 짓을 그에게 저지른 것 같아서 마음이 무거웠다. 엄마는 분명 부모가 없는 신 대표에게 살갑게 굴며 그의 인정에 호소했을 테니까.

후폭풍이 거셀지도 모르지만, 수습할 수 있을 거라며 정은은 자신을 독려했다.

중환자실 앞에 도착하자, 오후 면회 시간을 기다리고 있는 보호자들이 눈에 들어왔다. 그들 중에는 엄마와 정훈의 얼굴도 보였다. 정은을 발견한 엄마는 이내 불만스러운 얼굴을 했다.

"왜 이제 와? 너는 정말."

엄마가 나무라는 목소리를 내자, 정훈이 거들었다.

"제 일 아니라고 생각하는 거지. 암튼 키워 준 정도 모르고, 싸가지 없기는."

가만히 듣고 있던 정은이 조용한 목소리로 받아쳤다.

"그래. 나 이제 못하겠어."

덤덤히 흘러나온 말에 잠시 정적이 흘렀다.

"정은아."

엄마가 갑갑하다는 듯이 다급하게 정은을 불렀다.

"오빠네 아빠잖아. 앞으로 병원비는 오빠가 다 감당해. 집이며, 가게며 전부 대표님이 해 준 거라며?"

노골적인 질문에 정훈의 얼굴이 붉으락푸르락했다.

"왜? 시발. 그 새끼가 딴 년이랑 결혼한다고 그거 다 뱉으래? 배를 맞췄으면 이 정도는 해 줘도 되지!"

상스러운 말을 내뱉는 정훈은 거침없었다. 엄마는 주변의 이목이 쏠리는 게 신경이 쓰이는지, 어색한 미소를 머금으며 정훈의 손을 잡아끌었다.

"얘가 왜 이래. 너 입 안 다물어?"

복화술이라도 하듯이 어금니를 꾹 깨문 엄마가 읊조렸다.

"아니, 몸 파는 년이랑 자고 나중에 찾아가서 화대 내놓으라고 뻗

대는 옹졸한 새끼였어? 신 대표가?"

"말조심해. 안타깝게도 오빠가 바라는 것처럼, 나 몸 팔고 다닌 적 없어."

사람들의 이목이 집중되어 있는 것을 흐트러뜨릴 수는 없었다. 청심환 효과가 나타나는지, 험한 말을 내뱉는데도 심장이 떨리지 않아서 다행이라는 생각이 들었다.

"앞으로 신 대표가 우리 집에 아니, 엄마랑 오빠한테 돈 쓰는 일 없을 거야."

"엄마, 저년 말하는 거 들었지? 이제 우리 집이라는 말도 쓰기 싫은가 보네. 시발, 저년 아버지는 뭐 하는 새끼였어? 뭐 하는 새낀데 저런 쓰레기 같은 년이 나와!"

정훈은 버럭 소리를 지르며 엄마를 몰아붙였다. 엄마는 혼이 나간 얼굴로 한숨을 내쉬었다. 그러면서도 정은을 비난하는 시선은 거두지 않았다.

이건 다 네 탓이야.

엄마는 눈빛으로 그렇게 말하고 있었다.

"말은 똑바로 해. 쓰레기는 임정훈 너지."

정은이 읊조린 말에 정훈은 노발대발하며 소리를 질러 댔다. 대기 중이던 보호자 중에 누군가 병원에 알렸는지, 병원 보안 요원이 달려 왔다.

"여기서 소란 피우시면 안 됩니다."

덩치 크고 험상궂게 생긴 보안 요원을 향해 정훈은 미간을 찡그리며 불쌍한 표정을 지어 보였다.

"죄송합니다. 동생이 사람답질 못해서 혼내다 보니 언성을 높였네요. 주의하겠습니다."

전형적인 강약약강이었다. 강한 사람한테 약하고, 약한 사람한테

강한 비겁한 인간, 피해자 코스프레에도 능해서 사람 골탕 먹이는 데
는 도가 튼 인간이다.

신은 뭐 하는지 모르겠다. 이런 인간 벌 안 주고.

아니, 벌은 이미 받는 것인지도 모른다.

저렇게 사는 삶 자체가 벌이겠지.

남의 것 탐하는 것을 부끄럽게 여길 줄 모르고, 다른 사람의 노력
에 무임승차해서 이득을 취하고 살아가는 인간. 보이지 않는 절도 행
위나 마찬가지다. 평생 죄를 범하고 살고 있으니, 삶 자체가 형벌인
셈이다.

보안 직원이 돌아가자 정훈은 들리지 않게 작은 소리로 읊조렸다.

"병원 기도나 서는 주제에 존나 똥폼이네."

정은은 한숨을 몰아쉬었다. 이윽고 중환자실 문이 열렸다. 환자당
한 명씩의 보호자가 면회를 위해 들어갈 수 있었고, 제한된 인원이
로테이션 되는 방식이기에 면회 시간은 짧았다.

엄마는 오전에 아버지 얼굴을 봤다며 손사래를 쳤고, 정훈은 애초
에 면회에는 관심이 없었다.

"오빠 대체 병원에 왜 왔어?"

차례를 기다리던 정은이 혼잣말처럼 읊조렸다.

"애, 네 오빠가 독일 가서 새로 나온 차종 보고 연구 좀 해야 한다
는데, 항공권 좀 예약해 봐라. 너 그런 거 많이 해 봤지? 유럽은 머니
까 일등석 타야지? 정훈아, 이태리도 들러야 한다고 했니?"

정은은 픽 소리가 나도록 헛웃음을 내뱉었다.

"아직도 정신 못 차렸네."

조용히 속삭인 말에 옆에서 씩씩거리는 소리가 들려왔다.

"아까 내가 한 말 뭐로 알아들었어요?"

긴말은 하고 싶지 않았다. 엄마의 얼굴에 경악이 스치는가 싶더니

이내 평정을 되찾았고는 살갑게 웃었다.

"얘는. 우리 정은이가 왜 이럴까. 오빠가 애정 갖고 쓴소리 한번 했다고 너무 그러지 마. 마음 풀어, 응? 우리 정은이가 좋아하는 잔치국수 먹으러 갈까?"

"엄마."

정은은 고등학교 때 집에서 잔치국수를 해 먹다가 손을 덴 적이 있었다. 엄마는 잔치국수가 그렇게 먹고 싶으면 말을 하지 그랬느냐며 정은을 나무랐다.

그날 이후 엄마는 나름의 부모 노릇을 하겠다는 의미인지, 정은이 가장 좋아하는 음식을 잔치국수로 규정지어 버렸다.

안타깝게도 그날 집에 먹을 게 없어서 소면을 삶았던 것이었다. 언제부턴가 엄마는 정은의 밥도 제대로 챙겨 주지 않았으니까 알아서 찾아 먹어야 했다.

"나 잔치국수 죽어라 싫어해. 세상에서 제일 싫어요."

엄마가 다시 진한 미소를 머금으며 말을 붙였다.

"아이고. 우리 정은이 화 많이 났나 보다. 정훈아, 동생이랑 저녁 뭐 먹을까?"

웃음기를 머금은 채로 정은이 어물쩍 넘어가기를 바라는 엄마의 표정이 역겹기까지 했다.

"지금 웃음이 나와요?"

섬뜩하리만큼 낮은 목소리가 정은에게서 흘러나오자, 엄마는 미간을 구긴 채로 어색하게 웃었다. 때마침 간호사가 정은에게 들어오라며 손짓했다. 정은은 하얀 가운을 걸치고 손을 깨끗이 씻은 뒤 일회용 장갑을 꼈다.

간호사는 머리카락이 삐져나오지 않도록 꼼꼼하게 모자를 씌워 주었다. 간호사의 차가운 손이 정은의 이마를 스쳤다. 타인과의 접촉에서 오는 감각에 정은은 소스라치게 놀라 몸을 떨었다.

"죄송해요. 어디 불편하세요?"

마스크를 낀 간호사의 목소리가 조용히 울렸다. 정은은 고개를 내저었다. 순간 그의 손길이 닿았던 더운 감각이 떠올라서 눈가가 따끔거렸다. 절실하게 그를 느끼고 싶어서 심장이 저몄다.

중환자실 안으로 들어서자, 생명력을 잃어 가는 사람들 사이에 누워 있는 아버지의 모습이 눈에 들어왔다. 힘겨운 수술이었다고 했다. 다행히 아버지의 수술 경과는 좋아서 내일쯤이면 일반 병실로 옮길 수 있을 거라고 했다.

"아버지, 저 왔어요."

정은의 목소리가 들리자, 눈을 감고 있던 아버지가 힘겹게 눈꺼풀을 들어 올렸다. 회복을 위해 약을 투여 중이라 아버지는 잠에 취해 있다고 했다.

"저 알아보시겠어요?"

조용한 물음에 아버지는 잔뜩 쉰 목소리로 대꾸했다.

"그럼, 내 딸……."

아버지는 마른 손을 뻗어 비닐장갑을 낀 정은의 손을 가볍게 움켜쥐었다. 강건하게만 보였던 아버지의 손에는 힘이 하나도 없었다. 친딸이 아니라는 걸 알면서도 내 딸이라 말하는 아버지의 심정이 어떨지 헤아릴 수조차 없었다.

"미안하다. 내가 이렇게 아파서."

아버지의 목소리가 힘겹게 흘러나왔다.

"오토바이 타고 어디 가시는 길이셨어요?"

복받치는 감정을 숨기려 의도하지 않은 질문이 흘러나왔다.

"너 보러 가려고 했다. 내가 마음이 급해서."

동백 다방 아줌마를 만나러 가는 길이었다는 엄마의 말은 억측이었나 보다. 누군가를 의심하고, 그 탓으로 돌리지 않으면 직성이 풀리지 않는 엄마의 성격이 빚어낸 허상 앞에서 정은은 한숨을 집어삼켰다.

"아버지. 다 낫고 퇴원하시면, 이제 오토바이 그만 타세요. 제가 중고차라도 뽑아 드릴게요."

"아니다, 아니야."

아버지의 눈가에 서러운 눈물이 맺혀 있었다. 아버지는 어린아이처럼 울음을 터뜨렸다.

"차라리 죽어 버렸으면 좋았을걸. 이렇게 병신같이 살아남아서 우리 예쁜 딸 고생만 더 시키면 어쩌나."

평소에도 가까운 부녀 사이는 아니었지만, 오늘따라 유독 아버지가 멀게 느껴진다. 무뚝뚝하고 말수가 적었지만, 아버지는 정은에게서 마땅한 효도를 받는 것처럼 당당했었다. 그런데 지금은 마냥 죄스러운 얼굴을 하고 있는 아버지가 너무 멀어서 심장이 뒤틀렸다.

"아버지, 나 고생해도 괜찮아요. 아버지는 나을 생각만 하셔, 응?"

정은이 가까스로 내뱉은 말에 아버지는 눈물만 흘릴 뿐이었다. 마치 아버지의 시간이 거꾸로 흘러가는 것처럼 느껴졌다. 아버지가 어린아이가 되고, 자신이 어른이 된 것만 같은 착각이 일었다.

"고맙다, 정은아. 고마워. 고맙다, 내 딸. 고마워."

부모가 자신을 내칠까 봐 두려운 어린아이처럼, 아버지는 정은이 자신을 저버릴까 봐 노심초사하는 눈빛이었다.

아빠가 내 친아빠였으면 얼마나 좋았을까.

왜 아빠가 미안해요. 미안해야 할 사람들은 따로 있어. 아빠는 아냐.

정은은 속말을 하지 못하고 눈물을 삼켰다. 아버지 앞에서 우는 모습은 보이고 싶지 않아서 쉼 없이 눈물을 삼킨 탓에 목구멍이 뻐근해졌다.

"내일 꼭 와."

면회 시간이 끝나 가고 있음을 느꼈는지, 아버지가 정은의 손을 꼭 붙들고 속삭였다. 정은은 고개를 끄덕이며 꼭 오겠다고 말했다.

앞으로 얼마나 가혹한 시간이 아버지를 기다리고 있을지 알 수 없었다. 엄마는 차라리 잘됐다며 힘없이 스러진 아버지를 업신여겼고, 정훈은 자신의 안위 외에는 관심이 없었다.

병원을 나서자 뿌연 대기가 정은을 맞았다. 미세먼지가 심한지 가로등 불빛에 비친 공간조차 뿌옜다.

그와 함께 있을 땐 공기마저 맑더니.

정은은 존재조차 의심했던 신에게 기도했다.

그와 함께하는 시간만큼은 난장판이 되지 않게 해 달라고.

자신에게 그 사람만큼은 허락해 주면 안 되는 거냐고.

인생의 모든 부분이 완벽하길 바라는 것은 아니다. 단지 그와의 관계만큼은 온전하기를 바랄 뿐.

호텔 로비를 가로지르며, 정은은 저도 모르게 주위를 두리번거렸다. 혹시 그가 또 자신을 기다리고 있지는 않을까 하는 터무니없는 기대감이 불쑥 솟아올랐다. 상상만으로도 황홀해서 심장이 뛰었다.

그의 존재를 떠올리는 것만으로도 마음이 가뿐해져 버렸다. 무슨 일이든 헤치고 나갈 수 있을 것 같은 매혹적인 자신감마저 생겨났다.

정은은 충동적으로 핸드백에서 휴대전화를 꺼내 들고 그에게 전화를 걸었다. 생각해 보니 자신도 그에 대해 아는 게 별로 없었다.

만약 그의 집 앞에서 정은이 그를 기다리고 있었다면, 그는 어떤 반응을 보였을까?

상황을 가정해 보는 것만으로 희미한 미소가 번졌다.

그런데 안타깝게도 그는 전화를 받지 않았다. 실망스러웠지만 그렇다고 해서 가슴이 무겁게 가라앉을 정도로 힘겨운 건 아니었다.

정은은 천천히 엘리베이터를 향해 걸었다. 그가 정은의 전화를 놓친 것을 확인하고, 전화를 걸어올지도 모른다는 생각에 발걸음이 느려졌다.

엘리베이터에 다다랐을 때, 정은은 오늘은 날이 아닌 것 같다며 엘리베이터 버튼을 눌렀다. 그와 동시에 손에 쥔 휴대전화가 부르르 진동했다.

발신인은 당연하게도 강태욱이었다.

"여보세요?"

정은은 혹여 전화가 끊길세라 다급하게 전화를 받았다.

- 전화했었네요.

"바쁜가 봐요. 전화 온 줄도 모를 만큼."

저도 모르게 뾰로통한 목소리가 흘러나왔다. 휴대전화 너머에서 그가 작게 웃는 소리가 들려왔다. 그는 집이 아닌 다른 곳에 있는지 주변이 소란했다.

"밖이에요?"

정은은 질문을 던져 놓고 잠시 후회했다. 그의 일거수일투족에 집착하는 것처럼 보이지는 않을까 염려스러웠다.

- 밖이에요. 오늘 대학 동기 모임이 있어서 잠깐 나왔어요.

주변에서 친구들이 떠드는 소리가 간간이 들려왔다. '태욱아, 너 2차 갈 거지?' 친근하게 묻는 여자의 목소리가 들려왔다.

"가지 마요, 2차."

그가 대답을 내뱉기도 전에 정은이 입을 열었다. 정은은 말이 떨어지기가 무섭게 아랫입술을 잘근 깨물었다.

- 그럼, 2차 안 가고 어디로 갈까?

낮게 가라앉은 그의 목소리에 아랫배가 꽉 조여 왔다. 목소리만으로 사람을 흥분시킬 수 있다니 그의 대단한 재주에 손뼉이라도 쳐 주고 싶다.

"나 보러 와요."

이왕 이렇게 된 거 솔직하게 말하기로 했다.

– 나 보고 싶어요?

하지만 이어진 그의 질문에는 솔직히 대답하기가 부끄러웠다. 필터링을 거치지 않고 거침없이 내뱉는 말에는 속수무책이었지만, 또 이렇게 멍석 깔아 놓고 물으면 머뭇거리게 된다.

"강태욱 씨가 나 보고 싶을 테니까, 나 보러 오라고요."

다소 억지스러운 대답이었다. 그가 어떤 반응을 보일까 초조해졌다.

– 임정은 씨는 내가 안 보고 싶은가 보네요.

그의 목소리는 평소와 다를 바 없었다. 아니, 오히려 평소보다 더 건조하게 느껴졌다. 그건 아니라고 대꾸해야 하는데, 입이 떨어지질 않았다. 진심을 털어놓는 게 쉬웠으면 좋겠다는 생각을 하며 한숨을 삼킬 때였다.

– 할 수 없네, 뭐.

심장이 바닥으로 뚝 떨어지는 기분이었다. 그는 전화 통화를 마치고 친구들과 어울릴 생각인 듯했다.

– 내가 임정은 씨 보고 싶은 건 맞으니까. 내가 보러 가야지.

나락으로 떨어졌던 심장이 순식간에 제자리로 돌아왔다. 급격한 낙차를 넘나드는 심장의 롤러코스터 같은 운동에 머릿속이 어질어질했다.

"빨리 와요."

정은의 목소리가 조심스럽게 흘러나왔다.

― 빨리 갈게.

통화를 마친 정은은 호텔 로비에서 그가 오기를 기다렸다. 그는 강남역 근처에 있다고 했고, 친구들과 술을 마신 탓에 택시를 타고 올 거라고 했다.

1초라도 빨리 그를 만나고 싶었다. 그가 탄 택시가 지나는 길마다 초록 불만 들어오기를 바랄 정도였다.

그는 예상했던 것보다 조금 지체된 시각에 호텔 로비에 나타났다. 정은은 그를 향해 뛰듯이 빠른 걸음으로 다가갔다. 그의 앞에 선 순간, 그 어떤 말도 꺼낼 수가 없었다.

그저 존재 자체로 고마웠다.

만약 이 남자가 없었다면, 나는 오늘 얼마나 우울한 밤을 보냈을까?

그런 생각을 하니 끔찍해져서 저도 모르게 미간을 찌푸리고 말았다. 그가 엄지로 정은의 미간을 보드랍게 어루만지며 물었다.

"나는 임정은 씨 때문에 패륜도 저지르고, 친구들도 버렸어. 근데 왜 인상을 쓰지?"

마음에 들지 않는다는 듯이 그가 미간을 찌푸리며 내려다보았다.

"부모도 저버리고, 친구도 버리는 남자 되게 별로다. 그럼 나중에는 그렇게 만든 임정은도 버릴 수 있겠네요."

마음 같지도 않은 소리가 흘러나왔다. 그가 고개를 비스듬히 기울이며 정은을 깊은 시선으로 바라보았다. 마치 마음을 꿰뚫는 것 같은 눈빛이다.

정은은 헐벗은 것처럼 부끄러워져서 시선을 피하고 싶었지만, 단단한 시선에 묶인 듯 움직일 수가 없었다.

"그렇게 안 되게 만들면 되죠."

그의 목소리는 확신에 차 있었다.

"절대 안 떨어지게 딱 달라붙어 있으면 되지."

나는 요즘 뭘 해도 당신 생각만 해요. 무언가를 하고 있는데, 아무 것도 하고 있지 않은 기분이에요. 당신이 함께 있지 않으면, 아무런 의미도 없는 짓을 하는 것 같은 생각이 들 때도 있어요.

나 어떡하면 좋을까요?

정은은 가만히 그를 올려다보았다.

"오늘은 어떡할까요? 나가 볼까요? 아니면."

그에 품에 절박하게 안기고 싶었지만, 함께 다른 것을 해 보고 싶은 마음도 들었다.

"여기 바 괜찮다던데……."

정은은 로비 바를 가리키며 웃었다.

"그래요. 그럼. 호텔 탐색부터 시작하지, 뭐."

그는 정은의 어깨를 다정하게 감싸고 걸음을 옮기기 시작했다. 그에게선 미세한 술 냄새가 났고, 그의 체취와 향수 냄새와 섞여서 위험하리만큼 매혹적이었다.

두 사람은 하나 남은 창가 테이블에 자리를 잡고 앉았다. 샴페인과 모둠 치즈를 주문하고 한동안 휘황한 불빛이 반짝거리는 창밖을 바라보았다. 재즈 공연이 시작되었는지, 웅장한 피아노와 베이스 연주 소리가 들려왔다.

허스키한 목소리를 가진 가수의 노래가 시작되었다.

But first of all, please, let there be love.

하지만 그 무엇보다도 먼저 사랑이 있기를.

가사를 곱씹는 사이 앉아 있는 소파가 기우는 느낌이 나는가 싶더니 강인한 팔이 정은의 어깨를 감싸 안았다. 맞은편에 앉아 있던 그가 정은의 옆으로 자리를 옮겨 온 것이었다.

내내 창밖을 향해 있던 정은의 시선이 그에게로 옮겨 갔다. 그는 기다란 손가락 등으로 정은의 뺨을 쓸어내렸다.

살갗에 닿는 완벽한 감촉에 정은은 지그시 두 눈을 감았다. 그가 정은의 입술을 천천히 물어 왔다. 성급하게 꿰뚫고 들어오지 않는 느낌은 황홀했다.

그는 가볍게 입을 맞추고는 아쉬운 표정으로 물러났다. 손끝이 저릿할 정도로 아쉬운 것은 정은도 마찬가지였다.

진중하게 서로만을 들여다보는 시간은 느릿하게 흘러갔다. 이윽고 샴페인과 치즈가 서빙 되었고, 그는 정은의 잔을 부드럽게 채워 주었다.

"샴페인 좋아해요?"

그의 물음에 정은은 고개를 끄덕거렸다.

"언제 마셔도 기분 좋은 술이잖아요."

"다행이네."

나직한 목소리의 결이 어쩐지 달라진 느낌이었다. 그의 앞에 놓인 잔도 마저 채운 그는 고개를 돌려 정은을 바라보며 덧붙였다.

"좋아해서."

심장이 꽉 조였다. 그는 이내 시선을 거두며 혼잣말처럼 읊조렸다.

"다른 것도 좀 좋아해 줬으면 좋겠네, 이제."

"그걸 꼭 말로 해야 알아요?"

분위기에 취한 탓인지 본심이 조심스럽게 흘러나왔다. 그가 한쪽 입꼬리를 올리며 짙게 웃었다. 감당할 수 없는 기쁨을 맛본 사람처럼 환희에 찬 눈빛으로 그가 물었다.

"내가 좋아하는 게 뭔지 알아요?"

정은은 고개를 내저었다. 그에 대해 아는 게 많지 않은 것도 사실이었다.

"나는 명확한 걸 좋아해요. 내 두 눈으로 보고, 내 두 귀로 들어서 확인하는 걸 좋아해요."

정은에게 입을 열고 말을 하라는 거였다.

어디서 솟아나는지 모를 용기가 불쑥 튀어나와 심장을 뜨겁게 달궜다. 충동적으로 입을 열었다.

"나는요, 좋아……."

"이게 누구야?"

익숙하고도 불길한 목소리가 끼어들었다.

"어머, 아가씨네? 그때 동창 모임에서 만났던 분 맞죠? 그땐 제가 실례가 많았어요."

민주가 생글거리며 인사를 건네 왔다.

"자기야, 여기 아가씨 있어. 어머 웬일이니, 이런 데서 다 만나고. 서울 참 좁다."

정훈이 뜻밖이라는 듯 놀란 표정을 지으며 다가왔다.

"정은아, 너 이 호텔에 있었어? 그런데 이 남자분은 누구……?"

정훈은 역겨우리만큼 가증스럽게 다정한 오빠 역을 연기했다. 그가 자리에서 일어나 정훈에게 손을 내밀었다.

"처음 뵙겠습니다. 강태욱입니다."

"네, 처음 뵙네요. 저는 정은이 하나뿐인 오빠, 임정훈입니다."

심장이 불안한 박자로 둥둥 울렸다.

"그런데 두 사람 무슨 사이죠? 내가 오빠가 돼서 그런지 좀 걱정스럽네요."

정은이 당황하는 것을 정훈은 즐기고 있는 표정이었다. 그리고 제 뜻대로 움직이지 않으면 어떤 좌절을 맛보게 될지 기대하라는 듯이 정훈은 빙글거렸다.

"아직 뭐라고 말씀드리기엔 이른 사이입니다."

그는 정중한 목소리로 대꾸했고, 정훈은 먹잇감을 물었다는 듯이 호기로운 표정을 지었다.

"호텔 로비에서 남녀가 단둘이 앉아서 술을 마시고 있는데, 이른 사이라는 말이 가당키나 합니까?"

정훈은 웃는 얼굴이었지만, 어조만큼은 날카로웠다.

"정은 씨 오빠로서 들으시기에는 가당치 않은 소리라고 여기시겠지만, 저로서는 그렇습니다. 아직 정은 씨가 제 마음을 받아 준 단계가 아니라서요. 제가 공을 많이 들이고 있습니다."

정은은 얼굴이 홧홧해서 얼른 고개를 돌려 버렸다.

"아, 그래요?"

아, 하는 발음을 길게 늘이며 눈썹을 치뜨는 정훈의 눈빛에 이채가 어렸다. 정은의 숨통을 조이기라도 하겠다는 듯이, 정훈은 계속해서 그에게 말을 걸었다. 민주는 평소와 달리 다정한 아내의 얼굴을 하고 정훈의 옆에 서 있었다.

"자기야, 이분 부명그룹 다니신대. 그때 동창 모임에서 얘기 들어 보니까, 능력도 대단하시다던데?"

"오, 그래요? 부명그룹에서 무슨 일 하세요?"

정훈은 호구조사가 끝나지 않으면 자리를 떠나지 않을 것처럼 버티고 서 있었다.

그는 매너가 좋은 사람이었다. 이렇게 말이 길어지면, 앉으라며 자리를 권할 수도 있을 그였다.

그렇지만 그는 그 선까지는 허락하지 않겠다는 듯이 적당한 거리를 유지하며 선 채로 대화를 이어 나갔다.

"그냥 평범한 회사원이죠. 특별한 건 없고요."

"그렇구나. 우리 정은이는 KJ 먹여 살리는 재원인데."

정훈이 은근히 그를 깎아내리며 자극하려는 듯 굴었지만, 그는 눈

하나 깜짝하지 않았다. 자리를 권하지 않는 것에 정훈도 기분이 상했는지 맞은편 소파에 제멋대로 다가가 앉으려 했다.

"죄송합니다만, 합석은 어렵습니다."

그는 단호하지만 거만하지 않은 목소리로 상황을 정리했다. 소파에 앉으려다 말고 어정쩡한 자세가 되었던 정훈의 얼굴에 비소가 어렸다.

"다음에 기회가 된다면 좋은 곳에서 뵀으면 합니다. 오늘은 제가 정은 씨와 단둘이 시간을 보내고 싶어서요."

웃음기를 머금은 목소리로 정중하게 설명하는 그의 앞에서 정훈은 언뜻 당황한 듯 보였다.

이제껏 제 뜻대로 굴러가던 세상 안에서만 살던 염치없는 사람은 파고들 틈 없이 견고해 보이는 남자 앞에서 열심히 머리를 굴려 보지만, 허사인 듯했다.

"그래, 오빠. 다음에 보자."

정은은 그의 말을 거들고 나섰다. 이제 정훈은 깔끔하게 자리를 떠야 상식적인 상황인 거다. 정훈의 눈빛에는 열패감이 어렸지만, 대놓고 분노를 드러내지는 않았다.

"그래. 그럼 좋은 시간 보내시고. 곧 보자."

내내 좋은 사람인 것처럼 웃음기를 머금고 있던 정훈은 정은에게 싸늘한 시선을 한 번 보내고는 자리를 떴다.

"자기야, 같이 가!"

민주는 사근사근한 눈웃음을 머금으며 그에게만 묵례하고는 종종걸음으로 정훈의 뒤를 따랐다.

"하아."

정은은 저도 모르게 크게 한숨짓고 말았다.

"그래서 호텔 무너지겠어요?"

그의 목소리에 금세 장난기가 어렸다. 언제 오빠가 나타나서 훼방을 놓고 갔느냐는 듯이, 아까와 다를 바 없는 온도를 가진 눈빛으로 정은을 바라본다. 그가 오빠에 관해 물으면 어떡하나 고민했던 게 무색할 만큼, 그는 아무 일도 없었다는 듯이 굴었다.

오빠에 관해 물으면 거짓이라도 좋은 말로 꾸밀 수 없을 것 같아서 속이 바싹 타 버렸는데.

그는 정은의 허리를 끌어안고는 푹신한 소파에 앉혔다. 샴페인을 홀짝이며 이따금 정은의 뺨에 입을 맞추기도 하고, 정은의 입에 치즈 조각을 넣어 주기도 했다.

"왜 안 물어봐요?"

내내 아무 말도 없는 게 불편해서 정은이 먼저 물었다. 그는 흐음하는 소리를 내며 한숨을 쉬고는 천천히 대꾸하기 시작했다.

"처음엔 기다렸어요. 정은 씨가 먼저 말할 것 같아서."

"그런데요?"

"그런데 조용한 걸 보니까, 말하고 싶지 않은 것 같아서 안 물어본 거고."

"궁금하지 않아요?"

정은의 물음에 그는 진한 미소를 머금었다.

"나는 지금 그 누구보다 한 여자가 궁금해요."

나직하게 울리는 그의 목소리는 진중했다.

"그런데 오빠에 대해 안 물어요?"

"혼자 있을 땐 주로 뭘 해요?"

그는 질문으로 답을 대신했다. 정은은 고민할 겨를 없이 입을 열었다.

"주로 일을 하죠."

"일이 없을 땐?"

"일이 없을 때가 별로 없어요."

"취미 같은 거 없어요?"

누군가의 앞에서 버젓한 취미라고 말할 수 있을 만한 활동이 없었다. 즐기는 것 하나 없는 삶이라니……. 한숨지으려던 정은은 무언가 생각났다는 듯이 눈을 반짝거렸다.

"스트레스 받으면 가끔 화장품 사러 가요. 소소하게."

그는 대단한 사실을 깨달은 것처럼 진지한 눈빛으로 정은을 바라보며 고개를 끄덕거렸다.

"특별히 좋아하는 브랜드 있어요?"

섬세한 질문을 던지는 남자의 세심함이 좋다.

"리미티드 붙으면 좋더라고요. 한정판 블러셔, 어떤 디자이너랑 콜라보 한 케이스에 담긴 아이섀도, 이름 각인해 주는 립스틱."

"나도 한정판이라고 이마에 붙이고, 디자이너랑 콜라보 한 옷 입고, 팔뚝에 타투라도 해야 하나."

안타깝다는 듯이 속삭이는 그를 마주한 정은은 소리 내어 웃어 버렸다.

"특별한 취미가 없는 거라면."

그는 무언가 제안을 할 것처럼 뜸을 들였다.

"나를 취미로 삼아 보는 건 어때요?"

정은은 웃음기를 머금은 채로 눈썹을 치뜨며 그를 바라보았다.

"사람을 어떻게 취미로 삼아요?"

어이없다는 듯이 질문을 던지자, 그는 전혀 당황하지 않고 대꾸했다.

"강태욱이 어떤 사람인지 알아 가라는 거죠."

"그럼, 강태욱 씨 취미는 뭔데요?"

그는 정은의 잔을 집어 들고는 반쯤 찬 샴페인을 단숨에 비워 냈다.

"나는 운동 좋아해요."

"그럴 것 같았어요."

너무 솔직한 대답이 스스럼없이 흘러나와서 정은은 짐짓 당황해 버렸다. 헐벗은 그의 몸을 마주했을 때, 단기간에 만든 몸은 아니라는 생각을 했었다.

"그래서 좋아요?"

그는 노골적인 질문을 던지며 정은의 손을 그의 단단한 허벅지 위에 은근히 얹었다.

"나쁠 건 없죠."

좋다는 말은 죽어도 하지 않는다는 듯이 그가 정은을 노려보았다.

"무슨 운동을 제일 좋아해요?"

정은은 치즈 한 조각을 입에 집어넣으며 물었다.

"수영 좋아하고, 아이스하키 동호회 활동도 오래 했어요. 테니스도 좀 치고. 근데 요즘은."

"요즘은?"

장난스럽게 그의 말투를 따라 했는데, 그의 깊어진 시선이 정은을 향해 왔다.

"누구한테 힘쓰는 게 제일 즐겁네요."

힘을 쓴다는 말은 여러 가지 의미를 내포하고 있다. 그런데 그가 하는 말은 직설적이고, 야했다.

정은은 헛기침을 한 번 하며 고개를 돌려 버렸다. 술기운이 오르는지 기분이 들뜨기 시작했다.

"그리고 요즘은 운동 말고 다른 취미도 생겼어요."

그의 목소리가 아주 조금 건조해진 것 같아서 정은은 조용히 되물었다.

"무슨 다른 취미요?"

"핸드폰을 종일 들여다봐요. 메시지 온 거 없나, 놓친 전화는 없나. 밥은 먹었을까. 지금 뭐 하고 있으려나."

심장이 콩닥콩닥 울렸다. 이런 말을 하면서 고백은 하지 않는 그가 이상하게 여겨질 만큼 달콤한 음성이었다.

"어제 섹스할 때, 표정이 어땠더라."

이어진 말에 정은의 입이 슬쩍 벌어졌다. 퇴폐적인 말도 모범적인 얼굴로 내뱉는 모순된 남자다.

"그런 걸 복습도 해요? 진짜 모범적인 변태 맞네."

정은이 놀리듯 읊조리자, 그가 의미심장한 미소를 머금으며 정은을 바라보았다.

"임정은 씨는 맹세할 수 있어요?"

"내가 뭘 맹세해야 하는데요?"

그의 얼굴이 한층 더 가까이 다가왔다. 숨결이 닿을락 말락 한 거리에서 그가 속삭였다.

"나랑 섹스했던 생각, 나랑 섹스할 생각, 한 번도 안 했어?"

한 번도 안 했다고 하면 당연히 거짓이다. 시시때때로 그의 열기 어린 몸짓이 떠올라서 몸을 부르르 떨어야만 했다.

"했어요."

떨리는 심장과는 달리 비교적 편안하고 당당한 목소리가 흘러나왔다.

"얼마나 자주?"

정은은 고개를 기울여 그의 뺨에 가볍게 입을 맞추고는 귓가에 속삭였다.

"내가 이렇게 상상력이 풍부했던가, 놀랄 만큼."

숨결이 그의 귓가에 섞여 들어갔다. 남자를 매혹하는 방법에 익숙하지 않은 정은인데, 그의 곁에서는 본능이 얌전한 꺼풀을 집어던지고 유혹을 행한다.

그가 졌다는 듯이 웃음을 터뜨리는가 싶더니 이내 정색하며 얼굴을 굳혔다.

"어떤 상상이 제일 즐거웠어요?"

진심으로 궁금해하는 눈치였다.

"당신 침대에 손목 묶어 놓고, 내가 위에서 하는 상상."

정은은 고개를 뒤로 젖히며 샴페인을 털어 넣었다. 그러는 동안에도 두 사람의 시선은 떨어질 줄을 몰랐다.

"나한테 그런 정복욕이 있는 줄은 몰랐어요."

그를 놀리듯 떠들었다. 그는 정은의 말이 끝나기가 무섭게 자리에서 일어났다.

"일어나요."

그의 목소리가 본능에 취해 쉬어 있었다. 정은은 고개를 비스듬히 들어 그를 올려다보았다.

"상상만큼이나 즐거운지 해 봐요, 한번."

뜨겁게 내리쬐는 눈빛에 숨이 턱 막혀 왔다. 정은은 옅은 미소를 머금으며 그를 더욱 도발했다.

"침대에 손목 묶을 만한 기둥은 있어요?"

"그건 임정은 씨가 가서 직접 확인해요."

그는 정은의 손을 부드럽게 잡은 채로 호텔을 나섰다.

호텔에서 택시로 5분 거리에 있는 부명사거리에 그가 거주한다는 오피스텔이 있었다. 휘황한 30층 건물의 26층에서 그를 따라 내렸다.

현관문을 열고 들어서자 집 안 가득 밴 그의 향기가 폐부를 찌르고 들어왔다. 유리로 된 자동 중문 안으로 그가 정은을 이끌었다.

어두운 실내, 창밖으로는 오렌지빛 야경이 흘렀다. 뜻 모를 절박함이 밀려와서 정은은 그의 입술에 가볍게 입을 맞추었다.

"혼자 사는 집치고는 크네요."

"서재랑 침실은 완벽하게 구분하고 싶었거든요."

잔잔하게 울리는 그의 목소리가 심장에 강한 파동을 일으켰다.

"그래서 침실이 어딘데요?"

입술이 맞닿았다. 그는 정은의 허리를 감아 안은 채로 걸음을 옮겼다. 침실 문이 열리기가 무섭게 몸이 홱 돌아가는가 싶더니 등 뒤에 푹신한 매트리스가 닿았다.

"하아."

그가 성마르게 옷을 벗어 던졌고, 정은도 스스로 옷을 벗기 시작했다. 익숙한 열기였지만, 낯선 장소에서 겪는 흥분은 또 달랐다.

그는 옷을 벗어 던지기가 무섭게 몸을 겹쳐 왔다.

"흐윽."

간절히 그를 원해서 간질거리기까지 하는 내벽을 그가 거칠게 비벼 댔다.

"하아아."

그의 향기와 체취가 한껏 밴 침대에 누워서 꿰뚫리는 것은 기대했던 것보다 훨씬 더 자극적이었다. 자제할 수 없이 몸이 달아오르는 게 느껴졌다. 그가 상체를 곧추세우며 정은의 등허리를 안아 올렸다. 결합은 더욱 깊어졌다.

그가 허리를 쳐올림과 동시에 정은은 골반을 떨어 댔다.

"으음."

낮게 신음하는 소리가 듣기 좋았다. 정은은 고개를 한껏 젖힌 채로 낭창하게 몸을 움직였다. 어두운 조도에 적응한 눈에 방 안 풍경이 언뜻 들어왔다. 침대 맞은편 벽에는 커다란 스크린이 달린 듯했다.

이곳에 혼자 누워서 그는 어떤 영화를 보았을까?

이 집에 들어온 여자는 있었을까?

함께 침대 위에서 열기를 공유하기도 했을까?

그 뒤엔 같이 허기를 채우고, 영화를 봤을까?

정은은 그의 목덜미를 거세게 끌어안고는 베개가 있는 쪽으로 밀어붙였다. 그는 순순히 정은이 이끄는 대로 움직여 주었고, 정은은 그의 몸 위에 올라탄 자세가 되었다.

"흐응. 아아!"

그의 단단한 가슴에 손을 얹은 채로 허리를 돌려 보았다. 흥분감이 고조되는 곳을 골라서 비벼 대면서 정은은 몸을 잘게 떨어 댔다. 스스로 쾌감을 조절하고 있다는 생각에 머리끝까지 희열감이 몰려왔다.

그는 커다란 손을 뻗어 탐스러운 물방울처럼 흘러내린 정은의 가슴을 움켜쥐었다. 뜨거운 손안에서 느껴지는 거부할 수 없는 악력에 가슴이 녹아 버릴 것만 같았다.

"으응. 응. 으으. 아!"

정은이 신음을 이어 가며 허리를 돌리자, 그가 다문 잇새로 그르렁거리는 신음을 내고는 읊조렸다.

"정말 미치겠다."

가슴을 움켜잡고 있던 손이 옆구리를 타고 내려가 골반을 잡아 고정했다. 정은이 움직이는 것으로는 부족했는지, 그가 허리를 튕겨 올려 댔다. 그의 몸 위에 손을 지탱하고 버티던 정은은 흔들리는 힘을 견디지 못하고 무너져 내렸다.

그의 살결에 입술을 묻은 채로 연신 신음을 흘리며 몸을 떨었다. 이미 여러 번의 절정이 정신이 없이 오갔지만, 그는 멈추지 않고 움직였다.

"흐윽. 죽을 것, 같아."

정은이 새된 비명처럼 신음을 내질렀을 때, 그가 정은의 등허리를 끌어안고는 침대 위에서 몸을 굴렸다.

"아아!"

커다란 손이 허벅지 안쪽을 결박해서 밀어 올렸다. 어둠 속에서 그의 집요한 시선이 맞닿아 있는 비부에 머무는 게 느껴졌다. 은밀한 결합의 장면을 탐하며 거친 숨을 내쉬는 그의 모습은 지나치게 야했다.

그리고 절정의 기운으로 애액이 흥건하게 흘러내리고 있음에도 좁은 통로를 차지한 그의 존재감은 대단했다. 그의 물건이 심장까지 찔러 대는 것처럼 가슴이 쿵쿵 울렸다.

"아흐흐."

또다시 울음이 터져 나왔다. 그의 품에 안길 때마다 정은은 해방감과 희열감에 사로잡혀서 울부짖었다.

그가 결박한 허벅지를 놓아주며 상체를 숙여 몸을 촘촘히 겹쳐 왔다. 그의 강인한 팔이 등허리와 매트리스 사이를 비집고 들어왔다. 빈틈이라고는 찾아볼 수 없을 정도로 매혹적이고 끈끈한 결합이었다.

그는 무절제하게 정은의 입술을 빨고, 입안을 탐했다. 입안이 그의 뜨거운 혀로 가득 찼다. 등허리를 바짝 끌어안아서 상체가 붙어 있음에도 그의 다른 손은 정은의 가슴을 탐하고 있었다.

온몸이 그에게 잠식당해 뜨거운 늪에 빠진 듯했다. 목울대를 울리는 신음조차 멎었고, 숨을 내뱉는 것조차 잊을 만큼 강렬한 쾌감이 온몸을 관통했다. 뒷무릎까지 경련이 일었다.

그가 정은을 꽉 끌어안은 채로 거세게 허릿짓을 이어 갔다. 거친 숨소리와 날것처럼 느껴지는 신음이 귓가를 왕왕 울렸다.

이미 폭풍 같은 절정이 지났음에도 쾌감은 다시금 가파르게 치솟았다.

"하아, 임정은."

그는 정은의 이름을 부르며 팔에 힘을 주어 으스러뜨릴듯 안았다.

그 무엇과도 비교할 수 없는 깊은 교감, 섹스에 이런 가치를 부여하게 될 거라고는 이전에는 감히 상상조차 하지 못했었다.

"태욱 씨."

정은은 한숨처럼 그의 이름을 불렀다. 그의 몸이 잔뜩 굳는 게 느껴졌다. 그는 정은을 안은 채로 오래도록 가만히 있었다. 눈물이 또르르 옆얼굴을 타고 흘러내리는 게 느껴졌다.

쾌감과 희열감과 해방감을 안겨 주지만, 그와의 섹스가 끝난 후에는 깊은 교감이 끝났다는 사실에 서러운 눈물이 흘러나왔다. 그럴 때마다 그는 정은의 심정을 이해한다는 듯이 따스하고 다정하게 안아 주었다. 지금처럼.

그의 따스한 품에서 정은은 울음을 멈췄고, 평온한 마음으로 잠이 들었다.

그런데 오늘은 다르다. 그가 섹스에 관한 상스러운 본능만을 발동해 자신을 만나고 있는 것은 아닌가 하는 어이없는 의심마저 들어서 불안해졌다.

"나한테 고백을 안 하는 진짜 이유가 뭐예요?"

사랑은 아니더라도 좋아한다는 말을 직접적으로 하지 않는 그가 야속할 만큼 가슴이 벅차오른 상태에서 흘러나온 말이었다.

그는 정은의 귓가에 입술을 붙인 채로 속삭였다.

"오해받고 싶지 않으니까."

정은은 그가 하는 말의 의미를 알아들을 수가 없어서 미간을 찌푸렸다.

"무슨 오해요?"

"서툴렀던 감정을 잊기 위해서, 내가 당신 이용하고 있다는 생각 하게 하고 싶지 않아요. 임정은 씨, 걱정 사서 하는 성격이잖아요. 내가 지금 고백하면, 그런 생각 할 수도 있잖아."

조심스러운 그의 말투가 마음에 들었다. 어쩌면 그의 말은 정은의 마음을 대변하는 것과 마찬가지인지도 모른다.

이번만큼은 제대로 하고 싶다며, 어른스럽게 차근차근 감정을 공유해 오는 그가 좋았다. 그러면서도 정은을 차지하는 데 무절제한 그의 본능도 기꺼웠다.

누군가 이토록 나를 원했던 적이 있던가?

이토록 조심스럽고, 따뜻하게.

이토록 강렬하고, 뜨겁게.

정은은 그의 살결에 코를 묻은 채로 눈을 감았다. 눈꺼풀이 무거 웠다. 수마가 몰려왔다.

"나 잠깐 사무실에 좀 다녀와야 해요."

그의 목소리가 들려온 것보다 두 뺨을 간질이는 입술이 느껴진 게 먼저였다. 눈을 뜰까, 말까 고민하고 있었는데, 나가 봐야 한다는 그의 말에 정은은 천천히 눈꺼풀을 들어 올렸다.

그는 이미 슈트를 차려입은 상태였다. 정은은 힘이 들어가지 않는 몸을 일으키려 애쓰며 물었다.

"지금 몇 시예요?"

"새벽 6시."

"이 시간에?"

처음 그와 밤을 보냈던 날, 호텔에서 대거리했던 게 생각나서 정은은 피식 웃음을 머금었다.

"더 자요. 콘퍼런스 콜 하나만 하고 들어올 거예요. 늦어도 10시쯤에는 올게. 그때까지 자고 있어요."

그의 보드라운 입술이 정은의 이마에 닿았다가 떨어졌다. 대답할
겨를도 없이 정은은 다시 눈을 감았다. 그가 방문을 닫고 나가는 소
리가 희미하게 들려왔다.

지난밤 첫 번째 정사를 끝내고 난 뒤, 짧게 잠이 들었었다. 2시쯤
약속이라도 한 듯 동시에 잠에서 깬 두 사람은 쉼 없이 몸을 섞었다.
대략 5시쯤 잠이 들었으니 겨우 1시간 눈을 붙인 거였다.

몸이 여기저기 욱신거렸다. 그의 말마따나 조금 더 눈을 붙인 뒤
일어나야겠다는 생각이 들었다.

정은은 그가 없는 그의 침대 위에서 도로 잠이 들어 버렸다.

다시 눈을 떴을 때, 시계는 아침 9시를 가리키고 있었다. 10시쯤
그가 온다고 했으니, 얼굴만 보고 아버지 병원으로 가는 게 좋을 것
같았다.

무거운 몸을 겨우 일으켜 침실에 딸린 욕실로 향했다.

그의 성격만큼이나 욕실은 깔끔했다. 욕실 거울이 붙어 있는 슬
라이딩 장을 열자, 오와 열을 맞춘 각종 목욕용품들이 눈에 들어왔
다.

그의 기질과 성향을 오롯이 보여 주는 것 같아서, 정은은 웃음을
머금었다.

욕실장 안에 있는 새 칫솔을 하나 꺼내서 치약을 묻힌 뒤 입에 물
었을 때, 비로소 제 모습이 눈에 들어왔다. 가슴 곳곳에 붉은 키스 마
크가 새겨져 있었다.

어젯밤의 열기가 생각나서 허벅지 안쪽이 잔뜩 조여 왔다. 정은은
등나무 바구니 안에 반듯하게 정리된 배스 가운을 몸에 걸쳤다. 그의
배스 가운은 지나치게 컸지만 못 입을 정도는 아니었다.

정은은 칫솔을 입에 문 채로 오피스텔 안을 돌아다니기 시작했다.
그의 집을 느긋하게 둘러보고 싶었지만, 아버지 병원으로 가려면 어

서 준비를 마쳐야 했기에, 정은은 그의 집 탐방과 외출 준비를 동시에 하기로 했다.

서재 책장에는 독립출판사에서 발행된 독특한 형태의 매거진이 즐비했다. 주로 한 가지 브랜드를 중점적으로 파헤치는 형태의 정기간행물이었다. 광고도 없고, 오로지 브랜드에만 주목한 잡지가 그와 닮아 있다는 생각이 들었다.

화려하게 꾸민 광고를 들이대지 않아도 충분한 정보를 담아 진가를 발휘하는 간행물처럼, 그는 꾸미지 않은 진중한 마음으로 정은을 사로잡아 가고 있었다.

양치를 마치고, 미지근한 물로 천천히 세수하고 있을 때였다. 밖에서 인기척이 들려왔다. 욕실 샤워 부스 유리에 붙은 시계를 보니 9시 20분. 그가 돌아왔나 보다.

정은은 아무런 의심 없이 침실 문을 열고 나섰다.

"왔어요? 나 나가 봐야 할 것 같은데."

침실 문은 현관과 마주 보는 구조가 아니었기에 몇 걸음을 옮기고 나서야 현관 앞에 서 있는 사람을 확인할 수 있었다. 정은은 선 채로 잠시 얼어붙었다가 이내 고개를 푹 숙이며 인사를 건넸다.

"안녕하세요?"

문 앞에 묘한 얼굴로 서 있는 사람은 그의 어머니였다.

여인의 시선이 정은의 목덜미에 닿는 게 느껴졌다. 정은은 얼른 배스 가운 앞섶을 여미며 고개를 숙였다. 죄를 지은 것도 아닌데, 죄인이 된 것만 같은 기분이다. 무슨 말을 꺼내야 할지 몰라서 정은은 망설였다.

"반찬만 냉장고에 넣어 두고 갈게요. 너무 어려워하지 말아요."

바닥을 향해 있던 정은의 시선이 천천히 들렸다. 그녀는 다만 아들이 끼니를 거르지는 않을까 싶어서 반찬을 전해 주러 온 것이라고 했다.

"우리 태욱이가 워낙 깔끔을 떨어서 집에 누굴 잘 들이지 않거든
요. 평소 같았으면 지금쯤 애 운동 가 있을 시간이겠다 싶어서 잠깐
들른 건데, 나도 이런 경우는 처음이라 당황스럽네요."

공격적이지도, 그렇다고 방어적이지도 않은 어른다운 그녀의 말에
정은은 어렴풋이 미소를 머금으며 대꾸했다.

"회사에 급한 업무가 생겼다고 나갔어요. 늦어도 10시까지는 들어
온다고 했고요."

정은은 집을 비운 그의 행선지를 밝히며 떨지 않으려 애썼다. 아
직 그와 분명한 연인 사이가 된 것은 아니었지만, 어쩐지 그의 어머
니께 부정적인 이미지를 심어 주고 싶지는 않았다.

누구든 타인에게 잘 보이고 싶은 마음을 갖는 것은 당연하다. 정
은은 타인의 시선을 특히 더 신경 쓰는 성격이었다. 만사휴의萬事休矣
하게 살아온 탓에 분위기를 살피고, 눈치를 보는 것은 버릴 수 없는
습관이 되어 버렸다.

이러한 기질은 정은이 비서로 일하는 데 유용한 역할을 하기도 했
다.

습관처럼 정은은 여인의 눈치를 살폈다. 평생을 눈치 보며 살아온
삶, 상대가 자신에게 호의적인지, 악의적인지를 구분하는 것에도 예
민한 감을 가지고 있었다. 그녀는 다행히 정은에게 이렇다 할 악의
혹은 선의를 가지고 있지 않은 것처럼 느껴졌다.

다만 느껴지는 감정이라면 순수한 호기심뿐이었다. 그 어떤 편견
도 가지지 않은 맑은 시선이 정은을 향해 있었다. 심장이 쿵쿵 뛰었
다.

스치듯 한 번 보았고, 이제 겨우 두 번째 우연한 만남인데도 의심
없이 바르고 좋은 어른이라는 생각이 들었다.

이런 부모의 사랑을 받고 자란 남자, 지극한 애정과 보살핌 속에서 자란 남자의 바른 모습이 눈앞에 아른거렸다.

"우리 또 볼 기회 있으면 좋겠네요."

만약 그와 관계를 이어 나갈 수 있다면, 나아가 미래를 약속할 수 있는 사이가 된다면, 그의 어머니와 원만한 사이를 유지할 수 있으면 좋겠다고 막연히 생각했다.

"그럼, 난 이만 가 볼게요."

아들도 없는 집을 차지하고 있는 헐벗은 정은에게 그녀는 끝까지 정중했다. 홀연히 그녀가 떠난 자리를 정은은 멍하니 바라보았다.

"좋았겠다, 강태욱 씨. 저런 어머니 밑에서 자라서."

서글픈 감상이 밀려올 것만 같아서 정은은 얼른 고개를 털어 버리고 옷을 갈아입었다. 이제 병원에 계신 아버지께 가 봐야 했다.

늦어도 10시쯤 온다는 그의 얼굴이라도 보고 가려고 기다렸는데, 그는 10시가 조금 넘은 시각까지 돌아오지 않았다. 정은은 그가 볼 수 있도록 냉장고 문에 메모 한 장이라도 붙여야겠다고 생각했다.

「일이 생겨서 기다리다 먼저 가요. 연락할게요.」

정은은 뭐라고 더 적을까 하다가 그만두었다. 새벽녘까지 그와 붙어 있었는데 가슴이 뭉클해질 만큼 그리워서 쉽게 펜을 내려놓을 수가 없었다.

정은은 한참을 망설이다가 펜 뚜껑을 닫아 핸드백 안에 집어넣었다. 냉장고에 메모를 붙이고 난 뒤, 정은은 충동적으로 냉장고 문을 열었다.

그의 어머니가 들고 왔던 종이봉투가 냉장고 안에 그대로 놓여 있었고, 종이봉투 위에는 곱게 접힌 메모지가 한 장 있었다. 정은은 손을 뻗어 메모를 집어 들었다.

「아들, 된장찌개는 두부만 따로 넣어서 데워 먹어. 오징어채가 이번에 엄청 맛있게 됐네. 달걀장조림은 청양고추 넣고 매콤하게 했어. 저번에는 좀 싱거웠지? 소불고기는 프라이팬에 볶아 먹고. 고기 재워 놓은 건 이틀 안에 먹을 거 아니면, 냉동실로 옮겨 둬. 김치는 저번에 보니까 아직 많은 것 같아서 안 챙겨 왔어. 다음에 올 때는 아들 좋아하는 열무김치 가져올게. 버리지 말고, 즉석밥 먹지 말고. 귀찮아도 밥통에 밥해서 먹고. 요즘 신경 쓰이는 일 있어서 속 쓰리다며? 양배추즙도 챙겨 왔으니까 한 봉씩 먹고. 사랑한다, 아들.」

애정이 담뿍 묻어나는 쪽지를 정은은 가만히 접어서 도로 반찬 통 위에 올려 두었다.

"정말 사랑 많이 받고 자랐구나, 태욱 씨."

어쩌면 평범한 모자 관계일지도 모른다. 혼자 사는 아들을 위해 반찬을 해 나르는 모친, 혹시나 끼니를 거를까 저어되어 한 자 한 자 써 내려간 메모까지.

그런데 정은은 그런 평범한 관계 속에서 단 한 번도 살아 본 적 없기에 그가 특별한 사람처럼 느껴졌다. 사랑이 충만한 사람이 자신에게 차근차근 다가오고 있다는 사실에 가슴이 벅차올랐다.

온전한 사랑을 받고 살아온 이의 사랑을 오롯이 받는 기분은 어떤 것일까?

정은은 아직 가져 보지 못한 감정을 상상하며 그의 집을 나섰다.

병원에 다다랐을 때, 그에게서 전화가 걸려왔다.

"여보……."

'여보세요'라는 말을 끝마치기도 전에 그가 물었다.

– 혹시 정은 씨 있을 때, 어머니 왔다 가셨어요?

그의 목소리가 긴장감으로 딱딱하게 굳어 있었다.

"네. 다녀가셨어요."

수화기 너머에서 한숨 소리가 들려왔다.

– 미안해요. 나도 없었는데 괜히…….

"뭐가 미안해요?"

그는 다짜고짜 사과를 해 왔다.

– 어머니가 괜한 말씀 안 하셨어요?

"왜요? 어머님이 우리 귀한 아들 만나지 말라고, 제 뺨 때리고, 물이라도 끼얹었을까 봐 걱정돼요?"

침묵이 흘렀다. 그는 진심으로 그런 걱정을 하는 듯했다.

– 우리 어머니가 좀 별나세요. 괜한 소리 들었어도 너무 마음에 담아 두지 말아요.

정은은 그를 나무라는 목소리로 입을 열었다.

"태욱 씨 어머니가 들으시면 서운하시겠어요."

그는 가만히 정은이 하는 말에 귀를 기울일 뿐이었다.

"내가 잠에서 막 깨서 태욱 씨 샤워 가운 입고 돌아다니고 있었거든요. 그런데 그때 문을 열고 들어오셨어요. 태욱 씨가 온 줄 알고, 말을 걸었는데 어머니셨고요. 이런 상황이 처음이라 당황스럽다고 하셨고. 나중에 기회가 되면 또 보자는 말씀만 하시고 가셨어요. 냉장고에 직접 해 오신 반찬도 가득 채워 놓으셨고요."

– 하아.

그가 안도의 한숨을 내쉬었다.

– 거기 내가 있었어야 했는데.

"아무 일도 없었다니까요."

217

괜한 걱정이 늘어지는 그를 달래려 내뱉은 말이었다.

– 임정은 씨가 내 가운 입고 있는 모습 상상하는 것만으로도 섰는데. 어쩌죠?

능청스럽게 묻는 말에 정은은 웃어 버렸다.

"혼자서도 잘한다면서 왜 약한 척이에요?"

정은은 그와 맞았던 첫 번째 아침을 떠올리며 물었다.

– 정은아.

정은의 이름을 부르는 그의 목소리가 낮게 가라앉았다. 심장이 쿵 울린다.

– 지금 어디야?

어디라고 말하면 당장이라도 달려올 것만 같은 목소리다.

"볼일 있어서 잠깐 나왔어요."

그런데 병원 로비를 걸어 들어가고 있다는 말은 할 수가 없었다.

정은에게 그는 이제부터 불행불가침 영역이다. 자신에게서 흘러나온 불행 한 자락도 그에게 스며들지 않기를 바랐다.

– 오래 걸려요?

그는 정은이 개인적인 일로 곤란해하고 있다는 것을 아는 사람처럼 집요하게 캐묻지 않았다. 사람 마음을 편안하게 할 줄 아는 좋은 사람이다.

"가 봐야 알 것 같아요."

– 연락해요. 늦더라도.

보고 싶어요.

정은은 가슴을 짓누르는 말을 털어놓지 못하고 전화를 끊었다.

낭만은 여기까지다. 이제 현실과 맞서야 할 시간이었다.

아버지는 오후에 일반 병실로 옮길 예정이라고 했다. 퇴원 환자의 침대가 정리되는 대로 병실을 옮길 거라 했다. 병원에 엄마와 정훈이 있으면 어쩌나 걱정했는데, 다행히 그들은 코빼기도 보이지 않았다.

병원 지하에서 대충 점심을 먹은 뒤, 중환자 보호자용 대기실에서 기다리는데 손에 쥔 휴대전화가 바르르 진동했다. 발신인은 정훈이었다.

받고 싶지 않았지만, 피하면 더 안 좋은 결과를 초래한다는 것을 알기에 받을 수밖에 없었다.

"여보세요?"

— 지금 어디야?

그가 했던 질문과 똑같은 말이었지만, 문장에 깃든 감정은 완전히 달랐다.

"아버지 병원이야."

— 아버지 같은 소리 하고 앉았네.

"오늘 일반 병실로 옮기신대서 왔어."

— 하아, 노인네 진짜 성가시게 구네.

하는 일도 없으면서 본인이 성가실 게 뭐가 있느냐는 말을 하려고 했다.

— 너 잠깐 나 좀 보자.

"못 들었어? 아버지 일반 병실로 옮기신대서 병원 와 있다고. 그리고 나 오빠 만나서 노닥거릴 시간 없어. 병원비는 나랑 반씩 내."

— 무슨 대단한 아량이라도 베푸는 것 같네. 재수 없는 년이.

"이제 애 아빠 됐으면 말 좀 가려서 해. 애가 뭘 보고 배우겠어?"

— 근본 없이 태어난 년보다는 훨씬 잘 키울 거니까, 걱정 사서 하지 말고.

정은은 잠시 숨을 멈추고 입을 다물었다.

"할 얘기 있으면, 아버지 병원으로 와."

정은은 일방적으로 전화를 끊어 버렸다.

아버지가 병실을 옮기고, 저녁 식사를 마치실 때까지 정훈은 나타나지 않았다. 6인용 병실, 그것도 화장실 옆 침대에 누운 아버지의 모습이 한없이 초라하다.

"2인실이라도 나면 옮겨요."

"됐어. 이런 데 있어야 안 심심하지."

아버지는 손사래를 치고는 물과 함께 약을 넘기셨다.

"정은아."

병원에서 입원용품으로 준 플라스틱 텀블러를 받아 드는 정은의 이름을 아버지가 잔뜩 움츠러든 목소리로 불렀다.

"네."

"내 전화기 좀 찾아 줄래?"

정은은 장에 넣어 둔 옷가지 속에서 아버지의 전화를 꺼내 들었다. 배터리가 다 되어 있어서 잠시 충전기에 연결했다. 여기저기 깨져서 흉물스러운 모습인데도 불구하고 다행히 멀쩡하게 작동했다.

"여기 이 번호 저장해라."

"누구 번혼데요?"

"보험쟁이 번혼데. 내가 네 엄마 몰래 들어 둔 보험이 하나 있거든. 뭐 당뇨랑 고혈압 부담보 조건으로 잠깐 특판이 나왔다고 했을 때 들었다. 오토바이 사고도 된다고 했어. 병원비 이걸로 내. 네 돈 쓰지 말고."

정은은 아득한 시선으로 아버지를 바라보았다. 겸연쩍은 얼굴을 한 아버지의 모습에 가슴이 저몄다.

"그리고 번호 하나 더 받아라."

아버지는 02로 시작하는 유선 전화번호를 알려 주셨다.

"여긴 어딘데요?"

"네 친부다."

아버지가 내뱉은 말이 비현실적이어서 정은은 한참을 멍하니 있

220

었다.

"나 사실 네가 내 딸이 아니라는 거 진작 알고 있었다. 내가 사우디에서 돌아온 지, 8개월 만에 네가 태어났으니까."

정은은 아랫입술을 질끈 깨물었다.

"알면서 모른 척하고 살았어. 너는 내 딸이라고 생각하면서. 내 친딸이라고 여기면서."

복잡한 심경을 고백하는 아버지의 눈가에 마른 눈물이 맺혔다.

"정훈이 놈이 망나니짓할 때마다, 네가 와서 해결하는 거 보고, 내가……."

정은은 손을 뻗어 아버지의 손을 가만히 붙잡았다.

"미안하다, 정은아."

아버지는 속죄하듯 읊조렸다.

"네가 그러는 걸, 나도 당연하게 생각했어. 그런데 내가 친부가 아니라는 걸 너도 알고 있는 줄은 몰랐다."

서로가 모른다고 생각하고 선의의 거짓말을 해 왔다고 보기에는 어폐가 있었다. 아버지 역시 정은을 이용한 거나 마찬가지였다. 경제적 능력이 없는 아버지가 할 수 있는 것은 아무것도 없었을 것이다.

아버지는 계속해서 미안하다고 말했다. 정은 역시도 복잡한 심경이 되어 아버지를 바라보기만 할 뿐이었다.

"그 번호는."

친부의 번호를 말하는 듯했다.

"15년쯤 전에 네 엄마 휴대전화로 전화가 왔었다. 네가 중학생 때였지, 아마."

엄마는 단 한 번도 친부가 연락해 온 적은 없다고 했었다. 전세금 이야기도 그렇고, 아버지가 전해 준 전화번호도 그렇고 엄마는 그동안 계속 거짓말을 해 왔나 보다.

"이걸 저한테 왜 주세요?"

정은은 건조한 목소리로 물었다.

"궁금하지 않니. 친부라는 사람이 어떤 사람인지. 지금 전화한다고 해서 그 사람이 받을 거라고는 장담 못 하겠다. 오래된 번호니까."

아버지의 모습이 오늘따라 유달리 약해 보였다.

결국 아버지도 정은을 이용한 것은 마찬가지였다. 그나마 아버지는 염치가 있는 편에 속했다. 미안하다고 사죄하며, 이제 더는 정은이 금전적으로 신경 쓰는 일 없도록 보험관리사의 전화번호까지 건네주었다.

나약한 사람, 아내가 다른 남자의 아이를 가졌는데도 이혼하지 못하고 살았고 남의 자식뿐 아니라 제 자식도 제대로 건사하지 못한 무능력한 인간이었다.

앞으로 아버지와 아무 일도 없었던 것처럼 지낼 수는 없을 것 같다는 생각이 들었다. 성인군자도 아니고 그동안 겪어 온 세월을 미안하단 말 한 마디로 갚게 할 수는 없다. 속이 쓰려 왔다.

차라리 아버지가 몰랐더라면, 그래서 정은을 친딸처럼 대했던 거라면 이렇게 마음이 앙상해지지는 않았을까?

아버지는 정은이 그렇게 당하고 있는 것에 무관심했다. 어떻게 되든 좋을 거라 여겼을지도 모른다.

그런데 막상 정은이 오래전부터 알고 있었다고 생각하니, 인간 된 도리로 못할 짓을 했다고 깨달은 눈치다.

"간병인이 이따 저녁 9시쯤 온댔어요. 급하게 구하느라 어떤 사람인지는 잘 몰라요. 불편하신 거 있으면 말씀하세요."

감정을 뺀 목소리가 흘러나오자, 아버지는 그러겠다며 고개를 끄덕일 뿐 별다른 말을 하지 않았다. 지금도 역시 아버지는 정은에게 기대는 것 말고는 희망이 없었다.

"엄마는 아버지가 모른다고 생각했어요."

"어리석은 사람."

"그 어리석은 사람이랑 왜 이제껏 사셨어요? 지금도 아버지 곁에 없잖아요."

아버지는 희미한 미소를 머금으며 대꾸했다.

"나도 어리석을 정도로 네 엄마를 귀애했으니까. 없이 사는 것보다, 그래도 곁에 있는 게 낫겠지 싶었다. 내가 모르는 줄 알고 나한테 절절매는 것도 좋았고."

아버지의 비뚤어진 순애보에 정은은 한숨을 삼켰다.

우리 중에 온전한 사람이 없네요, 아버지.

이제껏 이용당하고 살았으면서도 여기 이러고 서 있는 나까지, 우린 모두 정상이 아닌 것 같아요.

정은은 험한 말을 속에만 담아 두었다.

"저 가 볼게요. 내일은 일찍 출근해야 해요."

"기주 결혼식이 돌아오는 주말이었나?"

고개를 끄덕이는 것으로 대답을 대신했다.

"괜찮으냐?"

아버지는 정은의 은애를 파악하고 있었다는 듯이 물었다.

"안 괜찮을 게 뭐가 있어요. 상사가 좋은 사람 만나서 결혼한다는데. 저, 가요."

피 한 방울 섞이지 않은 아버지였다. 그런데 아버지는 정은에게 눈빛으로 묻고 있었다.

비뚤어진 순애보를 가졌던 것은 너도 마찬가지 아니냐고.

억울한 눈물조차 나오지 않을 정도로 감정이 말라 버렸다.

호텔로 돌아온 정은은 뜨거운 물로 샤워를 마친 뒤, 독한 보드카를 들이켰다. 술기운을 빌려서라도 몸을 데우고 자야만 했다. 텅 빈 침대에 홀로 들어가기에는 뜨거운 물로 샤워를 했음에도 몸이 너무 차가웠다.

몸과 마음이 시릴 때마다 곁에서 포근히 감싸 주던 남자의 존재가 떠올라서 정은은 얼른 머리를 내저었다.

오늘 정은은 존재할 수 있는 가족의 형태 중에 극과 극을 함께 경험했다. 사랑과 온기가 충만한 그의 가족과 위선과 거짓이 난무하는, 가족이라 여기기에도 비참한 이들.

정은은 침대에 누워 이불을 뒤집어썼다.

그때 마치 정은을 지켜보고 있는 것처럼 휴대전화가 울렸다. 정은은 쉼 없이 울리는 휴대전화 화면을 가만히 바라보았다.

간절히 원하는데, 피하고 싶어진다.

지금 그의 전화를 받는다면 걷잡을 수 없는 감정이 무자비하게 터져 나올 것 같았다.

"흠잡을 데가 없으니까, 다가서기가 어렵잖아."

무결한 그를 탓하며 정은은 두 눈을 꼭 감았다. 자기 연민과 자기혐오에 빠지는 것은 질색이었다. 그런데 완벽한 그와 함께하면 할수록 자신이 초라해지는 것 같은 기분을 지울 수가 없었다.

함께 있을 땐 행복에 겨운데, 한 발짝 떨어지면 초라하게 만드는 남자.

수용 불가능한 범위에 그가 있는 것 같다는 생각이 들기 시작했다.

여기까지 해야 할까?

갑자기 서글퍼져서 눈물이 왈칵 치솟았다.

정은은 몸을 벌떡 일으켜 앉으며, 충동적으로 휴대전화를 집어 들었다.

"여보세요?"

– 잤어요?

잔뜩 잠겨 있는 목소리가 흘러나온 탓에 그가 나직이 물어 왔다.

"그냥 누워 있었어요."

– 연락이 없어서 걱정했어요.

"내가 애도 아니고."

– 애가 아니니까 걱정하죠. 애면 혼자 돌아다니게 두나? 옆에 묶어 두지.

마치 애가 아닌 정은도 그렇게 하고 싶다는 듯이 그의 목소리에 장난기가 배어났다. 순식간에 천국과 지옥을 오가는 것처럼 멀미가 일었다.

"나 내일부터 많이 바빠요. 결혼식 막바지 준비해야 해서."

– 잠깐 얼굴도 못 봐요?

"확답을 못 주겠네요."

그의 앞에서 신기하리만큼 자취를 감췄었던 방어기제가 불쑥 튀어나왔다.

– 화요일은?

"바쁘겠죠."

– 수요일은?

"요일마다 물어볼 거예요?"

– 결혼식이 일요일이니까, 금요일쯤에는 거의 마무리되겠네요. 금요일 저녁에 만나요, 그럼.

그도 다음 주에는 일정이 빠듯할 거라고 했다. 이마저도 거절할 수는 없어서 알겠다는 말과 함께 전화를 끊으려고 했다.

– 지금 뭐 입고 있어요?

그의 목소리에 순식간에 열기가 배었다. 복잡다단한 감정으로 그를 밀어내야 하는지 고민하는 것은 정은이었고, 그는 평소처럼 정은을 생각하며 전화를 걸었을 것이다. 그가 갑자기 태도를 바꿔 버렸다고 당황할 수도 없는 노릇이다.

"파자마 입고 있어요."

— 잘 땐 주로 파자마를 입어요?

"그럼, 뭘 입어요?"

— 아니. 나는 정은 씨 벗고 자는 것만 봐서 뭐 입고 잔다고는 생각 못 했죠.

정은은 저도 모르게 웃음을 터뜨렸다. 자기 연민과 자기혐오에 빠져 있던 사람은 온데간데없고 그의 농담에 진한 웃음을 머금고 있었다.

"그러는 강태욱 씨는 뭐 입고 있어요?"

— 나는 당신 향기 밴 이불 입고 있어요.

마치 비밀이라도 누설하는 듯이 그의 목소리가 잦아들었다.

정은은 아무것도 걸치지 않은 단단한 몸으로 이불 안에 들어가 있는 그를 상상했다. 너른 가슴팍에 얼굴을 기대고 잠드는 자신의 모습도.

정은은 마치 그가 자신을 감싸 안아 주기라도 한 것처럼 몸을 웅크렸다.

"이불은 입는 게 아니라 덮는 거죠."

열기에 가라앉은 목소리가 흘러나왔다.

— 어제 여기 괜히 데려왔던 것 같아요.

그가 후회스럽다는 듯이 읊조린 말에 정은은 심장이 쿵 떨어지는 듯했다.

— 있던 사람이 없으니까, 너무 외롭네.

"원래부터 거기 있었던 것도 아닌데."

— 원래부터 여기 있었던 사람 같으니까.

언제부터 이렇게 서로에게 빠져들었을까. 정은은 아무 말 없이 그의 숨소리에 귀를 기울였다.

— 사람은 생각보다 복잡한 존재예요.

그가 무슨 말을 하려나 싶어서 정은은 침묵을 고수했다.

— 충분히 겪어 봐야 그 사람의 진가를 알게 되죠.

"그래서요?"

— 그 과정에서 관계를 이어 나갈지, 말지 결정하게 되는 거고. 그러니까 미리부터 밀어낼 생각하지 말고, 물러설 생각 하지 말고. 충분히 겪어 보고 결정해요. 내가 어떤 사람인지.

마치 정은이 오늘 하루 동안 겪었던 일을 전부 아는 사람처럼, 그리고 정은이 무슨 생각을 하고 있는지 아는 것처럼 그가 말했다.

가슴 한구석에서 희망과 절망이 동시에 피어올랐다.

이 남자면 괜찮을 거라는 희망과 이 남자에게 흠집 내고 싶지 않다는 절망감.

그리고 진한 애정을 갖고 아들을 대하는 그의 어머니 얼굴이 눈앞을 스쳤다. 절대 인정받을 수 없을 것 같았다. 좋은 어른의 모습을 한 그의 어머니를 마주했을 때는 희망을 엿보았지만, 오늘 병원에서 있었던 일을 돌이켜 보면 절망스러웠다.

"어머니가 교육에 몸담고 계시다고요?"

그가 한 말에 이렇다 할 대답도 내놓지 않았지만, 그는 다정한 목소리로 대꾸했다.

— 중학교 교장 선생님이세요.

"아버님은 뭐 하세요?"

— 아, 나에 대해 충분히 겪어 보라고 했더니, 호구조사 하는 겁니까?

"그러니까 뭐 하시는 분이냐고요."

— 고등학교 교장 선생님이요.

정은은 그가 자신의 가족에 관해 물어 올까 두려워서 얼른 화제를 바꾸었다.

"나 내일 새벽에 미팅 있어서 일찍 나가 봐야 해요. 이만 끊어요."

그는 순순히 전화를 끊어 주었다.

갑작스럽게 끊어 버린 전화로 인해 무자비하게 덮쳐 오는 침묵이 현실만큼이나 버겁다.

부모가 교육에 몸담고 있다고 해서 자식이 바르게 자랄 거라고 여기는 것은 일반화의 오류인지도 모른다. 그런데 그는 마치 그 표본인 것처럼 올바른 모습이었다.

어머니는 중학교 교장, 아버지는 고등학교 교장이라.

그가 더 멀게만 느껴졌다. 사람은 속한 사회에 따라 세상에 기대하는 바가 달라진다. 그들이 속한 세상에서 정은은 함량 미달의 인간일지도 모른다.

일부러 그런 편견을 가지려고 하는 것이 아니라, 그들에게 그것은 당연한 기본 요건일 테니까.

그저 삶이 평범하기만 했다면 얼마나 좋았을까?

정은은 한숨을 몰아쉬며 이불을 머리끝까지 덮어 버렸다.

아버지가 전해 준 친부 연락처는 어떻게 해야 하지?

15년 전에 사용하던 유선 전화번호를 그대로 사용하고 있는 사람이 몇이나 될까?

어떤 사람일지 생각하기 전에 거부당할까 두려웠고, 거부당하기도 전에 닿을 수 없을 것 같아서 포기하고 싶었다.

하루가 길었다. 인간으로 겪을 수 있는 가장 달콤한 아침에 눈을 뜬 듯했지만, 그 끝은 처참하리만큼 외로워서 눈물조차 나오지 않는다.

❈ ❈ ❈

그와 뜻하지 않게 마주친 건 수요일 저녁이었다. 결혼식 막바지 준비를 모두 마친 상태였고, 극도의 피로감이 쌓여서 어서 호텔 방으로 돌아가고 싶은 참이었다.

"수고 많았어요. 내가 신경 쓰지 못한 부분까지 챙겨 줘서 고마워요."

윤 이사가 결혼식 준비에 힘써 준 정은에게 밥이라도 한번 사고 싶다며 자리를 마련했다. 윤 이사는 평소처럼 고아하고 우아했다. 그런 그녀의 곁에 심복처럼 나타난 사람이 태욱이었다.

그는 언제 뜨거웠었냐는 듯이 감정을 숨기고 정은을 대했다. 정은은 뜻하지 않은 시간에 그를 만난 것만으로도 심장이 죄이는 듯한데, 그는 전혀 동요하지 않은 얼굴이다.

"바쁘실 텐데, 저까지 챙겨 주셔서 감사합니다."

"바빠도 챙길 사람은 챙겨야죠."

언젠가 신 대표와 윤 이사가 함께 온 적 있다는 도산대로의 프렌치 레스토랑 음식은 일품이었다. 하지만 훌륭한 요리라고 한들 마음이 편하지 않아서 음식 맛에 오롯이 집중할 수가 없었다.

정은은 원래 있는 듯 없는 듯 지내는 비서의 역할을 수행하는 이였다. 식사 자리에서도 대화에 참여하지 않는다고 해서 이상하게 여길 사람도 없었기에, 정은은 그들의 대화를 가만히 듣기만 했다.

"강 수석, 런던 언제 갑니까?"

쨍그랑, 하는 소리와 함께 정은이 손에 들고 있던 포크를 놓쳐 버렸다.

오랜 시간 신 대표를 지켜보았다. 런던에 언제 갈 거냐는 물음이 일시적인 일은 아니라는 뉘앙스였다. 런던행을 아직도 고민하는 거냐고 묻는 거였다.

"괜찮습니까?"

그는 정은을 향해 정중하게 물었다.

"네, 괜찮아요. 손이 미끄러졌네요. 죄송합니다."

소란을 피운 것에 대한 사과를 하는데, 그가 레스토랑 지배인을 불러 새 포크를 가져오게 했다.

"신 대표님은 내가 사라졌으면 좋겠나 봐요?"

그는 지배인이 건넨 포크를 받아서 정은에게 건네주며, 신 대표를 향해 물었다. 신 대표는 어깨를 으쓱하고는 웃었다.

"뭐 그렇기도 하고."

"어우, 진짜 왜 그래요? 유치하게."

윤 이사가 부드러운 목소리로 신 대표를 나무랐다. 신 대표의 손을 잡은 채로, 태욱을 달래는 말을 꺼내기까지 했다.

"이 사람 말 신경 쓰지 마, 선배. 애같이 유치하게 자극하고 싶나 봐."

자신을 짝사랑했던 남자와 결혼할 남자 사이에 앉아서 행복한 미소를 짓고 있는 여자는 얄미운 구석이라고는 한 군데도 없었다.

반면 다른 여자와 결혼을 앞둔 짝사랑했던 남자와 연인도 아니고 동료도 아닌 남자 사이에 위태롭게 앉아 있는 자신의 존재감은 아득하기만 하다.

누군가와 비교하고 자기 연민에 빠지고 싶지 않았지만, 이 순간만큼은 윤 이사가 죽도록 부러워서 가슴이 침잠했다.

그가 정은의 눈치를 흘끗 살폈지만, 그뿐이었다. 그저 같은 테이블에 앉은 이의 분위기를 파악하는 정도의 수준이었다.

"좋은 기회 아니에요? 런던 지사장 하면서 부명건설 도시 재생 프로젝트 성사시키고, 본사 복귀하면 좋은 그림 나올 것 같은데요."

신 대표는 진심으로 그의 미래를 염두에 두고 하는 말 같았다.

"고민 좀 해 보죠, 뭐."

진짜 고민을 해 보겠다는 것인지, 에둘러서 거절 의사를 밝히는 것인지 분명하지 않았다. 하지만 명백한 것은 그에게 좋은 기회가 찾아왔다는 것이었다.

그가 런던 지사의 지사장 자리로 가게 된다면, 정은과의 물리적 거리는 엄청나게 벌어질 것이다. 낭만에 젖어 서로를 바라보는 지금과는 결이 다른 시간이 될 터였다.

그렇게 자연스럽게 멀어지게 되려나?

정은은 이어지는 그들의 대화조차도 듣는 둥 마는 둥 하며 식사를 마쳤다.

"그럼, 저는 먼저 들어가 보겠습니다."

정은이 인사를 하고 돌아서려던 순간이었다.

"강 수석, 정은이 좀 태워 줄 수 있어요?"

신 대표가 마치 친여동생이라도 챙기는 것처럼 정은의 귀갓길을 염려했다. 결혼을 앞둔 여자 앞에서 다른 여자를 챙기고 있는데, 윤 이사의 얼굴은 온화하기만 했다. 흔히 말하는 가진 자의 여유였다.

"괜찮아요. 택시 타고 가면 되는데요."

정은이 손사래를 치며 마다하자, 이번에는 그가 거들고 나섰다.

"가는 길에 호텔에 내려 주면 됩니까?"

더는 거절하는 것도 모양새가 이상해서 정은은 그렇다며 고개를 끄덕거렸다.

"이제 울산 내려가?"

자신은 모르는 그의 행선지를 윤 이사는 전부 꿰고 있었다. 그는 '응.' 하고 짧게 대답하고는 정은을 바라보며 말했다.

"가시죠."

정은은 윤 이사와 신 대표를 향해 묵례를 하고는 그를 따라 발렛 주차 부스 앞으로 향했다.

그의 차가 나오기까지 5분이 소요되는 동안, 둘은 아무 말도 하지 않았다. 그는 조금 떨어진 곳에서 차가 나오길 기다리고 있는 윤 이사와 신 대표를 의식한 눈치였다.

그의 차에 오르자, 저도 모르게 한숨이 터져 나왔다.

"정은 씨, 어디 안 좋아요?"

그는 엔진 스타트 버튼을 누르며 조용히 물었다.

"아뇨, 왜요?"

"식사를 영 못 하던데."

그의 목소리가 어딘지 모르게 가라앉아 있었다.

"그냥 입맛이 없었어요."

"그래요."

그는 특별한 의미는 없어 보이는 대꾸를 하고는 차를 출발시켰다. 차 안에는 엔진 소음과 함께 무거운 침묵이 감돌았다. 음악이라도 가볍게 틀었으면 좋겠는데, 입이 떨어지질 않았다.

답답함을 이기지 못하고, 침묵을 먼저 깬 것은 정은이었다.

"울산은 왜 가요?"

정은의 물음에 그는 사무적으로 대꾸했다.

"회의하러 갑니다."

이전과 달리 딱딱한 그의 태도가 마음에 걸렸다. 정은은 갑갑해지는 가슴을 가눌 길이 없어서 입을 꾹 다물었다. 차창 밖으로 지나가는 가로등 불빛에 머리가 어질어질했다.

호텔 건물이 보이기 시작할 무렵, 그가 입을 열었다.

"아직도 힘듭니까?"

그의 질문이 가진 의미를 파악할 수가 없어서 정은은 고개를 돌려 그를 바라보았다. 음영이 진 옆얼굴이 우수에 차 있었다.

"뭐가 아직도 힘드냐고 묻는 거예요?"

그는 잠시 머뭇거렸다. 그러다 이내 바람처럼 사라질 것만 같은 목소리로 읊조렸다.

"신 대표 때문에 아직도 힘드냐고. 오늘 식사하는 내내 힘들어 보이던데."

지금 정은에게 신 대표는 안중에도 없었다. 긴 세월을 짝사랑했던 게 맞나 싶을 정도였다. 아까 신 대표와 윤 이사가 투덕거리는 모습을 보며, 윤 이사를 부러워했던 모습이 그에게는 신 대표에 대한 미련으로 비쳤나 보다.

"한동안 정신없이 바빴잖아요. 좀 피곤해서 그래요."

정은은 감정을 싣지 않은 건조한 목소리로 일갈했다. 더는 그 주제를 끌어들이고 싶지 않다는 의미였다. 그는 정은의 의도를 잘 알아들었다는 듯이 입을 다물었다.

차가 호텔 앞에 도착했고, 미적지근한 작별 인사를 나눈 뒤 헤어졌다. 호텔 로비를 걸어 들어가면서 정은은 기분이 환기된 탓인지 후회가 밀려들었다.

이제 밤 9시가 가까운 시각, 지금 운전해서 울산까지 가야 하는 남자에게 운전 조심하라는 말조차 하지 못했다.

왜 이렇게 한심할까?

갖기도 전에 잃을까 염려한다. 지금껏 늘 그래 왔듯이.

만약 당차게 고백할 용기가 있었더라면 신 대표에게도 고백할 수 있었겠지.

지난한 짝사랑이 끝나고, 새로운 사람이 다가와도 마찬가지. 자신이 변하지 않으면 달라질 게 없을 터였다.

이제 가족과의 관계를 하나씩 정리해 보기로 마음먹은 상황, 굳건

233

하게 나아가려 했지만 원수 같은 가족이라고 한들, 끊어 내는 마음이 편할 리가 있을까? 불편하고 힘겨운 상황에서 그는 정은에게 유일한 숨 쉴 틈이었다.

그런데 그와 더욱 가까워지는 것이 느껴질 때마다 정은은 의기소침해졌다.

가족마저 끊어 내는 독기 어린 사람이라고 비난받지는 않을까 저어되기까지 했다.

복잡한 심경이 가라앉을 줄을 몰랐다.

아무리 그래도 먼 길 가는 사람한테 잘 다녀오라는 말을 했어야 했다.

정은은 호텔 로비에 선 채로 그에게 전화를 걸었다. 신호가 여러 번 울렸고, 그가 자신의 전화를 받지 않으려는 건가 싶어서 소심해질 때쯤, 나직한 목소리가 들려왔다.

- 네.

짧은 전화 응대에 심장이 쿵 울린다.

"잘 다녀오라고요. 밤에 운전해서 울산까지 가야 하는데."

수화기 너머에서 크게 한숨짓는 소리가 들려왔다.

- 방에 올라갔어요?

나직한 목소리에 심장이 쿵쿵 울린다.

"아니요, 아직."

- 잠깐 볼까요?

"지금 어딘데요?"

- 외부 주차장이요.

복잡다단한 마음에 발이 묶여서 그도 이곳을 떠나지 못하고 있었나 보다. 정은은 주 출입구를 향해 빠르게 걸었다.

"안 가고 왜……."

– 정은 씨가 아직 방으로 올라가지 못한 것과 같은 마음이겠죠?

수화기 너머에서 차 문이 닫히는 소리가 들려왔다.

그의 차가 어디 있는지도 모르면서 정은은 달리기 시작했다. 섹션이 여러 개로 나뉘어 있는 주차장 앞에 서서 허둥지둥하고 있는데, 단단한 팔이 허리를 휘감는다.

당장에 이 남자를 갖고 싶은 충동이 일어서 심장이 빠르게 뛰어 댔다.

"내가 어디 있을 줄 알고 그렇게 강아지처럼 뛰어다녀요?"

그는 정은의 허리를 꼭 끌어안은 채, 목덜미에 얼굴을 묻었다. 따스한 그의 숨결이 살갗에 은밀하게 스며든다.

복받치는 감정을 감당할 수 없어서 정은은 두 눈을 지그시 감으며 입을 열었다.

"어디에 있든 찾을 수 있을 것 같았어요."

내가 못 찾으면 당신이 날 찾을 거라 생각했어. 뒷말은 붙이지 못하고 불안정하게 흔들리는 목소리로 읊조렸다. 말이 떨어짐과 동시에 그는 정은을 돌려세웠다.

아름드리나무와 G20 정상회담을 알리는 조형물에 가려져 두 사람의 모습이 드러나지 않는 공간, 그가 천천히 고개를 내려 정은의 입술을 머금었다. 따뜻한 감촉이 입술에 휘감기고, 더운 숨이 뒤섞였다.

무거운 걱정을 품고 있었던 게 무색하리만큼 그와 나누는 키스는 온화하고 다정했다. 성적 긴장감이 완전히 배제되었다고 할 수는 없지만, 입술을 맞대고 나누는 것이 서로의 지극한 마음이라는 확신이 들 만큼 따뜻한 키스.

맞닿아 있던 입술이 안타깝게 떨어졌다. 젖은 입술 위에 닿는 찬 공기마저 부드럽게 느껴진다.

"복잡한 상황에서는 가장 간단한 게 정답일 때가 있어요."

이마를 맞댄 채, 그가 근사한 목소리로 속삭였다.

"오컴의 면도날이죠?"

정은의 물음에 그는 흡족하다는 듯이 미소 지었다.

'이것 봐요, 우린 정말 잘 맞잖아'라고 말하는 듯한 눈빛.

"고민 그만해요. 사서 걱정하는 것도, 우리 일에는 없었으면 좋겠어요."

고민은 그쪽도 하는 거 아니냐고 물으려고 했다. 그런데 그가 진중한 시선으로 정은을 바라보며 읊조렸다.

"울산에서 돌아와서 신 대표랑 윤 이사 결혼식 끝나고, 정은 씨 좀 한가해지면……."

그는 잠시 뜸을 들이고는 말을 이었다.

"그때 정식으로 고백할 겁니다."

빠르게 뛰는 심장 때문에 가슴속이 소란했다. 정은은 아무런 말도 하지 못하고 그의 깊은 눈동자만 응시했다.

"고민할 거면 그때까지만 해요. 어떻게 하면 내가 이 남자를 더 예뻐해 줄 수 있을까, 같이 고민하면 좋고."

특유의 장난기가 배어나는 목소리에 정은은 희미한 미소를 머금었다.

"내 앞에서만큼은 정은 씨가 심각해지지 않았으면 좋겠어요."

정은은 가만히 고개를 끄덕거렸다. 나쁘게 말하면 소심한 거고, 좋게 말하면 조심스러운 탓에 걱정을 사서 하는 성격이었다. 그는 짧은 시간에 정은의 기질을 전부 파악한 것처럼 말했다.

"어서 들어가요. 나도 이제 가 봐야 해요. 방에 올라가서 따뜻한 물로 샤워하고, 좋아하는 맥주도 한 캔 마시고, 즐겨 보는 드라마나 TV 프로그램 같은 거 틀어 놓고 나한테 전화해요."

"꼭 그렇게 해야 해요?"

정은이 뭘 그렇게 간섭하느냐는 식으로 약간은 뾰로통해진 목소리로 묻자, 기름한 손가락이 좁혀진 정은의 미간을 부드럽게 어루만졌다.

"안 그럼 멍하니 앉아서, 내가 했던 말 곱씹으면서 사서 걱정할 거잖아."

틀린 말이 아니기에 반박할 수가 없었다. 입술을 모아 문 정은을 내려다보며 그가 웃음을 터뜨렸다.

"딱 걸렸단 표정이네. 얼른 올라가요. 올라가는 거 보고, 나도 출발하게."

"운전 조심해요. 무슨 일인데 이렇게 밤늦게 내려가요? 사람을 너무 부려 먹네."

"신 대표한테 말 좀 해 줄래요? 윤 이사한테 나 일 좀 그만 시키라고 하라고?"

불쌍한 표정을 짓는 그를 보고 정은도 웃음을 터뜨렸다.

"그런 강아지 같은 표정 안 어울려요. 나 올라갈게요, 그럼."

그는 눈을 지그시 감은 채로 옅은 미소를 머금으며 고개를 한 번 끄덕였다. 그러곤 정은의 동그랗고 매끄러운 이마에 부드럽게 입을 맞췄다.

호텔 로비를 걸어 들어가는데, 로비 한가운데 놓인 테이블 위를 장식하고 있는 라넌큘러스 화병이 눈에 들어왔다. 정은의 키를 훌쩍 넘기는 오브제인데, 아까는 발견하지 못하고 그냥 지나쳤다는 사실이 신기했다.

예쁘다.

그동안 일상의 아름다움을 잊고 살았었다. 감성적인 감상은 사치였다. 머릿속은 상념으로 가득했었고, 여유를 부리면 서글픔이 비집

237

고 들곤 했었다.

정은은 자신에게 고백을 예고하며 긴장한 얼굴을 했던 잘생긴 남자의 매력적인 눈빛을 떠올렸다.

그 남자와 함께한다면…….

정은의 입가에 순한 미소가 떠올랐다.

※ ※ ※

"그게 무슨 말씀이세요? 부케가 못 들어온다니?"

오렌지빛 샌더소니아 부케의 주문 확정을 받은 게 일주일 전의 일이었다. 순수한 사랑이라는 꽃말을 가진 샌더소니아를 원산지인 남아프리카에서 직접 공수하기로 했는데, 당국의 방역 강화로 반입이 불가하다는 소식이었다.

결혼식에서 가장 신경 써야 하는 것 중의 하나가 부케다. 신부의 몸 중심에 있으면서, 절대 신부보다 아름다우면 안 되는 꽃.

"국내에서 구할 수 있는 방법은요?"

— 취급하는 곳이 있기는 한데, 워낙 고가품이라 재고를 확보해 놓지는 않아요. 대부분 예약 주문에 따라 움직이죠. 이제 결혼식 사흘 전이라……. 구할 수 있을지 모르겠어요.

웨딩플래너의 부정적인 대답에 정은은 눈을 질끈 감았다.

"안 되면 되게 해야죠. 업체 연락처 저한테 주세요. 제가 직접 연락해 볼게요."

샌더소니아 부케를 취급하는 국내 업체 연락처를 달라는 말에 웨딩플래너는 난색을 표했다.

— 일종의 영업 비밀이라……. 그런 곤란한데요.

"그래요. 영업 비밀이라는 거 이해할 수 있어요. 그럼 대안은 뭡니까?"

휴대전화 너머에서 침묵이 흘렀다.

"국내 업체는 예약 주문제로 운영해서 구할 수 없다. 남아프리카에서 오는 건 못 들어온다. 그럼 대안이 있어야 하는 거 아닙니까?"

정은의 딱딱한 목소리가 흘러나왔다.

"언론에서 이 결혼식을 얼마나 주목하고 있는지 알고 있죠? 사소한 것도 아니고, 결혼식의 주인공인 신부가 들어야 하는 부케입니다. 요즘은 신부의 드레스, 베일, 결혼 장소 같은 것만큼이나 사람들이 부케에도 관심을 쏟아요. 아시죠? 부케 기사 단골로 등장하는 거."

─ 네, 알고 있습니다.

"부케에 사용된 꽃의 꽃말, 가격, 화형까지. 완벽해야 한다고요."

신 대표는 요즘 결혼식에 사활을 걸었다 해도 과언이 아닐 정도였다. 바쁜 와중에도 하루에 열댓 번도 더 정은에게 결혼식에 관한 전반적인 사항들을 점검하는 연락을 해 왔다.

'결혼식을 통해 확실히 보여 줄 생각이야. 윤선진 곁에 누가 서 있는지.'

부명그룹 내에서 윤 이사의 입지가 공고한 편은 아니었다. 신 대표는 윤 이사에게 날개를 달아 주기 위해 스스로 깃털이라도 되겠단 기세였다.

국내 언론사뿐 아니라 외신 기자들에게도 R.S.V.P.(Répondez s'il vous plaît)의 약자, 회신을 요구하는 초청장)를 뿌렸고, 그 참석 규모만 해도 어마어마했다.

신 대표는 온 세상에 두 사람의 결혼을 완벽하게 알리고자 했고, 거기에 정은은 온 힘을 쏟는 중이었다.

그런데 부케가 없는 결혼식이라니.

"이제 어떻게 할 생각이죠?"

정은의 딱딱한 질문에 웨딩플래너는 잠시 내부 회의를 한 후에 연락을 주겠다고 했다. 통화를 마친 정은은 한심하다는 목소리로 혼잣말처럼 읊조렸다.

"내부 회의 좋아하네."

플랜 B도 없이 일하는 사람이라니, 답답해서 속이 부글부글 끓었다. 통화를 마친 지 30분 만에 다시 전화를 걸어온 웨딩플래너는 말도 안 되는 소리를 해 댔다.

— 신품종 장미가 있는데, 정말 예뻐요. 이걸로 하는 건 어떨까요?

흔해 빠진 장미 부케를 권하는 웨딩플래너의 말에 정은은 실소를 금치 못했다.

"장미요?"

— 일단 사진 보내 드릴게요. 보시고 말씀해 주세요.

통화를 하는 중에 메시지를 통해 사진이 전송되었다. 사진 속에는 하얀색 레이스를 겹겹이 감싸 놓은 듯한 모양의 장미가 있었고, 품종명은 비어 있었다.

"꽃 이름이랑 꽃말은요?"

— 신품종이라 아직 없어요. 굳이 따지자면 요즘 유행하는 레이스 장미 정도요.

"그럼 이렇게 하죠. 품종 개발 원예 농가에 연락해서 이름을 선진이라고 지을 수 있는지 알아봐 줘요. 비용은 얼마든지 지불한다고. 그리고 꽃말은 사랑받는 사람으로 했으면 좋겠네요. 결혼식을 통해서 신품종이 홍보될 테니, 농가로서는 좋은 기회가 될 겁니다."

— 알아보고 바로 연락드릴게요.

샌더소니아는 셀럽들의 결혼식에 자주 등장했던 부케였다. 그들에게 뒤지지 않는 부케였지만, 특이성은 없었다. 만약 '선진'이라는 이름의, '사랑받는 사람'이라는 꽃말을 가진 신품종 장미를 부케로 든다면, 큰 의미가 부여될 것이다.

정략혼이니, 계약혼이니 말이 많은 상황인지라 낭만적인 소스가 많으면 많을수록 신 대표는 흡족해할 것이다.

정은은 해당 원예 농가에서 긍정적인 답변이 오기를 기다리며, 정은의 승인을 기다리고 있는 다른 일들을 처리하느라 정신없는 하루를 보냈다.

일과를 마치고 저녁때를 놓쳐 느지막이 호텔 지하 아케이드 몰을 찾은 정은은 저도 모르게 그를 처음 만났던 마라탕 식당으로 향했다. 반가운 마음에 그에게 말을 걸었을 때, 탐탁지 않아 하던 그의 잘생긴 얼굴이 눈앞을 스친다.

보고 싶다.

지독한 외로움에 휩싸여서 모르는 사람과 마주 앉아 식사하던 제 모습이 떠올라서 괜히 서글펐다.

지금이랑 그때랑 다른 게 뭘까?

정은은 홀로 식사를 마치곤 다시 호텔 방으로 돌아왔다. 휴대전화를 여러 번 확인했지만, 오늘 그에게서 온 연락은 단 한 건도 없었다. 전화도, 문자메시지도, SNS 메시지 하나도.

그저 한나절 연락이 닿지 않았을 뿐인데, 심장이 불안한 박자로 덜컹거려서 미칠 것만 같았다. 일은 산더미같이 쌓여 있었지만, 잠시 눈을 붙여야겠단 생각에 침대 위에 몸을 눕혔을 때였다.

스마트 워치가 반응하며 전화가 왔음을 알렸다. 정은은 귀에 꽂고 있던 이어폰을 가볍게 터치했다.

"네, 임정은입니다."

– 잤어요?

성능 좋은 블루투스 이어폰에서 들려온 그의 음성은 지척에 있는 것과 다를 게 없었다. 정은은 그의 품에 안기기라도 한 듯 몸을 웅크렸다.

"아니요. 안 잤어요. 맨날 자느냐고 물어보더라."

– 목소리가 잠에서 막 깬 사람처럼 잠겨 있잖아요.

"오랫동안 말을 안 해서 그래요. 어디예요?"

그는 흐음, 하고 신음하며 잠시 뜸을 들였다.

"어디냐고요?"

– 울산에 있는 부명건설 숙소요.

"일은 잘되고 있어요?"

– 뭐 그럭저럭.

그와의 통화가 마치 뜬구름을 잡는 것처럼 요원했다. 어색한 정적만이 감돌던 그때, 통화 중 수신음이 울리기 시작했다. 발신인은 신대표였다.

"대표님 전화 와서 끊어야 할 것 같아요. 연락할게요."

아쉽지만 어쩔 수 없었다. 그는 '그래요' 하고 짧게 대꾸한 후에 전화를 끊었다.

"네, 선배."

– 부케는 어떻게 됐어?

정은은 손목을 들어 시간을 한번 확인했다.

"농가에서 늦어도 10시까지 답변 주기로 했어요."

– 부명건설에서 이번에 런던 도시 재생 사업 들어갈 때, 정원수 선별해야 할 거야. 확정 명단에 넣어 주겠다고 협상해.

장미는 영국의 국화이면서 영국 왕실이 사랑하는 꽃이다. 장미전쟁 이후 튜더 왕조를 상징하는 장미가 국화로 지정되었기에 귀족들이 귀애하는 꽃이기도 했다.

지금까지 왕실과 귀족이 남아 있는 도시에 그들의 상징인 장미를 납품한다는 것은 농가에 금전적 이득과 동시에 그럴듯한 타이틀을 안겨 주게 될 것이다.

다시 연락해 보겠다는 말과 함께 통화를 마친 정은은 곧장 웨딩플래너에게 전화를 걸었다. 부케에 대한 플랜 B는 없었던 사람이 낭만적인 일에 동참하게 되었다며 긍정적인 목소리를 냈다. 이 사람은 이성보다는 감성적인 일에 더 끌려서 웨딩플래너를 시작하게 된 것일지도 모른다는 생각이 들었다.

전화를 끊기가 무섭게 웨딩플래너에게서 다시 전화가 걸려왔다.

— 그렇게 하겠습니다. 추후 개발되는 품종에 대해서는 두 분이 낳으실 아이에게 헌정하겠다는 의사도 밝혔어요.

웨딩플래너의 목소리에서 로맨틱한 기운이 흘러넘쳤다.

"잘됐네요. 수고했어요. 플로리스트 통해서 부케 시안 보내 줘요. 되도록 내일 아침까지 받아 봤으면 좋겠네요."

시일이 촉박했다. 당장 글피가 결혼식이니 내일까지는 부케 디자인이 확정되어야만 했다.

— 네, 노력해 볼게요.

내내 활기찼던 웨딩플래너의 목소리에서 힘이 쭉 빠져 있었다.

일정이 빡빡한 상황, 일을 예술로서 받아들이는 사람이랑은 같이 일하기 정말 고단하다. 정은은 통화를 마친 뒤 긴 한숨을 토해 냈다.

그에게선 신 대표와 통화 마치고 꼭 전화하라는 문자메시지가 와 있었다. 아직도 신 대표 때문에 힘드냐고 물었던 그의 얼굴이 눈앞을 스쳤다.

아니, 전혀 안 힘들어요.

정은은 그가 괜한 오해를 하는 게 싫어서 얼른 전화를 걸었다. 오래지 않아 그가 전화를 받았고, 정은은 먼저 입을 열었다.

"급한 일 다 마무리……."

되었다고 말하려고 했다.

— 미안해요, 정은 씨. 나 지금 윤 이사랑 통화 중이라. 내가 10분만 있다가 연락할게요.

허망하게 전화가 끊겼다. 정은은 갑자기 역으로 묻고 싶어졌다.

당신은 정말 그 여자를 완전히 잊었느냐고.

과거 자신의 감정에 대한 의심이 들 정도로 정은에 대한 마음이 깊어졌다고 말했던 남자였다. 그럼에도 가슴속엔 불쑥 불안한 감정이 치솟았다.

그가 약속한 10분이 너무 길게 느껴졌다. 정은은 팔로알토에 있는 KJ 본사에서 온 이메일을 확인하며 시간을 보냈다. 글로벌 제약 회사 두 군데가 합병을 앞두고, KJ에 업무 협조 요청을 해 왔다는 이메일이 가장 중요한 포인트였다.

정은은 체크리스트를 이메일로 보내고, 시스템에 접속하여 해당 업무를 승인했다. 물론 신 대표에게 개괄적인 포트폴리오를 전달하는 것도 잊지 않았다.

이메일을 정리하고 보니 대략 30분이 지나 있었다. 10분 후에 전화를 하겠다던 남자에게선 아직도 연락이 없었다.

정은은 샤워 먼저 해야겠다는 생각에 욕실로 향했다. 그럼에도 귀에 꽂은 이어폰과 스마트 워치는 풀어 놓을 수가 없었다.

미지근한 물줄기 아래서 보들보들한 거품에 몸을 씻어 냈다. 뜨겁지도 차갑지도 않은 온도의 물은 마치 자신과 닮아 있는 듯했다. 정은은 언제나 뜨겁지도 차갑지도 않은 미지근한 사람으로 살아왔다. 언제, 어디든 자연스레 스며들 수 있도록 주위 눈치를 살피며 부단히 노력했다.

그런데 그 사람에게만은 심장이 뜨거운 피를 내뿜으며 거세게 뛰어 댔다. 정은이 수전을 막 잠갔을 때, 귀에 꽂은 이어폰에서 청량한 수신음이 들려왔다.

발신인은 정은을 뜨겁게 만드는 유일한 남자였다.

"네."

정은은 그가 무심히 응대하는 말투를 따라 해 보았다.

– 미안해요. 통화가 길어졌네요.

사과를 해 오는데도 이상하게, 평소와 달리 마음이 풀리질 않는다.

"윤 이사님은 참 좋겠어요."

– 뭐가요?

그의 목소리가 낮게 가라앉았다.

"신 대표님 같은 사람한테 사랑받으며 결혼하고."

– 그리고?

짧은 되물음에서 그의 불편한 심기가 묻어났다.

"그리고 강 수석 같은 사람을 밑에 두고 일하고. 잘난 두 남자가 윤 이사님한테 목을 매니까."

– 하아.

그가 길게 한숨을 내쉬는 소리가 들려왔다.

– 정말 그렇게 생각해요?

"잠깐 그런 생각 했어요. 근데 나 방금 샤워 마쳐서 물기도 못 닦았거든요."

갑자기 마음이 삐뚤어져서 전화를 끊고 싶은 생각이 들었다.

– 내 전화 기다렸어요?

기다리다마다.

정은은 알면서 당연한 질문을 하는 남자가 얄밉게 느껴졌다.

아니지, 당연하지 않다고 생각할 수도 있겠구나.

이제껏 그는 차근차근 변화하는 마음을 표현해 왔지만, 정은은 그러지 못했다. 그러니 그는 정은이 그의 전화를 기다리지 않았다고 생각할지도 모르겠다.

"나 피곤해요. 오늘 너무 시달렸더니, 얼른 자고 싶어요."

이제 밤 11시가 가까운 시각이었다.

– 그래요. 잘 자요.

그는 건조한 목소리로 대꾸하곤 통화를 마쳤다. 정은은 잡음이 끊기고 아무런 소리도 들리지 않는 이어폰을 귀에서 빼냈다.

이 남자 전화를 기다리느라, 블루투스 이어폰을 귀에 꽂은 채로 샤워를 했는데……. 그는 그러한 사실을 전혀 눈치채지 못하는 것 같았다.

정은은 대충 물기를 닦고, 배스 가운을 입은 채로 머리도 말리지 않고 침대에 누웠다.

'복잡한 상황에서는 가장 간단한 게 정답일 때가 있어요.'

불필요한 것들은 전부 면도날로 잘라 내야 한다는 이론, 오컴의 면도날 법칙을 예로 들며 그는 정은의 마음이 정리되기를 바란다고 했다.

가족을 정리하고, 낮은 자존감을 잘라 버리고, 나만의 행복을 바란다면…….

이 남자와 함께하는 것이 맞는 것일까?

정은은 사춘기 소녀라도 된 것처럼 그와 함께하는 미래에 관한 밑그림을 그려 보았다.

그는 다정하고 헌신적인 연인이 될 것이다. 무책임한 일을 저질러 정은을 곤란하게 하지도 않을 거고, 무심한 듯 질투하며 정은을 즐겁게 할 것이다.

누군가 정은을 해코지하려고 하면 앞장서서 막아 줄 것이고, 괴로워하는 정은을 달래 주려 야한 농담도 서슴지 않을 것이다.

행복한 상상을 이어 가며 정은은 눈꺼풀이 무거워지는 것을 느꼈다. 이불도 덮지 않고, 젖은 머리 그대로 베개에 기댄 채로 깜빡 잠이 들었다.

소스라치게 놀라 잠에서 깬 건, 갑작스레 들려온 초인종 소리 때문이었다. 시계를 보니 새벽 3시가 가까운 시각이었다.

이 시간에 방으로 찾아올 사람이 있나?

혹시 신 대표의 신변에 무슨 안 좋은 일이 생긴 건 아닐까 싶어서 불안감이 엄습했다. 정은은 얼른 자리를 박차고 일어나 방문 앞으로 향했다.

"누구세요?"

심장이 쿵쿵 울렸다. 아무리 신 대표에게 다급한 일이 생겼다고 한들 새벽 3시에 정은의 방을 찾아올 리가 없었다. 정은은 배스 가운 주머니에 넣어 두었던 휴대전화를 집어 들었다. 부재중 통화가 단 한 통도 없었다.

"누구시냐고……."

"납니다. 강태욱."

문 너머에서 들려온 낮게 가라앉은 목소리에 심장이 입 밖으로 튀어나올 것처럼 펄쩍 뛰었다. 정은은 다급하게 방문을 열어젖혔다.

피로감에 잔뜩 젖어 있는 남자의 얼굴이 눈에 들어왔다. 검은색 슈트를 입은 그의 재킷 주머니에는 대충 구겨 넣은 듯한 넥타이가 꽂혀 있었다. 목덜미가 풀어 헤쳐진 드레스셔츠 깃 사이로 보이는 우직한 라인이 눈길을 끌었다. 마른침이 꼴깍 넘어갔다.

"여긴 어떻게……."

"보여 주려고요."

"대체 뭘요?"

정은은 의아한 눈빛으로 물었다.

"일단 들어와요. 그리고 서 있지 말고."

그의 눈빛은 깊게 가라앉은 채였고, 약간 쉰 목소리에서는 피로감이 묻어났다. 호텔 방 안으로 들어서자마자, 그는 정은을 품 안 가득 끌어안았다.

늦은 밤, 울산에서 서울까지 올라온 남자의 저의를 알 수가 없었다.

"왜 이래요, 대체."

조용히 내뱉은 정은의 어조에서 염려가 묻어났다. 그는 한숨을 몰아쉬며 정은의 목덜미에 입술을 가져다 댔다. 그 어느 때보다 그의 숨결이 뜨거웠다.

"뭘 보여 주려고 온 건데요, 대체."

아무 말도 없는 그를 채근해 보았다. 무엇 때문에 이러고 있는 건지 몰라서 가슴이 답답했다.

"내가 누구한테 목매고 있는지 보여 주려고."

그가 낮게 쉰 목소리로 덧붙였다. 심장이 걷잡을 수 없이 빠르게 뛰었다.

"이래도 내가 윤 이사한테 목매고 있는 것처럼 보입니까?"

그가 나무라듯 정은의 목덜미를 깨물었다.

"흐으."

아찔한 통감과 함께 일어나는 무서운 쾌감에 정은은 몸을 잘게 떨며 신음했다.

"대답해요. 내가 이래도 윤 이사한테 목매고 있는 거로 보이냐고."

정은은 목소리를 내지 못하고 고개를 내저었다.

"그리고 그렇게 질투하면서, 샤워하고 나와서 홀딱 벗고 있다고 하면."

이제껏 정은을 나무라던 그의 어조가 한 톤 더 어둡게 가라앉았다. 결이 다른 은밀함이 깃든 목소리에 정은은 아랫배가 꽉 조이는 듯했다.

"나보고 어떡하라고."

그가 정은이 입고 있는 배스 가운 끈을 잡아당겼다.

"아아."

그의 입술이 순식간에 정은의 가슴 끝을 베어 물듯 머금었다. 눈앞이 핑그르르 돌았다. 마치 꿈을 꾸는 것처럼 황홀한 순간, 곧 다가올 거대한 쾌감을 향한 경외심에 멀미가 일 것만 같아서 정은은 두 눈을 지그시 감았다.

오늘따라 그의 몸짓과 손길, 입술이 더 뜨겁게 느껴졌다. 정제되지 않은 감정이 고스란히 드러나는 그의 집착 어린 몸짓에 정은은 심장이 멈추고, 숨이 멎을 것처럼 헐떡거렸다.

"으으."

그가 다급하게 정은의 좁고 뜨거운 통로를 꿰뚫고 들어왔을 때, 정은은 벽에 기대선 채로 왼쪽 다리를 그의 허리에 휘감고 있었다. 배스 가운이 팔뚝에 걸려 있었고, 그는 슈트를 반쯤 벗은 채로 허리를 쳐올렸다.

"아아."

관능적 충동을 제어하지 못하고 내달리는 남자의 본능적 움직임에 쾌락은 금세 정은을 잠식했다.

"아아, 태욱 씨."

정은은 위로 솟구치는 몸을 주체하지 못하고 그의 어깨에 이마를 기대었다. 매달리듯 그의 팔뚝을 움켜잡았지만, 험한 낭떠러지로 뚝 떨어져 버릴 것처럼 위태위태해서 흐느낌이 흘러나왔다.

"흐윽."

호흡이 잘게 떨리자, 그의 굳센 팔이 정은의 허리를 휘감아 안았다. 정은은 단단한 팔뚝을 잡고 있던 손을 들어 올려 그의 목덜미를 끌어안았다.

벌어진 배스 가운 사이로 드러난 앙가슴이 그의 드레스셔츠에 맞닿았다. 얇은 천을 사이에 두고 성마르게 뛰어 대는 두 심장이 맞닿았다.

그는 정은을 안은 채로 침대로 걸음을 옮겼다. 금세 등에 매트리스가 닿았다. 정은은 배스 가운에서 팔을 빼냈고, 그는 상체에 아슬아슬하게 걸쳐져 있던 재킷과 드레스셔츠를 벗어 던졌다.

다리로 바지와 속옷을 털어 낸 그가 정은의 허벅지를 잡아 벌리며 더욱 깊숙이 파고들었다.

"아아."

정은은 고개를 뒤로 젖히며 손가락이 하얗게 붉어지도록 침대 시트 자락을 움켜잡았다. 그는 은밀하게 결합된 부분을 내려다보며 거친 숨을 내뱉었고, 그 모습이 지나치게 색정적이어서 눈앞이 붉게 보일 정도였다.

"안아 줘요."

간절한 목소리가 흘러나왔다. 정은은 천 조각을 움켜잡고 있던 손을 뻗어 그를 향해 손짓했다. 그가 눈을 치뜨며 정은을 바라보았다. 타는 듯한 시선의 열기가 그대로 전달되어 갈증이 일었다.

"키스하고 싶어."

달콤한 그의 타액을 양껏 들이마시고 싶었다. 코끝에서 폐부까지 그의 향기에 젖고 싶었다.

"제발."

정은은 울부짖듯이 애원했다. 아스라이 부서지는 목소리를 음미하듯 그가 눈을 지그시 감으며 한숨을 한번 내쉬고는 상체를 숙였다. 정은은 얼른 그의 다부진 상체를 끌어안았다.

"으음."

자연스러운 수순인 듯 입술이 맞물렸다. 단단한 몸에 꽉 안겨 있는 기분은 미쳐도 좋을 정도였다. 하루 동안 신경을 예민하게 했던 모든 것이 눈 녹듯 사라졌다.

지극한 애정으로 인한 해방감, 타인의 다정함을 오롯이 받고 있다는 만족감, 그리고 모든 것을 나눌 수도 있을 거라는 가능성에 대한 희열감.

그가 전하는 모든 감정이 감동이었다.

정은은 그의 단단한 가슴에 머리를 기댄 채로 세차게 뛰는 심장 소리에 귀를 기울였다. 둥둥 울리는 소리가 마음을 편안하게 했고, 눈꺼풀이 스르륵 내려앉았다. 막 잠이 들려는 순간, 그가 정은의 맨등을 쓸어내리며 속삭였다.

"이제 다시 내려가야 해요."

숨결처럼 내뱉은 말에 정은은 고개를 들어 올려 그를 바라보았다. 듬직한 가슴에 턱을 기댄 채로 그를 바라보자, 매끄러운 미소를 머금은 그가 정은의 입술을 가만히 응시했다.

"일 마치고 올라온 거 아니었어요?"

놀라서 묻는 목소리가 어색하게 튀어 올랐다. 연신 신음을 내지르느라 목소리가 약간 쉬어 있던 탓이었다.

"아침에 회의 있어요."

그는 커다란 손으로 정은의 뒤통수를 감싸고는 고개를 들어 동그란 이마에 쪽 소리가 나도록 입을 맞추었다.

정은은 두 눈을 감은 채로 턱을 올려 입술을 내밀었다. 가벼운 버드 키스가 이어졌다.

"가야 해요, 정말."

정은이 애교라도 부리며 붙잡는 줄 알고 그가 단호한 목소리를 냈다.

"누가 안 보내 준대? 그리고 내가 가지 말라고 하면, 안 갈 거예요?"

뽀로통하게 묻자, 그가 작게 웃음을 터뜨렸다.

"가지 말라고 하면, 못 가죠."

그는 어울리지도 않는 약한 척을 하며 다정한 눈빛으로 정은을 바라보았다. 심장이 뭉근하게 달아올랐다. 쾌락 어린 열기와는 결이 다른 따뜻한 온도. 불행하고 모났던 정은의 삶을 반추해 보건대 그 누구도 이렇게 다감했던 사람은 없었다.

다정하고, 따스한 감정이 마냥 좋아야 하는데, 겪어 보지 못한 익숙하지 않은 감정이기 때문인지 괜히 불안해졌다.

"얼른 가요. 아침에 회의가 있으면, 여길 오지 말았어야지."

"내가 당신한테 미쳐서, 여기까지 달려와서 밤새우고 내려가게 될 줄은 몰랐죠."

그와 함께 맞았던 첫 아침이 떠올라 정은은 피식 웃음을 터뜨렸다.

"미쳤네요, 내가. 당신한테."

한 단어, 한 단어 힘주어 말하는 모습이 근사하다. 정은은 입술을 삐죽거리며 투덜거렸다.

"고백은 나 한가해지면 하겠다면서요?"

"나 아직 고백 안 했는데요?"

빤한 변명에 정은은 그가 얄미울 지경이다. 이러다 그가 자신 때문에 일이고, 뭐고 내팽개칠 것 같아서 정은은 먼저 몸을 일으켰다. 그의 시선이 매끄럽게 흘러내린 정은의 가슴 위에 머물렀다.

정은은 바닥에 떨어진 배스 가운을 주워 입으며 그를 채근했다.

"얼른 가요. 회의 몇 시예요? 차 놓고 KTX 타고 가든지. 예약할 수 있나 알아볼까요?"

그가 못 말리겠다는 듯이 웃었다.

"임정은 씨도 직업병 대단하네요. 내 일정이나 교통수단까지는 신경 안 써도 되는데."

"누가……."

정은은 말을 하려다 말고 잠시 뜸을 들였다. 그는 왜 그러느냐는 듯이 눈썹을 치켜 올렸다.

"누가 직업병 때문에 이런대요? 잠도 못 자고 운전해서 내려갈 거 생각하면, 걱정되니까 그렇지."

"내 걱정은 왜 할까?"

그는 깍지 낀 손을 머리 뒤로 넘기며 웃었다. 그 바람에 활짝 벌어진 가슴이 지나치게 매혹적이어서 정은은 밭은 숨을 한번 들이켰다. 얼굴에 열이 오르는 것도 느껴져서 당황스럽다.

"알았어요. 갈게."

서툰 감정 앞에서 정은이 어쩔 줄 몰라 하는 모습을 보고 그는 눈치 있게 자리에서 일어났다. 짓궂은 말로 괴롭히면 어쩌나 걱정했는데, 그는 정중하게 물러났다.

슈트를 꿰입는 그를 정은은 말끄러미 바라보다가, 그의 재킷 주머니 안에 구겨져 있는 넥타이를 집어 들었다.

정은은 드레스셔츠 깃을 세우고 단추를 채우기 시작한 그의 앞에 마주 보고 섰다. 제일 윗 단추가 채워지자마자, 정은은 넥타이를 그의 목에 걸고 매듭을 짓기 시작했다. 그는 넥타이 매듭을 짓는 정은을 물끄러미 내려다보았다.

묻고 싶은 말이 있는데, 망설이는 눈치였다.

"없어요, 그런 적."

정은은 그가 묻고자 하는 말을 알아차리고 먼저 대꾸했다.

"이렇게 신 대표 넥타이 매무새까지 만져 준 적 없다고요."

"다행이네. 그랬으면 되게 화났을 것 같은데."

소소하게 질투하는 모습을 내비치는 그의 모습에 심장이 콩콩 뛰었다.

"그리고."

정은은 넥타이를 가볍게 정돈하고는 그를 올려다보았다.

"이런 거 너무 해 보고 싶었어요."

정은이 작은 손에 넥타이를 휘감아 끌어당겼다. 그가 정은의 손에 이끌려 고개를 숙였다. 정은은 그의 입술에 쪽 하는 소리가 나도록 입을 맞추고는 숨결이 닿는 가까운 거리에서 속삭였다.

"다녀와요."

그가 정은을 와락 끌어안고는 웃었다.

"미치겠네, 정말."

귓가에 울리는 그의 목소리가 듣기 좋다.

마냥 안겨 있고 싶은 새벽녘, 동이 트는지 하늘이 파랗게 물들기 시작했다.

✳✳✳

신 대표와 윤 이사의 결혼식이 이틀 전으로 다가왔고, 그는 오늘 밤늦게 서울에 도착한다고 했다. 모든 준비가 완벽했고, 이제 두 사람의 행복을 빌어 줄 차례만이 남아 있었다.

정은은 호텔 I 연회실 최종 점검을 마친 뒤, 방으로 올라가는 길이었다.

"야."

먹은 나이가 아까울 정도로 지나치게 불량한 목소리의 주인공은 정훈이었다. 등 뒤에서 들려온 목소리에 정은은 등줄기를 타고 소름이 오스스 돋아나는 게 느껴졌다. 정은은 반쯤 돌아서 자신을 부른 정훈을 쏘아보았다.

"왜?"

"오빠 술 좀 사 주라."

"뭐?"

정은이 어이가 없다는 듯이 미간을 찌푸렸다.

"아니, 오빠가 좀 속상한 일이 있어서……. 동생 위로 좀 받고 싶네."

호텔 로비에는 지나는 사람이 많았다. 내일모레 이곳에서 자신의 상사인 신 대표가 결혼을 앞둔 상황, 소란은 피해야 했다.

"따라와."

정은은 조용히 읊조리곤 호텔 주 출입구를 향해 걸었다.

"어디 가게? 여기 좋은 술 많이 파는데. 굳이 나갈 필요 있어?"

정훈이 뻐딱하게 선 채로 꿈쩍도 하질 않는다.

"무슨 술을 마시고 싶은데?"

"목구멍에 코팅되는 술."

정은은 한숨을 내쉬며 로비 바를 향해 걸음을 옮겼다. 정훈은 그제야 정은을 따라오며 콧노래를 부르기 시작했다. 어쩜 하는 행동 하나하나가 전부 저속하게 보일 수 있는지 신기할 따름이다.

바 구석에 자리를 잡고 앉은 정훈은 가장 비싼 술을 주문하곤 비겁하게 웃었다.

"아, 동생 잘 둔 덕에 내가 호텔에서 이런 술을 다 마셔 본다."

비아냥거리는 말투가 분명했다. '동생 잘 둔 덕'이라는 말에 가시가 있음을 정은은 직감했다.

"하고 싶은 말이 뭐야? 나 바빠. 빨리 말해."

"너."

정훈이 크리스털 유리잔에 담긴 독한 술을 들이켜곤 말을 이었다.

"신 대표랑 정말 좋났냐?"

"좋내고 말고 할 게 뭐가 있어. 제발 그 입 좀."

"몸을 굴렸으면 끝까지 매달렸어야지. 너 그 비서 짓 해서 어떻게 먹고살려고 그러냐?"

"여태 잘 먹고 잘 살았고, 네가 사고 친 것까지 내가 다 감당했어."

정훈은 미간을 찌푸리며 비웃었다.

"아, 이 쌍년 오빠한테 말하는 거 봐라?"

"입조심하라고."

"너야말로 입조심하고 다녀, 개년아. 너 때문에 내 돈줄 끊겼잖아. 시발."

신 대표에게 애먼 것을 요구했다가 거절당했지 싶다. 정훈은 술을 한 모금 더 들이켜고는 무언가 번뜩 생각났다는 듯이 과장된 표정을 지었다.

"아, 맞다. 그분이 계셨지? 부명그룹 전략실 강태욱 수석님?"

비겁한 눈빛에 정은의 심장이 바닥으로 쿵 떨어졌다.

정은은 기가 막힌다는 듯이 정훈을 쏘아보았다.

"전국 단위 자사고 중에서 한국대를 제일 많이 보내는 고등학교가 어딘지 알아?"

빙글거리는 정훈의 얼굴을 마주한 정은은 불안감이 엄습했다.

"강태욱 수석 아버지가 교장으로 있는 고등학교."

정훈은 손에 들고 있던 잔을 탁자 위에 올려놓고는 등받이에 거만하게 기대앉으며 덧붙였다.

"그 고등학교를 쉽게 가려면 꼭 거쳐야 하는 중학교가 있어. 거긴 어딘지 알아? 아, 모르겠구나. 강태욱 수석 모친이 교장으로 있는 중학교."

아직 끝나지 않았다는 듯이 정훈이 즐겁게 웃는다.

"근데 이것보다 더 중요한 게 있다? 그 중학교랑 고등학교가 속한 사학재단을 이끄는 이사장이 누군지 알아? 무려 강태욱 수석 친할머니."

부모가 교장이라는 사실만으로도 움츠러드는데, 그가 가진 배경은 생각보다 어마어마했다.

"우리나라 정·재계 인사들이 줄을 선단다. 그 학교 보내려고. 이사장 양반이 보통이 아니더라? 독립운동가들 여럿 배출한 집안사람이야, 이 사람. 처음 그 재단 시작도 독립군 학교였대요."

"그래서?"

"굵직한 정치인부터 시작해서 재벌 2세들까지 그 중학교, 고등학교, 한국대까지 가는 코스가 정석이래. 그 라인이 우리나라에 어마어마하게 퍼져 있다지, 아마?"

"그래서 어쩌라고!"

정은은 눈을 지그시 감으며 짜증스럽게 대꾸했다.

"뭘 어째. 그냥 넌 가만히 있어. 오빠가 동생 덕 좀 보는 거지, 뭐."

"미쳤니? 이번엔 또 무슨 사고를 쳐서 신 대표 찾아갔어?"

"하아, 오빠가 말이다. 서울 시내 오피스텔이랑 아파트에 갭 투자를 좀 했어요. 근데 부동산이 영 경기가 안 좋아졌잖아? 전셋값이 집값을 추월해서 오빠가 좀 난감하네."

갭 투자를 했다가 망했단 소리였다.

"얼마나 필요한데?"

"뭐, 한 장?"

"1억?"

"정은아, 넌 그러니까 안 되는 거야. 오빠 배포를 생각해야지. 1억이 말이 되니."

정은은 한심해 죽겠다는 눈빛으로 정훈을 쏘아보며 물었다.

"대체 왜 사니? 왜 그러고 사는 거야? 어? 정신 좀 차려, 제발."

"하아, 시발. 이년이 내가 또 내 입으로 아픈 과거 들먹이게 만드네. 넌 왜 사냐? 애비도 모르는 근본 없는 년아? 엉덩이 가볍게 놀려서 남자 하나 후려잡나 했더니, 그걸 놓치냐? 병신."

정은은 작은 목소리로 울분을 토하기 시작했다.

"누가 누굴 보고 병신이래? 인생 똑바로 살아. 주변 사람들 고되게 하지 말고. 전셋값을 못 줘? 세입자들은 무슨 죄야? 제정신이니?"

"아, 나. 이 시발년이 말이면 다인 줄 아나. 그래서 내가 그 불쌍하고 가난해서 제집 하나 없이 전세 사시는 세입자분들께 전세금 돌려주기 위해서 돈 좀 마련해 보겠다는 거 아냐. 왜 신 대표를 제대로 못 잡아서 일을 이렇게 꼬이게 만들어?"

"일을 꼰 게 누군데!"

정은이 작은 목소리로 울부짖었다.

"너지. 네가 태어난 순간부터 우리 집 일이 꼬였지."

"난들 이렇게 태어나고 싶어서 태어난 줄 알아? 너는 부모 선택해서 나왔니? 내가 바람피운 엄마한테서 태어날 줄 알았겠냐고! 나도 이제 지긋지긋해. 이렇게 못 살겠어."

정훈이 빙그레 웃음을 머금으며 뱀처럼 교활한 눈빛으로 속삭였다.

"그러니까 애초에 태어나지를 말았어야지, 쌍년아."

유치한 대거리에 기가 막혀서 말문이 턱 막혀 버렸다. 심장이 미친 듯이 뛰어 댔다. 이성은 정훈을 그만 상대하고 자리에서 일어나라며 설득했지만, 감정은 폭발해서 이리저리 날뛰었다.

"뭐 어쩔 수 없지. 그런 사학재단 가지고 있는 집안 독자인데, 10억 정도는 뭐."

"그 사람 건드리지 마."

정은은 단호한 목소리로 경고했다.

"왜? 신 대표는 그냥 몸만 굴린 사이고, 강 수석 쪽이 기둥서방이야?"

저속한 단어를 따져 묻고 싶지도 않았다.

"그 사람 건드리면, 넌 내 손에 죽는 거야. 알겠어?"

진심으로 한 경고였는데, 정훈은 우스꽝스러운 광경을 목도했다는 듯이 폭소했다. 한참을 깔깔거리던 정훈은 이내 정색한 얼굴을 하고는 볼썽사납게 안광을 빛내며 협박조로 지껄였다.

"죽여 봐, 쌍년아. 네가 먼저 뒈지나, 내가 먼저 돌아가시나. 내기 할까?"

순간 정은은 정훈의 목적이 돈이 아닐지도 모른다는 생각이 들었다. 정훈은 그저 정은이 행복해지는 게 싫은 거다. 정은이 소심한 성격이라면, 정훈은 어리숙한 아이처럼 미숙해서 세상을 보는 눈이 좁았다.

타고난 소인배, 신 대표와는 어릴 때부터 알고 지냈기에 스스럼없이 돈을 요구했을 것이다.

하지만 그의 경우 입장이 다르다. 정훈이 무작정 다가가기에는 벽이 높은 인물일 것이다. 만약 태욱에게 금전적 요구를 할 목적이었다면, 이렇게 정은을 찾아오지 않고 그를 향해 바로 움직였을 것이다.

"재밌니?"

정은이 짧은 물음을 던지자 정훈의 얼굴에 순간 이채가 어렸다.

"그렇게 유치하게 구니까 재미있어?"

더는 상대하고 싶지가 않은데, 이대로 물러나면 무슨 짓을 할지 감히 상상조차 할 수 없다.

"야, 임정은. 내가 그렇게 한가한 인간으로 보이냐? 내가 재미로 이러고 있는 것 같아?"

서슬 퍼런 시선을 번뜩이며 정훈은 목소리를 낮췄다.

"그럼, 대체 이러는 이유가 뭐야?"

"너 같은 년은 잘 먹고 잘 사는데, 나는 왜 이렇게 안 풀리나 억울해서."

"뭐?"

"네가 몇 명 인생을 망친 줄 알아? 어디서 굴러먹던 놈 새낀지도 모르고 보살핀 내 인생이 얼마나 비참했는지 알아?"

본인 인생은 스스로 망쳐 놓고, 정훈은 정은의 탓을 해 댔다.

어떻게 비뚤어져도 이렇게 비뚤어질 수가 있는 거지?

정은은 한숨을 몰아쉬며 정훈을 노려보았다.

"나이는 헛먹었니? 본인이 인생 조져 놓고, 왜 내 탓을 해? 내가 너 대신 살았어?"

"태어나지 말아야 할 년이 태어나서 내 복을 다 뺏어 간 거 아냐. 시발, 너 혼자 떵떵거리고 잘 살면 다야?"

정훈은 작정한 듯 비웃었다.

"임정은, 영광으로 생각해. 평생 내 특별한 관심 안에 있을 테니까. 물론 네가 만나는 남자들도 마찬가지고."

"제발, 그만 좀."

"내가 돈만 궁해서 기주한테 그런 것 같아?"

정은의 시야가 충격으로 흔들렸다.

"신기주 존나 잘나가는데, 그런 놈이랑 너랑 짝짜꿍 맞아서 잘되면…… 내가 배가 얼마나 아프겠어? 안 그래?"

망가져도 너무 심하게 망가져 버린 사람, 정은은 한숨을 몰아쉬었다.

"근데 기주 그렇게 안 봤는데, 의리가 없어도 너무 없네. 어떻게 결혼한다고 돈줄을 딱 끊어 버려?"

"적당히 해. 정신 좀 차려."

정은의 말은 씨알도 먹히지 않았다.

"야, 임정은. 평범하게 살고 싶어? 다른 여자들처럼 사랑받으면서 연애하고, 결혼하고 그러고 싶어?"

비소 어린 얼굴로 정훈이 잘도 씨부렁거려 댔다.

"그럼, 평범하게 태어나셨어야죠. 너 그런 생각 하는 거 사치다? 주제를 알아야지. 사람이 분수를 모르면 불행해지는 거야. 오빠가 우리 정은이 걱정돼서 그러는 거니까, 이해하지? 강태욱이는 그만 포기하고. 너한테 가당키나 하냐?"

"내가 포기 안 하면."

정훈이 흥미롭다는 듯이 입술 끝을 아래로 찍 내리며 비겁한 눈웃음을 머금었다.

"내가 포기 안 하면, 그땐 어떻게 할 건데?"

"두고 보면 알겠네. 어떻게 될지."

정은이 헛웃음을 머금었다.

"웃어? 웃는 걸 보니 아직 정신을 못 차렸네, 우리 정은이. 똑똑히 들어. 네가 간절히 바랄수록, 내가 처참하게 망가뜨려 줄 거야. 연애? 결혼? 꿈도 꾸지 마. 평생 사죄하면서 살아야 할 인간이 욕심이 너무 많네."

손끝이 바들바들 떨렸다. 제정신이 아니라는 것은 알고 있었지만, 이렇게 대놓고 그 속내를 드러낼 줄은 꿈에도 몰랐다.

"그럼, 나는 가만히 있을 것 같아? 내가 그냥 당하고 있을 것 같아?"

정은은 부들부들 떨며 물었다.

"그건 네가 알아서 하시고요. 아, 술맛 떨어져서 더는 못 있겠네. 나 먼저 일어난다."

정훈은 산뜻한 표정이 되어 자리를 떴다.

홀로 남겨진 정은은 복받치는 감정을 추스르느라 한참을 굳은 듯 앉아 있었다. 이제껏 저런 인간 때문에 방어적 태도를 고수하며 살았다.

앞으로는 그렇게 살지 않겠다고 마음먹었는데, 더 큰 산이 나타날 줄은 몰랐다. 정은은 힘없이 자리에서 일어났다.

'연애? 결혼? 꿈도 꾸지 마. 평생 사죄하면서 살아야 할 인간이 욕심이 너무 많네.'

정훈의 끔찍한 목소리가 귓가에 맴돌았다.

술값을 룸 차지로 걸어 놓고 힘없이 바를 걸어 나왔다. 터덜터덜 로비를 지나치던 정은은 제 눈을 의심했다.

"죄송합니다. 제가 잘 봤어야 했는데, 로비가 워낙 어두워서 빠르게 걷다 보니 실례를 범했습니다."

정중하게 사과하는 이는 정훈이었고.

"괜찮아요, 세게 부딪힌 것도 아닌데요. 그렇게 마음 쓰지 않아도 돼요. 나도 내 동행들이랑 이야기하느라 부주의했어요."

온화한 표정으로 괜찮다고 말하는 이는 태욱의 모친이었다.

"다시 한 번 사죄 말씀 드립니다."

정은은 발목이 붙잡히기라도 한 듯, 발걸음을 뗄 수가 없었다. 정훈이 주변을 살피는 것처럼 고개를 돌린 순간, 정은과 눈이 마주쳤다.

"어? 정은아. 너 아직 안 올라갔어?"

그는 세상에 둘도 없는 남매라도 되는 양 정은을 불렀다. 그의 어머니는 정은에게로 시선을 옮기더니, 내심 반가운 얼굴을 했다.

"또 보네요."

반가우면서도 약간은 당황한 눈치다.

"아는 사이세요?"

정훈의 물음에 그녀는 해사한 미소를 머금으며 고개를 끄덕였다.

"네. 두 사람은 어떤 사이죠? 닮은 걸 보니 남매인가?"

"네, 제 하나뿐인 여동생입니다. 외국에서 오래 생활하다가 한국에 들어온 지 얼마 안 돼서 잠깐 만나러 온 길이었습니다."

"남매가 우애 좋은 게 참 보기 좋네요."

정훈은 사람 좋은 미소를 지으며 위선을 떨어 댔다.

"괜찮으면 내가 차를 한 잔 샀으면 하는데, 시간 좀 내줄 수 있어요?"

예고된 불행 앞에 가슴이 무너져 내리는 듯했다.

"차는 제가 대접하겠습니다."

정훈은 거듭 사과하며 정중하게 굴었다. 그의 어머니는 흐뭇한 시선으로 정훈을 바라보다가, 이내 정은에게로 시선을 옮겼다.

"정은 씨도 괜찮죠?"

"네, 괜찮습니다."

정은은 감정을 가라앉히려 애쓰며 건조한 목소리를 냈다.

세 사람은 로비 라운지의 타원형 테이블을 앞에 두고 마주 앉았다.

"나는 강진희라고 해요."

"반갑습니다. 임정훈입니다."

정훈은 그리 인사하며 강 여사에게 명함을 한 장 내밀었다. 강 여사는 명함을 확인한 뒤 고개를 한 번 살짝 끄덕이고는 정은을 향해 시선을 돌렸다. 정은의 소개를 바라는 눈치였다.

"다시 뵙네요. 임정은입니다."

정은은 명함 지갑에서 명함을 한 장 꺼내서 강 여사에게 내밀었다.

"KJ? 혹시 선진이랑 결혼하는 그 신기주 대표 있는 KJ?"

"네, 맞습니다. 기주가 사업 시작할 때부터 우리 정은이가 함께 일했어요."

강 여사는 눈을 휘둥그렇게 뜨며 정은을 바라보았다. 강 여사의 눈빛에는 호기심과 호감이 반씩 어려 있었다.

"신 대표랑은 오빠 되시는 분도 아는 사이인가 봐요?"

"어릴 때부터 막역하게 지냈습니다. 같은 동네에서 형제처럼 자랐거든요."

"아, 그렇군요."

뻔뻔한 말을 잘도 내뱉는 정훈에게 이제는 기가 막히지도 않았다. 정은은 그저 옅은 미소를 머금은 채로 이 자리가 빨리 마무리되기를 바랄 뿐이었다.

"특별히 할 이야기가 있어서 보자고 한 건 아닌데……."

강 여자는 머뭇거리며 입을 열었다.

"실은 정은 씨가 어떤 사람인지 내내 궁금했어요. 단둘이 이야기하고 싶었지만, 그건 앞에 있는 정훈 씨한테 실례가 되는 행동 같아서 내가 초면에 차 마시자고 무리를 좀 했네요."

솔직한 심정을 털어놓는 강 여사의 눈빛은 따뜻했다. 정은이 곤란할까 봐 저어되는지, 태욱과 관련한 이야기도 꺼내지 않으며 강 여사는 정은을 배려했다.

아들과 교제 중인 것 같은 여자를 궁금해하지 않는 부모는 없을 것이다. 하지만 이렇게 솔직하고, 담백하고, 따뜻하게 다가올 수 있는 사람이 몇이나 될까?

가슴이 무겁게 가라앉았다. 한없이 좋은 사람처럼 보이는 강 여사가 정훈의 애먼 언행으로 상처받으면 어쩌나 염려되었다. 초조함을 꾹 누르며 정은은 가까스로 입을 열었다.

"명함에 적힌 전화번호로 연락 주시면, 따로 자리 마련하겠습니다."

그러니 지금은 이만 일어나는 게 좋겠다는 의미를 담은 말이었다. 강 여사의 눈빛에 이채가 어렸다가 이내 사라졌다. 정은이 불편해하고 있다는 것을 눈치챈 듯했다.

"이런, 내가 집에 일이 있는 걸 깜빡했네요. 그럼, 정은 씨 내가 연락할게요."

서빙 된 블루베리 차를 한 모금 머금은 강 여사는 미안하다고 말하곤 먼저 자리를 떴다. 정훈은 끝까지 정중한 태도로 강 여사에게 허리 굽혀 인사했다.

강 여사의 모습이 완전히 사라지고 나자, 정훈이 저속하게 휘파람을 휘이 불며 정은을 자극했다.

"허튼수작 부릴 생각 하지 마."

정훈은 어깨를 으쓱해 보이고는 유유히 사라졌다.

운명이 장난을 쳐도 정도가 있는 거다. 하필 왜 이런 순간에 강 여사를 맞닥뜨리게 된 건지 하늘이 원망스러울 지경이다.

정은은 두 사람이 떠난 테이블 앞에 멍하니 서서 복잡해진 머릿속을 정리하려 애썼다.

하긴 언제 운명이 내 편인 적이 있었던가?

어쩌면 경고하는 것인지도 모른다. 선한 사람들에게 상처 주지 말고 인제 그만 물러나라고.

애초부터 감히 넘볼 수 있는 사람들이 아니었다고.

정은은 답답한 호텔을 벗어나 정처 없이 걷기 시작했다. 정은에게 있어 포기하고 물러나는 일은 어려운 것이 아니었다. 이제껏 그래 왔던 것처럼 감정을 숨기고 일에만 몰두하면 될 일이었다.

그런데 가슴이 찢어지는 것처럼 아팠다.

만에 하나 그와 애틋한 연애라도 시작한다면, 정훈은 정은을 괴롭히기 위해 그와 그의 가족을 건드리기 시작할 것이다. 수단과 방법을 가리지 않고 접근할 것이고, 비열하고 옹졸하게 정은의 행복을 망치기 위해 그들을 망가뜨릴 것이다.

신 대표는 애초에 정훈의 그런 성격을 잘 아는 이였다. 정은의 집안사도 꿰고 있어서 정훈이 애먼 방법으로 골탕을 먹일 수는 없었다. 하지만 그들은 달랐다.

세상을 살아가기 위해 굳이 논리적인 태도를 고수할 필요는 없다. 하지만 정은은 가장 나은 선택을 하기 위해 가지치기를 하고 답을 구했다.

오컴의 면도날 법칙, 복잡한 상황에서 가장 간단한 논리가 답이 될 수 있다는 법칙은 이번에도 적용되었다.

그와 아무것도 아니었던 사이로 돌아가면 된다. 그러면 막을 수 있는 불행이다.

머리는 차갑게 논리를 따라갔지만, 눈가에서는 뜨거운 눈물이 넘쳐흘렀다.

6화
시작도 하지 않은 연인

　서울로 향하면서 여러 번 전화를 걸었지만, 그녀는 받지 않았다. 일 때문이라고 하기에는 분위기가 조금 이상했다. 초반 신경전을 제외하고는 태욱의 전화를 그녀가 이렇게까지 받지 않은 적은 없었다.

　초조해진 태욱은 휴대전화를 만지작거리다 신 대표에게 전화를 걸었다. 신 대표만큼은 그녀의 묘연한 행방을 알고 있을 거란 생각이 들었다.

　- 무슨 일입니까?

　수화기 너머에서 딱딱한 물음이 들려왔다.

　"혹시 임 비서랑 같이 있습니까?"

　태욱의 물음에 잠시 침묵이 흘렀다. 신 대표의 침묵은 왜 그녀를 찾고 있는지 묻고 있었다.

　이성적 감정은 아닐지라도, 신 대표에게 그녀가 각별한 것은 사실이었다. 얼마 전부터 신 대표가 두 사람 사이에 있는 일을 눈치채지는 않았을까 하는 생각도 하기는 했었다.

지금 자신이 그 확인 사살을 해 주고 있는 거나 다름없는 거였다. 섣부른 행동일지 모르지만, 가슴이 답답해서 견딜 수가 없었다. 신 대표의 결혼식이 다가올수록 그녀는 묘한 심경의 변화를 일으키는 것처럼 보였다.

한 발짝 다가섰다고 생각하면, 두 발짝 뒷걸음질 쳤다. 눈가에 맺힌 슬픔을 걷어 낼 수가 없어서 안타까웠다.

그래서 물었다. 아직도 신 대표 때문에 힘드냐고.

그녀는 부정하지 않았다. 오랜 짝사랑이 한순간에 잊힐 리 없겠지만, 그녀가 흔들리는 모습은 곁에 꽁꽁 묶어 두고 싶을 만큼 불안정해 보였다.

마치 달아나려는 사람 같았다. 기회만 생기면 멀어질 것 같아서 불안했다.

그녀의 감정 상태를 고려해 보건대, 성급한 결정일 수도 있었다. 하지만 태욱은 견디지 못하고 그녀에게 고백을 예고했다.

그렇게 해서라도 그녀의 마음을, 온기를, 미소를…… 지켜 주고 싶었다.

– 이 시간에 임 비서를 왜 찾는 겁니까?

딱딱한 되물음에 태욱은 아랫입술을 짓씹었다. 선진의 곁에 선 남자가 신 대표임을 알았을 때와는 비교도 되지 않을 정도로 심장이 뒤틀렸다.

"어디 있는지 모릅니까?"

– 호텔에 있겠죠. 지금 나랑 같이 있는 건 아닙니다.

맥이 탁 풀리는 성의 없는 대답에 태욱은 분노가 치미는 듯했다.

지금 그 여자가 당신 때문에 얼마나 힘들어하는지 알아?

묻고 싶은 말을 꾹 참으며 태욱은 알겠다는 말을 끝으로 전화를 끊었다. 호텔 방으로 이미 여러 번 전화를 걸어 보았지만, 그녀는 받지 않았다.

불안감이 점점 짙어졌다. 여러 번 호텔을 들락날락하면서 안면을 튼 컨시어지 직원을 통해 그녀의 방을 확인해 달라고 요청했다.

그는 지난밤 태욱이 그녀의 방을 찾았을 때, 투숙객용 엘리베이터에 오를 수 있도록 도와준 인물이었다.

불안한 생각은 극단으로 치달았다. 웃는 얼굴에 당찬 모습이지만, 그녀는 어딘지 모르게 늘 불안했다. 뿌리를 내리지 못하고, 자라지 않는 식물처럼 그녀는 앙상하게 메말라 가는 것처럼 보였다.

컨시어지 앞에서 10분을 기다렸을까?

직원이 고개를 내저으며 내려왔다.

"방에 계시지 않는 것 같습니다. 무슨 일 있으십니까?"

걱정 섞인 눈빛으로 컨시어지 직원이 물어 왔다.

"아닙니다. 무슨 일은요."

그녀에게 아무 일도 없기를 바라며 태욱은 발걸음을 돌렸다. 연락이 되지 않을 수도 있는 거다. 잠시 전화를 신경 쓰지 않을 수도 있다.

하지만 태욱은 직업병에서 비롯된 그녀의 성격을 잘 알고 있었다. 일부러 피하는 게 아니라면 이렇게까지 연락이 되지 않을 리 없었다.

일부러 피한다?

신 대표의 결혼식이 내일모레다. 그 남자를 잊으려 자신을 이용하다가, 이제 이용가치가 떨어졌다고 결론을 내렸다?

태욱은 고개를 거세게 내저었다. 불안하게 흔들리기는 했지만, 희미한 애정이 드러나는 그녀의 눈빛은 진짜였고, 열렬하게 안길 때 느껴지던 온도도 가식이 아니었다.

차를 몰고 주차장을 빠져나왔지만, 태욱은 오피스텔로 향하지 못

하고 호텔 주변을 정처 없이 떠돌았다.

"대체 어디 있는 거야."

어두운 밤, 호텔 입구에서 한 정거장 떨어진 버스 정류장에서 익숙한 인영이 눈에 들어왔다. 태욱은 급히 차를 정차했다. 운전석 문을 열고 내리는데, 심장이 쿵쿵 울렸다.

버스 정류장 의자에 멍하니 앉은 그녀는 태욱이 다가서는 것도 모르고 소리 없이 울고 있었다. 안쓰러운 뺨이 하염없이 흐르는 눈물로 젖어 있다.

"길을 잃어버렸어요?"

태욱이 자상한 목소리를 내기 위해 노력하며 입을 열었다. 멍하니 허공을 응시하던 그녀의 시선이 커다랗게 뜨이는가 싶더니 태욱을 향했다.

"아직 복잡한 서울 길에 적응 못 했어요?"

그녀의 곁에 앉으며 잘게 떨리는 어깨를 감싸 안았다.

"큰일이네. 애처럼 길을 잃어서."

그녀는 손등으로 뺨을 급하게 쓸어 내며 물었다.

"여기 어떻게 왔어요?"

"나는 어떤 길이든 잘 찾거든요."

태욱이 장난스럽게 대꾸하자, 그녀는 미간을 찌푸리며 울음을 참는 듯했다. 태욱은 그녀의 어깨를 끌어당겨 품에 안았다.

"내가 아직 부족하죠?"

가슴이 미어지는 질문이 태욱에게서 흘러나왔다.

"정은 씨 마음 채우기에, 내가 아직 많이 부족한 거 알아요."

그녀는 고개를 내젓지도 못하고 울음을 터뜨렸다. 다정한 손길로 그녀의 등을 다독여 주었다. 차라리 그렇지 않다고 부정해 주길 바랐는지도 모른다. 하지만 야속하게도 그녀는 뜨거운 눈물만 줄줄 흘릴 뿐이었다.

울음이 멎지 않는 그녀를 차에 태운 태욱은 호텔이 아닌 자신의 오피스텔로 차를 몰았다. 그녀가 머무는 호텔은 신 대표와 윤 이사가 결혼식을 올릴 장소이기도 했다. 지금 이 순간만큼이라도 신 대표와 관련된 모든 것으로부터 그녀를 해방시켜 주고 싶었다.

오피스텔 주차장에 차가 멈춰 선 지 한참이 지났는데도, 그녀는 넋을 놓은 채로 허공을 멍하니 응시하기만 했다. 눈물은 두 뺨을 타고 여전히 소리 없이 흐르고 있었다.

태욱이 먼저 내려 조수석 문을 열어 주자 그녀의 시선이 천천히 태욱에게로 옮겨 왔다. 마치 낯선 사람을 바라보는 듯 그녀의 눈동자는 텅 비어 있었다. 희미한 애정조차 느껴지지 않았고, 자신을 바라볼 때마다 내비치던 혼란스러운 감정조차 지워 버린 듯했다.

"내려요."

그녀는 이내 고개를 숙이며 아랫입술을 짓씹었다. 태욱은 조수석 문을 활짝 열어젖힌 채로 상체를 숙여 안전벨트 버클을 풀어 주었다. 태욱의 손길이 그녀를 살짝 스치자 그녀가 움찔 떨며 몸을 굳혔다.

딱딱하게 굳은 그녀를 바라보며 태욱은 마른세수를 한 번 했다. 대체 갑자기 왜 이러는 거냐고 묻고 싶었지만, 혼이 나간 듯한 그녀를 몰아세울 수가 없었다.

"내리자고요, 일단."

태욱은 그녀의 손을 잡아서 지그시 끌어당겼다. 그녀는 대답 없이 차에서 내렸다.

그녀는 마치 물처럼 움직였다. 태욱이 이끄는 대로 걸음을 옮기고 있었지만, 무색무취인 상태로 아무런 감정도 없이 흘러가 버릴 것만 같았다.

"강태욱 씨."

울음에 잠긴 그녀의 목소리가 흘러나왔다. 마치 수중에서 듣는 것처럼 꽉 막힌 목소리였다. 엘리베이터 앞에 선 태욱은 그녀의 옆모습을 가만히 내려다보기만 했다.

"이래도 나한테 고백할 거예요?"

울음에 젖은 목소리지만, 감정은 메말라서 건조했다. 태욱은 불안하게 뛰는 심장을 애써 다독이려 한숨을 한 번 내지었다.

이윽고 엘리베이터 문이 열렸고, 태욱이 먼저 안으로 들어섰다. 당연히 그녀도 태욱을 따라 오를 줄 알았는데, 그녀는 태욱에게 잡힌 손만 내어 준 채로 버티고 서 있었다.

"대답해요. 이래도 나한테 고백할 거야?"

지난한 짝사랑을 잊지 못한 여자에게 고백하는 것은 시기상 좋지 않기는 했다. 하지만 폭발할 듯한 감정을 가눌 길이 없어서 고백을 하지 않고는 못 배길 상황까지 와 버렸다.

"할 겁니다."

"강태욱 씨 바보구나."

그녀가 빨갛게 충혈된 눈으로 태욱을 응시했다.

"우리가 지금 온전한 감정을 나누고 있다고 생각해요?"

엘리베이터 문이 닫히려고 했다.

"올라가서 이야기해요. 여기서 이러지 말고."

"왜요? 올라가면 또 섹스하게? 여기선 못 하니까 올라가자고?"

태욱은 숨을 한 번 들이켜고는 복받치려는 감정을 애써 억누르며 읊조렸다.

"임정은 씨."

무거운 내 감정을 가볍게 휘두르지 말라고 경고하려고 했다.

"본인은 진심인 것 같죠? 그런데 시간이 지나고 보면 우스울걸요?

강태욱 씨는 그냥 지금 윤선진 이사를 못 잊는 거예요. 내가 신 대표 때문에 등신같이 질질 짜고 있는 것처럼."

"그래서."

태욱이 내지르고 싶은 충동을 억누르며 말을 덧붙였다.

"그래서 섣불리 고백 안 한 겁니다. 임정은 씨가 이런 생각 할까 봐, 나는 평생에 처음으로 이렇게 망설이고, 걱정하고, 잠도 못 자면서 버티고 있다고요."

애절한 감정이 뒤섞인 탓에 말끝이 흔들렸다. 하지만 그녀는 아랑곳하지 않고 태욱의 말을 받아쳤다.

"섣부른 게 아니라 용기가 없는 거죠. 아니면 간절하지 않든지. 윤 이사한테는 남의 남자 애 가졌다고 하는데도 고백했죠? 애아버지 되어 주겠다고."

"그건."

"팩트잖아. 아니에요?"

답답해진 태욱은 긴 한숨을 내쉬었다.

"올라가요. 여기서 이러지 말고."

이제껏 버티고 서 있던 그녀였다. 이번에도 올라가지 않겠다고 억지를 부릴 줄 알았다.

"그래요. 올라가요. 뭐 여러 번 했는데, 한 번 더 한다고 달라질 거 있겠어요? 몸이 닳길 해, 구멍이 나길 해."

일부러 못된 말만 골라 하는 것처럼 들렸다. 그렇게 해서 태욱을 밀어내는 것처럼 느껴졌다. 엘리베이터가 움직이기 시작했고, 지면에서 멀어지자 머릿속에 생각 하나가 붕 떠올랐다.

"무슨 일 있었습니까?"

태욱의 목소리가 낮게 가라앉았다. 그녀는 이성적이고 기민한 사람이다. 태욱이 감정을 혼동하고 있다고 착각할 만큼 어리석은 사람도 아니었다.

그런데 그녀는 그동안 있었던 일을 부정하듯 귀를 막고, 눈을 가린 사람처럼 굴었다.

"무슨 일…… 있었죠."

그녀의 입가에 쓴웃음이 머물렀다. 태욱은 얼굴을 내려 붉게 달아오른 그녀의 입술을 머금고 싶은 충동을 참아 냈다.

오피스텔 안에 들어서자, 그녀는 피로감 가득한 얼굴로 읊조리며 코트를 벗고는 블라우스 단추를 풀어 내려가기 시작했다.

"오늘은 빨리 끝냈으면 좋겠어요. 좀 피곤해서 밤새 매달릴 기운이 없네요."

태욱은 그녀에게 다가가 작은 손을 움켜잡으며 저지했다.

"얘기해요. 우리."

그녀의 눈동자에 이채가 어렸다.

"우리가 이성적인 대화로 엮인 사이는 아니잖아요?"

"왜 이렇게 비뚤어졌어요? 오늘 왜 이래요, 대체? 내가 뭐 잘못했어요?"

태욱은 간절한 눈빛으로 그녀를 바라보았다. 순간 냉랭했던 그녀의 눈빛이 흔들리는 게 눈에 들어왔다. 가슴이 묵직하게 아파 왔다.

"미안해요. 뭘 잘못했든 내가 미안해요. 그리고 뭔지도 모르고 사과해서 미안해요. 이렇게 마음 아프게 굴지 마요. 산적처럼 커다란 덩치라고, 상처 안 받는 거 아니에요. 정은 씨가 이러면 나 정말 가슴이 터질 것 같아요. 내가 언제 윤 이사 잊자고 정은 씨 만난다고 했어요. 그렇지 않다고 했잖아. 그렇지 않으니까, 내 고백이 조심스럽다고도 했잖아요."

그녀의 눈가에 결이 다른 눈물이 맺히는 듯했다. 미간을 찌푸린 채로 입술을 말아 문 그녀가 고개를 푹 숙였다. 태욱은 그녀의 정수리에 부드럽게 입을 맞췄다.

"저녁도 못 먹었죠? 우리 일단 뭐부터 먹고 이야기해요. 나한테 불만 있으면 다 말해도 돼요. 뭐든 다 들어 줄게. 일단 앉아서 기다려 줄래요? 이건 좀 잠그고. 너무 자극적이잖아."

태욱이 애써 미소를 머금으며 건넨 말에 그녀의 얼굴이 무너져 내리는 듯했다.

그녀는 블라우스 앞섶을 잡고 있던 손을 올려 얼굴을 가리고는 서럽게 울기 시작했다. 잘게 떨리는 어깨를 끌어안고, 태욱은 눈을 지그시 감은 채로 그녀의 등을 가만히 다독여 주었다.

슬픔의 근원이 무엇인지 정확히 파악할 수 없어서 심장이 죄였다. 속 시원히 말해 주면 좋으련만, 그녀는 그럴 생각이 없어 보였다.

태욱은 울음이 잦아든 그녀를 식탁 의자에 앉히고, 부엌을 분주히 오가기 시작했다. 식탁 위에 접시들을 내려놓으며 흘끗 본 그녀의 시선은 식탁 중간쯤을 향해 있었다.

"너도밤나무로 만든 식탁이에요. 친구 중에 수제 가구 디자인하는 놈이 있는데, 독립 기념으로 선물 받았어요."

딴생각을 하고 있었는지, 그녀가 흠칫 놀란 눈으로 태욱을 올려다보았다.

"너도밤나무가 왜 너도밤나무인지 알아요?"

그녀는 멍한 얼굴로 고개를 내저었다. 아까처럼 이유 모를 경계심은 느껴지지 않아서 다행이라고 생각하며 태욱은 그녀 앞에 수저 세트를 놓아 주었다.

"종이 전혀 다른 군이 비슷한 수형樹形을 가질 때, '너도'라는 접두어를 붙인다고 해요. 밤나무가 아닌데, 밤나무와 비슷하게 생겨서. 어? 너도 밤나무야? 하는 의미로 붙인 이름이래요. 사실 너도밤나무는 참나뭇과에 속하고요. 어서 먹어요."

태욱은 그녀의 손에 숟가락을 쥐여 주곤 웃었다. 그녀의 아스라한 시선이 태욱의 웃는 얼굴에 가만히 머물렀다.

"서로 완전히 다른 존재지만, 닮을 수 있다는 거 신기하지 않아요? 그래서 이름도 비슷하게 붙이는 것도 재미있고."

그녀는 여전히 묵묵부답이었다. 태욱은 다정한 목소리로 말을 이었다.

"사람도 그래요. 완전히 다른 두 사람인데, 닮을 수 있다는 거. 나는 정은 씨 보면서 참 신기하다고 생각했어요. 성격이나 기질이 나랑 비슷한 것 같아서. 눈치 빠르고, 기민하고, 계산 잘하고. 그리고 한 번 빠지면 헤어 나오지 못할 정도로 순정적이고."

그녀의 얼굴에 부정의 기운이 언뜻 비쳤다.

"이건 다 태욱 씨 어머니께서 만드신 거예요?"

태욱은 고개를 한번 끄덕이곤 대꾸했다.

"입맛에 맞을지 모르겠네요. 정은 씨 입맛에 잘 맞았으면 좋겠어요. 그럼 나랑 음식 성향도 비슷한 거니까."

"실은요."

그녀가 조심스럽게 입을 열었다. 태욱은 진중한 얼굴로 그녀의 말이 이어지기를 기다렸다.

"오늘 태욱 씨 어머님 만났어요."

태욱은 하마터면 손에 들고 있던 숟가락을 놓칠 뻔했다. 심장이 쿵쿵 내달렸다.

"혹시 어머니가 뭐라고."

그녀는 태욱이 말이 채 끝나기도 전에 고개를 세차게 내저었다.

"아니요. 태욱 씨 어머니는 정말 좋은 분 같아요. 그런 어머니 밑에서 자란 태욱 씨가 부러울 만큼."

그녀의 발언은 진심이었다.

"그런데 어머니께 듣게 될지 모르겠지만……. 그 자리에 우리 오빠도 같이 있었어요."

오빠 이야기를 꺼낸 그녀의 얼굴이 잿빛으로 물들었다. 태욱은 손을 뻗어 그녀의 손을 꼭 잡았다.

"다는 말 못 하겠어요. 그래서 조금 힘들었고, 아까는 감정이 앞섰어요. 미안해요."

"이야기하고 싶지 않은 것까지 어렵게 이야기할 필요 없어요. 나도 정은 씨한테 이야기하지 못한 것들 아직 많아요. 차근차근 해요, 우리."

그녀가 긍정의 대답을 내놓을 거라고 생각했다. 그런데 그녀는 한참을 머뭇거리기만 했다. 가슴이 불안한 박자로 날뛰었다.

차라리 무슨 일인지, 오빠를 만날 때마다 왜 그렇게 불안정해지는지 캐물었어야 했나?

"시간을 좀 가졌으면 좋겠어요."

윤 이사와 신 대표의 결혼식이 끝나면 고백할 생각이었다. 한시도 품 안에서 그녀를 떨어뜨려 놓고 싶지 않았다. 이제 그녀를 배제한 인생은 살아갈 수가 없는 지경에 이르렀다.

그런데 그녀는 이별의 전조와 같은 말을 꺼내 들었다.

아직 시작도 하지 않은 연인에게 이별이라는 단어는 사치인지도 모른다. 지극한 감정을 나누며 만난 적 없기에, 쉽게 잊힐 수도 있는 관계라고 여겨질 수도 있으니까.

"생각해 볼 시간 준다고 했잖아요. 시간이 더 필요해요."

그 생각할 시간이라는 것의 정의가 사뭇 달랐다. 태욱이 말한 생각할 시간은 긍정적인 방향을 향한 것이었고, 지금 그녀가 말하는 생각할 시간은 부정적인 것에 가깝게 느껴졌다.

"일단 밥부터 먹죠."

곧 쓰러질 것 같은 그녀에게 뭐라도 먹여야겠다는 생각이 들었다. 그리고 인간은 생리적 욕구가 충족되면 생각이 유연해지기 마련이다. 그녀는 다행히 알겠다며 고개를 끄덕이고는 천천히 식사를 시작했다.

밥을 먹는 동안, 두 사람은 아무 말도 없었다. 그녀는 티를 내지는 않았지만, 밥을 넘기는 것조차 힘겨워 보였다. 입으로 꾸역꾸역 음식물을 밀어 넣는 그녀를 바라보며 태욱은 한숨을 내쉬었다.

"억지로 먹지는 말고요."

안타까워서 속삭이듯 흘러나온 말에 그녀는 가만히 숟가락을 내려놓았다.

"잘 먹었어요. 그동안 고마웠고요."

시간을 달라고 했던 그녀는 마치 마지막인 것처럼 작별 인사를 건넸다. 누군가 심장을 손에 쥐고 으스러뜨리는 것처럼 죄었다.

이대로 그녀를 보낼 수는 없겠다는 생각이 들었다. 지금 놓치면 영영 손에 잡히지 않을 것 같은 사람, 생각할 시간이 필요하다는 여자에게 근사한 어른처럼 행동하고 싶었지만 흘러나온 말은 미련스럽기만 했다.

"자고 가요."

그녀는 입만 벙긋거릴 뿐 아무런 대꾸도 하지 않았다.

"이대로 호텔로 가다가 쓰러질 것 같은 얼굴이라서 그래요. 자고 가요."

텅 빈 눈동자가 태욱을 가만히 응시했다. 메마른 눈동자에 연한 감정이라도 깃들기를 태욱은 간절히 바랐다. 생각을 마친 후에 그녀가 긍정적인 대답을 내놓을 수도 있다. 당장 내일이라도 생각이 짧았다며 생글거리는 얼굴로 태욱을 대할지도 모른다.

하지만 그럴 가능성은 제로에 수렴한다는 것을 태욱은 직감했다.

그녀는 바람처럼 사라질 것 같았다. 아무 일도 없었던 것처럼, 태욱을 잊고 살아갈 사람처럼 보였다.

그녀를 잊고 살아갈 수 있을까?

그녀에게 내어 준 묵직한 감정이 관통했던 시간들을 잊고 이전과 같은 삶을 살 수 있을까?

그녀는 한참 동안 아무 말도 없었다. 태욱이 자리에서 일어나 식탁 위를 치우고, 따뜻한 차를 내어 줄 때까지 자리에 붙박인 듯 앉아 있기만 했다.

"오늘은 안 할 거예요."

김이 모락모락 피어오르는 따뜻한 라벤더 차를 앞에 두고 그녀가 기어 들어가는 목소리로 말했다.

"안 할게요."

태욱은 그녀의 말에 동의하듯 읊조렸다. 마음 같아서는 그녀의 몸 구석구석에 자신의 흔적을 새겨 넣고 싶었다.

만약 잊으려 노력하는 거라면, 그 흔적을 살피며 상기하라고.

자신이 그녀를 얼마나 열렬하게 원했는지, 얼마나 깊이 파고들었는지.

"좋아요. 자고 갈게."

그녀는 옅은 미소를 지어 보였다. 하지만 얼굴 근육이 예쁘게 움직였을 뿐, 그녀의 눈동자에는 여전히 감정이 없었다. 일부러 감정을 지워 내려는 사람처럼, 아무것도 느끼지 않으려 노력하는 사람처럼 보였다.

따뜻한 물로 먼저 샤워를 마친 그녀는 태욱이 건넨 티셔츠를 입고 침대에 누웠다. 태욱에게도 품이 넓은 티셔츠는 그녀의 작은 몸에 생경하게 휘감겼다.

태욱 역시 샤워를 하고 나와 파자마를 입은 뒤, 그녀의 곁에 가만히 누웠다.

태욱의 왼쪽 팔뚝이 그녀의 오른쪽 팔에 스쳤고, 미세한 전류가 흐르는 것처럼 분위기가 고조되었다. 그녀도 분위기가 미묘하게 바뀌는 것을 느꼈는지, 숨소리의 결이 바뀐 듯했다.

암막 블라인드를 드리운 탓에 빛 한 점 흐르지 않는 어두운 방, 감각 하나가 지워지면 다른 감각이 더욱 예민해지는 법이다.

태욱은 제집에서 나는 향기와 섞인 그녀의 체취, 조심스럽게 내뱉는 그녀의 달콤한 숨결, 가볍게 맞닿은 팔뚝에 온 신경이 집중되는 것만 같았다.

태욱은 가만히 두 눈을 감고 그녀와 함께 있는 시간을 음미했다. 관능적인 감각을 나누지 않아도, 작은 온기가 닿아 있는 것만으로 가슴이 충만하게 차올랐다.

"고마워요."

나직한 목소리가 흘러나오자, 닿아 있는 그녀의 몸이 굳는 게 느껴졌다.

"뭐가요?"

"생각할 시간이 필요하다고 해 줘서. 그리고 지금."

목이 왈칵 멜 것만 같아서 태욱은 잠시 뜸을 들였다.

"여기 내 곁에 있어 줘서."

어둠에 익숙해진 시야에 방 안 풍경이 하나, 둘 들어오기 시작한다. 어둠은 흔히 두려운 존재로 구분된다. 빛이 없으면 밝힐 수 없는 컴컴한 어둠, 그녀는 태욱이 모르는 어둠에 잠식당한 것처럼 느껴졌다.

그 어둠에 익숙해지지 말고, 나한테 와요. 제발.

태욱은 그녀가 누워 있는 쪽으로 돌아누웠다. 그녀는 어느새 잠이 들었는지 고른 숨소리를 내고 있었다. 짙은 음영이 드리운 그녀의 얼굴은 지나치게 아름다웠다.

※ ※ ※

윤 이사와 신 대표의 결혼식은 예상했던 것보다 훨씬 성대하게 치러졌다. 내외신 기자들은 두 사람의 결혼식을 대서특필했다. 신 대표의 탄탄한 입지를 증명이라도 하듯 미국 차기 대권주자의 축전까지 더해져 결혼식은 큰 이슈가 되었다.

그 이슈의 중심, 보이지 않는 곳에 존재하는 사람이 정은이었다. 정은은 언론사의 모든 뉴스를 종합해서 검토하고, 그릇된 뉴스에는 적절한 반박 기사를 내도록 했으며, 노이즈 마케팅으로 이용할 수 있는 것에는 역바이럴 공세를 펼쳤다.

결혼식이 끝난 후에도 일에서 손을 놓을 수 없을 정도로 바빴다. 몸이 고되면 당연히 생각이 나지 않을 거라 생각했다. 그에게 생각할 시간을 갖자고 했지만, 그건 멀어지기 위한 수순일 뿐이었다.

자고 가라는 그의 말을 거절할 수 없었던 것은 그에 대한 묵직한 미련이 정은에게도 남아 있었기 때문이리라.

바쁜 와중에도 그는 머릿속에서 불쑥 나타나 정은을 혼란에 빠뜨리고, 심장을 가쁘게 뛰게 했다.

시간이 지나면 옅어지겠지.

분명 시간이 지나면 그에 대한 생각도 덜 하게 될 것이고, 심장이 급하게 뛰는 일도 줄어들 것이다. 그 시간이 얼마나 걸릴지는 알 수 없는 일이지만.

정은은 일을 그만두어야 하나 진심으로 고민했다. 신 대표와 윤 이사가 공식적인 커플이 된 이상, 강태욱이라는 남자와 마주치지 않는 것은 불가능한 일일 테니까.

281

그런데 임정은. 남자 때문에 네 커리어를 포기하는 거 우습지 않아? 너 그렇게 감상적인 애였어?

정은은 복잡한 상념이 깃든 머리를 재빠르게 털어 냈다. 그는 정은의 의견을 존중하겠다는 듯이 일부러 연락을 해 오지는 않았다. 정은이 생각을 정리할 때까지 기다리겠다는 순한 강아지 같은 말을 하며 잘도 웃었다.

마음 아프게.

그리고 그는 오해하고 있었다. 정은이 신 대표를 잊지 못해서 힘들어하는 거라고.

눈물이 왈칵 치솟을 것만 같아서 창밖을 내다보았다. 동이 트고 있었다. 새파랗게 변한 하늘을 바라보고 있는데, 휴대전화가 울리기 시작했다.

발신인은 강태욱, 그 남자였다. 이제 새벽 5시를 막 넘긴 시각, 그가 전화를 걸어온 게 이상했다. 불길한 예감이 엄습했다.

"무슨 일이에요?"

– 아직 안 잤습니까?

"네."

일하느라 잠을 이루지 못한 거지만, 그가 오해하게 일부러 내버려 두었다. 마치 신 대표 때문에 마음이 아파서 잠을 이루지 못한 것처럼. 다른 남자를 마음에 품고 있다고 여기면 그의 마음이 조금은 옅어질지도 모를 일이다.

비겁하지만 별수 없다. 차라리 이렇게 끝내는 게 맞다. 그와 그의 가족에게까지 자신의 불행이 뒤덮는 것을 볼 수는 없으니까.

– 검찰 쪽에서 조만간 신 대표를 소환할 것 같아요.

그가 개인적인 감정을 이유로 전화했을 거란 기대를 했었나 보다. 그에게서 업무 이야기가 흘러나오자, 심장이 무겁게 가라앉았다.

"무슨 말이에요?"

가라앉은 목소리를 들은 그는 잠시 아무 말도 없었다. 그는 아마도 정은이 신 대표를 걱정해서 어두운 어조를 내비쳤을 거라 여길 것이다.

아니야, 틀렸어.

사실 지금은 신 대표의 검찰 소환 따위 전혀 걱정이 되질 않는다. 일은 해결하면 그만이다. 신 대표 밑에서 그동안 정은이 해결하지 못했던 일은 없었다.

그런데 휴대전화 너머에 있는 남자는 그 어떤 일보다도 어렵게 느껴진다. 그에 대한 상념 때문에 미련스럽게 입 안쪽 살을 짓씹고 있는 것도 모르고, 그가 딱딱한 어조로 대꾸했다.

– 윤선웅 상무랑 CH 관련 일 때문에 참고인 조사가 있을 겁니다. 혹시 그 둘과 만나서 신 대표가 불법적인 일에 가담한 건 아니죠?

그의 목소리에서 염려가 묻어났다.

"그렇게 허술할 리 있겠어요? 일단 신 대표님이 일어날 시간에 맞춰서 연락해 둘게요. 강 수석님은 윤 이사님께 연락 부탁드립니다."

전형적인 업무용 어조였다. 휴대전화 너머에서 잠시 정적이 흘렀다. 그의 숨소리조차 들리지 않아서 정은은 미간을 찌푸리며 귀를 기울였다. 머릿속에서 심장이 뛰고 있는 듯 귓가가 둥둥 울렸다.

"여보세요?"

정은은 전화가 끊긴 건가 싶어서 귀에서 휴대전화를 떼어 내고는 화면으로 재빨리 시선을 옮겼다. 통화 시간을 알리는 숫자가 꾸준히 늘어나는 중이었다.

"여보세요, 강태욱 씨. 듣고 있어요?"

– 좀 낫네요.

그의 목소리에서 서운한 감정이 묻어났다.

– 강 수석이라고 부르는 것보다 낫다고.

잠시 정적이 흘렀다. 심장이 세차게 뛰기 시작해서 정은은 한숨을 집어삼켰다. 그대로 입을 열면 떨리는 목소리가 흘러나올 것 같았다.

– 다 버리고, 나랑 도망갈래요?

할 수만 있다면.

정은은 두 눈을 지그시 감으며 대꾸했다.

"나는 되게 세속적인 사람이에요. 부명 수석이 아닌 강태욱 씨는 별로 매력 없는데요."

휴대전화 너머에서 작게 웃는 소리가 들려왔다. 딱딱해졌던 가슴이 말랑말랑해져 버렸다.

이래서 어떻게 정리할래, 임정은?

– 생각 좀 정리됐어요?

그는 정은의 마음을 읽고 있는 것처럼 물었다.

만약 이 남자를 놓치고 나면, 이토록 자신을 잘 알아주는 사람을 다시 만날 수 있을까? 이렇게 가슴속 깊이 들어올 사람이 또 있을까?

정은은 아랫입술을 지그시 깨물었다 놓고는 되물었다.

"생각날 때마다 전화해서 물어볼 거예요?"

본의 아니게 날카로운 목소리가 흘러나왔지만, 그는 웃기만 할 뿐 대꾸하지 않았다.

"웃지 마요."

가슴 아프니까. 정은은 뒷말을 삼키며 한숨도 같이 집어삼켰다.

"이제부터 바빠지겠네요. 대표님이 소환되면 윤 이사님 마음도 편치 않을 거고요."

– 그렇겠죠. 정신없겠네. 밥 잘 챙겨 먹어요.

자신의 오피스텔로 데려가 손수 밥을 차려 주던 그의 모습이 떠올라서 가슴 한구석이 뭉클했다.

"그래요. 태욱 씨도 잘 지내고요. 얼른 법무팀이랑 조율해 봐야겠네요."

감상에 젖어 있을 시간이 없었다. 검찰 소환을 앞두고 KJ 법무팀과의 조율이 필요했다.

한국에서 사업 진행을 했던 적은 없기에 이런 일을 겪는 것 또한 처음이었다. 팔로알토 KJ 본사에서 근무 중인 법무팀과의 콘퍼런스 콜 도중 한국 대형 로펌의 이름이 거론되었다.

법무팀장이 하버드 로스쿨 재학 시절에 절친하게 지냈던 이가 그곳에 있다며, 일을 부탁하겠다고 했다. 어쨌든 한국 상황에 밝은 한국인 변호사가 필요한 상황이기에, 정은은 적극 수락했다.

"안녕하세요, KJ 법무팀장 소개로 연락드린 임정은입니다."

– 김현영입니다. 저도 지금 막 연락드리려던 참이었습니다.

그는 한국대 법대를 졸업하고 하버드 로스쿨에서 기업법과 국제법을 공부했다고 했다. 국내에서 일어나는 굵직한 사건 중에서 수임료 톱을 찍는 사건에는 그가 빠지는 법이 없다고도 했다.

마흔 중반을 넘긴 법무팀장의 나이를 고려했을 때, 그와 비슷할 거라고 생각했는데 휴대전화 너머에서 들려오는 목소리가 제법 젊다.

– 지금 여당이 부패 스캔들로 몸살을 앓고 있습니다. 원내 대표의 최측근 보좌관까지 연루된 것으로 압니다. 여론의 관심을 돌리기 위해 물타기 할 이슈 거리가 필요한데, 아무래도 타깃이 된 것 같습니다.

"신 대표님이요?"

– 네, 떠들썩한 결혼을 해서 세간의 이목을 끈 직후이고. 신 대표의 경우 사업 패러다임상 젊은 세대들의 관심도 끌어낼 수 있으니까요. 또 윤선진 이사는 주목받는 여성 리더 중에 가장 돋보이는 사람이고요. 이슈를 덮는 데 두

사람만 한 대체재는 없을 거라고 판단했을 겁니다.

"그렇게 이슈가 되는 건 바라던 바예요. 다만 우리가 원하던 스토리 라인에서 벗어나서 그렇지. 시나리오에서 벗어나는 장면이 찍히는 걸 그대로 보고만 있을 수는 없죠. 일단 검찰 쪽에서 원하는 게 뭔지 알아봐 주실 수 있을까요?"

– 검사의 정치색이 여당에 가까워요. 어떻게든 꼬투리를 잡으려고 할 겁니다.

"그럼, 신 대표님와 윤 이사님 스토리에 버금가는 이슈 거리를 찾으면 되겠네요? 두 분 결혼식을 앞두고 KJ 자체에서 빅 데이터 분석을 했었어요. 두 분을 두고 거론된 단어의 쓰임이나 성향은 대개 긍정적인 편에 속했어요. 능력 있는 두 사람의 로맨틱한 결혼이라는 평이 주를 이뤘고, 무에서 유를 창출한 신 대표의 능력과 유리 천장을 몸소 깨고 있는 윤 이사에 대한 극찬들이 대부분이었어요."

– 대중은 좋은 이미지가 깨지는 것에 열광하는 법이죠.

"하지만 거짓으로 이미지를 뒤집는 일은 한시적인 세상이에요. SNS의 발달로 정보의 흐름이 빨라졌으니까요. 그걸 그쪽에서도 모를 리 없어요. 한시적인 기삿거리보다는 대중이 좀 더 파고들 수 있는 부도덕한 일에 대한 고발이라면, 딜이 가능하지 않을까요?"

검찰 조사는 피할 수 없다. 하지만 그를 통한 딜은 가능할지도 모른다.

– 하찮은 거로는 시도할 생각조차 말아야 합니다.

"서로 알고 있는 말은 하지 말죠, 우리. 안 그래도 바쁜데."

통화를 마친 정은은 이슈를 정리해 놓은 기밀 파일들을 뒤적였다. 개인 정보 제공 동의가 얼마나 무서운 것인지 간과할 때가 있다. 웹사이트에 가입할 때 긴 약관을 모두 꼼꼼히 읽어 보는 이들은 없을 것이다.

KJ가 만든 SNS는 범세계적인 네트워크였다. 테러 조직이 암호화된 용어로 연락을 취하는 것도 적발해 낸 적이 있어서 G7 국가들로부터 암암리에 비호를 받고 있는 중이기도 했다. 여당에서 KJ의 신대표를 한낱 스타트업 기업의 경영인 정도로만 생각했다면, 큰 오산이다.

정은은 수장收藏해 놓은 자료 중 이번에 이용할 수 있는 것 몇 가지를 추려 보았다. 판단은 혼자서 해야만 했다. 신 대표는 안 그래도 결정할 일이 많은 사람이다. 이런 이슈에까지 개입하게 하는 것은 보좌진의 직무 유기나 다름없다.

또한 가진 패를 타인에게 함부로 보여 주는 것은 어리석은 짓이다. 어디서 누구에게 무슨 일이 일어날지 모르니, 정보의 우위는 반드시 선점해야 한다.

여러 파일 중 한국 정부에 요긴하게 쓰일 만한 것들이 여럿 있었다. 여당을 공격할 것이냐, 아니면 야당의 손을 잡아 우리 편으로 만들 것이냐. 신 대표는 기업 경영과 정치가 맞물리는 것을 지양했다.

하지만 돈과 권력은 서로 뗄 수 없는 관계에 놓여 있다는 것을 정은은 잘 알고, 또 이용해 먹기도 했다. 신 대표는 고고한 학처럼 우아하게 기업을 경영하고, 그 외의 일들은 전부 정은이 처리했다. 법의 테두리를 밟은 채로 외줄 타기를 하는 것처럼 묘기를 부리는 것은 정은의 역할이었다.

정은은 여당 삼선 국회의원과 연이 닿아 있는 일본계 미 하원의원의 비리와 해당 하원의원을 극도로 싫어하는 다른 하원의원의 정보를 뽑아 들었다.

대한민국 현 정부를 비판하는 거짓 기사를 퍼뜨리는 일의 중심에 서 있는 자가 바로 여당 삼선 국회의원과 일본계 미 하원의원이었다.

일본에 대한 감정은 언제나 좋지 않다. 하물며 현 정부를 비판하는 세력이 일본계 미 하원의원이라고 한다면 한바탕 떠들썩해질 것이다. 여당 대표는 이와 관련한 일을 수습하느라, 자신의 보좌관과 관련한 부패 따위 가벼워 보일지도 모른다.

정은은 해당 파일을 정리해서 보안문서로 만든 뒤, 추적할 수 없는 이메일 계정을 통해 반대파 미 하원의원에게 송부했다. 그리고 그보다는 정보의 단계가 낮은 정리된 파일을 미국과 한국의 언론사에 제보하는 것도 잊지 않았다.

조만간 신 대표가 검찰 수사에 참고인 자격으로 소환되면서 포토라인 앞에 서야 하겠지만, 그를 찾을 기자들은 많지 않을 것이다. 이번에도 일은 뜻대로 돌아갈 것이고, 신 대표는 우아하게 조사를 받고 귀가하면 된다.

정은은 이번에도 노련하게 일을 해결해 나갔다.

그런데 왜…….

거대한 정보망을 파헤쳐야 하는 일도 아닌, 한 사람과의 관계를 파악하는 일은 왜 이렇게 어려운 걸까. 마치 천치가 된 것 같은 기분을 지워 낼 수가 없었다.

일을 진행할 때, 가장 싫어하는 방법이 피하는 것이다. 정면 돌파까지는 아니더라도 분명 해결책이 있을 텐데, 무작정 피하는 것을 정은은 원치 않았었다.

하지만 그것은 어디까지나 일에 국한되는 것이었다. 감정이 얽히면 정은은 소극적인 사람이 되어 버린다.

그래서 지금 정은은 그를 피하는 방법을 택했다. 생각할 시간을 갖자며, 미지근한 태도로 일관했다.

가슴이 답답해서 견딜 수가 없다. 회사 일만큼이나 정확하게 가족과 관련한 일을 해결할 수 있다면 얼마나 좋을까?

누구든 그렇겠지? 감정이 얽힌 일은 더 어렵겠지?

하물며 천륜을 저버리고, 연인이 되고 싶은 사람을 피하는 일은…….

정은은 복잡해진 마음을 다스리려 일에 몰두했다. 피곤해서 곯아떨어질 때까지 일하는 것 외에는 방법이 없었다.

❋❋❋

검찰 조사는 빠르게 진행되었다. 다행히 정은이 짜 놓은 시나리오대로 순조롭게 굴러갔고, 윤선웅 상무와 CH 최지훈 이사의 죄만 가중되었을 뿐이다. 정은이 손쓴 바를 모를 리 없는 신 대표였지만, 그는 별다를 것 없다는 듯이 행동했다.

다만.

"최지훈 그놈에 대해서 좀 알아봐."

검찰 조사가 있던 날, 우연히 최지훈 이사와 마주쳤다고 했다. 죽는 날까지 괴롭힐 생각이니, 모범수가 되어 기어 나오려고 하면 다시 처넣을 수 있도록 덫을 마련해 놓으라는 거였다.

신 대표가 누군가에게 악의를 품고 행동했던 적은 단 한 번도 없었다. 하물며 이런 업무 지시를 한 적은 더더욱 없었다. 윤 이사와 관련한 일일 거라고, 정은은 짐작할 뿐이었다.

누군가를 사랑하게 되면, 안 하던 일도 하게 되는 거구나.

그래서 두 사람은 평생을 행복하게 살아갈 거라고 여겼다.

그런데 청천벽력 같은 소식이 들려온 것은 신 대표가 부명건설 영국 지사 GM 건으로 런던에서 돌아온 직후였다.

"정보 통제에 신경 써야 할 거야. 결혼하자마자 이혼 소식이 흘러나가면 곤란하니까, 각별히 신경 좀 써. 혹여 기사가 나가게 되면."

윤 이사와의 이혼을 말하는 신 대표의 얼굴은 혼이 나간 것처럼 보였다.

"책임은 나한테 있다고 해."

건조한 음성이었지만, 아픈 어조였다.

"네, 신경 쓰겠습니다."

그 외에 어떤 위로의 말도 전할 수가 없었다. 그리고 정은은 이제 때가 왔음을 직감했다.

런던 출장길에 그의 얼굴을 본 이후로 딱 일주일 만이다. 그 역시도 두 사람의 이혼 소식을 접했는지, 안색이 좋지 않았다. 두 사람의 이혼 소식을 알고 있는 유일한 사람 둘이 마주 앉아 있는 거나 다름없었다.

"사랑, 참 우습죠?"

정은이 먼저 입을 열었다. 그는 감정을 뺀 연한 시선으로 정은을 바라보았다.

"그렇게 사랑해서 결혼했는데도 헤어지는 걸 보면, 사랑이라는 감정이 참 사람 우습게 만드는 것 같아요."

정은은 조용히 말을 이어 나갔다.

"그래서 난 그렇게 우스운 사람은 되지 말아야겠다고 마음먹었어요."

그의 눈빛에 순간 이채가 어렸다. 정은이 이런 결정을 하고 만나지고 한 것인 줄 몰랐다는 얼굴이다.

"진심입니까?"

건조하게 흘러나온 음성이 가슴을 찌르는 듯 날카롭다.

"네, 진심입니다."

그는 정은을 설득하려는 얼굴을 했다. 그들의 사랑과 우리의 사랑은 다를 거라고.

정은은 두 눈을 질끈 감은 채로 읊조렸다.

"이제 나한테도 기회가 있을지 모르잖아요? 선배 이제 혼잔데."

가슴이 갈가리 찢어졌다. 정은은 그에게 시선을 맞출 수가 없어서 가라뜬 눈으로 창밖을 바라보았다.

"임정은."

"강 수석님도 이제 윤 이사님 곁으로 돌아가요. 우린 잠시 그냥 서로에게 스펀지 같은 관계였을 뿐이에요. 짝사랑의 실패를 흡수해 주던 스펀지."

"말 다 했어요?"

낮게 가라앉은 그의 목소리는 처참했다.

"아뇨. 다 못 했어요. 솔직히 감정 흡수하는 스펀지도 아니었잖아요. 그냥 섹스 메이트였을 뿐이지."

그의 눈빛에 상처가 깃드는 모습이 선연했다. 아파하는 그의 눈동자를 응시하며 읊조렸다.

"그동안 즐거웠어요. 먼저 일어날게요."

마른 눈물이 흐르지 못하고 가슴에 고인다.

안녕, 고마운 사람.

7화
순수하지 않은 감각

두 계절 후.

정전기와 같은 현상이었다.
뜻했건, 뜻하지 않았건.
닿은 순간 갑자기 찌릿한 통증이 퍼지는 것과 같은 감각.
순수하지만은 않았던 감각에 매혹되어 그에게 빠졌던 날들의 기억
은 정전기처럼 불쑥 일어나 정은의 머릿속을 어지럽혔다.
잊고자 했지만, 잊을 수 없었다.
불꽃놀이처럼 찰나의 순간 타올랐던 짧은 나날을 뒤로하고 두 계
절이 흘렀다. 눈앞에 있는 남자와 이런 식으로 재회하게 될 거라고는
상상조차 하지 못했다.

정은이 부명그룹의 신규 사업 프로젝트에 합류하라는 이야기를 들

은 것은 일주일 전이었다.

아직 시장이 조성되지 않은 신규 사업이기에 시장 개척을 위한 빅 데이터 분석 전문가가 필요하다는 게 부명 측 요청이었다고 했다.

마케팅 솔루션 회사 KJ의 신기주 대표는 정은이 7년 넘게 보좌한 인물이었다. 신 대표가 직접 합류하거나, 그와 비슷한 본사 인력이 투입되어야 하는 상황이었다. 그런데 신 대표는 막중한 프로젝트에 정은을 밀어 넣었다.

"임정은. 내가 KJ 그만두면 넌 뭐 할래?"

7년 넘게 보좌한 신 대표의 질문에 정은은 이 넓은 세상에서 자신이 할 수 있는 일 하나 없겠느냐고 받아쳤지만, 실상은 막막했다.

KJ는 스탠포드 학생들이 주축이 되어 시작한 스타트업 기업이었다. SNS 사업으로 시작한 KJ는 그로 인해 얻은 대규모 데이터를 분석해 마케팅에 접목하며 괄목할 만한 성장을 이루었다.

운 좋게도 스탠포드 출신은 아니었지만, 신 대표와의 오랜 인연 덕분에 정은은 KJ의 시작과 성장을 내내 함께해 왔다.

그렇다고 KJ가 내내 성공 가도를 달린 것은 아니었다. 실리콘밸리가 탄생할 수 있었던 배경에는 스타트업 기업을 적극적으로 지원하는 미국의 제도가 있었다. 그 제도 덕에 KJ 역시 고비를 무사히 넘기고 범세계적 기업 반열에 올랐다.

만약 신 대표가 미국이 아닌 한국에서 KJ를 창업했다면, 진작 대기업에 핵심 기술을 헐값에 빼앗기고 물러났거나, 고비를 넘기지 못하고 무일푼으로 길바닥에 나앉았을지도 모른다.

한국에서는 외부 공격을 방어할 수 있는 창업주의 차등의결권조차 허락되지 않기에 충분히 가능한 시나리오였다.

하지만 미국을 근거지로 두고 있는 KJ에서 신기주 대표는 여전히 단단한 입지를 다지고 있었다. 정은은 신 대표가 열정을 다 바쳐 일군 KJ를 저버릴 일이 없을 거라 여겼고, 그렇기에 자신도 끝까지 KJ에 남을 거라 여겼다.

"일을 좀 줄일 생각이야."

윤 이사와 결혼하자마자 이혼하고, 다시 두 계절 만에 재결합한 뒤, 심경의 변화를 겪은 신 대표는 경영 일선에서 한 발짝 물러날 거라고 했다.

머릿속에 새하얘지는 기분이었다. 그가 작년에 부명의 윤선진 이사와 결혼한다고 했을 때, 막연하게나마 사표를 써야겠다는 생각을 했던 적은 있었다.

그런데 막상 자신의 직무 자체가 없어질지도 모른다고 생각하니 조금 충격적이다.

"부명에서 신규 사업 진출을 앞두고 KJ에 전문가 파견을 요청했어. 부명하고 관계된 일들, 제일 잘 아는 사람이 나 말고 임 비서밖에 더 있어? 좋은 기회야. 임 비서가 수락했으면 좋겠어."

커리어의 전환점이 될 것은 분명해 보였다. 하지만 망설일 수밖에 없었다. 부명에는 그 남자, 강태욱이 있었다. 이름을 떠올리는 것만으로 가슴이 쿵 내려앉았다.

"프로젝트 리더가 누군지 알 수 있을까요?"

정은의 질문에 신 대표의 한쪽 눈썹이 꿈틀거리는가 싶더니, 묘한 미소를 머금으며 대꾸했다.

"윤선진 상무."

신 대표가 아내 이름을 입에 올리며 머쓱한 표정을 지었다.

"부탁 좀 하자, 정은아. 내가 직접 가기엔 좀 그렇잖아. 그렇다고 생판 모르는 사람 붙일 수도 없고."

명목상의 파견일 뿐, 신 대표와 윤 상무 간의 가교 구실을 하라는 것처럼 들렸다.

하지만 강태욱은 윤선진의 심복이나 다름없었다. 윤 상무가 프로젝트의 리더라면 분명히 태욱과도 부딪힐 일이 생길 것이다.

"강태욱 수석이라고 기억하지? 그 사람 이번에 특진해서 부명건설 런던 지사로 갔대."

신 대표의 입에서 흘러나온 이름 석 자 때문에 심장이 세차게 뛴 것도 잠시, 그가 한국에 없다는 말에 기분이 괜히 가라앉아 버렸다.

기대했나? 그를 다시 볼 수 있을지도 모른다고 여겼나?

정은은 불안한 박자로 덜컹거리는 가슴을 다독이며 물었다.

"그러니까 윤 상무님 곁에서 잘 모시라는 의미네요?"

신 대표는 어깨를 으쓱하며 웃었다.

사랑 앞에서 사람이 저렇게 변할 수도 있구나, 생각하며 정은도 같이 웃어 버렸던 기억이 선명하게 되살아났다.

"이번에 TF팀에 합류한다고요?"

차갑고 건조한 목소리로 묻는 그의 미간에 세로 주름이 잡혔다. 지나치게 높다 싶은 콧날에서 이어지는 붉은 입술 라인과 날렵한 턱선은 여전히 우아하다.

런던 지사로 갔다는 남자가 27인치 모니터 두 대를 번갈아 보며 기름한 손가락으로 마우스를 딸깍 눌렀다. 정은에게는 눈길 한 번 주지 않은 채로 일에 몰두한 모습이다.

"네, KJ에서 저만큼 부명에 대해 잘 아는 사람이 없어서요."

정은은 평소와 같은 목소리로 대꾸했지만, 가슴은 어딘가로 쓸려 내려가는 것처럼 기울었다.

눈앞에 있는 남자와 이렇게 쉽게 대면하게 될 거라고는 생각지 못했다. 런던 지사로 발령받았다는 남자가 왜 눈앞에 있는 건지, 정보의 비대칭 속에서 정은은 혼란스러웠다.

"부명에 대해 잘 알면."

안 그래도 낮은 목소리를 더욱 낮게 가라앉힌 그가 의자 등받이에 몸을 깊숙이 기대며 느른하게 시선을 옮겼다.

마침내 두 사람의 눈빛이 마주쳤다. 지난날의 열기가 사라져 버린 얼음처럼 차갑고 단단한 눈동자가 정은을 바라보았다.

"우리 팀에 합류할 자격이 있다고 생각합니까?"

그의 목소리는 차가운 눈빛만큼이나 시렸다. 우리 팀? 분명 프로젝트 리더는 윤선진 상무라고 했었다.

그는 애초에 정은의 대답을 들을 생각은 없었다는 듯이 독설을 퍼붓기 시작했다.

"그렇게 따지면 부명 직무 적성 검사에서 높은 점수 얻은 예비 입사 지원자 중에 아무나 데려다 놓는 거랑 크게 다를 게 없는데? 부명을 잘 안다? 그렇게 변변치 못한 필요조건을 구비한 취준생은 널렸는데, 내가 왜 굳이 그들과 다를 바 없는 임정은 씨를 내 팀에 들여야 하죠?"

"다르다는 것은 업무 능력으로 증명하겠습니다."

의아하다는 듯 비스듬히 고개를 기울인 그의 얼굴에 비소가 어렸다. 비웃는 얼굴조차도 지나치게 잘난 남자다. 그와 함께한 짧지만 강렬했던 순간이 심장을 벨 듯 상기되었다.

정은은 침잠된 가슴에서 솟아나는 비애에 동요하지 않으려 아랫입술 안쪽의 말캉한 살을 짓씹었다.

"신기주 대표 비서 아니었어요? 이력서 보니까, 미국에서 커뮤니티 칼리지 졸업했네요? 기존에 우리 팀원들과 비교하면 스펙도 달리고……. 팀원 반발은 팀장인 내가 책임져야 하는데, 그런 수고로움을 감내하면서까지 임정은 씨를 받아 줄 각별한 이유는 나한테 없지 않습니까?"

스펙을 탓하고 있는데, 너와 나 사이에 이제 감정이 끼어들 여지는 없지 않은 거냐고 돌려 묻는 것처럼 들렸다. 아물지 않은 상처가 쓰라렸다.

나에게 상처받을 권리가 있나?

정은은 정확히 두 계절 전에 차가운 말로 그에게 이별을 고했었다.

"아, 맞다. 내가 모시는 상사 남편의 추천이 있었지? 그게 신기주 대표고."

그는 A4 크기의 빳빳한 종이를 들어 보이며 못마땅하다는 듯이 웃었다.

"프로젝트 리더는 윤선진 상무님이라고 전달받았는데요. 강태욱 수석님 팀에 합류하라는 지시는 받지 않았……."

"윤선진 상무가 프로젝트 리더 아니라고 한 적 없는데?"

정은의 말을 탁 끊어 낸 그가 호전적으로 웃으며 덧붙였다.

"실무 책임자는 납니다."

긴장한 탓에 눈 안이 건조해졌다. 콘택트렌즈가 들뜨는 듯 시야가 흐려져서 정은은 저도 모르게 눈을 가늘게 떴다.

"왜요? 내가 실무 책임자인 게 고깝습니까?"

명백한 비웃음을 입꼬리에 걸고 그가 빈정거렸다. 그런데 빈정거리는 모습도 지나치게 매혹적이어서 심장이 시큰거렸다. 정은은 눈을 깊게 한 번 감았다 뜨고는 대꾸했다.

"솔직히 말씀드리자면, 달갑지는 않습니다. 특진해서 런던으로 가셨다고 듣고 오는 길이거든요."

그가 어이없다는 듯이 '하' 하고 헛웃음을 흘리고는 물었다.

"섹스 메이트였던 남자하고는 일 못 하겠습니까? 이렇게 프로의식이 부족해서야."

거리가 제법 있었지만, 정은의 눈동자를 깊게 들여다보는 그의 시선은 충분히 도발적이었다. 정은은 애써 웃음을 머금으며 대꾸했다.

"아니요. 제가 차 버린 남자가 업무적 우위에 있어서 보복이라도 당할까 봐 두려운 건데요."

"내가 보복하면 신 대표한테 가서 이를 겁니까? 임정은 씨가 뭐라고 말할지 되게 궁금하네요. 시도 때도 없이 섹스하면서 울리던 남자가, 이제는 일 시키면서 울린다고 할 겁니까?"

그는 까만색 뚜껑이 달린 주황색 볼펜대를 입에 물며 재미있다는 듯이 웃었다.

비열하게 보여야 하는데, 전혀 그렇지가 않아서 안타까운 남자라고 해야 할까? 저속한 말을 내뱉는 순간에도 남자는 지나치게 모범적인 엘리트의 얼굴이었다.

"그런 거로 보복하는 양아치는 아니니까 걱정하지 말고."

대번에 표정을 반듯하게 바꾼 그가 탁 소리가 나도록 볼펜을 책상 위에 올리며 덧붙였다.

"별수 있나. 나도 부명에서 월급 받는 처지인데, 위에서 꿇으라면 꿇어야지. 어쨌든 잘해 봅시다."

단정하게 다문 그의 입술이 정은의 시야에 잡혔다. 순간 붉고 단정한 입술이 자신의 몸을 뜨겁게 탐했던 모습이 떠올라서 심장이 짜르르 울리고 머릿속이 복잡해졌다.

"잘 될지는 모르겠지만……. 나가 봐요."

헤어 나올 수 없는 수렁에 발을 들이는 기분이었다. 정은은 꾸벅 묵례하고는 그의 집무실 밖으로 걸음을 옮겼다.

힘든 날이 시작되려고 했다. 앞으로 매일 같은 공간에서 그를 마주해야 했다.

그것도 냉소적인 그의 얼굴을.

그를 만났던 시린 겨울을 지나, 태양빛이 뜨거운 여름을 지나고 있었다. 그런데도 정은은 겨울에 머무는 것처럼 가슴이 시렸다.

부명에서 마련해 준 사무실 자리는 영 어색했다. 의자 뒤로 커다란 창이 있고, 집무용 책상과 폭이 600mm쯤 되는 책장 하나, 그 옆으로는 외투를 걸어 둘 수 있는 옷장형 의류 관리기가 놓여 있었다.

자리에 앉자마자 PC를 켠 정은은 부명에서 만들어 준 사내 계정에 접속했다. 보안이 철저한 회사답게 로그인 절차도 삼중 인증으로 이뤄져 있었다.

겨우 인증을 마치고 이메일 함을 열었는데, 형식적인 환영 이메일 속에 익숙한 이름 석 자가 눈에 들어온다.

[발신: 강태욱 수석
건축가 유준홍 씨와 미팅 예정입니다. 관련인 조사 부탁합니다.]

짧은 이메일이 그의 딱딱한 목소리로 읽히는 듯했다.

건축가 유준홍이라······.

정은이 그의 간단한 이력을 검색해 볼 새도 없이 누군가 유리문을 두드리는 소리가 들려왔다. 고개를 돌려보니 반가운 얼굴이 테이크 아웃 커피 잔을 흔들며 인사를 건넨다.

"여기서 보니까 더 반갑다."

동창 모임에서 강 수석 팀에 들어갈 수 있도록 힘써 달라며 읍소했던 김주성이었다.

"아직 잘 버티고 있었나 보네."

약육강식의 사회, 능력 있는 이들 중에서도 날고 긴다는 자들만 모인 정글 같은 TF팀에서 나가떨어지는 사람도 더러 있다고 들었다.

"어. 나 좀 하지?"

"아직 일하는 걸 못 봐서 뭘 좀 하는 건지 모르겠다."

정은은 그가 가져다준 커피를 홀짝이며 선선한 미소를 머금었다. 반가운 얼굴로 방에 들어온 주성은 책상을 사이에 두고 마주 앉자마자 약간은 곤란한 표정을 지었다.

"왜, 할 말 있어?"

업무적인 공간에서 동창과 마주 앉아 노닥거릴 만큼 한가한 정은이 아니었다. 정은은 어서 본론을 꺼내라며 채근하듯 눈을 치떴다.

"잘 안 된 거야?"

조심스럽게 묻는 말에는 가십에 대한 지나친 관심이 아닌, 친구에 대한 염려가 묻어났다. 주성이 일컫는 잘 안 됐다는 게 무엇인지 정은은 단박에 알아차렸다.

"어."

정은은 별일 아니었다는 식으로 무던히 대꾸했다. 주성은 그러냐며 고개를 끄덕거리고는 덧붙였다.

"수석님한테는 물어볼 수가 없어서……. 모른 척할게. 걱정 말고."

"그래, 고마워."

주성은 별걸 다 고마워한다며 손사래를 쳤다.

"힘든 일 있으면 말해. 내가 도울 일 생기면."

정은은 특별히 그럴 일은 없을 거라고 생각했지만, 가만히 고개를 끄덕일 뿐이었다.

주성이 나가고 난 뒤, 정은은 유준흥 건축가에 대한 조사를 시작했다.

천편일률적으로 지어지는 한국식 아파트에 여러 번 반감을 드러냈던 건축가, 저급한 자재로 공장에서 찍어내듯이 건물을 지어 대는 한국의 건설사들과는 일할 수 없다며 선을 긋고 고고하게 구는 인물이

301

었다.

일부는 그의 철학을 지지했지만, 또 다른 일부는 한국 건설사를 매도하고 외국만 돌아다니는 그를 사대주의에 빠진 어리석은 이라고 비판했다.

우선 그의 개인적 성향 파악을 위한 SNS 분석 프로그램부터 돌려 보기로 했다.

부명에 들어와 앉아 있으니, 부명에서 제공하는 네트워크와 PC시스템을 사용해야 했기에 KJ 자체 프로그램을 돌릴 수는 없었다.

정은은 KJ 본사에 있는 직원 한 명과 KJ 소속은 아니지만 주로 비화를 캐낼 때 이용하는 정보 검색 요원 한 명에게 연락을 취했다.

전자는 업무 처리를 위해 태욱과 공유할 정보였고, 후자는 혹시 모를 상황에 대비해 정은이 가지고 있어야 할 카드였다.

업무 진행을 하고 시계를 보니 정오에 가까운 시각이었다.

"정은아, 점심 먹으러 가자."

주성이 정은의 방문 앞에서 고개를 빠끔히 내밀며 말했다. 정은이 대답을 내놓으려는 찰나, 주성의 등 뒤에서 그가 나타났다.

"김주성 주임, 오전에 부탁한 포럼 자료 정리 끝났습니까?"

"아, 거의 다 됐습니다."

"일단 한 데까지 팀 공유 폴더에 업로드 해 놔요."

"지금요?"

그가 그럼 나중에 해야 할 일을 말하는 거겠냐고 묻는 듯한 표정으로 주성을 바라보았다.

주성에 비해 그는 키도 머리 하나는 더 컸고, 어깨도 주성의 1.5배쯤은 되어 보였다. 마치 너구리 한 마리가 곰 앞에서 혼나고 있는 듯한 그림을 눈앞에 두고 정은은 주성을 안타깝다는 듯이 바라보았다.

그의 기에 눌린 주성은 '지금 바로 올리겠습니다.'라고 대답하고는 서둘러 자리를 떴다.

정은은 주성의 뒷모습을 바라보며 한숨짓는 그를 물끄러미 바라보았다. 이윽고 그가 시선을 돌려 정은을 응시했다.

"무슨 일이시죠?"

정은의 물음에 그는 손목시계를 한번 확인하고는 사무적인 목소리로 응대했다.

"내가 30분 후에 외부 회의 때문에 나가 봐야 해서 시간이 많질 않아요. 업무 진행 상황 논의합시다. 가죠."

그는 단호하게 자기 할 말만 내뱉고는 돌아섰다. 정은은 휴대전화와 부명에서 지급된 태블릿 PC를 들고 그의 뒤를 따랐다.

업무 지시를 내린 지 2시간밖에 되지 않았으면서 업무 진행 상황을 논의하자니.

아직 논의하기엔 이른 단계가 아니냐고 말하고 싶었지만 그의 살벌한 분위기로 봐선 먹히지 않을 것 같았다.

당연히 회의실로 향할 줄 알았는데, 그는 구내식당으로 향했다. 정은이 의아하다는 듯이 서 있자, 그가 왜 그러느냐는 듯이 바라보았다.

"아니, 회의하자는 거 아니었어요?"

"뭐 더러운 얘기 할 거예요? 밥 먹으면서는 못 합니까?"

그의 되물음에 정은은 잠시 할 말을 잃어버렸다. 예전에는 내내 모범생같이 굴던 남자가 이제는 삐딱한 노선을 타기로 작정했나 보다.

"자, 봐요. 출입증 받았죠?"

정은은 고개를 끄덕이며 목에 걸린 출입증을 들어 보였다.

"이걸 여기에 이렇게 갖다 대고 메뉴를 누르면 됩니다."

그는 사원증을 키오스크 기계에 갖다 대며 알겠느냐는 듯이 눈을 치뗐다. 사무적으로 구내식당 주문법을 가르쳐 주는 그의 모습은 마치 정은이 알고 있었던 사람과 다른 사람인 것처럼 보였다.

그는 다정하게 웃지도, 상냥하게 말하지도 않았고, 은근한 열기를 내뿜으며 낭만적인 분위기를 풍기지도 않았다.

완전히 끝났구나.

그에게 이별을 고했던 두 계절 전이 아닌, 지금에서야 정은은 그와 완전히 끝났다는 게 실감이 나기 시작했다.

두 사람은 나란히 식판을 받아 식당 한쪽에 자리를 잡고 앉았다. 그와 안면이 있는 사람들이 눈인사를 하고 지나갔고, 그는 불편한 기색 없이 식사를 시작했다.

모든 것이 자연스러운 그와 모든 것이 부자연스러운 자신.

아직 미련이 남아 있는 쪽을 굳이 고르자면 정은 자신일 거라고 생각했다. 마음을 주겠다는 상대에게 섹스 메이트라고 단정 짓고 이별을 고하는 최악의 여자를 두고 미련 따위 남아 있을 남자는 세상에 없을 것이다.

만에 하나 그를 다시 만나게 되면 신경이 쓰일 거라고는 생각했지만, 이토록 마음이 아플 거라고는 예상하지 못했다. 그리고 그가 이곳에 있는 줄 알았더라면 정은은 절대 이 업무에 발을 들이지 않았을 것이다.

일을 진행하면서 잠시 귀국한 그와 마주칠 수 있지 않을까? 하는 생각을 하기도 했었다. 낭만적이고 애틋한 재회이기를……. 그저 서로의 행복을 빌어 주는 영화 속 한 장면과 같기를, 정은은 소녀처럼 꿈꿨다.

그런데 구내식당에 앉아서 사무적인 태도로 일관하는 남자와 식사를 하게 될 거라고는 꿈에도 생각 못 했다.

"어? 태욱 선배, 런던 안 갔어?"

누군가 그의 이름을 친근하게 부르며 다가왔다. 여자를 돌아본 정은은 그녀가 누군지 단박에 알아보았다. 그와 만남을 시작했던 지난 겨울, 차 안에 앉아 그의 곁에 선 여자를 보며 질투 비슷한 감정을 느꼈었다.

"그렇게 됐어. 점심은?"

"이제 다 먹었지. 잘됐다. 나 TF팀 들어가. 알지? 선배가 아직까지 리더로 있는 줄은 몰랐네."

"멕시코 갔던 일은 잘 마무리됐고?"

그는 호의적인 미소를 지으며 여자를 향해 물었다.

"얼추 마무리됐어. 완벽하지는 않지만."

"우리 팀에 언제부터 오는데?"

"멕시코 공장 프로젝트 마무리되는 대로 가능한 빨리."

"그래, 기다릴게."

정은이 TF팀에 합류한다고 했을 때와는 완전히 다른 태도와 목소리였다.

"나 창문 있는 방 주면 안 돼?"

"봐서."

진한 미소를 머금으며 대꾸하는 그의 능글맞은 태도에 여자는 생글생글 잘도 웃어 댔다. 정은은 마치 이 자리에 없는 사람 같았다. 여자가 TF팀에 합류할 거라면, 업무상 당연히 소개받아야 마땅했다.

그런데 그는 정은은 배제한 채로 여자와의 대화를 이어 갔다.

"이따 시간 되면 커피 한잔 해. 나 오늘 늦게까지 사무실에 있을 거니까. 끝나고 술 한잔 해도 좋고."

편안하게 대화를 나누는 두 사람을 주변에서 흘끗거리는 시선이 느껴졌다. 두 사람은 사내에서 꽤 주목받는 축에 속하나 보다. 딱 보기에도 선남선녀, 잘 어울리는 한 쌍이었다.

가슴이 답답해져서 목구멍으로 밥을 넘기는 것조차 힘겹다.

"술이 낫겠네. 한 9시쯤 그때 거기서 볼까?"

그가 친근하게 물었고, 여자는 그러자며 흔쾌히 대꾸했다. 정은은 그저 소품처럼 가만히 앉아 있었다. 그는 여자가 자리를 뜬 이후에도 이렇다 할 설명을 건네지 않았다.

"유준홍 씨와 관련해서는 KJ 본사에 SNS 분석을 지시해 놓은 상태입니다. 결과가 나오는 대로 보고드리겠습니다."

만약 예전 같았으면, 저 여자는 누구냐고 물었을 것이다. 걷잡을 수 없이 치솟는 감정에 동화되어 그에게 뾰로통한 감정을 여과 없이 흘려보냈을지도 모른다.

"그게 답니까?"

그가 딱딱한 목소리로 물었다. 정은은 대꾸 없이 건조한 시선으로 그를 바라보았다.

"2시간 동안 한 업무가 고작 KJ 본사에 연락하는 거, 그게 다예요?"

한심하다는 감정이 섞인 눈빛이었다.

"인증 작업이 서툴러서 익숙해질 시간이 좀 필요했습니다. 팀원들한테 온 이메일 확인도 했고……."

말을 늘어놓을수록 구차해지고 있다는 생각이 들었다. 그의 얼굴에 비소가 어렸다.

"업무로 증명하겠다며, 이게 증명하겠다는 사람 자세예요? 스스로 글러 먹있다는 생각 안 들어요?"

그의 예의 없는 태도를 대면했던 적은 이제껏 단 한 번도 없었다. 그런데 그는 작정하고 무례하게 굴었다. 어떤 상황에서건 그는 정은을 편안하게 만들어 주었었다. 그런데 지금 눈앞에 있는 남자는 한없이 불편하기만 하다.

아니, 어쩌면 그의 말마따나 자신이 글러 먹은 건지도 모른다.

그의 곁에는 업무적으로나, 감성적으로나…… 아까 그와 대화를 나누던 여자가 훨씬 더 잘 어울렸다.

"죄송합니다. 하지만 업무에 돌입한 지 2시간밖에 되지 않았는데, 조금 더 지켜봐 주셨으면 합니다. 신입 직원도 직무 연수를 받고 업무에 투입되는 것으로 아는데요. 팀원들과 비교했을 때, 제가 조건상 부족하다는 것은 압니다. 하지만 업무에서는 뒤지지 않을 자신 있습니다."

그는 무심한 시선으로 정은을 응시했다. 그리고 살을 후벼 파고, 뼈를 도려내는 듯한 말을 내뱉기 시작했다.

"임정은 씨, 본인은 부족한 사람 못 견디는 편 아니에요? 어떻게 본인은 못하는 걸 남한테 하라고 강요합니까?"

정은이 그에게 생각할 시간을 갖자고 했던 날 그가 했던 말, 표정, 행동이 머릿속을 스쳤다.

'내가 아직 부족하죠? 정은 씨 마음 채우기에, 내가 아직 많이 부족한 거 알아요.'

차근차근 알아 가자며 정은을 설득했던 그를, 정은은 무참하게 밀어냈다.

"업무적 영역에서만 평가해 주셨으면 합니다."

감정을 지운 정은의 목소리가 흘러나오자, 그는 이내 시선을 돌려 버렸다. 한동안 그는 말없이 식사를 이어 갔다.

"유준홍 씨에 대한 자료 내일까지 정리해 와요."

식사를 마친 그는 짧게 일갈하고는 식판을 들고 먼저 자리를 떴다. 그가 떠난 자리에는 정은의 한숨만이 맴돌았다.

오후 시간은 전부 회의로 채워졌다. 그의 팀원들이 필요로 하는 자료 분석을 정은이 어디까지 맡을지에 대한 논의가 이어졌다.

회의실에서 그들은 은근하게 정은을 배척했다. 정은이 주요한 인물임은 인정하는 눈치였지만, 은근한 텃세가 작용한 것이었다.

그럴 때마다 분위기를 부드럽게 만드는 것은 주성이었다. 정은이 주성에게 고맙다는 눈길을 보내자, 주성은 별것 아니라며 눈을 한 번 찡긋할 뿐이었다.

퇴근 시간이 가까워 올 무렵, 정은은 주성의 파티션을 조심스럽게 두드렸다. 주성의 책상 위에는 반쯤 비워진 텀블러가 서너 개 놓여 있었고, 홍삼 진액 파우치와 초코바 껍데기가 나뒹굴었다.

주성은 귀에 이어폰을 꽂은 채로 보고서를 작성하는 데 여념이 없었다. 정은의 기척을 알아차리지 못한 것 같아서, 정은은 주성에게 문자메시지를 하나 보았다.

[자리가 그게 뭐야? 쓰레기 좀 치우고 살아.]

블루투스 이어폰으로 문자 수신음이 울렸는지, 휴대전화를 확인한 주성이 흠칫 놀란 얼굴로 정은을 돌아보았다.

"언제부터 거기 있었어?"

"한 1분? 퇴근 안 해?"

"곧 나가려고. 오늘 힘들있지? 맥주 한잔 할래?"

정은은 흔쾌히 고개를 끄덕거렸다. 배타적인 팀 분위기를 파악하는 데 주성의 도움이 절실했다.

주성은 부명 사옥 근처에 있는 오래된 주점으로 정은을 이끌었다. 부명그룹 직원만을 상대로 해서 먹고사는 주점이라고 해도 과언이 아닌 듯, 벽에는 정은도 알 만한 부명 임원들의 사진과 사인이 걸려 있었다.

정은은 마치 연예인 사진처럼 걸려 있는 액자들을 유심히 보았다.

"꼭 명예의 전당 같지?"

주성의 물음에 정은은 그렇다며 고개를 끄덕였다.

"나도 언젠가는 저기에 꼭 이름을 올릴 거야."

결의를 다지듯 강한 목소리를 내는 주성을 향해 정은은 잔을 들어 올렸다.

"그래, 저기에 꼭 이름 올리길 빈다."

주성은 그렇게 되어야 한다는 듯이 의미심장한 표정을 지으며 정은의 잔에 자신의 잔을 부딪쳤다.

"너네 팀원들, 원래 그렇게 까칠해?"

술이 한두 잔 오가고 분위기가 무르익었을 때, 정은이 입을 열었다.

"요즘 유독 그래."

"예전에는 안 그랬어?"

"어. 건축가 유준홍 말이야. 오늘 아침에 들었지?"

"응."

주성은 한숨을 한 번 몰아쉬고는 입을 열었다.

"강 수석님이 엄청 공을 들였어. 그 사람 우리 프로젝트에 모셔 오려고. 그런데 할 것처럼 굴다가 얼마 전에 판을 뒤집었나 봐. 자세한 건 나도 잘 모르는데⋯⋯. 그래서 강 수석님 런던행도 취소됐고."

정은은 알 만하다며 고개를 끄덕였다.

"사실 강 수석님이 능력은 좋지만, 나이가 좀 어리잖아. 아무리 능력제로 모인 팀이라고 해도, 은근히 꼰대 기질 가진 것들이 있단 말이지? 강 수석님 런던 가고 나면, 그 자리에 나이 많은 팀장이 내정

되어 있었거든. 유하기로 소문난."

"그래서 다들 예민해져 있구나."

"어. 그리고 너 때문이기도 해."

"나?"

정은은 짐짓 당황스럽다는 듯이 물었다.

"우리 팀에서 해결 못 한 일을 네가 들어와서 해결해 봐. 우리가 뭐가 되나. 우리가 그렇게 지지고 볶아도 유준홍이 안 움직였는데, 만약에 네가 오고 나서 일이 잘됐다고 치자. 그게 실상 그동안 쌓아 놓은 우리 팀의 공으로 된 거든, 아니면 강 수석님이 다시 힘써서 된 거든, 단순히 유준홍이 마음을 돌린 거든…… 아니면 네가 되게 만든 거든……. 결국 밖에서는 KJ에서 손써서 된 거라고 생각할 거거든."

정은은 알 만하다며 고개를 끄덕일 뿐 첨언을 하지는 않았다.

"부명에 TF팀이 우리만 있는 건 아니잖아. 아무리 윤선진 상무님 비호를 받고 있는 팀이라고 해도. 우리도 다른 팀이랑 경쟁해야 하는 위치인 건 마찬가지야. 아마 지금 강 수석님 기분도 말이 아닐 거야."

정은은 어쩔 수 없이 한숨을 몰아쉬었다. 과거의 감정뿐 아니라 지금의 상황에 대입해 보았을 때, 여러모로 정은이 환영받을 수 있는 상황은 아니지 싶다.

"그럼, 내가 잘해야 할까, 못해야 할까?"

마음을 나해 그를 돕고 싶었지만, 그게 그에게 도움이 되는 상황인지 확신할 수 없었다. 그의 능력으로 헤쳐 나가야 하는 일에 정은이 뚝 떨어졌으니, 그로서는 달갑지 않을 것이다.

"글쎄. 너무 어려운 질문이다. 아무튼, 우리한테 유준홍이 필요한 건 맞거든."

잠시 정적이 흘렀다. 그와 허심탄회하게 이야기라도 나눌 수 있으면 좋으련만. 오늘 그가 정은에게 보인 태도를 고려해 봤을 때, 업무적으로라도 진심 어린 대화를 나누는 것은 불가능해 보였다.

"아……."

갑자기 주성이 탄식 섞인 한숨을 내뱉었다.

"우리 타이밍 봐서 자리 옮겨야겠다."

"왜?"

주성의 시선이 정은의 등 뒤 아득한 곳을 향해 있었다. 정은은 고개를 돌려 주성의 시선이 닿아 있는 곳을 바라봤다.

"뭐야? 내가 오빠네 팀으로 가는데 진짜 신경 안 쓰인다고?"

회사에서는 보는 눈이 있어서 그랬는지, 선배라는 호칭을 쓰던 여자가 그를 향해 오빠라고 부르며 친근하게 굴고 있었다.

정은은 얼른 고개를 돌려 테이블을 응시했다. 여자를 보고 환하게 웃는 그의 얼굴을 견딜 수가 없었다.

왜, 헤어질 때 이런 거 생각 못 했니? 네 것이 못 된다고 남의 것도 될 수 없는 건 아냐, 임정은.

정은은 스스로를 다그치며 가만히 숨을 골랐다.

"……괜찮아?"

주성의 조심스러운 물음에 정은은 저도 모르게 쓴웃음을 머금으며 고개를 끄덕였다.

"구은선이라고, 되게 유명해. 어느 대학 경영학과 교수 딸이래. 그 교수는 부명 경영 고문 했던 적도 있고. 내일부터 우리 팀에 합류한다는 소문 있더니, 진짠가 보네."

"어, 그렇대. 아까 점심 먹으면서 들었어."

"나쁜 사람은 아냐. 좀 자기가 주목받는 걸 좋아해서 그렇지."

"그렇구나."

정은은 의미 없는 대답만 늘어놓았다.

"아니라고는 하겠지만 신경 쓰이겠다. 구은선이 유일하게 관심 두는 사람이 강 수석이거든."

예상 못 한 바는 아니었지만, 주성의 입으로 확인을 하고 나니 마음이 쓰리다.

"뭐, 그런 것 같더라."

정은은 이제 저와 상관없는 일이라는 듯이 대꾸했다.

"아, 그리고."

주성이 지금까지와는 결이 다른 목소리로 정은을 불렀다.

"이야기할까 말까 고민했는데."

굉장히 곤란한 이야기를 털어놓을 테니, 자신을 너무 엄격하게 평가하지 말아 달라는 부탁이 깃든 눈빛이었다.

"나 윤경이 만나."

"뭐?"

주성이 윤경을 만난다는 말의 의미를 헤아릴 수 없어서 되물었다.

"아직 윤경이가 너한테 말 못 했다고 하더라고."

"너 지금 우리가 아는 그 윤경일 만난다고 하는 거야?"

정은의 목소리가 약간 떨렸다. 윤경은 대략 5개월쯤 전에 결혼을 한 유부녀였다.

"만난 지 오래된 건 아니고. 아무튼 너랑 계속 마주칠 거고, 윤경인 너랑 제일 친한데…… 내가 그냥 모른 척할 수가 없어서."

"너 제정신이니?"

어쩔 수 없이 주성을 나무라는 목소리가 흘러나왔다.

"윤경이 결혼한 지!"

"윤경이 이혼했어."

정은의 말을 끊으며 주성이 목소리를 낮췄다.

정은은 뒤통수가 얼얼한 표정으로 주성을 바라보았다. 저 혼자 바

쓰고, 저 혼자 힘들게 사느라 가장 친한 친구가 이혼한 것도 몰랐다.

"모르고 있었다고, 스스로를 탓하는 표정은 하지 말고. 그 형이 바람피우는 거, 나는 알았거든. 그래도 결혼해서 정신 차리고 살 거라고 생각했는데."

정은은 무슨 말을 해야 할지 몰라서 잠시 망설였다. 그러다 흘러나온 말은 윤경의 안부를 묻는 것이었다.

"윤경이 괜찮니?"

"괜찮을 리가."

주성의 얼굴에 그늘이 드리웠다.

"너는 괜찮고?"

"솔직히 안 괜찮아. 윤경이가 그 형 잊으려고 나 만나는 것 같고, 그래."

꽤 오랫동안 윤경을 마음에 두고 있었다는 주성은 아무래도 상관없다며 쓰게 웃었다. 때마침 등 뒤에서 그의 목소리가 크게 들려왔다.

"하, 구은선. 진짜 못 말린다니까."

유쾌하게 웃는 그의 목소리가 가슴을 불편하게 찔러 댔다.

"우리 나갈까?"

정은이 아픈 미소를 지은 채로 물었다. 그와 같은 공간에 함께 머무는 것은 나쁘지 않았다. 하지만 그가 다른 여자를 향해 유쾌하게 웃는 모습을 지켜보는 것은 지나치게 괴롭다.

두 계절 전, 어쩌면 자신이 겪었던 일을 그대로 답습하고 있는 듯 보이는 주성을 정은은 안타까운 시선으로 바라볼 뿐이었다.

주성은 그러자며 고개만 끄덕였다. 그는 다행스럽게도 정은과 주성을 발견하지 못한 듯했다.

"주성아, 나 잠깐 화장실 좀."

"그래, 나 밖에서 담배 피우고 있을게."

정은은 주점 입구 쪽 계단에 있는 화장실 안으로 들어섰다. 자꾸만 눈물이 속수무책으로 솟구쳐서 잠시 환기가 필요했다. 윤경에 대한 이야기도 더 들어 보는 게 좋을 것 같아서 장소를 옮겨 주성과 이야기를 나눌 생각이었다.

가슴 아픈 두 사람의 이야기를 전해 듣기도 전에, 저에 대한 감상에 빠져 눈물을 보일 수는 없는 노릇이었다.

그를 만나기 전만 해도 그와의 추억은 아름답게 편집되어 재생되곤 했었다.

이따금 보고 싶었고.

이따금 그리웠고.

보고 싶고, 그리운 이가 있어서 행복하다는 감상에 젖기도 했었다.

그런데 그를 마주한 순간부터, 마치 숨겨져 있던 디렉터스 컷이 모습을 드러내는 것처럼 아픔이 재생되었다.

내가 갖지 못한 남자의 웃음.

내가 갖지 못한 남자의 다정함.

그리고 내가 거부한 남자의 사랑까지.

미련맞은 곱씹음이라고 생각하면서도 어쩔 수가 없었다. 어쨌든 시간이 필요할 것이다. 지금 처한 상황에 익숙해지는 시간 말이다.

정은이 수돗물을 틀고 강박적으로 손을 씻고 있을 때, 누군가 칸칸이 나뉘어진 화장실 문을 열고 나와 정은의 옆에 섰다. 여자는 손을 씻으며 거울 너머로 정은을 바라보는 듯했다.

"아까."

여자가 입을 열었을 때, 정은은 그녀가 구은선임을 인지했다.

"아까 강태욱 수석이랑 밥 먹던……. 맞죠?"

정은은 은선에게로 시선을 옮겼다.

"네, 맞아요."

"반가워요. 나는 구은선. 곧 그쪽 팀에 합류할 거예요. 그쪽은 어디에서 차출돼서 팀에 온 거예요?"

단순히 같은 팀원이 될 동료에 대한 호기심인 듯했다. 은선의 행동에서는 당찬 자신감이 느껴졌다.

"전 KJ에서 왔어요. 임정은이라고 합니다."

순간 은선의 눈동자에 이채가 어렸다.

"KJ? 신기주 대표 있는 KJ요?"

"네, 맞아요."

"아, 윤 상무 요청으로 파견됐다는 직원 있다더니, 그쪽이었나 보네요."

정은은 그렇다며 고개를 끄덕거렸다.

"팀원들 반발 심했을 거 같은데."

은선은 분위기를 잘 안다는 듯이 말했다.

"그건 제가 잘 모르겠네요."

"강 수석님이 팀원 설득하는 데 애 좀 먹었겠는데요? 강 수석님 기분도 말은 아니었겠고."

팩트를 콕 집어서 말하고 있었지만, 은선의 행동이 밉살스럽지는 않았다.

"너무 신경 쓰지 말아요. 다른 팀원들 생각은 어떨지 모르지만, 나는 어찌 되었건 일이 해결되는 게 우선이라고 생각하거든요. 앞으로 잘해 봐요."

그녀는 정은을 향해 시원하게 손을 내밀었다.

"네, 잘 부탁드립니다."

정은은 은선의 악수에 응했다. 나쁘지 않은 사람, 쿨하고 이지적

인 사람임이 분명해 보였다. 그래서 마음이 아렸다. 잘난 그 남자와
지나치게 잘 어울리는 여자 같아서.

여자와 작별한 뒤, 정은은 주점 건물 밖으로 나왔다. 누군가와 심
각한 통화를 막 마쳤는지, 주성이 미간을 찌푸린 채로 휴대전화 화면
을 내려다보고 있었다.

"왜 그렇게 심각해?"

"어, 왔어?"

주성은 어떻게 말을 꺼내야 할지 고민하는 눈치였다.

"가 봐야 해?"

"아니, 그게 아니라."

"그럼?"

"윤경이 나온다는데, 괜찮지?"

정은은 고개를 가만히 끄덕거렸다. 은근히 자존심이 센 친구였다.
오랜 연애의 종지부를 찍고 결혼하는 데 큰 자부심을 느끼던 윤경이
기도 했다.

주성은 멀지 않은 곳에 있는 막걸리집을 알려 주며 먼저 들어가 있
으라고 했다. 윤경이 오면 데리고 들어가겠다는 말에 정은은 그러라
며 고개를 끄덕거렸다.

막걸리집에 들어가 자리를 잡고 앉은 뒤 오래지 않아, 두 친구가
나타났다.

"임정으은!"

윤경은 특유의 밝은 목소리로 정은에게 인사를 건네 왔다.

"잘 지냈어?"

정은이 형식적인 인사를 건네자, 윤경이 눈을 새치름하게 뜨며 대
꾸했다.

"잘 지냈겠니?"

두 사람은 서로를 마주한 채로 안쓰러운 웃음을 터뜨렸다.

술이 오고 가고 분위기가 무르익도록 불쾌한 이야기는 흘러나오지 않았다. 마치 서로의 아픔은 숨기고 즐거운 것만 떠들어 대자고 작정한 것처럼 겉도는 대화만이 테이블 위를 굴러다녔다.

"잠깐, 나 전화 한 통만 하고."

주성이 자리를 비우자, 윤경이 이제껏 숨겨 왔던 표정을 드러내며 울음을 터뜨렸다.

소리 없이 우는 친구의 손에 냅킨을 쥐여 주었다. 싸구려 냅킨 먼지가 젖은 윤경의 얼굴에 붙은 모습이 보기 싫어서, 정은은 손을 뻗어 뺨을 한 번 쓸어 주었다.

"참 따뜻해."

윤경이 조심스레 읊조렸다.

"주성이 말이야. 너무 따뜻한 사람이야. 원래 저렇게 어른스러웠나 싶을 정도로."

윤경의 어조에서 주성에 대한 애정이 묻어났다.

"그런데 모르겠어. 내가 쟬 진짜로 좋아서 이러고 있는 건지. 아니면 오빠랑 있었던 일 잊으려고 발악하느라 이러는 건지."

절절한 윤경의 감정에 동화되어 정은도 눈시울이 붉어졌다.

"애가 너무 괜찮아서, 내가 너무 부족해 보여. 쟤네 집 은근히 좀 살더라? 우리가 마냥 연애만 하자고 만나는 나이는 아니잖아. 주성이 눈치도 그래 보이고. 근데 나 결혼하기는 싫거든? 근데 또 아예 그거 무시하고 만날 수는 없는데……. 어느 집 부모가 결혼에 한 번 실패한 여자를 며느리로 반기겠어."

윤경은 막걸리가 가득 담긴 잔을 단숨에 비워 냈다.

"끝내려면 빨리 끝내야 하는 게 맞잖아, 그치?"

서글픈 물음에 정은은 대답하지 못했다.

"근데 그게 마음대로 안 돼. 오빠랑 10년 연애했는데, 그때 느꼈던 내 감정이 아무것도 아니었다는 생각이 들 만큼, 주성이가 나한테 너무 잘한다? 이런 남자 다시는 못 만날 것 같고……. 멍청하게 남자한테, 사랑에…… 한번 데어 놓고. 또 기대하게 돼. 주성이는 다를 것 같다고. 주성이는 다 이해해 줄 것 같다고."

어느새 정은도 같이 윤경을 따라 울고 있었다. 마음 아픈 친구의 이야기에 동화된 탓도 있었지만, 과거의 자신을 바라보는 것 같아서 가슴이 갈가리 찢겼다.

"윤경아."

정은은 자신은 극복해 내지 못한 일을 윤경에게 당부했다.

"네 마음이 움직이는 대로 해. 네가 편한 대로. 주변 시선 신경 쓰지 마. 나 주성이랑 안 친했잖아. 근데 오늘 회사에서 잠깐 봤는데도 알겠더라. 쟤 정말 좋은 사람인 거. 너 아프게 그냥 안 둘 거야. 그리고 주성이가 그러더라. 네가 그 오빠 잊으려고 자기 만나는 거 아는데, 그래도 좋다고."

"그런 것만은 아닌데."

윤경이 미간을 찌푸리며 울음을 터뜨렸다. 그제야 제 감정을 제대로 알아차린 듯 윤경은 서럽게 울었다. 정은이 우는 윤경을 달래려는 사이, 주성이 나타났다. 주성은 심각한 얼굴이 되어 두 손에 얼굴을 파묻은 윤경을 바라보았다.

"나 그만 가 볼게."

정은이 눈치껏 자리를 피해 줘야겠다고 생각했다.

"야, 김주성. 아니거든. 나 그 새끼 잊으려고 너 만나는 거 아니야."

윤경이 주성을 나무라며 울부짖었다. 주성이 흠칫 놀란 듯하다가 이내 표정을 풀며 정은에게 고맙다는 시선을 보냈다. 괜한 말을 한 건 아닌가 내심 걱정했었는데, 주성은 오히려 고마운 얼굴을 했다.

"그래. 알겠어."

"너는 나 왜 만나? 이혼한 여자가 쉬워 보여서 만나?"

주성은 어이가 없다는 듯이 고개를 절레절레 내저었다.

"정은아, 우리 윤경이가 이렇다. 겨우 이혼 한 번 했다고 자존감이 이렇게 낮아졌어. 그게 뭐 대수라고. 그치, 정은아?"

역성을 들어 달라는 것 같아서 정은은 그렇다며 동조했다.

"그럼, 그게 뭐 대수라고."

그게 뭐 대수였다고…… 너는 그 남자를 그렇게 처참하게 밀어냈니?

정은은 아픈 감정을 숨기고 두 사람을 지극한 시선으로 바라보았다.

"야, 임정은 너 가지 마."

윤경이 일어서려는 정은을 붙잡아 앉혔다. 술이 쉴 새 없이 들어갔다. 술기운이 짙어질수록 그 남자의 얼굴을 머릿속에서 떨칠 수가 없었다.

결국 막걸리집 문이 닫히기 직전까지 세 사람은 그곳에 남아 이야기를 나눴다. 급기야 술에 취한 주성이 이제 너 내가 데리고 살 거라며 윤경을 끌어안는 장면까지 보고 나서야 자리를 파했다.

나는 왜 저렇게 내 감정에 처절하지 못했을까.

두 사람의 사랑은, 두 사람이 같이 감당해야 하는 감정이었다. 하지만 정은은 그에게 그 무엇이라도 해가 되는 게 싫어서 물러났다.

술에 취해 아스팔트 위를 비틀거리며 걸었다. 택시를 잡아타야 하는데, 이곳이 어디쯤인지조차 알 수가 없었다.

정은은 버스 정류장 의자에 앉아서 하염없이 어두운 도로를 응시했다. 이따금 차들이 지나가기는 했지만, 택시가 있는지 고개를 들어 바라볼 기운조차 없었다.

"보고 싶어. 많이 보고 싶었어. 정말 죽을 것 같았다고."

술기운 탓에 듣기 싫게 쉬어 버린 목소리로, 정은은 자신이 뭐라 떠드는지도 모르고 읊조렸다. 입을 통해 말이 흘러나오고 있는지, 아니면 머릿속에만 생각이 떠돌고 있는지 구분되지 않을 정도로 취해 버렸다.

"임정은 씨?"

이제 헛것이 보이고, 헛소리가 들리는 건가 싶었다. 망상이 빚어낸 허상이라 생각하며 고개를 돌렸다. 몸을 가누기 힘든 탓에 정은은 버스 정류장 유리벽에 상체를 비스듬히 기댄 채로 고개만 돌려 남자의 정체를 확인했다.

"어? 강 수석님. 안녕하세요? 여기서 뵙네요. 제가 길을 잃었거든요."

그의 한숨 소리가 짙게 들려왔다. 이별을 결심하고 홀로 버스 정류장에 앉아서 울고 있던 날, 그는 길을 잃었느냐고 물으며 정은의 곁에 다가왔다.

그때처럼 다가와 줬으면 좋겠지만······. 우린 이미 안 될 사이죠?

술자리에서 윤경이 했던 말이 왕왕 울리는 듯했다.

'영화같이 아름다운 재회는 현실엔 없어. 한번 헤어졌던 커플은 그걸로 끝인 거야. 결국, 같은 이유로 헤어지게 될 거거든. 내가 10년 동안 체득한 결과야.'

그래, 우리가 다시 만난다 하더라도 나는 같은 이유로 당신을 밀어내게 될 거예요.

병원에서 퇴원한 아버지는 힘들게 재활 치료를 이어 가는 중이었다. 엄마와 정훈은 여전했고, 정은은 조금씩 그들에게서 벗어나려 발버둥을 쳐 댔다.

결론은 그때나 지금이나, 달라진 게 없다는 거다.

"다를 게 없네요. 다를 게 없어. 나는 여전히 한심스럽고……."

당신은 여전히 멋지고. 정은은 머릿속으로만 그를 그리워했다.

"그래도 나 너무 미워하지 말아요. 나는 정말 강 수석님 거기 있는 줄 모르고 갔어요. 정말이야. 강 수석님 거기 있는 줄 알았으면, 내가 갔겠어요? 나라고 내가 뻥 차 버린 남자가 팀장으로 있는 곳에, 내 발로 걸어 들어가고 싶었겠냐고요."

근데 보고 싶었어요. 너무 보고 싶어서 미치는 줄 알았어. 시시때때로 당신 얼굴, 당신 손길, 당신 품속이 그리워서 많이 울었어. 울자격도 없는 년인데, 울었어요. 울면서 나는 왜 이 모양으로 태어나서, 이 꼴로 살아가고 있나……. 원망도 많이 했어요.

자꾸만 서글퍼져서 견딜 수가 없었어.

나 그래도 당신 만나기 전에는 이렇게 엉망이진 않았거든요? 지독한 자기 연민, 자기혐오에 빠져서 헤어 나오질 못하는 내 모습이 너무 못났더라고요.

왜 나는 이렇게밖에 못 사는 걸까, 생각하면서 화가 났어요.

당신 고백 못 이기는 척 받았으면 어땠을까.

우리 오빠가 당신 건드릴 만큼 나쁜 새끼인 건 아는데, 당신이 그냥 당하고만 있을 멍청이는 아니었을 거라고 생각하면서…….

내가 당신 과소평가한 걸까요?

난요. 당신이 상처받는 것도 싫었지만, 당신 어머니……. 나에 대해 잘 알지도 못하시면서……. 나한테 따뜻하게 대해 주셨던 분한테 상처 주는 건 더더욱 할 수가 없었어요.

모르죠? 글쎄, 엄마랑 오빠가 신 대표한테 돈을 뜯어내고 있었대요. 내가 몸 팔아서 신 대표 옆에 있는 거라고 생각했대. 그런 재주라도 있었으면, 내가 이렇게 힘들진 않겠다. 안 그래요?

아……. 나 어땠어요? 나 침대 위에서 나쁘진 않았죠?

정은은 마치 자신이 그에게 진짜로 말을 하는 것처럼 고개를 세차게 내저었다.

아니다. 이건 못 들은 거로 해요. 재수 없는 말로 헤어지자고 한 여자를 괜찮았다고 말할 남자가 세상에 어딨겠어요? 아니다……. 강태욱 씨는 착하니까 그럴 수도 있으려나?

너무 착했어요. 너무 자상했고. 너무 따뜻했고. 너무 다정했고…… 너무 완벽했어요.

그래서 내가 너무 초라해 보였어요.

나 되게 못났죠? 못나도 어떡해요? 이게 나인걸.

있잖아요. 나 당신 차 버리고 나서 한 일주일은 못 먹고, 못 잤어요.

그동안 내 상태가 정상이 아니란 건 알았는데, 너무 힘들어서 내 발로 정신과 전문의를 찾아갔어요. 항우울제랑 수면제를 처방받았는데……. 약을 받은 순간 그런 생각이 들더라고요.

이 수면제가 몇 알이 있어야 내가 영원히 잠들 수 있을까.

앞으로 계속 병원에 다니면서 수면제를 모아 둘까.

그러다 한꺼번에 털어 넣으면 어떨까.

그래요. 나 못났어요. 나 같은 여자랑 헤어진 거, 차라리 잘된 일이라고 생각해요.

나랑 계속 만났으면, 강태욱 씨 정말 힘들었을 거야.

즐겁고, 행복한 연애를 해야죠. 우울하고, 힘든 연애는 재미없잖아요?

구은선 씨 되게 밝고, 당차고 좋더라.

당신이랑 잘 어울려.

나도요. 다시 태어나면 그런 사람으로 태어나고 싶어요.

부모 사랑 가득 받고 자라서 사랑 충만한 사람으로요.

아무리 해도 채워지지 않는 게 있거든요? 그 무엇도 채울 수 없는 결핍이란 게 있어요.

아, 내가 이 이야기를 안 했네요?

우리 아버지가 친부가 아니에요. 다시 말하면 망나니 같은 오빠와 난 아버지가 달라요.

엄마가 바람피워서 낳은 딸이 나래요.

나 솔직히 좀 두렵기도 했어요. 내가 엄마 닮아서 평범한 사랑은 못 하는 건가 하는 생각도 들고요.

이야기하면 할수록 나 너무 못났다, 그렇죠?

근데 그거 알아요? 내가 진짜 못난 사람이란 걸 깨닫게 해 준 사람이…… 당신이야.

강태욱 씨, 당신 만나기 전에는 내가 이렇게 초라하고 부족한 사람인 줄 몰랐어. 당신은 지나치게 완벽하니까. 나는 안 그런 척하면서 당신과 어울리는 사람이 되고 싶었나 봐요.

나 되게 열심히 살았거든요?

중학교 때부터 안 해 본 아르바이트가 없고요. 유학도 내 힘으로 갔어요. 집에 생기는 모든 일은 내가 다 책임지고 해결했고.

그랬는데……. 그렇게 열심히 살아왔는데……. 날 왜 이렇게 초라하게 만들어요.

정은은 긴 한숨을 토해 냈다.

"일어나요."

그가 낮게 뇌까렸다.

"사실 일어날 기운이 없어요. 그때도 그렇고, 지금도 그렇고."

그가 정은의 어깨를 잡아 일으키려고 했다.

"싫어."

정은은 그의 손을 뿌리치며 읊조렸다.

"내가 혼자 일어나야 해. 나 혼자 할 수 있어야 해. 그래야 내가 살수 있어. 자꾸 기대면 나만 힘드니까."

부정확한 발음이 귀에 스며들었다. 정은은 비척거리며 버스 정류장 유리를 짚고 일어나 도롯가로 걸어 나갔다. 저 멀리서 전조등과 함께 택시 모자가 눈에 들어왔다. 정은은 손을 뻗어 택시를 잡아 세웠다.

그가 정은이 택시에 오를 수 있도록 부축하려 했다.

"놔요. 혼자 할 거라니까."

"괜찮으십니까?"

택시 기사가 그를 의심하듯 물었다.

"괜찮아요. 기사님, 이 주소로 가 주세요."

정은은 휴대전화에 적어 둔 오피스텔 주소를 기사에게 보여 주었다. 정은은 그가 더는 자신에게 닿을 수 없도록 택시 문을 닫아 버렸다.

멀어져 간다. 택시가 그에게서 점점 멀어져 갔다. 정은은 눈을 감은 채로 차의 흔들거림을 고스란히 느꼈다.

버스 정류장에서 그를 만났던 게, 현실이 맞나?

그리움이 만들어 낸 허상일지도 모른다는 생각을 하며, 정은은 까만 하늘로 시선을 옮겼다. 어둠 속에 잠긴 하늘에는 아무것도 보이질 않았다.

자신을 표현하는 색이 있다면 단연코 검정이라고, 정은은 생각했다. 고통, 슬픔, 거짓, 위선, 불륜, 피폐, 연민, 혐오 등 온갖 안 좋은 것은 다 숨겨 놓고 아무렇지 않은 척 무심히 존재하는 검정.

어두운 물이 빠지고 행복한 색을 드러낼 날이 과연 올까?

※ ※ ※

사무실에 도착했을 때, 정은은 어제 자신이 쓰던 방에 앉아 있는 은선을 발견했다. 유리문 밖에 당황스러운 얼굴로 서 있는 정은을 발견한 은선이 누군가에게 전화를 거는 듯했다.

"임정은 씨."

등 뒤에서 나직한 목소리가 들려왔다.

"따라와요."

태욱은 정은을 사무실 가장자리에 있는 책상 앞으로 이끌었다.

"이 자리 쓰도록 해요."

어제 구내식당에서 은선이 창문 있는 방을 달라고 했던 말이 생각났다.

아, 밀려난 거구나.

정은은 그저 수긍할 뿐이었다.

"기밀을 다루는 일이 많을 테니, 비교적 구석진 자리를 배정했습니다."

"네, 고마워요."

정은이 속한 KJ 사무실도 아니거니와 프로젝트가 마무리되면 떠날 곳이기도 했다. 이깟 일에 미련을 둘 필요가 없었지만, 그의 태도에 가슴이 아린 것은 어쩔 수 없다.

"일단 1시간 후에 내 방에서 봅시다. 오늘은 뭔가 논의할 결과물이 있었으면 좋겠네요."

그는 사무적인 목소리로 이야기하곤 자리를 떴다. 정은은 저도 모르게 그의 뒷모습을 조용히 두 눈으로 좇았다.

지나치게 멋진 뒷모습을 무심히 바라보다가 깨달았다.

정은이 앉은 자리에서 고개만 돌리면 그의 집무실 유리벽 안이 훤히 들여다보인다는 것을.

신종 고문인가? 은선이 쓰는 방에 있을 때만 해도 옆방에 있는 그의 모습이 보이지 않았었다. 그런데 지금은 너무도 쉽게 그의 모습을 발견할 수 있었다.

아무래도 신은 없는 것 같다고 생각했다. 신이 존재한다고 하더라도, 평생 정은을 골탕 먹일 궁리만 하는 듯했다.

연신 가슴이 쿵쿵 뛰어 댔다. 새벽녘까지 술을 들이켠 탓에 아직 숙취가 남아 있었다. 그리고 어제의 기억이 희미하게 떠올랐다. 버스 정류장에서 그를 만난 것 같은데, 그게 진짠지 아닌지 구분이 되질 않았다.

그게 뭐 대수라고.

정은은 자신을 사무적으로 대하는 그에게서 관심을 거두기로 마음먹었다.

PC에 접속한 정은은 먼저 KJ에서 보내온 자료를 검토했다. 다행히 쓸 만한 것이 몇 개 있어서 체크를 해 둔 뒤, 논의할 가치가 있는 것들을 추려서 파일로 만들었다.

그리고 정은은 정보 검색 요원이 보내온 파일을 열어 보았다. 암호화된 문서는 부명 IT팀이 열어 본다고 한들 추적할 수 없는 자료였다. 정은은 방대한 자료를 무심히 읽어 내려갔다.

[유준흥이라는 이름은 서른다섯 살부터 사용함. 그 전에 사용하던 이름은 유인석.]

유인석?

정은은 익숙한 이름 석 자에 미간을 찌푸렸다. 흔한 이름은 아니지만, 전혀 없는 이름도 아니었다.

[……군복무는 수도방위사령부에서 했음. 군 시절 방황이 심했던 것으로 추정되며, 군부대 근처 내연녀와의 관계 때문에 탈영한 전적이 있음.]

심장이 쿵쿵 뛰기 시작했다.

[당시 내연녀와의 사이에서 아이가 있는 것으로 추정되나, 확실치는 않음. 내연녀와 헤어진 뒤, 한 번 결혼한 전적이 있으나 이혼함. 이혼한 전 부인과의 사이에서 아이는 없음. 큰 교통사고를 당하고, 한쪽 귀의 청력을 잃은 뒤, 스님의 권유로 개명…….]

군부대, 내연녀, 숨겨진 아이…….

정은의 심박동이 가파르게 치솟았다. 정은은 곧장 정보 검색 요원에게 전화를 걸었다. 정은이 직접 전화를 거는 일은 드물기에 상대는 당황한 듯했다.

"아이 나이는요?"

떨리는 음성을 감추고 건조하게 물었다.

– 군복무 시기를 고려했을 때, 올해 서른하나에서 서른둘로 추정합니다.

"내연녀는 어떤 사람이었대요?"

– 그건 남아 있는 기록이 없어서 찾지 못했습니다.

"그럼 아이가 있을 수도 있다는 건 어떻게 알았어요?"

– 탈영 이유가 내연녀의 낙태를 막기 위해서였다고, 군 진술서에 쓰여 있었습니다. 그리고 한동안 지인들에게 딸에 관한 이야기를 했다고 합니다.

딸…….

수화기 너머에서, 그녀가 분명 딸이라 말하고 있었다.

"거기에 내연녀 정보는 없었고요?"

— 네. 굳이 적지 않아도 되는 정보니까요.

당연한 걸 묻는다는 투의 대답이었다.

"알았어요. 수고했어요. 고마워요."

전화 통화를 마친 정은은 잠시 넋이 나가 버렸다. 자신이 설득해야 하는 상대가 친부일지도 모른다는 생각에 머릿속이 텅 빈 것처럼 새하얘졌다. 내선 전화가 울리는 것도 미처 몰랐다.

"임정은 씨!"

급기야 그녀를 부르는 목소리가 사무실을 쩌렁쩌렁 울렸다. 정은은 얼른 고개를 돌려 그가 서 있는 곳을 바라보았다.

"무슨 생각을 하는데, 그렇게 넋을 놓고 있습니까?"

그가 여러 번 정은을 불렀다는 듯이 말했다.

"죄송합니다."

정은은 얼른 자리에서 일어나 사과의 말을 전할 뿐이었다.

"들어와요. 회의하게."

그가 말한 1시간이 지난 줄도 모르고, 정은은 혼이 나가 있었나 보다.

정은은 아까 정리해 둔 파일을 프린트해서 얼른 그의 방으로 향했다. 그는 집무용 책상 앞에 앉아서 정은에게 맞은편에 앉으라며 턱짓했다.

정은은 그에게 준비한 문서를 내밀며, 입을 열었다.

"변덕스러운 성향임이 분명하다는 분석 결과가 나왔습니다. 근거 없이 결정을 번복하는 성향도 강할 거라고 하고요. 그리고 논리적인 근거에 따라 움직이기보다는 감성적인 자극에 더 기민하게 반응한다고 합니다."

"예를 들면요?"

되묻는 그의 목소리에서 미묘하게 다른 분위기가 느껴져서 정은은 흠칫했다. 문서를 뒤적이며 설명을 이어 가던 정은이 시선을 들어 그를 바라보았다. 허공에서 시선이 얽혔다.

순간 심장이 쿵 하고 떨어지는 듯했다.

그는 정은을 지긋한 시선으로 바라보고 있었다. 어제는 종일 사무적으로 대하던 그가 지금은 정체를 구분하기 힘든 흐린 감정이 어린 눈빛으로 정은을 바라보았다.

"예를 들면 어떤 점이요?"

그는 정은에게 한 자 한 자 힘주어 말하며 되물었다.

"아, 그게."

정은은 얼른 다시 문서로 시선을 옮겼다.

"한국에서 했던 일들을 분석해 보면 사회 공헌 사업이 대부분입니다. 도서관, 역사박물관, 노동 열사 기념관을 비롯한…….''

정은은 잠시 망설이다 말을 이었다.

"고아원, 보육원, 시골 학교 등 아이들과 관련한 시설이 대부분입니다. 알게 모르게 자선사업에 동참한 이력도 많고요. 아동 학대와 관련한 피드에는 분노하는 경향도 보였습니다."

"아이라…….''

그는 한숨처럼 조용히 읊조렸다.

"유준홍 씨가 결혼을 했었던가요?"

"호적상으론 깨끗하지만, 한 차례 결혼한 전적이 있었고, 결혼하자마자 헤어진 것으로 조사되었습니다."

"그래서 미혼이라고 하는 거구나."

그는 혼잣말처럼 읊조리고는 덧붙여 물었다.

"그럼, 아이는?"

"기록상에는 없습니다."

심장이 불안한 박자로 덜컹거렸다.

"혹시 아이에 대한 결핍 같은 감정으로 그런 사업을 이어 갔다고 봅니까?"

그는 정확한 맥락을 짚어서 질문하고 있었다.

"조사된 바로는 그렇습니다."

머릿속이 복잡하게 뒤엉켰다. 유준흥에 관한 조사 내용은 전부 아이에 대한 그리움으로 귀결되어 있었다. 그가 엄마에게 꾸준히 연락을 해 왔다는 사실이 상기되면서 호흡이 가빠졌다.

"그래요."

그는 생각에 잠긴 듯 골똘한 얼굴을 했다. 무언가 결정을 내리기 위해 심사숙고하는 모습이다.

"오늘 오후에 바쁜 일 없죠, 이제?"

정은은 그렇다며 고개를 살짝 끄덕였다.

"내가 발견하지 못한 걸, 임정은 씨가 알아차릴 수도 있으니까."

기민한 성격임을 알고 있다는 듯이 그가 말했다.

"유준흥 씨하고 오늘 오후에 미팅이 있습니다. 같이 가죠."

뜻밖의 제안에 정은은 잠시 숨을 멈추었다. 어쩌면 친부일지도 모르는 사람을 만나러 가는 자리였다.

내 이름을 알고 있을까, 내 사진을 본 적 있을까, 나를 알아보고 당황하면 어쩌지?

자신이 미팅 자리에 나가도 좋을지 알 수가 없었다. 그렇다고 아무 일도 없는데 그 자리에 나갈 수 없다고 거절할 수도 없는 노릇이었다. 그는 대답이 없는 정은은 가만히 바라보기만 했다.

그러다 이내 가라앉은 목소리로 묻는다.

"왜 그래요? 나한테 보고 못 한 사항이라도 있습니까?"

"아니요. 없습니다."

그에게 설명하기엔 너무도 복잡한 가정사였다. 게다가 친부인지 아닌지 확신할 수도 없는 상황에 무턱대고, 그가 자신의 친부인 것 같다는 고백을 할 수도 없었다.

세상엔 의외로 비슷한 사연을 가진 이들이 많으니까.

그런데 사연뿐 아니라, 이름, 장소, 직업, 시기까지 맞아떨어지면, 그건 같은 사람의 이야기라고 봐야 하지 않나?

"점심은 밖에서 먹는 거로 하죠. 12시 10분에 나갑시다."

정은은 알겠다고 대답하곤 그의 집무실을 나섰다. 정은이 나오자마자 유쾌한 목소리가 들려왔다. 은선이 그의 집무실에 들어가 밝은 목소리로 조잘거리기 시작했고, 그는 미소 띤 얼굴로 유리벽에 블라인드를 드리웠다.

"웬일이야. 소문 진짜야?"

두 사람의 모습을 지켜본 것은 정은만이 아니었나 보다.

"무슨 소문?"

"둘이 사귄다던데?"

"에이, 설마."

"강 수석님이 누구 방에 들인다고 블라인드 내리는 거 봤어?"

두 여직원이 속닥거리는 소리가 정은이 앉은 자리에까지 들려왔다.

"그렇기는 하네. 설마 사무실인데 저 안에서 뭐 하겠어?"

"키스 정도는 할 수 있지."

그저 만약을 가정하는 이야기일 뿐인데, 정은은 심장이 무겁게 뛰는 듯해서 숨을 내쉬기가 버거웠다.

회의를 진행하면서 긴밀한 상의를 위해 블라인드를 내렸을 수도 있다.

임정은, 그걸 네가 왜 신경 써.

회의든, 사적이든. 이제 그가 하는 행동은 정은이 관여할 수 있는 영역의 것이 아니었다.

시계를 보니 이제 11시, 그가 밖으로 나가자며 약속한 시각은 12시 10분이다. 그동안 정은은 다른 팀원들이 요청한 조사 자료부터 정리해 나가기 시작했다.

그렇게 한참을 문서 더미에 파묻혀 있는데, 달콤한 꽃향기가 코끝을 자극했다.

정은이 향기에 이끌려 고개를 들었을 때, 팀원 중 한 명이 그곳에 서 있었다.

"처음 인사드려요. 제가 어제 연차였거든요. 정하나라고 해요."

야리야리한 외모를 가진 그녀는 정은에게 대놓고 사근사근하게 굴었다.

"혹시 점심 같이하실래요?"

그녀의 목적이 점심에 있는 것은 아니라는 생각이 들었다.

"어쩌죠? 제가 점심에는 강 수석님하고 외부 회의 때문에 나가 봐야 해서요. 저한테 무슨 하실 말씀 있으세요?"

정은이 본론을 바로 꺼내 들 거라고는 생각 못 했는지, 그녀의 얼굴에 짐짓 당황하는 기색이 비쳤다.

"그게요."

그녀는 무릎을 굽히며 책상 위에 두 손을 모아 올리고 정은을 올려다보았다. 흡사 장화 신은 고양이 같은 모습에 정은은 옅은 미소를 머금었다.

"사람 뒷조사도 가능해요?"

한껏 목소리를 낮추고 심각하게 묻는 소리에 정은은 고개를 갸우

뚱 기울였다.

"사람 뒷조사요?"

입을 꾹 다문 채로 콧바람이 씽 나오도록 숨을 내쉰 그녀는 울먹이는 목소리로 속삭였다.

"지금 만나는 남자 친구가 있는데……. 조금 의심스러워서요. KJ에서 만든 SNS 접근하실 수 있죠? 저 남친 계정 좀 봐 주시면 안 될까요?"

불법을 저지르는 일을 그녀는 잘도 물어 왔다.

"미안한데, 그건 어려워요. 개인정보 보호법도 있고요. 게다가 KJ는 미국 법령하에 있는 회사예요. 도와주지 못해서 미안해요."

그녀는 안쓰러운 얼굴로 한숨을 푹 쉬고는, 쉽사리 자리에서 일어나지 못하고 뭉그적거렸다.

"그럼요."

정은은 울상을 짓고 있는 여자를 가만히 내려다보았다.

"그럼, 정은 씨는 어떻게 생각해요? 의심되면 거의 100프로 맞죠?"

이게 무슨 뜬금없는 소린가 싶었는데, 그녀는 모르는 이에게 조언을 구할 만큼 절박해 보였다.

"미안해요. 내가 해 줄 수 있는 얘기는 아닌 것 같아요."

정은이 선을 긋자, 그녀는 한숨을 몰아쉬며 자리에서 일어났다. 축 처진 그녀의 뒷모습을 정은은 안쓰럽게 바라보았다.

사랑에 얼마나 절박해지면 불법도 일삼게 될까?

멀어지는 뒷모습을 바라보는데, 문득 비겁한 생각 하나가 머릿속에 떠올랐다.

저 사람도 KJ에서 만든 SNS 하려나?

문득 그의 기록을 뒤져 보고 싶은 충동이 일었다. 특히 정은과 헤어지고 지난 6개월 동안 어떻게 지냈을지 미치도록 궁금했다.

정은은 조금 전까지 시무룩한 얼굴을 하고 옆에 앉아 있던 직원의 마음이 아주 조금은 이해되는 기분이었다.

찾아볼까? 그가 남겨 놓은 기록이 있을까?

심장이 너무 뛰어서 멀미가 이는 것처럼 어질어질했다.

"……임정은 씨."

상념에서 벗어난 건 자신의 이름을 부르는 그의 목소리 때문이었다.

"그 자리가 명상하기 좋은가 보네요. 자꾸 넋을 놓는 걸 보니까."

비꼬는 말이었지만, 부정적인 어조는 아니었다.

"죄송합니다. 머릿속으로 자료 정리하느라 부르시는 줄 몰랐어요."

"나가죠. 아예 퇴근 준비 해서 나와요."

정은은 얼른 짐을 챙겨 그의 뒤를 따랐다. 부명 사옥과 그리 멀지 않은 평범한 백반집에서 점심을 먹고, 곧장 약속 장소로 향했다.

유준홍을 만나기로 한 곳은 방배동에 있는 그의 작업실이었다. 정은의 부모님이 사는 동작동 아파트와 그리 멀지 않은 곳에 친부일지도 모르는 그가 있었다고 생각하니 기가 막힌다.

이렇게 가까운 데 있었는데……. 왜 한 번도 마주치지 못했을까?

정은은 부질없는 질문을 하며 그의 집 초인종이 울리는 소리를 가만히 들었다.

— 누구십니까?

스피커에서 낮게 쉰 음성이 고요히 울려 퍼졌다.

"부명그룹 강태욱입니다."

말이 떨어지기가 무섭게 가느다란 전자음과 함께 대문이 열리는 소리가 들렸다. 그는 앞장서서 대문 안으로 발을 들여놓았다. 정은 역시 그의 뒤를 따라 마당에 들어섰다.

만약 친부를 만나면 어떤 감상이 들지 생각해 본 적이 있었다. 휘황하고, 감동적인 순간일 거라고 예상했던 것과는 달리, 정은은 기분이 가라앉아 있었다.

"오느라 고생 많았습니다."

그의 뒷모습에 가려 유준흥의 모습이 눈에 들어오지 않는다.

"오늘은 동행이 있습니다."

그가 한 발 옆으로 비켜서자, 정은의 모습이 드러났다.

"이쪽은 KJ 솔루션에서 파견 나온 임정은 씨입니다."

정은은 떨리는 목소리를 내지 않으려 노력하며 가까스로 입을 열었다.

"안녕하세요. 임정은입니다. 말씀 많이 들었습니다."

내내 시선을 내리깔고 있던 정은이 천천히 시선을 올려 눈앞에 서 있는 남자를 바라보았다. 유준흥의 눈빛에 분명한 이채가 어렸다. 그는 잠시 멍해진 듯한 얼굴을 했다.

"이름이……."

그러고는 토막 난 숨을 겨우 내뱉듯 말을 이어 나갔다.

"내가 알고 있는 이름이랑 같네요."

선한 시선이 정은을 향했다. 그런데 시선에 얽힌 온도는 결코 따뜻하다고 볼 수 없었다.

"특이한 이름은 아니어서요. 동명이인 많이 만났습니다."

정은은 평범한 대꾸를 내놓았을 뿐이다. 정은을 지그시 응시하는 눈빛에 원망의 기색이 어렸다가 이내 사라졌다.

"그래요. 동명이인."

준흥은 고개를 한 번 주억거리고는 태욱에게 시선을 옮겨 갔다.

"그래요. 오늘도 같은 일로 날 보자고 한 겁니까?"

"네, 박사님. 오늘은 다름이 아니라, 재생 도시 사업에 추가될 건물에 관해 고견 듣고자 왔습니다."

"고견이라, 내가 뭐 해 줄 말이 있을지 모르겠네요."

그는 약간은 피로하다는 듯이 마른 손으로 이마를 비벼 댔다. 그는 정은이 정리한 파일 가운데 일부를 그에게 내밀었다.

"런던 도시 재생 사업에 추가된 건물입니다. 10년 전 일부가 불에 탔지만, 흉물스럽게 방치되고 있습니다. 그리고 그 안에는 시리아 등에서 넘어온 난민 아이들이 살고 있습니다."

준흥의 눈빛이 눈에 띄게 변하는 듯했다.

"난민 아이들?"

"부모가 추방당하거나, 생사가 묘연해서 갈 곳을 잃은 아이들을 자선사업가가 돌보고 있다고 합니다. 임시 보호처라고 하지만, 환경이 상당히 열악합니다. 원래 해당 건물은 부명에서 진행하는 도시 재생 프로젝트에 포함된 구역이 아니었습니다."

준흥은 더 설명해 보라는 듯이 고개를 끄덕였다. 그러자 태욱이 정은을 바라보았다. 이어서 설명하라는 눈짓이었다. 그가 계속 브리핑을 이어 가면 좋겠다는 생각이 들었지만, 정은은 떨리는 목소리를 내지 않으려 노력하며 말을 받았다.

"제가 낸 아이디어입니다. 역사적 값어치가 떨어진다는 이유로 재건 목록에서 제외되었습니다만, 그 어떤 건물보다도 의미 있는 재건이 되리라 생각됩니다. 해당 건물의 주인은 어려운 환경 속에서 일부 사용 가능한 내실에서만 아이들을 돌보고 있습니다. 건물이 재건된다면, 더 많은 아이를 보다 쾌적한 환경에서 보살필 수 있을 겁니다."

"작업이 진행되는 동안 그 아이들은 어디에 있는 거죠?"

"부명에서 따로 거처를 마련할 예정입니다."

준흥은 잠시 생각에 잠긴 듯 말이 없었다. 정은은 그가 고민을 덜 수 있도록 설명을 이었다.

"다만 런던시에서 해당 건물에 대한 예산을 배정한 것은 아니기에, 비용은 오롯이 부명건설이 부담해야 합니다. 비용을 충당하려면 선제로 런던 도시 재생 사업에 대한 확정 승인이 이루어져야 하고요. 런던 도시 재생 사업의 이익금 중 일부를 그곳에 투자할 생각입니다. 뜻깊은 일에 함께해 주셨으면 합니다."

정은이 설명을 마치자, 아득한 준흥의 시선이 정은을 향했다.

"갈 곳 잃은 아이들을 돌보는 게 뜻깊은 일이라고 생각합니까? 지금 유럽에서는 난민을 가장한 테러리스트들이 속속 등장해서 골머리를 앓고 있습니다. 인권을 생각하면 마땅히 돌봐야 하지만, 자국민의 안전을 고려한다면 배제해야 할 사항인지도 모릅니다."

그는 마치 정은을 시험하려는 듯이 부정적인 견해를 내비쳤다. UN 난민 기구의 친선 대사도 맡았었던 그가 내뱉기에는 어울리지 않는 견해였다.

"프레디 머큐리가 난민 출신이었다는 사실은 아마 이제 전 세계가 알 것 같습니다. 만약 영국 정부에서 그와 그의 가족을 추방했다면, 지금의 퀸의 음악은 세상에 없을 겁니다. 그 아이들 중에도 세상에 좋은 영향력을 미칠 수 있는 아이가 분명 있을 겁니다."

정은은 숨을 한 번 고르고는 덧붙였다.

"어쩌면, 지금도 그 아이들은 그런 영향력을 미치고 있는지도 모릅니다. 지구 반대편에 있는 대한민국의 건설사 직원과 마케팅 솔루션 업체 직원을 박사님 앞에 앉혀 놓았으니까요. 저는 어른이라면 당연히 아이를 돌보아야 한다고 생각합니다. 아이들의 비행은, 아직은 미숙한 아이들을 돌보지 못한 우리 사회와 어른들의 잘못입니다. 그 아이들이 올바른 길로 나아갈 수 있도록 돕는 게, 그들보다 먼저 세상을 살아온 어른들의 몫이라고 생각합니다."

말을 마치자 준흥의 얼굴에 편안한 미소가 감돌았다.

"임정은 씨라고 했죠?"

"네."

"임정은 씨는 올바른 어른이 이끄는 환경에서 자란 것처럼 말하는
군요."

말에 뼈가 있는 듯했다. 정은은 당황한 기색을 내비치지 않으려
노력하며 대답했다.

"공부를 잘하지는 못했지만, 저도 장학 사업을 하시는 분의 도움
으로 유학을 다녀왔습니다. 제가 몸담은 KJ의 창립자인 신기주 대표
도 마찬가지고요. 이번 활동에는 부명뿐 아니라, KJ도 함께할 예정
입니다."

듣고 싶은 대답은 아니었는지, 준흥의 미간이 미세하게 일그러졌
다.

"부모님이 많이 서운하셨겠어요. KJ는 미국에 근거를 두고 있는
회사고, 임정은 양은 오래도록 한국을 떠나 있었겠네요? KJ 한국 사
무소 개소가 얼마 전에 있었던 일이니까요."

개인적인 질문으로 훅 치고 들어올 줄은 몰랐다. 어떤 대답을 해
야 좋을지 망설이는 사이, 준흥이 말을 덧붙였다.

"미안합니다. 내가 너무 개인적인 사항까지 물었네요. 일단 오늘
은 돌아가세요. 나도 고민할 시간이 필요하니까."

준흥은 피곤하다며 자리에서 일어났다.

"감사합니다. 그럼, 연락 기다리겠습니다."

정중히 인사를 건네는 태욱을 따라, 정은도 고개 숙여 인사를 건
넸다.

준흥의 집을 나서며 정은은 직감적으로 알 수 있었다. 그가 자신

의 존재를 알고 있다고.

아버지 없이도 이만큼 잘 자랐다고 보여 드렸다는 사실에 뿌듯해야 하는지, 아니면 핏줄임에도 서로 알은체하지 않는 현실이 고달프다고 해야 하는지. 복잡한 상념이 머릿속에 가득해지려는 찰나, 나직한 목소리가 들려왔다.

"오늘처럼 긍정적인 반응은 처음입니다. 수고했어요."

일이 잘 풀린 덕분인지 그의 목소리가 아주 조금 다정하게 느껴졌다.

"이제 시작인데요, 뭐. 공치사는 프로젝트 마감된 후에 해도 늦지 않을 것 같습니다."

정은은 본의 아니게 딱딱한 목소리로 대꾸했다. 복잡한 마음을 털어 내려고 하니, 본능적으로 감정을 숨긴 건조한 목소리가 흘러나왔다.

"그럼, 이만 퇴근하죠."

이제 겨우 오후 3시를 넘긴 시각이었다. 정은은 의아하다는 눈빛으로 그를 올려다보았다.

"안 피곤해요?"

그리 묻는 말에서 정은은 어제 술에 취해 버스 정류장에서 그를 만났던 일이 꿈이 아님을 깨달았다.

"그렇게 나랑 일하는 게 싫었습니까?"

한적한 주택가, 한여름의 뙤약볕 아래 길을 지나는 사람은 없었다. 이글이글 아지랑이 피어오르는 텅 빈 길가를 내려다보며 듣는 그의 목소리는 시린 겨울 대기처럼 버석거렸다.

정은이 아무런 대꾸도 하지 않자, 그가 한숨을 훅 내쉬었다.

어제 그가 자신을 부축했을 때, 싫다고 밀어냈던 게 생각나서 가슴이 갑갑해졌다.

"업무 첫날이었는데, 누구랑 무슨 술을 그렇게 마셨습니까?"

정말 궁금해서 묻는 말은 아닌 것 같았지만, 달리 대꾸할 말이 떠오르질 않아서 팩트를 전했다.

"김주성 주임이랑 마셨습니다. 아시다시피, 김 주임이 저랑 동창이라서요. 앞으로 도움받을 일이 있을 것 같아서, 제가 한잔 샀습니다."

특별할 것 없는 이야기에 그는 반응하지 않았다.

"그렇게 불편해하지 않아도 됩니다. 내가 앞으로 임정은 씨 괴롭히는 일은 없을 테니까. 그럼, 이만 들어가요."

그는 차갑게 돌아섰다. 정은은 뜨거운 길가에 서서 사람 마음을 얼어붙게 하고 돌아서는 남자의 뒷모습을 멀거니 바라보았다.

그의 집무실에서 아주 잠깐, 그리고 수고했단 말을 할 때 또 잠깐.

그가 자신을 희미하게나마 그리워하고 있다고 착각했었다.

정은은 그의 모습이 모퉁이를 돌아 사라질 때까지 넋을 놓고 바라보았다. 차라리 시린 겨울이었다면 어땠을까? 지나치게 생동감 넘치는 한여름의 기운이 정은을 더욱 주눅 들게 했다.

뜻하지 않게 재회한 이 여름이 빨리 지나기를, 정은은 간절히 바라고 또 바랐다.

8화
가슴이 말했다

준홍에게서 다시 연락이 온 건, 정은이 부명에서 일을 시작하고 일주일쯤 지나서였다.

"임정은 씨, 내 방으로 좀 와요."

그는 딱딱한 음성으로 정은을 불렀다. 정은이 집무실에 들어서자, 그는 불편한 심기를 감추지 않은 채로 집무실 안을 이리저리 서성였다. 그는 무언가를 결정 내리지 못하고 망설이는 듯했다.

"뭐 할 말 있어요?"

1분쯤 시간이 흘렀을까, 두 사람 사이에 흐르는 정신 사나운 침묵이 버거워 정은이 먼저 입을 열었다.

"유준홍 씨가 프로젝트에 합류하겠다는 의사를 밝혀 왔어요."

"잘됐네요."

그럼 잘된 일 아니냐며 정은은 옅은 미소를 머금었다. 유준홍이 프로젝트에 합류한다는 이야기는 정은이 가까운 시일 내에 부명 프로젝트에서 손을 떼게 될 수도 있다는 의미였다.

그래, 차라리 안 보는 게 나아. 매몰차게 대하지도 못하고, 미적지근하게 얼굴 맞대고 있는 것보다 그게 낫지.

"그런데 조건을 걸었어요."

"조건이요?"

내내 바닥을 응시하던 그의 시선이 정은에게 향했다. 그의 시선에서 짙은 염려가 묻어났다. 두 계절 전의 모습이 떠올라 정은은 얼른 시선을 피해 버렸다. 이런 순간에 저런 눈빛이라니. 가슴이 뜨끔 달아올라서 세차게 뛰어 댔다.

"유준흥 씨가 임정은 씨와의 저녁 식사를 요청해 왔어요."

그가 무슨 생각을 하고 있는지 대충 알 것 같았다. 유준흥이 불순한 감정으로 정은에게 접근하려는 것은 아닌지 오해한 눈치였다.

"원하지 않으면 안 해도 됩니다. 애초에 난 거절할 생각이었으니까. 유준흥 씨 쪽에서 반드시 임정은 씨에게 의사를 물어봐 줬으면 좋겠다고 해서 전한 것뿐입니다. 또 혹시라도 이 프로젝트 끝나고 나중에라도 그쪽에서 접근해 오면, 임정은 씨가 이런 일이 있었다는 것을 알아야 조심할 수 있을 것 같아서 전한 거고."

애먼 오해를 하고 있는 듯한 그의 말을 정은이 끊으며 물었다.

"제가 원하지 않아서, 저녁 식사를 거절하게 되면 부명 프로젝트는 어떻게 되는 거죠?"

정은의 물음에 그는 할 말을 잃은 얼굴을 하고 있었다.

"갈게요. 저녁 식사 한 번인데요, 뭐."

그가 성큼성큼 정은의 곁으로 다가왔다. 숨결이 섞일 정도는 아니지만, 가까운 거리에서 그가 정은을 내려다보았다.

그런 얼굴 하지 마요. 꼭 사랑하는 여자 걱정하는 남자 얼굴 같잖아.

견디다 못한 정은이 먼저 시선을 내려 버렸다.

"나가지 마요."

그의 목소리가 조용히 울렸다. 미련한 감정이 뚝뚝 묻어나는 간절한 음성도 아닌데, 나직한 그의 목소리가 정은의 가슴을 파고들어 세차게 흔들어 댔다.

"무슨 오해를 하는 건지 모르겠지만, 상황을 너무 극단으로 몰고 가고 있다는 생각 안 들어요?"

정은은 그리 되물으며 그를 올려다보았다.

"아, 아니면 내가 그렇게 보였나? 나 일을 위해서라면 무슨 짓이든 할 수 있는 여자처럼 보여요? 아버지뻘 되는 사람한테 아무 데서나 다리 벌리고, 그런 여자 취급하는 거예요?"

지나치게 감정적인 말이 흘러나왔다. 그는 기가 막힌다는 듯이 고개를 뒤로 젖히며 한숨을 내뱉었다.

"임정은 씨."

"말해요. 듣고 있어요."

"내가 유준흥한테 접근한 게 벌써 1년 전 일입니다. 첫 미팅 성사시키기까지 6개월이 걸렸고, 식사는 한 번도 한 적 없어요. 그리고 지난번 미팅 때 임정은 씨한테 그랬던 것처럼."

그가 숨을 한 번 고르고는 말을 이었다.

"나한테 개인적인 관심을 보였던 적은 단 한 번도 없었습니다. 내가 염려하는 쪽은 임정은 씨가 말한 것과 반대되는 개념이라고요. 알겠어요?"

정은은 지금이 그에게 모든 것을 털어놓을 기회가 아닐까 생각했다. 감정을 섞으려 들 때는 어려웠던 이야기가 남이 되었을 때는 쉬울 수도 있는 법이다. 이 사람이 나를 어떻게 생각할까, 이것 때문에 나를 이상하게 보면 어쩌나, 고민하지 않아도 되니 말이다.

하지만 그렇다고 해도 그에게 풀어놓기에는 너무도 길고, 복잡하고, 어두운 이야기다.

"유준홍 씨가 나에게 보이는 관심에서 그런 불순한 의도는 없어요."

정은이 단언하자, 그가 미간을 찌푸렸다.

"남자가 여자한테 관심을 보이는데, 불순한 의도가 없을 수 있습니까?"

"그리고 내 앞가림은 내가 해요. 괜한 걱정으로 사람 우습게 만들지 않았으면 좋겠어요. 나를 두고 그런 걱정을 했다는 것 자체가 좀 기분이 상하네요."

그의 표정에 미묘한 변화가 일었다.

"지금 강 수석님이 저한테 보이는 반응이 지나치게 불순하다는 생각은 안 드세요? 이제껏 부명에서 접근하던 것과 다른 방식으로 제가 접근했으니, 저와 말이 더 잘 통한다고 생각했을 수도 있지 않나요? 아니면 마케팅 솔루션 업체인 KJ에 유준홍 씨가 일을 의뢰할 수도 있는 겁니다. 왜 나의 커리어적인 측면은 배제한 채로, 그런 불온한 생각만 한 거죠?"

정은의 질문에 그는 당황한 듯 보였다. 정은은 쓴웃음을 머금으며 재우쳐 물었다.

"결국, 그런 생각은 강태욱 수석 본인이 만들어 낸 거 아닌가요? 나랑 좀 잤다고, 내가 그런 부류의 여자로 보였어요? 나에 대해서는 섹스 말고는 떠오르는 게 없나요?"

"임정은 씨."

그의 눈빛에 어른거리는 염려를 지워 버리고 싶었다.

"네, 듣고 있어요. 말씀하세요."

"임정은 씨가 내 팀에 있는 이상, 내 팀원이나 마찬가집니다. 굳이 불필요한 자리에 임정은 씨를 앉힐 필요는 없다고 생각했어요. 임정은 씨 능력은 높이 삽니다. 하지만 내가 신뢰하지 못하는 사람은 갑자기 태도를 바꾸고 개인적인 관심을 보이는 50대 후반의 남자지, 내 팀원이 아니란 소립니다. 알아듣겠어요?"

"강태욱 수석님 앞길 막는 사건이나 사고가 일어나지 않도록 유의하겠습니다."

"정말 끝까지……."

그가 한숨을 내쉬며 답답하다는 듯이 얼굴을 구겼다.

"나가 봐도 될까요?"

"저녁 식사 자리에 내가 같이 가죠."

"유준홍 씨는 저와 단둘이 식사하기를 바란다고 들었습니다."

"식사 자리가 끝날 때까지 기다리는 거로 하죠. 약속 잡히면 보고해요."

서로가 답답한 것은 마찬가지였다. 정은은 한숨을 집어삼키며 그의 집무실을 나섰다.

아버지로 살지 못한 친부와 연인이 될 수 없었던 남자.

안타까운 인연을 사이에 두고 정은은 눈물을 지을 수도 없었다.

❇ ❇ ❇

"무슨 일이 생기면 나한테 바로 전화하는 겁니다. 알겠어요?"

그러지 않아도 된다고 하는데도, 그는 레스토랑 입구까지 정은을 따라왔다.

"알겠다고요."

그의 걱정이 괜한 것임을 알릴 수가 없었다. 그저 자식을 한 번도 대면한 적 없는 남자가 장성한 딸을 대면하는 일일 뿐이라고.

그렇게 속 시원히 설명하면 좋겠지만, 정은은 그러지 못했다.

아직도 나는 이 남자한테 미련이 남아 있구나.

새삼 제 마음을 확인할 뿐이었다.

아니, 미련이 없다고 한들 자신에게 반감을 품은 남자에게 그런 복잡한 사연을 설명하는 것은 어려운 일이니까.

정은은 몇 번이고 확인을 거듭하는 태욱을 뒤로하고 레스토랑 안으로 들어섰다. 60년대에 지어진 건물은 10년 전쯤 준홍의 손에 의해 리모델링 되었다고 했다. 10년 전, 학업을 제대로 마치지 못한 열댓 명의 청년들이 모여 이곳에서 레스토랑을 개업했다.

레스토랑 입구에는 그들의 가운데 서서 함박웃음을 짓고 있는 준홍의 사진이 걸려 있었다.

다행이다. 좋은 사람이어서.

친부가 자신을 키워 준 아버지나 친모보다 더 악랄한 사람은 아닐까 걱정하기도 했었다. 그런데 마치 선한 기운이 한쪽으로만 몰린 사람처럼 그는 선량해 보였다.

자동문을 지나자 데스크를 지키고 있던 지배인이 정은을 바라보며 물었다.

"안녕하십니까, 예약자분 성함 말씀 부탁드립니다."

"유준홍 박사님으로 예약되어 있을 겁니다."

지배인이 사뭇 놀란 얼굴로 정은을 바라보더니, 얼른 데스크를 빠져나와 정은의 앞에 섰다.

"기다리고 계십니다. 이쪽으로 오시죠."

아까도 충분히 정중한 태도였는데, 지배인은 더욱 깍듯하게 정은을 대했다. 레스토랑에서 가장 안쪽에 있는 식사실로 정은을 안내한 지배인은 선한 미소를 지어 보이는 것도 잊지 않았다.

문을 두드리자마자, 안에서 기척이 들려오는가 싶더니 식사실 문이 활짝 열렸다.

"어서 와요. 오는 데 힘들지는 않았죠?"

준홍은 정은의 표정을 살피며 조심스럽게 물었다.

"네, 염려해 주신 덕분에 편안히 왔습니다."

말치레라는 것을 알면서도 준홍은 눈에 띄게 안도하는 표정을 지었다.

"일단 앉아요."

"바로 식사하시겠습니까?"

지배인의 물음에 준홍은 어떻게 했으면 좋겠냐며 정은을 바라보았다.

"10분쯤 후에 시작하면 좋을 것 같아요."

정은이 지배인을 향해 말하자, 준홍의 눈빛에 이채가 어렸다. 지배인은 묵례를 하고는 조용히 문을 닫고 사라졌다.

정은은 중정이 보이는 창밖으로 시선을 돌렸다. 소나무와 작은 연못이 어우러진 형태의 잘 가꿔진 정원은 아름다웠다. 준홍은 정은이 시선을 거둘 때까지 가만히 기다리기만 했다.

"초조하셨죠? 제가 아는지, 모르는지 궁금하셔서."

천천히 고개를 움직여 준홍을 바라보았다. 정은의 물음에 마른 눈가에 맑은 물기가 고이는 게 눈에 들어왔다.

"여태껏 나를 만나기 싫다고 했던 아이가 갑자기 눈앞에 나타나서 조금 당황하기는 했다."

정은은 뜻밖의 이야기를 들었지만 놀라지는 않았다. 엄마라면 당연히 그럴 수 있다는 생각이 들었다.

"엄마가 그러던가요?"

그는 대답 대신 아프게 웃을 뿐이었다. 꼬박꼬박 학비를 보내고, 정은의 양육비를 보내고 있었다는 사실도 처음 듣는 이야기였다. 그는 말을 이어 가며, 이따금 긴장한 모습을 보였다.

"변명처럼 들리겠지만, 그 사람이 남편 잃고 혼자 힘들게 사는 사람인 줄 알았다."

자신이 저지른 행위가 불륜이라는 것을 깨달은 것은 엄마가 정은을 없애려고 산부인과에 들렀다는 소식을 들었을 때였다고 했다.

"그때 네 엄마가 많이 울더구나. 몹쓸 짓을 해서 미안하다고."

아이를 낳으면 무조건 자신이 키우겠다고, 친부는 엄마를 다독였다고 했다. 그런데 사우디에 갔던 남편이 돌아오고, 정은이 태어난 뒤 엄마의 태도가 조금씩 변해 갔다고 했다.

"시간이 지나고 나서 깨달았다. 나는 그저 한 여자의 외로움을 희석하는 존재였을 뿐이지, 사랑은 아니었다는 걸. 그렇지만 너를 보살피겠다는 약속은 지키고 싶었다."

어려움이 있을 때마다 그는 물심양면으로 엄마를 도왔다고 했다.

"네가 나에게 화가 많이 나 있다고 했었다."

정은은 가만히 고개를 내저었다.

"사실 제가 들은 이야기가 별로 없어요. 예전 존함만 알고 지냈습니다."

그는 안타깝다는 듯이 고개를 끄덕거렸다.

"신경 많이 못 썼는데, 이렇게 훌륭하게 자라 줘서 고맙구나. 그리고 미안하다."

친부의 사과에 정은은 가슴속에 맺혀 있던 응어리 일부분이 스르륵 녹아내리는 듯했다. 정은이 가족을 부양하기 위해 고군분투했던 성향은 친부에게서 온 것인 듯하다.

정은은 고개를 가만히 내저을 뿐 이렇다 할 대꾸는 하지 못했다.

"가끔 이렇게 시간 내어 줄 수 있겠니?"

"그럴게요."

"우리 할 이야기가 많을 것 같지?"

하룻저녁에 모든 매듭을 풀 수는 없을 것이다. 뼛속까지 궁금하고 그리워했던 존재라 할지라도, 서로 다른 삶을 살아온 간극을 메꾸는 것은 쉬운 일이 아니다.

이윽고 셰프가 각별히 신경 썼다는 요리가 서빙 되기 시작했다. 핏줄은 당긴다는 말이 이런 뜻일까? 그 누구에게도 느껴 본 적 없는 애틋한 감정이 자꾸만 치솟아서 눈물이 고였다. 정은은 친부와의 첫 식사에서 눈물을 보이고 싶지는 않아서 이따금 숨을 멈추고 감정을 골라야 했다.

식사를 마친 두 사람은 조용히 레스토랑을 빠져나왔다.

"언제 또 볼 수 있을까?"

그는 내일이라도 당장 정은을 다시 만나고 싶어 하는 것처럼 보였다. 정은이 차근차근 이야기하자며 입을 떼려던 순간이었다.

"식사 잘 마치셨습니까?"

굵직한 목소리가 두 사람을 향했다. 정은은 복잡한 감정이 갈무리되기 전에 나타난 그가 야속하면서도, 초조한 얼굴을 한 그가 염려스러웠다.

"강 수석이 와 있는 줄은 몰랐네요."

그가 이상한 낌새를 알아차렸는지, 준홍의 말에는 대꾸도 하지 않고 정은만을 응시했다.

"울었어요?"

단도직입적인 질문에 정은이 당황할 새도 없이 그가 준홍을 향해 뇌까렸다.

"프로젝트는 없었던 일로 하는 게 좋을 것 같습니다. 제가 그동안 괜한 곳에 힘을 쏟은 것 같군요."

분노에 찬 그의 목소리가 무섭도록 낮게 흘러나왔다.

그는 마치 위험 물질에게서 정은을 보호라도 하려는 것처럼 정은의 어깨를 감싸고는 성급히 발걸음을 옮기기 시작했다.

"이봐요, 강태욱 수석님."

정은이 두 발에 힘을 주고 버티어 섰다. 몇 개 되지 않는 레스토랑 돌계단을 거의 다 내려와서야 정은은 그의 품에서 벗어날 수 있었다.

심장이 불안한 박자로 날뛰었다. 오랜만에 안긴 그의 품이 아리도록 포근하고 따뜻해서. 친부를 오해하게 만든 상황이 원망스러워서. 왜 이 모양, 이 꼴로 일이 꼬여 버려야 하는 건지 속상해서.

정은은 아랫입술을 잘끈 깨문 채로 바닥만 응시했다. 그는 정은보다 계단 하나 아래에 서 있었고, 정은의 얼굴을 뚫어져라 바라보았다.

"왜 연락 안 했어요?"

그의 분노에 찬 목소리로 물었다.

"전화할 이유가 없었으니까요."

"그럼, 왜 울었는데!"

그가 답답하다는 듯이 언성을 높였다.

"안에서 대체 무슨 일을 당했는데, 울고 나와요? 왜 그런 표정으로 나랑 눈도 못 마주치냐고."

그는 울분에 차 있었다. 그의 오해를 풀어 줘야 하는데, 어디서부터 시작해야 할지 감이 잡히질 않았다.

계단 위에 서 있던 준흥이 내려오는지 발걸음 소리가 들려왔다.

"강태욱 수석. 지금 임정은 씨한테 이게 뭐 하는 태도입니까?"

준흥의 목소리에도 날이 서 있었다. 피곤하다. 정은은 마른 손으로 이마를 한 번 쓸어 넘겼다. 몇 마디 말로 정리하기엔 오해의 골이 깊고, 사연의 무게가 무거웠다.

"아까 제가 한 말은 뭐로 들으셨습니까?"

그가 준흥에게 날카로운 목소리로 되물으며 빈정거렸다.

"앞으로 유준흥 씨와 부명그룹이 손잡는 일은 없을 겁니다. 이제 그만 신경 끄시고 가던 길 가시죠."

불량하게 내뱉는 저속한 어조가 그와 어울리지 않았다. 자신 때문에 그가 무례를 범하는 것을 더는 보고만 있을 수 없었다.

"오해예요, 강 수석님. 제가 다 설명할게요. 유 박사님께 무례한 언행은 삼가셨으면 합니다."

"그럼, 여기서 말해 봐요. 왜 울었어요?"

그는 말하지 못할 이유가 없지 않으냐며 정은을 바라보았다. 정은은 내내 대리석 바닥을 내려다보던 시선을 들어 그와 눈을 마주했다.

분노, 애증, 갈망, 희원…… 한 단어로 규정할 수 없는 복잡한 감정이 그의 눈빛에서 읽혔다. 정은은 감당할 수 없는 그의 시선을 피해 준흥을 바라보았다.

"먼저 들어가세요. 제가 수습하겠습니다."

그런데 준흥 역시도 물러설 기세가 아니었다. 준흥이 정은의 팔을 끌어다 제 옆으로 오게 하려는 순간이었다. 그의 커다란 손이 준흥의 손을 낚아채서는 거세게 밀어냈다.

"지금 누구한테 손을 대는 겁니까, 대체!"

분노에 찬 목소리가 레스토랑 마당을 쩌렁쩌렁하게 울렸다. 놀란 지배인이 밖으로 나와 세 사람을 내려다보았다. 준흥이 레스토랑 건립에 혁혁한 공을 세운 것은 맞지만, 업장 앞에서 이러는 것은 곤란하다는 표정이었다.

계단을 오르는 다른 손님들이 세 사람을 흘끗거리며 지나갔다. 엄마 손을 잡고 계단을 오르던 예닐곱 살쯤 되어 보이는 아이가 속삭이는 말이 귓가에 들려왔다.

"엄마, 경찰에 신고하자. 저 이모 우는 것 같아. 아저씨 둘이 이모한테 무섭게 했나 봐."

아이의 엄마가 아이를 번쩍 안아 들고는 얼른 레스토랑 안으로 자취를 감춰 버렸다.

"강태욱 수석은 제가 잠깐 만났던 사람이고, 유준홍 박사님은 내 생물학적 아버지예요."

정은은 복잡한 보고서의 맹점을 짚어내듯 건조한 목소리로 읊조렸다.

불편한 침묵이 흘렀다. 준홍의 입장에서는 수긍 가능한 이야기일 테지만, 정은의 개인사를 모르는 그에게는 갑작스러운 정보일 것이다. 영원할 것 같았던 침묵을 깬 이는 준홍 쪽이었다.

"두 사람 같이 일하는 데 문제는 없는 겁니까?"

정확히는 정은의 안위를 묻는 말이었다. 정은은 거리낄 게 없다는 듯이 대꾸했다.

"괜찮습니다."

진심이 아닌 것을 안다는 듯이 준홍이 언뜻 정은을 안타깝게 바라보고는 이내 태욱에게 시선을 옮겼다. 그는 속을 알 수 없는 표정을 하고 있었다. 그저 미간에 미세한 주름이 잡혀 있을 뿐이다.

"강 수석은요, 괜찮습니까?"

그는 대답하지 않고, 잠시 머뭇거렸다. 한숨을 한 번 내쉰 그가 준홍을 향해 돌아서더니 이내 허리를 숙여 사과의 뜻은 전했다.

"죄송합니다. 오해가 좀 있었습니다. 너그러이 용서해 주시길 바랍니다."

깍듯한 사과였지만, 기대한 대답은 아니라는 듯 준홍이 되물었다.

"내가 묻는 말에는 대답을 안 했는데요. 강 수석 괜찮습니까?"

그는 숙였던 허리를 곧추세우며 대꾸했다.

"사실 이런 상황에서 괜찮을 사람은 많지 않을 겁니다. 많이 신경 쓰입니다."

솔직하고 견실한 그의 성격이 대답에서 고스란히 묻어났다. 심장이 아프게 뛰었다. 뭐가 어떻게 신경 쓰인다는 걸까? 저도 모르게 미간을 구긴 정은과 달리, 준홍의 눈가에 흡족한 기색이 어렸다가 이내 사라졌다.

"그럼, 나랑 부명이 손잡을 일 없다는 말은요?"

"섣부른 말로 불편하게 해 드려 죄송합니다."

"차차 이야기합시다. 내가 그동안 아버지 노릇을 못 하고 살았어요. 이제 와서 이러는 게 우습기는 하지만, 나는 내 딸이 무사히 귀가하는 모습을 보고 싶은데."

듬직한 그의 태도가 미운 것은 아닌 듯했지만, 준홍은 처음 만난 딸에 대해 보수적인 태도를 보였다. 준홍의 말에 그는 한 발짝 물러서며 길을 비켜 주었다.

"내 차로 가자. 데려다주마."

정은은 고개를 한 번 끄덕이는 것으로 대답을 대신했다. 아버지 노릇을 하겠다는 준홍의 뒤를 따르는데, 그의 시선이 발걸음을 잡아채는 듯했다.

※※※

"임정은 씨."

정은의 파티션을 두드린 사람은 은선이었다.

"강 수석님이 찾아요. 소회의실에 계세요."

은선은 생긋 웃고는 자리를 떴다.

태욱과 은선은 아침 일찍부터 소회의실 안에 틀어박혀서 회의를 이어 갔다. 다른 사람은 들이지 않고 하는 비밀스러운 회의에 남의 말 하기 좋아하는 직원들은 거침없이 입방아를 찧어 댔다.

"그리고 거기 두 사람."

은선은 제 방으로 걸음을 옮기다 말고 남의 말 하기 좋아하는 직원 둘을 콕 집어냈다.

"궁금한 거 있으면 나한테 직접 물어봐요. 이러쿵저러쿵 소문 만 들어 내다가 인사위원회 회부되고 싶지 않으면."

짧지만 강력한 경고에 두 사람은 어깨를 움츠리며 이내 모니터로 시선을 옮겼다.

"임정은 씨, 안 가요? 강 수석님 기다리는 거 되게 싫어해요."

정은은 자리에서 일어나며 고개를 한 번 끄덕거릴 뿐이었다.

기다리는 거 싫어하는 사람이라……

그는 종일 호텔 로비에 앉아 정은을 기다린 적이 있었다.

'많이 신경 쓰입니다.'

친부를 향해 읊조리던 그의 목소리가 귓가를 왕왕 울렸다. 정은은 회의실 문을 조용히 두드렸다.

"들어와요."

그가 나직한 음성으로 대꾸했다. 회의실 문을 열고 들어서자, 밀 폐된 공간에서 그의 향기와 은선이 쓰는 향수 향이 뒤섞인 채로 정은 을 자극했다. 가슴이 소란스럽게 뛰기 시작했다.

"부르셨다고요."

최대 10명이 들어와 앉을 수 있는 테이블을 사이에 두고 정은과 그가 마주 보았다. 그는 정은을 뚫어지게 응시하기만 할 뿐 입을 열 지 않았다. 불편한 침묵이 흘렀다.

그는 정은이 먼저 입을 열어 설명해 주기를 바라는 것인지도 모른 다. 하지만 정은은 그에게 설명하고 싶은 마음이 들지 않았다.

그래서 무슨 소용이 있는데? 그저 당신 호기심을 해결해 주는 것 말고는…….

신경이 쓰인다고 했던 그의 말이 계속 머릿속을 맴돌다가, 정은의 입으로 흘러나왔다.

"이제 나한테 신경 쓰는 일 없었으면 좋겠어요. 어제는 봤다시피 좀 특수한 상황이었어요. 만나러 가기 직전까지 나도……."

정은은 차오른 숨을 한번 골랐다.

"어디까지 이야기해야 하는지, 아니 이야기할 수 있을지 판단이 서지 않는 상황이었어요. 친부와 이야기를 정리하는 게 먼저였으니까요."

내내 창가에 몸을 기대고 있던 그가 성큼성큼 정은이 있는 곳으로 다가왔다. 지척까지 온 그는 심각한 얼굴로 정은을 내려다보기만 할 뿐 아무런 말도 없었다. 그의 눈동자에 복잡한 열기가 고여 있었다.

이제 이런 여자한테 지겨워질 때도 되지 않았나? 나라면 지겹겠다.

우울하고, 사연 있고, 복잡한 사람한테 매력을 느끼는 사람이 몇 이나 될까?

그런데 정은의 생각이 틀렸다는 듯 그의 시선이 천천히 정은을 어루만지는 것처럼 바라보았다. 머리카락을, 이마를, 눈썹을, 눈동자를, 코를, 그리고 입술을…….

분위기가 고조되는 것을 견딜 수가 없었다. 정은은 충동적으로 뇌까렸다.

"신경 쓰인다더니……. 그게 그런 의미였어요?"

그의 시선이 이내 깊어지는가 싶더니 의문이 어린다. 정은은 카디건 단추를 성마르게 풀어 내린 뒤, 블라우스 단추마저 풀어 내리기 시작했다. 한번 시작한 비뚤어진 충동은 멈출 줄을 몰랐다.

"그렇게 잡아먹을 듯한 눈으로 보지 말고. 한번 하죠, 우리. 그러면 신경 좀 덜 쓰이겠어요? 강태욱 씨가 어제 왜 그런 오해를 했는지 알아요? 나를 보면 그런 생각만 떠오르니까 그런 거예요. 욕구불만인가? 나랑 헤어지고 아무도 안 만났어요? 6개월이나 지났는데? 보기보다 미련하네요."

독설을 퍼부으며 가슴이 이쪽에서 저쪽으로 성급히 기우는 듯했다. 블라우스 단추를 다 풀어낸 정은이 스커트 지퍼에 손을 대려던 찰나, 그가 정은의 손을 맞잡았다.

"임정은."

그의 목소리는 흔들림 없이 담백했다.

"이제 네 몸만 받는 일 없어."

그렇게 말하면서도 그의 눈동자는 관능적으로 빛났다.

"줄 거면 네 마음까지 같이 줘. 껍데기만 줄 생각 하지 말고."

허공에서 두 사람의 시선이 아슬아슬하게 부딪혔다. 가벼운 여자라며 나무랄 거라고 생각했다. 미지근한 미련이 어린 감정 따위 접어두고, 제발 그렇게 끝나기를 바랐다. 그런데 뜻밖의 말을 들은 정은은 그 자리에 선 채로 굳어 버렸다. 살갗에 닿은 에어컨 공기가 차갑다.

오스스 소름이 돋아나서 어깨가 잘게 떨릴 정도다. 정은이 헛웃음을 흘리며 끝까지 못나게 굴었다.

"나 이제 별로인가 보네요. 그런데 왜 자꾸 그런 눈으로 봐요?"

정은의 물음에 대꾸하지 않은 채로 그가 손을 뻗었다. 정은은 움찔해서 눈을 질끈 감았다. 그의 손이 정은의 블라우스 단추를 하나하나 채우기 시작했다. 정은은 가슴이 들썩이도록 거칠어진 숨을 고를 뿐이었다.

마침내 목 끝까지 단추를 채워 올린 그가 조용히 속삭였다.

"그럼, 사랑하는 여자를 어떤 눈으로 봐야 하는데?"

천천히 눈꺼풀을 들어 올리자, 강인한 이목구비가 먼저 눈에 들어왔다. 단호한 표정을 짓고 있었으나, 그의 눈빛은 어쩐지 쓸쓸한 분위기를 풍겼다. 그의 커다란 손은 바들바들 떨리는 정은의 손을 여전히 꽉 잡고 있었다.

손바닥에서 땀이 흥건히 배어났다. 그의 시선 아래 갇힌 듯 옴짝달싹할 수가 없었다.

"어떻게 봐야 하는데요, 그럼?"

그는 안타까울 만큼 다정다감한 목소리로 재차 물었다.

가벼운 여자라고, 사람을 그렇게밖에 볼 줄 모르냐고, 세련되지 못한 정은의 태도를 탓하고 그가 물러날 거라고 생각했다. 멍청하고 어리숙했던 충동 앞에서 그가 마음을 열고 심장이 내뿜는 핏줄기보다 더 붉고 진한 고백을 해 올 거라고는 감히 상상조차 하지 못했다.

"강태욱 씨 보기보다 되게 빈틈이 많네요."

정은은 어두운 미소를 머금은 채로 읊조렸다. 어쩜 그렇게 사람 보는 눈이 없느냐고 그를 탓하는 어조였지만, 그는 또다시 결이 다른 대답을 내놓았다.

"그 빈틈으로 파고든 게 누군데 그런 말을 해요?"

정은은 한숨을 내쉬며 한 발짝 뒤로 물러섰다. 그러자 그가 성큼 다가오며 거리를 더욱 좁혔다.

"도망칠 생각 하지 마요"

심장이 낙하하는 듯 가슴이 기우뚱거렸다. 그의 깊은 시선은 정은의 마음속을 빤히 들여다보는 것 같았다.

"도망친 적 없어요."

정은은 절대 자신이 도망친 적 없다고 단언했지만, 사실 그에게 거부당할까 두려워 먼저 물러선 게 맞다.

하지만 지금은 그것조차도 인정하고 싶지 않았다. 자존감은 바닥인데, 알량한 자존심은 있어서 비겁하게 도망친 건 아니라고 말하고 싶었다.

"그럼 마음이 시키는 대로 하면 되잖아요. 임정은 씨, 나 정말 안 보고 싶었어요? 나한테 그렇게 나쁘게 말하고 돌아서서 아무렇지도 않았어요? 나랑 함께 보냈던 시간, 본인한테 아무 의미 없었어요? 정말 그래요?"

그는 잔인하도록 다정한 목소리로 정은을 채근했다. 심장이 쿵쿵 울려서 멀미가 날 것만 같았다. 그를 거부하려는 이성과 그를 껴안고 싶은 감성 사이의 괴리감이 정은을 어지럽혔다. 정은은 고개를 가볍게 내저으며 한숨을 내쉬었다.

"그만해요. 이래 봤자 달라지는 건 없어요."

달라지는 건 없다. 지긋지긋한 가족과의 인연이 사라질 리 만무하고, 그를 감당할 수 없는 자신도 마찬가지다. 송충이는 솔잎을 먹고 살아야 한다. 사랑하더라도 비슷한 사람들이 만나야 행복할 수 있다.

휘황한 배경을 갖지는 않아도, 평범하기만 했으면 좋겠는데.

정은은 손목을 힘주어 내리며, 그의 따뜻한 손을 뿌리쳤다.

"못 들은 거로 할게요. 정신 차리고 일이나 하죠. 왜 불렀어요? 일이 있으니까, 회의실로 부른 거 아녜요?"

충동적인 신경전을 벌이느라 그가 업무상의 이유로 정은을 불렀다는 것도 잠시 잊고 있었다.

그는 고개를 비스듬히 기울이며 애틋한 시선으로 정은을 바라보았다. 사랑을 말한 남자는 이제 정은에 대한 마음을 여과 없이 드러내기로 작정한 듯했다. 이성을 배반한 심장이 쿵쿵 뛰어 댔다.

편견 없이 아름다운 그의 시선을 받는 것이 행복하지 않으냐고 심장은 묻고 있었다. 너는 왜 그렇게 삐뚤어져서 온전한 마음을 들여다보지 못하느냐고 나무랐다.

현실을 완전히 배제한 사랑이 가당키나 할까?

그를 붙들고 함께 지옥불 속으로 들어가느니, 뜨거운 감정 따위 목구멍으로 삼켜 버리는 게 낫다.

"왜 불렀냐고요, 나."

정은이 한숨 섞인 목소리로 다시 물었다. 불덩이 같은 감정을 삼켜 버린 목구멍에서는 쉰 목소리가 흘러나왔다.

"보고 싶어서요."

그는 어수선한 마음으로 서 있는 정은을 앞에 두고, 진중한 마음을 잘도 드러냈다.

"정말 답이 없네요."

정은은 그를 등지고 회의실을 나와 버렸다. 심장이 너무 뛰어서 발걸음이 흔들릴 정도다. 겨우 포기하고 잠잠히 살아가려던 자신을 뒤흔드는 남자가 죽도록 밉다.

정말이지, 죽도록.

❈❈❈

또다시 눈이 마주쳤다. 무심코 고개를 들어 올린 정은이 시선을 돌렸을 때, 집무실에 앉아 있는 그와 눈이 마주쳤다. 목이 그쪽으로 움직이지 않도록 헤드레스트에 뒤통수를 접착제로 붙여 버리고 싶은 심정이다.

그가 웃었다. 정은과 눈이 마주칠 때마다 웃는다. 웃지 말라는 듯이 엄중한 표정을 지어 보였다. 그러자 문자메시지가 날아온다.

[웃어야 정들죠.]

기가 막히게 사람 속을 잘 파악해서 안타까운 사람이다. 차라리 그 능력을 다른 사람에게 쓰는 건 어떻겠냐고 묻고 싶다.

그래, 다른 사람. 나는 그냥 제발 내버려 두라고.

처음 이 사무실에 와서 그가 구은선이라는 여자와 마주한 모습을 보았을 때는 가슴이 짜르르 아파 왔었다. 가질 수 없기에 안타깝고 아픈, 그런 비슷한 감정이었을 것이다. 그런데 그의 마음을 확인한 지금은⋯⋯. 그냥 답답하다.

정은이 한숨을 몰아쉬며 데이터를 정리하고 있는데, 그의 목소리가 들려왔다.

"오늘 회식합니다. 메뉴 정해서 알려 주세요."

그는 사무적인 어조로 말하고 있었지만, 목소리에선 어쩐지 유쾌한 분위기가 묻어났다.

"인당 3만 원 이하여야 하는 거죠?"

주성이 발언권을 얻으려는 듯 손을 들며 물었다. 당연한 것을 물으면서 재차 확인하는 투였다.

"아니요. 오늘은 상한선 없습니다. 제가 책임집니다."

팀원들이 서로 눈치를 보며 요망한 표정들을 지어 댔다.

"수석님 뭐 좋은 일 있으신가 봐요."

오전에 은선에게 한 소리 들은 직원 중 한 명이 또 설레발을 쳐 댔다.

"곧 좋은 일 있겠죠."

그의 시선이 노골적으로 정은을 향했다. 그의 시선이 움직인 길을 팀원들의 시선이 따라붙었다. 모두의 눈동자가 정은을 응시하고 있는 셈이었다. 그들은 정은이 답을 알고 있는 거냐는 듯이 묻는 얼굴이었다.

"유준홍 씨가 부명 제안을 받아들였습니다. 그동안 강 수석님께서

공을 들이신 덕분이라고 들었습니다."

대충 눈치를 채고 있었던 것 같았지만, 쐐기를 박는 정은의 말에 팀원들은 들뜬 얼굴을 했다.

"그럼, 강 수석님 이제 다시 런던 가시는 겁니까?"

이제까지의 프로젝트 연장선에 있는 것이 그의 런던 지사행이었다. 팀원들은 당연하다고 여기는 눈치였다. 그리고 일부는 그를 따라 런던 지사행을 기대하고 있는 듯했다.

"그건 두고 봐야겠죠?"

그의 목소리가 미묘하게 달라져 있었다.

"그리고 임정은 씨."

그가 고압적인 목소리로 정은을 불렀다. 아까와는 온도 차가 느껴지는 어조에 들떴던 팀원들의 분위기가 기가 막히게 가라앉아 버렸다.

"네, 수석님."

정은은 그를 향해 딱딱하고 사무적으로 대답했다.

"잠깐 들어와요."

직원들이 관심이 각자의 업무로 흩어졌다. 정은은 그의 뒤를 따라 집무실 안으로 들어섰다. 그는 집무용 책상에 앉아 서류를 뒤적이는가 싶더니, PC 모니터를 유심히 바라보고는 키보드를 두드리기 시작했다.

빠른 속도로 두드리는 소리가 심장을 둥둥 울려 댔다. 정은은 갑자기 바쁜 일에 몰두한 듯한 그를 가만히 바라보았다.

강인한 이목구비와 매력적인 턱선, 굵직한 목과 넓은 어깨, 피지컬은 정말 훌륭한 남자다. 그 안에 들어찬 인격과 지성 모두 나무랄 데가 없었다.

"왜요, 새삼 감동적이에요?"

그는 PC 모니터에 고정했던 시선을 정은에게 느릿하게 옮겨 왔다.

"유준홍 박사가 일 받아들인 거요?"

"아뇨. 나요."

눈 하나 깜짝하지 않고 내뱉는 뻔뻔한 그의 대구에 정은은 잠시 할 말을 잃어버렸다.

"이렇게 잘난 남자가 나한테 고백을 했네. 이 남자가 잘나기는 잘 났지. 하고 감상 중인 거 아니었어요?"

그가 정은을 놀리느라 떠드는 말이었지만, 일부는 반박할 수 없는 사실이었다. 그가 잘난 남자라는 데는 의심할 여지가 없다. 다만 그 잘난 남자가 자신에게 고백했다는 사실이 정은은 마뜩잖다.

"왜 불렀어요?"

정은은 또다시 아까 회의실에서 던졌던 질문과 같은 질문을 던졌다.

"보고 느끼라고. 내가 얼마나 놓치면 아까운 놈인지."

"하."

정은은 저도 모르게 헛웃음을 흘렸다.

"뻔뻔한 놈인 건 알겠네요."

어이가 없다는 듯이 덧붙였지만, 웃음기를 머금은 그의 눈빛과 마주친 순간 심장이 속절없이 뛰어 댔다.

"하실 말씀 없으시면, 저는 이만 나가 보겠습니다."

정은이 돌아서려던 순간이었다.

"회식 빠지지 마요."

유리벽 밖을 향했던 시선을 옮겨 그를 바라보았다.

"네 얼굴 더 오래 보려고, 일부러 회식하는 거야."

그가 들릴락 말락 한 작은 목소리로 속삭였다. 마치 귓가에 그의 숨결이 느껴지는 것 같아서 정은은 저도 모르게 얼굴을 붉히고 말았다.

정은의 반응이 즐거운지 그는 유쾌한 웃음을 머금으며 눈을 치떴다.

정은은 도망치듯 빠른 걸음으로 그의 집무실을 빠져나왔다. 냉탕과 온탕을 오가는 그의 태도에 혈액순환이 빨라진 탓인지 체온이 오르고 심장이 미친 듯이 달음질쳐 댔다.

"아. 그러고 보니 정은 씨 오고 우리 환영회도 제대로 못 했네요. 환영회 겸 회식 겸. 겸사겸사하면 되겠다. 그쵸, 정은 씨? 같이 가실 거죠?"

말수가 적어서 가끔 존재 자체를 잊는 팀원 중 한 명인 김우열 책임이 조심스럽게 말을 걸어왔다. 주변에서 그러고 보니 그렇다며 동조하는 목소리를 냈다. 다들 기대에 찬 눈빛으로 정은을 바라보았다.

유준홍을 어떻게 구워삶았는지 궁금해하는 눈치이기도 했다. 또 정은이 일을 해결한 거나 마찬가지인 그림인데, 강 수석이 상한선도 없는 회식을 하겠다며 기분 좋게 나선 것에서 호기심이 발동한 듯 보였다.

여길 안 가면 무슨 오해가 어떻게 생기려나?

"네, 가야죠."

정은은 짧게 대답하고는 전형적인 미소를 지어 보였다. 주성이 정은을 향해 묘한 시선을 보내는가 싶더니, 휴대전화가 짧게 울렸다.

[너 강 수석님이랑 끝난 거 맞아?]

주성은 여전히 의심스럽다는 눈으로 정은을 응시했다.

[어, 맞아.]

정은이 짧게 회신하고, 여전히 멀리서 정은을 바라보고 있는 주성을 향해 어깨를 으쓱했다.

[아닌데? 강 수석님은 아직 진행 중인데? 저건 끝낸 사람 눈빛이 아니거든?]

부명 TF팀 선발 요건에 관심법도 있나?
정은은 그리 생각하며 어이가 없어져서 고개를 내저었다. 주성은 여전히 의심스러운 눈빛을 보내고 있었지만, 주성이 원하는 답을 해 줄 수는 없는 노릇이었다.
오후 업무 시간은 쏜살같이 지나갔고, 회의 두 개를 하고 나니, 퇴근 시간이 다가왔다.
"갑시다, 이제."
그가 집무실 불을 끄고, 문을 잠그며 경쾌한 목소리를 냈다. 정은이 이 팀에 들어온 이래로 이렇게 들뜬 분위기는 처음이다. 그가 사무실에서 팀원들에게 저렇게 밝은 얼굴을 내비치는 것도 처음이지 싶다.
팀원들도 사뭇 밝아진 팀장의 분위기에 긍정적인 반응이었다. 분위기를 이끄는 데 정은이 한몫했다고 여겼는지, 한결 호의적인 태도를 보이기까지 했다.

한우 전문 식당에서 시작된 팀 회식은 노래주점까지 이어졌다.

"에이, 정은 씨. 어딜 가요. 2차까지는 같이 가야지."

정은이 분위기를 살피며 슬쩍 자리를 뜨려고 했는데, 김우열 책임이 정은의 핸드백 끈을 조심스럽게 잡아끌었다.

"어머. 정은 씨 가려고 했어요? 그럼, 완전 섭섭하지."

은선이 정은의 팔에 팔짱을 끼며 친근하게 굴었다. 평소에는 서늘하고 이지적인 분위기를 풍기는 은선인데, 술이 조금 들어가니 꽤 귀엽다. 은선이 살갑게 구는 모습은 팀원들도 생경한지 호기심 어린 눈빛으로 바라본다.

"정은 씨 노래하는 것도 한번 들어 보고 싶다."

노래주점에 자리를 잡으며 하는 말치레인 듯했지만, 멀리서 정은에게 은근한 시선을 보내고 있는 그의 눈빛이 호기심에 반짝거리는 게 눈에 들어왔다.

"노래는 정말 못해서요."

정은은 단호하게 고개를 내저었지만, 낮은 야유만 들려올 뿐이었다. 팀원들이 전부 모인 룸 안은 시끌벅적했다. 맥주가 오가고, 안주가 채워지고, 분위기는 날아갈 듯 들떴다. 낭랑한 분위기를 가라앉힌 이는 얼마 전 남자 친구와 헤어졌다는 팀원이었다.

울먹이는 목소리로 왁스의 '부탁해요'를 끝까지 부르자, 모두 고개를 절레절레 내저으며 안됐다는 표정을 지었다.

"남자 친구가 유학 가면서 헤어지자고 했는데, 알고 보니까 새로 만난 여자랑 같이 간 거였대요. 그래서 저래요. 그 여자한테 그 남잘 부탁하고 싶은가 봐."

방 안이 소란한 탓에 김우열 책임이 정은의 귓가에 속삭이듯 말했다. 정은은 그런 거냐며 고개를 끄덕였다. 빈 잔에 맥주를 가득 부어 주는 김 책임에게 고맙다며 고개를 끄덕이다가, 그와 눈이 마주쳤다.

그는 묵직하게 가라앉은 시선으로 정은을 바라보고 있었다. 왁자

지껄한 방 안에서 그 사람만이 고고한 분위기를 풍기며 동떨어져 있는 듯했다.

"팀장님도 노래 한 곡 하시죠?"

갑자기 마이크를 잡은 은선이 그를 가리키며 웃었다.

"에이, 수석님이 노래하는 거 봤어요? 나는 한 번도 본 적 없는데."

김 책임은 그가 절대 마이크를 잡을 일 없을 거라며 손사래를 쳤다.

"그럼, 김 책임이 해."

은선이 대뜸 김 책임에게 마이크를 내밀었다. 김 책임은 쑥스러운 듯 커다란 리모컨을 들고 노래를 찾기 시작했다. 이윽고 경쾌한 리듬의 노래가 시작되었다. 그는 세련된 몸짓으로 어깨를 살랑살랑 흔들며 정기고의 '너를 원해'를 부르기 시작했다.

이따금 노래하는 김 책임의 시선이 정은을 향하는 게 느껴졌다. 정은이 고개를 돌렸지만, 팀원들도 미묘한 분위기를 눈치채고는 김 책임에게 야유를 보냈다. 김 책임은 아랑곳하지 않고 능숙하게 박자를 타며 랩까지 소화했다.

노래를 마친 김 책임이 대놓고 정은의 옆자리에 앉았다. 원래 정은의 옆자리에 앉아 있었지만, 그의 노래와 시선이 분위기를 묘하게 이끌었다.

"어머, 김 책임 완전 여우다."

은선이 나무라듯 말했지만, 웃음기가 가득 묻어나는 목소리였다.

"책임님 랩 왜 이렇게 잘해요?"

어떤 직원의 물음에 김 책임은 대학 때 동아리 활동을 했었다며 유쾌하게 웃어 댔다.

"와, 우리 김 책임님은 마이크 줘야 말 잘하는구나. 사무실에서는 없는 사람처럼 조용하면서."

모두의 이목이 김 책임에게 쏠려 있는 동안, 홀로 고아하게 앉아 있던 남자가 자리에서 일어나 리모컨을 집어 들었다. 팀원들의 시선이 자연스레 그에게 쏠렸다.

"어? 수석님 노래하시려고요?"

그는 리모컨을 열심히 눌러 대며 어깨를 으쓱했다.

"우와!"

팀원들이 열렬히 호응하며 홀로 일어서 있는 그를 올려다보았다. 김 책임의 노래 실력은 수준급이었다. 그 뒤에 바로 노래를 부르려면 꽤 부담 될 텐데, 이런 분위기에서 노래를 불러 본 적 없어서 그런지 분위기 파악을 못 하는 건가 싶은 생각이 들었다.

그가 고른 노래의 제목이 화면에 나타나고, 전주가 시작되자 팀원들의 눈이 반짝거리기 시작했다. 특히 은선을 비롯한 여직원들은 발까지 동동 굴러 가며 두 손을 모으고 기대하는 눈빛을 했다.

정은은 불안한 눈빛으로 그를 바라보았다.

노래는 그가 한다는데, 내가 왜 긴장되는지.

아날로그 느낌 가득한 전주 위에 굵직한 그의 목소리가 씌워졌다.

"그래, 난 취했는지도 몰라."

심장이 두근 울릴 정도로 나직한 목소리가 속삭이듯 노래를 부르기 시작했다. 은선과 김 책임을 비롯한 팀원들 대부분이 홀린 듯 그를 바라보고 있었다. 술기운을 빌려 고백하는 남자의 절절한 감성이 묻어 있는 노래는 한동안 노래방 금지곡이었다.

술기운을 빌린 섣부른 고백으로 분위기와 노래를 동시에 망치는 만행을 저지를 수 있으니까.

그런데 그의 노래는 모두가 그 고백이 대상이 되고 싶어질 만큼 근사했다. 정은은 처음부터 사랑해 왔다는 그의 고백에 한숨을 집어삼켰다. 심장이 너무 빠르게 뛰어서 감당할 수 없는 지경에 이른 듯 가슴이 갑갑했다.

그가 노래를 마치자 박수가 터져 나왔다.

"대박, 미쳤어. 나는 수석님이 노래 왜 안 했는지 알겠어. 나 숨겨 왔던 본능이 깨어난 기분이야. 나 남자한테 반할 뻔했어!"

남자 팀원 중 한 명이 호들갑을 떨어 대자, 팀원들은 여운을 깨지 말라며 그를 나무랐다. 그는 노래를 부르며 유난스럽게 정은을 바라보지도 않았고, 노래가 끝난 후에도 정은에게 시선 한 번 주지 않았다.

아쉬운 마음이 들어서 손끝이 저릿했다. 그가 지금 어떤 눈빛을 하고 있는지 궁금해서, 그의 앞에 쪼그리고 앉아 그를 올려다보고 싶은 심정이다.

정은은 김 책임이 가득 채워 놓은 맥주잔을 들고 벌컥벌컥 들이켰다.

아니라고 했잖아, 임정은. 못 들은 거로 하기로 했잖아.

주제를 모르는 욕심이 고개를 들 때마다 정은은 가슴을 벌주기라도 하듯 숨을 참았다. 그러다 가슴이 답답해지고, 눈가가 따끔거리고, 부족한 자신이 미워서 화가 나려고 했다.

"저기."

김 책임이 이상한 낌새를 알아차렸는지 정은을 부르던 순간이었다.

"정은아. 잠깐 나 좀 보자."

갑자기 들려온 친근한 목소리에 모두의 시선이 주성에게 쏠렸다. 팀원들이 정은과 주성을 번갈아 보며 눈치를 살폈다.

"어, 그래."

심각한 얼굴을 하고 룸 밖으로 나가는 주성을 정은은 바로 뒤따랐다.

"윤경이 지금 병원에 있대."

휴대전화를 손에 든 주성의 손이 바들바들 떨렸다.

"윤경이가 왜?"

"몰라, 교통사고라는데. 의식이 없나 봐."

순식간에 심장이 쏟아져 내리는 듯했다. 팀원들에게 설명할 새도 없이 정은은 핸드백을 챙겨 주점 밖으로 나왔다. 계단을 급히 내려와 앱으로 택시를 호출하며 길을 살피는데, 누군가 정은의 팔꿈치를 잡아끌었다.

"무슨 일입니까?"

그가 심각해진 눈빛으로 정은을 내려다보고 있었다.

"나중에 설명할게요."

정은은 혼이 나간 듯한 주성의 손을 붙잡고, 택시 기사의 전화를 받았다.

"네. 여기 못 들어오신다고요? 네, 저희가 그쪽으로 나갈게요. 네, 한국대 병원으로 갈 거예요. 네."

통화를 이어 가는 정은을 내려다보는 그의 눈빛이 시시각각 어두워졌다. 정은이 통화를 마치자, 그가 염려 섞인 목소리로 묻는다.

"왜 그래요? 무슨 일인데? 누가 아픈 건데요?"

"나중에 설명하겠다고요."

발걸음을 옮기려는 정은의 앞을 그가 막아섰다.

"이제 나 안 기다려요. 무슨 일이든 숨기는 거, 이제 못 참겠다고요. 무슨 일이냐고요, 대체? 설명하는 데 10초면 되잖아요! 대체 누가 어떻게 됐는데, 당신이 그런 얼굴을 하고 있어! 걱정되게!"

윤경이가 다쳤다. 어떤 상황인지 잘 모른다. 의식이 없다. 윤경이는 이혼했고, 주성과 만나고 있다.

369

왜 정은이 그에게 털어놓아야 하는 이야기는 늘 이렇게 복잡한지 모르겠다. 그리고 그의 팀원인 주성의 개인사를 그에게 말하지 않는 게 낫지 싶은데, 그는 이번에는 그냥 물러설 수 없다는 듯이 굴었다.

"병원으로 가야 해요. 친구가 다쳤대요."

간단히 말하자, 그가 정은의 손을 잡아끌었다.

"왜 이래요?"

"택시 대기 중인 대로까지 걸어가려면 오래 걸려요. 바로 옆 공영 주차장에 내 차 있어요. 여기서 대리 기사 잡아서 갑시다."

그는 길가 천막 안에서 대기 중인 기사 한 명을 부르더니 서둘러 걸음을 옮기기 시작했다.

"이렇게 가는 게 훨씬 빨라요."

그리 말한 그는 정은과 주성을 뒷좌석에 태우고, 조수석에 올랐다. 주변 지리에 약한 정은과 넋이 나간 주성은 그가 이끄는 대로 움직였다. 그는 대리운전 기사에게 빨리 가 줄 것을 부탁하며 차를 출발시켰다.

예상했던 것보다 훨씬 빨리 병원에 도착했을 때, 윤경의 남동생 윤수가 눈물범벅이 된 얼굴로 세 사람을 맞았다.

"형, 왔어요?"

어느새 주성하고도 아는 사이가 되었는지, 윤수가 주성을 먼저 알은체했다.

"어떻게 된 거야?"

정은이 묻자, 윤수는 그 와중에도 예의 바르게 고개를 꾸벅 숙이며 인사를 하고는 입을 열었다.

"내가 나가지 말라고 했는데, 그놈이 와서 만나자고 자주 행패를 부렸거든요. 오늘 마지막으로 얼굴 보고 담판 짓고 오겠다고 나갔어요. 그런데 그놈 친구가 운전하는 차에 탔나 봐요. 그놈이랑 누나는 뒷좌석에 있었고. 운전자가 음주 운전이었대요."

영혼이 빠져나가는 것처럼 기묘하고 불길한 기운이 몸을 감싸는 듯해서 소름이 돋아났다. 정은이 팔뚝을 비비며 미간을 찌푸린 순간이었다.

"우리 정훈이 어딨니, 정훈아! 세상에 이게 무슨 일이야."

이 순간 듣고 싶지 않은 목소리가 정은의 등 뒤에서 들려왔다.

마치 등 뒤에 귀신이라도 있는 것처럼 정은은 천천히 고개를 돌렸다. 홈웨어 차림의 엄마가 인사불성이 되어 수술실 입구를 향해 뛰어오고 있었다. 그 옆에는 민주가 아기 띠를 한 채로 울먹이며 따랐다.

"아가씨? 아가씨가 연락 받고 먼저 와 있었나 봐요! 어머님, 여기 아가씨 와 있어요. 다행이다. 정말 다행이다. 아가씨, 우리 그이 어떡해요."

잠시 현실감각이 사라져서 정은은 자신을 붙들고 늘어지는 엄마와 민주를 멍하니 바라보았다.

"글쎄, 우리 정훈이가 교통사고를 당했대. 그 착한 애가 친구 부탁 들어주려고 나갔다가. 아이고, 이를 어쩌니."

엄마와 민주가 나타난 이후로 내내 조용히 있던 윤수가 조심스럽게 입을 열었다.

"누나네 오빠 이름이 혹시 임정훈이에요?"

윤수의 음성에 원망스러운 기색이 섞였다.

"어."

정은은 짧게 대꾸하면서, 정훈이 큰 잘못을 저질렀음을 직감했다.

"우리 누나가 탔던 차 운전자 이름이랑 같네요?"

묵직한 침묵이 흘렀다. 윤수는 정은을 향해 그리 읊조리고는 소란스럽게 구는 엄마와 민주를 노려보았다.

"누구니, 대체 누구야! 그 결혼한 지 3주 만에 이혼하고, 지금 다른 놈 만난다는 정신 나간 년 때문에 폐인 된 제 친구 살리겠다고 나가서 이게 뭐니. 어디 그런 정신 나간 년이 다 있니, 정은아. 어? 너개 누군지 알지? 네 친구라던데! 그년 지금 뭐 한다니? 멀쩡한 남의 아들 잡고, 뭐 한다니!"

엄마가 시끄럽게 떠들어 댈수록 분위기는 험악해졌다. 민주는 훌쩍거리며 윤경이 정은과 친한 사이였다고 역성을 들어 댔다. 윤수가 욕지거리를 내뱉고는 대꾸했다.

"그 여자 우리 누난데요. 그 폐인 됐다는 새끼가 신혼여행에서 돌아오자마자 애 밴 여자 데리고 왔거든요. 그래서 이혼했고요. 아줌마 아들이 술 마시고 객기 부리면서 운전하다가 우리 누나 지금 죽게 생겼거든요?"

윤경의 전남편은 회생할 가능성이 희박하다고 했고, 윤경과 정훈은 응급 수술 중이었다.

"우리 누나 잘못됐는데, 아줌마 아들 살아나면 내가 죽일 거예요. 알아듣겠어요?"

잔뜩 흥분해서 소리를 버럭 지르는 윤수를 주성이 막아섰다. 주성의 뺨은 끈적끈적한 눈물로 흥건하게 젖어 있었다.

"정은아, 저 남자애 지금 뭐라는 거니? 별소릴 다 듣겠다, 정말. 어디 남의 귀한 집 아들을 죽이네, 마네 해. 너 쟤 아니?"

엄마는 언제나처럼 불리한 이야기를 알아듣지 못한 척 윤수를 나무라는 말을 뱉어 냈다.

"못 들었어? 오빠가 음주 운전을 해서 지금 윤경이가 수술 중이라잖아."

"애! 너 무슨 말을 그따위로 해! 그년만 수술 중이야? 우리 정훈이도 수술 중이야!"

"오빠가 술 먹고 운전하다가 이렇게 된 거잖아!"

"계집애가 남의 남자 차를 왜 얻어 타? 너는 왜 꼭 친구도 다 그 모양이니!"

"엄마, 제발 좀!"

"이게 지금 누구한테 소리를 질러!"

정은이 소리를 버럭 지른 순간 엄마가 팔을 높이 쳐드는가 싶더니 사선으로 크게 휘둘렀다. 철썩하는 소리가 들려옴과 동시에 정은은 두 눈을 질끈 감았다.

심장이 입 밖으로 튀어나올 것처럼 뛰어 댔다.

분명 듣기 싫은 마찰음이 울렸는데.

슬며시 눈을 뜨자 눈앞에는 듬직한 등이 자리하고 있다. 그는 돌아서서 커다란 손으로 정은의 어깨를 부드럽게 잡으며 물었다.

"괜찮아요?"

그의 왼쪽 뺨에 새빨간 자국이 나 있었다. 그의 등 뒤에서 손을 털어 대며 미간을 찌푸린 엄마의 모습이 언뜻 눈에 들어온다.

정은은 가만히 고개를 끄덕거렸다. 갑자기 서러움이 복받쳐서 눈가에 말간 눈물이 고이기 시작했다. 그의 시선이 젖은 정은의 눈가에 닿는가 싶더니, 그가 정은의 어깨를 당겨 안으며 돌아섰다.

그를 올려다보는 엄마의 눈빛에 이채가 어린다. 민주가 엄마 쪽으로 고개를 기울이며 속삭였다.

"어머님, 그때 말씀드렸던 그 남자요. 아가씨 만난다는."

심장이 비현실적으로 빠르게 뛰어 댔다. 그와 병원으로 함께 온 게 화근이다. 아니, 회식 자리에 갔던 게 문제다. 애초에 그를 더 매몰차게 끊어 내지 못한 게 잘못이다.

정은이 자책하고 있을 때, 엄마의 비소 어린 목소리가 흘러나왔다.

"아, 신 대표 놓치고 만난다는 회사원 나부랭이? 얘는 왜 이렇게 남자 보는 눈이 없니? 얘 대체 이래서 어떻게 살려고 그러니? 이 남자도 아니? 너 신 대표랑 살다시피 한 거?"

"말씀 삼가십시오."

그의 엄중한 목소리가 아슬아슬하게 울렸다. 화를 억누르는 음성은 파르르 떨리기까지 했다. 정은은 그에게 그러지 말라며 그의 재킷을 잡아끌었다.

"허? 못 배워 먹은 티 내는 것 좀 봐라. 어디 만나는 여자 엄마한테 이렇게 눈을 부릅떠?"

정은은 엄마가 엄마 노릇은 제대로 한 적 있느냐고 묻고 싶어졌다. 피곤하다. 정은이 밀려오는 무기력함에 한숨을 내쉬었다. 어서 이 상황이 마무리되길 바랄 뿐이었지만, 쉽게 끝날 일은 아니지 싶다.

"정은 씨한테 막 대하는 사람은, 이 사람 부모라도 저는 용납 못 합니다."

날카로운 그의 목소리와 형형한 눈빛에 엄마는 움찔하는 것처럼 보였다.

"야, 임정은. 너 뭐라고 말 좀 해 봐. 이 남자 지금 엄마한테 뭐라는 거니? 어? 너는 신 대표나 잘 붙잡고 살 것이지. 어디서 이런 막 돼먹은 놈을 만나서!"

"엄마!"

급기야 정은이 빽 소리를 질렀다. 가슴속에 맺혔던 응어리가 갑자기 폭발해 버렸다. 베이킹소다에 식초를 부으면 부글부글 끓어올라서 세균을 소독하는 것처럼, 폭발한 응어리가 가슴속을 깨끗이 씻어 내려가길 바랐다.

"제발 그만 좀 해. 지금 오빠가 잘못한 상황이잖아. 그리고 지금

이 사람한테 사과해야 하는 상황이잖아. 엄마 아들만 귀해? 이 사람은 왜 여기서 내 옆에 있다가 엄마한테 뺨을 맞아야 하는데? 내가 이런 상황에서 대체 누굴 만날 수 있는데!"

이제껏 찍소리도 안 하고 물주가 되어 주던 딸이 돌변하자 엄마는 짐짓 당황한 듯 보였다.

"나도 엄마가 낳은 딸이야. 오빠만 엄마가 낳은 아들이 아니라! 신 대표한테 그렇게 돈 들여 가면서, 나랑 잘되길 바랐어? 그게 말이 돼? 나 같은 여자를 누가 반겨 줘! 줄줄이 딸린 식구가 거머리처럼 달라붙어서 손 벌리고 있는데!"

이야기를 이어 갈수록 세차게 뛰던 심장이 가라앉기 시작했다. 이제껏 왜 이렇게 속 시원히 말하지 못했나, 싶을 정도다. 어깨를 감싸고 있는 남자의 존재감이 정은을 새롭게 살아 숨 쉬게 만드는 듯했다.

"아무도 못 해. 나 같은 사람 받아 주는 거 아무도 못 한다고요. 그리고 나도 못 가. 이 상태로는 아무한테도 못 간다고."

"그러게 여자애가 세상 무서운 줄 모르고 그렇게 몸을 막 굴리고 다니래?"

정은이 하는 말을 엄마는 듣고 있지 않았다. 이쯤 되면 화를 낸 것조차 억울해진다. 정은이 발악을 해도 눈 하나 꿈쩍 안 하니까.

"이제 알겠다."

정은이 조용히 속삭이듯 목소리를 냈다.

"내가 이렇게 된 건 내 잘못이 아니야. 나를 이렇게 만든 엄마, 아빠, 오빠 탓이지. 나는 아무 문제 없는 건데…….."

"쟤 남 탓하는 것 좀 봐라. 쟤는 어릴 때부터 그랬어. 지가 잘못한 거는 모르고, 정훈이랑 나한테 바락바락 대들고. 못된 년. 아주 못된 년이야, 저년이. 그깟 돈 좀 해 줬다고 유세 떠는 거 봐."

엄마는 입술을 보기 싫게 실룩거리며 표독스러운 눈빛을 빛냈다. 정은은 엄마가 저런 눈빛을 할 때마다 자신이 죄를 짓는 것 같은 기분이 들곤 했다. 하지만 지금은 다르다. 죄를 짓는 건 엄마지, 자신이 아니다.

"정은 씨."

그가 정은의 어깨를 감싸 안으며 다정한 눈빛으로 내려다보았다.

"그래요. 어머님 말씀처럼 그렇게 유세 떨지 마요."

이 남자가 무슨 말을 하려는 건가 싶어서 정은은 그를 가만히 올려다보았다.

"그깟 돈 몇 푼으로 유세 떠는 거 우습잖아요. 앞으로는 그깟 돈 몇 푼 그냥 안 쓰고 마는 게 낫죠. 안 그래요?"

그가 자상한 미소를 머금은 채로 정은에게 물었다. 세찬 풍랑이 일던 가슴이 일순간 평온해졌다. 이토록 간단한 일인 것을, 왜 가슴 앓이하고 있느냐고 묻는 듯한 얼굴이다. 그의 물음에 정말 간단한 일이 되어 버린 것 같다.

"그래요. 그러면 되는 건데."

정은은 고개를 끄덕거렸다.

"너무 간단한 일이었어요."

속삭이는 목소리로 내뱉은 말에 엄마의 얼굴이 사색이 되었다. 정은이 화를 내고 발악할 때보다 이게 더 먹히는 듯했다. 아버지가 다치셨을 때 병원에서도 이와 비슷한 일이 있기는 했지만, 엄마는 그때와 지금의 분위기가 사뭇 다르다는 것을 눈치챈 것처럼 보였다.

그때는 정은이 괜한 말을 하는 것처럼 느꼈겠지만, 지난 6개월 동안 신 대표의 지원이 끊겼고, 정은도 예전처럼 밑 빠진 독에 물 붓듯 돈을 퍼 나르지는 않았다.

"내가 엄마 딸로 태어난 게 싫었죠? 안 태어나길 바랐잖아. 내가 없었으면 더 행복했을 거라고, 완벽하게 화목한 가정이었을 거라고 생각했죠? 오빠는 대놓고 나한테 그랬는데, 나 때문에 자기 인생이 꼬이고 집이 이 모양, 이 꼴이 된 거라고."

정은은 차분하게 말을 이었다.

"사라져 줄게요. 엄마 인생에서. 이제 오순도순 화목하게 사세요."

미련 없이 돌아섰다. 그러곤 윤수와 주성이 앉아 있는 곳으로 발걸음을 옮겼다. 그는 혹여 엄마와 민주가 해코지할세라 정은의 곁에 딱 달라붙어 있었다.

"윤수야, 미안해. 내가 뭐라고 해야 할지."

정은과 엄마가 대화하는 소리를 다 들었는지, 윤수는 사과하지 말라며 고개를 내저었다. 주성은 여기 있지 말고 어서 가라며 정은을 채근했다.

"윤경이 수술 끝나면 전화 줘. 응?"

차가운 수술대 위에 올라 힘겨운 수술을 버티고 있는 친구를 떠올리자 왈칵 눈물이 고였다. 주성과 윤수가 그러겠다며 고개를 끄덕거렸다.

그리고 마치 모르는 사람처럼 엄마와 민주가 서 있는 곳을 지나쳤다. 엄마는 쓰러질 것처럼 머리를 붙잡았지만, 그런 쇼에 넘어갈 정은이 아니었다. 이제는 그게 쇼가 아니라고 해도 신경 쓰고 싶지 않다.

병원을 나서자 습기를 가득 머금은 여름밤의 더운 공기가 숨 막히게 다가왔다.

"나 되게 이상해 보이죠?"

그는 대꾸 없이 정은을 내려다보았다. 내리꽂히는 시선은 열대야를 머금은 듯 뜨겁다.

"이래도 날 사랑할 수 있어요?"

무거운 정적이 흘렀다. 잠시간의 침묵이었지만 그 시간이 너무도 길게 느껴졌다. 계절은 빠르게 달려 어느새 한여름이 되었고, 해가 바뀐 게 엊그제 같은데 벌써 7월이다.

멀리서 보면 바람 같은 세월이 빠르게 흐르는 듯했지만, 가까이서 보면 심장을 덜컹거리게 하는 순간은 지독하게 느릿하다.

그래, 질려 버렸겠지.

조금 전 병원에서 감정을 내지를 때, 정은의 눈에는 그가 보이지 않았다. 어깨를 감싸고 있는 따뜻한 온도에 기대어 용기를 내기는 했지만, 정은이 분노하는 세상에 그는 없었다.

그만은 온전하게 존재하기를 바랐으니까.

후텁지근함에도 불구하고 바깥공기를 쐬고 주위가 환기된 탓에 깨달았다.

그 역시도 그곳, 정은이 분노하는 세상을 함께 지켜보고 있었다고.

그의 긴 침묵이 버거워 정은은 한숨을 가볍게 한 번 내쉬었다.

"물러도 괜찮아요. 원망할 생각 없어요."

그는 정은의 어깨를 감싸 안은 채로 천천히 걸었다. 감정을 드러내지 않고 조용히 걷고 있는 그가 무슨 생각을 하고 있는지 궁금했지만, 정은은 그를 채근하지 않기로 했다.

감정은 채근한다고 답을 구할 수 있는 것이 아니니까.

"……쉽지는 않겠죠."

내내 조용하던 그가 조용히 읊조렸다. 쉽지 않다는 그의 말에 쿵쿵거리며 터질 듯 뛰어 대던 심장 박동이 오히려 느려지기 시작했다. 결정의 순간, 지독한 서글픔이 밀려오면 어쩌나 걱정했는데, 오히려 담담해진다.

흠 없이 시작해도 부서지고 깨지는 게 사랑이다. 하물며 한쪽이 치부를 드러낸 상황에서 시작하는 상황은 절대 쉬울 리 없다. 다 품어 주겠다고 덤빈다고 하더라도 결국 지쳐서 포기하고 물러나게 될 것이다.

그는 기민하고 계산적이 사람이었다. 득과 실을 따지는 데 능했고, 치고 빠지는 타이밍도 잘 알았다. 지금은 그에게 득은커녕 실만 있는 상황이고, 치는 게 아니라 빠져야 할 타이밍이다.

그가 계산을 마쳤는지 걸음을 멈추고 섰다.

어둠이 내린 병원 주차장은 고요했다. 응급실 쪽으로 들어가는 구급차의 빨간 경광등이 번쩍거릴 뿐 평온했다.

정은은 그의 앞에 가만히 마주 섰다. 자연스럽게, 최대한 편안하게.

두 계절 전에 그에게 독한 말로 상처 줬던 것을 떠올리면, 지금 그에게 험한 말을 듣는다고 해도 이상할 게 없어 보였다.

감히 네까짓 게 나를 그렇게 능멸하고 돌아섰느냐고, 그가 나무란다고 할지라도.

느릿하게 뛰는 가슴이 무겁게 가라앉는 게 느껴졌다.

"어떡하죠?"

그가 고개를 비스듬히 기울이며 깊어진 시선으로 정은을 바라보았다. 끝을 바라보고 있다고 하기에는 지나치게 깊은 시선이 정은의 무거워진 가슴을 헤집었다.

"임정은 씨 이제 쉽지 않을 텐데."

그의 목소리에서 웃음기가 배어났다. 분위기가 미묘하게 바뀌었음을 감지한 정은은 잠시 멍해져서 그를 올려다보았다.

"아까 잘했어요. 앞으로 누가 괴롭히면 그렇게 하는 거예요. 상대가 누가 되더라도 정은 씨한테 상처 주는 사람이라면, 이제 더는 참고 견디지 말아요."

그는 커다란 손으로 정은의 어깨를 가볍게 감싸 쥐었다. 지나친 더위 탓에 턱밑으로 땀이 맺히는 듯했다. 그런데 한여름 밤의 열기보다 어깨에 닿은 그의 손이 더 뜨겁게 느껴진다.

"그리고 나는 앞으로 정은 씨 그렇게 괴롭히는 사람은 누가 됐건 그냥 가만히 두지 않을 거예요. 나 되게 집요한 성격이라 지구 끝까지 쫓아가서 괴롭혀 주고, 갚아 줄 수 있거든요? 나 감당할 수 있겠어요?"

그의 물음에 정은은 그 어떤 대꾸도 하지 못하고 그를 멍하니 바라보기만 했다. 생각했던 것과 전혀 다른 답이 흘러나오기 시작하자, 심장이 그동안의 속도와는 비교도 되지 않는 빠른 속도로 날뛰어 댔다.

"또 하나 더."

그는 차근차근 자신이 하고 싶은 말을 덧붙였다.

"그대로 나한테 올 생각 하지 마요. 나는 지금의 임정은도 뼛속까지 사랑하지만, 이제 정은 씨 차례예요."

의미를 알 수 없는 말이다.

"무슨 뜻이에요?"

"이제 정은 씨가 정은 씨 스스로를 사랑해 줄 차례라고요."

메말랐던 눈가가 따끔거리기 시작했다.

"아무도 사랑해 주지 않을 거란 생각으로 살았어요? 아무도 사랑할 수 없을 거란 생각으로 나한테 그렇게 독한 말 하고 떠난 거예요?"

밑바닥까지 드러난 자존감, 이리저리 흩어져 있던 버려진 자아의 편린을 그가 다정한 손길로 주워 모아 정은의 손 위에 올려 주었다.

"사랑받아 마땅한 사람이란 생각이 들 때, 나한테 와요. 내가 넘치도록 사랑해 줄 테니까."

고요한 어둠, 후텁지근한 열대야 속에서 시원하게 말하는 그가 근사해서 정은은 잠시 그를 감상하듯 바라보았다. 그는 정은의 대답을 잠자코 기다려 주었다.

너는 왜 그렇게 자존감이 떨어져 있어?

너는 너 자신을 왜 그렇게 몰라?

그렇게 사서 걱정하면 뭐가 달라져?

인생 되게 피곤하게 사는 거 너도 알지?

제발, 쓸데없는 생각 좀 그만하고 살아.

그 정도면 충분하지, 뭘 더 바라는 거야. 대체?

낮아진 자존감을 회복시켜 주겠다고 섣부른 말로 상처 주는 이들이 있다. 그런데 그는 그런 사람들과 깊이를 달리했다.

정은을 다그치지도, 재촉하지도 않는다.

"오래 걸릴 수도 있어요. 어쩌면 난, 한 번도 그래 본 적이 없어서……. 어떻게 하면 그렇게 할 수 있는지 모르는 사람일 수도 있어요."

그가 정은의 동그란 이마에 자신의 반듯한 이마를 갖다 대며 미소 지었다.

"알게 될 거예요. 내가 모르게 두지는 않을 거야."

달콤한 숨결이 가까워져 오는 게 느껴졌다.

"그냥은 안 받아 주겠다면서요? 사랑받아 마땅한 사람이란 생각이 들 때 오라며?"

그의 향기에 취한 정은이 몽롱한 목소리로 물었다. 사랑받아 마땅한 사람이라는 생각이 들 때, 자기한테 오라며 그냥 두지는 않겠다는 그의 말에는 모순이 있어 보였다.

"나 아예 안 볼 생각이에요?"

그건 아니라며 정은은 고개를 세차게 내저었다.

"키스도 못 하게 할 거예요?"

그의 숨결이 입가를 가만히 맴돌았다. 부드럽고 감미로운 그의 향기가 휘감기는 기분. 정은은 그의 입술 끝을 바라보다 천천히 두 눈을 감았다.

입술이 한 번 가볍게 닿았다가 떨어졌다. 그리고 이내 다시 맞물리자 촉촉하고 따뜻한 촉감이 뒤섞였다. 달콤한 숨결이 녹아들면서 호흡이 가빠졌다.

세차게 내달리는 심장에 큰일이라도 날 것만 같아서 정은은 절박하게 그의 팔뚝을 움켜잡았다. 그가 정은의 팔을 제 허리에 두르며, 정은의 목덜미를 감싸 당겼다. 입천장 안쪽의 가장 여린 살에서까지 그가 느껴졌다.

멀리서 사이렌 소리가 들려오자, 두 사람의 입술이 천천히 떨어졌다.

정은의 입술 새로 아쉬움이 서린 한숨이 조심스레 흘러나왔다. 마치 내뱉은 숨결을 어루만지기라도 할 것처럼 그가 집요한 시선으로 정은의 벌어진 입술 안쪽을 응시했다.

"키스로, 끝낼, 생각이었어요?"

정은은 열기에 휩싸인 목소리로 당돌한 말을 내뱉었다. 그의 시선이 깊어져 가는 밤만큼이나 어두워졌다.

"흐읏!"

꾹 다문 잇새로 신음이 흘러나왔다. 그는 오피스텔 현관문을 열고 들어서자마자 정은을 몰아붙이기 시작했다. 거센 악력에 뜯긴 블라우스 단추가 대리석 바닥으로 힘없이 튕겨졌다.

정은도 성마른 손길로 그의 드레스셔츠 단추를 풀어내고 재킷과 함께 벗겨 냈다. 땀에 젖은 근육이 손바닥에 끈적끈적하게 달라붙었다.

서로 전희를 즐길 새가 없었다. 정은은 그의 목을 끌어안으며 매달렸다. 탄력 있는 엉덩이를 받쳐 안은 그가 소파로 걸음을 옮겼다. 소파 위에 등이 닿자마자, 그가 침범해 들어왔다.

"아!"

자신이 그동안 이 남자를 얼마나 원하고 있었는지, 정은은 깨달았다. 열망으로 가득 찬 좁은 공간이 열기에 녹아내려 간지러웠는데, 그가 꽉 채우고 들어오자 머리끝이 쭈뼛 설 만큼 만족스럽다.

쾌감은 금세 정은의 전신을 뒤덮었다. 정신이 나가 버릴 정도로 아찔한 감각이 정은을 정복하려 들어서, 그가 거센 힘으로 가슴을 쥐어짜고 있는데도 가벼운 통증조차 느껴지지 않았다. 오로지 환락만이 가득할 뿐이다.

정은은 그의 단단한 어깨를 감싸 안으며 목덜미에 입술을 묻었다. 절박하게 매달리고, 빨아들이고, 키스하고. 그를 더 깊은 곳까지 받아들이고 싶어서, 몸을 더 열기 위해 애를 썼다.

"아아."

절정은 순식간에 찾아들었다. 정은은 숨 쉬는 것도 잊고 그의 살결을 빨아 대기 바빴다.

이 남자를 어떻게 잊고 살려고 했을까?

가슴으로 그를 잊는다 해도 몸 안 깊숙한 곳에 새겨진 그로 인한 쾌락만큼은 지워 낼 수 없을 거라는 생각이 들었다. 그와의 섹스는 그만큼이나 정은을 달아오르게 했고, 폭발하게 했고, 무절제한 해방감으로 인한 희열을 안겨 주었다.

눈이 스르륵 감긴다. 단단한 품에 둘러싸여 세상 그 무엇도 침범해 올 수 없을 것만 같은 지극한 평온함 속에서 정은은 조용히 잠에 빠졌다.

아침부터 사무실 분위기가 미묘했다. 다들 술이 과하기도 했지만, 어제 주성을 따라 정은이 주점을 나가고 난 뒤, 팀장인 태욱도 사라졌기 때문이었다. 사무실 허공에 가십이 둥둥 떠다니는 듯했다.

하필 오늘 아침 늦잠을 잔 정은은 어제 입었던 옷을 그대로 입고 출근할 수밖에 없었다. 늦어도 괜찮으니 옷을 갈아입고 오는 게 어떻겠냐는 그의 말을 들을 걸 그랬다.

지각하는 게 더 이상할 것 같아서 서둘러 나왔는데, 팀원들은 어제와 같은 복장인 정은을 보며 하고 싶은 말이 많은 얼굴을 했다.

일이나 하자. 이럴 때는 잡생각을 떨칠 수 있도록 일에 집중하는 게 낫다.

"임정은 씨, 잠깐 나 좀 보죠."

고개를 돌린 곳에는 은선이 까칠한 얼굴로 서 있었다. 눈 밑이 거뭇한 거로 보아 잠을 설친 얼굴이다. 그녀는 얼굴만큼이나 까칠한 어조로 내뱉고는 차갑게 돌아섰다. 팀원들의 시선이 이쪽으로 쏠려 있는 게 느껴졌다.

은선이 유일하게 관심을 쏟는 이가 강태욱이라고 했던 주성은 오늘 결국 회사를 나오지 않았다. 좀 이따 주성에게도 연락해 봐야겠다는 생각을 하며 소회의실에 들어섰다.

"어제 어떻게 된 건지 말해 줄 수 있어요?"

에둘러 말하는 성격은 못 되는 것 같았다. 은선은 어젯밤에 일어난 일련의 사건들에 대해 단도직입적으로 묻고 있었다.

"김주성 주임하고는 어떤 사이고, 강태욱 수석하고는 대체 뭡니까?"

어찌 보면 지극히 개인적인 질문일 수 있는데, 은선은 당연하다는 듯이 대답을 요구했다.

"제가 대답해야 할 이유가 있을까요?"

정은은 질문의 타당성을 되물었다. 업무 시간에 불러서 고작 물어보는 게 파견 직원의 남자관계에 관한 것이라면, 구은선이라는 여자한테 솔직히 실망이다. 이제껏 그녀의 이지적인 성품과 깔끔한 성격을 높이 샀던 정은이었다.

그런데 능력 있는 커리어 우먼이 고작 남자 때문에 출근하자마자 파견 직원을 불러 닦달하는 거라면, 모양이 빠져도 너무 빠진다.

정은의 되물음에 은선은 짐짓 당황한 것처럼 보였다. 이제껏 정은이 둥글게 지내 왔기에, 그런 질문을 받게 될 거라고는 예상 못 한 듯하다.

"내가 강 수석 많이 좋아해요. 아주 어릴 때부터 봐 왔고. 솔직히 윤선진 상무하고는 안 될 거라고 생각했는데……. 갑자기 그쪽이 나타났어요. 평생 노래방에서는 꿀 먹은 벙어리처럼 앉아 있던 남자가 노래를 다 부르데? 그래서 궁금해요. 그리고 조금 화나요. 김주성 주임하고 막역한 사이인 것 같은데……. 내 눈에는 김주성 주임, 강태욱 수석, 둘 중 하나 갖고 노는 것처럼 보여서요. 아니면 둘 다거나."

정은은 뭔가를 단단히 오해하고 있는 은선을 가만히 보았다. 자신이 좋아하는 사람과 관련한 일에 솔직히 나서서 묻는 그녀의 용기만큼은 부러웠다.

"둘 중 누구도 갖고 노는 상황 아니에요. 이쯤 해 두죠."

정은은 그녀에게 사생활을 그만 침범하라는 듯 경고조로 말했다. 주성과 관련한 일을 설명하려면 주성의 연애사 등 개인적인 일을 친구의 허락도 없이 말해야 하는 상황이었고, 그와의 관계를 보고하듯 은선에게 털어놓을 이유도 없었다.

"한국에서 사회생활 안 해 본 티 나네요. 아니면 사람이 눈치가 없는 거든지. 지금 팀 분위기 개판인 거 안 보여요? 다들 일에 집중 안 하고, 임정은 씨가 어제하고 똑같은 복장으로 출근한 이유에 대해 궁금해하고 있어요. 게다가 김주성 주임은 오늘 결근이고. 어제 강태욱 수석이 김주성 주임 때려눕힌 거 아니냐는 말도 나오던데?"

은선이 한껏 비아냥거리는 투로 말했다.

"미안하지만, 한국에서의 사회생활은 외국하고 뭐가 다른 게 있나요?"

정은은 순수한 의문이 들어 물었다.

"한국말에 '우리'라는 말이 들어가는 경우가 많죠? 우리 팀, 우리 직원, 우리 일……. 같은 맥락이에요. 우리 팀에서 일어난 일로 지금 분위기 엿 됐잖아요?"

"그래서 개인주의 성향이 강한 외국에서 일하다 온 내가 분위기 파악 못 하고, 지금 남자들이랑 놀아나다가 업무 방해하고 있다고 말하고 싶은 건가요?"

정은은 또박또박 짚어서 되물었다. 은선은 반박할 여지가 없다는 듯이 턱을 치켜들었다.

"내 생각을 말해 볼까요?"

미소를 머금은 채로 정은이 재우쳐 물었다. 은선은 어디 한번 해 보라는 듯이 팔짱을 고쳐 끼며 호기로운 눈빛을 빛냈다.

"사람이 모이는 곳이면 어디든 가십이라는 게 떠돌기 마련이에요. 사건의 진위를 판단하지 않고, 그게 기정사실인 것처럼 자발적으로 떠들기를 좋아하는 사람들이 있거든요. 그런 심리를 이용하는 마케팅 기법에는 노이즈 마케팅, 바이럴 마케팅 등이 있죠. 그런데 그 마케팅 기법이 언제나 통하는 건 아니죠."

정은은 여유로운 미소를 머금으며 말을 이어 나갔다.

"사람들의 관심은 금세 사그라들거든요. 정보의 빠른 흐름 속에서 살아남는 건 결국 진정성이고요. SNS의 발달로 뜻하지 않은 곳에서 진위가 밝혀지기도 하죠. 이런 사회적인 경험이 쌓이면서, 사람들은 이제 의심하기 시작했어요. 흥미로운 가십이라고 무턱대고 관심을 쏟지는 않는다는 거고, 그런 에너지 소모 자체가 불필요한 일이라는 것을 현명한 이들은 알고 있다는 거예요."

당신은 현명하지 못해서 휘둘리는 거라고 말하는 거나 다름없었다. 은선은 멍청한 사고뭉치가 아니었다. 당당하고, 이지적이며, 자존심 강한 부류에 속했다. 은선의 얼굴에 묘한 미소가 떠올랐다.

"그래서 대답 못 하시겠다?"

"솔직히 대답할 이유가 없죠. 같은 여자지만, 남자관계에 관해 묻는 것도 일종의 성희롱인 거 알아요? 아, 또 한국 사회는 아직 동성 성희롱을 인식하는 데 둔감하다는 핑계를 댈 건가요? 우리가 할 이야기는 다 한 것 같네요. 업무적으로 논의할 사항이 남아 있지 않은 거라면, 이만 나가 볼게요."

"나랑 해보겠다는 거죠, 지금?"

회의실을 나서려 문고리를 잡으려던 정은의 손이 멈칫했다. 은선은 팔짱을 낀 채로 호기로운 눈빛을 빛내며 정은을 응시했다. 정은은 저도 모르게 웃음을 머금고 말았다. 그게 은선의 신경에 거슬렸는지, 미간이 슬쩍 찌그러지는 게 눈에 들어온다.

"내가 뭘 하겠다고 했나요?"

정은의 목소리에 어쩔 수 없는 웃음기가 배어났다. 은선이 미간에 더욱 힘을 주며 입을 열었다.

"내가 되게 정의로운 사람처럼 보인 것 같은데. 나 비겁해질 수 있는 사람이에요. 특히 강태욱 수석에 관한 거라면."

사랑 앞에 유치해지는 게 사람이라지만, 은선의 태도는 귀여워서 웃음이 날 정도다.

"너그럽게 봐서. 결혼 전에 한번 한눈파는 것쯤이야, 뭐. 이해해 줄 수 있어요. 아, 내가 말 안 했던가? 태욱 오빠 부모님이랑, 우리 부모님이랑 되게 친해요. 골프도 자주 치시고, 식사도 같이 자주 하고."

마치 둘의 결혼이 정해져 있는 것처럼 정은을 자극하려는 듯했다.

"집에서 정해 준 사람이랑 결혼할 정도로 전근대적인 사고방식을 가진 남자는 아니라는 거, 알죠?"

정은이 빙그레 미소를 머금은 채로 물었다.

"그리고 사랑의 끝이 결혼이고, 연애의 목적도 결혼이고, 사람의 마음을 온전히 차지하는 게 결혼이라고 생각해요?"

이어진 정은의 물음에 은선은 짐짓 당황하는 듯 보였다.

"어쩌죠. 나는 솔직히 결혼 생각은 없어요. 온전한 마음이라면 나는 연애만으로도 충분하다고 생각해요. 아, 내가 말 안 했던가? 김주성 주임은 나랑 초등학교 동창이에요. 어제는 일이 있어서 그랬고……. 내 복장이 어제하고 왜 같은지 궁금하죠? 아침까지 다른 데 있느라, 옷을 갈아입을 시간이 없었어요."

은선이 표독스러운 눈빛으로 정은을 쏘아보았다.

"태욱 오빠 부모님 눈 되게 높아요. 삼대독자 애지중지 키우셔서 각별하시고. 임정은 씨처럼 독립적이고 되바라진 여자 만나는 거 반기지 않으실걸요?"

억지스럽게 정은을 자극했는데, 그게 통하고 말았다. 정은은 어금니를 사리물고 한숨을 한번 참았다. 그러고는 한쪽 입꼬리만 올리는 웃음을 머금은 채로 낮게 뇌까렸다.

"그게 무슨 상관이 있는지 모르겠네. 아, 여기 의무실 어딨어요? 태욱 씨 목에 붙일 반창고 좀 얻어야 할 것 같은데."

정은이 혀를 살짝 내밀어 아랫입술을 핥았다. 그의 목에 왜 반창고를 붙여야 하는지 묻는 멍청한 질문은 하지 않기를 바랐다. 그래도 지금까지는 평정을 유지하던 은선이 씩씩 험한 숨을 내뿜기 시작했다.

정은은 더는 할 말이 없다는 듯이 소회의실을 나왔다. 심장이 쿵쿵 울리는데, 어쩐지 기분은 나쁘지 않았다.

자리로 돌아가며 그의 집무실을 흘끗거렸다. 시선이 느껴졌는지, 그가 모니터를 응시하던 시선을 옮겨 정은을 바라보았다.

안 뺏길 거야. 그 누구한테도. 이제 절대로 안 뺏겨.

입 모양으로만 읊조리자, 그가 의아한 눈빛으로 정은을 바라보았다. 정은은 이내 웃어 버렸다.

그는 사랑받을 준비가 되면, 스스로를 사랑하게 되면 오라고 했다.

그동안 인정하지 않았을 뿐, 정은은 자신을 충분히 사랑하고 있었던 게 아닌가 하는 생각이 들었다.

스스로를 인정하는 게 세상에서 가장 어려운 일이라는 것을 새삼 깨닫는 순간이었다.

저 남자로 인해, 그 어려운 일이 가능해졌다.

사랑해, 가슴이 말했다. 그에게, 또 나에게.

9화
제자리

　오후 업무가 한창일 무렵, 주성에게서 전화가 걸려왔다. 내내 연결이 되지 않아서 통화할 수가 없었는데, 화면에 김주성이라는 이름이 뜨자마자 정은은 허겁지겁 전화를 받았다.

　"어떻게 됐어? 윤경이는?"

　심장이 너무 뛰어서 현기증이 이는 것만 같았다. 정은은 눈을 지그시 감은 채로 믿지 않았던 신에게 기도를 올렸다.

　- 수술은 2시간 전쯤 끝났어.

　내장 파열과 대퇴부 골절로 인한 수술이 길어졌다고 했다.

　"어때?"

　정은의 조심스러운 목소리가 흘러나왔다.

　- 아직 의식은 없어. 계속 전화했었지?

　"응."

　서로의 목소리에 안타까운 물기가 어렸다.

– 무슨 일 생기면 연락 줄게.

"응."

짧은 응대를 끝으로 통화를 마친 정은은 잠시 숨을 골랐다. 그러다 문득 이상한 기운이 느껴져 시선을 들어 올렸을 때, 집무실 유리벽 너머로 정은을 바라보고 있는 그의 모습이 눈에 들어왔다.

그가 휴대전화를 가볍게 흔들어 보이고는 무언가를 입력하기 시작했다.

[왜 울 것 같은 얼굴이에요?]

[윤경이 수술 조금 전에 끝났대요. 방금 주성이한테 전화 왔어.]

[잠깐 나와요. 그때 그 계단 앞에서 봅시다.]

두 계절 전 늦은 밤, 정은이 지친 얼굴을 하고 있을 때 함께 갔었던 전망대를 말하는 듯했다.

사무실을 나선 정은은 기억을 더듬어 나선형 계단 앞에 섰다. 어두운 밤에 볼 때는 몰랐는데, 계단은 투명한 강화 유리로 만들어져 있어서 그 위용이 대단했다.

먼저 도착해서 기다리고 있던 그가 정은의 손을 부드럽게 잡아 주었다.

"괜찮을 거예요. 마음 아프네. 힘들어 보여서."

그가 건네는 따뜻한 목소리를 들으며 전망대 문을 열고 나섰을 때였다. 그가 정은을 품 안으로 끌어당기며, 커다란 나무 조형물 뒤쪽으로 몸을 숨겼다.

그의 갑작스러운 행동에 놀란 정은이 왜 그러느냐고 물으려는데 귀에 익은 목소리가 들려왔다.

소수에게만 출입이 허락된 공간이라고 했다. 아마도 그 소수에 윤선진 상무가 해당하나 보다. 그리고 윤 상무와 함께 즐거운 대화에 빠진 사람은 신 대표였다.

"내가 강 수석한테 정말 두 손 두 발 다 들었다니까요."

신 대표는 자신이 어쩔 수 없이 당한 거라는 듯이 억울한 목소리를 내고 있었다.

정은이 신 대표와 무슨 일이 있었느냐는 듯이 그를 올려다보았다. 그는 눈썹을 한 번 들썩거리며 미소를 머금을 뿐이다.

그가 모른 척 시치미를 떼고 있다는 것을 정은은 어렴풋이 감지했다.

"내가 앵커리지에 가는 걸 강 수석이 먼저 알려 줬단 말이죠?"

윤 상무는 어이가 없다는 듯이 신 대표에게 묻고 있었지만, 목소리에서는 만족스러운 웃음기가 옅게 배어났다.

"그렇다니까. 선진이 앵커리지 가는데, 처음 만났던 알래스카에서 재회하는 거 좋지 않겠어요? 이러면서 나 꼬셔 내더니."

신 대표가 매력적인 태욱의 어조를 흉내 내며 말을 이어 나갔다.

두 사람은 결혼한 지 얼마 되지 않아 피치 못할 사정으로 이혼했고, 윤 상무가 포럼 참석차 앵커리지에 방문했을 때 호텔에서 재회했다고 들었다.

"한국 와서 만났는데, 자기 덕분에 당신이랑 다시 잘됐으니까, 한턱내라는 거예요. 그래서 알겠다고 했지. 술 한잔 사야겠다고 생각했어요. 근데 인연으로 빚진 건, 인연으로 갚으라잖아요."

정은의 눈동자에 이채가 어리기 시작했다. 우연한 재회가 아닌, 누군가 손을 쓴 필연적 재회였나 보다. 그리고 그 누군가는 그것을 대가로 신 대표와 거래를 했다?

그는 곤란하다는 듯이 정은의 시선을 피하며 고개를 한 번 내젓고는 당혹감 어린 미소를 머금었다.

"그래서 임정은 씨가 우리 TF팀에 오게 된 거구나. 나는 왜 당신 비서인 정은 씨를 파견 직원으로 보냈나 했죠."

정은의 입이 저도 모르게 쩍 벌어졌다. 거래의 대상이 자신이었다는 사실에 정은은 기가 막혀서 할 말을 잃고 말았다.

미간을 찌푸린 채로 그를 올려다보며 해명을 요구하는 듯한 표정을 지어 보이자, 그가 특유의 매혹적인 미소를 머금으며 정은을 깊은 시선으로 내려다보았다.

정말이지, 지나치게 기민한 남자다. 안타깝게도 그의 매혹적인 미소는 정은에게 늘 새로웠다.

볼 때마다 첫눈에 반하는 느낌이라고 해야 하나.

그것을 증명이라도 하겠다는 듯이 심장이 세차게 뛰기 시작했다. 그 바람에 그에게 해명을 요구해야 한다는 것도 하마터면 깜빡 잊을 뻔했다.

가까운 곳에 윤 상무와 신 대표가 있어서 전후 관계를 모두 따져 물을 수 있는 상황도 아니기는 했다. 그래도 그를 나무라는 말을 해야겠다 싶어서 정은은 조심스레 입을 열었다.

"비겁하다, 정말."

정은이 조용히 읊조린 순간, 그가 정은의 입술을 집어삼켰다. 벽 하나를 사이에 두고 가까운 곳에서 윤 상무와 신 대표의 목소리가 여전히 들려오고 있었다. 심장은 더욱 빠르게 날뛰어 댔다.

"강 수석 진짜 너무하지 않아요? 어떻게 비서를 데려가? 나는 일 어떻게 하라고?"

신 대표가 억울하다는 듯이 읍소했다.

"사람이 참 계획적이긴 해요. 근데 사랑 앞에서도 그렇게 계획적일 줄은 몰랐네."

"말이 좋아 계획이지, 계략이 더 맞는 말이죠. 우리 임 비서 되게 착한데, 그런 보이지 않는 손 같은 놈한테 잘못 걸려서."

그의 입술을 머금은 정은의 입가에 웃음기가 맴돌았다. 보이지 않는 손 같은 놈이라니, 이보다 그와 더 어울리는 표현을 찾을 수 있을까? 조금 다른 의미로 해석되지만, 궁극적 가치의 조화를 위해 움직이는 힘이라는 면에서는 비슷하다는 생각이 들었다.

그를 비유하는 신 대표의 말에 정은이 반응을 보이는 게 마음에 들지 않는다는 듯이, 그의 혀가 입안을 거칠게 휘젓기 시작했다.

"그거 칭찬이에요, 욕이에요?"

"뭐, 칭찬이기도 하고, 욕이기도 한 거죠. 자본주의가 일장일단이 있는 것처럼, 그렇게 계략적인 사람은 일장일단이 있는 거예요."

"난 보기 좋기만 한데요? 태욱 선배 좋은 사람이에요. 정은 씨한테 잘할 거야."

윤 상무가 그를 역성드는 말을 내뱉자, 정은의 허리를 휘감고 있던 그의 손길에 힘이 들어갔다.

"지금 내 앞에서 다른 남자 편드는 거예요?"

신 대표가 유치하게 질투하자, 윤 상무가 유쾌하게 웃음을 터뜨리는 소리가 들려왔다. 두 사람이 옥신각신하는 소리가 점점 멀어지는가 싶더니, 철문이 닫히는 육중한 소음이 이어졌다.

그는 여전히 정은의 입술을 뜨겁게 머금고 있었고, 정은은 저도 모르게 그의 목을 끌어안은 채로 매달렸다. 입안이 농밀하게 뒤섞였다. 숨이 턱 끝까지 차올랐다.

이보다 더 달아오르면 큰일이다. 지금 당장에 차오른 정욕을 해소할 만큼 여유가 있는 것도 아니었다.

정은은 고개를 비틀어 가까스로 입술을 떼어 냈다. 앞으로 이 남자와 육체적 접촉을 시작할 때는 시간적 여유부터 살펴야겠다고 생각했다. 행위를 이어 가고 싶어서 사회적 윤리를 배반하고 싶은 충동마저 들게 하는 위험하고 난처한 남자다.

그는 아쉬운 듯이 정은의 뺨과 턱에 부드럽게 입을 맞췄다. 턱 끝까지 차오른 더운 숨이 견디지 못하겠다는 듯이 신음이 되어 흘러나왔다.

"흐응."

그의 손이 정은의 허리께를 지분거렸다. 언제든 위나 아래로 움직일 수 있다는 듯이 감각적으로 움직이는 손길은 언제나처럼 감동적이지만, 정은은 정신을 똑바로 차리기 위해 애썼다.

이렇게 얼렁뚱땅 넘어갈 문제가 아니지 않나?

정은은 엄정한 표정을 지으려 노력하며 그를 올려다보았다.

"어떻게 된 거예요?"

어쩔 수 없이 열기가 채 가시지 않은 목소리가 흘러나왔다. 그는 집요한 욕망을 품은 눈빛으로 정은을 내려다보았다.

"그렇게 야한 목소리로 물으면 내가 어떻게 대답해야 하죠?"

그의 얼굴에는 욕구불만이 빚어낸 짓궂은 장난기가 어려 있었다.

"장난할 생각 하지 말고, 똑바로 대답해요. 나 지금 화 많이 났으니까."

처음 사무실에 왔을 때, 그는 정은에게 글러 먹었다는 둥, 부족하다는 둥, 못된 말로 사람을 뒤흔들어 놨다.

"큰일이네. 화내는 것도 섹시해서."

그가 오른손 중지와 약지로 달아오른 뺨 위에 흐트러진 머리카락을 쓸어 넘겼다. 어루만지는 손끝에서 전기가 흐르는 듯 찌릿하다.

"나 여기로 부른 게 당신이야?"

더운 여름이었지만, 마치 한겨울의 꽁꽁 언 얼음판 위를 지치듯 날카로운 목소리가 흘러나왔다.

"그래요. 당신 여기로 부른 게 나야."

잠시 따져 물어야 할 목적의식을 상실할 만큼 황홀한 느낌을 주는 대답이었다.

정은은 입을 한 번 벙긋거리고는 이내 다물어 버렸다. 질문을 신중히 해야만 했다. 잔잔한 호수 안을 유유히 헤엄치는 물고기처럼 그는 정은의 마음이 맑은 물처럼 투명하다는 듯이 들여다보며 원하는 대로 유영했다.

그가 일으키는 잔물결은 큰 파도가 되어 정은의 심장을 덮쳐 왔고, 온몸과 마음을 순식간에 지배해 버리곤 한다. 그에게 휩쓸려 여기까지 오게 되었다 치더라도, 그 과정만큼은 알아야 하지 않겠는가?

정은은 눈을 부릅뜨며 그를 올려다보았다.

"불렀으면 잘해 줄 것이지. 나한테 왜 그렇게 못되게 굴었어요?"

처음 사무실에서 그와 마주했던 날의 기억을 떠올리자 갑자기 신경질이 났다. 신 대표에게 인연은 인연으로 갚으라는 말까지 해 가며, 정은을 이곳으로 불러들여 놓고 그는 정은에게 대놓고 면박을 주었었다.

"무조건 잘해 주면 정은 씨가 날 우습게 볼 것 같아서요. 아무리 사랑에 넋 빠진 놈이라고 해도 우습게 보이고 싶지는 않았거든요."

정은은 잠시 또 할 말을 잃고 말았다. 하마터면 고개를 끄덕거리며 그의 말에 수긍할 뻔했다. 그의 말마따나 만약 무작정 매달리며 잘해 줬다면 그를 무시하려 애썼을 것이다.

"그래서 못되게 굴었어요?"

"그런 것도 있고."

"그런 것도 있고? 그거 말고 다른 이유가 또 있어요?"

"솔직히 좀 굴리고도 싶었죠. 너무 얄미운 말로 헤어지자고 해서 가슴 아프게 했으니까."

거드름을 피우듯 읊조리고 있었지만, 그의 눈빛은 마음에도 없는 소릴 해 버렸다고 말하고 있었다.

"아, 그래서 날 그렇게 빡세게 굴렸구나? 글러 먹었네, 부족하네, 하면서?"

정은이 뾰로통한 목소리로 묻자, 그가 이내 미소를 머금으며 강아지 같은 눈빛을 했다. 그의 보드라운 입술이 정은의 뺨에 가볍게 닿았다가 떨어지는가 싶더니, 점점 입술 근처로 내려왔다.

"몸으로 때울 생각 하지 마요. 나 지금 안 넘어가."

단호한 목소리를 내려 노력했지만, 간질간질한 느낌을 그대로 반영한 목소리는 바르르 떨렸다.

"좀 넘어와 주라. 나 지금 되게 모양 빠지는데."

그가 앓는 소리를 하며 너른 품으로 정은을 끌어당겨 안았다.

"여기선 안 할 거예요."

정은이 전망대에서 속옷을 내리게 될까 봐 염려스러워 던진 말에.

"여기선 절대 안 되지. 미쳤어요? 누가 보면 어쩌려고."

"되게 보수적인 척하네요?"

"보수적인 척하는 게 아니라."

그가 정은의 눈동자를 깊이 들여다보며 말을 이었다. 시선 끝이 야릇하다.

"누가 보면, 내가 지구 끝까지라도 쫓아가서 그 눈알 뽑아 버릴 것 같은데? 예쁜 건 나만 볼 거야."

낯간지러운 소리를 해 대는 목소리가 여광餘光을 품은 듯 은밀하다. 정은은 당황스럽게 달아오르는 숨을 삼키며 시선을 내리깔았다. 말은 아니라고 하면서, 분위기는 점점 무르익어 갔다.

"그럼, 갑자기 왜 난데없이 고백한 거예요? 좀 더 굴리지? 6개월이나 이를 갈고 기다렸던 순간일 텐데? 너무 쉽게 봐준 거 아녜요?

내가 그렇게 좋았나? 언제는 나한테 계산 무르다고 하더니, 강태욱 씨도 만만치 않게 계산 무르네요? 6개월은 못 버텨도 최소한 한 달은 굴렸어야 하는 거 아녜요?"

빌딩 숲 사이로 해가 낮게 떠 있었다. 휘황한 유리창들이 장밋빛으로 물들었다. 그가 은은한 목소리로 물었다.

"노래방에서 내가 불렀던 노래 제목이 뭐였죠?"

"아니, 지금 왜 여기서 노래방 이야기가 나오는……."

거냐고 물으려고 했는데.

머릿속에서 버스 정류장이 거인처럼 몸을 일으켜 세웠다.

'……제가 길을 잃었거든요.'

그래, 그 버스 정류장.

머리에 쥐가 나는 것만 같아서 정은은 오른손을 머리카락 속에 집어넣고는 움켜잡았다.

취중진담, 그가 노래방에서 불렀던 노래의 제목은 취중진담이었다. 그날 노래방에서 그가 자신에게 고백하고 있다고, 정은은 생각했었다.

그런데 아니었다.

'보고 싶었어요. 너무 보고 싶어서 미치는 줄 알았어.'

술기운을 빌려 마음속에 있는 모든 것을 토해 낸 사람은 자신이었다.

정은은 당혹감 어린 눈빛으로 그를 올려보았다. 황망해서 무슨 말을 해야 하는지 감이 잡히질 않는다.

이토록 자신이 무지하게 느껴졌던 적은 없었다. 솔직히 말하자면 부끄러워서 입을 떼기가 어렵다.

잔혹하리만큼 못되게 굴던 그가 어느 순간부터 미묘하게 눈빛을 달리했는데도, 그런 변화가 무엇에 기인했는지 깊이 알아볼 생각조차 하지 못했다.

괴로웠으니까. 그를 더 알아보는 것이 부질없다고 생각했으니까.

그런데 자신이 술에 취해 내뱉은 진심 때문에 그가 재빨리 태세를 전환했다고 생각하니 기가 막혔다. 매혹적인 적개심이 고개를 들었다. 영리한 남자와 감정 다툼뿐 아니라, 두뇌 싸움에서 완전히 졌다.

은근히 승부욕이 강한 정은이었다. 하지만 밀려드는 열패감이 너무도 달콤해서 정신이 나가 버릴 지경이다. 사랑스러운 남자에게 왜 지금까지 모른 척 시치미를 뚝 뗐느냐고 시비를 걸고 싶은 양가감정이 치솟았다.

"진짜 되게 못됐다."

정은이 눈을 뾰족하게 뜨며 그를 노려보았다.

"내가 술 취해서 주절주절 떠드는 거 보고 무슨 생각 했어요?"

"아, 이 여자는 술에 취해서 혀가 꼬부라져도 논리정연하게 말을 잘 하는구나."

"하!"

정은은 헛웃음을 흘리며 어이없다는 표정을 지었다.

"이거 칭찬인데, 표정이 왜 그래요?"

그러고 보니, 유준흥 박사가 친부라고 했을 때도 그는 상황을 쉽게 받아들였다. 어떻게 된 거냐고 정은에게 점잖은 질문조차 하지 않았다.

"나 정말 멍청하다."

정은이 자책하자, 그가 안타깝다는 어조로 대꾸했다.

"사실 똑똑한 사람들이 하는 가장 큰 착각 중 하나가, 자신을 잘 알고 있다고 생각하는 거예요."

얄미운 말을 쏟아 내는 그를 올려다보자, 그가 당황스럽다는 듯이 말을 이었다.

"어? 이거 칭찬인데? 나 정은 씨 똑똑하다고 칭찬한 거예요."

"말이나 못하면, 진짜."

정은은 그의 품에서 떨어져 나와 재빨리 돌아섰다.

"사무실 들어가서 일 마무리해야 해요. 이만 들어가죠."

차가운 목소리로 일갈했지만, 심장이 쿵쿵 뛰어 댔다.

어둠이 내렸던 까만 밤, 그보다 더 어두운 속내를 고백했는데도 그는 멀어지지 않았다.

오히려 세상을 물들이는 아름다운 태양 빛처럼 더욱 붉게 정은의 곁으로 다가왔다.

입가에 미소가 어렸다. 그는 정은의 어깨를 부드럽게 잡으며 자상한 어조로 속삭였다.

"삐질 거면 적당히 삐져야 해요. 정은 씨가 노려볼 때마다, 나 진짜 심장이 떨어져 나갈 것 같아."

이 남자를 정말 어쩌면 좋을까.

낯선 환희가 온몸을 휘감는 듯했다. 그동안 불안하게 여겼던 모든 것들이 변함없이 그곳에 존재하는데도 불구하고, 아무것도 아닌 것처럼 느껴진다.

언젠가는 소멸할 거라 여겼는지도 모른다. 바보같이 그런 날을 꿈꾸며 스스로를 옥죄여 왔었다. 그런데 그가 정은의 관점을 완전히 바꾸어 놓았다. 신경 쓰지 않고 살면 그만이다.

삶은 축복이라는, 별로 와닿지 않았던 말을 이제는 절감하게 되었다.

삶은 축복이고, 기쁨을 가로막는 이들은 신경 끄면 그만인 거고, 사랑하는 사람과 행복하면 그게 삶의 전부 아닐까? 싶은 지극히 낭만적인 감상까지 샘솟는다.

"대답해요. 삐질 거면 적당히 삐지겠다고."

이 남자 덕분에.

"생각 좀 해 보고요."

정은은 미소를 머금은 채로 발걸음을 옮겼다. 구름 위를 걷는 것처럼 발아래가 둥둥 떠오르는 듯하다. 빌딩 숲을 물들이는 장밋빛이 정은의 앞날에도 아름답게 드리우고 있었다.

❊❊❊

[퇴근하고 뭐 할 거예요?]

휴대전화가 짧게 울렸다. 고개를 돌리자 집무실 유리벽 안에서 이쪽을 바라보고 있는 남자의 모습이 눈에 들어온다. 그는 주인 말 잘 듣는 강아지라도 된 것처럼 정은을 빤히 바라보고 있었다.

문득 그와 시선을 마주하고 있다는 사실이 새로웠다. 사무실에서 그의 자리가 훤히 들여다보이는 곳은 정은이 앉아 있는 곳뿐이었고, 그가 고개만 들면 온전히 시선을 머물게 할 수 있는 자리도 이 자리밖에 없었다.

[혹시 나 일부러 이 자리에 앉힌 거예요?]

그와 막역하게 지내는 것처럼 보이는 은선에게 자리를 빼앗겼다고 생각했었다.

[퇴근하고 뭐 할 거냐니까.]
[대답해요. 나 일부러 이 자리에 앉힌 거냐고.]
[왜 그렇게 생각해요?]

그는 눈을 가늘게 뜨고 입술을 삐죽 내미는 시늉을 했다.

[불쌍한 척해도 소용없어요. 빨리 대답해요. '적당히'가 안 될 수도 있으니까.]

그가 휴대전화를 손에 든 채로 회신을 입력하지 않고, 정은을 응시하기만 했다. 얼마간 시선이 얽혔다. 답답해진 정은이 메시지를 입력하기 시작했다.

[고개만 들면 보이는 자리잖아요. 그래서 나 여기 앉힌 거냐고. 창문 있는 방에 구은선 씨 앉히려고 나 몰아낸 거 아니라, 나 보려고 여기 앉혔냐고요.]

꼭 구구절절한 질문을 던지게 하는 남자다.

[알면서 왜 물어요? 낯간지럽게.]

어이가 없어진 정은은 낮게 헛웃음을 흘렸다. 그가 메시지를 더 입력하고 있는 듯했다.

[그래요. 보고 싶어서 그랬어요. 앞으로 살면서 우리가 같은 공간에서 일하면서 이렇게 붙어 있는 일이 흔할 것 같아요? 고개만 들면 내 눈앞에 정은 씨가 있는 상황이 얼마나 귀한데.]

심장이 또다시 뭉클 달아오른다. 감정을 남발하는데도 결코 가볍게 느껴지지 않는다. 진중하고, 다정하고, 따뜻한 그의 마음이 고스란히 와닿을 뿐이다.

[오늘 저녁에 아버지 만나기로 했어요. 유준흥 박사요.]
[데려다줄게.]

짧은 회신에 마음이 차분해진다. 살면서 이토록 강한 유대감과 소속감을 느꼈던 적은 없었다. 실체가 없는 사랑이, 남남이었던 그와 나누는 절절한 감정이, 정은에게는 그 무엇보다도 단단한 울타리가 되어 주었다.

[고마워요.]

정은은 짧게 대꾸하고는 휴대전화를 내려놓았다.

퇴근 시간이 되자, 집무실 문을 닫고 나온 그는 대놓고 정은의 파티션 앞에 섰다. 두 사람 주위로 자기장이 형성된 것처럼 팀원들의 이목이 자연스레 따라붙었다. 토끼처럼 귀가 쫑긋거리는 게 눈에 보일 정도다.
"나가죠."
그가 너무도 당연하다는 듯이 말을 걸어와서 정은은 잠시 멍해진 시선으로 그를 올려다보았다.

"나가자고요. 얼른 챙겨요."

누가 봐도 업무적인 목적을 실행하기 위해 움직이자는 어조는 아니었다.

지나치게 친근하고, 다정하게 말을 걸어오는 그의 시선이 팀원들을 한번 훑었다. 은근히 정은을 챙겨 대던 김우열 책임이 어안이 벙벙해진 얼굴로 이쪽을 바라보고 있었다.

그 모습을 발견한 그의 얼굴에 야릇한 미소가 번져 갔다. 그를 선망의 대상으로 삼았던 몇몇 여직원들의 눈빛에는 낭패감이 어렸다.

이번에는 그가 또 무슨 꿍꿍이를 숨기고 이러는지 모르겠다. 일단 지금은 그가 움직이자는 대로 움직일 수밖에 없는 상황이었다. 하지만 수습을 위한 포석은 깔아야겠다.

"유준홍 박사가 7시까지 나온다고 했으니까, 지금 출발하면 충분할 것 같네요."

정은은 애써 업무의 연장선인 것처럼 말을 꺼냈다. 그는 영 마음에 들지 않는다는 눈빛으로 정은을 내려다볼 뿐이었다.

기압골이 움직이듯 이쪽을 향해 왔던 관심과 시선들이 하나둘 흩어지기 시작했다. 그럼 그렇지, 하는 표정을 짓는 팀원들도 더러 있었다.

사무실을 빠져나와 올라탄 엘리베이터는 언제나처럼 북적였다. 그는 정은을 엘리베이터 벽으로 몰아세우고는 그 앞을 막아섰다. 본의 아니게 인파 속에서 그의 품에 안긴 꼴이 되어 버렸다.

"이제 어떻게 수습할 생각이에요?"

정은은 누가 물어야 할 질문을 하는 건지 모르겠다는 표정을 지었다. 그는 곤란해졌다는 듯이 미간을 찌푸리며 정은을 내려다보았다.

"뭘 어떻게 수습해야 하는데요?"

"팀원들은 나도 유 박사님하고 저녁 먹는 줄 알 거 아녜요."

그가 정은의 귀에 간지럽도록 속삭였다. 그저 귓속말일 뿐인데 아랫배에 열감이 고일 만큼 야릇하다.

"그냥 가벼운 저녁 식사였다고 하면 되죠. 앞으로의 일정 소화를 위한 밑그림 작업이라고."

정은의 대꾸에 그는 심란하다는 듯이 미간을 찌푸리며 대꾸했다.

"그럼, 이렇게 하죠. 앞으로의 일정 소화를 위한 밑그림을 그려야 하니까, 나도 같이 가는 거로."

너무도 당연하게 대꾸하는 그의 어조에 정은은 하마터면 그러자며 고개를 끄덕일 뻔했다.

"진심이에요?"

정은의 질문에 그는 황홀할 정도로 아찔한 미소를 머금은 채로 고개를 끄덕거렸다.

"나 지난번에 유 박사님한테 점수 좀 잃었어요. 만회할 기회는 빠를수록 좋지."

"점수 따서 뭐 하게요?"

"꼭 알면서 묻더라."

그는 정은을 나무라듯 말했다. 정은은 뾰로통해진 눈빛으로 그를 올려다보며 또박또박 말했다.

"나 아직 삐져 있는데, 감당할 수 있겠어요?"

식사 자리에서 아군이 되어 주지 않겠다는 정은의 경고에 그는 눈 하나 깜짝하지 않았다.

엘리베이터에서 내리자, 그가 정은의 어깨를 보란 듯이 감싸 안았다. 직원들이 흘끗거리는 시선이 느껴졌다.

"왜 이래요, 진쯔."

정은은 어금니를 꽉 깨물고 낮게 뇌까렸다.

"내가 구은선 말 듣고, 그 방 준 줄 알았어요?"

차라리 말을 말았어야 했다고 정은은 생각했다. 너무 유치한 질투를 한 것 같아서 손발이 오그라들 지경이다.

"정은 씨가 그렇게 생각한 거면, 다른 사람들도 그렇게 오해할 수도 있겠다 싶어서. 그 오해 좀 풀어 주려고 이러는 거예요. 나랑 얽힌 여자는 이쪽입니다, 하고."

정은은 파견을 마치면 떠날 곳이었지만, 그는 부명에 몸담은 사람이었다.

"너무 섣부른 거 아녜요?"

염려 섞인 질문을 던지자, 내려다보는 그의 눈빛에 어린 감정이 미묘하게 변해 갔다.

"나는 지금 그 어느 때보다 신중하고, 조심스러워요. 내 여자가 애먼 오해 때문에 가슴 아파하면 안 되잖아요?"

그는 진실로 중요하게 여겨야 할 것이 무엇인지 분명히 알고 있다는 어조로 말을 이어 나갔다.

"회사는 그만두면 그만이에요. 영원할 것 같았던 동료들과의 관계도 퇴직하고 나면 소원해져요. 그런데 당신은 다르잖아. 앞으로 평생 내가 그만둘 수 없는 존재가 임정은인데, 지금 내가 온 신경을 써야 하는 대상이 뭘까요?"

마음을 풍요롭게 하는 사람, 피폐하게 말라붙었던 감정의 골짜기마다 따뜻한 애정을 흘려보내는 남자.

이 남자 놓치면, 임정은 너는 정말 멍청한 거다.

정은은 조심스럽게 그의 허리에 팔을 둘렀다. 그가 참을 수 없다는 듯이 환한 미소를 머금었다.

"신경 쓰지 말자고요. 다른 사람들 시선 따위."

가만히 고개를 끄덕거렸다.

정은은 그동안 너무도 많은 것을 신경 쓰며 살아왔다. 세상에 흠집처럼 존재한다는 생각에 움츠러들어서 그 누구에게도 미움받지 않으려 노력해 왔다.

언제 어디서든 평화를 중재하는 입장이 되었고, 그렇기에 뒤따르는 부담스러운 의무감과 부자연스러운 책임감조차 당연하게 여겼었다.

차에 오르자 밀폐된 공간이 주는 안락함으로 인해 정은의 진심이 조심스럽게 흘러나왔다.

"솔직히 걱정돼요."

엔진 스타트 버튼을 누르다 말고, 그가 정은에게 시선을 옮겨 왔다. 염려가 섞이는 그의 눈빛은 황홀할 지경이다. 나중에 저 눈빛을 보기 위해 자신이 얼토당토않은 사고를 치는 불상사가 생기지는 않을까 염려될 정도로 아름다운 시선을 받으며 정은은 조용한 목소리로 덧붙였다.

"그때 같이 식사한 이후로 두 번째로 만나는 거잖아요. 내가 어떤 모습을 보여야 하는지 걱정되고, 떨려요."

그가 손을 뻗어 정은의 뺨을 부드럽게 어루만졌다. 그의 손길이 좋아서 정은은 가만히 눈을 감았다.

"있는 그대로 보여 주면 되죠."

그는 자상하고 근사한 목소리로 속삭이기 시작했다.

"있는 그대로도 충분히 아름답고, 매력적인 사람이잖아. 뭘 더 할 필요 없어요."

그의 얼굴이 슬며시 다가오는 게 느껴졌다. 입가에 그의 달콤한 숨결이 머무는가 싶더니 가볍게 입술이 닿았다가 떨어졌다. 아쉬워서 입술 끝이 따끔거렸다.

있는 그대로.

정은은 운전에 집중한 그의 옆모습을 가만히 바라보았다. 충만한 감정이 가슴속에 넘실거렸다.

"내가 말했던가요?"

그는 정은이 앉아 있는 조수석 쪽으로 시선을 한번 주고는 조용히 물었다.

"뭘요?"

무방비하게 묻는 그를 향해 천진하게 속삭였다.

"사랑한다고."

난생처음 입 밖으로 내뱉는 말이 쑥스러워서 얼굴에 열기가 고이는 것만 같았다. 그는 경이롭다는 듯이 웃었다.

"사람 고문하는 방법도 가지가지다, 정말."

그는 앞 유리창에 시선을 고정한 채로 읊조렸다. 그의 어조에서 느껴지는 온도가 뜨겁다.

"이러고 있는데, 그런 말을 하면 어떡해요. 안을 수도 없는데."

정은은 손을 뻗어 기어 로브에 놓인 그의 손을 가만히 움켜잡았다.

"이따 실컷 안으면 되죠."

때마침 차가 신호 대기를 위해 멈춰 섰다. 그는 정은을 뭉근한 시선으로 바라보았다.

"고문이 따로 없네, 정말. 적당히 삐지랬더니, 사람을 이런 식으로 괴롭혀요?"

그는 정은의 손을 끌어다 바지 앞섶 위에 올렸다. 도도록하게 부푼 물건이 손등으로 느껴졌다. 본능적인 생기가 오롯이 존재하는 그의 눈빛은 형형했다. 친부와의 식사 자리를 물리고 그의 품으로 뛰어들고 싶은 충동이 일 만큼 매혹적인 그를 바라보며 정은은 미소를 머금었다.

비탄으로 가득했던 삶이 존재했었나 싶을 정도로 행복하다. 사랑한다고 말했지만, 아찔해질 만큼 부족한 표현이다. 마치 세상과 연결해 주는 유일한 존재를 만난 것 같은 기분.

그가 자신에게 사랑 이상의 의미라는 것은 나중에 말해 줘야겠다.

친부인 유 박사와 만나기로 한 곳은 종로구 원서동에 있는 한식당이었다. 유리창 너머로 고궁의 예스러운 처마 능선이 내려다보이는 곳에서 세 사람이 마주 앉았다.

"따님과 오붓한 식사 시간을 방해해서 송구스럽습니다."

태욱이 심심한 사과의 말을 전하자, 유 박사는 별스러운 말을 다 듣겠다는 표정을 지으며 손사래를 쳤다.

"두 사람 다시 만나는 건가요?"

정은은 잠시 태욱의 얼굴을 바라보고는 이내 고개를 끄덕거렸다.

"네. 다시 만나요."

정은의 대답에 유 박사는 만족스럽다는 듯이 웃었다.

"사실 내가 내 딸인 정은이보다 자네를 더 많이 알아. 말 편히 해도 되지?"

그는 유 박사를 향해 고개를 한 번 끄덕이고는 미소를 머금었다.

"지난 1년 동안 날 제일 많이 괴롭힌 사람이 강태욱 자네야. 어찌나 집요하게 구는지, 내가 정말 두 손 두 발 다 들었다니까."

그는 지난 1년 동안 여러 사람 두 손 두 발 들게 했나 보다.

"이제 그만하자 싶었지. 자네하고 일하다가 빈틈 보이면, 내가 그동안 쌓아 온 것들 한순간에 날아갈지도 모르겠다, 하고 겁도 났어. 솔직히."

의외의 말이 유 박사의 입에서 술술 흘러나왔다.

"완벽하지 못할 것 같으면, 아예 시작을 않는 게 낫다고 생각했거든."

정은의 입가에 미소가 어렸다. 자신과 비슷한 성향을 보이는 친부에게서 느껴지는 동질감이 신기하다.

"그런데 내치려고 한 자리에 내 딸을 데리고 나왔지 뭐야. 그렇게 보고 싶어도 볼 수 없었던 딸인데."

주름진 눈가에 물기가 고였다. 그 모습을 바라보는 정은의 코끝도 찡해지기는 했지만, 한 번도 보지 않았던 자식을 어떻게 그리워할 수 있었는지 의문이 들었다.

"저 만나려고 하셨어요?"

유 박사는 고개를 한 번 끄덕이고는 대꾸했다.

"그 사람이 그러더구나. 남편 아이로 키울 생각이니 상관하지 말라고. 그러면서 사람 애를 참 닳게 했지. 보여 줄 듯하다가……."

돈만 받아 내고 연락을 끊어 버리는 짓을 몇 번이고 되풀이했을 것이다. 엄마의 기질을 모르는 바가 아니었다.

"엄마랑은 어떻게 만나셨어요?"

한 번도 보지 못한 자식에 대한 책임감과 그리움을 안고 살 만큼 반듯한 사람이 어떻게 엄마 같은 사람과 사랑에 빠졌는지 궁금해졌다.

"입대하자마자 네 할머니가 돌아가셨다."

할머니를 잃고 방황하던 중에 들른 곳이 엄마가 운영하던 분식집이었다고 했다.

"할머니도 시장 구석에서 국밥집을 하셨거든? 자식 하나 있는 거 번듯하게 키우시겠다고 고생 많이 하셨지. 그런데 그 덕을 못 보고 세상을 등지셨거든."

유 박사는 엄마의 모습에서 돌아가신 어머니의 모습을 보았나 보다.

"후회는 안 한다. 네가 있으니까."

30년이 넘는 세월, 그에게는 좌절과 절망, 슬픔과 비탄으로 얼룩진 세월이었을 것이다. 유 박사는 이후 한 번의 결혼에 실패했고, 큰 교통사고를 당해 목숨을 잃을 뻔한 적도 있었다며 서글픈 미소를 머금었다.

"이제 자주 만나시면 되겠네요."

가라앉은 분위기를 그의 자상한 목소리가 파고들었다. 힘든 시간을 고백하고 있기는 했지만, 아직 부녀간의 끈끈한 정을 느낄 만큼의 친밀감이 형성된 것은 아니었다. 그저 서로 살아온 이야기를 털어놓고 있을 뿐이었다.

그마저도 유 박사의 일방적인 회고일 뿐, 아직 정은의 이야기는 시작되지도 않았다. 그는 테이블 아래서 정은의 손을 꼭 잡으며 눈을 맞춰 왔다.

서두를 필요 없다고 말하는 것처럼 느껴졌다. 앞으로 자주 만나며 조금씩 마음을 열어도 늦지 않다고, 유 박사는 정은을 기다려 줄 거라고 설득하는 눈빛이었다.

"그래요, 자주 봬요."

정은은 말끝을 흐리며 조용히 속삭였다.

"아버지."

내내 사용해 오던 단어가 갑자기 뭉클해지는 순간이 있다. 아버지라고 읊조리며 정은은 단어 하나가 내포할 수 있는 수많은 감정에 대해 새삼 놀랐다.

"그래. 자주 보자. 내 딸."

녹음이 짙은 고궁에도 장밋빛 노을이 내려앉고 있었다.

"흐으……. 아아!"

살갗이 빈틈없이 맞물렸다. 그는 정은을 품에 안은 채로 한계까지 몰아붙였다. 거친 손길이 가슴을 쥐어뜯을 듯 움켜잡았고, 좁은 통로를 가득 채우고도 남는 물건이 몸 안을 무섭게 들쑤셨다.

"흐윳, 태욱 씨. 아아."

눈가에서 눈물이 줄줄 흘러내렸다. 감당할 수 없는 쾌감이 물밀듯이 밀려들어서 온몸을 지배하려 들었다. 절박한 손길로 그의 목을 끌어안았다. 그가 상체를 일으켜 세우고는 허벅지 위로 정은을 올려 안았다.

"흐윳. 너무 깊어."

심장까지 꿰뚫릴 것 같은 감각이었다. 정은은 그의 어깨에 이마를 기댄 채로 울음을 터뜨렸다. 한 가지로 정의할 수 없는 감정이 가슴속에서 넘실거렸다.

"사랑해. 흐윳. 사랑해, 태욱 씨."

울먹이며 내뱉은 고백에 그는 정은의 등허리를 더욱 강하게 끌어안았다.

"나도 사랑해, 정은아."

친근하게 속삭이는 그의 목소리가 듣기 좋았다.

"더 해 줘."

그의 입술이 정은의 목덜미를 지분거렸다. 더운 숨이 살갗을 파고들 것처럼 날카롭게 번져 갔다.

"여기서 더 하면 너 내일 출근 못 해."

그의 목소리가 음욕에 젖어 낮게 울렸다.

"아니. 내 이름 더 불러 줘."

목덜미를 배회하던 입술이 정은의 귓가에 보드랍게 닿았다.

"정은아."

간지러운 숨결이 심장까지 파고들었다.

"아아!"

단단한 어깨를 끌어안으며 매달렸다. 그가 속삭이는 자신의 이름을 들으며 정은은 그 어느 때보다도 아름답고 풍요로운 절정에 이르렀다.

잠깐 잠이 들었었나 보다. 그가 정은의 어깨에 가볍게 입을 맞추는 간지러운 감각에 눈을 떴다.

"기절한 것처럼 자던데요?"

"이틀 밤이나 괴롭혔잖아요."

정은의 목소리가 탁하게 쉬어 있었다. 정은은 억지로 몸을 일으켜 앉았다.

"뭐 하게요?"

"이제 가야죠. 내일도 똑같은 복장으로 출근할 수 없잖아."

"아, 보내기 싫은데."

그는 정은의 맨허리에 얼굴을 묻으며 앓는 소리를 했다.

"정은 씨 가고 나면 난 또 이 침대에서 혼자 자야 해. 그게 얼마나 고역인지 알아? 죽겠다고 정말."

"그럼, 같이 갈래요?"

정은의 여상한 물음에 그가 강아지처럼 고개를 쳐들었다. 반짝반짝 빛나는 눈동자가 정말 강아지처럼 귀엽다.

그가 몸을 일으키는데, 휴대전화 벨소리가 들려왔다. 이제 밤 9시, 이 시간에 그에게 전화하는 사람이 누군지 잠시 궁금했다.

"네, 어머니……. 지금요? 은선이가요?"

그가 난처한 얼굴로 정은을 바라보았다.

거슬리는 이름이 들려오자, 정은은 그의 곁으로 바짝 다가가 앉았다. 그는 미소를 머금으며 팔을 뻗어 정은을 품에 가두듯 안았다.

– 어, 은선네랑 저녁 먹고, 우리 집에 왔거든. 아버지가 너 잠깐 들를 수 있냐고 하시는데, 올 수 있니?

부모들끼리 막역한 사이라고 했던 은선의 말은 사실이었나 보다.

"아니요. 다음에요. 오늘은 선약이 있어서요."

그는 정은의 맨등을 쓸어내리며 간지럽혔다. 간지럼을 잘 타는 정은은 입에서 이상한 소리가 새어 나올까 두려워 얼른 입을 막았다. 그는 태연하게 손가락을 움직여 정은의 허벅지 사이를 파고들었다.

정은이 그를 나무라듯 밀어내려고 하는데, 단단한 몸은 요지부동이다.

– 그래. 사실 이 시간에 네가 올 거라고는 생각도 안 했다.

살가운 잔소리가 이어지는 동안, 그는 모친이 하는 말을 듣는 둥 마는 둥 하며 정은을 괴롭혔다. 급기야 그의 손가락이 젖은 살점을 길게 쓸어 올렸다. 정은은 눈을 휘둥그렇게 뜨며 그를 나무라듯 쏘아보았다.

"어머니. 제가 지금 좀 어려운 자리에 있어서요. 나중에 다시 전화 드릴게요."

깔끔하게 전화를 끊은 그는 정은을 가볍게 제압해 침대에 도로 눕혀 버렸다.

"미쳤나 봐! 왜 그래요, 대체? 진짜 변태 같아!"

그가 한쪽 입꼬리만 올리며 음흉하게 웃었다.

"그러게 누가 홀딱 벗고 질투하래?"

정은은 순간 어이가 없어져서 헛웃음을 흘리고 말았다.

"내가 무슨 질투를 했다고 그래요?"

"은선이 이름 나오니까, 궁금해서 나한테 착 달라붙었잖아요. 아버지가 본가로 잠깐 들어오라고 부르시는데, 당신이 몸으로 막았잖아. 이렇게."

몸 위로 기분 좋은 무게감이 실렸다. 단단한 몸이 말랑말랑한 여체를 누르는 아득한 압박감에 더운 숨이 절로 흘러나왔다. 단단하게 굳은 남성이 허벅지 안쪽을 뜨겁게 비벼 댔다.

"흐음."

열기를 참지 못하고 더운 숨을 흘리자, 그의 입술이 정은의 입술 끝에 닿았다가 떨어졌다.

"좋은 방법이 있어요."

그가 또 무슨 수를 쓰려고 이러나 싶어서 정은은 가늘게 뜬 눈으로 올려다보았다.

"한 번만 더 하고, 정은 씨 오피스텔로 가는 거."

가슴을 들끓게 하는 감정이 또다시 들불처럼 무섭게 일어났다. 정은은 동의하듯 그의 목을 끌어안았다. 몸 안으로 그가 침범해 들어오는 감각은 언제나처럼 강렬했다.

"미안해요. 못 가게 해서."

정은이 조용히 속삭였다. 이제 와서 양심의 가책을 느끼는 것이 우습지만, 그가 부모님의 요청을 거절한 게 조금 마음에 걸렸다.

"신경 쓸 거 없어요. 내가 알아서 해."

그는 믿음직스럽게 대꾸하며 정은의 이마에 부드럽게 입을 맞추었다.

한 번만 더 하고 그녀의 오피스텔로 가겠다고 했지만, 결국 날이 밝고 나서야 두 사람은 태욱의 오피스텔을 나설 수 있었다.

아침 7시, 그녀의 오피스텔에 들어서기에는 다소 부자연스러운 데가 있는 시간이기는 했지만, 그녀가 사흘 연속으로 같은 옷을 입고 출근하는 모습을 지켜볼 수만은 없었다.

"나 일단 좀 씻을게요. 냉장고에 주스랑 우유, 달걀 있고, 냉장고

옆에 선반 열면 시리얼 있어요. 냉동실에 베이글도 있고요. 아일랜
드 식탁 위에 캡슐 커피 머신이랑 죽은 빵도 살려 내는 토스트기 있
으니까."

"씻는 동안 아침 차려 놓으라고요?"

그녀는 어이가 없다는 듯이 눈을 한 번 질끈 감았다가 뜨고는 대꾸
했다.

"아침 챙겨 먹으라고요. 시간 없으니까."

"알았으니까, 얼른 씻고 나와요."

뾰로통한 표정을 짓는 그녀를 욕실 안으로 밀어 넣었다. 까칠하게
눈동자를 굴리는 모습이 사랑스러워서 태욱은 일부러 그녀를 자극하
곤 했다. 아침 챙겨 먹으라는 뜻을 진작 알아들었지만, 아침 차려 놓
으라는 말이냐고 되묻자, 그녀는 태욱이 좋아하는 표정을 지으며 나
무라듯 눈을 흘겼다.

그래, 그런 게 어울려. 서글픈 표정보다 그렇게 도전적인 눈빛이
더 좋다고.

태욱은 콧노래를 흥얼거리며 적당히 달궈진 프라이팬에 달걀을 깨
뜨렸다. 하얗게 변해 가는 달걀을 바라보고 있는데, 어디선가 진동 소
리가 들려왔다. 가끔은 섹스할 때조차도 스마트 워치를 풀지 않는 그
녀였는데, 오늘은 휴대전화를 밖에 두고 욕실 안으로 들어갔나 보다.

무심결에 그녀의 휴대전화를 집어 들었다. 급한 전화 같으면 욕실
안에 있는 그녀에게 전해 줄 생각이었다. 편하게 샤워를 하도록 내버
려 두는 것보다, 전화를 챙겨 주는 걸 그녀가 더 좋아할 것 같았다.

그런데 발신인을 확인한 태욱의 얼굴이 미세하게 굳어 갔다.

[임정훈]

화면에 깜빡거리는 이름은 세상에서 없애 버리고 싶은 충동을 일게 만드는 이름이었다.

"네, 임정은 씨 대신 받았습니다."

태욱은 서슴없이 전화를 받았다.

- 강태욱 씨?

듣기 싫게 쉬어 버린 목소리가 태욱의 이름을 뇌까렸다. 병원인지 수화기 너머에서 소음이 들려왔다.

"네, 강태욱입니다."

단단한 분노를 숨긴 목소리가 흘러나왔다.

- 허! 지금 이 시간에 내 동생이랑 같이 있어요?

"네, 같이 있습니다."

- 바꿔 봐요.

"싫다면요?"

태욱은 시퍼런 분노가 묻어나는 웃음기 섞인 목소리로 물었다.

- 바꾸라고요.

"앞으로 임정은 씨와 그쪽이 대면하거나, 말을 섞는 일은 없었으면 하는데."

- 뭐, 시발?

비열하고 저열하게 욕설을 내뱉는 소리가 수화기 너머에서 왕왕 울렸다.

- 동생이란 년이 오빠가 수술하고 병원에 누워 있는데 안 오는 게 이상하다 싶었는데. 강태욱, 너 같은 새끼 때문에 내 동생이 물든 거구나?

"네, 제가 동생분 물들여 버렸네요. 그리고 그 물 뺄 생각 추호도 없는데. 나랑 이야기하죠. 원하는 게 뭡니까?"

태욱의 단도직입적인 질문에 그는 멈칫하는 듯했다.

"돈입니까?"

– 하! 말이 좀 통할 것 같기도 하네? 부명에서 일한다더니 똑똑하기는 한 가 봐?

"이따 점심때 병원으로 가죠."

태욱은 일방적으로 전화를 끊어 버렸다. 그러고는 통화 목록에서 기록을 삭제해 버렸다. 앞으로 어떠한 형태로든 그녀가 쓰레기 같은 인사들과 마주치는 것을 보고 싶지 않았다.

그녀가 병원에서 독한 말로 돌아서기는 했지만, 그게 전부는 아닐 거라고 생각하기는 했었다. 그런데 수술에서 깨어나자마자 동생에게 전화해서 못나게 구는 꼴이라니.

그때 욕실에서 나온 그녀가 오렌지 향을 풍기며 다가왔다.

"이게 웬 연기야!"

그녀가 경악을 금치 못하겠다는 얼굴로 싱크대 쪽을 바라보았다.

아, 이런. 프라이팬에서 연기가 솔솔 올라오고 있었다.

"아침 먹으랬지, 누가 불을 내랬어요?"

그녀의 검은 머리카락에서 물기가 뚝뚝 떨어졌다.

"내가 못 살아, 정말. 강태욱 씨, 달걀 프라이도 못해요?"

약간의 우월감이 섞인 물음이었다. 간단한 달걀 프라이도 못하는 등신이 된다고 해도 상관없었다.

"아, 그게 그렇게 탈 줄은 몰랐네."

"냉동실에서 베이글이나 좀 꺼내 줘요. 간단하게 먹고 나가게."

태욱은 얼른 냉동실 문을 열고 안을 살피며 물었다.

"베이글이 어딨어요?"

"와, 되게 손 많이 가네. 이 남자?"

그녀가 투덜거리며 냉동실 안으로 손을 뻗어 지퍼백 하나를 집어 들었다.

"여기 있잖아요. 내가 설마 타이어 모형을 냉동실에 얼렸을까!"

"아, 그게 베이글이었구나."

시치미를 뚝 떼며 멍청하게 고개를 끄덕거렸다. 그녀가 못 말리겠다는 듯이 웃음을 터뜨리고는 토스트기의 전원을 켰다.

정은아, 이렇게 살자. 우리.

너는 앞으로 나한테만 신경 쓰고, 나는 네 앞에서 평생 바보처럼 굴고.

이렇게 살자.

태욱은 그녀를 등 뒤에서 가볍게 안았다.

이 여자만 만족한다면, 이 여자를 웃게 만들 수 있다면, 이 여자가 행복하다면.

❈ ❈ ❈

[나 점심때, 주성이랑 같이 식사해야 할 것 같아요.]

안 그래도 점심때 어떻게 빠져나가야 하나 고민했는데, 그녀가 먼저 입을 뗐다. 친구의 수술 경과가 어떤지 이야기를 나누어야 할 것 같다는 게 그녀의 말이었다.

가장 친한 친구가 병원에 누워 있는데도, 금수만도 못한 가족들이 같은 병원에 있어서 병문안도 가지 못하는 그녀가 안쓰러웠다.

[그래요. 너무 마음 아파하지 말고. 점심 맛있게 먹어요.]

짧은 문자메시지를 보낸 뒤, 태욱은 사무실을 나섰다.

병원 로비에 도착한 태욱은 아까 그녀의 휴대전화에서 지워 버린 번호로 전화를 걸었다.

– 이여, 약속 시간 딱 맞춰 오셨네?

"병실이 어딥니까?"

그녀의 오빠가 입원해 있는 곳은 놀랍게도 준VIP 병실이었다. 병원비를 감당할 재간도 없으면서 너른 방을 차지하고 있는 모습이 한심하다.

"우리 정은이 잘 지내요? 밥은 잘 먹고? 애가 여름이면 그렇게 입맛 없어 해서, 우리가 얼마나 걱정하는지 몰라요."

의좋은 남매임을 과시하듯 떠드는 말이 가증스러웠다.

"친구분은 어떻게 됐는지 아십니까?"

태욱이 던진 질문에 그는 동요하는 모습조차 보이지 않았다. 짐승만도 못한 놈.

"어유. 새끼. 그 새끼는 계집질하다가 황천길 갈 줄 알았어, 내가."

할 수만 있다면 무자비한 심판자가 되고 싶은 지경이다.

"원하는 게 뭡니까?"

말을 길게 섞고 싶지 않아서 본론부터 꺼내 들었다.

"내가 보다시피 이렇게 누워 있어서, 가게도 못 나가 보고. 병원비도 그렇고, 우리 애 기저귓값도 그렇고, 걱정이 이만저만이 아닌데…… 거기다."

여기서 더 요구할 게 더 남아 있다는 게 신기할 따름이다.

"아는 변호사 좀 있어요? 부명 법무팀 직원들은 부업 못 할 거고, 어디 유명한 로펌 좀 알아?"

그는 특유의 거들먹거리는 말투로 지껄였다.

"변호사 필요합니까?"

"아, 내가 진짜 딱 한 잔 마셨거든?"

"음주 운전 사고였죠?"

태욱의 물음에 그는 안타깝다는 듯이 고개를 끄덕거렸다.

"법이 개정돼서 음주 운전 사망 사고의 경우 무기징역까지도 가능하다던데……."

태욱이 말끝을 흐리자, 그는 비열한 눈빛을 빛내면서도 불쌍한 표정을 지었다.

"그러니까, 어디 유명한 로펌에서 팀 좀 꾸려 봐요. 전관예우 변호사는 기본으로 들어가야 하는 거 알죠?"

"왜 그래야 하죠?"

태욱이 차가운 웃음을 머금으며 되물었다. 분위기가 미묘하게 바뀌었음을 감지했는지, 마주한 눈동자가 안쓰럽게 떨렸다.

"하! 나, 씨. 말귀 잘 알아먹는 것 같더니, 왜 이럴까. 내가 감방에서 썩을 수는 없잖아. 벌금으로 끝내야지."

"왜 그래야 하는 거냐고 물었는데?"

섬뜩하리만큼 위협적인 목소리로 묻자, 비열한 눈매가 또다시 움찔 떨렸다.

"죄를 지었으면 벌을 받아야죠. 그동안 신사적인 신 대표만 상대해서 쉬웠겠네요. 어쩌죠, 나는 그런 편이 못 되는데."

태욱은 들끓어 오르는 분노를 가라앉히기 위해 애쓰며 읊조렸다. 쓰레기만도 못한 인간에게 평생 당하고 살았을 그녀를 떠올리는 것만으로 살의가 일어났다.

"안타깝지만 아마 평생 자식 얼굴은 면회실에서만 봐야 할 겁니다."

"이, 이 개새끼가 진짜! 재수 없게!"

"그리고."

저열하게 욕지거리를 내뱉는 남자의 말을 탁 끊어 내며 태욱은 조용히 읊조렸다.

"내가 그나마 이성적이고, 윤리적인 인간인 걸 다행으로 알아요.

안 그랬으면."

태욱은 철심이 박힌 듯 보이는 다리를 손으로 내리눌렀다.

"으아아아!"

거칠게 비명을 지르는 소리가 병실 안을 시끄럽게 울려 댔다.

"지금쯤 친구랑 황천길 같이 걷고 있었을 거야. 어떻게 처리해야 하나 고민했는데, 스스로 알아서 꺼져 줘서 너무 고맙고. 앞으로 평생 나는 임정은 씨 옆에 붙어 있을 생각이거든요? 어떤 루트로든 접근할 생각 하지 마요."

"허! 우리 정은이가 그렇게 매정한 앤 줄 알아? 가족하고 연 끊게 만드는 게 잘하는 짓이라고 생각해?"

"미안한데, 어쩌죠? 인연 끊겠다는 건 정은 씨가 먼저 생각한 건데. 나는 일종의 뒤처리를 하는 중이고. 분리수거도 안 되는 대형 폐기물을 정은 씨 고운 손으로 갖다 버리게 할 수는 없잖아요?"

분노와 열패감이 뒤죽박죽 섞인 남자의 얼굴이 볼만했다.

"감옥에서 굳건히 버티면서 지켜봐요. 가끔 소식 전할게요. 동생이 어떻게 사는지 궁금할 거 아냐? 얼마나 행복하게, 얼마나 사랑받으며 살고 있는지 알려 줄게요. 그 정도는 내가 매제로서 할 수 있을 것 같네요."

"매제? 하! 지금 그년한테 눈이 돌아가서 모르겠지? 그년이 신 대표랑 놀아난 세월이 몇 년인데. 다른 새끼한테 닳고 닳은 년 좋다고 끼고도는 꼴이 장관이네."

태욱은 한걸음에 환우용 침대 머리맡으로 다가가 남자의 목을 움켜잡았다. 거센 악력이 더해지자, 눈앞에 있는 흉흉한 얼굴이 시뻘겋게 변해 갔다.

태욱의 손등 위로 날카로운 손톱이 박혔다. 태욱은 아랑곳하지 않고 못난 인간을 내려다보며 내리누르는 손에 힘을 주었다. 눈가에 눈물이 고이고, 흰자위가 빨갛게 변하는 모습을 지켜보며 웃음을 머금었다.

"평소에 입조심하라는 말, 못 듣고 살았어요?"

싸늘한 미소를 머금은 채로 읊조리자, 손을 할퀴는 힘이 거세어졌다. 더는 힘을 쓰는 것조차 쓰레기한테 사치일 것 같아서 태욱은 가볍게 손에 힘을 풀었다. 받은 숨을 몰아쉬며 기침을 해 대는 꼴이 같잖다.

"똑똑한 놈이라서 말 잘 통한다고 했죠? 내가 어릴 때, 어머님이 내 걱정을 되게 많이 하셨어요. 내가 약간 반사회적인 성향이 있다나 뭐라나. 교육자 부모님 아래서 자란 덕분에 사회화가 잘된 축에 속하거든요, 내가? 근데 그 성향 어디 가나?"

태욱은 허공을 바라보던 시선을 옮겨 아까와는 결이 다른 눈빛을 하고 있는 남자를 쏘아보았다.

"그리고 안타깝게도 나는 당신이 생각하는 것보다 더 기민하고, 가진 것도 많아. 아는 사람도 많고. 쥐도 새도 모르게 너 같은 벌레 새끼 하나 잡는 건 일도 아니야. 그러니까 자숙하면서 조용히 살라고. 알아듣겠어?"

대답이 없는 남자에게 위협적으로 다가섰다.

"대답이 없네, 다시 설명해 줘?"

손을 들어 올리는 시늉만 했을 뿐인데 몸을 움츠리는 꼴이 우습다.

"정은 씨가 너 같은 쓰레기한테 그동안 당하고 살았다는 것만으로도 화가 나. 당장에 찍소리도 못 하게 구겨 버리고 싶은데, 마지막 남은 인류애까지 끌어모아서 참는 거야. 그럼 다음은 어떨까? 인류애가 남아 있지 않은 인간의 끝을 보게 되겠지?"

태욱은 시원하게 한숨을 몰아쉬며 한 발짝 물러섰다.

"그럼, 형님 몸조리 잘하시고요. 다시 뵙는 일은 없었으면 합니다."

병실을 나서는데 그악한 비명 소리가 들려왔다. 사복 경찰로 보이는 무리가 태욱이 나온 병실 안으로 들어갔고, 이윽고 사위가 잠잠해졌다.

"저기."

엘리베이터 앞에 선 태욱을 붙잡은 이는 쓰레기 같은 남자의 부인과 그 모친이었다. 정은과 눈매가 닮은 중년의 여인은 불쌍한 표정으로 태욱을 올려다보았다.

"우리 정은이 잘 지내죠?"

연기가 지나쳐서 티가 너무 난다. 한계에 다다른 태욱은 더는 예의를 지킬 필요가 없다고 생각했다.

"잘 지냅니다. 그 어느 때보다 행복하고요."

"우리 정은이가 그럴 애가 아닌데……. 오빠 아픈데 모른 척하고 그러는 못된 애가 아닌데."

"뭐라고요?"

시답잖은 말을 쏟아 내는 여자를 태욱이 노려보았다.

"우리 아가씨 지금 어디 있어요? 정은이 어딨어? 어디다 숨겼어요? 걔 학교 다닐 때부터 착했어. 이렇게 못돼 먹은 애 아니라고요. 어머님 전화도 안 받고, 내 전화도 안 받고."

친구라는 말도 아까운 여자가 울부짖었다.

"못돼 먹은 애?"

태욱이 서슬 퍼런 목소리로 되묻자, 두 여자가 움찔하는 게 눈에 들어왔다.

"정은 씨가 사람을 죽이기라도 했습니까? 고작 전화 몇 통 안 받았다고 못돼 먹은 애?"

이들의 연락을 피하고 있다는 사실 하나만으로 기특할 지경이다.

"이렇게 이기적인 애 아니었어. 대체 우리 정은이를 뭐라고 꼬드

겼는지 모르겠는데.”

태욱은 고개를 절레절레 내저으며 한숨을 내뱉었다. 사람들은 흔히들 착각한다. 행복을 추구하는 마땅한 권리를 이기심이라고 치부하며, 손가락질한다.

“마음대로 생각하세요. 그렇게 생각하는 게 편하다면.”

태욱은 더는 대거리하고 싶지 않아서 엘리베이터 안에 올라탔다. 닫히려는 문을 잡고 두 여자가 씩씩거리며 노려보았다.

“그리고 경고하는데 마음 여린 사람 동정심에 호소할 생각도 하지 마요. 당신들한테는 불쌍하다는 감정조차 아까워. 알아듣겠어요? 그 사람은 평생 이기적으로 살 거니까, 그렇게들 아시고.”

낭패감 어린 얼굴이 엘리베이터 문 사이로 사라졌다.

행복을 찾는 게 이기적이라고 지탄받는 일이라면, 그녀는 평생을 이기적으로 살았으면 좋겠다.

오직 그녀 자신의 행복만을 위해서.

그리고 태욱은 그녀의 행복만을 위해 사는 사람이 될 거라고 마음속 깊이 다짐했다.

사무실에 들어서자, 그녀가 뾰족해진 눈초리로 태욱을 응시했다.

[어디 갔다 와요?]

점심시간이 한참 지난 후에 복귀한 탓인지, 그녀가 의아하다는 듯이 물었다.

[차가 지저분해서 세차 좀 하고 왔어요.]
[차 깨끗하기만 하던데?]

426

[처리 못 한 쓰레기가 있었어요. 점심은 맛있게 먹었고?]

[구내식당에서 먹었어요. 복날이라고 삼계탕 나왔더라고요.]

소소한 일과를 말하는 그녀가 어여쁘다. 당장 그녀의 얼굴을 마주하고 이야기를 나누고 싶어졌다.

"임정은 씨."

태욱은 집무실 문을 열어젖히자마자, 그녀의 이름을 불렀다. 파티션 안에 몸을 숨기고 있던 그녀가 흠칫 놀라서 고개를 들었다.

저렇게 눈을 동그랗게 뜨고 순한 동물처럼 자신을 바라볼 때면, 한입에 집어삼키고 싶은 충동에 휩싸인다는 것을 그녀는 아는지 모르겠다.

"잠깐 좀 봅시다."

그녀는 잠시 왜 또 불러 대냐는 듯이 뾰로통한 표정을 짓고는 이내 전형적인 업무용 얼굴로 돌아왔다.

그린 듯 완벽한 표정을 짓고 있는 얼굴이 야하게 일그러지는 모습이 보고 싶은데.

"부르셨습니까?"

그녀는 딱딱한 소리를 내며 집무실 안으로 들어섰다. 태욱은 아무런 대꾸도 하지 않은 채로 그녀를 가만히 바라보았다. 아이보리색 블라우스, 단정한 검은색 슬랙스, 지나치게 얌전한 복장 안에 숨겨진 살갗이 달아오르는 장면을 떠올리자 단전 아래가 묵직해진다.

"삼계탕 맛있게 먹었습니까?"

대단한 업무적 화두를 던지듯 물었다. 그녀의 눈에 반짝, 이채가 어린다.

"네, 맛있게 먹었습니다."

장단을 맞춰 줘야겠다고 생각했는지, 태욱과 비슷한 어조로 대답하는 그녀가 한없이 깜찍하다.

"삼계탕이 어떤 음식인지 압니까?"

"더위 나기 위해서 먹는 보양식입니다."

태욱은 심각하게 고개를 끄덕거렸다.

"그런데 임정은 씨는 사무실이 추운지 담요 덮고 있던데? 굳이 더위 나려고 보양식 챙겨 먹을 이유가 있습니까? 남아도는 힘은 어디에 쓰려고?"

그녀가 미간을 구기며, 맹점을 발견했다는 듯이 한숨을 내뱉었다.

"그러게요. 큰일이네요. 마땅한 봉사 활동 자리가 있는지 한번 알아봐야겠네요."

태욱의 입가에 야한 미소가 머물렀다.

그 봉사 활동 자리 내가 찾아 주겠다는 말을 하려던 순간이었다. 집무실 유리문 밖이 소란했다. 팀원들이 전부 자리에서 일어나 있었다.

밖을 향해 있는 태욱의 시선을 따라, 장난을 맞받아치던 그녀의 시선도 움직였다.

"윤 상무님 내려왔나 보네요."

그녀의 말마따나 선진이 태욱의 집무실로 걸어오는 모습이 눈에 들어왔다. 유리문 밖에서 안을 들여다본 선진의 얼굴에 함박웃음이 걸렸다. 태욱이 들어와도 된다는 듯이 고개를 까딱거리자마자, 문이 열린다.

"내가 방해했어요?"

선진이 그녀를 향해 물으며 짓궂게 웃었다.

"아닙니다. 저는 그럼 이만 자리로 돌아가 보겠습니다."

그녀는 나쁜 짓을 하다가 걸린 어린아이처럼 얼굴을 붉히며 사무실을 나섰다.

저렇게 얼굴을 붉히며 나가면, 나는 대체 어쩌라고.

태욱이 열기 가득한 시선으로 그녀의 뒷모습을 바라보았다.

"넋이 나갔네, 아주."

선진이 재미있어 죽겠다는 목소리로 속삭였다.

"왜 내려왔어?"

재미있어 죽겠는데, 네가 방해했다는 듯이 물었다.

"유준홍 박사가 프로젝트 수락했잖아."

선진의 목소리에서 웃음기와 장난기가 싹 빠져나갔다. 태욱은 언뜻 미안하다는 표정을 짓고 있는 선진을 바라보았다.

"이 프로젝트 처음부터 진행한 사람은 선배고. 유준홍 박사랑 앞으로 계속 조율해 나가야 할 사람도."

"무슨 말이 하고 싶은 거야?"

선진은 잠시 망설이는가 싶더니 조심스럽게 입을 열었다.

"런던 지사 가야지. 예정되었던 대로."

태욱은 대꾸 없이 유리벽 밖을 응시했다. 그녀가 상기된 표정을 가라앉히려 한숨을 몰아쉬며 자리에 앉는 모습이 눈에 들어온다.

"정은 씨를 너무 과소평가하지는 말고."

은은한 웃음기가 배어 있는 목소리에 태욱은 선진에게로 시선을 옮겼다.

"과소평가? 내가? 저 여자를?"

태욱은 한쪽 눈썹만 치켜뜨며 의아하다는 듯이 물었다. 선진은 평소와 같이 차분한 눈빛으로 태욱을 바라보았다.

"알아. 마음 확인한 지 얼마 안 됐는데, 정은 씨 혼자 두고 가는 거 마음에 걸리겠지."

"아닌데."

한쪽 입술 끝만 비뚜름하게 올린 채로 태욱은 고개를 내저었다.

"아니라고?"

차분했던 선진의 목소리가 아주 조금 튀어 올랐다.

"임정은은 잘 견딜 거야. 자기 자리에서 맡은 일에 최선을 다하면서, 단 하루도 허투루 보낼 여자가 아니야."

태욱은 한숨을 한 번 몰아쉬고는 말을 이었다.

"문제는 나지."

선진이 무슨 뜻인지 알겠다는 듯이 작게 웃음을 터뜨렸다.

"런던 가면 하루에도 골백번은 더 공항으로 달려가고 싶어질 텐데…… 내가 그걸 감당할 수 있으려나 모르겠네."

선선한 목소리로 진심을 고백하는 태욱을 선진은 따뜻한 시선으로 바라보았다.

"보기 좋다, 선배."

후배로서의 애정이 묻어나는 목소리였다. 태욱은 어깨를 한 번 으쓱해 보일 뿐, 별다른 대꾸는 하지 않았다.

"나는 선배한테 감정적으로 빚진 기분이었어. 그래서 미안했고."

선진이 뜻밖의 진심을 고백해 왔다. 오랜 짝사랑을 받아 주지 못했기에 생긴 감정의 찌꺼기를 조심스럽게 드러냈다. 태욱은 이제는 잊혀진 시간이 된 시절을 정리하는 선진을 가만히 응시했다. 어떤 감정도 담기지 않은 담백한 시선이었다.

"요즘 선배 보니까, 그런 생각이 들어. 짝은 따로 있는 건가 봐. 나한테 애아버지 되어 주겠다고 했을 때도, 선배 그런 눈빛은 아니었거든. 지금 정은 씨 보는 눈빛은 완전히 달라."

"내 눈빛이 지금은 어떤데?"

"글쎄. 기주 씨가 나 볼 때랑 비슷하다고 해야 하나?"

태욱이 짜증스럽게 미간을 구겼다.

"말을 말아야지. 신혼 자랑할 거면 나가."

"부러우면 선배도 하든지."

선진이 의미심장한 말을 건넸다.

"아무튼, 강 수석님. 런던 지사 건 잘 부탁드립니다. 그럼, 저는 이만."

선진은 얄밉도록 사무적인 말투로 일별하고는 태욱의 집무실을 나섰다.

태욱은 파티션 위로 정수리만 빼꼼히 보이는 여자를 바라보았다. 그녀는 파견 직원의 자격으로 지금 저 자리에 앉아 있는 거고, 자신은 유준흥 박사를 설득하기 위해 영국으로의 출국을 미룬 거였다.

이제 파견 업무가 마무리되어 가고 있었고, 유준흥 박사는 부명과의 업무 협약을 수락했다.

제자리로 돌아가야 하는데……

눈부신 미래를 머금은 서로의 새로운 자리를 만들어야 하는 때가 온 것은 아닐까?

❈ ❈ ❈

[아직 처리해야 할 일이 많아요. 먼저 퇴근해요.]

윤 상무가 다녀간 이후로 그는 정신없는 오후를 보내는 것처럼 보였다. 여러 인사가 그의 집무실을 다녀갔고, 끊임없이 회의가 이어졌다. 저러다 야근하는 거 아닌가 싶었는데, 아니나 다를까 그가 퇴근무렵 먼저 들어가라는 문자메시지를 보내왔다.

[저녁은 꼭 챙겨 먹어요.]

회신을 보내자마자 문자메시지가 들어온다.

[빨리 끝내고 나가면서 연락할게.]

보아하니 저녁도 먹지 않고 일만 할 생각인 것 같다.

도시락이라도 사다 줄까?

정은은 사무실을 나서며, 근처에 있는 괜찮은 도시락 가게를 검색해 보았다. 이제까지 지켜본 바, 그는 비린 맛이 나는 해산물을 좋아하지 않을 뿐 편식을 하는 편은 아니었다.

사옥 지하상가에도 도시락 전문점이 있었지만, 그곳 음식은 질리도록 먹었을 것 같아서 도보로 5분 거리에 있는 식당을 찾아가기로 했다.

길 안내 어플을 켜고 사옥 공동 현관을 빠져나오는데 전화가 울리기 시작했다.

"어, 주성아."

심장이 쿵쿵 날뛰었다. 아까 병원에서 온 연락을 받고, 2시간쯤 전에 사무실을 나섰던 주성에게서 온 전화였다.

— 윤경이 깨어났어.

"하아. 다행이다."

정은은 두 눈을 지그시 감으며 안도의 한숨을 몰아쉬었다. 극도로 긴장했던 일부분이 무너져 내리는 것처럼 현기증마저 일었다.

— 수술 경과도 좋고, 이삼일쯤 후에 일반 병실로 옮기면 된대. 윤경이가 네 걱정 많이 한다.

"누가 누굴 걱정해."

정은의 목소리에서 물기가 배어났다. 한동안 모든 상황이 정신없이 몰아쳤었다. 이제 모든 게 제자리로, 아니 더 나은 자리로 돌아가는 중인 것처럼 느껴졌다.

"나 내일쯤 병원 가도 돼?"

– 아니. 윤경이가 중환자실에서는 마음 놓고 떠들기도 불편하다고. 일반 병실로 옮기면 오래.

"그래, 알았어. 윤경이 잘 부탁해, 주성아."

통화를 마친 정은은 멍하니 휴대전화 화면을 내려다보았다. 기적을 경험한 것처럼 기분이 묘하다.

모든 게 더 나은 자리로 가듯이, 그렇게.

나도 이제 그의 곁, 더 나은 자리로.

정은이 주문이라도 걸듯 속으로 되뇌고 있을 때였다.

"정은아."

정수리가 쭈뼛 설 정도로 듣기 싫은 목소리가 가까운 곳에서 들려왔다. 고개를 슬쩍 들어 올리자, 엄마가 그곳에 서 있었다.

정은은 엄마의 부름을 무시하고 도시락 가게 방향으로 걷기 시작했다.

"어디 가니?"

너무도 당연하게 물어 오는 질문에 당황할 겨를조차 없다. 정은은 고개를 돌려 엄마를 바라보았다. 친모를 바라보는 시선에는 티끌 같은 감정 하나 담겨 있지 않다.

이제 눈에 보이지 않는 작은 감정 소모조차 아깝다.

"잠깐 얘기 좀 하자. 응?"

평소와 다르게 절박한 눈빛을 빛내는 엄마를 정은은 물끄러미 바라보기만 했다.

"5분이면 돼. 아니 3분이라도. 응?"

정은은 가슴이 들썩이도록 한숨을 몰아쉬고는 엄마를 향해 돌아섰다.

"해 봐요."

"여기서?"

엄마가 어색하게 웃으며 물었다. 정은은 손목에 찬 스마트 워치를 한번 확인하고는 대꾸했다.

"3분이라고 말한 시간에서 30초 지났어요."

딱딱한 정은의 말투에 엄마는 일순간 분노하는 듯하다가 이내 표정을 가라앉혔다.

"정은아, 많이 서운했지? 엄마가 미안해. 엄마 이제 어쩌면 좋니. 정훈이는 구속된대. 지금 병실 앞에 경찰들이 지키고 서 있어. 도망 못 가게 한다고. 그리고 네 아버지가 글쎄……."

엄마는 눈물을 그렁그렁 내비치며 말을 이었다.

"나랑 안 산다고 하지 뭐니. 정은아, 엄마는 너밖에 없어. 옛날부터 나 챙기는 사람이 너 말고 있었니? 엄마는 정말 너밖에 없다. 너마저 나한테 이러면 나는 어떻게 사니."

정은은 건조한 시선으로 질척거리는 엄마의 눈동자를 응시했다. 끈적끈적한 눈물이 고여 있는 누렇게 변해 버린 눈은 교활한 본심을 숨긴 악마의 것 같았다.

"정말 나밖에 없었어요?"

나직한 물음이 흘러나왔다. 새까맣게 타 버린 억울한 마음을 대변하는 잿빛 목소리였다.

"엄마는 우리 딸 정은이밖에 없었지."

"그럼 좀 잘해 주지 그랬어요?"

스산한 물음에 엄마의 뺨이 움찔 떨리는 게 눈에 들어왔다.

"딸 정은이가 아니라, 물주 임정은이 필요한 거 아녜요?"

한번 터진 말은 그칠 줄을 몰랐다.

"이번엔 또 뭐가 필요해요? 아빠한테 위자료라도 받으려면 이혼

변호사 필요해? 아니면, 임정훈 그놈 형 줄여 줄 형사 변호사 필요해? 엄마 살 집도 구해 줘야 하고. 생활비도 줘야 하고. 그렇게 살아야 해요, 내가?"

속을 빤히 읽힌 엄마는 묵묵부답이었다. 부정조차 하지 않는 얼굴은 뻔뻔하기 그지없었다.

"내가 왜?"

정은은 엄마가 요구하는 것들에 대한 타당성을 짚어 보았다.

"내가 왜 엄마의 이혼에 책임을 져야 하지? 내가 왜 쓰레기 같은 인간을 위해서 피땀 흘려 번 돈을 써야 하지? 내가 왜 사지 멀쩡한 엄마한테 돈을 갖다 바치는 게 당연한 건데?"

저도 모르게 흥분해 버려서 어깨가 절로 들썩였다.

"나 이제 그렇게 안 산다고요. 내가 한 말 뭐로 들었어요?"

"그래도 정은아, 너 엄마한테 그러는 거 아니다. 네 오빠한테도 그러는 거 아니야. 그런 패륜은."

"패륜? 내가 엄마랑 오빠한테 해코지했어? 아니면 둘 중 누굴 죽이기라도 했어? 내가 대체 무슨 짓을 했다고 그런 끔찍한 단어로 나를 몰아붙이는 건데! 내가 잘못한 거라면, 여태껏 등신같이 당하고 산 거예요. 정신 못 차리는 엄마랑 오빠가 언젠가는……."

가슴을 꽉 막고 있던 핏덩어리를 토해 내듯이 읊조렸다.

"언젠가는 달라질 거라 생각하고, 불가능한 미래를 꿈꾸면서, 나는 내 현재를 버린 거야."

부들부들 떨리는 주먹을 세게 움켜쥐었다.

"나는 앞으로 절대 그렇게는 안 살아."

다짐하듯 읊조렸다. 오지 않을 미래를 기대하며 살지는 않을 거라고.

개차반 같은 가족이어도 완전히 인연을 끊어 내기는 쉽지 않다.

배고픈 새벽에 라면 하나 같이 끓여 먹었던 기억. 생일에 손에 쥐여 주었던 5천 원짜리 한 장. 보충수업을 마치고 돌아온 늦은 밤, 시장에서 사다 놓은 거라며 먹으라고 건네주었던 옥수수 반 개.

같잖은 추억이 오지도 않을 장밋빛 미래를 종용하며 정은을 수렁으로 이끌었는지도.

병신같이 언젠가는 달라질 거라고. 오빠도 철들고, 불안증에 걸린 사람처럼 초조해하며 정은을 닦달하는 엄마도 마음을 편히 가질 거라고.

그렇게 자신의 힘으로는 바꿀 수 없는 미래가 오기만을 바라며, 이루어지지도 않을 짝사랑에 빠져서 허우적거렸다.

절대 그렇게는 안 살아, 이제.

가족에게 끌려다닌 것도 문제였지만, 자신의 희생을 당연시한 것도 문제였다. 어떤 이유에서건 당연한 희생은 존재하지 않아야 한다.

"안녕히 가세요. 살아서는 뵙지 않았으면 합니다."

"싸가지 없는 년. 못 배워 먹은 놈 만나서. 그놈이 시키디?"

돌아서서 걷던 정은은 그 자리에 그대로 멈춰 섰다.

"그래. 그놈도 회사원 나부랭이 주제에 입만 살아서. 그렇게 말하라고 가르치데? 네가 사람을 죽였냐, 뭘 그렇게 잘못한 거냐, 그렇게 말하라고 꼬셨어? 어쩜 그놈이랑 그렇게 똑같이."

똑같이?

정은은 고개만 돌려 억센 분노를 끄집어내고 있는 엄마를 바라보았다.

"그 사람 만났어요?"

"아니! 제 발로 찾아왔더라! 싸가지 없는 놈이 감히 어딜 찾아와서 행패야, 행패가."

"언제?"

"오늘! 오늘 점심때! 너는 네가 만나는 남자 하나 간수 못 해? 감히 나랑 네 불쌍한 오빠랑 새언니까지 욕보여?"

"엄마는 본인 하나 간수 못 해서, 날 낳았어?"

정은이 건넨 질문에 엄마는 기가 막힌다는 듯이 가슴을 두드려 댔다.

"안녕히 가세요."

더는 할 말이 없었다. 아니, 엄마와 말을 섞는 것보다 중요한 것은 그가 왜 자신에게는 말도 하지 않고 가족을 만나러 갔었는지에 대한 의문이었다.

'처리 못 한 쓰레기가 있었어요.'

그의 문자메시지가 눈앞에서 아른거렸다. 왜 혼자 그들을 만났는지 물어야 하는데, 한편으론 두려웠다. 이미 바닥을 다 보였다고 생각했는데, 그보다 더한 것을 그가 겪었을지도 모른다고 생각하니 속이 상했다.

정은은 분노, 수치심 등으로 달아오른 감정을 가라앉히려 애쓰며 포장한 도시락을 들고 사무실로 향했다.

그의 집무실 문이 훤히 열려 있다. 불이 꺼진 사무실, 빛이 새어 나오는 곳은 그의 집무실뿐이었다.

"애초에 어렵게 결정한 일 아니었어? 이제 와 망설이는 이유라도 있나?"

그와 이야기를 나누는 사람은 부명그룹 등기 이사 중 한 명인 부명건설 사장이었다.

"런던 지사 자리 자네한테 큰 기회야."

갑자기 머릿속이 차갑게 식는 듯했다.

언뜻 들려오는 대화의 내용은 그가 부명건설 런던지사장 자리를 두고 고심하고 있다는 거였다. 애초에 유준흥 박사와의 업무 진척이 늦어서 지연되었을 뿐, 그의 런던행은 예정된 것이었다.

정은도 알고 있는 정보였음에도 그간의 사건 사고 때문에 잠시 인지하지 못하고 있었다. 부명건설 사장은 긴 시간 고민했던 일을 또 고민하는 거냐며 그를 설득했다.

한참 대화를 나누던 부명건설 사장이 자리를 뜨고 난 뒤, 정은은 여전히 불이 켜져 있는 그의 집무실을 향해 조심스럽게 발걸음을 옮겼다.

그는 PC 모니터 두 대와 자료들을 번갈아 보며 미간을 찌푸리고 있었다. 정은은 잠시 감상하듯 그의 모습을 바라보았다.

반듯한 이마, 미간에 잡힌 미세한 주름, 우뚝한 콧대, 붉은 입술, 매끈한 턱선과 굵직한 목선까지 무엇 하나 놓치고 싶지 않은 모습.

그가 런던으로 가면 자주 만나지 못할 것이다. 만나고 싶을 때마다 얼굴을 마주하는 지금과는 아주 다른 삶을 살게 될 것이다.

견딜 수 있을까? 그의 얼굴을 보지 않고도?

일이 잘 풀리지 않아 답답한지, 그가 검지와 중지를 넥타이에 걸고 끌어 내렸다. 그러면서 고개를 이리저리 굴리던 그의 시선이 정은이 서 있는 문가를 향했다.

시선이 마주친 순간, 심장이 쿵 하고 내려앉아 버렸다. 셀 수 없이 마주한 시선이지만 그의 매혹적인 눈빛에는 좀처럼 면역이 생기질 않는다.

그의 입가에 야릇한 미소가 번지기 시작한다.

"언제부터 거기 있었어요?"

목소리에서도 그와 비슷한 분위기가 스며 있다.

"방금 왔어요."

"거짓말. 넋 놓고 한참 보다가 걸린 얼굴인데? 내가 그렇게 멋있어요?"

부정할 수 없는 질문에 정은은 그저 웃어 버렸다. 딱딱하게 긴장했던 가슴이 봄눈 녹듯 스르륵 녹아내린다. 따뜻한 물기가 반짝반짝 빛나며 아무 일 없을 거라고 마음을 다독이듯 흐른다.

그의 다정한 미소, 다감한 말 한마디가 이제 정은에게는 삶의 모든 이유가 되어 버린 기분이다.

"도시락 사 왔어요."

"금방 끝내고 간다니까, 그새를 못 참고 나 보러 온 거예요?"

참을 수 없는 웃음을 터뜨리며 정은도 다정한 목소리로 대꾸했다.

"이럴 때는 고맙다는 말 한마디면 충분하지 않아요?"

그와 백화점에 갔을 때, 그가 한 말을 돌이켜 보았다. 정은은 받으면 갚아야 하는 인생을 살아왔다. 무조건적으로 주어지는 선물은 없는 무미건조한 삶을 살아왔기에 갚아도 되지 않는 선물을 받고 기뻐하는 것은 내키지 않았었다.

낯설었다. 그가 자신에게 주는 모든 것이, 그의 따뜻함이, 그의 다정함이.

익숙하게 살았지만 불편했던 과거의 모든 순간보다, 낯설지만 따뜻한 그의 온기가 좋았다.

하지만 익숙하지 않기에 자신이 품을 수 없을 거라고 의심했고, 언젠가는 그 온기도 사라져 버릴 거라고 두려워했다. 그리고 따뜻한 사람이 상처받는 것이 무서워 도망쳤다.

낯설어서, 익숙하지 않아서.

이제는 한 발짝 더 다가가도 되지 않을까?

"제법이네, 우리 정은이."

그가 자리에서 일어나 정은이 서 있는 곳으로 성큼성큼 다가왔다. 자신에게 다가오는 시원한 걸음걸이에 심장이 쿵쿵 뛴다.

"일 거의 마무리됐어요. 나가서 먹어요, 우리."

정은은 고개를 슬쩍 내저었다. 그와 재회한 이 공간에서 좀 더 머물고 싶은 욕심이 고개를 들었다. 다른 사람의 청이었다면, 무던한 성격을 내세우며 하자는 대로 움직였을 것이다.

하지만 이제 그와의 관계에서는 그렇게 무던하게 물러서고 싶지 않다.

원하는 대로, 마음이 이끌리는 대로. 당신한테는 그렇게 할 거야.

"여기서 먹어요, 우리."

그는 안 될 거 없다며 고개를 끄덕였다. 정은은 네 사람이 마주 앉을 수 있도록 배치된 원형 탁자 위에 도시락 봉투를 내려놓았다.

"낙지볶음이랑, 초계 국수 포장해 왔어요. 괜찮죠?"

꽉 묶인 도시락 봉투를 푸느라 손을 분주히 움직이며 물었다.

"좋죠."

그는 책상 위에 놓인 펜꽂이에서 사무용 가위를 뽑아 들고는 매듭이 엉켜 버린 봉투를 잘라 버렸다. 정은은 시원하게 잘린 매듭을 잠시 멍하니 바라보았다.

"이렇게 쉬운 걸."

저도 모르게 자조 섞인 목소리가 흘러나왔다. 그는 멍하니 서 있는 정은을 걱정스러운 눈빛으로 바라보았다.

"왜 그래요? 무슨 일 있었어요?"

정은의 세밀한 감정 변화를 귀신같이 알아차리는 사람이다.

"나라도 그랬을 거예요."

참으려고 했지만, 어쩔 수 없이 물기 어린 목소리가 흘러나왔다. 그는 울먹이는 정은의 어깨를 잡고 부드럽게 돌려세웠다. 그렁그렁한 눈가를 깊은 시선으로 들여다보는 그의 얼굴에는 염려가 가득했다.

"나라도 당신을 위해서라면, 쓰레기 치우는 일. 기꺼이 했을 거라고."

눈물방울이 뺨을 타고 또르르 흘러내렸다. 그가 정은을 품에 안으며 물었다.

"어떻게 알았어요?"

단단한 품에서 자상한 목소리가 조심스레 울렸다. 그 파동이 정은의 심장 한가운데까지 단번에 파고들었다. 정은은 손을 올려 그의 허리를 끌어안으며 대꾸했다.

"회사 앞에서 엄마를 만났어요."

정은의 등허리를 끌어안은 그의 팔에 힘이 들어가는 게 느껴졌다.

"아무 일도 없었어요. 걱정 마요. 나 이제 등신같이 안 당해."

그는 정은이 하는 말을 가만히 들어 주겠다는 듯이 캐묻지 않았다.

"나는 항상 복잡한 매듭을 풀기 위해서 노력했거든요. 매듭이 풀리고 나면, 아무렇지 않을 거라고 여기며 살아왔어요. 싹둑 잘라 내는 쉬운 방법이 있는데, 그걸 생각 못 했어."

커다란 손이 등을 가만히 토닥여 주었다. 자상한 그의 진심이 손끝에서도 전해지는 거 같아서 정은은 두 눈을 지그시 감은 채로 읊조렸다.

"당신이 알려 줬어. 나한테도 아무런 조건 없이 주어지는 선물이 있다는 거. 내가 그걸 받을 자격이 있다는 것도. 그리고."

눈물이 목을 콱 막으려고 해서 정은은 숨을 한번 고르고 말을 이었다.

"그런 나를 위해 살아야 한다는 것도요. 나를 위해 살려면 맺고 끊어야 하는 게 있다는 것도. 그래서 끊어 낼 수 있었고. 예전 같았으면 저질러 놓고 죄책감에 시달려서 다시 달라붙었을지도 몰라요."

잘라 내겠다고 마음먹어 놓고 금세 돌아갔을 것이다.

그곳을 뿌리라 여겼고, 유일하게 기댈 곳이라 생각했으니까.

"근데 이제는 안 그럴 자신 있어요. 내가 길을 잃으면 찾아올 사람 있고."

정은은 거리를 벌리며 그를 올려다보았다.

"도망쳐도 붙잡아다 놓을 사람이 있고."

그는 또 도망가면 안 된다는 듯이 미간을 살짝 찌푸렸다.

"평생 나는 그만둘 수 없는 존재라고 말하는 사람이 있으니까."

정은은 발꿈치를 살짝 들어 올려 그의 입술에 가볍게 입을 맞췄다. 건조한 그의 입술을 집어삼키고 싶은 충동이 일었지만, 이내 발꿈치를 바닥에 안착시켰다.

"지금 여기서 저녁을 먹자는 거야, 다른 걸 하자는 거야?"

그의 목소리가 열기로 쉬어 버렸다. 정은은 빙그레 웃으며 대꾸했다.

"먹어야 힘을 쓰죠. 여기서는 쓰지 말고."

그의 손을 잡아끌어서 의자에 앉혔다. 그는 정은과 비슷한 웃음을 머금으며 수저를 들었다. 그의 미소에 모든 일이 순조롭게 풀릴 것 같은 예감이 들었다.

그래, 별거 아니야.

정은은 그리 생각하며 웃었다.

그리고 이대로 보낼 수는 없다고…….

저녁 시간에 맞춰 도시락을 사 온 그녀는 웃는 얼굴이었지만, 어딘지 모르게 붕 떠 있는 듯했다.

가족 문제 때문인가?

아무리 쓰레기 같은 인간들이라고 해도 심성이 착한 그녀가 마음을 쓰고 있을 게 뻔했다. 왜 혼자 가족을 보러 갔느냐는 질문에 오빠에게서 걸려온 전화를 가로챘다고 하자, 그녀의 표정이 어둡게 굳어졌다.

'고맙고, 미안해요. 나도 태욱 씨를 위해서라면 그랬을 거야. 그런데 앞으로는 그러지 마요.'

아스라했던 그녀의 목소리가 귓가를 여전히 울려 댔다.

그녀의 오피스텔로 향하는 차 안, 아무런 말도 하지 않고 침묵하는 그녀를 태욱은 불안한 마음으로 흘끗거렸다.

검지 손톱으로 엄지손톱을 꾹꾹 누르고 있는 모습이 초조해 보인다. 차분하게 앉아 있지만 속은 그렇지 못한 것처럼 보였다.

할 말이 있는 모양인데…….

"내가 갑자기 어려워졌어요?"

태욱은 아무렇지 않은 목소리로 물었다. 여기서 자신까지 심각해지면 분위기가 걷잡을 수 없이 무거워질 것 같은 기분이 들었다. 그만큼 그녀는 심각한 고민에 빠진 것처럼 보였다.

"런던 언제 가요?"

뜻밖의 질문에 태욱은 잠시 멍해졌다. 그녀가 지금 런던 이야기를 꺼낼 거라고는 생각조차 하지 못했다.

태욱이 대꾸 없이 가만히 있자, 그녀가 재우쳐 물었다.

"안 갈 생각이에요?"

솔직히 말하자면 태욱은 망설이고 있었다. 그런데 망설이고 있다고 대답하면, 그녀는 태욱을 혼낼 것 같은 기세다. 한심하게 망설이고 있느냐는 어조였다.

"나는 평생을 가족한테 희생하며 살아왔어요. 알죠? 그래서 나는요. 누군가 나를 위해서 그러는 것도 싫어요. 설마 나 때문에 망설여요?"

진심을 숨길 수 없는 순간이다.

"알면서 물어요?"

하지만 이런 진심에 감격할 여자가 아니라는 것을 태욱은 너무도 잘 알아서 난감했다.

"가요. 가야지. 이런 기회가 또 올 것 같아요? 아무리 윤 상무가 태욱 씨 밀어준다고 해도. 이런 기회는 쉽게 오지 않아요. 갔다 오면 최소 담당으로 승진한다던데."

"내가 말했죠? 회사는 그만두면 끝이라고. 나한테 중요한 건."

태욱이 갑갑한 가슴을 대변하려 던진 말에 그녀가 고개를 절레절레 내저으며 똑같이 되물었다.

"내가 말했죠? 부명 수석 아닌 강태욱 씨 별로 매력 없다고."

"꼭 그렇게 얄밉게 말하더라. 구은선도 런던으로 갈 거야. 괜찮겠어요?"

런던 지사로 가게 되면 그녀와의 물리적 거리는 걷잡을 수 없이 멀어진다. 눈 하나 꿈쩍 안 하는 것 같은 그녀의 태도가 거슬려서 유치하게 은선을 끌어왔다.

어쩌겠는가, 사랑 앞에 유치해지는 게 인간인 것을. 지극히 인간적인 사람이 순리를 거스를 리가.

"그래서 말인데요."

그녀는 무언가 결심한 듯 목소리를 낮췄다. 부명 회장 앞은커녕 다보스포럼, 청와대 간담회에 가서도 이렇게 긴장한 적 없는 태욱이었다. 그녀가 힘 있는 어조를 드러낼 때면, 태욱은 여지없이 긴장하고 만다.

"가는 대신 조건이 있어요."

차는 그녀의 오피스텔 지하 주차장 입구에 들어서고 있었다.

"갈 거면 나랑 결혼하고 가요."

태욱은 간신히 고개를 돌려 조수석에 고아하게 앉아 있는 여자를 바라보았다.

"지금 뭐……."

말을 채 끝낼 수도 없을 만큼 몸에서 힘이 쭉 빠져나가는 듯했다.

"못 들었어요?"

그녀는 빙그레 미소를 머금으며 고개를 돌렸다. 태욱은 하마터면 주차장 진입로에 차를 세울 뻔했다. 숨이 턱 막힐 정도로 아름다운 얼굴로 유혹적인 눈빛을 빛내는 그녀는 지나치다 싶을 정도였다.

"아무래도 이 차 조수석에 마가 낀 것 같네요."

태욱은 정신 나간 사람처럼 지껄였다.

"사랑한다는 말도, 지금 방금 그것도 너무 갑작스럽게. 지금 이 상황에 어떻게. 사람이 낭만이 없어도 진짜."

횡설수설 말을 쏟아 낼수록 감정은 점점 더 격해졌다. 그녀가 고개를 비뚜름하게 기울이며 묻는다.

"그래서 싫다고?"

"내가 언제 싫다고!"

급할 때 비어 있는 주차 자리는 왜 이렇게 안 보이는 건지. 비어 있겠다 싶어서 속도를 늦췄더니 경차가 숨어 있었다. 태욱은 하마터면 욕설을 내뱉을 뻔했다.

"되게 화난 얼굴이네요."

그녀가 놀리듯 읊조렸다. 토라져 버릴 것만 같아서 심장이 잔뜩 조여든다.

"잠깐만. 나 주차할 때까지 아무 말도 하지 마요."

태욱은 조수석 쪽으로 오른손을 들어 보이며 심각한 목소리를 냈다. 그녀가 조금만 더 사랑스럽게 떠들었다가는 큰일 나지 싶다.

"사랑해요, 태욱 씨."

하지만 태욱이 하는 말을 곧이곧대로 들을 임정은이 아니었다. 더군다나 결정적인 순간에 기가 막힌 장난기를 발동하곤 하는 그녀 성격에 지금 이 기회를 그냥 놓칠 리 없었다.

"솔직히 혼자 있는 거 싫어. 당신 없는 서울은 상상하고 싶지도 않아."

달콤한 고백을 아무렇지 않은 목소리로 내뱉고 있는 그녀를 당장에 끌어안고 싶어서 미칠 지경이었다.

아, 왜 오늘따라 빈자리가 이렇게 없는 건데! 그냥 차를 버릴까?

태욱은 정신없이 눈동자를 굴리며 이어지는 그녀의 목소리에 귀를 기울였다.

"구은선 그 여자가 알짱거리는 건……. 진짜 짜증 나."

그런 귀여운 질투도 지금은 잠깐만 참아 주면 안 될까?

가까스로 비어 있는 자리를 찾았는데, 장애인용 슬롯이다. 태욱은 한숨을 몰아쉬며 운전대를 돌렸다.

"여기 세대당 주차 대수 몇 댑니까? 왜 이렇게 자리가 없어."

"글쎄요. 1.5대라고 본 것 같은데."

"집 구할 때, 주차 공간 여유로운 곳으로 가요. 무조건."

그녀가 즐겁다는 듯이 웃음을 터뜨렸다. 지금 가슴이 타들어 갈 듯 초조한 건 태욱뿐인가 보다.

"그러니까 나는 웨딩드레스 입고, 당신은 멋진 턱시도 입고. 결혼한 다음에 혼인신고까지 하고 가. 그럼, 보내 줄게."

마침내 구석진 곳에서 빈자리를 발견했다. 태욱은 탁월한 운전 실력을 뽐내듯 좁은 공간 안으로 단번에 차를 집어넣었다. 기어를 P로 옮기자마자, 그녀의 목덜미를 잡아끌었다.

태욱의 심장을 터뜨릴 만한 폭탄 발언을 조잘조잘 잘도 뱉어 대던 입술을 집어삼켰다. 보드라운 살점을 가르고 들어가 깊이 빨아들이자, 그녀는 기다렸다는 듯이 태욱의 어깨를 끌어안았다. 여린 점막을 훑고 혓바닥을 비벼 대자 열기는 걷잡을 수 없이 치솟았다.

태욱은 이곳이 어딘지도 분간하지 못한 채 그녀의 치마 속으로 손을 집어넣었다. 그녀가 고개를 비트는가 싶더니, 입술이 떨어진다.

태욱은 매끈하고 포동포동한 허벅지를 움켜잡은 채로 거칠게 숨을 내뱉었다.

"여기선 싫어."

그녀가 단호하게 고개를 내저었다. 태욱은 불덩이를 토해 내듯 힘겨운 어조로 물었다.

"왜? 처음 사랑한다고 말한 곳도 여기고, 결혼하자고 한 곳도 여기야. 근데 여기서 섹스는 안 돼?"

"여기서 하면 한 번밖에 못 할걸. 불편해서?"

그녀가 내뱉은 말은 완전한 자극이 되었고, 태욱은 무서운 속도로 운전석을 벗어났다. 비슷한 속도로 조수석에서 내린 그녀의 허리를 당겨 안은 채로 뛰듯이 걸음을 옮겼다. 아랫도리가 뻐근해서 걷는 게 거북할 정도지만, 속도를 늦출 수가 없었다.

"윤 상무가 신혼여행 갈 시간은 주겠죠? 신혼여행은 바베이도스로 가고 싶어."

그녀는 꿈꾸는 듯한 목소리로 잘도 떠들어 댔다. 지금 이 순간에 이런 말을 떠들 수 있는 그녀의 이성이 존경스러울 지경이다.

"그래, 바베이도스. 가자. 갑시다."

태욱은 그녀가 하는 말에 무조건 동의했다. 사실 다른 생각을 해

내는 것이 불가능할 정도로 태욱의 이성은 마비된 상태였다. 어서 그녀를 품 안 깊숙이 안고 싶다는 바람밖에는 떠올릴 수 있는 게 없었다.

"결혼기념일마다 여행 가요. 1주년 여행은 이집트가 좋겠어. 피라미드 옆에 떠 있는 달 보고 싶어."

그래, 피라미드 옆에 떠 있는 달 보면서 섹스하면 좋겠다.

태욱은 고개를 끄덕이는 것으로 대답을 대신했다. 이 와중에 엘리베이터는 또 정말 더럽게 안 내려온다.

"왜 이렇게 높은 층에 살아요?"

"태욱 씨도 높은 데 살잖아."

"우리 이제 낮은 데 살자."

오늘따라 엘리베이터가 유독 굼뜨게 움직였다. 게다가 야근을 마치고 퇴근하는 사람들이 많은 건지 엘리베이터를 기다리는 사람이 점점 늘어나기 시작했다.

"그래요. 낮은 데 살자. 단독 주택도 좋겠다. 우리 개 한 마리 키울래요? 나 어릴 때부터 개 너무 키우고 싶었거든."

"키워요. 키워. 뭐든 해."

"한 달에 한 번은 서로를 위한 날로 정해 놓고 살자."

"그래."

평생 너를 위해 살 건데, 뭐 그런 걸 정하느냐는 말은 굳이 하지 않았다. 그냥 지금은 그녀가 하는 말에 전부 고개를 끄덕이고만 싶다.

태욱의 머릿속은 그녀의 집 안에 들어가서 어떻게 하면 효율적으로 빨리 움직일 수 있을지에 대해 고민하느라 다른 대답을 생각해서 내뱉을 겨를이 없었다.

현관문을 열고 들어가면, 일단 블라우스부터 벗기고, 스커트 지퍼도 내리고.

음험한 상상을 체계적으로 이어 가는 사이 엘리베이터가 도착했다. 오늘따라 폐소공포증이라도 걸린 것처럼 엘리베이터 안이 갑갑하다. 그녀가 머무는 21층까지 올라가는 동안 엘리베이터는 거짓말하나 안 보태고 층마다 서는 것 같았다.

마침내 21층에서 엘리베이터가 멈춰 섰을 때, 태욱은 하마터면 환호성을 지를 뻔했다. 가까스로 그녀의 손을 잡고 점잖게 엘리베이터에서 내려 현관문 앞에 섰다.

"아, 어떡해!"

그녀가 화들짝 놀라며 심각한 얼굴로 태욱을 올려다본다. 왜 또?

"차에 핸드폰 두고 온 것 같아. 다시 내려가야 할 것 같은데?"

태욱은 망연자실한 얼굴로 그녀를 내려다보았다. 그러자 그녀가한쪽 입꼬리만 씩 들어 올리며 사악하게 웃는다.

"여기 있지!"

그녀가 휴대전화를 도어록에 가져다 대자, NFC 인식과 함께 문이열리는 소리가 울려 퍼졌다. 태욱은 심장 떨리는 장난을 걸어 대는그녀를 나무랄 여유도 없이 현관문을 열어젖혔다.

문이 닫힌 게 먼저였는지, 입술이 맞물린 게 먼저였는지 모르겠다. 태욱은 그녀의 입술을 문 채로 옷을 벗겨 내기 시작했다. 시뮬레이션은 하등 쓸모없는 것이었다. 손에 잡히는 대로 벗기고, 더듬고, 주물렀다.

"흐음."

부드러운 가슴을 움켜잡은 순간, 신음이 넘어왔다. 손바닥 안에서흥분한 정점이 딱딱하게 느껴졌다.

태욱은 고개를 내려 보드라운 가슴을 입에 한가득 물었다. 혀끝으로 작은 구멍을 찔러 대고, 있는 힘껏 빨아들이자 작은 손이 태욱의 머리카락을 헤집었다.

"으으. 태욱 씨."

앓는 소리가 듣기 좋았다. 할 수만 있다면 지금 이 순간을 기록으로 남겨 두고 싶을 정도다. 매 순간이 광휘에 휩싸여 태욱을 전율케 했다.

낭창한 허리를 끌어안은 채로 연신 가슴을 빨아 대며 걸음을 옮겼다. 그녀는 태욱의 허리에 다리를 휘감으며 단단한 어깨 위에 팔을 지탱한 채로 매달렸다.

마치 이 세상에 존재하는 유일한 가치라는 듯 그녀는 태욱을 간절한 손길로 붙들었다. 태욱 역시 그녀와 같은 마음으로 아름다운 몸을 품 안 가득 끌어안았다.

푹신한 침대 위에 그녀를 눕히자마자, 옷을 벗어 던졌다. 그녀 역시 거친 숨을 고르며 스스로 속옷을 내렸다. 지나치게 색정적인 모습을 마주하자 눈에서 불이 뿜어져 나올 것처럼 뜨거워졌다.

"그리고."

단단한 가슴으로 말랑한 여체를 부드럽게 짓누른 순간, 그녀가 속삭이듯 읊조렸다.

"월급 관리는 내가 하는 게 좋겠어요. 원래 돈 관리는 한 사람이 해야 한대."

졌다, 임정은.

태욱은 참을 수 없는 웃음을 머금으며 물었다.

"나 용돈 얼마나 줄 건데요?"

"글쎄. 그건 하는 거 봐서."

거드름을 부리는 그녀의 뜨겁고 좁은 통로를 단숨에 꿰뚫고 들어갔다.

"흐웃."

그녀가 눈을 질끈 감으며 신음했다. 태욱은 거친 숨을 한 번 몰아쉬고는 입을 열었다.

"내가 잘해야겠네. 용돈 많이 받으려면."

열기 섞인 어조로 떠들자, 미간을 색정적으로 구긴 그녀가 웃음을 터뜨렸다.

예뻐 죽겠네.

태욱은 웃음기가 어린 그녀의 입술을 머금으며 허리를 한 번 더 쳐올렸다.

"으음."

단단한 어깨를 감싸는 그녀의 손길이 좋다. 입안으로 쏟아지는 신음이 사랑스럽다. 평소보다 훨씬 더 예민하게 달아오른 그녀는 흥분을 숨기지 않고 거침없이 반응했다.

"사랑해."

눈물을 줄줄 흘리는 눈가에 입을 맞추고는 속삭였다. 그녀는 달아오른 눈빛으로 태욱을 바라보며 입을 반쯤 벌린 채로 고개를 끄덕였다. 절정의 순간을 내비치는 얼굴, 태욱은 온 우주를 담고 있는 것만 같은 그녀의 깊은 눈빛을 내려다보며 찰나의 영원을 만끽했다.

달콤하게 달아오른 숨소리만 존재하는 듯한 공간, 그녀가 열기에 쉰 목소리로 속삭였다.

"나도 사랑해."

고개를 끄덕여 놓고도 부족하다 싶었는지 사랑에 답하는 그녀가 어여쁘다.

"사랑하는 것 이상으로 사랑해. 말로 표현 못 할 만큼. 부담스럽게 들릴지 모르겠지만, 태욱 씨는 이제부터 나한테 현재고, 미래야. 앞으로 우리 뭐든 다 같이해. 좋은 일도, 힘든 일도 같이."

태욱은 자신을 세상 전부라 말하는 여자를 품에 안은 채로 몸을 살짝 굴렸다. 그녀를 단단한 몸 위에 올린 뒤, 매끄러운 등을 쓸어내렸다. 단편적인 언어로 설명하기가 어려워서 난감할 지경이다.

얼마나 사랑하는지, 얼마나 소중한지, 미칠 것 같은 심정을 어떻게 다 말로 할 수 있을까?

"살면서 하나하나 고백할게. 내가 임정은을 얼마나 많이 사랑하는지."

가슴에 얼굴을 기대고 있는 그녀가 웃고 있는 게 느껴졌다. 태욱은 고개를 내려 그녀의 이마에 가만히 입을 맞추었다.

매일 안부를 묻듯 사랑을 고백할 것이다.

계절이 변하고, 세월이 흐르는 동안, 사랑의 역사가 쌓이는 것을 그녀가 오롯이 느낄 수 있도록.

과거의 불행 한 자락이라도 그녀에게 드리울 수 없도록.

그녀의 현재와 미래가 행복으로 충만할 수 있도록.

날마다 빠짐없이 사랑할 것이다.

-The end-

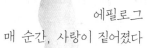

에필로그
매 순간, 사랑이 짙어졌다

언제였는지 기억이 잘 나지는 않는다. 저녁놀이 지는 것처럼 선홍빛과 연보랏빛이 뒤섞인 하늘을 보면서 잠에서 깨어났었다.

그때 나이 다섯 아니면 여섯 살.

놀이공원에 데려가 준다는 말에 잔뜩 들떠서 새벽녘 잠에서 깨어나고 만 것이었다.

황홀한 색감으로 물든 하늘을 바라보며 꿈에 부풀어 있을 때만 해도 놀이기구를 타려면 '일정한 자격'이 요구된다는 것을 알지 못했다.

'아직 키가 작아서 이 놀이기구는 못 타겠는데요?'

만화 속 마법사 복장과 비슷한 알록달록한 옷을 입은 놀이공원 직원의 말에 어린 정은은 울음을 터뜨렸었다. 무엇이든 이뤄 줄 것처럼 생긴 사람이 내뱉은 무참한 제지로 인한 절망은 공포스럽기까지

했다.

결국, 그날 정은은 놀이기구를 단 하나도 타지 못하고 집으로 돌아와야만 했다. 키가 작은 아이들을 위한 놀이기구도 있었을 테지만, 엄마는 정은에게 그런 아량을 베풀어 주지는 않았다.

그날의 기억은 가끔 흐릿한 장면이 되어 꿈속에 나타나곤 한다.

어려운 시험을 앞두고 있거나 혹은 힘든 회의를 맞닥뜨려야 할 때.

'너는 자격 미달이라, 안 될 것 같아.'

좌절감과 열패감을 안겨 주는 말을 듣고 나서야 겨우 꿈에서 깨어날 수 있다.

오늘도 어김없이.

그 꿈을 꾸었다. 자격이 되지 않으니, 놀이기구는 탈 수 없다며 거부당하는 꿈을.

정은은 이마에 송골송골 맺힌 식은땀을 닦아 내며 침대에서 일어났다. 어스름히 동이 터 오고 있었다.

다시 자기엔 글러 먹은 것 같아서 진하게 내린 커피를 한 잔 마신 뒤, 랩톱을 켜고 새벽 내 들어온 이메일을 확인했다. 잠시 업무에 집중하고 있는데, 휴대전화가 윙윙 울려 댔다. 화면에 깜빡거리는 이름을 보는 것만으로 안심이 된다.

"일찍 일어났네요?"

– 그러게, 저절로 눈이 떠지네요. 잘 잤어요?

휴대전화 너머에서 들려오는 목소리는 잠기운이 묻어서 푹 잠겨 있다. 그도 잠을 설쳤다는 말에 안심이 되는 마음 반, 불안한 마음 반.

– 일어난 지 꽤 된 것 같은 목소린데…… 못 잤어요?

정은이 미처 대답을 내놓기도 전에 그는 다정함이 묻어나는 목소리로 재우쳐 물었다.

"좀 일찍 깼어요. 깬 김에 일 좀 했고요."

별스러운 일 아니라는 듯이 말하고 싶었지만, 어조에서 어색함이 묻어나는 것을 숨길 수가 없었다.

－ 지금 내가 갈까?

자상한 물음이 들려오자 꿈이 주는 이미지로 인해 불길함으로 버석거리던 마음이 단숨에 촉촉하게 젖어 들었다.

"보고 싶어."

짧은 대답에 그는 서둘러 전화를 끊었다. 얼른 준비하고 오겠다던 그는 통화를 마친 지 30분도 채 되지 않아서 정은의 오피스텔 문을 두드렸다.

비밀번호를 알려 줬는데도 꼭 문을 두드리는 그가 반갑고, 고맙다. 집 안에 있는 사람이 방문자를 맞을 준비를 할 때까지, 찰나의 순간에도 그의 배려가 묻어났다.

"일찍 왔네요?"

현관문이 열리자마자, 정은은 그의 목을 덥석 끌어안았다.

"누가 보고 싶다는데, 빨리 와야지."

그 역시 정은의 허리를 끌어당겨 안으며 동그란 이마에 입을 맞춰 주었다. 두 사람은 마치 한 사람인 것처럼 걸어서 침대에 걸터앉았다.

엉덩이가 닿기가 무섭게 그가 정은의 입술을 단숨에 집어삼켰다. 입안을 가르고 들어온 그는 바싹 말라 있던 입안을 부드럽게 휘저으며 은밀하게 적셨다. 커다란 손이 당연한 순서인 듯 셔츠형 파자마 안으로 들어왔다.

브래지어를 하지 않은 탓에 그의 손은 곧장 말랑말랑한 가슴을 부드럽게 움켜잡았다. 더운 숨이 단번에 목 끝까지 차올랐다.

"흐음."

얕은 신음을 흘리자, 그가 정은을 끌어안은 채로 침대에 몸을 눕혔다. 단단한 몸이 내리누르는 기분 좋은 압박감과 이미 알고 있는 쾌락을 목전에 둔 기대감에 몸이 달떴다. 그는 능숙하게 정은의 옷을 벗겨 내고, 자신의 옷도 벗어 던졌다.

그의 손이 가늠하듯 비부를 더듬었다. 그가 현관문 안으로 들어선 순간부터 흥건히 젖어 버린 곳이었다. 그는 만족스럽다는 듯이 미소 지으며 하얀 목덜미를 머금었다. 젖은 통로를 꿰뚫고 들어온 것도 동시였다.

"흐읏."

이미 알고 있는 쾌감이라지만, 매번 그 느낌은 다르다. 눈을 질끈 감은 채로 아찔한 숨을 몰아쉬자, 다시금 입술이 맞물렸다. 그는 감질이 날 정도로 천천히 허리를 움직였다.

내벽 세포 하나하나를 자극하듯이 천천히 꿰뚫고 들어왔다가, 올올이 일어난 살결을 달래듯 느릿하게 빠져나갔다.

"으음."

견딜 수 없이 느린 속도에 속이 타서, 정은은 골반을 들썩거리며 맞물린 입술을 떼어 냈다. 저도 모르게 여유로운 얼굴을 하는 그를 노려보기까지 했다.

"새벽부터, 달려왔는데, 표정이, 왜 그래요?"

여유를 가장한 얼굴이기는 했지만, 정욕을 억누른 듯한 그의 미간에 미세한 주름이 져 있었고, 말은 토막토막 끊긴 채였다.

"종일 이러고 있을 거예요?"

정은은 더운 숨을 흘리며 그를 나무라듯 물었다.

"그것도 나쁘진 않겠네요."

천연덕스럽게 대꾸하는 그가 얄미워서, 정은은 허벅지 사이에 잔뜩 힘을 주었다. 안이 가득 조이는 느낌이 들자, 그가 눈을 질끈 감으며 숨을 참는 모습이 눈에 들어온다.

"임정은."

그가 낮게 가라앉은 목소리로 정은의 이름을 위협적으로 뇌까렸다.

"하나도 안 무서워."

정은은 그의 무거운 음성에 받아치듯 대꾸했다.

"사람이 적당히 겁도 있어야지."

낮게 뇌까린 그가 지금까지와는 비교가 되지 않는 속도로 안을 치고 들어오기 시작했다.

"하웃!"

짓이기듯 두드리고, 빠져나가기가 무섭게 다시 꿰뚫는 몸짓에 열기가 가득 차올랐다. 인간에게 허락된 것 이상으로 번져 가는 쾌감에 정은은 몸서리를 쳤다.

"흐으웃. 아아! 태……욱 씨. 아홋!"

더는 신음조차 내뱉을 수 없는 지경이 되었을 때, 정은은 그의 어깨를 담뿍 끌어안은 채로 온몸을 떨었다.

꿈속의 불길함과 현실의 불안함을 단숨에 초월하게 만드는 쾌락은 단순히 욕정에 눈이 멀어 몸을 섞는 것 이상의 의미를 지닌 듯했다.

"하아."

그가 낮게 신음하며 정은의 몸 위로 무너져 내렸다. 단단한 남자가 완전히 굴복한 듯 무방비해진 모습을 보일 때면, 육체적 쾌락 이상의 정신적 만족감에 지배당하는 기분이다.

정은은 그의 젖은 등을 흡족한 손길로 쓸어내렸다.

크게 숨을 내쉬고 싶지만, 그의 무게감 때문에 자잘하게 토막 난 숨이 흩어져 나올 뿐이었다.

"어릴 때 놀이공원에 갔었는데."

정은은 연신 신음을 내뱉느라 낮게 쉰 목소리로 입을 열었다.

"키가 작아서 탈 수 있는 놀이기구가 없었어. 그날 아침에 너무 설레서 일찍 일어났는데, 놀이공원에서 계속 거절만 당해서…… 엄청 많이 울었거든."

그는 정은을 품 안 가득 안은 채로 자세를 바꿔 누웠다. 그의 단단한 몸 위에 엎드린 채로 정은은 조용히 말을 이어 나갔다.

"가끔 그때 꿈을 꿔."

그의 커다란 손이 위무하듯 정은의 등을 부드럽게 어루만졌다. 체증이 내려가듯 울컥 올라왔던 감정이 그의 손길에 쓸려 내려간다.

"오늘도 그 꿈 꿨어?"

자상하게 묻는 목소리가 달콤하다. 그깟 꿈 따위 아무것도 아니라는 생각이 들 만큼.

정은은 목소리를 내는 대신 천천히 고개를 끄덕거렸다. 뺨이 그의 단단한 가슴에 닿아 매끄럽게 부대꼈다.

그는 잠시 아무 말이 없었다.

정은에게 해 줄 말을 조심스럽게 고르고 있는 느낌이었다. 정은이 거절당하게 될까 봐 그도 두려운 것은 아닐까, 하는 염려도 들었다.

"어렸을 때부터 익숙했던, 그런 감정들. 다 버려."

부드럽지만 단호한 어조였다.

정은은 그의 가슴에 기대고 있던 얼굴을 들어, 그를 바라보았다. 턱 끝을 그의 가슴에 댄 채로 올려다보자, 지긋한 시선이 정은을 응시하고 있다.

"낯설어서 좋았던 것만 기억해 봐. 놀이공원 가기 전에 설레었던 기분, 새로운 걸 해 보기 전에 들뜨는 마음 같은 거. 그리고 아무도 너 거절 안 해. 아무도 너 안 미워해. 아무도 너한테 책임을 바라지도 않을 거고."

그는 당부하듯 말을 이었다.

"두려워하지 말고, 즐겨 봐. 그리고 그 두려움조차 즐길 수 있게 해 줄게, 내가."

호언장담하는 그에게 정은은 밉지 않게 눈을 흘겼다.

"그건 태욱 씨 입장이고."

갑자기 마음이 무거워지고, 한숨이 흘러나올 것만 같아서 정은은 잠시 말을 멈추었다.

"태욱 씨 부모님은 다르실 거야. 애지중지 키운 아들인데……."

"그렇게 애지중지 키운 아들이 사랑하는 여자야. 거절하실 이유 없고, 미워하실 이유 없고, 너한테 특별히 바랄 것도 없으셔."

그의 부모 입장에서 본다면 기울어도 한참 기우는 조건이었다. 며느리 될 사람이 변변치 못한 가족과 연을 끊은 탓에 결혼식장에서 텅 빈 사돈댁의 모습을 보아야 하거나, 혹은 성이 다른 사연 있는 친부가 나타나 사람들의 입방아에 오르내릴 것이다.

결혼식은 시작일지 모른다.

둘이 좋아서 결혼한다지만, 결혼은 둘만 좋다고 평탄할 수는 없다는 것을 모르는 이는 없을 것이다.

"나 어제 모기 물렸어."

그가 뜬금없이 모기 타령을 하며 입을 삐죽 내밀었다.

"모기?"

"어, 어제 회사에서 산행 다녀왔잖아. 삼선슬리퍼같이 생긴 산모기에 물려서, 여기 이만큼 부었어."

그의 말마따나 팔뚝 언저리가 빨갛게 부어 있었다.

"약이라도 바르지."

아, 근데 이 남자가 심각한 이야기 하다가 모기 타령이야?

459

정은의 얼굴을 유심히 살피던 그가 무슨 생각을 하는지 알아차렸다는 듯이 빙긋이 웃음을 머금는다.

"임정은은 강태욱 걱정만 하면 된다고 했잖아. 사서 걱정하는 거 그만하라고."

정은은 흐음 하고 한숨을 내쉬며 단단한 가슴에 도로 뺨을 기대었다. 쿵쿵거리는 그의 심장 소리가 귓가를 울렸다.

"날 너무 몹쓸 놈 취급하고 있는 거 알아요? 내가 사랑하는 여자가 가족한테 미움받게 그냥 둘 것 같아?"

"아니, 나는 걱정이 되니까."

"그러니까 걱정하지 말라고. 쓸데없는 걱정 하는 거 보니까, 아까 별로였나? 어떻게 바로 그런 걱정을 하지?"

그가 단숨에 자세를 바꾸며 정은의 위에 타고 올랐다.

3시간 후에는 그의 부모님 앞에서 인사를 드려야 하는데, 그는 정은이 딴생각하지 못하도록 오피스텔을 나서기 직전까지 몰아붙일 것 같았다.

※ ※ ※

그의 본가 마당에는 갖가지 종류의 꽃들이 심겨 있었다. 오랜 세월 울타리를 타고 자란 것으로 보이는 덩굴장미와 목대가 굵은 겹장미 아래로 올망졸망한 제라늄과 부겐빌레아가 고운 빛깔을 뽐냈다.

정은이 잘 가꿔진 꽃들에 시선을 둔 모습을 바라보며, 그가 귀띔을 해 왔다.

"할머니 취미예요. 엄마는 거드시는 정도고."

정은은 그저 가만히 고개를 끄덕이는 것으로 대답을 대신했다. 며느리와 시모가 앉아서 오순도순 이야기를 나누며 꽃을 가꾸는 모습이 눈앞에 그려지듯 선연하다.

나도 저 자리에 앉아서 꽃을 가꾸며 이야기를 나눌 수 있을까?

또다시 부정적인 상념이 머릿속을 지배하려는 것 같아서 얼른 고개를 내저었다. 당당하게 그의 곁에 서겠다고 인사하러 오는 자리인데, 자꾸만 어깨가 움츠러들려고 했다.

든든한 친정이 있었다면, 좀 달랐을까?

가지지 못한 것을 자꾸 떠올리는 것은 과한 욕심이다. 정은은 자신의 어깨를 단단하게 감싸고 있는 남자의 옆얼굴을 올려다보았다.

그간의 설움을 모두 날려 버리고도 남을 만한 남자가 곁에 있는데…….

하긴 이 남자의 곁에 서지 못하게 될까 봐 드는 상념이니까…….

"혹시 태욱 씨도 겁났어?"

그의 집 현관 앞에 다다르기 전 물었다.

"뭐가?"

"유준홍 박사가 내 친부인 걸 알고 나서 만났을 때……. 혹시 겁났어?"

"겁났지."

그는 당연하다는 듯이 대꾸하고는 말을 이었다.

"내 능력을 더 보여 줬어야 했는데, 못 보여 줘서."

어련하실까?

정은은 태연한 목소리를 내는 그를 보고 웃고 말았다.

"임정은, 겁먹었어?"

"조금."

그가 고개를 내리는가 싶더니 귓가에 대고 속삭였다.

"침대에서는 겁 없이 굴더니?"

긴장을 풀어 주려는 농담치고는 그의 목소리가 지나치게 야하다.

순식간에 얼굴이 달아오른 탓에 당황스러워서 한 발짝 뒤로 물러났을 때였다.

현관문이 스르륵 열리는가 싶더니 백발이 성성한 노인이 고개를 빠끔히 내밀었다.

"대문 들어선 지가 언젠데, 안 들어와."

태욱을 보고 나무라던 그의 조모는 정은을 발견하고는 얼굴을 붉히며 소녀 같은 미소를 머금으셨다. 방금 정원을 지날 때 보았던 산호색 겹장미꽃 봉오리를 닮은 수줍은 미소다.

"어서 와요. 내가 많이 기다려서, 속이 답답해서 나왔어요."

무섭고 엄한 분일 거라는 편견을 가졌나 보다. 미색 플리츠 원피스를 입은 그의 조모는 마치 첫사랑과 해후한 듯 반가운 눈빛으로 정은은 반겼다.

"안녕하세요, 임정은입니다."

"그래요. 반가워요. 나는 태욱이 할미. 더운데 우리 얼른 들어갑시다. 뭐, 이런 걸 다 사 왔어. 그냥 데리고 오라니까."

정은의 손에 들린 선물 꾸러미를 탓하며 조모는 고개를 절레절레 내저으셨다.

현관 안으로 들어서자 기다렸다는 듯이 그의 양친이 두 사람을 반겼다.

"오는 데 고생했어요. 식사부터 할까요?"

몇 번 얼굴을 마주했던 탓인지 그의 모친, 강 여사는 편안한 미소로 정은을 대해 주었다. 정은은 그저 미소를 머금으며 고개를 끄덕일 뿐이었다. 그의 부친은 아무 말 없이 그와 닮은 묵직한 시선으로 정은을 바라보았다.

다이닝 룸에 마련된 식사 자리에 들어선 정은은 식탁 위에 차려진 음식을 보고 코끝이 찡해지고 말았다. 식탁 위에 차려진 음식은 그가 얼마 전부터 정은에게 먹고 싶은 것 없냐고 물어볼 때마다 대답했던 요리들이었다.

런던으로 향하기 전 한국에서의 일을 인수인계하느라 바쁜 탓에 평일에는 그의 얼굴을 도통 볼 수가 없었다. 주말에 같이 먹으려고 물어보는 건가 했는데, 오늘 상차림을 위해서 물어봤나 보다.

"뭘 좋아하는지 몰라서, 이것저것 조금씩 했어요. 입맛에 맞았으면 좋겠네."

강 여사는 조모와 비슷한 미소를 머금으며 상 위를 둘러보고는 정은을 향해 더욱 진한 미소를 지어 보였다.

"다 맛있어 보여요. 잘 먹겠습니다."

조용한 분위기 가운데 식사가 시작되었다. 문을 열고 들어서기 전까지 계속되었던 극도의 긴장감은 선한 눈빛들을 마주하자 거짓말처럼 사그라들었다.

서로에게 잘 보이기 위해 오가는 수줍은 미소와 조심스러운 언행, 혹여 마음에 차지 않을까 걱정하는 마음은 모두 같아 보였다.

식사를 마치고 나서, 거실로 자리를 옮기고 난 뒤 정은은 용기를 내어 입을 열었다.

"제가 조금 욕심을 냈습니다. 무리인 것은 알지만, 태욱 씨 혼자 런던으로 보내고 싶지 않았어요. 그런데 저도 일을 놓고 따라갈 수 있는 상황은 아니어서, 반지라도 끼워서 보내고 싶습니다."

그에게 했던 프러포즈에 대한 요약이었다. 마치 중차대한 업무 보고를 마친 것처럼 심장이 쿵쿵 뛰었다.

"내가 당부할 게 하나 있는데."

조심스럽지만 단호한 음성으로 입을 연 것은 그의 조모였다. 긴장감에 입안이 바싹 마르는 듯했다. 그가 삼대독자라는 사실은 불과 며칠 전에 들었다. 증손주를 당연히 기다리고 계시겠지.

하지만 정은은 자신이 없었다. 자신이 좋은 부모가 될 수 있을지 확신할 수 없었고, 그와 떨어져 있는 상황에서 아이를 낳아 키우는 것은 현실적으로 어려운 일이기도 했다.

결혼하면 아이를 낳아서 키워야 하는 것이 어르신에게는 당연한 순서일 테지만, 아직 정은에게는 너무 먼 이야기처럼 느껴졌다.

그저 그와 함께하기 위해 결혼하는 것이 어른의 눈에 철부지 어린 아이처럼 비치지는 않을까 걱정되기도 했다.

"잘 가는 미장원 있으면, 태욱 어멈 좀 데리고 가시게."

뜻밖의 이야기에 정은은 어르신의 의중을 파악하려 애써 보았지만, 허사였다. 시모 될 사람을 단골 미장원에 데리고 가라는 예비 시조모의 말씀에 정은은 잠시 패닉 상태에 빠진 듯 머릿속이 멍해졌다.

"어머님도 참."

강 여사가 빨갛게 달아오른 얼굴을 돌리며 부끄러워했다.

"내가 손주 며느리 인사 온다고 해서 십수 년 만에 미장원에 가서 머리를 볶았거든?"

관리하기 편해서 커트 머리를 고수해 왔다는 그의 조모는 동그랗게 말린 머리카락을 덥석 잡았다가 놓았다.

"내가 그렇게 빠글빠글한 거 싫다는데, 그 원장이 이렇게 만들어 놨지 뭔가? 근데 그 미장원이 태욱 어멈 단골이야. 태욱 어멈은 이 동네에서 그 미장원이 제일 잘한다고 하는데, 영 내 스타일 아니거든?"

예비 손주 며느리 앞에서 며느리 면박을 주려고 꺼내신 말씀은 아니지 싶다. 장난기 어린 조모의 어조에서 며느리인 강 여사에 대한 애정이 뚝뚝 묻어났다.

"태욱 어멈이 시집온 지가 벌써 35년이야. 그런데도 서로 스타일이 다르니, 미장원 하나에 대한 평도 이렇게 갈리네. 그런데 얼마나 고마운가. 늙은 시모 데리고 단골 미장원도 같이 가 주고. 머리야 또 자라면 그만이고, 그때 다시 해도 되는 거고."

인자한 미소를 머금은 그의 조모가 손을 뻗어 정은의 손을 부드럽게 움켜잡았다.

"서로 불평하자면 끝이 없는 게 고부간이고, 서로 고마워하자면 또 끝이 없는 게 고부간이야. 서로 감사하면서 살았으면 싶으이."

정은에 대해 이렇다 저렇다 평하지도 않으셨고, 어려운 질문을 꼬치꼬치 던져서 곤란하게 하지도 않으셨다.

"그리고 35년을 같이 살았는데도 맞지 않는 건 맞지 않는 걸세. 서로 잘 보이려고 급하게 서두르다가 탈이 나는 법이지. 천천히 알아가세."

아무런 자격 조건 없이 이렇게 순순히 받아들여질 거라고는 생각하지 못했기에 잠시 어안이 벙벙했다. 멍한 얼굴로 바라보고 있자, 그의 조모가 안쓰럽다는 듯이 덧붙였다

"이제 쓸데없는 걱정일랑 하지 말고. 우리 손주 며느리 하고 싶은 거 마음껏 하고 살았으면 좋겠구나."

맑은 물기로 축축해진 눈가를 마주하는데, 이미 그가 자신에 관한 이야기를 했을 거라는 걸 깨달았다.

어떻게 설득했을까? 무슨 말로 설명했을까?

순순히 받아들이셨을까?

그에게 묻고 싶은 것은 많았지만, 굳이 묻지 말아야겠다는 생각이 들었다.

편견 없이 자신을 받아들여 주고, 앞으로는 하고 싶은 것 마음껏 하고 살라는 조모의 말씀만으로 충분했다.

"감사합니다."

어쩔 수 없이 목소리에서 물기가 배어났다.

"할머니. 왜 첫날부터 울리고 그러세요?"

그가 특유의 다정한 장난기가 배어 있는 얄미운 목소리를 냈다. 정은이 당황스러워서 그를 조용히 나무라려는데, 내내 입을 다물고 있던 그의 부친이 더 빨랐다.

"그러게요. 어머니. 왜 귀한 며느리를 첫날부터 울리고 그러세요."

흠칫 놀란 모두의 시선이 그의 부친을 향했다. 부친을 바라보는 그의 시선에는 언뜻 경악이 스치는 듯했다.

"이 사람도 시집와서 내내 일했으니까, 일 관련해서는 부담 갖지 말고. 살림이든 아이 문제든 두 사람 의견이 먼저니까, 우리 눈치 보지 말고. 결혼식도 요즘 사람들은 형식에 얽매여서 안 한다지?"

정은이 설득하고 부딪쳐야 할 심각한 문제들이라고 생각했던 것들이 그의 부친의 입을 통해서 술술 흘러나왔다.

"결혼식도 두 사람이 알아서 결정하시게. 우리는 조용히 따를 테니."

이렇게 쉬울 수가 있나?

정은은 그가 가족을 설득하느라 힘든 시간을 보낸 것은 아닐까 염려될 정도였다. 아니, 분명 그는 가족을 설득하기 위해 안간힘을 썼을 것이다.

절대 부족한 사람 아니라고, 사랑받아 마땅한 사람이라고 정은을 두둔해 줬을 것이다. 결혼은 성인이 된 두 사람의 몫이니 알아서 하겠다고 고집을 피웠을지도 모른다.

강태욱이라면 정말 그랬을지도.

정은을 위해서라면 무엇이든 할 수 있는 남자니까.

"그래도 내가 해 주고 싶은 건 좀 있는데, 받아 줄 거죠?"

조심스러운 목소리를 낸 것은 강 여사였다.

지난 삶은 그와의 결혼을 위한 고난이었나 싶을 정도로 꿈같은 순

466

간이었다. 이러다 소스라치게 놀라며 꿈에서 깨어나면 어쩌나 하는 두려움조차 들었다.

정은은 눈물이 왈칵 쏟아질 것만 같아서 숨을 한번 고르고는 입을 열었다.

"네, 감사합니다."

짧은 인사를 내뱉는데도 목이 메었다.

악몽을 꾸었던 게 무색하리만큼 그의 집에 인사드리는 일은 쉽게 끝이 났다. 이제 그 악몽으로 인한 징크스도 사라질 것만 같았다.

그의 집에서 나오는 길, 식사 자리에서 정은이 잘 먹는 반찬을 눈여겨보았다며 강 여사는 묵직한 찬합 세트를 건네주셨다.

"우리 다음 주 중에 점심이나 같이할까요?"

그와 함께하는 것이 아닌, 정은과 단둘이 식사를 하자는 의미인 듯했다.

✖✖✖

강 여사가 정은을 만나자고 한 곳은 처음 두 사람이 마주쳤던 백화점이었다.

"사 주고 싶은 게 너무 많은데, 뭐부터 해 줘야 할지 모르겠네."

오늘따라 강 여사의 기분이 유독 들떠 있는 것처럼 보였다. 그가 따라 나오겠다고 했지만, 절대 태욱과 함께 나오지 말라는 강 여사의 요청에 정은은 혼자 강 여사를 만나러 나온 참이었다.

"일단 옷부터 좀 살까요?"

"말씀 편하게 하세요."

존대가 영 어색해서 깍듯이 건넨 말에 강 여사는 해사한 미소를 머금었다.

467

"그럴까?"

강 여사는 정은의 손을 덥석 잡고는 여성복 판매장이 있는 층으로 향했다. 아무래도 태욱의 추진력은 모계 유전이지 싶다.

"혹시 쇼핑 좋아해? 나는 소소하게 쇼핑하는 거 좋아하거든. 머릿속이 복잡할 때, 스트레스 풀러 산으로 가서 피톤치드를 쐬느니 하는데. 나는 백화점 돌아다니면서 알록달록한 거 보는 게 더 좋더라."

분위기를 가볍게 하려는 것인지, 진심인지 아직 알 수가 없다.

"딸이 정말 낳고 싶었어. 사실 태욱이가 아들인 걸 알았을 때, 내가 얼마나 실망했는지 몰라. 물론 돌아가신 우리 아버님은 엄청 좋아하셨지. 시집온 지 얼마 안 돼서 아들 낳았다고."

자식 이야기가 나오자 정은은 저도 모르게 긴장했다.

"둘째도 낳았으면 하고 노골적으로 바라셨는데, 내가 안 된다고, 절대 둘째는 못 낳겠다고 했어. 일하면서 애 둘 키울 자신은 없었거든."

무거운 주제였지만, 강 여사는 부드럽고 가볍게 이야기를 이어 나갔다.

"우리나라는 여자한테 바라는 게 참 많아. 엄마로서, 아내로서 완벽하길 바라고, 그렇게 되어야 한다고 세뇌하지. 애도 잘 키우고, 집안일도 잘하고, 일도 잘하는 슈퍼맘이 되라고……. 이 원피스 예쁘네. 이거 한번 입어 볼래?"

정은은 얼결에 진한 녹색 원피스를 받아 들고 피팅룸으로 향했다. 옷을 갈아입고 나오자, 강 여사는 정은의 모습을 보고 환한 미소를 머금었다.

"잘 어울린다. 이걸로 하자."

정은이 미처 대답하기도 전에 점원은 계산을 마쳤다. 정은이 피팅룸에 들어가 있는 동안, 이미 강 여사의 카드가 점원의 손에 쥐여 있었다.

"근데 슈퍼맘이니 뭐니, 그걸 자랑스럽게 여기는 사람들을 보면 나는 좀 안타까워. 엄마 노릇, 아내 노릇만 제대로 하는 것도 대단한 거잖아?"

아까 이야기의 연장선인 듯했다. 정은은 아직까지 강 여사의 의중을 파악할 수 없어서 그저 경청했다.

"그런데 거기에 나는 일까지 잘해요! 하고 슈퍼우먼이 된 걸 자랑스럽게 여기는 거 말이야. 그런 모습 남자한테는 요구되는 모습이 아니잖아? 왜 여자는 그런 모습을 강요받고, 그런 걸 자랑스럽게 여겨야 해? 같은 부모인데, 슈퍼대디라고 자랑하며 떠벌리는 남자는 찾아보기 힘들잖아. 반대로 여자도 일만 잘해도 대단한 거 아닌가? 아빠는 자식이 학교에서 몇 학년 몇 반인지 몰라도 비난받지 않는데, 엄마가 그러면 큰일 날 것처럼 비난하잖아?"

강 여사는 정은을 데리고 구두 매장으로 향했다. 검은색 스틸레토 힐을 고른 강 여사는 정은의 발사이즈에 맞는 신발을 점원에게 부탁하고는 말을 이었다.

"시집왔는데, 아버님이 일을 그만두라고 하시더라고. 엄청 울었어. 기억도 나지 않는 어린 시절부터 꿈이 선생님이었는데, 사랑하는 남자랑 결혼했다는 이유로 일을 그만두라는 건 너무 가혹하잖아. 태욱이 하나 잘 키우고, 집안일 신경 쓰고, 남편 내조하라는데, 억울하더라고. 그래서 내가 다 잘할 수 있다고, 아버님 설득했지. 그래서 내가 잘했을까?"

뜬금없는 강 여사의 질문에 정은은 대답을 망설였다.

"대답은 당연히 아니요."

강 여사는 깊은 마음이 느껴지는 따뜻한 미소를 머금으며 말을 이었다.

"세상에 완벽한 사람은 없어. 완벽해지려고 애쓸 필요도 없고. 나는 우리 정은이가 우리 태욱이랑 결혼해서, 정말 행복하게 살았으면 좋겠어. 나는 내 행복 찾으려고 어머님, 아버님 속 엄청 썩인 며느리였거든? 결혼도 얼마나 반대하셨나 몰라. 동성이잖아. 나도 강 씨, 태욱 아버지도 강 씨. 동본도 아닌데 어찌나 반대하시던지. 결혼하면서도 속 많이 썩였어. 그래서 어머님이 꼭 나 같은 며느리 얻으라고 하셨었는데……. 기대해도 되지?"

복잡한 의무, 막중한 책임 같은 거 느낄 필요 없이 행복하라는 말, 행복을 얻기 위해 투쟁하는 것은 당연하다고 말해 주는 사람은 처음이었다.

"내가 정은 씨 두 번째 봤을 때, 차 마시자고 했었잖아."

정훈과 함께했었던 그날의 기억을 떠올리며 정은은 고개를 끄덕였다.

"마음이 쓰이더라고. 그러면 실례인 줄 알면서도, 궁금하고, 알고 싶고, 친해지고 싶어서. 그래서……."

어려운 이야기를 할 것처럼 강 여사가 잠시 말을 고르는 듯했다. 강 여사도 정은의 가족에 대해 떠올리고 있는 것처럼 느껴졌다.

"애썼다. 우리 정은이."

부드럽게 팔뚝을 쓸어내리며 강 여사가 건넨 말에 정은의 눈시울이 붉어졌다.

"많이 부족한데도 이렇게 받아 주셔서 감사해요. 저는 많이 어려울 거라고 생각했거든요."

물기 어린 목소리가 흘러나오자, 강 여사는 눈을 지그시 감으며 고개를 내저었다.

"내가 아까 말했잖아. 세상에 완벽한 사람은 없어. 그 말은 반대로 말하면 누구나 부족한 부분이 있다는 거야. 서로 부족한 부분이 다를 뿐이지. 그게 얼마나 큰 축복이야? 부족한 부분이 다르니까, 서로 채우면서 살면 되는 거잖아."

태욱이 바른 사람으로 자란 데에는 부모의 영향이 큰 것처럼 느껴졌다.

"어? 신발 왔네. 이거 한번 신어 보자."

정은은 점원이 가져온 구두에 발을 끼워 넣었다.

"어머, 정말 잘 어울린다."

구두를 결제한 강 여사는 정은의 손을 붙잡고, 핸드백을 사러 가자며 백화점 1층에 자리한 명품관으로 향했다.

"아니에요, 어머님. 저 가방 많아요. 옷이랑 구두만으로도 충분히 감사해요."

정은이 손사래를 치며 거절 의사를 밝히자, 강 여사가 미간을 슬쩍 구겼다.

"그럼, 가방까지만."

가방까지만? 이 뒤에 뭐가 더 있을 수 있나?

강 여사는 아랑곳하지 않고 정은을 데리고 명품 매장 안으로 들어섰다. 와인색 벨벳 천에 금장 체인이 둘린 클러치를 고른 강 여사는 흡족하게 웃었다.

"내가 우리 정은이한테 바라는 건 딱 한 가지야."

서론이 길었나 보다. 이제야 바람직한 며느리상에 대한 본론이 나오는 건가 싶었다.

"아까 내가 그랬잖아? 태욱이가 딸이기를 바랐다고. 나 다른 사람 부러워하고 그러는 성격 아닌데……. 두고두고 아들 하나만 낳은 건 후회되더라고. 특히 쇼핑할 때."

눈을 찡긋한 강 여사는 조심스러운 목소리로 물었다.

"나랑 가끔 이렇게 쇼핑해 줄 거지?"

"네."

정은은 은은한 미소를 머금으며 고개를 끄덕였다.

"배고프네. 우리 밥은 태욱이한테 얻어먹을까? 지금쯤 목이 빠져라 연락 기다리고 있을 것 같은데? 내가 자기 마누라 잡아먹나 싶어서."

강 여사는 말이 떨어지기가 무섭게 그에게 전화를 걸었다.

"어, 아들. 배고픈데, 오늘은 밥 같이 먹어 줄 건가?"

그가 뭐라고 하는지 모르겠지만, 강 여사는 흡족한 미소를 머금었다. 그와 통화를 마친 강 여사는 VIP 라운지에 가 있자며, 정은을 이끌었다.

"태욱이가 우리 설득하겠다고 얼마나 많이 애썼는지 몰라. 나는 솔직히 처음 봤을 때부터 마음에 들었거든. 그래서 아무래도 우리 며느리 볼 것 같다고 태욱 아버지한테 이야기를 해 뒀었지. 그런데 이 녀석이 어떻게 나오나, 궁금한 거야."

사실 그건 정은도 궁금하기는 마찬가지였다. 그가 가족에게 자신을 어떻게 설명했을지, 그리고 어떻게 설득했을지.

"자기가 세상에서 가장 존경하는 사람이 가족이라는 거야. 돌아가신 할아버지, 할머니, 엄마, 아버지까지. 그런데 이제 자기가 존경하는 사람이 한 명 더 생겼다고 하더라."

심장이 쿵쿵 울렸다.

"평생을 존경하면서 살 수 있을 것 같다나. 자기가 얼마나 오만하고, 어리석은 사람이었는지, 그 여자 통해서 알게 됐다고. 그 사람이랑 같이 있으면, 스스로 더 깊어지는 걸 느낀다는 거야. 온전한 사람이 되는 것 같다고."

강 여사가 빙그레 미소를 머금으며 더없이 진중한 목소리를 냈다.

"우리 태욱이 솔직히 내가 걱정 많이 했거든. 이런 이야기 듣기 싫

을지도 모르겠지만, 예전에 선진이 바라보고 있을 때……. 그거 마음
에서 우러나오는 것 같지 않았거든. 내가 일하느라 태욱이한테 소홀
해서, 감정마저도 계산하는 사람으로 키웠나 싶어서 일면 죄책감이
들기도 했고."

분위기가 순식간에 가라앉는 듯했다.

"우리 태욱이 괜찮은 사람 만들어 줘서 고마워. 그리고 내 죄책감
도 씻어 내 줘서 고맙고."

멋진 시모의 모습을 연기하기 위해 보이는 가식이 아닌, 진정한
마음이 배어난 진심이었다. 타인에게 잘 보이려고 일부러 감정을 보
기 좋게 꾸며서 드러내거나, 상대를 시험에 들게 하도록 덫을 놓는
게 아니었다.

다소 불편한 이야기라도 허심탄회하게 진심을 털어놓고 열린 마음
으로 상황을 바라보는 강 여사의 태도는 태욱의 말마따나 존경스러
웠다.

살면서 본이 되는 어른이 없어서 헤맨 적도 있었다. 정은은 인자
한 미소를 머금은 강 여사를 따뜻한 시선으로 바라보았다.

그 남자로 인해, 한 인간으로서, 한 여자로서 존경할 수 있는 사람
을 만난 것 같아서 가슴이 벅차올랐다.

❈ ❈ ❈

달콤한 꽃내음이 은은하게 차오른 공간의 시작점, 정은은 친부의
팔 위에 손을 얹은 채로 찬란한 순간을 맞이하고 있었다.

"떨리니?"

유 박사의 물음에 정은은 가볍게 고개를 끄덕이는 것으로 대답을
대신했다.

"잘 살아라, 내 딸."

조용히 울리는 목소리는 물기를 머금은 채로 퍼져 나갔다. 정은은 친부를 향해 활짝 웃어 보이고는 정면으로 시선을 옮겨 갔다.

하얀색 융단이 깔린 길 끝에, 그가 서 있었다. 멀리서도 섬세하고 다정한 눈빛으로 정은을 살피고 있는 남자, 믿음직한 모습으로 어서 자신에게 오라고 눈짓하는 그를 바라보며 정은은 기꺼이 걸음을 뗐다.

한때, 신부 입장곡이 진부하다는 생각을 했었다. 결혼식 날, 왜 모두 같은 음악에 맞춰서 입장해야 하는지도 의문이었다. 정은은 자신의 결혼식 날이 되어서야 그 음악이 지니는 상징성에 가슴이 떨렸다.

세상 모든 신부가 이 곡을 들으며 발걸음을 떼는 순간에 이토록 떨렸을까?

보는 눈이 많지 않은 결혼식이다. 아주 친한 사람들만 불러서 치르는 간단한 예식이었다. 그런데도 심장이 목 끝까지 차오르고, 손끝이 바르르 떨렸다.

천천히 하얀 융단 위를 걸어가면서 따스한 눈길로 자신을 바라보는 시선들을 마주했다. 예비 시부모의 대견한 눈빛부터 휠체어를 타고 움직이기 시작한 친구 윤경의 애틋한 눈빛까지.

모두 하나같이 정은의 행복을 바라는 시선들이었다.

정은의 불행을 바라는 비뚤어진 시선은 하나도 없었다.

순간 연을 끊어 버린 가족의 존재가 눈앞을 스치고 지났다. 그리고 결혼식에 와 주십사 말씀을 드렸는데도, 자신이 참석하면 분위기를 망칠 수 있다며 고사한 키워 주신 아버지의 얼굴도 떠올랐다.

함께하는 모든 이의 축복 속에서 걷고 있다는 사실이 꿈같았다.

평생에 처음 겪는 생경함, 그리고 평생을 함께할 한 사람.

마침내 그의 앞에 섰을 때, 터질 것처럼 날뛰었던 심장이 차분히 가라앉는 게 느껴졌다. 마치 정은이 서 있어야 할 자리가 그의 곁이라는 것을 알고 있다는 듯이 본능적인 안도가 밀려들었다.

그는 미소 띤 얼굴이었지만, 정은이 어디 불편한 곳은 없는지 기민하게 살피는 눈치였다. 정은은 그가 안심하도록 은은한 미소를 머금었다. 그러자 그제야 그도 안심하는 듯 눈빛에 어려 있던 옅은 불안감이 사라진다.

서로가 서로의 곁에 있어야만 완전해지는 관계, 그 관계 속에서 오는 편안함은 그간 불안정했던 정은의 삶에 무한한 안식이 되어 주었다.

주례 없이 진행된 결혼식은 성혼선언문을 읽는 것으로 마무리되었다. 정은이 던진 부케는 얼결에 윤경이 받았다.

"이걸 나한테 던지면 어떡해?"

윤경이 조용한 목소리로 정은을 나무랐다. 결혼하고 나서 혼인신고를 한 적은 없기에 법적으로 완전한 미혼인 윤경이었다. 하지만 여러 가지 상황이 윤경을 어렵게 만드는 것처럼 보였다.

정은은 소중한 친구의 손을 꼭 붙들고 말했다.

"윤경아. 나는 네가 정말 행복했으면 좋겠어. 주성이 오래 기다리게 하지 마."

자신이 다른 이의 행복을 진심으로 빌어 줄 수 있는 사람이 되었다는 사실이 놀라울 따름이다.

"그래도 그 사람 간 지 얼마 안 됐고. 나도 이혼한 지 얼마 안 됐고."

윤경이 말하는 그 사람은 죽은 전남편을 말하는 거였다.

"다른 사람 신경 쓰지 마. 네 행복이 가장 중요한 거잖아."

따지고 보면 윤경은 잘못한 게 아무것도 없다. 그런데도 윤경이 왜 죄책감을 느껴야 할까? 윤경이 자신의 행복이 지속되는 것을 유예해야만 하는 이유가 있을까?

그럴 의무도 책임도 이유도 없다.

일그러진 시선으로 바라보는 타인의 평판에 목매고 사느라 정작 중요한 자신의 행복을 방해받는 것은 어리석은 일이다.

"나는 부모 형제 버리고, 능력 좋은 남자 잡아서 시집가. 나 나쁜 년 같아?"

정은의 물음에 윤경은 미간을 찌푸리며 손사래를 쳤다.

"네가 왜 나쁜 년이야? 너같이 착한 애가 또 어딨다고."

"그럼, 너는?"

윤경은 대답할 말을 고르듯 머뭇거렸다.

"내가 알아서 할게."

대답에서 울음기가 배어났다. 희망이 될 것만 같은 눈물방울이 윤경의 눈가에 아롱졌다.

"어이, 새 신부. 왜 윤경이 울리고 그래?"

주성이 윤경의 어깨를 감싸 안으며 다가섰다.

"아무리 친구라도, 왜 내 안사람한테 시비지?"

어느새 그가 정은의 곁에 다가와 허리를 바짝 당겨 안았다. 그러고는 재킷 왼쪽 가슴주머니에 꽂힌 부토니아를 꺼내서 주성에게 건넸다.

"요즘은 이것도 던지고 그러던데. 부케 받은 사람 옆에 있는 사람이 가져가는 게 그림이 좋겠네."

주성은 벌게진 얼굴로 어쩔 줄 모르겠다는 듯이 부토니아를 받아 들었다.

"부창부수네요. 부부가 어쩜 그렇게 똑같아요."

윤경이 그를 조심스럽게 나무라며 웃었다. 그는 듣기 좋은 말이라며 고개를 끄덕일 뿐이었다.

"아아, 태욱 씨."

화려한 웨딩드레스 대신 입었던 흰색 플레어 원피스가 바닥으로
뚝 떨어졌다. 그는 원피스가 벗겨지기 무섭게 브래지어 컵을 들어 올
리며 보드라운 살결을 힘껏 움켜쥐었다.

"하아, 정은아."

그의 목소리가 평소보다 더 깊게 가라앉아 있었다. 그는 마치 정
은의 벗은 몸을 처음 접하는 것처럼 흥분한 얼굴이었다.

"왜 이래. 꼭 벗은 몸 처음 보는 사람같이."

정은이 그를 놀리듯 읊조렸다.

"내 안사람 되고는 처음 보는 거 맞지, 뭐."

그의 발언에서 진득한 소유욕이 느껴졌다. 정은을 향해 언제나 곧
바로 직진해 온 그였지만, 그의 직진에서는 항상 다정한 배려가 느껴
졌었다. 이렇게 강한 소유욕을 노골적으로 드러낸 것은 처음이지 싶
다.

"온몸 구석구석에, 한 군데도 빠짐없이 다 내 여자라고 새겨 놓을
거야."

말이 떨어지기가 무섭게 그가 정은의 새하얀 목덜미를 깊게 빨아
들였다.

"흐읏."

정은은 그의 단단한 어깨를 거머쥐며 얕게 신음했다. 그의 손이
허벅지 안쪽을 더듬고 들어오는가 싶더니 단숨에 속옷을 젖혀 버렸
다.

신혼여행 가기 전, 한국에서 하룻밤을 보내고 갈 계획이었다. 부
부가 되어 보내는 첫날밤을 비행기에서 보내고 싶지 않아서였다.

호텔 스위트룸을 예약하고, 호텔 근처 공연장에 뮤지컬도 예매해 놓았다. 뮤지컬을 보고, 서울의 야경이 내려다보이는 루프톱 라운지에서 칵테일도 한 잔 마신 뒤, 방으로 오는 게 첫날밤의 낭만적인 계획이었다.

뮤지컬 관람을 위해 공연장으로 가려면 옷을 갈아입고 곧장 호텔을 나서야만 했다.

"흐읏, 태욱 씨. 우리 공연 보러."

"나중에 보자."

그가 몸을 숙이는가 싶더니 한 팔로 정은을 번쩍 안아 들었다. 정은의 배가 그의 어깨에 걸쳐졌고, 정은은 바둥거리며 그를 나무랐다.

"구하기 힘든 표란 말이야. 나 그거 정말 보고 싶었어."

"다음에, 응?"

그가 뮤지컬 관람을 원하는 정은의 바람과는 비교가 되지 않는 절박함이 묻어나는 목소리로 애원했다.

"아!"

그는 성급한 손길로 매트리스 위에 정은을 내려 주었다. 아프거나 불편하지는 않았지만, 갑작스레 자세가 바뀐 탓에 놀란 정은은 작게 비명을 질렀다.

"아팠어?"

미안한 얼굴로 걱정스럽다는 듯이 묻는 그를 올려다보며 정은은 고개를 내저었다. 그는 드레스셔츠 단추를 끄르며 더운 숨을 고르고 있었다.

그래, 힘들게 구한 티켓이지만, 공연은 다음에 보면 되지.

자신을 바라보며 잔뜩 흥분한 얼굴을 하고 있는 남자의 눈빛을 마주하고 있는 것만으로도 허벅지 안쪽에서 미려한 쾌감이 느껴졌다.

그저 시선을 마주한 것뿐인데 이 정도면, 극도로 흥분한 그가 파고들었을 때는 어떨지 가늠이 되질 않는다. 이제껏 한 번도 겪어 보지 못했던 거대한 쾌락에 대한 기대감에, 숨이 턱 막혀 왔다.

마침내 팬츠와 속옷을 모두 벗어 버리고 나신이 된 그가 정은의 허벅지 사이에 무릎을 꿇고 앉았다. 평소에도 위협적으로 부풀어 오르는 그의 물건은 오늘따라 흉흉해 보이기까지 했다.

마른침을 넘기지도 못하고, 그렇다고 차오른 열기를 맘껏 발산하지도 못하고 정은은 달뜬 시선으로 그를 응시했다.

"그런 야한 눈으로 보지 마. 안 그래도 충분히 미칠 것 같으니까."

자극적인 말을 아무렇지도 않게 내뱉으면서 그는 움직이지 않고 정은을 내려다보기만 했다.

"근데 왜 그러고 있어?"

정은은 열기에 덴 듯 낮게 쉰 목소리로 그를 도발하듯 물었다. 호텔 방 안에 들어설 때만 해도 성급하게 굴던 남자가 침대 위로 자리를 옮기자 망설이기 시작한다.

대체 왜?

답답한 마음에 빨리하라고 그를 재촉하고 싶어진다.

"걱정돼서."

미간을 찌푸리며 읊조린 그의 말에 심장이 내려앉는 듯했다. 가슴이 너무 뛰어서 속이 울렁거리는 것도 같았다. 결혼식도 다 끝난 마당인데, 이러다 급성 위경련이라도 일으켜서 초야도 치르기 전에 구급차에 몸을 싣게 되는 것은 아닐까 걱정이 될 정도다.

"무슨 걱정?"

정은은 이제 와서 무슨 소리를 하는 거냐는 뉘앙스로 물었다.

"너 아프게 할까 봐. 제어가 안 될 것 같아."

그가 목소리를 꾹꾹 누르며 힘주어 내뱉은 말에 정은은 하마터면 신음을 흘릴 뻔했다. 홀딱 다 벗은 몸으로 그렇게 섹시한 말을 내뱉으면 어쩌란 말인가?

정은은 침대 헤드 보드에 반쯤 기대고 있던 몸을 일으켜 세우며 무릎을 꿇고 그와 마주 보았다. 오른손바닥으로 그의 단단한 가슴을 밀었다. 그가 순순히 침대에 등을 기대고 누웠다.

"내가 아플까 봐 걱정되는 거라면, 내가 하면 되겠네."

정은은 단숨에 그의 단단한 허벅지를 타고 올라앉았다. 단단하게 발기한 그의 물건을 손에 쥐고 아래에서 위로 한 번 쓸어 올리자 그가 눈을 질끈 감으며 입을 벌리고는 더운 숨을 내뱉었다.

그가 건넨 콘돔을 씌우는 동안, 단단한 가슴이 여러 번 크게 들썩거렸다. 극한의 고양감을 참고 있는 듯 그는 괴로운 얼굴이었다.

정은은 얇은 막을 덧씌운 그의 물건 끝을 질구에 맞추고는 서서히 주저앉았다.

"하아."

몸 안으로 꿰뚫고 들어오는 단단한 이물감에서 시작된 쾌감이 단숨에 등줄기를 타고 목덜미까지 올라왔다.

정은은 허벅지 안쪽에 힘을 주고 버티며 천천히 허리를 돌리기 시작했다. 가장 잘 느껴지는 곳을 그의 물건으로 자극하고, 클리토리스를 그의 뿌리 끝에 비비며 눈을 질끈 감았다.

"아아, 태욱 씨. 너무 좋아."

평소보다 더욱 찬란하게 느껴지는 쾌락을 만끽하는데, 그가 단숨에 몸을 일으켰다. 순식간에 자세가 반전되었다. 그는 어둡게 가라앉은 시선으로 정은을 내려다보았다.

"너무 심하다 싶으면, 말해."

낮게 쉰 음성으로 읊조린 그가 거칠게 파고들기 시작했다.

그의 품에 안겨서 모든 것을 함께하고 있는 순간, 이대로 죽어도 좋겠다는 생각이 들 만큼 사랑이 지나는 찰나가 아쉬웠다.

✱✱✱

"태욱 씨, 인공눈물 챙겼어? 마스크도 안 챙겼네? 여기 그냥 있잖아."

그녀가 식탁 위에 놓인 새 마스크를 보며 태욱을 나무랐다.

"알았어. 다 챙길게."

"비행기만 탔다 하면 감기에 걸려. 평소에 잘 아프지도 않으면서. 이번에는 아예 감기약 먹고 자, 응? 비행기 안에서 일한다고 노트북 들여다보고 있지 말고."

태욱은 식탁 앞에 서서 잔소리를 하는 그녀를 꼭 끌어안았다.

"아, 가기 싫다."

"가기 싫어도 가야지."

서로 일정을 맞추기가 어려워 3개월 만에 겨우 얼굴을 보는 거였다. 그마저도 한국에서의 회의를 빠듯하게 소화하고 런던으로 돌아가야 했기에, 태욱은 그녀를 맘껏 안아 보지도 못했다.

"나 되게 보내고 싶나 봐? 어디 남자라도 숨겨 놨어?"

태욱은 괜한 소리를 하며 그녀를 나무랐다. 런던으로 떠날 때마다 그녀는 서운한 기색 한 번 내비치지 않는다. 지난 2년 동안 단 한 번도 그녀는 아쉬워한 적이 없었다.

아쉽다고 볼멘소리를 하며 매달리는 쪽은 언제나 태욱이었다. 아무리 잡은 물고기에는 먹이를 주지 않는다고 해도 그렇지, 태욱에게 서운한 내색조차 하지 않는 그녀가 야속했다.

그래서 5주 후에 완전히 한국으로 돌아오게 될 거라는 말은 하지 않았다.

그때 들어와서 깜짝 놀라게 해 줘야지.

태욱은 속으로 생각하며 야릇한 미소를 머금었다. 이제 5주 후면, 그녀와 함께 살 수 있다는 생각을 하자 온몸에 전율이 흐를 정도다. 회사에서는 런던 근무를 내년까지 연장하기를 바랐지만, 태욱은 예정되었던 2년만 마치고 한국으로 돌아오겠다고 못을 박았다.

신혼이라고 부를 만한 시기가 없었다. 신혼여행에서 돌아오자마자, 태욱은 런던으로 가야만 했고 그녀 역시 한국 사무소 개소로 일이 바빠 한동안 얼굴조차 보지 못했었다.

두세 달에 한 번씩 태욱이 한국으로 올 때마다 잠깐 얼굴을 마주하는 게 전부였다. 그런데도 아쉬워하고 안달이 나는 것은 언제나 태욱뿐이었다. 그녀는 늘 아무렇지 않은 얼굴이다.

태욱은 그녀의 셔츠 단을 들치며 손을 집어넣었다. 매끄러운 살결이 손끝에 닿자 단전 아래가 어느새 묵직해진다.

"왜 이래, 태욱 씨 1시간 뒤에는 나가야 해."

"알아. 1시간이나 있네, 시간이."

그녀의 목덜미에 입술을 묻으며 중얼거리자, 간지럽다는 듯이 몸서리를 치는 모습이 마음에 든다. 태욱은 보드라운 살결을 쭉 빨아들였다.

여기에 흔적을 남기면 5주 후에도 남아 있으려나?

그녀의 몸에 제 소유라는 증거라도 남겨 두고 싶어서 깊게 빨아들이며 살짝 깨물었다.

"으음."

팔뚝 언저리에 오른 그녀의 손끝이 파르르 떨린다. 태욱은 내친김에 그녀의 허리께를 어루만지고 있던 손을 올려 부드럽게 흘러내린 가슴을 움켜잡았다.

"하아."

더운 숨을 내뱉는 모습은 언제나처럼 솔직하다. 서운한 내색은 하지 않으면서도, 흥분은 감추지 않는 그녀의 모습이 좋아서 끊임없이 자극하고 싶어진다.

"태욱 씨, 나가야, 하잖아."

토막토막 끊기는 숨결 사이로 흘러나오는 목소리는 이미 열에 달떠 있다. 태욱은 그녀를 번쩍 안아서 식탁 위에 눕혔다. 그녀가 가슴이 들썩이도록 숨을 몰아쉬며 태욱을 올려다보았다.

"걱정 마. 늦지 않게 나갈 거야."

스커트를 들춰 올리며, 바지 지퍼를 내리자 그녀의 눈이 커다랗게 뜨였다.

"지금, 여기서 하려고?"

식탁 위에 누워 있는 그녀가 화들짝 놀라며 상체를 일으키려 했다.

"응."

다른 곳으로 걸음을 옮기는 시간조차 아까웠다. 성적 흥분을 감추거나, 태욱을 거부하는 일은 없었지만, 행위의 장소에 대해서는 보수적인 그녀였다.

그녀가 허락하는 공간은 침대 위와 소파 위가 전부였다. 차에서 갑자기 열이 올라서 안으려고 하면, 절대로 안 된다고 반드시 침대가 있는 공간을 찾곤 했다.

한시가 아까운 원거리 부부인데, 그럴 때마다 태욱은 속이 다 타버리곤 했다.

"싫어. 방으로 갈래."

오늘도 어김없이 그녀는 방으로 가자며 태욱을 채근했다.

"알았어."

그녀의 뜻을 거스를 리 없는 태욱은 얼른 그녀를 안아 들고 침실로 향했다. 그녀를 침대 위에 눕히자마자, 단숨에 안을 파고들었다.

"흐웃."

어깨를 움츠리며 신음하는 모습을 내려다보는데, 눈앞이 붉게 물드는 것 같은 착각이 일 정도다. 이 모습을 다시 보려면 5주를 더 기다려야 한다고 생각하니, 입안에 바짝 마르는 것 같다.

태욱은 연신 더운 숨을 내뱉는 그녀의 입술을 집어삼키며 허리를 쳐올렸다.

앞으로의 5주는 태욱의 인생에 있어서 가장 긴 시간이 될 것만 같았다.

"지체할 시간이 없습니다. 일단 아직 마무리되지 않은 계약 건에 한해서만 다시 추려서 살핍시다."

태욱의 후임으로 오게 될 인사와 막바지 인수인계 작업이 한창이었다. 필요하면 언제든지 태욱이 개입할 수 있는 일이었지만, 런던을 떠나 서울에 머물러야 하는 태욱이 지금처럼 일에 깊게 관여할 수는 없는 노릇이었다.

후임으로 내정된 사람은 태욱의 입사 1년 후배인 TF 팀원이었다. 연륜 있는 사람을 배치하는 게 어떻겠냐는 선진의 말에 태욱의 뜻을 이어 갈 수 있을 만한 팀원을 적극적으로 추천했다.

입사 이후 인사 고과 성적을 내내 만점만 받아 온 괴물 같은 후배는 어렵지 않게 태욱의 후임 자리를 꿰찰 수 있었다.

회의를 마친 태욱은 또다시 휴대전화를 집어 들었다. 어제부터 정은에게 연락이 되질 않는다.

출장 중인 것도 아니고, 분명 서울에 있을 텐데.

그녀가 아무런 이유도 없이 태욱의 연락을 받지 않았던 적은 없었다. 속이 답답해져서 태욱은 넥타이 매듭을 끌어 내리며 다시 한 번 전화를 걸었다.

– …….

통화 연결 신호가 거의 끊겨 갈 무렵, 그녀가 드디어 전화를 받았다. 그런데 휴대전화 너머에서 아무런 소리도 들려오질 않는다. 심장이 불안한 박자로 흔들리기 시작했다.

"여보세요? 정은아."

그녀의 이름을 부르는 음성에 초조한 기색이 역력했다.

– 응.

휴대전화 너머에서 들려온 짧은 대꾸에 태욱은 가슴을 쓸어내렸다.

"왜 이렇게 연락이 안 됐어? 걱정했잖아."

– 응.

그녀는 짧은 대꾸만 내뱉을 뿐 다른 말을 보태지는 않았다. 그리고 대꾸하는 그녀의 목소리가 잔뜩 잠겨서 쉬어 있는 게 느껴졌다. 심장이 빠르게 뛰기 시작했다. 영국 시간 오전 9시 37분, 한국 시간은 이제 오후 5시 37분일 터였다.

회사에 있어야 할 그녀의 목소리가 잠에 취한 듯 깊게 잠겨 있다.

"어디 아파?"

꾸준한 체력 관리 덕분인지 감기 같은 잔병치레도 없는 그녀였다.

– 좀 피곤해서 그래.

그녀의 목소리에 힘이 하나도 없었다. 억지로 목소리를 짜내는 것처럼 듣기 힘들었다.

"병원은 다녀왔어?"

– 응.

"쉬고 있어."

– 응.

"나, 이따가."

한국행 비행기를 탈 거니까, 그때까지만 혼자 잘 버텨 달라고 말하려고 했는데 야속하게 전화가 끊겨 버렸다.

태욱은 그녀가 깨어나면 볼 수 있도록 SNS 메시지를 급히 보냈다.

[나 저녁때 한국 가. 한국 시간으로 내일 오후면 도착해. 얼른 갈게.]

후임 소개를 위해 런던 시 관리자와의 오찬 모임이 있을 예정이었고, 떠나기 직전에는 런던 지사 직원들과의 차담회도 진행될 터였다.

이제껏 태욱이 일에 집중하지 못했던 순간은 단 한 번도 없었다. 그런데 그녀의 가라앉은 목소리를 듣는 순간 혼이 빠져나간 것만 같은 기분이다. 업무에 차질이 생길까 우려될 정도였다.

당장에 몸은 한국으로 달려가고 싶어서 미칠 노릇이었다. 시간이 훨씬 더디게 흘러가는 듯했다. 말 많은 런던 시 관리자의 불평에 평소처럼 너그럽게 웃었지만, 속은 새까맣게 탔다.

차담회에서 본사에 전달되었으면 하는 안건들을 추리고 수렴하면서도 머릿속으로는 그녀에 대한 걱정만 떠올리고 있었다.

어디가 어떻게 아픈 걸까, 언제부터 아팠지? 연락이 어제부터 안 됐나?

어제부터 계속 앓고 있었던 거야?

주변에 그녀에게 가 줄 만한 사람이 있을지 찾아보았지만, 아무도 없었다. 부모님과 할머니는 여름 휴가차 다낭에 머물고 계셨고, 선진 조차도 출장 중이어서 한국에 없었다. 그녀의 친구인 주성도 하필 출장 중이었고, 휴가를 대신해서 따라나선 탓에 윤경도 한국에 없다고 했다.

내가 빨리 한국으로 가야지.

그저 자신이 서둘러 한국으로 돌아가 그녀의 곁을 지켜야겠다는 생각만이 간절했다.

긴 비행을 마치고 인천 공항에 내렸을 때, 태욱은 함께 한국으로 돌아온 비서에게 짐 처리 등의 모든 사항을 맡긴 뒤 서둘러 택시에 올랐다. 개인적인 짐을 비서에게 맡긴 것도 이번이 처음이다.

1시간여를 달려 집에 도착한 태욱은 급하게 현관문을 열어젖혔다. 기분 탓인지 집 안 공기가 무겁게 가라앉아 있는 듯했다.

성격이 깔끔한 그녀는 집 안을 어지럽게 두는 일이 거의 없었다. 그런데 오랜 시간 청소를 하지 못한 것처럼 집 안이 엉망이었다.

식탁 위에는 먹다 만 레토르트 죽 그릇이 널려 있었고, 개수대에는 설거지할 그릇이 가득했다. 거실 테이블 위에도 과일 껍질이 나뒹굴고 있었는데, 모두 먹다 만 것들이었다. 날파리가 몇 마리 날아다니는 것도 같았다.

태욱은 걱정스럽게 굳은 얼굴로 안방 문을 열고 들어갔다. 어제도 집에 있던 그녀였는데, 오늘도 출근하지 못했는지 침대 위에 죽은 듯이 잠들어 있는 모습이 눈에 들어왔다.

잠든 그녀가 깰까 싶어서 발걸음 소리를 죽이고 다가갈 때였다. 문 쪽을 등지고 누워 있던 그녀가 흠칫 놀란 듯 고개를 돌려 태욱을 바라보았다. 얼굴이 해쓱한 게, 아파도 보통 아픈 게 아니지 싶다.

태욱은 얼른 침대 발치로 다가가 몸을 숙여 그녀를 살폈다.

"어떻게 된 거야? 병원 다녀왔어?"

그녀가 천천히 고개를 끄덕이는가 싶더니, 괴롭다는 듯이 얼굴을 일그러뜨리며 순식간에 몸을 일으켜 욕실로 달려간다. 태욱 역시 얼른 그녀의 뒤를 따랐다.

그녀는 앙상하게 마른 손으로 변기를 붙잡고 속을 게워 내기 시작했다. 구역질을 몇 번을 해도 나오는 게 하나도 없다.

"체했대? 장염이야? 위경련? 식도염 같은 거야?"

태욱이 그녀의 등을 쓸어내려 주며 물었지만, 그녀는 힘이 다 빠졌다는 듯이 손사래를 칠 뿐이었다. 일단 욕실 바닥에 주저앉듯이 쭈그리고 있는 그녀를 안아서 도로 침대로 옮겼다.

"집에 있지 말고, 병원 가 있자. 이런 몸으로 어떻게 집에 있어."

안타까운 마음에 나무라자, 그녀가 천천히 고개를 내젓고는 입을 열기 시작했다.

"입덧한다고 무조건 입원시켜 주지는 않는대. 이 정도는 남들도 다 한대."

뭘 해?

잘못 들었나 싶었다. 귓바퀴에서 심장이 구르는 것처럼 쿵쿵 울려댔다.

"지난번에 태욱 씨 왔을 때, 그랬나 봐. 며칠 전부터 속이 안 좋아서 엊그제 병원 다녀왔는데."

"지금 임신했다고 말하는 거야?"

태욱이 조심스레 되물었다.

"어."

그녀의 입가에 희미한 미소가 머물렀다. 눈가에 뜨거운 물기가 고이는 게 느껴졌다. 태욱은 팔을 뻗어 그녀를 품 안에 가두듯 안았다.

"어떻게 온 거야? 나 아프다고 왔어? 태욱 씨 미쳤어? 얼른 가."

속을 한번 게워 내고 괜찮아졌는지, 이제야 질문이 쏟아진다.

"이제 안 가. 절대 너랑 안 떨어져, 이제."

"무슨 소릴 하는 거야? 혹시 회사 때려치웠어? 애도 생겼는데 더 잘 벌어야지."

나무라는 목소리를 듣는데, 저절로 웃음이 나온다. 태욱은 그녀의 머리를 부드럽게 쓸어내리며 웃었다.

"아니. 한국으로 완전히 온 거야. 이제 안 가도 돼."

"정말?"

그녀의 목소리에 울음기가 배기 시작한다.

"나 정말 너무 서러웠어. 태욱 씨한테 임신했다는 말도 못 하고. 어떻게 말해야 할지도 모르겠고. 얼굴 보고 말하고 싶은데, 볼 수도 없고. 태욱 씨 없이, 입덧도 혼자 하고, 애도 혼자 낳고, 태욱 씨 없는 동안 내가 혼자 키워야 하나, 그것밖에 방법이 없나 싶어서. 나 너무 서럽고 무서웠어."

방언이라도 터진 것처럼 그녀가 말을 쏟아 냈다. 태욱은 품 안 가득 그녀를 끌어안고 다독였다.

"미안해. 혼자 고민하게 해서. 이제 혼자 안 둬. 내가 다 같이 할 거야. 먹고 싶은 거 있어? 다 구해 올게. 애도 내가 다 볼 거야. 걱정하지 마. 2년 동안 못 했던 거, 다 해 줄게."

그동안에도 서러웠던 일들이 많았을 것이다. 독립적인 그녀의 성격상 내색하지 않았을 뿐, 혼자 신혼집에 남아서 묵묵히 버텼을 것이다. 서럽고, 무서웠다는 말이 가슴에 사무쳐서 떠나질 않는다.

레토르트 식품을 데워 먹으며 그녀가 했을 고민을 떠올리자 가슴이 죄어들었다.

"이제 절대 안 떨어져."

"응."

그녀가 아이처럼 울음을 터뜨리며 태욱을 꼭 끌어안았다.

남서쪽에서 들어온 늦은 오후의 태양 빛이 벽을 타고 흘러내리고 있었다. 평생을 함께하자고 맹세했던 순간보다, 더욱 뜨거운 열기가 가슴에 고인다. 태욱은 그녀의 동그란 이마에 가만히 입술을 맞추었다.

매 순간, 사랑이 짙어졌다.

지금도, 역시, 여전히.

외전
우리의 역사

　구름이 낮게 깔렸다. 곧 빗방울이 떨어져도 이상하지 않을 만큼 날이 흐리다. 삽시간에 사위가 어두워지는 동안에도 스피커에서는 경쾌한 리듬이 쉼 없이 흘러나왔다.

　"상어가 그렇게 좋아?"

　태욱은 거실 불을 밝히며 한나에게 물었다. 한나는 대답을 하는 건지, 리듬에 몸을 맡기고 흔드는 건지 모르겠지만, 앞뒤로 건들거리며 씩 웃었다. 도드라진 앞니 두 개가 새하얗다. 엄마가 나간 이후로 한나는 벌써 2시간째 상어 가족 노래만 듣고 있다.

　"한나야. 이제 자야지. 낮잠 잘 시간인데."

　떼꾼한 눈을 비비며 한나가 하품을 해 댔다. 태욱은 한나를 안아 들고는 등을 토닥거려 주었다. 엄마에게 지독한 입덧과 18시간의 진통을 안겨 주었던 한나는 극악했던 임신, 출산 과정과는 달리 순하게 자랐다.

잠투정하는 법도 없어서 안고 얼러 주면 금방 잠이 들곤 했다. 태욱은 동요 소리를 조용히 낮추며 상어 가족 노래를 조용하고 낮은 목소리로 느리게 흥얼거렸다. 한나는 아빠의 목소리를 따라 하듯 느리게 옹알이를 하다가 금세 잠이 들었다.

침실에 아이를 눕히고 방문을 살짝 열어 두었다. 앞으로 2시간은 푹 잘 테지만, 태욱은 바짝 긴장해서 두 귀를 쫑긋 세운 채로 부엌으로 향했다.

'한나 잠들면 점심 바로 먹어.'

한나를 맡기고 나가며, 그녀는 태욱에게 신신당부했다. 밥은 꼭 아이가 잠들면 제대로 챙겨 먹으라고.

대체 누굴 걱정하는 건지.

평일 내내 아이를 보는 것은 육아 휴직 중인 그녀의 몫이었다. 도우미 아주머니도 오고, 어머니께서 꾸준히 도와주신다지만 아이 보는 게 쉬운 일인가?

한나가 순한 아이라지만, 푸석해진 그녀의 얼굴을 마주할 때마다 마음이 좋지 않았다. 주말이 되면 태욱은 되도록 그녀에게 집 밖으로 나갈 기회를 주었다.

처음에는 한나에게서 발이 떨어지질 않는다며 나가지 못했고, 그 다음에는 1시간도 채 되지 않아서 집으로 돌아온 그녀였다. 몇 번 하다 보니 이제는 한나절 외출도 가능해졌다.

성인이 되고 나서부터 그녀는 제법 자유로운 삶을 살아왔다. 출장도 잦았고, 한곳에 머무는 시간은 길지 않았다. 그런 그녀가 아이가 태어난 이후로는 줄곧 집에서만 지냈으니, 얼마나 답답할까.

거듭 말하지만, 아이를 보는 일은 결코 쉬운 일이 아니다. 퇴근하고 돌아와서 그녀의 얼굴을 마주할 때마다 미안해졌다. 태욱과 비교해도 절대 뒤처지지 않는 사람인데, 아이를 낳았다는 이유로 그녀는 집에서 아이 얼굴만 마주하고 있었다.

자신이 그녀를 그렇게 만든 것 같아서 죄스럽기까지 했다. 할 수 있는 한 돕고 있었지만, 역부족이었다.

점심 전에 집을 나선 그녀는 저녁 시간 전에 돌아왔다.

"한나야, 엄마 왔다! 엄마 보고 싶었어요? 응, 응, 알아요. 알아. 한나 응가 몇 번 했어요? 쉬야는요? 이유식은 다 먹었어요?"

아이는 대답이 없는데도 그녀는 열심히도 물어 댔다.

"응가 한 번 했어. 이유식도 다 잘 먹었고."

태욱이 대신 대답을 건네자, 그녀가 빙그레 웃으며 대꾸했다.

"태욱 씨는 점심 먹었어? 먹고 애 잘 때 같이 좀 자지. 안 피곤해?"

그녀의 얼굴에 미안한 감정이 어려 있었다.

"안 피곤해. 괜찮아. 저녁 먹어야지?"

"응, 먹어야지. 이게 무슨 냄새야? 태욱 씨, 저녁 준비도 해 놨어?"

그녀가 내심 반가운 목소리로 물었다.

"간단하게 참치 김치찌개랑 달걀말이 해 놨어."

"고마워."

그녀는 빙그레 웃으며 태욱의 볼에 쪽 소리가 나도록 입을 맞추었다.

"고맙기는. 얼른 손 씻고 나와. 밥 먹자."

순식간에 손을 씻고 식탁 앞에 앉은 그녀는 오늘 밖에서 뭘 했는지 시시콜콜하게 늘어놓기 시작했다.

"그 애니메이션 있잖아. 내가 그거 처음 본 게 중학교 때였는데,

시리즈 계속 나오니까 좋더라. 다음 편은 우리 한나도 커서 같이 봤
으면 좋겠다."

아이를 낳고 처음 극장에 가 봤다는 그녀는 아이처럼 좋아했다.

"팝콘 통에 그 로봇 피규어가 있더라고. 당신 그 로봇 좋아한댔잖
아. 그치? 그래서 내가 이거 사 왔다?"

그녀가 플라스틱 음료수 컵을 흔들어 댔다.

"신났네, 임정은."

태욱은 기분 좋은 목소리를 내며 그녀를 바라보았다.

"영화만 봤어?"

"아니, 서점에도 갔었어. 오랜만에 종이 냄새 맡으니까, 되게 좋더
라."

그녀의 숟가락 위에 먹기 좋은 크기로 잘린 달걀말이를 올려 주었
다.

"정은아."

"응?"

"내가 육아 휴직 내고 집에 있을까?"

그녀의 숟가락질이 뚝 멈췄다. 그녀는 감정을 읽을 수 없는 복잡
한 시선으로 태욱을 바라보았다. 태욱은 그녀를 진중한 눈빛으로 바
라보며 다시 입을 열었다.

"일하고 싶지 않아?"

그녀는 잠시 머뭇거리는가 싶더니 조용히 대답했다.

"하고 싶지."

이제 다음 달이면 한나가 태어난 지 1년이다.

"앞으로 1년은 내가 볼게. 1년씩 번갈아 가면서 휴직할까?"

질문을 던진 순간, 댕그랑 소리와 함께 한나가 이유식 그릇을 바
닥에 패대기쳤다. 아이는 결정적인 순간을 캐치하는 능력을 타고나

494

는 것일까?

"이따 얘기하자."

그녀는 빙그레 웃으며 대꾸하고는 물티슈를 집어 들었다. 함께 식탁 아래로 몸을 기울였지만, 손이 빠른 그녀가 바닥을 능숙하게 훔치는 동안 태욱의 손은 허공을 맴돌았다.

외출까지 한 데다, 저녁 식사 준비도 태욱이 했으니 설거지는 자신이 하겠다는 그녀를 극구 말려서 싱크대 앞에 섰다.

"얼른 설거지하고, 한나 내가 씻길게."

"한나 지금 내가 씻길게. 안 그럼 자는 시간이 너무 늦어."

그녀는 태욱이 부엌을 마무리하는 것보다 더 빠르게 아이 목욕을 시키고 침대에 눕혔다. 한나는 여느 때처럼 순하고 빠르게 잠이 들었다.

낮 동안 한나와 놀아 주느라 어지럽힌 거실을 정리하는 그녀의 모습을 바라보는데 괜히 머쓱해진 태욱은 조심스럽게 속삭였다.

"같이 씻을까?"

헝겊 책을 집어 들던 그녀가 허리를 곧추세우고는 잠시 머뭇거렸다. 뒤돌아선 그녀의 표정이 궁금해서 태욱은 그녀의 곁으로 한 발짝 다가섰다.

"나 실은, 태욱 씨."

그녀가 조용한 목소리로 속삭였다. 비밀스러운 분위기를 풍겨서 심장이 괜히 오그라드는 듯했다.

아, 너무 분위기에 안 어울리는 말을 했나?

식탁 위에서 했던 육아 휴직 이야기를 이어 갔어야 했나?

태욱의 머릿속은 이어질 그녀의 말을 추측하느라 복잡하게 돌아갔다.

"아까 영화관이랑, 서점 말고 다른 데도 들렀다가 왔어."

여전히 조심스러운 목소리를 내는데, 태욱은 가슴이 조마조마했다. 사실 태욱은 결혼 전과 후가 크게 달라지지 않은 삶을 살고 있었다. 그런데 그녀의 삶은 완전히 뒤집혔다.

삶이 뒤집히는 경험은 어떤 방식으로든 적응해야 하기에 힘겹다. 그 과정에서 그녀가 혹여 우울증에라도 시달리지는 않을까 걱정되었다. 활동적이던 사람이 애와 단둘이 집 안에 얽매여 있으니 답답할 것이다.

"어디?"

태욱이 조심스레 입을 떼며 그녀의 어깨를 붙잡고 부드럽게 돌려 세웠다.

"어딜 갔다 왔는데?"

목소리에서 초조함이 묻어난다. 그녀는 발꿈치를 들더니 입을 한 번 샐쭉거리고는 태욱의 귓가에 조심스럽게 속삭였다.

"마사지 받고 바로 왔어. 나 안 씻어도 되는데? 태욱 씨만 빨리 씻고 나와."

그녀가 평소 저녁보다 한나를 일찍 재운다 싶었다. 육아 휴직 이야기를 하려고 그러나 보다 했는데, 이거였어?

태욱은 재빨리 샤워를 마친 뒤 거실로 나왔다. 조도를 낮춘 거실은 어두웠고, 그녀는 아이보리색 슬립을 입은 채로 소파에 얌전히 앉아 있었다. 어둠 속에서도 그녀의 볼이 발갛게 상기되어 있는 게 눈에 들어왔다.

단숨에 그녀의 곁으로 다가갔다. 누가 먼저랄 것도 없이 서로를 부둥켜안은 채로 입술이 맞물렸다. 손끝에 닿는 그녀의 살결은 놀랍도록 부드러웠다. 세게 움켜쥐면 다 녹아서 손가락 사이로 흘러내릴 것만 같았다.

태욱은 소파에 등을 기대고 앉아서, 그녀를 단단한 허벅지 위에 앉혔다. 그녀가 다리를 벌려 태욱의 옆구리를 감싸듯 둘렀다. 슬립을 들치자, 속옷을 입지 않은 매끈한 엉덩이가 손에 잡혔다.

"으음."

그녀가 낮게 신음한 순간, 화음처럼 옹알이 소리가 들려왔다. 화들짝 놀란 두 사람의 몸이 소파 끝과 끝으로 떨어졌다. 다시 말하지만, 아이는 결정적인 순간을 캐치하는 능력을 타고나는 것일까?

그녀가 괜히 손가락으로 머리를 빗어 내리며 빠르고 조용한 걸음으로 침실로 향했다. 태욱 역시 그녀를 바짝 뒤쫓았다.

"우아우움."

한나가 눈을 감은 채로 입술을 오물거렸다. 그녀가 부드러운 손길로 가슴을 몇 번 다독이자, 다시 깊은 잠에 빠져드는 모습이 눈에 들어왔다. 이제는 아이가 선잠에 빠졌는지, 깊은 잠에 빠졌는지, 곧 눈을 뜰지, 아니면 한두 시간을 더 잘지 대충 감이 잡히는 것 같다.

"완전히 잠든 거지?"

태욱이 그녀의 귀에 조용히 속삭이자, 그녀가 검지를 입에 가져다대며 조용히 하라는 시늉을 했다. 태욱은 입을 꾹 다물고 벌 받는 아이처럼 그녀의 곁에 가만히 서 있기만 했다. 잠시간 가만히 아이를 내려다보던 그녀는 태욱을 바라보며 방 밖으로 나가자고 눈짓했다.

그녀의 재빠른 눈짓 한 번에 안 그래도 아프도록 부풀어 오른 단전 아래가 더욱 뻣뻣해지는 것만 같았다.

침실 문이 닫히자마자, 태욱은 그녀를 번쩍 안아 들고는 소파로 향했다.

"소리 내지 마. 당신이 소리 내서 한나가 깬 거잖아."

"한나가 먼저 잠투정했거든?"

그녀가 목소리를 낮추며 항변했지만, 태욱은 고개를 단호하게 내저었다.

"조용히 해. 알았어?"

그리 말하며 태욱은 그녀의 슬립 어깨 끈을 잡아 내리고는 동그란 가슴을 한가득 베어 물었다. 태욱의 으름장에 신음을 참는지 그녀가 몸을 부르르 떨며 태욱의 어깨를 움켜잡고는 허리를 비틀었다.

태욱은 아까와 같은 자세로 소파에 앉아서 그녀를 허벅지 위에 앉혔다. 순식간에 몸이 뒤엉켰다. 그녀는 달뜬 숨을 몰아쉬며 어쩔 줄 몰라 했다. 소리를 내지 말라고 했더니, 더욱 흥분하는 듯 보였다.

견딜 수 없다는 듯이 야하게 얼굴을 찌푸리는 모습에 태욱의 심장은 거칠게 내달렸다. 스스로 허리를 뒤채며 움직이던 그녀는 끝내 태욱의 어깨를 깨물며 무너져 내렸다. 태욱은 얼른 그녀의 엉덩이를 받쳐 안고는 소파에 눕혔다.

그녀의 등이 소파에 닿자마자 힘껏 허리를 쳐올렸다. 작은 주먹이 태욱의 어깨를 여러 번 내리쳤다. 억눌린 한숨 새로 가느다란 신음이 미약하게 흘러나왔다. 태욱은 그녀의 입술을 집어삼킬 듯 빨아 물었다.

조금씩 흐르는 신음조차 먹어 버릴 듯이 강하게 빨아들이자, 그녀의 안쪽이 심하게 경련하기 시작했다. 허공에 떠 있는 그녀의 두 다리가 뻣뻣해지는 게 느껴졌다. 그녀가 온몸을 부르르 떨며 태욱의 어깨를 강하게 끌어안았다.

전신을 쥐어짜듯 맹렬하게 조이는 그녀의 절정에 태욱은 깊이 사정했다. 깊이 맞물렸던 입술을 떼어 내자, 그녀의 눈가에서 눈물이 주르륵 흘러내렸다. 태욱은 눈물길을 따라 부드럽게 입을 맞추었다.

"태욱 씨, 육아 휴직은 지금 내지 않았으면 좋겠어."

"왜?"

이런 순간에 무언가를 요구한다면 들어주지 않을 수가 없다.

"한나 36개월까지는 내가 온전하게 돌보고 싶어."

36개월까지 주 양육자가 변하지 않는 게 좋다는 이야기는 들은 적 있다. 하지만 엄마가 행복하지 않으면, 양육도 행복할 수 없는 거다. 태욱은 오로지 그녀의 행복만을 바라보고 건넨 제안이었다.

"사실. 나는."

"응."

"한나 자라는 동안 계속 옆에 있어 주고 싶어. 일이야 하고 싶지. 그런데 지금 회사로 돌아가는 건 아닌 것 같아. 나 다른 일도 해 보고 싶고."

그녀가 하고 싶은 일에 대해 말하는 건 처음이다. 태욱은 그녀를 안은 채로 몸을 일으켜 앉았다. 허벅지 위에 앉아서 가슴에 머리를 기댄 그녀가 조용한 목소리로 속살거렸다.

"미국에서 학교 졸업하고, 바로 일 시작해서 쉼 없이 일했어. 그게 내가 하고 싶은 일이고, 할 수 있는 가장 최선의 일이라고 믿으면 서."

"그런데 지금은 아닌 것 같아?"

"응. 지금은 다른 일 해 보고 싶어."

"왜?"

이유를 묻자 그녀가 태욱의 품을 더 깊게 파고들었다.

"태욱 씨가 나 하고 싶은 건 다 하게 해 줄 것 같아서."

태욱은 저도 모르게 웃어 버렸다. 말 그대로, 그녀가 하고 싶은 건 다 하게 해 줄 생각이었다.

"뭐가 하고 싶은데?"

"일단 지금 당장은 한나 보는 일에만 집중할 거야. 그리고 한나 어린이집 다니고 그러면, 그때부터는 배우고 싶었던 거 배우려고."

"예를 들면?"

"하고 싶은 게 너무 많아서 뭐부터 말해야 할지 모르겠네."

그녀가 작지만 유쾌한 목소리로 웃었다.

"신 대표가 가만히 안 있을 텐데?"

"나중에 재택근무해도 된대."

"벌써 물어봤어?"

"아니, 먼저 그렇게 말해 주더라고. 나오고 싶으면 언제든지 나오고, 일하고 싶으면 어떻게든 하게 해 줄 테니까 걱정하지 말라고. 나 할머니 돼도 받아 준대. 그리고 그쪽은 선배가 애 보기로 했나 봐. 일도 줄었으니까, 나도 그렇게 일이 많지 않을 거고. 나중에는 다른 일이랑 병행해도 되고."

피곤한지 그녀가 하품을 하며 중얼거렸다.

"어쨌든 결론은, 지금은 한나 옆에 있고 싶다. 앞으로의 일은 차차 생각하고?"

"그래. 그게 정답이다. 회사로 아예 안 돌아갈 거란 장담도 못 하겠고, 그렇다고 완전히 돌아갈 거란 말도 못 하겠고."

"지금이 제일 중요하다는 거네."

태욱이 자상하게 웃으며 말했다.

"응. 맞아. 지금이 제일 중요해. 지금 내 곁에 있는 사람, 지금 내 삶. 그리고 있잖아, 태욱 씨."

이제 정말 중요한 이야기가 나올 것 같은 순간이다. 사람 성격은 변하지 않는다. 그녀는 처음부터 속내를 쉽게 털어놓는 사람이 아니다. 이야기가 돌고 돌아 이제 핵심이 나올 것이다.

"나, 한나한테 정말 좋은 엄마 되고 싶어. 한나가 필요로 할 때, 항상 곁에 있어 줄 거야. 커리어 다 포기하고, 그러고 있는 거 아깝지 않냐는 소리 할 사람도 있겠지만, 그건 그 사람 관점인 거고. 나는 정말 좋은 엄마가 되고 싶어."

태욱은 그녀의 부드러운 몸을 따뜻하게 감싸 안았다.

"그러니까 태욱 씨, 나한테 미안한 마음 갖고 그러지 마. 또 나한테 미안해서 고마워."

"내가 어떻게 도와야 하는지 알려 줘. 응?"

"응. 근데 나 주말에 내보내는 건 안 하면 안 돼? 나 혼자 되게 심심해. 나는 한나랑 태욱 씨랑 같이 있고 싶어."

"그래. 같이 있자."

그녀는 가슴에 얼굴을 기댄 채로 한동안 말이 없었다.

"아, 맞다! 어머님 찬스!"

"어머니 찬스?"

"응. 내일 한나 본가에 데려다 놓고, 당신이랑 데이트하라고 하셨어. 근데 나 오늘도 한나랑 떨어져 있었는데, 내일은 어머님 찬스 쓰지 말까?"

그녀가 고개를 들어 올리며 눈을 동그랗게 뜨고 태욱을 바라보았다.

"찬스는 쓰라고 있는 거야. 그걸 왜 안 써?"

"그리고 또 하나 더."

"뭐?"

태욱이 웃음기 섞인 목소리로 되물었다.

"우리 둘째 빨리 낳아서 한나랑 같이 키우는 거 어때?"

태욱이 그녀를 소파에 넘어뜨리며 대꾸했다.

"그럼, 부지런히 만들어야겠네. 애가 그냥 생겨? 뭘 해야 생기지?"

"그치?"

앙큼하게 콧잔등을 찡긋거리는 모습이 미치도록 사랑스럽다. 태욱은 웃음기를 머금은 그녀의 입술을 부드럽고 뜨겁게 머금었다.

"어이구, 우리 증손녀 왔냐?"

시할머니는 신발도 채 신지 않으시고 뛰어나와 정은에게서 한나를 받아 안았다.

"할머니, 신발 신으셔야죠. 한기 들어요."

"이 예쁜 걸 안았는데, 한기는 무슨. 나쁜 기운 다 물러갔지, 벌써."

정은이 현관을 들어서려는데, 강 여사가 막아섰다.

"들어오지 말고, 그냥 어서 다녀와. 태욱이는 주차하니?"

"네, 차고에서 올라오는 중일 거예요."

"올라오지 말라고 해. 어서 다녀와. 한나 걱정은 하지 말고. 애가 오죽 순해야지. 우리 태욱이도 별났고, 며느리도 한 성격 하는데. 애는 누굴 닮아서 그렇게 순할까?"

"어머님."

강 여사의 살가운 장난에 정은이 발끈하며 얼굴을 붉혔다.

"이것 봐. 너 금세 얼굴 빨개지는 것 봐라."

"어머님, 이번에는 한나 장난감 많이 안 사셨죠? 이제 집에 둘 데도 없어요. 이제 그만 사셔야 해요."

"애들은 다양한 놀잇감을 경험해 봐야 좋은 거야."

거짓말 하나 안 보태고, 강 여사는 외출할 때마다 한나의 장난감을 사들였다.

"그 바지 예쁘다, 얘. 네가 몸에 비해 다리가 길어서 그런 디자인도 잘 어울리네."

정은의 사이즈를 나노 단위까지 꿰뚫고 있을 것 같은 강 여사는 한나의 장난감과 함께 정은의 물건 역시 사들였다.

"어머님, 제 옷도 그만 사세요. 그거 입고 어디 갈 데도 없어요."

"이렇게 주말에 나올 때 입으면 되지. 넌 좋겠다, 얘. 한나같이 예

쁜 딸도 있어서. 나는 시커먼 아들 하나 비위 맞춰서 키우느라 얼마
나 심심했는데."

정은이 넌지시 말씀을 드릴 때마다, 강 여사는 딸 없는 서러움을
아느냐며 약한 척을 했다.

"어머니, 어머니 아들은요? 또 정은이한테 차고에서 부르지 말라
고 하셨죠?"

"어우, 쟤는 징그러울 정도로 사람 속을 알아차린다니까. 귀신이
야. 정은아, 너한테도 그러니, 쟤? 어쩔 땐 좀 무섭지 않니?"

정은의 대답은 들을 생각이 애초부터 없었다는 듯이 강 여사는 빠
르게 그를 향해 입을 열었다.

"너 좀 조심해. 너 가끔 공포스러울 때도 있다."

"아니에요, 어머님. 공포스럽다니요."

저렇게 자상한 남자가 또 있으려고. 정은이 그의 역성을 들자 강
여사가 손바닥을 짝 치며 웃어 댔다.

"이것 봐. 태욱이 너는 정은이가 살뜰히 챙기잖아. 나는 그러니까
정은이 챙기면 되는 거지."

"어머니, 보통은 반대 아니에요? 아들만 챙기고, 아들은 며느리만
챙겨서 불화가 생기는 거 아닌가?"

"그렇게 불화 생겼으면 좋겠니?"

"아, 어머니. 포인트가 거기가 아니라. 아들만 챙기고, 여기가 포
인트거든요."

"아우, 꼴 보기 싫어. 정은아, 말 많은 네 남편 좀 얼른 데리고 나
가라. 쟤 산책하러 나가고 싶은 강아지처럼 꼬리 열심히 흔드는 거
보인다."

"어머니!"

이번에는 강 여사의 장난에 태욱이 발끈하며 얼굴을 붉혔다. 강 여

503

사는 아랑곳하지 않고 생글생글 웃으며 현관 안으로 사라져 버렸다.

붉으락푸르락하는 그의 얼굴을 바라보며 정은은 작게 폭소했다.

"왜 웃어?"

"너무 행복해서."

굳게 닫힌 현관문을 바라보며 어깻숨을 씩씩 내쉬던 그가 천천히 정은에게로 시선을 옮겨 왔다.

"날마다 더 행복해지는 것 같아. 내일은 얼마나 더 행복할까, 싶으면서도 가끔 불안해져. 행복할 때, 불행해질까 봐 걱정하는 거 안 좋은 거라던데……. 근데 아주 가끔 불안해져. 이 행복이 깨지면 어쩌나 하고."

그는 정은의 어깨를 부드럽게 감싸 안으며 걸음을 옮겼다.

"일상적인 행복에 익숙해져서 그걸 못 깨닫는 사람도 많아. 그런데 당신은 그걸 알잖아. 소소한 삶에서 겪는 행복을 아는 사람은 그걸 소중히 다루는 법도 알아. 절대 깨질 리 없어. 우리가 같이 지키자."

'널 행복하게 해 줄게'가 아닌 '같이 지키는 행복'이 더 크게 와닿았다. 정은은 고개를 끄덕거리며 미소를 머금었다. 눈가가 촉촉하게 달아올랐다. 요즘 미소와 함께 눈시울이 젖는 경우가 잦다.

"그래. 우리 같이 지키자."

결혼해서 일생을 함께하기로 한 이상, 혼자서 독단적으로 지킬 수 있는 사랑과 행복은 존재하지 않는다. 연애는 한쪽이 일방적으로 노력하고, 사랑한다고 하더라도 이루어질 수 있지만, 결혼은 그렇지 못하다.

작은 일에 감사하고, 당연한 일도 미안해하고, 서로의 다름을 배려하는 일, 둘이 함께 노력해야 지킬 수 있는 게 결혼이다.

정은은 한계 없이 자상하고, 믿을 수 없도록 듬직한 남편의 얼굴을 물끄러미 바라보았다.

"왜? 여전히 너무 잘생겼어?"

"어. 집에다 꽁꽁 묶어 놓고, 나만 볼까 봐."

"그래? 그럼 나 어디 묶일 준비 해야 해?"

그가 정은의 귓가에 야하게 속삭였다. 정은이 옆구리를 쿡 찌르자 그가 한술 더 떴다.

"둘째는 그럼 묶인 채로 만드는 거로."

"어우, 진짜 못 말려. 태교는 아이 갖기 전부터 하는 거랬어. 말조심해."

"아, 우리 아버지가 날 태어나게 하려고 부단히 노력하셨구나! 하겠지."

"진짜 말이나 못 하면."

정은은 함박웃음을 머금은 채로 그에게 핀잔을 주었다. 상쾌한 바람이 휙 불자 정은의 머리카락이 기분 좋게 나부꼈다.

앞으로도 지금처럼만 살자.

서로에게 귀 기울이며, 누구보다 크게 웃고, 누구보다 가슴 깊이 동감하며.

그렇게 우리의 역사를 써 나가자.

말하지 않아도 아는 것처럼 그가 정은의 이마에 부드럽게 입을 맞췄다. 따뜻한 감각이 오래도록 남았다.

작가 후기

    때로 현실은 소설보다 더 아름답기도 하고, 무자비하게 참혹하기도 합니다. 현실을 있는 그대로 소설에 쓴다면 개연성 없다고 욕을 들어 먹을지도 모릅니다.

    감히 작가라는 직업의 정의를 조심스럽게 내려 보면요.

    현실에 개연성을 부여해 타인을 설득하는 사람인 것 같습니다.

    어딘가에서 살아 숨 쉴 것 같은 현실적인 캐릭터가 등장해 흥미로운 이야기를 구성해 가면서, 독자님들의 공감을 끌어내는 것.

    《순수하지 않은 감각》 시놉시스를 작성하면서 그런 글을 쓰고 싶다는 생각을 했습니다. 그래서 두 주인공에게 현실적인 배경을 집어넣었습니다.

    여자 주인공 임정은은 안타까운 집안 배경을, 남자 주인공 강태욱은 전형적인 재벌 남주가 아닌, 로맨스 소설 남주로는 다소 평범한 직장인입니다.

507

정은이 살아온 배경을 살펴보면요. 모친의 불륜으로 태어나서, 자신의 존재감을 공고히 하기 위해 안쓰러울 정도로 열심히 사는 캐릭터로 등장합니다. 이는 우리 사회에 존재하는 여성 서사의 맹점을 극대화하기 위한 장치로 사용되었습니다.

유교적 사상은 현대 사회에 여전히 영향을 미치고 있고, 남존여비의 잔재가 아직도 남아 있습니다. 여자로 태어났다는 이유로 가족에게 부정당하고, 험한 대우를 받는 이야기는 아직도 심심치 않게 들려옵니다.

현실적인 이야기를 조금 더 극적으로 그리기 위해 정은의 가족은 안타고니스트로 그려졌습니다.

작중에서 정은은 불륜에 의한 탄생이라는 이유로 존재를 부정당합니다. 정은은 그런 가족에게 인정받기 위해 최선을 다하는 모습으로 그려집니다. 이 부분에서 답답하다고 가슴을 치셨을 독자님들이 많았을 것 같습니다.

여성의 역할에 대한 지나친 사회적 요구, 책임을 다하고 있음에도 인정받지 못하는 부당함.

아마도 지극히 현실적인 모습을 그리려다 보니 더욱 공분을 샀을지도 모릅니다. 사회적인 능력은 충분한 여주인공이 왜 가족에게 험한 대우를 받고 견디는지 의문이 든다는 독자님의 리뷰를 본 적 있습니다.

가족을 저버릴 수 있는 사람은 많지 않을 겁니다. 태어나서 한 번도 유의미한 관계를 맺어 보지 못한 정은에게는 관계를 맺는 것도 끊는 것도 어려웠습니다. 자신의 뿌리를 저버리면 영영 혼자가 되어 버릴 것 같은, 외로움과 고독에 대한 지독한 두려움이 기저에 깔려 있습니다.

이용당할지언정 가족이 되고 싶다는 안쓰러운 모습입니다. 현실을 자세히 들여다보면, 가족에 대한 여성의 희생을 당연하게 여기는 풍조는 여전합니다.

정은의 변화를 위해 등장하는 인물은 한 명이 아닌, 두 명입니다(작가 후기를 쓰다 보니, 저는 로맨스 소설이 아닌 정은의 사회적, 인격적 성장기를 쓴 것 같습니다).

첫 번째로 등장하는 인물은 남자 주인공 강태욱입니다. 로맨스 소설의 불문율이라고 해야 할까요? 현실적인 주인공, 현실적인 이야기라 할지라도 남자 주인공만큼은 유니콘이어야 합니다.

강태욱은 어딘가 존재할 것 같은 캐릭터면서, 로맨스 소설 속에만 등장할 것 같은 인물입니다. 정은이 사랑받아 마땅한 존재라고 말하며, 여자 주인공의 도약을 돕고, 로맨스적 서사를 이끌어 가는 프로타고니스트죠.

강태욱에 대한 힌트는 결혼 전 남편이 저에게 했던 말에서 얻었습니다(절대 제 남편이 강태욱 같은 인물이라고 말하는 것은 아닙니다).

저는 남편을 회사에서 만났습니다. 연애를 시작하고 얼마 지나지 않아서 남편이 저에게 해 준 말이 있는데요.

"그렇게 애쓰지 않아도 돼. 그러지 않아도 너는 충분히 매력적인 사람이야."

동분서주하는 신입사원인 제가 안타깝다며 해 준 말이었습니다. 당시에는 그 말의 뜻을 제대로 이해하지 못했습니다. 내가 너무 튀어 보였나, 하는 생각을 하며 자기검열만 열심히 했었습니다.

그러다 얼마 전 여러 가지 일로 힘들어서 지쳐 있을 때, 저 말이 생각났습니다. 남편에게 저 말이 생각나냐고 물었습니다.

"너는 내 말은 죽어라 안 들어서 여전히 그러고 있잖아."

그냥 웃어넘겼지만, 나는 왜 이렇게 나에게 가혹했나, 하는 생각을 하게 되었습니다.

　자신에게 가혹하게 살아온 여자 주인공이 그녀를 있는 그대로 인정해주는 남자 주인공을 만나서 행복했으면 좋겠다는 생각을 했습니다. 그래서 강태욱은 정은에게서 긍정적인 변화를 끌어내는 직진남으로 그리기 위해 노력했습니다.

　정은의 변화를 위해 등장하는 두 번째 인물은 강태욱의 모친입니다.

　"우리나라는 여자한테 바라는 게 참 많아. 엄마로서, 아내로서 완벽하길 바라고, 그렇게 되어야 한다고 세뇌하지. 애도 잘 키우고, 집안일도 잘하고, 일도 잘하는 슈퍼맘이 되라고……중략……근데 슈퍼맘이니 뭐니, 그걸 자랑스럽게 여기는 사람들을 보면 나는 좀 안타까워. 엄마 노릇, 아내 노릇만 제대로 하는 것도 대단한 거잖아? ……중략…… 그런데 거기에 나는 일까지 잘해요! 하고 슈퍼우먼이 된 걸 자랑스럽게 여기는 거 말이야. 그런 모습 남자한테는 요구되는 모습이 아니잖아? 왜 여자는 그런 모습을 강요받고, 그런 걸 자랑스럽게 여겨야 해? 같은 부모인데, 슈퍼대디라고 자랑하며 떠벌리는 남자는 찾아보기 힘들잖아. 반대로 여자도 일만 잘해도 대단한 거 아닌가? 아빠는 자식이 학교에서 몇 학년 몇 반인지 몰라도 비난받지 않는데, 엄마가 그러면 큰일 날 것처럼 비난하잖아?"

　정은이 자신에게 관대할 수 있도록 힘을 실어 주는 인물이 바로 강 여사입니다. 강 여사가 정은에게 한 말은 어쩌면 저 자신에게 했던 말인지도 모르겠습니다.

　로맨스 소설 독자님들은 여성이 대부분입니다. 작가 후기를 빌려 감히 말씀드리자면, 강태욱과 같은 남주가 없더라도, 강 여사 같은 멘토가 없더라도, 자신을 사랑하며 행복하셨으면 합니다.

글이 점점 더 어려워집니다. 작가 후기를 쓰면서 이대로 출판하는 게 맞나, 하는 생각이 들 정도로 두렵기도 합니다.

생각이 많아져 손가락이 무겁고 느려진 작가를 다독여 주시고, 오랜 시간 함께한 정시연 팀장님, 이은정 대리님 감사합니다.

2019년 초가을
요안나 드림